肆意予你

上 册

LU LING

鹿 灵 著

青岛出版集团 ｜ 青岛出版社

图书在版编目（CIP）数据

肆意予你/鹿灵著. —青岛:青岛出版社,2023.4
ISBN 978-7-5736-0190-2

Ⅰ.①肆… Ⅱ.①鹿… Ⅲ.①长篇小说—中国—当代 Ⅳ.①I247.5

中国版本图书馆CIP数据核字（2022）第068328号

	SIYI YUNI	
书　　名	肆意予你	
作　　者	鹿　灵	
出版发行	青岛出版社（青岛市崂山区海尔路182号）	
本社网址	http://www.qdpub.com	
邮购电话	18613853563	
责任编辑	龚雅琴	
特约编辑	崔　悦	
校　　对	耿道川	
装帧设计	蒋　晴	
照　　排	王晶璎	
印　　刷	三河市良远印务有限公司	
出版日期	2023年4月第1版　2023年4月第1次印刷	
开　　本	32开（880mm×1230mm）	
印　　张	16.5	
字　　数	400千	
书　　号	ISBN 978-7-5736-0190-2	
定　　价	65.00元	

编校印装质量、盗版监督服务电话 4006532017　0532-68068050

目录

（上册）

第 一 章	猎 物	001
第 二 章	吊带睡裙	050
第 三 章	借 宿	093
第 四 章	程总家的小朋友	133
第 五 章	雪山繁星	167
第 六 章	荆棘与刺玫瑰	204
第 七 章	不嗑很奇怪！	249

目录

下册

第 八 章	20℃温风	277
第 九 章	束手就擒	306
第 十 章	奶油蛋糕	355
第十一章	全世界最般配	390
第十二章	汤圆馅儿	427
番 外		455
后 记		516

猎　物

"栗栗，你看十点钟方向，那不是你的男朋友吗？"陶竹一个急刹车后对苏礼说道。

汽车急停，苏礼的半个身子因为惯性向前倾去，又被安全带拉着弹向椅背，她真切地感受到了肩颈处传来的疼痛。

栗栗是苏礼的小名，十点钟方向也就是水上乐园的门口，那里站着的也确实是不久前和她确定男女朋友关系的贺博简。

隔着风挡玻璃，苏礼清楚地看见贺博简正在给一个小网红拍照。小网红衣着清凉，防晒衣被拉到肩膀以下，热裤的边儿卷了卷露出腿根，眉目间全是呼之欲出的引诱。

目睹这一幕画面的陶竹感觉自己的眼睛都要瞎了，忍不住吐槽："那胸一看就是假的，垫那么大，吊带都快被撑断了。"

水上乐园门口的两个人拍完照片后，小网红把手中的椰子递给了贺博简，娇滴滴地说着什么，而贺博简很自觉地接过椰子，然后用另一只手牵起了她的手。

陶竹直接哕出了声。

如果说刚刚看到的场景的前半段苏礼还能说服自己他们只是在拍照，那么欣赏完后半段情节，自己头上的"帽子"的颜色已经被贺博简安排得明明白白了。

苏礼想到她和贺博简的初遇及一个月前的混乱情形，觉得有点儿好笑。

她想笑也就真的笑了，汽车后视镜里映出的那双漂亮的眼睛被正午的阳光一晃，似一把勾魂夺魄的弯刀。

陶竹被晃了下神，暗叹姓贺的简直有病，这么好的人居然不知道珍惜。

陶竹向苏礼确认："我没看错吧？那是你的男朋友吧？"

苏礼："现在他是我的前男友了。"

咔嗒一声，苏礼把安全带解开，眼尾轻扬，侧头问："走吗？"

陶竹知道她在暗示什么，迅速拿起车钥匙，说道："走啊，下去干他！"

酷暑天气，热得人头晕目眩，苏礼微微眯了眯眼。

前面那对男女走得很快，等苏礼她们买完票，贺博简早搂着新欢不知道跑哪儿去了。

苏礼在园区内寻找，沿途被好几个人要微信号。好巧不巧，她一转身在四号区看见了自己要找的人——小网红正靠在躺椅上玩儿自拍。

这儿是个露天泳池，有多种水上设施，笑闹声和落水声不绝于耳。苏礼扫视了一圈，没看到贺博简。

苏礼站到了小网红身后。

小网红大概以为脚步声是贺博简的，故作姿态地伸手挡住阳光，娇嗔道："买个冰激凌怎么这么久？人家都要热死了。"

苏礼点头表示明白，拿起旁边装满冰块的饮料，迅速倒在了那张被粉底遮住的脸上，问道："够凉快吗？"

浓稠的橙汁落下，小网红尖叫连连，狼狈地缩起身子，气急败坏地道："你是谁啊？"

室外空气灼热，小网红的皮肤被黏腻的橙汁浇得紧绷难受，本打算兴师问罪，却在睁开眼的那一刻宛如被雷劈过，僵在原地，结巴地道："苏……苏礼？"

苏礼心道：这个小网红果然认得我。

"没记错的话，我们第一次见面你就知道我有男朋友了吧？"苏礼凭借身高优势睥睨着面前的人。

苏礼的大长腿笔直白皙，精致的五官，从身材到气质全方位地碾压小网红，她连声音都好听得像是对小网红当场处刑："别人打包的垃圾你都忍不住想偷？什么毛病？"

没有人不爱看热闹，尤其是主角之一还这么打眼，周遭议论声此起彼伏，句句都往小网红的耳朵里扎。

"正室撕小三吗？好厉害啊！"

"漂亮的是原配，左边是小三？那个男的怎么想的？小三长得没原配好看哪。"

"你不懂，家里的饭菜再好，外面的臭水沟没舔过都是香的。"

…………

小网红面子上挂不住，只觉得自己被连着甩了好几个耳光，脸颊和额头都烫得发疼。她用力瞪了人群一眼，议论声这才低了下去，但因自身已经没了气势，她似强弩之末般找补道："你凭什么骂博简是垃圾？"

苏礼听到这亲密的称呼感动得不行，只好改口："说错了，垃圾还能回垃圾场回收利用，你们俩应该是废塑料，缠绵环抱到天荒地老，给污染和灾难贡献自己的一份力量。"

人群中传来"扑哧"声，是有人憋不住笑出声来。

"你！"小网红站起身来试图理论，可憋了半天都没憋出一句话，反倒是身后忽然传来一声惊呼。

"礼礼？"

贺博简一手拿着一个甜筒，怀里还兜着一枚大椰子，声音温柔，似乎全然忘记自己正在劈腿。

苏礼试图在贺博简的脸上找到慌乱、紧张或愧疚的表情，但很可惜，什么都没有。

苏礼只觉得生理性反胃。陶竹在后面拉了她一把，苏礼下意识地转身，贺博简却误以为她要走，赶忙大跨步跟上，却被小网红给扯住告状。

小网红眼眶红红的，果粒还挂在头发上。她不依不饶地想让贺博简帮她撑腰："博简，她……"

贺博简急着要走，却被人扯住袖子动弹不得，情急之下大手一挥，结果听见了巨大的落水声。

小网红掉进水里，贺博简手中的椰子也掉了下去，不偏不倚重重地砸在小网红的脑袋上。小网红整个人痛到神志模糊，头顶还反扣着两个甜筒，奶油徐徐落下，场面令人震撼。

围观群众再度沸腾。

"年度最强反转，'渣男'居然把小三掀了，哈哈哈，我笑到天灵盖碎裂！"

"这男人也算是在脑残的边缘及时醒悟。"

…………

贺博简根本没搭理小网红那边，仓促间抓住苏礼的手腕，急切地道："你听我解释！"

苏礼垂眸看向自己被抓住的手腕。

他们在一起的时间太短，就连牵手的次数都屈指可数，而她现在只剩下排斥的感觉，于是迅速抽出了自己的手。

"嗯，我听你狡辩，"苏礼漫不经心地抬起头，"说吧！"

被苏礼这么坦然地揭穿，贺博简语塞，但还是硬着头皮辩解："我们……我们只是刚好碰到……"

苏礼偏着头，那双漂亮的桃花眼眨了眨，语调里嘲讽之意尽显："没新意，你但凡说自己有两颗心脏，只是另一颗爱上了她，我都觉得你有担当。"

"可你回来也没通知过我啊！"贺博简好像有了些底气。

"你劈腿就通知我了吗？"瞥见贺博简又愣了愣，苏礼继续道，"不过我一向以德报怨，所以……"

贺博简以为苏礼要原谅自己的一时糊涂，忍不住勾了勾嘴角，没想到却听见她说："通知你一下，我们分手了，没有复合的可能。"

苏礼这次回来原本就是要同他说分手的。

贺博简发现苏礼不是在开玩笑，收起了嘴角的弧度，人也控制不住地冒火了："你够了吧！草率也得有个限度不是？我们这么久没见，刚见面你就跟我说分手？你宁可相信这一两个瞬间看到的画面也不愿意信我们认识的那几年时间的相处吗？"贺博简越说声音越大，"你心里真的把我当男朋友吗？你就这么一声不吭地消失了一个月，还是在我们确定关系不到一周的时候！你确定不要给我一个解释？"

从前？他居然还敢说从前？！无数画面不受控制地浮现在苏礼的脑海中，她感觉血液上涌，呼吸都跟着急促起来。

贺博简继续说道："你不记得了吗？那年在……"

啪的一声，一记响亮的耳光打在贺博简的脸上，苏礼颤抖着，怒极反笑道："你还真是……从没想过反思自己呀！"

贺博简震惊地看向苏礼，在苏礼那双漂亮的眼睛里看到了仿佛洞悉一切的失望神色。

贺博简好像发觉了什么，又似乎什么都没想通，只知道不能就这么放弃，眼见苏礼要走，又迅速追了上去。

苏礼回头，又用力地给了贺博简的右脸一巴掌，并说道："刚才就想打了，但你废话太多，我没找着机会。"

很快，愉快"收工"的苏礼和陶竹坐进车内。

苏礼坐到了驾驶位上。虽说她方才虐渣男的姿势堪称完美，现在却觉得脑子有些乱，掌心也麻麻的，思绪找不到落脚点。

尖锐的摩擦声响起，苏礼才发现因为刚刚自己走神，加上陶竹的车停得太歪，她们的车和一辆黑色保时捷来了个亲密接触——她把人家的车给剐了。

"刚才忙着堵贺博简所以没停好，"陶竹扶着脑袋，"气死我了。"

苏礼摇下车窗，敲了敲旁边的车的车窗。

旁边这辆车似乎可以昭示车主的身份，保时捷 Gemballa Mirage GT，做工考究，内设奢华，说是国内仅有三辆，其中一辆就在她亲哥的车库里。

这辆车的车窗做过处理，苏礼看不清里面的情形，但直觉会有人，于是又敲了几下。就在她的手都快敲痛的时候，车窗终于降了下来。

车里的人有一双深沉的眼睛，瞳仁漆黑，眉心紧蹙，仿佛正为她浪费了自己的时间而感到不悦。

"抱歉，剐到你的车了。"苏礼撕下写有姓名、电话的便利贴递过去，"这是我的联络方式，修车费我出就好。"

男人完全没有要接便利贴的意思，仍旧用凌厉的眼神看着苏礼，一言未发。

苏礼琢磨着被劈腿的人是我又不是你，你这么看我是什么意思？

苏礼没了耐心，探出身子将便利贴拍在他的肩上，又低声说了句"抱歉"，然后回到车内，握紧方向盘，脚踩油门一个加速，两车摩擦出更为刺耳的响声，车被她稳、准、狠地笔直开了出去。

爽吗？爽。她爽就行了。只是保时捷车身上留下了一道长长的剐痕，仿佛某种印记。

"小姑娘好大的胆子，知道这车多少钱吗？就敢继续往前开？"秘书何栋震惊地探出身抚上那道口子，感觉每一道痕迹都是钱在燃烧，"还她出，她赔得起保养费吗？"

程懿收回视线，没在多余的事物上浪费时间，沉声道："昨天让你查的事怎么样了？"

方才还在侃侃而谈的何秘书瞬间闭嘴，手忙脚乱地翻出资料，说："那个，苏家小女儿很神秘，我只知道名字是两个字，不清楚是苏梨还是苏离或是别的……"

何栋做事一向靠谱儿，但这桩差事太过棘手，难免有些磕巴："大……大概是微胖身材，个子不高，皮肤黑……"

程懿神色漠然地听着，顺手揭下肩上的便利贴，展开粗略地扫了一眼上面的内容。

鹅黄色的纸张上端正地写着："栗，175×××0312。"

程懿面无表情地将便利贴揉成一团，丢进车载垃圾袋里。

何栋冷汗涔涔地继续道："长相……长相和联系方式，暂时还都不知道……"

道路的尽头，苏礼开的那辆银色的车靠边停住，双闪亮了一下。

苏礼把车停好之后，陶竹迅速解开安全带下车，边冲向路边的便利店边说："我就买两瓶水，很快回来。"

苏礼"嗯"了一声，打开双闪等着，感觉也有些渴。

透过后视镜，苏礼看到那辆保时捷还停在原位，便不甚在意地收回视线，摸出手机准备看视频。

苏礼连耳机都还没来得及戴上，身边就传来跑车绝尘而去的声响。那辆车毫不留恋，完全没把她这个肇事者放在眼里。

苏礼想到男人的目光，"喊"了一声，打开了亲哥哥的微信对话框。

举个栗子："你那辆保时捷多少钱？"

苏礼到寝室之后才看到回复，只是苏见景没直接回答她的问题，而是将一个新的问题抛给她。

苏见景："怎么说？想要的话毕业送你一辆。那车不适合女生，哥给你整一辆粉色的阿斯顿·马丁。"

苏礼今年读大四，很快就要毕业了，确实需要一辆代步车。

举个栗子："不用，是我把人家的车剐了，想了解一下维修费。"

苏见景大概是忙着工作，没回复她的消息。

第二天一大早苏礼被快递员叫醒，带着起床气拉开门，却发现加急快递送来了一把车钥匙，同时来的还有苏见景的消息。

苏见景："收到了吧？"

举个栗子："这是什么意思？"

苏见景："保时捷的车钥匙啊，如果那人敢因为维修费对你恶语相向，你就把钥匙砸到他的脸上然后叫他滚。"

我谢谢你啊。

此时他们的话题中的主角程懿正半陷在皮椅里，听着新一轮的"猎物"报备。

何栋："苏家对小女儿保护得很好，即使是皓苏的高层也撬不出什么消息。但当父亲的总是爱炫耀孩子的，某次喝醉时，苏皓无意间透露他的女儿学习成绩非常好，拿很高的奖学金。我又打探了一下，她应该就读于谷源区那一带的高校，但那里是苏姓人聚集区，太多姓苏的女孩儿了。"

总裁办公室内只余书写的声响，加剧了紧张的气氛，程懿看似在忙着批阅文件，但几分钟后就迅速给出了决策："最近川程不是有很多明年的项目筹备？联系一下那边的几所学校，做校企合作吧。"程懿盖上笔帽，"一周之内，把她找出来。"

傍晚，苏礼刚把沙拉酱倒进蔬菜里，身边的门就被陶竹一把推开，吓得她哆嗦了一下。

陶竹："实习的成绩出来了，快，栗栗看群。"

苏礼撑着脑袋点进班级群，下载了文件开始找。

陶竹仿佛受到了侮辱，语带哀怨地道："你往下滑是什么意思？你是看不起自己还是看不起评审老师？你在第一个好吗？！全国特等奖，看见了吗？"

"看到了，"苏礼揉了揉耳朵，委屈地道，"我这不是在找你吗？"

这次她们的实习方式是以赛代习，也就是以参加线上的国家级比赛为实习内容，今天刚好出结果。

陶竹听了苏礼的解释，豪气冲天地摆了摆手，道："不用找我，以后你赚钱养我就行。"

陶竹又想起什么，说道："对了，上次剐车那件事，车主联系你了吗？我们一人出一半吧，我把车停歪了也有责任的。"

陶竹也是为了帮她，她怎么可能真让陶竹出钱？再说了，陶竹估计还不知道那是辆什么车呢，于是苏礼含混着道："嗯……再说吧。"

到现在为止，她都没有收到任何信息——那人仿佛当她是空气一般，苏见景给的车钥匙也没派上用场。

苏礼正发呆呢，群里出现老师发的消息。

老师："恭喜我们班的苏礼同学获得全省唯一一个特等奖，发个红包庆祝一下。"

群里的人一时间抢红包抢到飞起，最皮的是那些男生。

"老师这一看就是又被学校表扬了，哈哈哈。"

"苏礼拿奖我赚钱，我靠苏礼过大年，给大佬磕头了！"

"我的生活待遇的提高全仰仗苏大佬，大佬多拿点儿奖啊！"

…………

老师："瞧你们这点儿出息。"

很快，苏礼又被老师@了一下。

老师："@举个栗子，学校优秀毕业生申请开始了，苏礼你记得填资料。"

苏礼回了个憨憨敬礼的表情包说"好"，就听到寝室外面传来女生的议论声。

"老师怎么在群里单独@苏礼呀？她有这么值得特殊对待吗？"

"当然了，人家绩点全年级第一。"

"搞不好她吃饭的时候都在看书，床头柜上摆了厚厚一沓设计手稿，废寝忘食得整天没有任何娱乐活动，连裙子都来不及买。"

苏礼无语。

她嘴里塞满沙拉，快速将面前的下饭动漫关掉，从床头的一大摞漫画书中抽出本专业书，然后看了一眼自己塞得满满的衣柜，起身将柜门关上。自觉什么的，她还是有的。

苏礼还没来得及装模作样地翻几页书，老师的电话就打了过来，说最近有个和川程的校企合作。川程是闻名遐迩的大企业，做好了学生毕业后还能直接进川程。

这个项目任务不多，苏礼便答应了下来。

苏礼本以为这就是个普通的校企合作，没想到重视的却大有人在。次日她去食堂吃饭的时候，竟然碰上校企合作中心管事的一个学姐。

这人跟她关系还不错。

学姐在她身边坐下，问道："周六晚上一起去吃个饭吧？校企合作的局，程懿也去。"

苏礼偏头，有些迷茫地问："程懿是谁？"

"不是吧？川程的程总你都不知道？"学姐神秘兮兮地道，"他贼帅。"

"一个老板再帅能有多帅？"苏礼拆了筷子，"算了吧。"

托自己亲爹和亲哥的福，她了解了太多功成名就的老板不是大腹便便就是油腻得目中无人——搞得她对"老板"这两个字都没什么期待了。

"来嘛，好不容易请到的，"学姐竟带上几分恳求的语气说道，"你知道他多高冷吗？这次也不知道为什么，我一说参加校企合作的学生的绩点都是年级前三，他立刻同意了。礼礼，算我求你啦，你不来我都不好交代了，毕竟你是我们学校的门面哪。"

学姐难得撒一次娇，挽着她的胳膊不停地晃，眼里全是恳求之色。

"行行行，我去。"苏礼挑了挑眉，打趣道，"顺便帮你牵红线？"

学姐的脸瞬间变得通红，她扭捏地道："你乱说什么？"

周末很快到来，苏礼和学姐一起出发去聚餐地点。她们刚到包间没多久，居然又碰到了贺博简劈腿的那个小网红。

小网红是她们学校国际学院的，那是个出了名的分数不够砸钱进的学院。她本名叫单笛，艺名叫Sandy，微博上走的是小性感"氧气"美女"人设"，但皮肤很差，靠滤镜和疯狂修图拯救，有点儿粉丝。

单笛没料到苏礼也在，前阵子的憋屈感又涌上心头，不爽地将铆钉包甩在了桌面上，指桑骂槐地道："真晦气！"

苏礼的指尖在杯沿转了一圈，唇间的笑藏着危险之意，她突然往前倾身站了起来，那架势像极了要泼水。单笛一直用余光看她，此刻条件反射地抬手遮挡，椅子往后滑去，气势瞬间没了，丢人至极。

苏礼笑了一声，拿起水壶给自己的杯子添上水，而后仰头饮尽。

她不过是做个假动作，这人就怕得跟要跪地求饶似的，真是解气。

"怎么了？"

单笛自知被耍，面对朋友的询问，懊恼地咬了咬唇，道："没事，空调风有点儿大。"

人陆陆续续地来齐，唯独主角迟迟没出场。大家闲话起来，说程懿是怎样心狠手辣的厉害角色，又说他如何不近人情、手段非常。

苏礼听得都有些发怵了，默默总结：反正程懿不是什么好人就对了。

有人禁不住问："这名字怎么读？"

"你大学白上了？程懿，音同'礼义'的'义'。"

不知是谁多了句嘴："苏礼的名字里还有个'礼义'的'礼'，两个人有点儿配啊。"

一个喜欢苏礼的男生听说她分手了，正在蠢蠢欲动地观望，听了这话立刻反驳："别胡说，嘴给你打豁。"

学姐也跟了一句："就是。"

"小郑祸从口出，哈哈哈。"

包间里气氛很好。

程懿终于结束会议，驱车到了餐厅门口。

"这次好像有挺多男生，"秘书问，"下次用不用提前说只要女生？"

"不用。"程懿慢条斯理地理了理袖扣，"别打草惊蛇。"

程懿进入包间的那一刻，这里仿佛被按下了静音键，无数目光聚集又错开。

程懿确实是个很帅的男人，下颌线紧绷，喉结清晰，薄唇挺鼻，肩膀平直，侵略性满满。

苏礼一眼认出这人，僵在当下。

程懿入座之后，苏礼跟学姐耳语："你要抓紧了，一般这种人间祸害，小姑娘都趋之若鹜。"

学姐努着嘴提醒："趋之若鹜是形容追捧不好的东西。"

苏礼微眯起桃花眼，笑道："我知道啊。"

学姐以为苏礼是故意说反话逗自己，佯装生气地打了她一下。

这次饭局上，程懿虽然依旧让人感觉不好相处，但相比他们初见时已好很多。他关注的重点一直在珠宝系的同学那边，苏礼全程只负责吃吃喝喝。

苏礼喝了很多饮料想上厕所，去洗手间的路上，发现了一道熟悉的身影。

方才秘书说有事要讲，程懿便出来找了个安静的地方等着。皓苏旗下属珠宝最有名，因此苏家让女儿选修珠宝专业的可能性最大，他一直在留意。

程懿还没来得及打开手机，肩膀就被人从后面拍了一下。他转过身，看到一张陌生的脸。

那人说："你怎么没找我？"

程懿："你哪位？"

"剐了你的保时捷的那个人，留了便笺，署名是栗。"

程懿一向只会将时间花在对自己有益的事上，可有可无的事情连多余的眼神都不会给，因此当时并未记住她的长相，饭桌上也未曾把目光落向她。

程懿很忙，没工夫处理这事，现在也没空跟她纠缠。他的"猎物"还没被锁定，每一秒都有可能逃跑，因此他不想理会她。

苏礼见他不说话只是低头看手机，就又打了个响指，说道："多少钱？报号码，给你转账。"

程懿好笑地开口："微信？"

"微信能转大额的钱吗？当然是银行卡。"顿了顿，苏礼接着说，"如果车子修得不是很完美，我这里还有一辆……"

男人打断她的话："不用。"

苏礼："什么？"

程懿："不用你负责。"

程懿冷冰冰地丢下这句话，转身背对她，查看微信消息。

何秘书："找到了！苏家小女儿背上有个小胎记，五瓣的桃花，左下角那瓣缺了一点儿，像个心形。"

何秘书在下面又发了一张图片。

程懿放大图片看了半响，对着照片的清晰度冷静询问。

程懿："你用座机拍的图？"

何秘书："这是监控截图，太难找了，您稍微凑合一下。"

程懿看了半天，确定这个胎记非常独特，并且还挺漂亮。

这简直是个完美的线索，程懿的心情好了些。

他转头就看见苏礼正气势汹汹地背对着他走进女厕。

苏礼已经快被这人给气死了，打算解决了需求后就把车钥匙丢到他的脸上，然后再点燃一响礼炮送给他。

苏礼被气得火冒三丈，随意将头发拨至一边，肩后某块皮肤完整地暴露了出来，清晰地落入了程懿的眼中。

程懿的眼神几不可察地沉了沉。

苏礼似乎想起什么，又迅速把头发放了下来，顺手摸了摸那朵桃花。

苏礼上完厕所，移至补妆台。她今天走得匆忙，穿了露背的裙子，却忘记遮背后的小桃花，此刻赶紧从包里找出一管遮瑕液，将裙子拉下好方便操作，胸衣搭扣露了出来。不过这里是女厕，而且好像没人，所以她并没在意。

就在苏礼涂好遮瑕液检查时，忽然传来推门的声响，紧接着闪光灯在她身后亮起——她被偷拍了。

苏礼迅速转头，将单笛尴尬的神情尽收眼底。

苏礼在心里感叹：多么完美的智商啊，偷拍还开闪光灯，你这样的人放在宫廷剧里都活不过片头曲。

苏礼不疾不徐地拉上裙子拉链，好像什么都没发生。

单笛装作自己是在自拍结果弄错了前后置摄像头，尴尬地拍了几张与马桶的亲密合照，才走出来。

单笛准备洗手的时候，后颈忽然被人扼住，旁侧的吹风机被苏礼调到最大挡，热风对着单笛吹。

单笛挣扎，叫道："你干吗？"

苏礼："我看你的脑子里有水，帮你吹干。"

苏礼的手指抓紧单笛的发根，单笛瞬间被制服，"啊"了一声，头被抵到墙面上，所有的痛觉都集中到了一处。

单笛想要反击，但头发被苏礼抓住，不得不仰起头。眼前白光闪现，单笛什么都看不清，呼吸也渐渐急促，衣衫凌乱，流出了生理性眼泪。

苏礼虽然看起来纤瘦，力气却一点儿都不小，单笛根本没有还手的余地。

苏礼将单笛拉进隔间，抓住她的手腕猛地向后用力。单笛只觉手腕都快被生生掰断，手指一松，手机和手链一起掉进马桶，瞬间被苏礼冲掉。

单笛嘴唇发颤，眼泪夺眶而出。

苏礼倾身靠近她，声音不高不低："下次设计别人之前，先检查检查自己带脑子没有。贺博简瞎，我可不傻。"

单笛因为腿软站不稳，重重撞到墙板上，烂泥似的跌坐在地。

苏礼解决了这桩突发事件后，洗过手，给学姐发消息说自己先离开。她打算过后再处理车的事情。

苏礼觉得等电梯太麻烦，选择了走楼梯。

这儿是八楼，楼梯间很安静，她下到五楼时，身后忽然传来了高跟鞋的声响和一道尖厉的女声："苏礼，你这个疯子！"

伴随着歇斯底里的尖叫，单笛伸手用力一推，苏礼反应不及，朝下跌去。

苏礼预想中的锥心刺骨的疼痛并没有出现——她跌进了一个弥漫着沉木香味儿的怀抱里。

垫在苏礼身后的手臂沉稳而有力，支撑着苏礼免于摔下楼梯，而她闻到的沉木香气中，还夹杂着浅浅的烟草味道。

程懿正在此处抽烟沉思，盘算着若她真是苏家小女儿，该如何挽回局势，不承想回身就撞见了这一幕场景。

程懿将手中的烟摁灭，看向单笛，声音凛然地问："你干什么？"

单笛被程懿的气势镇住，瞬间慌乱起来，结巴道："我们私……私人恩怨。"

前段时间的泳池事件她就憋了一肚子气，被苏礼泼水吓到之后越发愤恨不平，加上手链也被苏礼冲走了……单笛现在是恼怒盖过理智，只想冲上来发泄。

男人长长的睫毛下掩着让人惧怕的威严，他没说话，只是用捏着烟的修长手指指向她。

单笛难以自控地打了个冷战，发现苏礼也已经回过神来，站直身体从程懿的怀中离开，往她这边走了几步。

"私人恩怨？"苏礼笑了一声，"你是说趁我不在挖墙脚的事吗？"

单笛哽了哽，但很快找到立场："你根本配不上博简！他那么体贴，而你呢？他就像你招之即来挥之即去的仆人一样！你走之后的某天晚上他喝醉了，我陪着他，他说他好久没有这么快乐了……"

苏礼竟然很赞同地点了点头，说："如果我真这么差劲，而你这么懂他，又这么好的话，为什么他从前天开始就求我原谅他？"

单笛的瞳孔瞬间缩小。

"你刚刚一直在看手机，是在等他给你打电话解释吧？"口袋里的手机嗡嗡振动，苏礼将其举了起来，"不好意思，他恐怕根本不记得你是谁。"

苏礼的手机界面上显示贺博简的未接来电很多，此刻电话还在锲而不舍地拨入，而最上方恰巧滑出一条短信："能不能当我只是一时误入歧途？我真的不能失去你。"

"醒醒吧，对他而言你只是'歧途'而已。"苏礼垂眸，"但他已经不配走上正道了。"

单笛仍旧死死地盯着苏礼的手机，仿佛这样贺博简正在哄的那个人就会是自己。

"他不知道你有多恶劣，"单笛还在为贺博简开脱，摸上自己的手腕，忌恨地道，"你丢掉了他送我的第一个礼物。"

苏礼想起方才看到单笛的手链时一闪而过的熟悉感，嘲讽地道："手链的内圈刻了个'S'？那个'S'不是你的姓氏的首字母，而是我的，那是我不要的手链。"

贺博简这个渣男，倒挺会借花献佛的。

单笛听了苏礼的话瞬间变了脸色。

"这么想接他的电话？那你接吧。"苏礼将自己的手机格式化后扔到单笛面前，顿了顿又解开手腕上的梵克雅宝，一并施舍着丢下，语调淡然又带着居高临下的讽刺，"这条我也不要了，送你当宝贝。"

苏礼说得轻巧——仿佛单笛那些拼命争得的东西，于她而言想要获得不过探囊取物般轻松。事实也的确如此。

单笛的脸上血色尽退，她只觉得自己可怜又可笑。

苏礼走得干脆，背影潇洒，如同清晨盛开的第一朵桃花，无须费力摇曳，就能让人把目光全投向她。

苏礼离开大厅才发现程懿跟她一同走了出来。想到男人方才及时搭救了自己，她咳嗽了两声，不甚自然地开口道："刚刚……谢谢啊。"

程懿不置可否地"嗯"了一声，整理袖口的褶皱，视线中不期然地出现一把车钥匙。

苏礼心中不再有先前点燃礼炮送程懿的设想。她疏离地道："我赔你一辆车，等一下会有人将车子开到这里，你凭钥匙去取就行了。"

程懿："然后呢？"

"什么然后？"苏礼有点儿奇怪地思了一会儿，"然后我们就两清了啊。"

两清？程懿并不是很喜欢这个词，哪怕半个小时之前他对此还求之不得。

程懿正欲开口，苏礼忽然想到什么，说道："那个……"

程懿："嗯？"

苏礼："你的手机能借我用一下吗？我打个电话。"

她刚刚爽过头了，忘记叫人把赔的车开过来。

程懿将手中的 Vertu（威图）手机递出，苏礼对这款价值不菲的手机并不陌生，很快就上了手。这让程懿越发确定了心中的猜测。

苏礼跟苏见景联络完后，将手机还给了程懿。男人垂眸一看，她确实很有自我保护意识，已经将通话记录删除了，明摆着不想再与他有任何瓜葛。

苏礼拦到车子正要离开时，程懿忽然叫住她："等等。"

苏礼："怎么了？"

程懿想要离"猎物"更近一步，于是问道："不知道应该怎么称呼你？"顿了顿，他又冠冕堂皇地补充，"万一以后还会……万一我没取到车……"

本来说名字是件再简单不过的事，但是对着男人因兴奋和兴味而微眯起的眼睛，苏礼有种身为猎物被窥视的不安感，于是说道："炎。"

程懿蹙了蹙眉，重复道："炎？"

"嗯，你称呼我炎黄子孙就行。"

苏礼坐的那辆车绝尘而去，程懿收回目光，吩咐秘书："去五楼楼梯间，把她的手机找来。"

何秘书奔上楼时，单笛已纠结许久，最后打算不要脸面地捡起手机，结果一听见脚步声，心虚地落荒而逃，东西便到了何秘书手中。

被格式化后的手机里什么也没有，还在10秒后没电自动关机了。

程懿将手机充上电，而后灵光一闪，问道："车被剐那天我丢在车里的便利贴还能找到吗？"

一刻钟过去，何秘书的叹息声传来："找不到了。"

三天后，苏礼接到通知，说是今天要去实地考察，去川程开会。

时装是川程今年新开拓的业务，名为"浮仪"，分为高级定制和成衣线，以鲜明的重工刺绣和点染为定位，目前还在起步阶段，故而才与以服装设计闻名的C大合作，想要一战成名。

浮仪虽然还没有正式登上秀场，但已经与业内较有名气的客户开始了内部私人定制，先以神秘性打响名号，再慢慢进入大众的视野。

只是万事开头难，哪怕是大公司也不例外。新品牌设计师与客户总是需要磨合的，尤其是定制这种基于个人审美的形式，双方发生争执也再正常不过，譬如此刻。

苏礼和几个同行的C大学子站在电梯口，看着不远处的玻璃门上映出的两个身影。

"舞会你懂不懂啊？舞会是要跳舞的，你设计这么长的裙摆是准备让我摔多少跤啊？。"

"抱歉，但之前您只说去参加生日宴，我自然就将礼服往华丽吸引人上做了。"

"生日宴上有舞会难道不是常识吗？那我让你设计一件婚纱是不是还要告诉你做成白色的？"

"婚纱本来也有浅蓝色和浅粉色的……"

"你这么会狡辩别做设计师了！"

苏礼和学姐面面相觑，感觉场面有些尴尬，遂加快了脚步往会议室走去。

她们路过争吵的两个人时苏礼忽然发现那人的模样熟悉，应该是小有名气的黎羽佳。

黎羽佳当时靠《初吻日记》飙升了热度，迈入"三线小花"行列，咖位不大脾气倒不小，什么优雅、风度全没有，生气了哪怕在直播也会把助理骂得狗血喷头。

礼服定稿的时候她不说什么，穿上了觉得不喜欢就来公司找碴儿，这确实像是她会做出来的事。

兴许是苏礼的目光停留太久，黎羽佳趾高气扬地抬手一指，语气不善地道："站住。对，就你，别走。"

黎羽佳上下扫视苏礼两圈，说道："衣品不错啊。刚才我俩说话你是不是听见了？"

黎羽佳或许是觉得找到了个审美在线的人，接着道："你说这是我们俩谁的问题？"

苏礼盯着礼服看了一会儿，在学姐"别惹事，附和她"的疯狂暗示下，还是没丢掉节操，说道："都没错，小问题而已。"

"小问题？"黎羽佳的火气果然更大了，她冷笑出声，"你知道我今晚要去参加谁的生日宴吗？你知道宴会还有多久开始吗？我不可能穿普通的衣服去的我告诉你！"

既然这么重要你怎么不提前试？苏礼心道。

设计师开口："既然你觉得尾摆长，那我裁掉就是了。"

"这面料我费多大力气才从国外运来的，这么贵你说裁就裁？"

双方僵持中，矛盾一触即发，某处却忽然传来平和的声音："还好。"

黎羽佳看向苏礼，问道："什么？"

苏礼："不裁其实也行。"

这短短的六个字让黎羽佳嗅到了什么。

她问道："你学什么专业的？"

苏礼："服装设计。"

立刻有男生附和，语调吹捧，却很真诚："她是我们C大之光——年级第一，能挂上学校首页展览的校级宝藏。不如让她试一下？"

黎羽佳仍旧一副趾高气扬的样子，抱在胸前的双臂却有些松动，试探地道："真不用裁？"

苏礼抿了抿唇，脑海中闪出数个方案，挑了一个直接上手。

黎羽佳开始还"哎，哎，别碰坏了"地嫌弃着，到后面渐渐没了声音，看着苏礼认真的模样，觉得对方这长相放在娱乐圈里也能迷倒一大片人。可很快，黎羽佳的重点就不在苏礼身上了，不过十来分钟，面前的镜中的礼服却好像有了质的变化。

苏礼用搭配的蓝色缎带为她收了腰，简单缠绕后不仅抬高了腰线显得比例更好，还将腰衬得越发纤细，超长的尾摆被穿过的缎带在身后打了个蝴蝶结，又美又仙。

苏礼又用发卡将礼服的层次感改得更分明，固定好后，还将领口改成更温柔的一字肩，最大限度地发挥了这条裙子的美感。

她不过是做了几个小改动，却好像让人明白了什么是画龙点睛。

"我都加固过了，应该能撑到活动结束，"苏礼说，"如果宴会上裙子有哪里开了，你可以给我发消息，我告诉你怎么弄好。"

黎羽佳方才的嚣张气焰瞬间散了大半。她伸手折腾着胸前的地方，想要露出点儿性感的"事业线"。

苏礼从背包里掏出瓶身体珠光粉，很仗义地做了额外赠送，为她做了肩头和锁骨的点缀。

苏礼止住黎羽佳的手，低声说："段逸就喜欢这种风格。"

仰仗于苏见景偶尔晒一下的朋友圈，苏礼时常会知道最近是谁家的哪位公子过生日。能让黎羽佳这么宝贝还在今晚举行宴会的人，好巧不巧，苏礼正好知道是段逸。

又得益于苏见景那张爱八卦的嘴，她也记得段逸爱朦胧款美人，而不喜欢性感美人。

苏礼说完后，黎羽佳果然不再动作，意外又惊喜地看着她。

苏礼微微一笑，深藏功与名，留下新手机号就走了。

那天的会议结束得很快，还没黎羽佳的插曲精彩。

晚上的时候，苏礼竟然收到了黎羽佳的短信。

"谢谢你，今晚的舞会超成功。——羽佳。"

苏礼笑着摸了摸耳垂，结果这一摸，发现耳钉不见了。

这个耳钉于她而言是很重要的礼物，自从戴上就没有摘下过，不知是今天丢的还是之前就不见了。

苏礼有些着急，在寝室里找了一圈，又给学姐发消息，想问问川程那边有没有人捡到。

她这样做无异于大海捞针，因此也没抱什么希望。

程懿收到消息时，正在听经理汇报今天有关苏礼的事情。

经理："苏小姐特别厉害，动了动手，又动了两下嘴皮子，瞬间让黎羽佳服服帖帖。走的时候，黎羽佳还笑了。"

程懿还没来得及勾出个笑，就看到秘书发来的询问耳钉的信息，顿时皱起眉头。

"把灯全部打开，仔仔细细地找，"男人很快给出方案，"找不到明天也不用来上班了。"

程懿有意进军珠宝行业，最佳方式是与苏氏联姻，但程氏与苏氏有嫌隙已久，最好的办法是让苏礼爱上他。

半个小时后，苏礼听说川程那边没人捡到耳钉，心凉了半截，这时收到了条好友申请，心不在焉地点了通过。

对面的信息瞬间传来，提示音如同最美妙的乐章。

程懿："你的耳钉掉在我这儿了。"

程懿在下面还发了一张图片。

图片中的宽大掌心内，躺着一枚浅粉色的桃花形耳钉。

苏礼看到耳钉完整，觉得心里被注入了一股热流，瞬间活了过来。

举个栗子："啊。"

举个栗子："你在哪里找到的？"

程懿想到方才耳钉卡在角落的缝隙里，为了不将其弄坏，自己命人将地砖撬开，才把耳钉完好地拿了出来。不难猜出耳钉是在她改造礼服时掉落的。

程懿点了下手机屏幕，回道："我的外套口袋里，应该是你那天摔我怀里时弄掉的。"

当时苏礼满脑子只有小三和摔跤，根本没空捕捉别的细节，此刻被他一说，"摔到怀里"四个字莫名被赋予了缱绻又暧昧的信号。她很自然地回想起在楼梯间的场景，还有他的力道与气息，眼睫颤了颤，居然觉得耳垂有些发热。

苏礼咳嗽了两声，赶紧回信息。

举个栗子："不好意思了，要不然你给我寄过来？"

程懿略一思索，将第一时间打下的"不用"删掉，重新编辑了一条信息。

程懿："你住哪儿？"

苏礼没有意识到他话中隐含的亲昵感，只想快点儿拿回耳钉，于是发了公寓的地址给程懿。

没过两秒，程懿回了条信息。

程懿："明天我正好要去你们那边吃饭，顺便给你吧，免得寄丢了。"

丢件的概率虽然小，但确实存在。苏礼揉了揉发顶，赶紧回信息。

举个栗子："也行，就是……"

程懿："怎么？"

苏礼："怕耽误你的时间，你们平时应该都挺忙吧？"

这题她会，苏见景还没当上 CEO（首席执行官）就已经忙得飞起，程懿这种级别的人只会更忙。

程懿："不会，吃顿饭的工夫还是有的。"

接着他又补充回了一条消息。

程懿："不耽误。"

何秘书在一旁眼观鼻鼻观心，但还是忍不住提醒："您哪有工夫吃饭哪？这可耽误得紧，明天中午两个那么重要的投资案您忘了？要不您跟苏小姐商量改个日子？"

"没忘，"程懿说，"会议延后，把中午到下午的时间空出来，一切以她为重。"

苏礼浑然不知自己已经被瞄准，一点儿身为猎物的自觉都没有，下了课就直奔程懿订好的餐厅，打算拿了耳钉就回去吃午饭，结果第一个回合就折戟了。

他们见面后，程懿没急着把耳钉给她，而是坐在座位上抬头低声问："吃过饭没有？"

苏礼："还没。"

程懿："那坐下来一起吃吧。"

啊？这是什么套路？

苏礼赶忙摆手，说："不用了，我不饿。"

"我饿。"程懿看了看表，忽悠起人来脸都不红一下，"我被放鸽子了，不喜欢一个人吃饭。"

苏礼将手臂垂在身侧，指尖无意识地挠了挠掌心的软肉。人家帮了她的忙，她再拒绝就不合适了；更何况男人看似不动声色，实际却让人有些压迫感，提醒着她她的耳钉还在他的手上。

软硬兼施，这位程总果然如传闻中一样有手段。

苏礼笑笑，在程懿的对面坐了下来。

这顿饭他们吃得安静非常，苏礼在外都是谨遵苏家食不言寝不语的教导，安静吃饭。因为热，她将头发拨到了耳后，很快有侍应生送来扎头发的皮绳。

程懿又低声吩咐了两句，属于虾滑的蘸料也被调好递了上来，还注意到她不吃葱和辣椒。

一切被程懿安排得井井有条，这顿饭苏礼吃得十分舒服。若不是前几日获知他城府深沉、手段老辣，还有学姐提前发送过的心动信号，也许她会觉得这人可以深交。

苏礼放下筷子，为了防止程懿吃完就走，迂回地找了个话题切入："对了，你从哪儿知道我的微信号的？"

当时她写在便利贴上的手机号关联的并不是这个微信号，而是那个用来处理繁杂事务的工作号。她是个公私分明的人，很擅长划清界限。

程懿说："你还在川程做校企合作，找你学姐不难问到你的信息。"

他还知道她叫苏礼，爱好是看动漫和做小手工，人缘很好，是老师和同学眼中的镇校之宝。

从他这个角度仔细看，她的眉眼和苏见景确有几分神似。

他费了那么大功夫找的人，居然就在自己身边。

最后，和耳钉一起还给苏礼的，还有那把车钥匙。

程懿道："我不缺车，也不缺钱，这个你拿回去。"

苏礼："我把你的车剐了，总得……"

程懿挑了挑眉，思忖片刻后开口："我经常在这附近办事，"他的指腹抚过腕表上的鳄鱼纹，"你想请我吃饭作为补偿也行，正好我对你们学校不熟悉。"

在学校附近吃一顿饭能值几个钱？和高昂的修车费比起来，她起码要请上几个月，见面的机会自然会很多。

苏礼沉默片刻，然后说："好。"

程懿去卫生间洗手，顺便通知秘书，将往后几个月的中午时间全数空出来。

水流声哗哗地响，镜面折射出暖黄光线，上乘香薰气味让人心情大好，一切也顺利得超乎想象，程懿慢慢勾起嘴角。

十分钟后，看着递到面前的卡，男人迟疑地道："这是什么？"

"美食卡啊。"苏礼眨了眨眼睛，"不是说请你吃饭吗？凭这张卡你能在学校的餐厅、美食城、小吃街畅通无阻。"

她往里面存了和修车费等值的金额，在服务台很快就办好了。

苏礼的眼中闪着亮光，一副天真无邪的样子。

程懿眯了眯眼，问："我一个人？"

苏礼反应了几秒，绽开一个明朗无害的笑容，回道："当然不会。"

幸好。程懿刚舒了一口气，却听见她说道："你带朋友一起来也是可以的。"

程懿感觉自己的膝盖中了一箭。

程懿满身戾气地上车之后，抱臂坐在后座上一言未发，恨不得连睫毛上都凝结出冰霜。

何秘书宛如置身冰窖，哆嗦了半天才开口问："您是有什么烦心事吗？"

程懿这才将目光从窗外收回，问："我在想女孩儿都喜欢什么？"

"啊？"何秘书笑了，"这是一个无解的问题。"

程懿的目光如开刃儿的刀，何栋只觉得嘴角瞬间被拉出伤口，还是不断往下滴血的那种。为避免被冤杀，他赶紧掏出手机将功补过，一阵搜索后回道："啊。找到了。"

程懿"嗯"了一声，示意他可以说了。

何栋："金牌回答——送女孩子东西最主要的是心意，要让她觉得你关注她，才会感动。如果她的绰号是小猪猪，那么在节日时，你可以送她小香猪作为宠物，也可以带她去吃神秘火锅并为她点上全套猪心、猪脑、猪蹄……"

何栋念着念着感觉好像有点儿不对，果然，程懿已冷笑出声。

程懿："那她若喜欢 LV（Louis Vuitton，路易·威登），我是不是还得去给她买头驴？"

何栋沉默。

程懿："你和这答主指定有一个脑子被驴踢过。"

程懿不愿意继续跟这个头发丝都在冒傻气的人说话，打开手机，发现苏礼的朋友圈背景改成了某个黄灿灿的小东西。

他没记错的话，最近相关的电影正要首映。

周五傍晚，苏礼从寝室来到罗森准备觅食，刚拿了个冰皮蛋糕，熟悉的声音就从身后传来："苏礼。"

苏礼吓了一跳，戒备地回过头，正看到身着灰蓝色衬衫的程懿朝她走近。

程懿说："有点儿无聊，来这附近吃饭。"

见他先开口缓解了尴尬气氛，苏礼点了点头，抽了瓶葡萄味儿的汽水出来。

总裁大人应该是第一次逛便利店，一副想买东西又不想买的样子，苏礼作为过来人给予指点，帮他在冰柜里找出了最后一个玉子烧。

苏礼把食物递给他时，正好看到他的口袋边将滑出的纸张，下意识地提醒："口袋里的东西要掉了。"

程懿等的就是这一刻。

他将票取出，解释说："电影票。"

便利店是个让人放松的场所，苏礼找到麻薯，闲聊般随口问道："你出来吃饭还带电影票？"

"嗯，明天下午的首映，还差一个人。皮卡丘，"他说，"你们女孩子是不是喜欢看？"

这话像邀请又不像，苏礼拨了拨耳旁的碎发，漫不经心地说道："明天下午挺好的，太阳不大，我也要出去上课。"

程懿面无表情地提醒："明天是周六。"

苏礼语塞半晌，掩唇轻咳，回道："手绘课，在外面报的班。"

程懿是特意挑苏礼的空闲时间买的票，因此疑惑地道："资料里怎么没写？"

苏礼："刚才临时决定报的。"

程懿沉默了半晌，蹙着眉启唇："苏礼，你……"

程懿的话还没说完，在便利店兼职的学姐在偷听中失了神，手滑之下可乐砸在玩偶上。

杰尼龟"痛得"吱哇乱叫："杰尼！杰尼！杰尼！"

程懿缓缓转过身向发声处看去。

苏礼这才想起学姐是今天的班。学姐名为孟沁，之前在食堂就对程懿表现出莫大的兴趣，这下正好，两个人可以一人一张电影票，相约影院。

苏礼朝孟沁挤了挤眼睛，同程懿说："你找学姐吧，明天她不用上班。"

孟沁瞬间脸红，扭捏地道："嗯，对，不……不用上班。"

一批学生拥入，苏礼抓紧时间结了账填肚子。程懿若有所思地将东西放上收银台，长指微屈，敛眉时英气逼人。捕捉猎物这件事好像比他想象中要棘手得多。

程懿付款后抬腿欲走，又被孟沁支支吾吾地叫住："你……那个……没东西要留下吗？"

名利场中连谁停顿都能读出潜台词的程懿怎会不知道孟沁这是在暗示什么？他笑了笑，把电影票递上。

孟沁魂不守舍、心跳加速，待程懿走远后才敢细看电影票，却觉得一盆冷水从头泼到脚——他把两张票都留下了。

苏礼回到寝室，陶竹正在优哉游哉地看剧，看到她了一句："洗澡去了，哈哈哈。"

苏礼："什么洗澡？"

"就是这部剧，男二号给女主角打电话是男主角接的，男主角说女主角洗澡去了，男二号的心碎了。"陶竹挑眉，"你知道洗澡的意思吧？就有种'夜黑风高孤男寡女共处一室亲密无间'的意思。"

苏礼和陶竹说了一会儿话，又跟学姐聊了两句，便放下手机去洗澡了。

另一边，孟沁想了又想，还是不死心地给程懿发了消息："你是两张票都给我的意思吗？"

程懿："嗯。"

程懿那边一句多余的话都没有，孟沁只好自己找台阶下："那我和室友去看了。"

程懿没多说什么，只问："苏礼怎么一直没回我的消息？"

孟沁："刚刚我们在聊项目，她说太热了先去洗个澡。"

程懿表示知道了。

突然桌面上的手机又开始振动——是苏礼丢下的那部手机，来电号码因为手机被格式化没有了备注，这个号码却已经打了100多个电话，应该是那个什么博简打的。

程懿面色不善地接起电话："喂？"

贺博简正欣喜于苏礼终于肯接电话了，一听到是男声，还是在夜里，忙问："你是谁？苏礼呢？"

程懿："她洗澡去了。"

贺博简心下咯噔一下，手机掉在地上，心碎得和饺子馅似的。

"你再说一遍，她……她干什么去了？"贺博简捡起手机，颤抖着声音又问了一遍。

"洗澡。"程懿不知道这么普通的事有什么可质疑的，冷漠地回复，"我还有事，挂了。"

"喂……喂！"贺博简听着电话那端传来的忙音，整个人更加不好了。

他一直没打通的电话在这个时间忽然被一个男人接起，而那个男人说了句"她洗澡去了"就挂断了电话，很难不给人一种"抱得美人归后忍不住炫耀"的感觉。

贺博简恨得牙痒痒，心想不就是个苏礼嘛，自己不要也罢。他维持着一贯的从容样子，走到室友旁边，说："我认识苏礼六年了，手都没牵到，这人是谁啊？这个点他怎么知道苏礼在洗澡？！"

室友不耐烦地掏了掏耳朵，毫不犹豫地在他的伤口上撒盐："就你想的那样呗，不然呢？"

苏礼洗完澡，擦着头发在空调底下散热，余光看到手机振了又振。

"你这手机都要振爆炸了，"陶竹示意，"我们栗栗业务繁忙啊。"

苏礼查看手机，发现除了学姐的信息，那个曾经被她删掉的和程懿的对话框再次出现在面板上。

程懿："手机还要吗？"

苏礼点开图片，发现自己曾丢给单笛的手机居然跑到了程懿手上。

举个栗子："你怎么连这个都有？"

程懿："在楼梯间找到的。"

看来单笛没要这部手机？那人倒是比她想的有骨气。

其实那天走了之后，苏礼就解绑了一切和手机号相关的东西。有她的电话号码的人不多，她都挨个儿通知了一遍，确保单笛没法用她的手机号做什么坏事。只是程懿跟一个终极反派角色似的，怎么什么都能搞到手？

苏礼本来就是存着不再使用这部手机的念头将其丢下的，按理来说也不会再想要拿回，但在家庭的熏陶下长大，她也更明白，程懿能混到现在这个地步，在商战中尚且游刃有余，让人猜不准、摸不透，这样的不确定性，让她根本不敢将任何隐私物品放到他手上。他危险得如同暗夜里的一支箭，无声无息却带着致命的攻击力。

举个栗子："那我拿回来好了。"

程懿："嗯，下周五项目聚餐，我带去给你。"

苏礼顶着毛巾揉了两把头发，等有水珠滚进眼睛里时，才后知后觉地激灵了一下——周五的聚餐不是学生和项目组长参加吗？他一个大老板来干吗？

程懿这人言出必行。

周五，忙了一周的大家好不容易在烧烤摊边坐下，这人就出现了。

项目组长吓得差点儿从椅子上跌下来，坐都不敢坐，结巴地道："程……程总。"

"别紧张，"程懿在苏礼旁边坐下，随意说道，"我来送东西而已。"

组长平常没什么机会见到老板，因此现在谄媚地说："什么东西值得您亲自送？"

程懿慢条斯理地从口袋里掏出一部手机放到苏礼面前，这才抬头同众人道："她的手机落在我这儿了。"

这话听起来有点儿亲昵，但好像又是事实，苏礼咬了咬唇，手指在手机屏幕上滑了一下。

"电已经充满了。"程懿说。

苏礼实在不知道该怎么回他的话，看了一眼手机，说道："这不是才80%的电？"

"哦，"男人状似沉吟道，"这不是你男朋友给你打了一周的电话嘛，费电。"

苏礼澄清道："前男友。"

程懿："嗯，余情未了的前男友。"

这对话中的每一句话都是她提的没有错，但为什么字字句句听似是她的想法，实则却好像是在他的掌控之中发展？

苏礼没有再被带节奏，但程懿仍旧低声问道："你怎么断得这么干净？他看起来还很喜欢你。"

苏礼认真地掰着手中的花甲，似乎并没听见他说的话。就在程懿觉得话题已经过去时，听见她低不可闻的声音："只是看起来情根深种而已。"

她只不过是贺博简的棋盘上一枚另有用途的棋子。

程懿动了动唇想要再问什么，最终却没有开口。一阵喧闹声传来，孟沁说要玩儿色子，属于两个人的交谈便画上了句号。

苏礼支着脑袋笑着加入游戏，仿佛方才的欲言又止只是他一时眼花。

苏礼跟着校企合作项目忙了一阵，新品初期筛选日很快确定，届时将以小型走秀的形式，让设计总监和设计师挑选出可以深入打造的服装款式。

参加这个项目的虽然都是 C 大的学生，但全是服装设计专业的翘楚，灵感与活力是年轻人得天独厚的优势。每个人都要交一款成衣设计，定款后再分组合作。

苏礼交了画稿，又和一些比较负责的同学一起去钉了打样，对最后的成品很满意。

登台展示的半个小时前，总监忽然来到后台说："今天有个模特儿身体不适没能到场，你们中间有人的作品不能展示。"

"可以让第一个模特儿下台后再换，最后一个出来啊。"有个女生怕自己的作品不能展示，嘀咕了一句。

孟沁扯了女生一下，小声说："这个总监独裁，你别触怒她。"

"好了，"总监涂着红指甲油的手指一晃，眼里流露出傲慢之色，"把衣服都拿出来我看看，挑一件不能上台的。"

试衣间里气氛沉闷，大家将衣服挂到墙面上，不明白这个女人为何如此咄咄逼人，不懂变通。对毕业生来说，每个机会都很珍贵，而她轻易就给大家的心血作品定了生死。

总监看向苏礼，说道："紫色的羽毛裙是你的？"

苏礼点头点到一半，就见总监轻撇了撇唇，说道："不伦不类，作为礼服不够华丽，作为通勤服又太浮夸，撤了。"

人群瞬间炸开，谁都没想到获得赞誉最高的羽毛裙会被贬得一文不值，而总监甚至没有和大家商量，说完就倨傲地踩着高跟鞋离开了。

"搞什么啊？这裙子这么好看，我觉得比香奈儿今年的新款都有态度。"

众人围着苏礼大呼小叫。

苏礼没说话，只是垂眸抿了抿唇。

没过多久筛选会开始，模特儿们身着或猎奇或梦幻的礼服款款而来，踏碎一地斑驳光晕。

川程聘用的设计师逐个写下自己打出的分数，台下也坐着川程的员工和慕名前来的学子。就在众人看累了有些视觉疲劳时，一袭浅紫裙裾一闪而过，本该是易显臃肿的板型，却在设计师独特的巧思下被赋予了层次感，裁出了气质，又显得人高挑。

轻微的喧哗声中，忽然有人飙了高音："模特儿是苏礼本人吗？"

场馆中的人瞬间沸腾。

"真的是她！天哪！她的身材好好。"

"怪不得是最后出来镇场子的，这条裙子最好看。"

苏礼走到一半，又硬生生地被喊了停。

总监只觉得自己的权威受到了质疑，火冒三丈地道："不是说你的展示被取消了吗？你现在是什么意思？自卖自夸、哗众取宠？你是模特吗？"

总监越说越气，每讲一句话就朝台上逼近几步，最后竟像是逼视着苏礼。

苏礼什么场合没见过？她丝毫没落下风，甚至抬手拿过女人的话筒，还拍了两下，发出咚咚两声闷响，让场馆鸦雀无声。

"我只是想上台亲自问问您……"苏礼不卑不亢，将裙子的腰线往里叠了叠，然后从台边拿起配套的丝绒外套穿上。

外套是宽松直筒的款型，瞬间让裙子的繁复性降低，尾摆垂到膝盖，显得飘逸灵动。

"作为通勤装，它飒爽干练，还柔美。"下一秒苏礼将外套脱掉，在灯光下无所畏惧地转了一圈，被特殊材质包裹过的羽毛根根璀璨亮丽，从每个角度看都泛着不同的光，夺人眼球，暗藏心机，"作为礼服它又……哪里不够华丽？"

总监瞬间语塞，台下甚至有人欢呼鼓起掌来："我们栗栗就是最棒的。"

总监的气势不复存在，她瞥到暗处有身影站起时，眉头更是皱紧。

前阵子总监就听说 C 大来了个不懂事的人，此人不仅让程懿给她找耳环，还让他亲自送手机。况且羽毛确实不是总监喜欢的元素，今儿模特儿正好又缺了一位……

她想挫一挫苏礼的锐气，让程懿知道这黄毛丫头并没什么好的，哪儿配如此被捧？

但她没想到，程懿日理万机，平日对服装支线的事毫不过问，今天居然为了一个小小的学生设计展来到现场。

苏礼顺着总监的视线看过去，很快搞清了个中缘由，偏头耸了耸肩，说道："把私人恩怨带入工作可不是好习惯。"

最后，苏礼的展示艳惊四座，她的那条裙子获得了全场最多的赞誉和掌声，越发显出总监的狭隘和刻薄，散场时还有人在吐槽。

为了庆祝展示取得成功，大家决定到日料店聚餐。

今天陶竹也来了，散场后就扒着苏礼不肯松，念叨着自己也想要一条那样的仙女裙。

苏礼有求必应，答应后又听陶竹道："听说程总也爱来这家店，你期待吗？"

苏礼"喊"了一声，道："得了吧，人间祸害，走哪儿害到哪儿。"

要不是因为程懿，总监怎么可能对她"关注"至此？

苏礼话音刚落，方才在暗影中出场的男人就出现在了她对面，疑惑地道："什么祸害？"

苏礼装作无事发生地四处看风景。

服务员许是接收到她的信号，光速赶来介绍最近的新品。

程懿大概是孟沁请来的，因此没多少人意外，大家反而对新品丘比特寿司很感兴趣，还互相打听起了情感状况。

许是程懿面前有个蓝色爱心，有人壮着胆子问道："程总，川程什么时候有老板娘啊？"

孟沁正在参加小游戏，拼着粉色爱心，大家的起哄声让她瞬间脸红，低下头去倒酱油。

苏礼百无聊赖地替学姐把爱心摆好，最后强迫症犯了，仔仔细细、全神贯注地推着牙签，忽然被陶竹猛地踹了一脚。

苏礼后知后觉地抬起头，这才发现气氛很微妙。

程懿半倚着靠背，目光直直地望向她。

苏礼和陶竹好不容易从日料店脱身，沿着河岸一路走一路晃地回了寝室。

天气热得人心浮气躁，空调的风拂过后颈，让人倍感惬意。

苏礼倒了满满一杯水正准备开喝，玻璃杯忽然被陶竹半道拦截去。

面对陶竹意味深长的目光，苏礼舔了舔下唇，问："干吗？"

陶竹微挑眉梢，笑得暧昧，问："程懿刚刚是什么意思啊？他是不是想追你？"

陶竹一边说话，一边在苏礼的水杯里泡起了茶，如同暗示苏礼就是水面上那起伏漂荡的茶包，任人宰割。

"他？"苏礼失笑，又指着自己道，"追我？你知道他是什么人吗？"

"什么人？"陶竹嘀咕，"不就是较为有钱的一位帅哥嘛。"

"我们这样的清纯女大学生，对他那种见惯风流的人来讲，就像草之于狼。"苏礼夺回杯子，"独行狼，野心勃勃，有手段又狡诈，猎物是羚羊和兔子。你见过狼吃草吗？"

陶竹摇头。

苏礼："那不就得了？"

"可人家说给川程找老板娘，他干吗一直含情脉脉地看着你？如果不知道看谁，他完全可以看学姐啊。学姐那把丘比特之箭的箭头都快戳到他的脸上了。"陶竹"啧"了一声，沉浸式地脑补了一出旷世绝恋，"'哦，宝贝儿，我是多么清醒，清醒地看着自己沉沦。'"

苏礼："你没救了，真的。"

"这个可能也是存在的好不好？"陶竹问，"万一他真的是想追你，你怎么办？"

苏礼沉默了几秒，将茶包拿出来丢进了垃圾桶，将整杯水倒掉重添，声音带着笑意："你知道的，我晚上不喝茶。"

为了让陶竹明白眼神和喜欢之间没什么必然联系，苏礼想了想，调整了一下目光。

陶竹隐约明白了她的态度，摩挲着下巴若有所思，再抬头就看见苏礼深深地注视着自己，后脊椎开始发麻，眼皮直跳，忙问："你什么意思？"

苏礼邪魅一笑，问："怎么样？你感受到我的爱意了吗？"

陶竹："滚！"

苏礼撇嘴,正欲去洗漱,忽然发现陶竹以手撑着墙面,似有呕吐的前兆。

苏礼:"你怎么了?"

陶竹捂着嘴说:"我就是突然想起你刚刚说自己是清纯女大学生,觉得挺不要脸的。"

苏礼住的是宿舍顶楼最好的两人间,是学校对优秀学生的优待。后来她和陶竹又装潢了一番,宿舍倒也温馨舒适,像个小家。

家里打算将她保护起来后,她一直把身份隐瞒得很好,就连陶竹都不知道。

入夜,SR会员俱乐部房间内,人声不断。

"用自己当诱饵,深入'敌营'?几天没见,程总变这么会玩儿了?"霍为听完程懿的计划后惊了,钦佩地竖起大拇指,"好一个不入虎穴,焉得虎子。"

程懿面无表情地往杯子里丢着冰块,揶揄他:"你的语文老师听到会哭的。"

程懿的发小陈夜淮却道:"你现在看似冷静,掌握着一切时机,能理智地做出最佳预判,可一旦从局外人变成局中人……"

霍为:"听不懂。"

陈夜淮无语,看向程懿言简意赅地道:"如果你爱上了苏家的那个小姑娘,一切可都完了。"

利用感情当筹码这回事,一旦当事人动心,满盘皆输。

程懿漫不经心地笑道:"开什么玩笑?你认识我多久了?"

霍为也捧场地道:"再给他一亿光年……"

程懿:"光年是距离单位。"

霍为沉默。

程懿理了理衣摆,冷冷地道:"不用做任何假设,我不会对她产生一丝感情。"

周六,苏礼睡到自然醒,然后和陶竹一起出去吃串儿。她们等菜时,身后正好坐了两个艺术学院的学生。

"听说单笛签约网红孵化公司了,她是不是马上要红了?"

"你想多了,现在网红市场已经饱和,出头难,而且她也不是很漂亮。"

"看她最近好像很忙,课那么少还不来上。"

"她那是忙着挽回感情呢。好像她和她男朋友吵架了。"

"她的男朋友是贺博简吗?我怎么听说那人喜欢苏礼?"

"男的喜欢苏礼不是很正常的事吗？我是女生都喜欢她。"

…………

陶竹压低了声音说道："我说单笛最近怎么销声匿迹了呢，原来是'收复失地'去了。"

"谈什么收复？她压根儿就没得到过，"苏礼看着沸腾的汤水，"贺博简只爱他自己。"

贺博简的态度已经那么明显，单笛却仍不愿放弃，看来是真的喜欢他。

周日，苏礼又收到群消息，说明天下午她还需要去川程。

苏礼心道，明明一开始说这个项目很简单，怎么事情忽然就变得多了起来？甚至程懿每次都出席。

苏礼并不排斥工作，毕竟这是自己喜欢的设计，只是难免感觉蹊跷。虽然有股说不上来的反感情绪，但她还是在工作时间带着自己的手稿和设计说明准时出现。

"初步入选的有五件礼服，1号、6号、8号、11号，"总监停顿半晌，继续说道，"还有最后一件羽毛裙。大家围绕着这五件礼服再分组，后期还会继续竞争，不要掉以轻心。"

总监后来又讲了些相关事宜，结束后大家在桌边整理资料。

总监似有若无地扫了一眼苏礼身后的大门，再次开口："我的打分很低，但苏礼的成绩还是很好。"

大家交换着讳莫如深的目光，不知道总监葫芦里卖的什么药。

总监看向苏礼，说道："我就之前的言论向你说声抱歉，希望你不要放在心上。你的设计能力有目共睹，我作为总监应该尊重所有风格的设计。"

没人想到当时气焰嚣张的总监居然会低头，都朝苏礼投来钦佩的目光。苏礼转着笔出神，旁边响起窃窃私语声。

"我没听错吧？总监还有认错的一天？"

"你没看到程总来了吗？展览那天程总也在，她肯定是发现这个柿子没有想象中那么软，所以不敢踢铁板了啊。不然她不想要工作了吗？"

苏礼回神，抬起头，玻璃门后打着领带的男人的身影映入她的眼帘。他只要站在那儿，就有一种无形的压力。

职场上没有绝对的立场，这是川程在苏礼毕业后给她上的第一节课。

川程以建筑业闻名，许多知名的国际广场是由其一手打造的。人们提到这家公司，最先想起的总是鳞次栉比的高楼，它们都极具科技化和未来感。但很多人不知道，川程旗下还有许多子品牌，如原木家具、饮食，甚至有服装。

不知道川程具体业务的人包括苏礼。虽说她平日经常被家里的两个男人灌输各种消息，但有关川程旗下的产业好像一个禁区，无人提及。可从她第一次听到这个名字开始，就有种似曾相识的感觉。

譬如此刻，当大家走到零食柜旁时，食品部的研发小哥哥主动邀请道："苏礼，吃点儿零食再走啊。"

小哥哥的话立刻引来众人的不满。

"只有苏礼是人，我们不是吗？你偏心得有些过分了。"

"不是，我是说……大家一起……一起吃。"研发小哥哥吓得赶紧找补，"冰箱里有果味饮料，你们快喝，很解暑的。"

苏礼打开冰箱，选了款瓶身花纹繁复的饮料，拍下来分享给陶竹。

举个栗子："花里胡哨的，我喜欢。"

苏礼边喝饮料边给陶竹直播起了这足足有房间大的零食柜，小哥哥也与有荣焉地走了过来，开始介绍"明星产品"。

"这款夹心饼干外脆内软，畅销好多年了。

"这个蜜桃玫瑰果汁是今年的新品，是不是超好喝？"

…………

小哥哥说着说着看向苏礼，笑了笑，道："你拿的是新款，还没上市，叫断片儿酒，包装很有异域风情，围绕印度纹样进行设计的。"

苏礼颔首，几秒后疑惑地道："这是什么酒？"

"断片儿酒，很烈，跟市面上那些小儿科的果酒都不一样，包装上虽然画着葡萄，但是人喝完立马上头，你……"小哥哥渐渐发现了不对，"你不会把这酒当饮料喝了吧？"

旁边的人率先为苏礼鸣不平："不是你自己说这是果味饮料吗？"

"那我也不知道她掏到冰箱里头去了啊。再说，这个本来也沾点儿饮料……"小哥哥赶紧上前："怎么样？你有没有感到不舒服？"

苏礼晃了晃脑袋，说道："还好吧，不晕，看东西也没重影。"

十分钟后，苏礼趔趄着被学姐扶出大门，深一脚浅一脚地向前迈步，速度却极快。

学姐："你怎么了？"

苏礼扬起笑脸，说道："踩着太阳了，烫脚。"

"我非去杀了那研发部的铁憨憨不可，"有人说，"苏礼这都醉成啥样了？。"

"现在说这话没意义，赶紧把她送回去吧。"

"怎么弄啊？她的手机锁解不开，她给我报了五个密码了，结果全是错的，现在手机被锁了。"

"哈哈哈，哈哈哈，我竟然觉着她有点儿可爱是怎么回事？"

"你们女生没法背她上楼，"某个男生掩唇轻咳，"不如我来，我正好住她的隔壁楼。"

苏礼意识尚存，张了张嘴正要拒绝，手臂忽然被人一揽，挂到一个很高的人的肩头上。

程懿很有辨识度的气味与酒精味交织，苏礼一边闻着，一边听对方低声问方才的那个男生："你怎么回去？"

男生以为他是在怀疑自己的动机，道："就……打出租车到学校啊。"

程懿："你想把她颠吐？"

男生："你……"

程懿："我开车。"

他们的对话言简意赅，最终以程懿将苏礼扛进玛莎拉蒂的后排座位上作为结束。

苏礼迷迷糊糊间，反应慢了半拍，但转念一想"既来之则安之"，于是想了一下紧急电话的开启方式，便坐在车上看风景。

程懿坐在苏礼的旁边看报表。

红绿灯路口有卖糖炒栗子的，苏礼多看了几眼，车开了还没挪开视线，扒着车窗拧着脖子往后瞅去。

程懿看了苏礼一眼，又转过身继续工作，但分神思索片刻，侧头问道："你想吃？"

苏礼："啊？"

"停车。"这句话程懿是对司机说的。

程懿没管苏礼到底怎么回答，拉着她下了车，走向卖糖炒栗子的摊位。

摊主正要收摊,推着车往另一个方向走去。他们追上摊主后,程懿去买栗子。

苏礼不知道这一切到底是怎么回事,双手托腮地蹲在旁边,目光随摊主铲栗子的动作一上一下地移动,语调哀怨地道:"栗栗那么可爱,怎么可以吃栗栗?"

程懿面无表情地接过栗子,把苏礼从地上拉起来,然后剥开了一个栗子塞进她的嘴里。见苏礼奋力抵抗,程懿钳住她的双手,沉声道:"我剥了壳。"

苏礼这才安静下来。

程懿有点儿哭笑不得,小声道:"还挺娇贵。"

傍晚微风拂过,他们挑了张街边的长椅坐下,阳光通过树叶洒落一地光斑,蝉鸣声悠扬地响着。

程懿负责剥栗子,苏礼负责吃,画面特别温馨。

苏礼忽然想试试抛东西的技术,就越过程懿去拿最边上的板栗壳。

程懿拦下了她,指尖捏着一颗剥好的栗子递到她唇边,说:"吃这个。"

苏礼打量着程懿,问道:"你怎么忽然对我这么好?"

程懿微不可察地动了动眉,以为攻略之门已经开启,她被打动了。

下一秒,苏礼用力撑上他身侧的椅背,结果打滑了,另一只手抓住了他的肩膀,这才免于跌倒。

苏礼不想承认自己是因为手滑才抓住他的,于是将计就计,蓦地凑近程懿说道:"你一开始对我爱搭不理,和你说话跟在朝堂上觐见皇帝似的,可忽然你就带我吃饭、捡我的手机、压制总监,还释放什么……温柔的信息素?"

程懿觉得事态的发展不太对,小姑娘鼻尖上细软的绒毛清晰可见,她似乎掠夺了他所需的大部分氧气。

程懿侧过头,喉结滚动,说道:"你先别靠我这么近。"

苏礼偏不依,伸手将他的下巴拨回来,微眯起桃花眼,呵出的酒气打着旋儿地挠着他的耳郭。

苏礼轻笑,语调像一把钩子滑进他的耳朵:"你是不是对我……有所图谋啊?"

长街内暗香浮动,二人近得鼻息可闻,苏礼将程懿牢牢扣住,双眸浸过水一般,目光仿佛洞悉一切,又带着醉酒后的些微迷茫之意。

这是一道无解的送命题,好像他怎么答都是错的。

男人的神色不甚分明,他掸了掸衣摆,低笑道:"我对你有所图谋?开什么玩笑？"

说完这句话，程懿终于敢和她对视，眼底已一片坦然："一个乳臭未干的小姑娘，我图你什么？"

男人只在最初几秒有过短暂停顿，但很快调整好状态，让人瞧不出一丝破绽。

苏礼眯着眼端详了他一会儿，隐约觉得他说得好像是有那么点儿道理，加上他看起来坦坦荡荡，于是坐了回去，掰着手指嘀咕："没有吗？"

程懿不想在这个话题上过多纠结，抬手将整包板栗塞进了苏礼的怀里。

果然，苏礼的思路迅速被带歪，她问道："干吗都给我？我吃不了这么多。"

"你回去慢慢吃。"程懿起身，"走吧，我送你回家。"

苏礼靠在椅子上扭来扭去，像是在撒酒疯，嘴里说道："我不想走。"

说完她老老实实地站了起来，乖巧地抱着一大袋板栗跑得比程懿还快。

她跑动时有高跟鞋踩过青石板地面的声音，百褶裙下的长腿纤细匀称，瞧不见一丝赘肉。

程懿失神片刻，瞧着她的背影，紧绷的神经终于松懈下来，暗自舒了一口气：女人真的好可怕，尤其是明明喝醉了却还能思考的女人。

次日阳光正好，苏礼睡到下午，才被楼道间追逐打闹的笑声吵醒。她对着天花板发了五分钟的呆，才反应过来自己身处何地、刚干完什么。她缓缓爬下床，坐在椅子上小口地喝着水。

陶竹走过来，戳了戳她的头顶，问："以后还喝酒吗？"

"又不是我主动喝的，"苏礼咬了一下杯沿，"断片儿酒先动的手，我找谁说理去？"

陶竹："你后来怎么搞的啊？怎么是程懿送你回来的？"

苏礼记不清了，但脑海中陆续闪过一些片段，便尝试着将它们拼凑起来："我们先是在门口讨论我怎么回来，结果上了车，然后……"她停顿了一下，"程懿……吃栗子？"

陶竹瞬间跳起，紧张地道："上车？程懿把你'吃'了？"

"糖炒栗子！板栗！"苏礼用力晃了晃装栗子的纸袋。

陶竹若有所思地咬着手指，想继续发表什么看法，但又怕苏礼跟上次似的用眼神恶心自己，于是作罢。

苏礼吃完午饭之后准备回一趟家收拾一些日常用品，顺便跟好久没见的哥哥和爸爸吃顿饭，交流交流感情。

听说她要回来，苏见景亲自下厨，苏皓也从百忙之中抽出空偷偷来接她。苏礼上了车才发现父亲也在，惊吓之余又很满足。

苏皓向来不担心她的学习成绩，问了问最近的生活状况，她如实回答。两个人有一搭没一搭地闲聊着，车开进了别墅。

下车的时候苏礼脸上挂着笑容。苏皓替她提着包，她跟在后头。

苏礼扫了一眼花园后问道："家里的花园重新种了植物吗？看着跟以前不一样了。"

苏皓："嗯，添了些雏菊，你哥说你喜欢。"

苏礼心里高兴，嘴上却说："献殷勤。"

苏皓知道他们兄妹俩互损已经是日常，纵容地笑了笑，没进行制止和纠正。

苏礼到家换好衣服，将头发绑成小丸子头，然后舒舒服服地躺着玩儿手机，忽然看到一个很好笑的表情包，就想转发给陶竹，于是下意识地点了微信上的第一个对话框——结果因为程懿这阵子常给她发消息，所以表情包顺理成章地飞到了程懿那里。好在几秒后她迅速点了"撤回"，可程懿也在同一时间给她发了个问号过来。

这撤了还不如不撤呢，苏礼一边后悔一边解释。

举个栗子："发错人了。"

程懿："嗯。"

过了七八分钟后程懿又发过来一条消息。

程懿："我还以为你昨天没有掐够呢。"

这话说得就很有艺术性了，苏礼看着那个一方对另一方连掐带踹的表情包，愣怔半晌，有点儿紧张地打字。

举个栗子："我昨天对你拳打脚踢了？"

不是吧？她喝醉后还有这本事？

程懿："也不算，就是强硬地把我摁在椅子上而已。"

程懿在下面发了张图。

这张照片是男人将胳膊绕到她背后拍的，照片里只能看到她的后脑勺儿及按着程懿的肩膀的手，看起来比较像"壁咚"。

程懿好像知道她此刻在想什么，接连发来几张图片，以手肘为圆点，以小臂为半径，全方位为她展示了她是如何"英勇"的。

虽然这些画面比较让人无地自容，但是人被逼到一定境界之后就会自暴自弃，苏礼决定不要面子了。

举个栗子："你这人怎么还拍照的？"

程懿："你都敢做，我怎么不敢拍？"

苏礼看着消息深呼吸几次，噼里啪啦地一顿敲字，按下发送键。

举个栗子："那你怎么不干脆录个视频打包卖给我呢？"

十秒钟后，像是确认过什么，程懿回复了她。

程懿："我确实录了，你要看吗？"

她好窒息啊。她的记忆里根本就没有拍摄这段的画面。

苏礼对自己没了信心，也并不想知道自己喝醉后是不是会即兴来一段杂耍。为了避免程懿继续，她选择了用一首《感恩的心》结束对话，也将程懿的视频发送计划扼杀在了摇篮里。

苏礼正在咬牙切齿地碎碎念，苏见景走到她的房门口敲了敲门，说："大小姐，出来吃小番茄。"

苏见景说完又扫了她一眼，嫌弃地道："躺得这么歪七扭八的，以后哪个男的愿意跟你在一起？"

苏礼气闷，见不到时处处护着她，见到了又时时毒舌地说她，也许这就是亲哥吧。

苏礼腾的一下从床上跳起，从头发丝到脚底板都写着"不甘心"这三个字。她一面控制不住地回看聊天儿记录，一面又想消除这段记忆，挣扎得异常艰辛。

苏见景无语地看了她一会儿，凑近道："你到底在聊什么？"

苏礼下意识地遮掩着手机，换来苏见景的一声冷笑。

"刚才就发现你一直在玩儿手机，"苏见景自以为切中要害，"躲什么？谈恋爱了？"

"没，"苏礼不想给苏见景多增加一个笑柄，"群里说川程的事呢。"

苏见景原本还笑嘻嘻的脸瞬间沉了下来。他问道："什么程？川程？"

"是啊，学校安排我去参加校企合作。"苏礼舔了舔唇，"怎么了？"

气氛变得严肃起来，苏见景少见地沉默了，最后只是说："合作结束后你就不要再跟川程有任何瓜葛了，这件事也不要跟爸说，知道吗？"

苏礼本来想继续问，但苏见景接了个电话，去了阳台上。

苏礼想了一会儿，觉得可能是商业合作类的事情，既然苏见景没有细说，自己也不用太大惊小怪，平常心处理就好。

后来苏见景没再提起这事，苏礼也就专心地吃完了丰盛的晚餐，感觉"塑料"兄妹情都因此得到了升华。

傍晚苏礼回到学校，还给陶竹带了小龙虾。

第二天又是忙碌的一天，大家分完组后忙了一上午，就留在川程吃午饭。

川程食堂的菜品挺好，苏礼添了一满盘菜，和大家一起在桌边坐下。说这里是食堂，其实更像个小餐厅，装潢中式复古，还有镂空圆窗做隔断。

"听说川程马上要团建了，要不我们一起去玩儿吧？"学姐说，"我问了一下，应该可以参加。"

"好啊，我还没在公司团建过呢。"

"感觉程总还挺关照我们的，肯定行。"

"那我今天就去买衣服和旅行用品了，哈哈哈。"

大家纷纷附议。

苏礼虽然不知道学姐为何忽然有这种想法，但还是点了点头。

果不其然，他们这批学生参与团建的提议并未遭到反对。大家约好于周五清早从公司出发。

苏礼有些晕车，挑了前排靠窗的座位坐下。

人陆陆续续地到了，苏礼正准备找耳机，结果一抬头就和过来的程懿撞上视线。

程懿今天穿着宽松的蓝白运动服，多了几分少年气。

老板一来，车厢内立刻安静不少，但也有胆大的人开始议论。

"程总怎么来了？是坐自己的加长林肯不香吗？"

"老板放着豪车不坐来挤大巴，搞得我好紧张啊。"

"不用紧张，"程懿大概也意识到了什么，解释道，"我只是想离大家近一点儿。"

众人受宠若惊，只有苏礼听出了他的言外之意。

不知是不是她的错觉，好像自从她喝醉那次之后，程懿就变得和以前有点儿不一样了，是那时候自己说了什么吗？

两人视线交错，程懿走到她旁边的空位旁。那短暂的几秒仿佛被无限拉长，某个瞬间苏礼甚至觉得他已经坐下，可他只是抬腿迈过，去了她后面的座位坐下。

程懿坐好后能看到苏礼的后脑勺儿。这个座位空间狭窄，他强忍不适收好自己的大长腿，感觉全身上下如同被绑住，施展不开。

既然她已经开始怀疑他的动机，那他就应该退后收敛一些，只是又不能离得太远，这个度确实很难掌握。

程懿的手机振了一下，是车外的秘书发来的消息。

何栋："为了把妹，您真的牺牲太多了。"

程懿转头，看到车窗外何秘书的目光饱含钦佩之意。

苏礼打了个哈欠，发现学姐是最后一个上车的。车上只剩苏礼和程懿的旁边有空位，学姐抿了抿唇，坐到了程懿旁边。

车快开时有个男生下去上厕所，回来后便坐到了苏礼旁边。车上响起了八卦的讨论声，接着又被其他声音淹没。

不知那些八卦的声音里有没有学姐？苏礼恍惚地想着，但没有回头去看，又隐约记起，程懿找自己确实不如之前勤了。

窗外日晕晃眼，苏礼耸了耸肩膀，没再多想，渐渐犯困了。

苏礼睡着时，程懿用余光看到她身边的男生抬手替她把头顶的空调关小了。

四个人的心思，沿着高速路织成了网。

车上闹哄哄的，苏礼睡得不是太好，下车时还有点儿无精打采的。

苏礼没想到团建的第一个项目居然是爬山，爬到一半就累瘫了，连是谁给她递了救命的矿泉水都没看清。

好不容易结束了一天的行程，大家准备在客栈大厅玩儿会儿剧本杀就去休息。

路过的程懿被一个男生拉进了局，剧本杀开始了人物介绍的环节。

"我扮演的是……"孟沁刚玩儿，还不太适应。

有人小声提醒："阿岚。"

孟沁："对，暗恋正琛的阿岚。"

苏礼作为旁观者，支着脑袋越发犯困，琢磨着正琛是不是程懿的角色来着？她还没想明白，孟沁突然掷地有声地说："嗯，对，程懿，我喜欢你。"

苏礼仿佛受到了惊吓，彻底清醒了。

告白来得太突然，桌边的人安静了几秒，瞬间沸腾，甚至有男生开始拍桌子助兴。

"我没听错吧？学姐你再说一遍。"

"这么猛？一出学校就搞事？"

"是程懿没错吧？不是剧本杀里的角色正琛？"

"不是正琛，"学姐笑了笑，"我以孟沁的名义喜欢你，程懿。"

苏礼被刺激得困意全无，暗中给学姐竖了个大拇指，甚至想嗑把瓜子看看戏。

大家本以为程懿会给点儿什么回应，但男人到底不是青涩少年了，掀翻房顶的欢呼声没能搅扰他半分。

他神态丝毫未变，波澜不惊，仿佛自己根本不是主角之一。

时间在等待中变得漫长，大家的情绪也达到顶峰，鼓着掌开始有节奏地起哄："在一起！在一起！"

尽管程懿不发一言，孟沁还是微笑着看着他，没打算将这段插曲含糊带过。

可男人见惯了大场面，好像没什么能让他的情绪有所起伏，就连开口说话时声音也是平稳低沉的："我有喜欢的人了，抱歉。"

大厅内传来叹息声。

孟沁似乎并不意外，但眼底还是有藏不住的浓浓的失落情绪。

程懿说话也太直了吧？苏礼腹诽着卷起一边的杂志，裹成小喇叭的形状抵在唇前，说道："没关系，我喜欢学姐。"

苏礼这反套路的话迅速化解了尴尬，大家纷纷跟着喊了起来。

"就是，我也喜欢学姐！"

"我们都喜欢学姐！孟沁超好的！"

…………

幸好有了苏礼，团建才没在第一天就悲剧。大家的情绪很快被调整回来，孟沁也装作无事发生的样子玩儿了两把游戏，这才说闷，去了露台上看星星。可露台被茂密的树冠遮挡，哪儿能看到星星？

更深露重，苏礼披好外衣走出去，趴在孟沁旁边的栏杆上，没有说话安慰，只是默默地陪着她。

片刻后，孟沁开口："你知道我第一次见他是什么时候吗？"

苏礼没说话。

"我刚升初中时想逃课，偶然路过学校高三部教室。见高三（1）班的窗台上趴了好多人，我就好奇地踮脚看了看，他就站在讲台上写板书，好看得让我……我形容不出来，"孟沁忽然觉得词汇贫乏，"就是能让我从坏女孩儿变成你们现在看到的我的那种好看，你明白吗？"

苏礼调笑："噢，一个'颜控'晚期的自我修养？"

"他可不只是颜好。他有多聪明、多厉害，这些我不用说你都能看出来。"孟沁说，"他毕业那年考得太好了，朋友为了整蛊他，公开了他的微信号，我也偷偷加了……幸好他后来没删。我们就这样有了联系，但他很少回复我，即使回也是一两个字完事。"

夜幕下，孟沁幽幽地叹息："能再靠他这么近，好像还多亏了你。"

苏礼不清楚这和自己有什么关系，明明这些联系都是因为校企合作，但这会儿并不想煞风景地反驳，于是说："总之你很优秀，是他眼光不好。"

孟沁忽然转头看着她，目光意味不明，语气也听不出什么："如果他喜欢的人比我更优秀呢？"

苏礼愣住。

孟沁摇了摇头，转过头笑道："其实我早就知道结果了，但又不甘心不赌一把就结束，所以这次才想跟来，顺便断了自己的念头。

"起码试过，我不后悔了。只是我追了这么多年忽然放弃，像弄丢了身体里某个很重要的东西，还是有点儿空落落的。"

孟沁望着某处出神。

苏礼听出她声音里的迷茫之意，也被牵出缕缕回忆，将下巴垫在手背上，说："我也有啊，横跨一整个学生时代的过去。"

孟沁看向她。

"高二我刚转学，还没来得及跟大家混熟，那天去食堂吃饭，里面有人跟朋友打闹，结果失手打翻饮料，弄脏了我的校服。我没带换洗衣物，满脑子想的都是接下来半天该怎么过，结果忽然有人递了件外套给我。"

她到现在还记得，贺博简的外套是深蓝色的，边角被洗得泛白。他把陌生的她带到水池边，用纸巾帮她擦掉衣物上残余的奶渍，温柔得一塌糊涂。

"我是跨省转学，一开始不知道他们这边的知识侧重点，他就经常整理了重点将笔记偷塞到我的课桌桌洞里。后来报考大学也是他给我提的建议，所以我们的专业相近。"

孟沁问："你们大一就在一起啦？"

苏礼："没有，我们一直像朋友一样。他快毕业才表白的，我就同意了。"

孟沁："你期待很久了吗？"

苏礼："我不知道，但所有人都觉得我们应该在一起。"

六年，不在一起他们还能是什么关系呢？苏礼想不出别的结果，因此被告白时不觉得惊喜，只觉得如同画完图纸般完成了一个既定的工作。

孟沁听完，忽然笑道："你那不是喜欢，只是感激和习惯而已。"

"是吗？"苏礼不明白，"为什么这么说？"

"你从没想过主动，无非是在等他开口，三五年或更久，但没有也无所谓——可真正喜欢一个人，会舍不得让他等的。"

那晚苏礼翻来覆去睡不着，脑子里全是学姐说的最后一句话。最后她刚刚眯了两个小时，转醒那一瞬间，却觉得仿佛一切都明朗起来。

怪不得和贺博简在一起时，她从未心动过，起先还以为是时间消磨了热情，可他劈腿后，自己也只是失望，甚至没有纠结过他是否真的爱过自己。多好笑啊，她居然感觉到了一丝劫后余生的庆幸。虽然弄混了感情的边界，但好在能及时抽身。

床边的手机振了几下，微信里传来新通知："今天白天的团建地点在棒球馆，晚上的活动是野营。"

上午的活动是去体验室内模拟棒球，程懿已经把场馆包下了，大家分到不同的房间，苏礼还是和孟沁在一块儿。

棒球这东西看着简单，实操起来却很有难度。

苏礼只在韩剧里看过几次棒球比赛，自己还没试过。起初她操作起来有些僵硬，可老师教了一会儿她就上手了，甚至屡屡打出高分。

孟沁则怕极了这玩意儿，一见球飞出来就缩着脖子躲避，生怕球砸到自己。

苏礼忍俊不禁，不知从哪儿翻出个摩托车头盔，把挡风罩往下一滑，孟沁的整张脸就被遮得严严实实的。

"现在总没问题了吧？"苏礼说，"别怕，砸不到你的。"

苏礼很有耐心，又善于总结和学习，孟沁在她的指导下也渐渐掌握了要领，打得满头大汗才停下，心中的不快情绪也消散许多。

休息时间，苏礼喝着水，还不忘关心孟沁："好受多了吧？"

孟沁反应了一会儿，才发觉她是在帮自己缓解前一晚的郁结心情，感慨她竟能细心至此，又丝毫不伤及自己的自尊。

"你这么聪明，成绩又好，要不是突然转学抓不到重点，怎么可能用得着贺博简帮忙？"孟沁说道。

苏礼："嗯，那年十月份我就抢走了他霸占一年的年级第一的宝座，他为这事好久没搭理我。"

程懿本是路过，听到熟悉的名字，禁不住脚步微顿，去看坐在软椅上晃着双腿的女生。

她是在说前男友？她会跟什么样的人谈恋爱？

为了让猎物尽快入笼，程懿听得认真，却忽然被一道声音暴露了踪迹。

"嘿，程总。您站在这儿干吗呢？要不要喝水？"何栋笑得春风拂面，说得体贴周全。

苏礼听到动静，隔着网门不解地看过来，仿佛在质问程懿为何在此。

程懿背着手深呼吸几次，这才为自己找到说辞："快结束了，你们准备一下。"

苏礼模棱两可地"哦"了一声。

何栋忍不住又说："您来通知这事？这事不都发在群……"

程懿勾了勾手指。

何栋见气氛严肃，以为是有什么机密要事，不自觉地屏息靠近。

程懿："在我发火前，快滚。"

何栋："好嘞。"

苏礼意犹未尽地又玩儿了两局棒球，再上车时只剩一个空位，夹在孟沁和程懿之间。

苏礼头皮发麻地坐下，心想最近的修罗场真是越来越刺激了。

程懿铺垫许久，逐个问完身旁众人的晕车程度，终于能够"顺理成章"地转向苏礼："晕不晕车？我这里有话梅。"

程懿半天没得到回复，只见苏礼盯着某处发呆，拨头发时"不经意间"露出白色耳机。听歌的话，她可能确实听不见。程懿想了想，于是作罢。

这段路十分漫长，到加油站时他们停下歇了会儿，苏礼也离开了座位，但留下了手机和耳机。

车上几乎没人，安静得连窗外踢石子的声音都清晰可闻，却没有音乐声。

程懿意识到不对，皱着眉拿起苏礼的耳机，发现里面没有音乐声，而她下车前也没按过暂停键。

程懿做了几次深呼吸。很好，她根本没听歌，是在装听不到他说话。

苏礼自认为做得天衣无缝，既能避免程懿的尬聊，又不会让学姐难受，谁知后来的一路程懿都一言不发，整个人仿佛结了冰，冻得人直哆嗦。

不过离他自然是越远越好，抵达目的地后苏礼飞速地跳下车，在某块避风处生起了火。

晚上野营，饭也是他们自己做。大家很快分好工，苏礼和学姐生火，剩下的人分组去找食材、柴火及水果。

程懿当然不在此列。自由的总裁大人散了一会儿步，望着自然美景终于消了气，偶遇雏菊花田，颇有雅兴地采了一束。他想苏礼现在还逃避他，应该是因为不熟，熟了就好了。那他就送花，没有女人不喜欢花。

程懿回去时苏礼正好在海边洗石头。他走过去，难得有几分踟蹰，压低了声音喊道："苏礼。"

苏礼正手忙脚乱地忙活着，看他欲言又止，匆匆瞥过他手上那把东西，还以为他是不好意思只找了这么点儿引火之物来。眼见火又快熄了，于是她说了句"没事"，就夺过东西全部塞进了火堆里。

苏礼一边慢慢地扇风观察着火，一边小声嘀咕："用这个当柴火，真不知道你们直男的脑回路是不是用迷宫拼的。"

我那是给你生火的吗？

有一瞬间，程懿甚至想立刻坐飞机回川程然后放弃有关珠宝和皓苏的一切计划。

好吧，他心胸宽广，不和小姑娘计较。

总裁大人纡尊降贵地半蹲在她身侧，说道："你喜欢用这个生火，也很好。"

火烧得旺，苏礼不知道他在说什么乱七八糟的话，看着他的口型，怀疑道："喜欢圣女果拉布拉多还是蓝莓味海豹？我喜欢柴犬。"

二人鸡同鸭讲地聊了半天，一旁的孟沁起身去洗餐具，苏礼怀疑她是被戳中了伤心事，不由得咳嗽两声，瞄向程懿，问："她是不是又被你气走了？少说两句'喜欢'，那天晚上你还没说够吗？"

程懿正想说这不关自己什么事，忽然被海风撩拨了一下神思，于是压低声音说："你就不想知道我喜欢的人是谁？"

苏礼手中拿着竹签，在男人晦暗不明的目光下挣扎了片刻，这才把即将脱口而出的单字咽回去，换成了较为委婉的一句话："我应该感兴趣吗？"

始料未及的程懿愣住了。

苏礼终于破功，说出实话："你喜欢谁我干吗要知道？这跟我有什么关系吗？"

程懿："万一和你……"

"你连学姐都不喜欢，我还能指望你喜欢谁？天上下凡的仙女吗？还得是嫦娥级别的？"苏礼越说越郁闷，觉得这男人的眼光简直高到令人发指。

苏礼将穿好的里脊肉塞到程懿手上，吩咐道："喏，刷油吧。"

苏礼语带指责，仿佛他拒绝孟沁是件多么人神共愤、有眼无珠的事情。

程懿起先还未觉察，后面逐渐品出了不对劲，蹙眉低声问："以我的条件，我拒绝孟沁，也没什么不能理解的吧？"

"你的条件？"苏礼虚心求教，"你是什么条件哪？"

程懿又愣住了。

苏礼一边放烤肉，一边数落起来："第一次见面，你脾气不好；后来的饭局，你的自我意识太强，让人难以看穿、无法接近，你还冷漠。"或许是食物的味道让人放松，她一时嘴快，脱口而出道，"而且吧，你看起来也不像个好人。"

毫不夸张地说，无论是少年时期还是成年后，程懿从不怀疑自己的吸引力，然而他那些优越的外部条件，在苏礼眼里竟好像废品一般。

"哦，还有年龄。"苏礼撒着椒盐补充了一句，"年纪好像有点儿大了。"

程懿眯起眼，舌尖扫过后槽牙，半晌才冷笑出声："我年纪大？"

苏礼回忆着大家以前聊过的话题，不甚确定地道："不是吗？你今年也三十多岁了吧？"

程懿忍无可忍地道："我二十八岁。"

她知道男人二十八岁到这个地位有多罕见吗？他都快被人用"青年才俊"和"年少有为"夸倦了，她居然讽刺他是老男人？

"哦，"苏礼讪笑了两声，"不好意思。"

她说的明明是道歉的话，眼睛里却好像写着"二十八岁也没有多年轻嘛"。

程懿气得眼睛都要红了，心想：你给我等着，不让你喜欢上我这个二十八岁的男人，算我程懿不行。

程懿刚冷静下来，蓦地又想起她方才说的某句话。

程懿克制着情绪问道："我哪个地方不像好人了？"

说实话，这个男人五官端正，眉目俊朗，怎么看都是个正人君子，但面对她时，总若有似无地放出一丝危险的气息。他亦正亦邪，让她本能地产生抗拒情绪。

苏礼摸着下巴想了一会儿回答："说不好。"想了想她又补充，"如果你非要我说的话，那就是每个地方吧。"

大家陆续归来，场地顷刻间变得热闹起来。众人齐心协力地弄出了一桌丰盛的菜肴，苏礼烤的里脊肉更是获得了大家的一致称赞。

只不过那晚的烤肉程懿一串都没吃，也不知是有意还是无意，他的帐篷还搭在了离苏礼最远的地方。

酒足饭饱后，到了睡觉时间。

苏礼的皮肤娇嫩，吹弹可破，平日里她是大家羡慕的对象，到了晚上却是虫类最喜欢的叮咬目标。

尽管喷了驱蚊水，但她一晚上仍旧反复被蚊子弄醒，手臂和腿上有着不同程度的包。

苏礼被痒得早早醒来，毫不客气地解决了三只最嚣张的蚊子，心里这才舒坦点儿，掀开帐篷出去。

五点的海边天色正美，她举高手机拍了两张照片，赤着脚站在沙滩上。一层层浪花温柔地袭来，感受到海的力量轻触足尖与脚背，温润舒适，她微微弓起了脚背。

周遭一片静谧，身后忽然有脚步声传来，虽然声音很轻，但苏礼还是第一时间觉察到并回过头去。

高强度的工作让程懿每天准时在五点醒来，今天也不例外。

他本以为所有人还都睡着，谁料没走几步就看见一个熟悉的背影，海风吹拂着她的裙摆，荡出深蓝色的波。

清晨的光照在她的面颊上，那张未施粉黛的脸却丝毫不逊于远山如黛的景致，她就是个十足的美人坯子。

男人倏地感到释怀——由于种种事情，她的确对这个世界有诸多戒备，既然他想要得到她的信任，自然需要时间与耐心。她与他从前见过的那些女人都不一样，是需要用心血浇注才能盛开的蓓蕾。

程懿权衡一番利弊，将自己哄好，然后又去问苏礼饿不饿。

苏礼确实饿了，接受了男人的好意——泡了一桶五香味的泡面。

他们之间有些紧绷的气氛也在食物的香味中慢慢化开。

幸好今天的行程并不紧张，大家且歌且行地闹了一路，玩儿了些小游戏，下午6六点就入住了新的山庄。山庄内的娱乐活动更丰富，乒乓球台、K歌房、游戏厅、桑拿房等一应俱全，多方位满足了大家的需求。

由于昨晚没睡好，苏礼打算今晚早点儿睡，所以什么兴奋的活动都没参加，安安静静地在练歌房里听大家唱《温柔》。

结果十点一到，温柔不复存在，众人纷纷化身午夜小精灵和熬夜达人，开启了蹦迪模式——灯光散乱群魔乱舞，吵得人头疼。

为了保护自己的头发，苏礼及时在被捉进去跳舞前退了出去。

四周都闹哄哄的，只有清水池边点了三两盏灯，飞虫低低盘旋，是难得的清净之地。

苏礼刚在池边的长椅上坐下，左侧就传来程懿的声音："你怎么出来了？"

苏礼被吓了一大跳，这才发现程懿就坐在旁边，只是没什么动静，自己才没注意。

苏礼惊魂未定地拍了拍胸脯，说道："你出点儿声音啊，怪吓人的。"

程懿："早说我在，你就不会过来了。"

苏礼本来想找个借口离开，结果被程懿这么一说，又没法走了。

对他俩的关系苏礼想得很明白，就是萍水相逢的陌生人，连上下级都算不上，虽然比起初遇时的剑拔弩张要缓和不少，但也不过是普通路人，三五天不联系连长相都会忘记。

迷宫里就算遇到再赏心悦目的冰雕，因为不喜欢冰手，她也是不会想要去焐热的。

她对程懿就是这种感觉。

更何况他对她而言并没什么特别之处。另外她还记着苏见景的话，能不靠近程懿就不靠近，最好尽量离得远些。

程懿："这个项目结束后，你会留在川程吗？"

苏礼正好想到这里，笑了笑说："不了。"

"为什么？"程懿问。

还能是为什么？当然是因为你。但这句话苏礼没有说，只含混地道："不合适。"

程懿："不试试你怎么知道不合适？"

苏礼："有的事不试也知道。"

苏礼假意看了一眼手机，像是有人在找，起身时嘴角微弯，颔首道："朋友约我去蒸桑拿，我先走啦。很晚了，程总也早点儿睡。"

苏礼说完便快速离开，徒留程懿望着腕表久久出神——他们的对话看似不再针锋相对，却变得越发疏离，表面上距离是在拉近，实则变得更远。

不能再这样下去了，这是行动派男人脑海中唯一的念头。

苏礼以蒸桑拿为借口离开，自然就要把谎给圆上。她走进桑拿房，又换好了衣服，然后打算回去睡觉，结果一走出来就遇到同样换好了衣服的程懿。

苏礼的嘴比脑子快："你干吗？"

"蒸桑拿。"程懿神态坦然，过招儿间轻巧地化被动为主动，"不是朋友约你了吗？朋友呢？"

苏礼哽了哽，然后回道："她觉得困先走了。"她裹着袍子在椅子上坐下，提醒道，"没有人会在夏天蒸桑拿。"

程懿闭上眼，像是已经开始享受了："这不是有你陪着我？"

苏礼："……"

苏礼觉得自己真是有病才会想出这么笨拙的借口，夏天蒸桑拿这种事，别致得就连说自己记错了都不行。

苏礼不得不承受自己安排的这一切，在热浪中感受到了人间不值得，勉强用"出汗可排毒美容养颜"来安慰自己，才没有临阵逃跑。

给自己挖了个坑的苏礼将淡樱色的唇咬出浅浅的印记。程懿难得见她气鼓鼓地吃瘪的样子，虽然自己也热得难受，却生出几分看好戏的心思，偏过头，几不可察地勾了勾唇。

桑拿房内闷热，苏礼没一会儿就觉得渴了，出门去找水。

程懿在后头追问："这就不行了？"

苏礼的好胜心被勾起，她回道："我去喝水，然后去隔壁屋子蒸。两个人凑一块儿更热。"顿了顿她又补充，"放心，我不会比你先走的。"

放水的储物室在最里头，苏礼找了一路，等反应过来的时候已经离先前的房间有些远了。

走廊很安静，回荡着有些杂乱的脚步声，影子在微弱的廊灯灯光下交叠摇晃，令人很不安，她总觉得身后有人跟着。

苏礼停下脚步回头，背后却空无一人。她怀疑是自己太敏感了，摇了摇头，继续往前走。中途她又停下过两次，可还是什么也没看到。

苏礼到了储物室，打开冰柜，又觉得喝常温的水比较好，于是俯身摸到一个塑封完整的箱子，拆了好半天才取出一瓶常温的水。

与此同时，门砰的一声被人合上，有脚步声在她身后响起，一道油腻的声音响起："美女，一起玩儿吗？"

苏礼手指一颤，回身那一刻看见一副扭曲又丑陋的嘴脸，水瓶险些从手中脱落。那人奸笑着扑过来的前一秒，忽然被人抓住了肩膀。

程懿侧身上前一个屈膝，稳、准、狠地撞上那人的小腹，巴掌甩出，苏礼听到了两声脆响。

"别看，"程懿怕她被吓着，低声道，"闭眼。"

那人还以为是让自己闭眼，死瞪着金鱼眼想用头顶程懿，却生生被止住。一拳忽地飞了过来，他整个人后退好几米，鼻子像是被打得错了位，湿热的液体不受控制地流出。

尾随者痛苦地叫着，蜷缩在地，眼角泛红，控制不住地干哕着。

程懿动了动腕关节，半蹲下去，语带疑惑地问："玩儿什么？怎么不跟我玩儿？"

/第二章/

吊带睡裙

程懿从旁边拿起捆箱子的胶带，将尾随者的手脚全部绑起，将人踢到一边，这才转身去寻苏礼。

苏礼打开门，正倚在门框边闭目平复情绪。

男人眉峰一挑，声音竟带着几分笑意："这么乖，要你闭眼还真闭眼？"

苏礼平复了一下呼吸，抬头就看到男人那张脸。看在他"立功"的分儿上她才忍住没回嘴，递出一瓶水，问："你怎么来了？"

程懿："觉得渴，过来找水喝。"

这句不是实话，他向来是个目的明确且不做无用功的人，既然来这里是为了她，那么在她离开后自然也要查看她的去向，谁料却看到有个鬼鬼祟祟的男人尾随她。

为防止她继续问下去，男人转换话题："我没报警……你要不要报？"

要不要报？苏礼反应了一会儿才明白他是说报警的事，掏出手机肯定地道："要报，当然要报。"

警察出警的速度还算快，只是那人被揍得鼻青脸肿，趁大家放松警惕的工夫又想来蹭苏礼。苏礼刚刚没干点儿什么本就抱憾，这下找到机会直接将木桶扣在了猥琐男的脑袋上。

"你再动试试？信不信我把你吊到屋顶上让你看看风景？"

尾随者快速钻进警车，主动献上双手，被手铐铐住的那一刻像是终于有了安全感，一把鼻涕一把泪地控诉："警察叔叔，我被打得好惨啊！"

警察无语。

他们做完笔录回来已经十一点多了，苏礼困得眼皮打架，头一遭坐警车的兴奋劲儿也没能将困意压住。

程懿坐在苏礼的左边，影影绰绰的月光洒进来，在他们之间划出不规则的分界线。

苏礼垂眸出了会儿神，听见程懿问："有没有吓着你？"

他们之间的距离随着车辆的颠簸而忽远忽近，经过一道急转弯，车子再摆正时，程懿好像侧过来不少，苏礼都能闻到男人身上极淡的沉木香。

苏礼看了看程懿靠近的距离，第一次没有选择退开。

这个男人虽然看起来不像什么好人，但似乎……并不会伤害她。

顿了顿，苏礼回道："还好，没事。"

他们一回到山庄，老板就赶忙出来迎接，道歉说："实在不好意思，刚刚看监控才发现那人是翻墙进来的，还是隔壁老街的惯犯。没及时发现真是我们的疏忽，院墙已经加高了，保证不会再发生这种事了。"

老板道歉得很诚恳，估计确实没料到大晚上会有人躲在桑拿房里，甚至送上了果盘致歉。既然没发生什么，苏礼也没再追究，只说让老板以后一定要注意，警报系统也要加上。

"那就这样吧。"学姐揉了揉苏礼的手臂，道，"我看栗栗也困了，大家赶紧回房休息吧。"

说完，孟沁又和苏礼耳语："你回去泡个澡，别想太多，好好睡一觉。"

苏礼应景地打了个哈欠，忽然听见一直没开口的程懿道："你们的道歉就是送个水果？"

他这是在质问老板。

老板赶忙说道："没、没……住宿条件给大家升个星级，然后苏小姐的房间是不是靠近桑拿房那一块儿？给您换个房间吧。"

苏礼还没回，程懿倒是罕见地热心，慢条斯理地继续问："换到哪儿？"

很多事情，好像他开了口就默许多了一种可能。

老板察言观色，心领神会，面向程懿说："程总，您那边的别墅区还有空房间，就给苏小姐挪过去吧。那边的安保条件更好，苏小姐只管放一百个心。"

虽然之前负责人的要求是程懿喜欢安静，周遭不要住人，但……老板感受着目前的走向，觉得自己的判断和提议没有错——起码是在按照程懿想要的方向发展。做了这么多年生意，老板对自己的直觉很确定。

果然，程懿听完这话后并未反对，转而瞥向苏礼，像是在征求她的意见。

事已至此，她还能有什么意见，早就累得只想扑到床上会周公了。

苏礼颔首："行。"

虽然她和程懿住在同一个区域，但二人的住处并不相通。她只是隐约能听见他的脚步声和说话时压低的嗓音，具体说了什么又听不真切。但或许楼上睡着这人真的管用，当晚她一个噩梦都没做。

苏礼前一晚收拾得太匆忙，很多洗漱用品还留在一楼。早上她迷迷瞪瞪地下楼，打算去洗漱。

她穿着睡裙，由于刚睡醒行动略为迟缓，正蹲在地上慢吞吞地翻找洗漱用品，忽然感觉头顶覆下一层暗影，不用想就知道是谁。

苏礼等了几秒，暗影还没挪开，像是在欣赏她一般。

苏礼仰头问道："你干吗？"

她的睡裙是吊带款，印着颗颗散落的饱满蓝莓，随着她右肩抬高的姿势，左边的吊带滑落至肩下，清瘦平直的锁骨与肩线拉出一道养眼的弧度。

她看着瘦，该有料的地方倒是一点儿不含糊，胸口印着一道不知是怎么压出来的衣领印。

苏礼罕见地没有防备。似乎经过昨晚那个尾随者的事之后，她对他的信任终于从无到有，积起了一点点。

男人动了动喉结，移开视线道："洗手台上有新的。"

"哦，"苏礼看向洗手台，才想起自己拿在手中的牙刷、杯子、洗面奶，"我习惯用自己的。"

程懿好像也没洗漱，跟她一起去往盥洗室。虽然房间很空，但二人同时翻搅杯子的瞬间，她还是产生了一丝很奇异的感觉，但这种感觉很快就消失不见。

房间的配套用品全是宝格丽的，小瓶小瓶地排排站，瞧上去可爱又整齐。苏礼不由得多看了几眼，再抬头时视线和程懿的视线在镜中相撞。

因方才不小心瞥到的那点儿"风景"，男人有些不自然，垂下头随口道："你的头发怎么乱糟糟的？"

苏礼瞥了一眼镜中的自己，客观陈述道："就算是大明星，刚起床也这样。"

苏礼简单粗暴地洗完脸，挖了点儿基础款的面霜在手心抹开，然后随意地在脸上拍了拍，就算护肤完毕。没办法，老天赏的好底子。

每次看到她护肤，陶竹说得最多的话就是："宝贝儿，你能不能好好对待你这张漂亮的脸蛋儿？"

但苏礼嫌麻烦，不想去研究什么日霜、夜霜、眼霜，以及什么高保湿和防蓝光，觉得这样也挺好。

苏礼换好衣服后，打算离开别墅去找学姐。

程懿为了和她一起用早餐，已经空腹等了两个多小时，此刻喊住她道："不吃了饭再走？"

苏礼挥了挥手，说道："不用了，我头发乱糟糟的，留在这儿多影响您的胃口？祝您多看美女延年益寿，我先走了。"

苏礼很快消失。

男人用舌尖抵住上牙床，磨了磨后槽牙。

手机不期然有视频通话打进，提醒他马上有一场会议要开。

程懿还没收拾好，一边接起视频通话，一边将牙刷扔进垃圾桶。

何秘书看清他身后的环境，以及总裁唇边那可疑的点点泡沫，奇怪地道："早上六点钟，您不是已经刷过一次牙了吗？"

程懿翻了个白眼，语气不善地说道："管好你自己。"

离开别墅的苏礼很快跟学姐等人会合。解决了早餐之后，大家前往马术俱乐部。

马术是一项普及率不高的活动，在座的多是普通职员和学生，对这项运动驾轻就熟的大概只有程懿。不过苏礼偶尔会陪父亲一起去马场挑马，因此对此并不陌生。

大家换好衣服后在门口等待，苏礼百无聊赖地滑开手机，点进某招聘 App（Application，应用程序）看有没有新通知，结果当然是有，还不止一条。

学校和川程的合作步入了中后期，她不打算留在川程，便开始寻找新的工作。

她虽然可以直接进家里的公司，但是更想在外面锻炼锻炼，也想知道脱离了家庭光环的自己最远可以走到哪里，因此发布了几则应聘信息。

她想先找一家服装设计工作室试试水，等跟了几季新品，找到市场和设计的平衡点后，再出来单干，创立自己的品牌。虽说这很冒险，但反正她还年轻，有很多时间可以试错，而且……万一走对了呢？

没有设计师不渴望自己的作品被挂在最显眼的橱窗里，让人觉得穿上它会成为一种荣耀，她也一样。

招聘软件内，想要聘请她的公司并不少，其中有一家竟然是她关注了许久的岛北工作室。这家工作室的服装设计既前卫又有口碑，更是极受市场欢迎。

假如她真的能进岛北工作室工作，无异于拿到了设计师的第一张通行证，能学到多少干货且不说，光是能力和眼光这块儿就能提升好几个层次。而且岛北工作室一般不招人，偶尔有一两个空位会被飞速填补上，苏礼当然不会放过这么好的机会，立刻回复了那边的 HR。

二人一拍即合，聊了十来分钟，就开始沟通面试时间，最后定在 18 日下午两点。那时候团建结束，她学校那边也没课，正好。

HR 问："那就定 18 日？逾期不候，机会可就留给别的竞争者了。"

定下了日期后，苏礼觉得这样离程懿又远了一步，因此松了一口气。

她将手机锁屏，屏幕里竟然映出了两张脸。她蓦地偏头，程懿已经不动声色地收回目光，摸着手上的马鞭。

他什么时候过来的？应该没无聊到偷看她的手机吧？苏礼这么想着，又听到远处闹哄哄的，好像有什么新闻。

"石蒲要来开见面会了吗？啊啊啊，我要去！我要去！"

"还没确定呢，只是内部消息，你们别声张。"

"八九不离十，我看到他发微博问这儿有什么好吃的呢。"

"石大的声音太好听了，我就瘫倒。"

石蒲这名字苏礼可太熟悉了——他是一名配音演员，许多大热剧和游戏都有他的参与。更重要的是，石蒲还配过她非常喜欢的一个白月光动漫角色。四舍五入，他也算她的半个白月光了。

于是苏礼也不纠结程懿的事了，凑过去问："在哪儿买票？什么时候官宣？会有预告吗？我要是睡过头了怎么办？"

"有可能不对外售票，"小姐妹们立刻有点儿蔫，"好像是回馈内部铁粉，我也不知道怎么搞票。"

苏礼讪讪地摸鼻，说："那我更没戏了。"

"程总好像是石大的校友，应该有渠道吧？你们谁胆子大，问问程总能不能搞点儿票来？"

"程懿还和石蒲认识？"苏礼遗憾地说，"石大不纯粹了。"

在远处听墙脚的程懿无语。

他拿出手机，立刻让何栋去安排。

一刻钟后，大家围在桌边吃冰激凌。程懿刚在苏礼身侧坐下，就收到了何栋的回信。

何栋："搞定，两张票，26 日下午三点。"

程懿颇为得意地挑了挑眉，看向苏礼说道："我有票，你去不去？"

苏礼愣了两秒，问道："石蒲的？"

程懿勾唇颔首。

"真的假的？什么时候？"苏礼问道。

何栋发来的票面左下角清晰地印着日期——26 日。

程懿停顿了一下，不动声色地将手机反扣在桌面上，说道："18 日下午两点。"

这是苏礼答应去应聘的时间。

苏礼反应了几秒，这才有些错愕地偏了偏头，重复道："18 日下午两点？"

"嗯。"男人神色不变地瞧向她，"你那天有事？"

自己要去别的公司应聘这件事肯定是不能现在说的，所以苏礼清了清嗓子，摇头笑道："后面的安排现在怎么说得准？我回去看看吧，如果实在不行……"

似是感觉自己被拿乔了，程懿挑了挑眉，眸中闪现一丝不悦之色，压低声音道："不行？"

他的话如同一把大刀，稳、准、狠地架在了苏礼的脖子上。

苏礼假笑道："不行的话……我就再想想办法。"

程懿得到满意的答复，这才收回目光。

苏礼想起来问："你有几张票？"

"两张。"程懿只回了两个字。

苏礼试探地道："我……和你吗？"

"不然呢？"程懿像是笑了，"我送你两张票让你去找你的前男友？"

贺博简这个人对苏礼来说是异常扫兴的存在。幸好教练在此刻从马房中走了出来，还牵了几匹非常英俊的马。她连忙起身过去，一眼就相中了一匹黑色的马，顺便摸了摸它光泽的毛。

教练和马没有那么多，大家自然是分批次学习和骑乘。

教练看苏礼的模样，禁不住笑问："你手边这匹马叫 Twinkle，想骑吗？我先教你吧。"

苏礼摸着马的颈部和头顶安抚，笑道："我好像会一点儿。"

苏礼没怎么用教练指导就掌控住了 Twinkle。高冷的马在她的手下异常温驯，甚至能跨越障碍物，跟那边尖叫不断的"学前班"情况构成了鲜明的对比。

没来得及上场的人都围在外面看，讨论得兴致勃勃。

"哈哈哈，小莺的尖叫像是在杀鸡，我情不自禁地想掏出鸡笼。"

"蓓蓓的表情太丑了。"

"你们看苏礼的马，好乖啊。"

"她骑得好吧，我看教练都没怎么教她。怎么会有人不仅脑子好使还有运动细胞啊？气死我了，气死我了。"

初学者们都在教练帮忙牵着马缰绳慢慢前行时，苏礼已经不需要人管，骑着马自由奔跑了。她绕着围栏转过一圈，甚至能腾出手和其他人击掌，看到有人举起拍立得也不扭捏，大方地看向镜头，眼睫盛着蜜糖色的流光，在画面中定格。

拍立得本就是将气质美人拍得越发气质的工具，照片成像之后，不少直男围拢观看，大呼小叫，仿佛这辈子的心动都发生在此刻了。

男人振奋起来比女生还可怕，有人冲着苏礼的背影喊道："苏礼，你缺长得像男朋友的腿部挂件吗？就天天追在你的屁股后面喊'苏礼超神'的那种。"

男生们叫得热烈，旁边一直抠指甲的周悠柔终于忍不住开口："别吹了吧，这也就还好。"

人群一瞬间变得有些安静。

周悠柔完全没意识到自己有多扫兴，为了展示自己的与众不同，以及那份众人皆醉我独醒的优越感，继续说："我每个月都会去我妈的马场练习，也经常看马术比赛，她这个真不算什么。你们大可不必因为她漂亮、成绩好就一通乱吹，我一个半内行的人听着好尴尬啊。我估计她连压浪快步和盛装舞步都不知道是什么。"

恰逢上一轮成员体验结束，周悠柔等不及想佐证自己的话，表现欲满满地上了马。苏礼那些入门级动作都能被吹得天上有地上无的，等他们看了真正的马术，岂不是得对她封神？周悠柔好笑地想。

周悠柔先是表演了简单的盛装舞步。这匹马配合得不错，她感受到聚拢过来的目光，顿时心生骄傲，心道那些枯燥的练习时光果然成了此刻碾压苏礼的资本，驾着马跑得越发快了。

苏礼本来都要下马了，此刻正在减速，忽然一阵风刮了过来。周悠柔为了展示跑斜横步，甚至直接挡在了她面前。

周悠柔又完成了一个定后肢旋转，感觉这儿已彻底沦为自己的主场，甚至想试试在马奔跑的途中快速左右侧上下马，谁料想一个得意就翻车了——不知道是哪个步骤出了问题，或是她本就是半吊子水准，马匹骤然受惊，朝着护栏疾驰而去。

马场上突然传来她的惊呼，苏礼无语地揉了揉耳朵，看在同事的情分上，蹬了几步与周悠柔并排。

苏礼："你先提起缰绳往一边拉，然后另一只手抓住它的鬃毛。"

这种时候了，周悠柔好像还把苏礼当成潜在竞争对手似的。周悠柔用戴着直径夸张的美瞳的眼睛瞪了她一眼，好像她要害自己。

"随便你，"苏礼说，"摔下来别怪我。"

苏礼话音刚落，马猛地一抖，周悠柔惊呼，本能地按照苏礼说的话抓牢马的鬃毛，这才稳住身子免于掉落。

周悠柔听到苏礼笑了，声音很轻，但仿佛有什么刮过她的脸颊，连同背后都火烧火燎的。她感觉好丢人。

马头随着周悠柔的动作向一侧偏去，由于看不到面前的路，它的速度慢了下来。

苏礼："别用力了，慢慢松开，摸它的肩背让它安定。"

周悠柔终于在苏礼的指导下渐渐让马恢复平稳。

此时，教练也赶了过来。

周悠柔哆嗦着腿下了马，又被马踢了一脚，直接在泥巴地里滚了一圈，好半天才站起来。

围观群众乐得就差嗑瓜子了。

周悠柔气得半死，所有的怒火都撒在了苏礼身上，美瞳都差点儿瞪出来："不用你教我。"

苏礼漫不经心地笑道："那你还不是照做了？"

周悠柔怎么说都不占理，还要被这样反复羞辱，羞愤得转身就走。她以为多少会有个人来劝和，结果走出一百多米都没人喊她。她越想越委屈，咬牙切齿地流了一脸的泪。

苏礼将 Twinkle 的绳子交还给教练，喊学姐来玩儿，结果大家都在讨论周悠柔的八卦。

"哈哈哈——我们真的要让她这样走吗？她好惨，我笑得好大声。"

"随便吧，让她回去找她妈呗。她妈不是厉害吗？还有马场什么的，家里应该很有钱吧，任性的小公主。"

"公主个屁，她妈就是个打扫马场的。听说她平时在马场贼卑微，才能在驯马师教别人的时候蹭到课，结果还产生优越感了。也是，平时她在马场受尽了气，可不是得在这儿找回来嘛。"

"搞了半天她就是个'弼马温'？"

"你别侮辱孙悟空了。"

"所以还是苏礼水平高，发生意外情况还能处变不惊，不然周悠柔早摔成脑震荡了。"

一见苏礼过来，大家纷纷好奇："栗栗，你是不是真不会她那些舞步？"

"会啊。"苏礼说。

"那怎么没见你表演？"

苏礼一语中的："因为丑。"

有人反应过来，笑道："那确实。"

苏礼对舞步本身没意见，只是很多事要在特定场合下去做才有美感和意义，在一群新手中驾着还不熟的马玩儿舞步，确实会有种不协调的丑态。

周悠柔走后，气氛也和谐了许多。

有些人不会跟着马的动作起伏，屁股被颠得生疼，只能放弃骑马。

多出来一匹没人骑的马，正好是 Twinkle。她乐得接下，摸了摸它黑色的鬃毛。

苏礼在马上骑了没一会儿，程懿又出现在她旁边。

他们都属于能控制马匹速度的人，但很罕见的是，今天居然没有人先走或殿后，而是并排行着，像是漫步。

他们绕了马场三圈。

苏礼准备结束时，男人开口，止住了她的动作。

程懿指了指自己身下的马，说："这是刚刚受惊的那匹马。"

"所以呢？"苏礼看向他，"你不会告诉我你害怕吧？。"

男人回答："等会儿把我撂下马就没人给你们买单了。"

苏礼想说"你一看就很会，这种事怎么可能存在"，但转念一想，今晚好像临时决定要去附近的米其林吃海鲜自助，的确是男人掏钱。金主惹不起，于是她将质疑咽回，侧头问："那你骑我的马？"

程懿："行啊。"

苏礼正准备下马，男人倏地靠近，然后长腿一跨，翻身坐在了她身后。

我说"你骑我的马"不是这个意思啊！

程懿很自然地抓住她面前的鞍环，将她半圈在怀里，胸膛抵上她的后背。他温热的呼吸喷在她的后颈上，袭来一阵一阵的沉木香气。

苏礼动了两下，说道："那个……"

程懿："嗯？"

苏礼："我是说我下来，你再坐。"

程懿："哦。"

程懿就这么应了一下，却没任何后续动作，也没松开苏礼。

苏礼："哦？"

"来都来了，"程懿状似随意地说，"就陪我散一会儿步吧，停了麻烦。"

听听，听听他这话，多么熟悉的过年必用道德绑架语录啊。

想到大家的海鲜，她忍了。

苏礼决定退一步海阔天空，说道："可以，但你收一下，东西硌得我难受。"

程懿猛地一愣，低哑的嗓音中掺杂着些许难以置信之意："什么……硌着了？"

苏礼回头，用手指了一下，说道："你口袋里的手机没拿出来，硌人。"

程懿无奈。

程懿："你以后把话说清楚。"

苏礼："我哪儿说得不够清楚了？我都指着你的手机了。"

程懿捏捏眉心，将手机抽出来递到苏礼的手上，不想继续这不太对劲的话题。

程懿："你拿着总行了吧？"

苏礼不知道他为什么变得有点儿奇怪，但懒得纠结，四处看了看美景，最后无聊到去研究身下的马鞍。

程懿早已被弄得心猿意马，忽然听到苏礼说："何栋给你发消息了。"

程懿想起自己的手机在她的手上，问道："他说了什么？"

苏礼说道："问你石蒲的见面会，26 日下午 3 点有没有问题？"

几个小时前自己连哄带骗地说 18 日的见面会言犹在耳，这会儿就在当事人的眼皮底下暴露无遗，回去他就解雇何栋。

程懿迟疑了一秒，很快恢复常态，平稳地道："26 日？不是 18 日吗？那可能是我记错了，你按他说的安排就好。"

骑乘的兴致瞬间没了，程懿放苏礼下了马。

苏礼心满意足地仰起脸，望向他时眼底有难掩的狡黠笑意，挑了挑眉说："行。"

一群人过来，说饿得不行，让总裁大人带去吃饭。

他们吃完海鲜自助已是深夜，即将入睡时程懿才想起什么，打开手机，发现新消息只有一条公众号推送。

程懿蹙起眉，仿佛为了印证猜想，点进与何栋的对话框——何栋根本没发什么新消息，画面还定格在许久前的那张票面上。

程懿对着手机整整沉默了十分钟，才确认苏礼的确是在耍他。

人生第一次，他竟然被一个女人给设计了？

程懿强忍住立刻打电话给苏礼的冲动，开始分析局势及对方的动机——她觉察到了什么，或只是和他开个玩笑？

他还未来得及深思，门忽然被人敲响。

他们到了新的地方，苏礼自然不和他住在一块儿了。程懿顿了顿，心底隐约生出一丝期待——如果她来解释，他勉强可以听。

他拉开大门，映入眼帘的是一张吊儿郎当的脸。

齐辰观察着程懿脸上的表情，说："你好像有点儿失望啊？怎么？你以为是哪个美人深夜来访？"

程懿面无表情地道："没。"

"忘了，"齐辰敲了敲脑门儿，"程总本来就薄情寡欲，对儿女情长之事不感兴趣。"

齐辰没管程懿欢不欢迎，径直走了进来，挑了张小沙发坐下，满足地喟叹了一声："舒服。"

程懿理了理袖口，问："有什么事？"

"没事就不能找你了？你到我的地盘来也不提前跟我打声招呼，我好招待你啊。这不，我就只好亲自来一趟，略表我对程总的关心。"

齐辰的笑带着几分放荡之意，痞气中又沾着少许戾气，典型的轻佻又不好惹的公子哥儿样子，酒肉朋友遍布各地。

程懿并不喜欢他，但也没到讨厌的地步。两家常有生意往来，故而有时候他们也会聊两句，做做面子工程。

程懿："员工团建，所以没说。"

"我就说嘛，你要是自己过来玩儿，肯定会通知我。"齐辰身上还沾着酒味和脂粉的气息，眼光却精准。

"哟，这谁啊？"齐辰拾起程懿随手扔在桌上的照片，舔了舔嘴角，某些企图溢于言表，"好漂亮的小美人，程总金屋藏娇？"

这是苏礼在马场被拍的那张照片，后来到了程懿手里。他把照片顺手放在了一旁，本不在意，但被齐辰拿起后又觉不悦。

男人并未表露出来，只是不动声色地抽出照片，放进浴袍口袋里，说道："不是女朋友。"

齐辰"啧"了一声，说道："倒是稀奇，你居然也不否认自己对她有兴趣。"

"不感兴趣，"男人这回否定得很快，"一些不得已而为之的选择罢了。"

被娇生惯养大的小公主任性又恣意，一切行为凭喜好，倘若不是身份有价值，他大概永远不会接近这样的人。

这个话题深奥，齐辰半天才品出其中之意："所以你不喜欢？"

程懿微哂，波澜不惊地反问："难道你会喜欢上一颗棋子？"

况且这颗棋子不按套路出牌，乖张不柔顺，还太过聪明。他不喜欢太过聪明的女人，起码现在如此。

当天晚上，程懿思绪万千，自然没能睡好，大抵是因为初次有了把控不住大方向的感觉，事情头一回没有按照自己计划的轨道发展，偏离很多。

团建已经快结束，接下来他又要怎么放出撒手锏？

第二天就是该出发回程的日子。

七点钟车就停在了客栈门口，程懿才睡了一两个小时，眉头紧蹙，裹着满身的躁郁之气。更让他烦闷的是附近电压不稳，他们连早餐都没的吃，只能去便利店买点儿零食果腹。

这点儿不愉快好像并不能影响其他人——他们笑闹着在便利店边聊天儿边买零食。

程懿一进门就看到了苏礼。

他不知道他们聊到了什么话题，苏礼笑得眯起眼睛，倾身从货柜上拿了包软糖。

程懿勾了勾嘴角，心道自己失眠到头疼，她倒是挺快活？

糕点架上只剩一盒手指饼干，程懿缓缓走过去，正欲将其拿起，突然伸过来一只白皙的胳膊，手链挂坠在空中垂落，伴着动作一晃一晃的。

二人视线相撞，苏礼笑得人畜无害，在程懿还没来得及出手前，果断地将饼干扔进了自己的购物车。

程懿无语。

接下来，饮料区的最后一板旺仔牛奶也被她中途"拦截"。

程懿克制地磨了磨牙，双手插兜没再逛，径直上了车。他本以为如此便能避开苏礼，谁知这人居然又毫无自觉地坐在了他旁边，还哼着歌。

程懿看向窗外，眼不见为净。

身侧忽然传来拆包装的声音，苏礼掂了掂盒子，主动将其放在了他的眼皮子底下，问："吃不吃？"

程懿："不吃。"

苏礼撇了撇嘴，说道："这怎么行呢？人是铁，饭是钢，一顿不吃气得慌，不对，是饿得慌。"

程懿想，可能还来不及等她爱上自己，自己已经先被她气死了。

不知是不是受总裁低气压的影响，接下来的四十多分钟里，车内都异常安静。因此，他耳边的咀嚼声也就越发明显。

苏礼仿佛一个搞吃播的博主，吃完饼干吃鸡翅，吃完蛋糕吃大福，如同存粮颇多的小仓鼠，声音清脆频率舒适，刺激着听众的食欲。

就在程懿忍无可忍地转头的时候，一块戚风蛋糕被递了过来。

程懿冷着脸说道："贿赂我？"

你以为这样我就不能对你发脾气了？

"啊，你不愿意被贿赂啊？那算……"

程懿："拿来。"

苏礼在发现程懿吃掉自己的大半袋零食后后悔了，早知道刚刚就不和他抢东西了。

最后一板旺仔牛奶也难逃男人的魔爪，程懿三两口就喝完一盒。

苏礼终于坐不住了，说道："一共就四盒！哎，你别喝了，喝多了对肾不好！"

她本来想说喝多了容易上厕所，谁知道一时情急就嘴瓢了。

车里本来就安静，她又情不自禁地抬高了点儿音量，前面立刻有男生回头问："谁肾不好？"

程懿冷笑道："不劳你费心，我的肾好得很。"

苏礼的努力没有白费，程懿最后还是给她留了两盒旺仔牛奶。她心满意足地喝完，靠在椅背上睡着了。

苏礼是被人摇醒的。

学姐用力地在她眼前挥了挥手，说："下车啦，去吃午饭。"

还有几个小时才能回去，他们中途在一家颇负盛名的酒楼前停下，获得老板亲自请的午餐一顿。

他们虽然开了包间，但楼下似乎在办婚礼，一路走来热闹非凡，包间内也是相谈甚欢。

为了防止大家喝多了造成车内环境不好，他们点的是健康的玉米汁。饮品从苏礼这边上——她自然肩负起了倒饮料的任务，倒一杯分一杯，最后只剩她和程懿的杯子还是空的。苏礼把两杯放在一起斟满，然后坐了下来。

程懿发现她唯独没有将杯子递给自己，不知是忘了还是故意的，但看起来比较像后者。

半天下来的种种迹象表明一个关键点，程懿决定一问究竟。

他低声同她耳语："我惹着你了？"

男人低沉的声音令她的耳骨酥麻。

苏礼不置可否地耸了耸肩。恰逢他的手机亮起，她瞄了一眼问："你没什么想说的？"

程懿："说什么？"

苏礼："见面会的事。"

何栋发来票面那会儿，程懿就坐在她身侧。她无意中瞟到了具体日期，只是不太确定，后来骑马时正好找到机会试探，没想到他果然在诓她。

程懿捏了捏眉心，心道果然是这事。

"每天要处理那么多事，我总不能记住所有信息。"他意有所指，"况且你最后不也反击回来了？"

程懿顿了顿，说道："如果你一定要一个解释，那就是我希望你留在川程。"

"动机呢？"苏礼问，"你不让我走，总得给我个理由吧？"

程懿垂眸，手指若有似无地在桌面上敲了敲，好似思考了一会儿，又像是本能地脱口而出道："没有理由，就是不想。"

喧哗声中，他抬头望向她，坚定地道："我不想让你走。"

苏礼回到寝室已经是下午五点多了，她的身体有点儿疲乏，但精神仍旧亢奋。

宿舍门口摆着一个巨大的盒子，她还以为是陶竹的快递，结果推开门就发现陶竹正坐在寝室里。

"你回来啦。"陶竹八爪鱼一样扒在她身上，用力嗅了嗅，"啊，这就是团建精英的味道吗？"

"少来。"苏礼戳了戳她的脑袋，"门口的东西是你的吗？"

陶竹探出身看了一眼，说："不是啊，我没买东西。"

奇怪，那是什么？

苏礼将盒子拿进来打开，发现里面整整齐齐地摆放着一捧花和一瓶牛奶，写了给苏礼，却没有落款。

"这是谁啊？消息够灵通的啊！"陶竹挤眼睛，"你一回来这人就立刻安排上了，还搞得这么神秘。"

苏礼抽出牛奶瓶，发现日期是今早，牛奶三天后过期。

苏礼虽然有点儿迷惑，但经常被人偷塞礼物，所以也没在意，反而问陶竹："这几天有什么作业或者重要的事吗？"

陶竹："都要毕业了，能有什么事？作业你也知道，你一直是第一名，做不做也没差，都请假了，就别关心这些事了。"

陶竹停了一会儿，又笑得神秘地说："哎，不过确实有个重大消息，你想听吗？"

18 日下午两点，程懿几乎是按秒来关注时间的流动的。这是苏礼原定面试的时间，他需要知道她到底去了没有。

刚刚何栋传来消息，说没有在某个路口发现她。为了确认，程懿还是找到了那家工作室的电话，并亲自拨了过去。

电话铃声响过两声后被人接起，程懿阐明来意："你好，下午两点苏礼有一个面试预约，请问她去了吗？"

那边前台人员虽然对这个问题感到奇怪，但听他说得很有底气，情不自禁地被绕着走，说了声"请稍等"就去查询了，一分钟后给出回复："您好，这边查到是取消了的。"

程懿："好，谢谢。"

程懿挂掉电话后，还没来得及生出其他情绪，手机振动了几下，是霍为打电话来了。

霍为跟程懿关系不错，是难得可以交心的朋友，自然也是为数不多知道他的计划的人。

霍为凭借与程懿多年的关系，一上来就直入主题："你怎么不回群消息啊？也不联络我们，老子还以为你断网了呢。"

"在忙。"程懿说。

"忙着捕获猎物？"霍为纵横情场多年，也懂一些技巧，这会儿较为关切地询问，"要不要我教你几招儿？"

"用得着你？"男人嗤笑了一声，"对付一个小姑娘，能比商战还难？"

霍为："也对，什么难题你没掌控过。"

"上回听阿夜说你跟她一起去团建了？这在游戏里就是换地图刷副本啊。"霍为说得激动，"换地图做任务最容易突破瓶颈期了，分分钟刷满好感度然后通关。"

程懿没什么情绪地应道："嗯。"

霍为："那你这进度刷得怎么样？"

进度怎样？他不过是说自己希望她留下，新公司的面试她就真没去。

窗外骄阳似火，男人缓缓勾起嘴角，说道："还不错。"

天光乍破，唤醒清晨，日光透过百叶窗温柔地洒落。苏礼罕见地早早醒来，收拾完桌子又填饱了肚子，抬头一看才八点多。

苏礼正嫌无聊，微信上就来了新"业务"。

路锦："店里正式开始营业啦，你要不要过来玩儿？"

路锦是苏礼以前在漫展上认识的朋友。二人认识五年有余，交情过硬，经常一起出去逛街。路锦最近都在筹备自己的第一家桌游店，天天在朋友圈宣传。

苏礼好不容易闲下来，肯定是要去支持朋友的，顺便玩儿玩儿游戏。

不同于一般的桌面游戏，路锦的桌游店开发了许多新款游戏，都是她自己研究设定的，看起来还挺有意思。

苏礼答应下来后很快出发，按照地址找了过去，推开门就被人海冲击。她费了好大劲儿才找到忙得飞起的路锦，手肘搭过去调笑道："路老板生意很火爆嘛。"

"给你发消息的时候还没人，谁知道发完人都来了。"路锦不好意思地笑了笑，"你先坐，等会儿有空位我马上喊你。"

路锦没料到周五会有这么多客人。店内人手不多，她更是一个人当三个人用，手上又是点单器又是水壶的，腰间还挂着小礼物。

"老板，加水！"

路锦还没发完小礼物，一听顾客催促登时慌了，不知要先拿水壶还是先把礼物装起来。

苏礼看她手忙脚乱乐得不行，伸手取过水壶，回头说："来啦。"

苏礼走到那桌把水添满，顺势就帮起了忙。

她们一个倒水一个点单，配合得颇有默契。

最后，路锦甚至给她穿上了员工服，说道："栗，你真仗义，下次给你介绍帅哥。"

苏礼看着镜子里的主题长裙，说："别，我怕了男人了。"

二人对视两秒，不约而同地朗声笑开。

彼时，程懿正陷在卡座里玩儿色子。酒精催起了些微困意，男人捏了捏眉心，打开手机提神。这一刷，他就看到了某位小朋友新发的朋友圈。

举个栗子："说好来玩儿桌游，结果却是来当服务生的。呵，女人的嘴，骗人的鬼。"

过了一分钟，她又自己在底下跟了条留言："我真是一个容易上当受骗的天真小女孩儿。"

程懿无言地笑了笑，点开配图，看到白色过膝袜包裹着少女纤细笔直的小腿，蕾丝点缀，暗红色裙摆蓬松，兔耳头饰层层叠叠。他觉得好像有什么不对劲，眸色深了深。

霍为瞬间凑了过来，眼睛发光："啊——女仆装！这是哪儿啊？哥，我们也去吧！"

霍为的目光似是黏在屏幕上一般，人越靠越近，问："这是你加的店员小姐姐吗？好漂亮啊！"

程懿抬头，凉凉地扫了他一眼，面无表情地推开他，声音沉了几分："这是你嫂子。"

霍为反应了几秒，然后"扑哧"一声笑了出来，对陈夜淮说："我哥脸真大，八字没一撇呢，他给人家的身份证都整明白了……"

霍为还没说完话，就见程懿站起身，忙道："你干吗去？"

程懿按了按后颈，嘴角弧度扩大，说："差不多是时候了，也该介绍你们认识一下了。"

"哦，见嫂子是吧？"霍为兴冲冲地说，"那你等我准备一下，礼节什么的可不能少。"

一个小时后，当走入陌生的商业楼，看见指示牌上的"装蒜桌游店"时，霍为终于意识到了不对劲："见面不应该是找个地方一起吃饭、聊天儿吗？为什么我们到这儿来了？你怎么没通知嫂子，万一她不乐意呢？"

程懿："所以我们直接过来，她就拒绝不了了。"

"哦，也就是说她很可能不同意。"霍为面色复杂地转向程懿，"哥，你这不是碰瓷吗？"

陈夜淮及时捂住了他的嘴，说："少说实话，小心被打。"

店内好不容易清闲了一阵，苏礼正坐着和路锦聊天儿，挂在把手上的风铃忽然响了。她回过头看过去，微蹙了一下眉。

路锦瞬间兴奋，止不住地用手推她，说："好帅啊。"她又回过神来拍了拍脸，"不对，刚答应了你的，这个留给你。"

"不用，你去招待吧。"苏礼大手一挥说道。

可是没一会儿，路锦就灰溜溜地从里面走了出来，垂头丧气地说："他们点名要你呢，你赶紧去吧。"

苏礼用手撑着脸，问："不去会怎样？"

路锦可怜兮兮地道："他们充了6000元的会员卡。"

她的意思很明显，如果苏礼不去，大客户就跑了。

为了朋友的营业额，苏礼进了程懿他们的包间。

果不其然，他们才三个人，还差一个人才能玩儿到自己想要的剧本。工具人苏礼"顺理成章"地加入，坐到了程懿旁边。

"因为大家是第一次玩儿，所以我们会先有一个测试问答，根据问答结果来分配角色。"路锦充当主持人，发下卡牌，"接下来请根据我的提问，发送你认为最合适的选项。因为牌是倒扣的，只有我能看到，所以你们请放心大胆地说实话。"

第一个问题属于苏礼。

路锦："请问，3号对你来说是什么？"

3号是程懿。

苏礼低头看了看，一共四张卡牌可选：朋友、亲人、想了解的人、X。她抽了一张，倒扣着推到了路锦面前。

游戏有条不紊地进行着，由于持续的时间太长，导致外面的客人多有不满，苏礼和路锦赶紧出去安抚。就在此时，男人长手一伸，在牌池中找到苏礼那张牌掀开。

霍为简直没眼看，说："你没玩儿游戏，全顾着关注苏礼了吧？"

程懿面对控诉不为所动，仔细地端详着牌面上的内容。未几，他的眼角眉梢流露出愉悦之色，心道：这趟来得不亏。

程懿半带炫耀地敲了敲那张X牌，问："看其他三个选项，你觉得这个会是什么意思？"

霍为呆滞："什么？"

"问题是'我对她来说是什么'，苏礼给的答案是'X'。你觉得女人给男人发'X'，能是什么含义？"

霍为："我觉不出来……"

程懿："喜欢。"

"其他三个选项，'想了解的人'对应萌芽状态，'朋友'对应友情，'亲人'对应亲情，剩下那个除了爱情还能是什么？"男人大脑转得飞快，联想到她当时欲说还休的表情，从容地挑了挑眉，"她喜欢我。"

白炽灯好像被他自以为是的推论吓得闪了两下。

霍为："啊？"

"X是……喜欢。"程懿越说越觉得对，一切靠近正解，"你听背景音乐。"

这时，头顶伤感的 goodbye my almost lover（《再见，我无缘的爱人》）也顺利切成了一首告白专用的《喜欢你》。

程懿有条不紊地分析道："桑拿房我救她的时候她对我动心，往后再没推拒我。马场上试探我的真心，得到肯定的结果，从而心软地放弃重要面试，不舍离开我。今天最开始她不愿意过来，想必也是小女孩儿的那点儿羞赧之心。你看，后来她还不是和我们玩儿得很好？"男人轻声笑了笑，"早知道我就提前和她说了，也许她根本没想过拒绝我。"

霍为思索了一下，感觉他说的话也在理，但就是越想越奇怪。

三个人不约而同地深思的时候，忙完的路锦走了进来，说："栗栗马上好，等她一下。"

霍为摸了摸下巴，打算先问问路锦："老板娘，你这个X卡牌是什么意思啊？"

"啊，刚刚忘记解释了，怪我。"路锦拍了拍脑袋，"X是'暂无定论'的意思，也就是不属于前面三个里的任何一种。"

程懿眼底一片了然之色，问道："那就是喜欢？"

路锦赶忙摆手道："不不不，喜欢也属于'想靠近'的类型，所以选'想了解'就好啦。总之，X就是类似于……不好形容，反正不是什么好牌啦。"

X不是什么好牌？

时间仿佛在这一刻静止，所有暧昧心思荡然无存，程懿半天没动，甚至觉得手上那张牌凉得冻手。

男人的制冷功效瞬间盖过空调，手指覆盖之处仿佛延伸出层层冰霜。霍为被冷得直打哆嗦，缩了缩脖子。

路锦维持着干笑的表情，不知气氛为何变得如此，仿佛有冰锥破空而来，把她的小店扎得千疮百孔。

好在苏礼很快进来，替她分担了这份寒意。

苏礼刚坐下，就听到程懿面色不善地发问："你为什么没去面试？"

苏礼蹙了蹙眉，说："有个服装设计的综艺节目来学校海选，网络上和电视台同步播出，阵容很好，日期又和面试撞了，我就参加比赛去了。"

倘若她入选，肯定是没时间去上班的，更何况这简直是破天荒的优质资源，几年都难撞上一次，出头的概率比在岛北那边大多了。

所以她不是因为他想让她留下？

男人咬了咬牙，微微点了点头：好，很好，非常好。

感觉一切情报都和现实有出入，霍为用眼神悄悄地问程懿：哥，这和你告诉我的不一样啊？

程懿扫过去一个锋利的眼刀，无声威胁：滚，再问打折你的腿。

最后，霍为都不知道这个游戏是怎么潦草结束的。三个人开车回家，车熄火的那一瞬，霍为听到不可一世的男人说道："不如我就不进军珠宝界了吧？"

霍为沉默。

接下来的三天，苏礼又收到了匿名人士送来的花和牛奶。

去桌游店的那天她晚上八点才回去，什么都没收到。可只要她在寝室，东西一定会在晚上六点雷打不动地准时送达。那人总是敲六下门，等她开门时却只有盒子摆在门口，人已不知所终。她甚至怀疑是谁在做什么社会调查研究。

苏礼虽没找到送牛奶的人，但生活的步伐依然在稳步向前。一周后，她收到《巅峰衣橱》海选结束的通知。

《巅峰衣橱》就是让她放弃了岛北面试的竞赛类综艺节目，集时尚、设计于一体，每个定位都在热点上，制作团队更是策划出过几档热门综艺节目。

节目的群像刻画聚焦在六位年轻设计师的身上。设计师们每期节目都要根据主题进行服装设计，然后交由七位模特儿上场展示。七位模特儿中有一位是拥有庞大粉丝量的网红，穿着主打款式，作为主模最后出场。模特儿走秀过后，则由各大服装品牌的明星代言人坐镇竞拍位，与团队实时沟通，相互竞价。最后价高者得，服装投入该品牌生产。

无数设计师早在节目策划期就蠢蠢欲动，准备好了一大堆作品想要成为镜头前的主角，更有甚者称其为"镀金窟"——无论节目知名度高低，设计师的身价势必大涨。

《巅峰衣橱》会在本地卫视播出，C大作为本地服装设计最有名的学校，自然有幸分得一杯羹。

据小道消息说，节目制作团队需要六个截然不同的设计师，方便进行话题打造。因此除了小有名气的设计师，他们同样需要在读或刚毕业的大学生。

苏礼刚到礼堂，就听见旁边的女生在讨论。

"听说我们学校有两个内定名额，一个设计师、一个模特儿，只要过了学校这关肯定能进节目。"

"我们学校海选完就推两个名额上去……也就是说在学校过了海选的人就等于中标了？中间都是走过场？"

"嘘，学长跟我说的，你们别讲出去。"

"可在学校过海选也很难哪，我上次看了一下附近的人画的设计稿，简直是神仙打架……"

她们的声音逐渐淹没在人群中，苏礼找到自己的座位坐下，刷着手机等待开场。

今天是海选过后的第二轮筛选，入试者当场绘画交图，等待终选，没入围的人可以先行离开。

很快学院老师和主办方代表入座，简单介绍了比赛及赛制，升华了主题后，这才进入公布名单的阶段。

首先是服装表演专业的模特儿进行选拔，这项没有复试，基本已经内定，只是配合着设计类选手走个过场。

内定的那个人对苏礼来说是熟人了——单笛。

单笛不仅为 C 大主持过许多晚会，签约的公司更是和卫视有合作，加上她的粉丝有六十多万，自带小流量，模特儿这个名额自然落到了她的头上。

大家随意地鼓着掌走个流程。

单笛的几个朋友倒是得意，在那儿起哄大喊什么"笛子好美"。

"接下来是服装设计的二选，名单有……"

老师边拆信封边念，直到现场沉默了五秒有余，大家才意识到念完了。

礼堂里传来小小的骚乱声。

"我没听错吧？没有苏礼？苏礼连海选都没过？"

老师也怔了一会儿，诧异的声音从麦克风里传出："怎么……苏礼，你在哪儿？起来一下。"

苏礼站起身，垂眸那一瞬对上了贺博简的目光。他与单笛隔了一定距离，但不难看出那还是单笛的"亲友席"。

苏礼轻笑了一声。

她这一笑，瞬间激怒了本就绷着根"战斗弦"的单笛。

"老师，你是不满意这个结果，想要苏礼吗？"单笛直截了当地道，"但我不想和她一组。"

学校推送的模特儿和设计师，在节目中势必会成为一组共同拼搏，这是无须写进规则大家就都明白的事情。

礼堂瞬间安静，连老师和负责人都没讲话。

"这比赛有我没她，我们俩只能进一个，这就是我的态度。"

单笛在网红公司的经纪人今天正好来了。她本是捏着话筒在和经纪人暗示，谁知道声音还是扩了出来，加上现场实在安静……

最后她索性不装了，直接把二人的不和摆在明面上，一点儿都不怕撕破脸。

她怕什么？苏礼虽然是学校的宠儿，但自己的进入已经是板上钉钉的事情，甚至可能合同都拟好了，她有什么必要委曲求全？那样别人只会觉得她好欺负。

老师看单笛的态度如此坚决，其背后又是碰不得的合作商，最后只能抓抓头发，说："好吧，那苏礼你先坐下吧。接下来我讲一下二选流程，请入围的各位开始准备。"

礼堂内骚乱起来，议论声也此起彼伏。

"苏礼这次也太离谱儿了，不是服设之光吗？"

"你听他们乱吹，她在学校还能混，一到专业人士评定就跪得连渣都没了吧？"

"我看过苏礼的设计啊，这不至于吧？怎么搞的？"

"苏礼也太惨了，男朋友被单笛抢，这种本专业的名额还被单笛跨系碾压？"

"之前看她还挺心高气傲的，原来其实也没什么资本吗？"

单笛那几个好姐妹更是白眼都快翻到天上去了，说的话也更难听。

"苏礼就是被抛弃、被嫌弃的命喽。"

"她还带了马克笔，真是笑死人了，以为自己能进二选？被人吹捧太久她不知道自己的真实水平了吧？不就是摄影系那个学长喜欢她给她修照片争取，她才能上学校首页的吗？"

…………

一片喧哗声中，苏礼忽然感觉到手机振动，拿出手机才发现，路锦已经给她打了十多个电话。

苏礼刚接起电话，路锦带着哭腔的声音立即传来："栗栗，店这边出了点儿问题，你能不能带几个男生过来？啊……"

背景音十分嘈杂，还带着玻璃碎裂的声响，苏礼吓了一跳，还没来得及问什么，那边的电话就被掐断了。

苏礼连马克笔都来不及拿，迅速跑下楼在门口拦出租车，不期然发现停在自己跟前的车牌很熟悉。程懿正倚在车边，穿着一身讲究的西服，欲言又止地准备制造"偶遇"理由。

正着急的苏礼瞬间奔向他，问道："你有空吗？上次的桌游店能去吗？很急。"

那段路程被程懿开出了飞车的速度，苏礼到店时才过去七分钟。

正厅闹得很厉害，为首一个文着花臂的男人正在骂骂咧咧，手边全是被敲碎的啤酒瓶。

原来这人在楼上吃饭喝醉了酒，下来玩儿桌游又忍不住揩服务生的油。服务生往他的身上泼了水，隔壁桌的人又说了几句难听的话，"大花臂"瞬间恼了，说要砸店。

他将酒瓶砸在桌面上，叫嚣道："叫你们老板滚出来！我还没见过这么对待客人的，你们老板是谁？"

苏礼正在分析局势，身侧忽然掠过沉木幽香。

程懿径直走到那人面前，以身高优势睥睨着那人，淡声道："你找我？"

"你是老板？""大花臂"笑起来，狂言脱口而出，"就你这小白脸儿还当店长？我告诉你，别乱给人出头，否则这酒瓶……"

"你说什么我没听清，"男人走到桌边，勾了勾手指，"过来说。"

程懿站的地方还留着装修后没来得及扔的桌子，各种木板钉得到处都是。苏礼想提醒他注意安全，又不知道怎么开口。

"大花臂"依然大放厥词："我说，你这样像个屁管事……"

程懿将桌沿的某片薄薄的板子往后一拉，继而松手，"大花臂"越说凑得越近，还没来得及说完话，迅速被板子的回弹力重重抽了一下。宛如自带丰唇效果，"大花臂"的嘴瞬间肿了起来，红了一大圈。

程懿将手掌撑在桌子边沿，声音仍淡淡的，却有着让人难以忽视的强大气场："你会不会好好说话？"

路锦吓傻了，看向苏礼，说道："这帅哥上次跟你聊天儿不是这样的啊。"

苏礼捂住嘴小声说："他有两副面孔。"

本以为被揍的"大花臂"会瞬间暴跳如雷，苏礼连 110 都准备打了。结果"大花臂"在被抽嘴巴时清楚地看见男人手臂上隆起的肌肉，再配合着男人不怒自威的眼神，瞬间就怂了。那肌肉一看就是练出来的，和他这种腠子肉不同。真正打起来，人家手长、腿长还灵活，得把他揍得鼻青脸肿。

明白局势的"大花臂"决定跑为上计，虚张声势道："没一个管事的，无趣！老子没工夫陪你们耗，下次再来找你们算账！"

程懿一把抓住他的领子，道："走什么走，闹事的钱你赔了没有？"

事实证明，商人果然是商人，"大花臂"不仅赔了三倍的成本费，还给店里请了一个月的保洁工，走的时候都快哭了。

保洁阿姨很快上门清理，耗时半小时将店里收拾好。苏礼和程懿下楼买进行补充的啤酒，再上去的时候，店里已经被路锦挂上了"暂停营业"的牌子。

"别啊，下午还能赚点儿钱。"苏礼说，"我陪着你，没事的。"

"不是害怕啦。"路锦说，"今天麻烦你们了，所以这个桌游店下午就只为你们俩开，我服务你们。"

苏礼暗示地看了程懿一眼。

二人同时开口。

苏礼："不用这么麻……"

程懿："好的。"

苏礼：你倒是挺不见外的。

路锦蹲下来找了会儿本子，挑出一个最好的，然后拿出一摞卡牌，说："上次好像没玩儿明白，这次重新来吧，做个测试，我好好介绍一下。这个本子很复杂，涉及权谋，所以要问很多细节问题。那就栗栗先来做个示范吧。"路锦边看流程本，边问苏礼："你最不能接受什么？"

苏礼："我自己？"

路锦："嗯。"

苏礼想了一会儿，好像思考了很多，又像是瞬间作答："欺骗，以及另有图谋的接近。"

"嗯。"路锦又看向程懿："如果让你选择身份，你希望自己是支配者还是承受者？"

程懿没有丝毫犹豫地答："支配者。"

路锦又问了几个问题后，给出答案："嗯，根据你们的答案，你们各自最适合的角色我已经放到你们面前了，请你们偷偷看一眼，然后再观看剧情 VCR（泛指为各种类型的视频短片）。"

苏礼确认过角色就开始看 VCR 了。

读取信息间，路锦悄悄摸出房间，说："稍等，我觉得关了灯效果会更好。"

他们玩儿的游戏剧本属于古风向——王爷与落魄小姐的深宫纠缠。程懿扮演的角色冷酷，靠苏礼扮演的角色的情报篡位做了新皇帝，最终皇后却不是她。他们双双带着记忆重活一世，身份却早已洗牌。苏礼要在身边人中寻找出谁是上一世的王爷，程懿则要分辨真假千金中哪个是她。

十分钟的 VCR 放完，接下来拼的是玩家脑力。

没有人带着走流程，苏礼有些下不了手。

路锦大概是意识到了这点，在外面大吼道："看完了吗？我还在找灯，栗栗先问问题吧。"

苏礼没听清，回道："你说什么？"

程懿接过话头："你可以问我一个问题。"

苏礼："任何问题吗？"

程懿抬头看向她，目光灼灼："任何问题。"

房间的灯光终于熄灭，苏礼也在此刻开口："你骗过我吗？"

尚未适应的黑暗环境中，他看不清她的表情，只是那语气虽带着几分玩笑与调侃，却又有几分慎重的试探。

他知道她今天遇到贺博简了，也许这个问题并非表面上那么简单。这会是她敞开心扉的契机吗？他的回答至关重要。

如同走马灯般，男人眼前播放出许多画面——

他说耳钉是她摔进他怀里掉的，他说有意插歪的电影票是偶然多出，他说见面会日期只是自己记错了……他说乳臭未干的小姑娘他能有什么图谋？

何谓欺骗？这一切都是他为达目的设下的局，连真心都未曾交付半分，自始至终不过是以狩猎者的姿态高高在上，看猎物一点点沉沦。

有水珠滴答落下的声音，那句话像是被按了重复键，在他耳边循环播放——

"你骗过我吗？你骗过我吗？"

…………

时间一分一秒地流走，苏礼撑着脑袋，看角落处唯一的光亮。那儿摆着个用作观赏的鱼缸，间或有金鱼欢快地摆动尾巴，荡出层层涟漪，水后透出慵懒寡淡的暖黄色灯光。

苏礼已经适应了黑暗，能将程懿看个大概，却并没有这样做，只是用余光描摹出男人的侧面轮廓。他好像在思考，或是沉思。

他有没有骗过她这个问题真的很难回答吗？

"不好意思，店里灯的开关太多了，当时为了省事都没记下来，累得我找了大半天。"路锦推门而入，打破沉闷的气氛，"怎么都坐着不动？玩儿啊。"

与此同时，男人似是正好开了口，但路锦的声音盖过了他的声音。苏礼没听清他说的那句话，甚至分辨不出他是否真的回复了。无所谓，这回答好像也不是很重要。

苏礼耸了耸肩，回路锦："你不在都不知道怎么走进度了。"

路锦挠了挠脖颈，看了流程单好几眼，开始按照感觉随意安排最适合的部分："那就抽卡吧，根据卡上的问题进行回复。"

他们玩儿了几局桌游，又吃过晚饭，时间逼近宿舍的门禁时间，苏礼启程回去。

"我送你。"程懿说。

他们一路无言，霓虹灯穿梭在如织的车流中，在车内投下时明时暗的光影。

程懿好像有点儿烦躁，按了两次喇叭。

在快抵达学生公寓时车速明显放慢，苏礼摇下车窗，感受着熟悉的夜风，说："你不用进去了，车子停在正门口就行，谢谢。"

程懿感受着他们的再度疏远，思绪复杂，但仍沉声道："嗯。"

苏礼下车之后买了杯炒酸奶，边吃边踱步，像在散心。

放空状态下思维活泛，她想着想着就回想起了在桌游店发生的一切，某些片段着了魔似的来回闪现。她想，如果金鱼的记忆真的只有七秒，而人的大脑也一样，或许算得上是好事？

通往学生公寓的路年头已久，偶尔会有松动翘起的地砖，苏礼想得入迷，忽然一脚踩歪。地砖蓦地倾斜塌陷，她一个趔趄差点儿摔倒，却被一双温热有力的手掌托住身体。

男人的手掌宽大干燥，单手就能握住她的小臂，力道和随之而来的熟悉气息像极了之前的某次，她也是以类似的姿势差点儿摔到他怀里，好像还弄掉了耳钉。

苏礼侧过头，毫不意外地看到程懿放大的五官。

苏礼："你跟过来干吗？"

"散步。"程懿道，"晚上吃多了。"

苏礼："只是今晚吃多了吗？"

男人皱眉。

这话怎么听怎么像在暗示他天天吃饱了饭没事干。

苏礼笑了笑，说："你散步吧，我到楼下了，先上去……"

她还没来得及把话说完，忽然听到他喊："苏礼。"

苏礼回头，脚步没停："怎么了？"

有哪里传来断断续续的鸟鸣，混合着不远处篮球落地的砰砰声响，少年们的嬉笑怒骂全沦为背景音。

"没骗过你。"程懿忽然说。

苏礼停下脚步，笑道："怎么忽然说这个？桌游已经结束了。"

程懿点头，说："但我们之间的事还没有结束。"

宛如下楼时毫无预兆地踩空，苏礼怔住。

男人神色认真，不像是信口胡言。

她对这样的场景有些招架不住，半晌才玩笑地回："万一我只是问你的人物角色呢？"

"那也没关系，"程懿好像对这一刻付出了无限的耐心，"不管你在问什么，我从来都没骗过你，以后也一样。"

路灯似乎接触不良，摩斯电码似的乱闪。有只猫身形敏捷地钻进树丛，捣出窸窸窣窣的声响。

程懿虽然不知道她是否真的在乎那个问题，但冥冥中能感觉到，假如没有正面回复，也许往后再多的努力都是徒劳。无论如何，他必须给她回答。

不知道过了多久，也不知道在等什么回复，程懿就那么安静地站着。

终于，少女在逆光处轻轻地笑开，对他说："知道啦，你回去吧。"

临近毕业，课程纷纷进入收尾阶段，苏礼也忙碌起来。

院里拍毕业证照片的时间定在一大早，苏礼忙得连早餐都没来得及吃，等拍完照片后才匆匆拉着陶竹去五楼填肚子。

她们刚走进咖啡厅，华夫饼的香气就钻入鼻腔。

苏礼点了份套餐，并补充道："我的柠乐要多加冰块。"

苏礼话音刚落，身后就插入一道略显沙哑的声音："女孩子少喝冰的东西。"

苏礼的头脑中冒出个名字，她难以置信地回过头，果真看到了程懿。

男人还是一贯的西服着装，穿得却不规矩，领口敞开，领带微微拉下些，露出一小截锁骨。

苏礼花了五秒分辨他并不是 P 在背景墙上的，开口问道："你怎么到我们学校来了？"

程懿早就想好了对策，从容地道："校企合作。"

校企合作是块砖，哪里需要往哪里搬。

听不过去的何秘书轻轻吐槽："明明是弄错了以为今天拍毕业照，结果来了才知道只是拍证件照，准备的花也……"

何栋还没吐槽完，从老板眼中读出了"开除警告"四个大字，迅速转头，朝苏礼真诚地笑了笑，说："对的，来这里谈工作。"

苏礼取了餐，看四下没有空位，便坐到了程懿旁边。

男人不动声色地弯了弯唇。看来昨天那句话果然有用，他力挽狂澜，将二人的关系拉了回来。

苏礼哪有空关注男人的心理活动？她一边吃一边和陶竹聊天儿，好不容易歇了一会儿，晃晃杯子里的冰块，听到右侧的男人再度开口："你现在才吃早餐？早上的最佳饮食时间是八点前，长时间不吃容易患胃结石。"

铺垫到了这里，他正准备不动声色地绕到重点，接一句"以后我路过你们学校的话可以带你出去吃"。

结果他还没来得及说出口，苏礼就耸了耸肩，叼着吸管，百无聊赖地问："像你们这个年纪的人都特别喜欢唠叨吗？"

程懿一口血硬生生地哽在了喉咙口。

"可乐不能加冰，早餐要八点前吃，"苏礼细数，"是不是最好来个晨跑，晚餐后要散步？"

程懿只能暂且压下心中那份不快情绪，感觉这也不失为一个拉近距离的好方法，于是说道："能晨跑和散步也可……"

苏礼点了点头，附和道："我爸每天就是这么说我的。"

程懿无语。

他们说话间，忽然有个女生冲了进来。虽然咖啡厅不过这么大点儿地方，但她硬是跑出了一股不顾一切的气势。

女生面向程懿，脸颊绯红地问道："学长，能……能问一下你有女朋友了吗？"

程懿放下手中的杯子，悠然道："我毕业很久了。"

苏礼心想人家的重点是叫你学长吗？直男都是这样凭本事单身的？

女生也愣了一下，旋即脸更红了，结巴道："居……居然毕业很久了，你看起来还是像学长一样，因为太……太年轻了我才……不好意思啊……"

苏礼身后的一对闺密也开始窃窃私语："我早说让你上了吧，你还说怕毕业就分手，人家压根儿都不是学校的。"

似是终于得到了需要的回答，男人漫不经心地挑了挑眉，转向苏礼。

苏礼起先并没意识到什么，半晌才"领悟"了他的意图。她迅速站起，对那女生说："那你过来坐吧，我先走啦。"

苏礼发现男人的眼中露出迷惑之色，心想难道这还不对吗？于是她又回头询问方才后面关注程懿的那对闺密："还多个座位，要不你也来？"

程懿无语。

苏礼走出咖啡厅感觉一身轻松，正觉得自己做了好事暗自高兴呢，忽然感觉头顶覆下了一股低气压，压得人透不过气来。

苏礼定睛一看，果然是程懿，莫名其妙地道："你怎么出来了？不是在里面聊天儿吗？我都给你制造机会了。"

男人咬牙切齿地道："我是那意思吗？"

苏礼眉心微蹙，问："那你是什么意思？"

"我那是……"男人停顿许久，还是没能说出口，"算了，电梯来了。"

等电梯的人还挺多，大家按顺序进入，等苏礼进去时，电梯里已经快要满了。

就在电梯门即将合上的瞬间，苏礼茅塞顿开，忽地扭头望向程懿，说道："哦，你是想让我夸你勇猛年轻是吧？"

程懿沉默。

一切尽在不言中，苏礼撇了撇嘴，正想说点儿什么，外面却突然伸进来一只手挡住了电梯门。

"是，老师，我知……"单笛将半个身子挤了进来，抬头看到苏礼时怔了怔，这才捂住听筒朝电话那边的人道，"不说了老师，我碰到苏礼了。"

短短几句话，让电梯里的学生们嗅到了火药味。大家齐齐安静下来，程懿也蹙了蹙眉。

苏礼像是看到了什么脏东西，立刻收回了视线。

单笛仰起头，朝苏礼道："你知道今天下午是我们学校推送人选去《巅峰衣橱》的终选吧？你也知道终选意味着什么吧？"

苏礼连眼皮都懒得抬，低头喝了口果汁，被鲜柠檬酸了一下。

单笛看她这副满不在乎的样子就火大，磨了磨牙，但也只能忍下，不过口头上还是忍不住要讨些便宜："说实话，后来好几个老师找过我。"

他们的意思是苏礼外形条件好，谈吐大方有气质，学校没有比她更适合上电视的人选了。

当然，这话单笛是不会说的。

她哼了一声，没看见角落里的程懿，只是扫了电梯里不少期待八卦新闻的人一眼，说出了那句酝酿许久颇有气度却又不乏权力压制的话："如果你坦白之前消失一个月及那个月不联络博简的原因，我或许可以考虑放你一马，带你去参赛，毕竟你的设计也没那么上不了台面。"

说实话，苏礼是第一次见这么自豪的小三，骄傲得好像昨天在奥运会上拿了八块金牌。

苏礼欣赏着单笛举手投足间透出的优越感，眨了下眼睛，而后启唇，在单笛的等待中徐徐开口："体重超了。"

单笛僵了一下："什么？"

苏礼努了努嘴，抬头示意她仔细听："你体重超标，电梯门合不上了。"

单笛感觉血液猛地上涌，这才发现有"嘀、嘀、嘀"的刺耳声响一直在回荡。对模特儿来说，这种事无异于当场处刑，单笛顿觉丢人，尴尬地退出电梯。

苏礼像是有准确预判般，在她退出电梯的那一刻按了关门键。

单笛过了几秒才反应过来。

直到电梯开始下行，苏礼才听到她气急败坏的尖叫声，像能穿透墙壁——

"苏礼你有病吧？你才体重超标，你全家体重都超标！"

她叫得声嘶力竭，为主动挑衅的剧情画上了一个圆满的句号。电梯里有人捂住嘴憋笑，声音从鼻腔里漏出。

"她才神经呢。"陶竹很无语，"她是不是觉着自己无私奉献的爱情特别伟大？"

走出电梯，苏礼在阳光下伸了个懒腰，问陶竹："你知道对付具有表演型人格的人最好的办法是什么吗？"

陶竹："无视她的表演？"

苏礼摇了摇头，眼睛里冒出星星，语调得意地说："是把她的剧本烧了。"

陶竹："哈哈哈——你好毒。"

前面的少女们笑声清脆，紧随其后的程懿却眉头紧锁。

程懿对何栋低声道："电梯里说的事你去查一下，顺便解决。"

"好，"何栋说，"好像是一个什么比赛，那个女的当场没给苏小姐台阶下……"

苏礼没受什么影响，步伐依旧轻快，也并不知道终试的地点就在一楼。就在她经过某个窗口时，忽然被奔出来的老师喊住："苏礼！"

苏礼扫了一眼教室，这才发现什么，问："怎么了老师？"

"关于上次的事情，你进来一下，我有话要说。"

苏礼进了教室之后，老师从黑色袋子里拿出一个破破烂烂的东西，说："上次大家好像都很好奇，为什么你没有进二选？我特意去了解了这事，还调了监控——是快递员把东西放在门房的窗台上，那天赶上下雨，快递被淋湿了，单号、姓名看不清，里面的设计纸也烂掉了，评委当然就没法评分。"

本来有幸入围初选的学生就不多，大家画完设计图之后统一填上报名表，直接将其邮寄到主办方那里。大批量快递自然会被分给不同的快递员，也会有不同的配送时间，只能说苏礼那个快递是快递员疏忽，天公又不作美。

说话间，老师又拿出一份报名表和绘图纸，说："主办方了解了情况，觉得可以……"

老师的话还没说完，底下立刻有人小声嘀咕："再给一次机会？还能这样？"

"你们不觉得这种意外情况对她也不公平吗？"老师道。

那人大概是怕苏礼一来大家都要靠边站，还是不服地道："那也只能算她自己倒霉啊。"

苏礼笑道："算了，没必要。"

"我不是一定要让你比。你先来，老师只是想看看你的成品。当时没来得及，我觉得这个主题你肯定很能发挥。"老师招手，"再说了，现在全院都在传你不会画设计图，你愿意听这种谣言吗？"

果然，老师一开口就是老江湖，把她的命脉拿捏得死死的。

苏礼叹了口气说："但我什么都没带，也没准备。"

"我这儿有。"老师面向台下："正常的比赛是三个小时，这次我只给她四十分钟还原自己的作品，时间并不宽裕，也不存在刻意放水一说。"

苏礼毫无准备。设计其实也是灵感产物，过了这些天，自己对原稿的细节如何早已经忘得差不多了，况且现在手边都不是自己惯用的工具，绘制人体及描边上色都需要时间，她还得思考。

老师也没料到"补考"会在这儿进行，只得临时把讲台边一个放展示台的桌子腾给她。

数码展示台本来就是给老师放大教材用的，苏礼刚画了两笔，卷面就准确地被扫描传送到了投影仪上，继而投到了教室的多媒体屏幕上。

塑造人体线条是急不得的活儿，所有的设计都是围绕着它进行的，一旦比例不对就彻底失败，所以大家都会将它描摹到最精准的程度。但苏礼的笔仿佛有自己的想法，三两笔就勾画出了匀称流畅的形态，甚至一眨眼的工夫，她连衣服的线稿都已经画好了，拿出勾线笔开始描边。

底下的人本来都在画自己的图，后来却慢慢被她吸引，一动不动地紧盯着屏幕，惊诧地看着她上色。

"这手是吃了德芙吗？这也太丝滑了……"

"纱质和皮质都通过不同笔触和力度表现得太好了，细节也好到位啊。"

"妈呀，昨晚还在骂她白占资源的我脸有点儿疼。"

…………

二十五分钟后，苏礼画完了。

衣服是极难绘制的柔纱质感，肩膀和膝盖部分还有透视效果，但她不仅将褶皱和质感都画得生动，就连没那么重要的人物面部也绘制得漂亮大方。

台下鸦雀无声，众人张大了嘴，有点儿像合不拢口的易拉罐。

就连后门处的程懿都略有停顿，被她的从容惊艳到了。

众人以为这就结束了，结果苏礼看了一眼时间，发现还有15分钟，又抽了张纸，开始画二选的命题。

她画得不慌不忙，灵感跟不要钱似的往外冒，思路顺畅，一气呵成，甚至根本没有用上橡皮擦。

有人忍不住感慨："这还是一般人类的大脑吗？"

老师在这时笑眯眯地关了投影仪，说："行了，后面的就别看了，自己设计自己的啊。"

最后，苏礼一共用一个小时完成了两幅设计图。她起身交图的时候底下的人都在倒吸凉气，明白自己对她的认知到底错得多么离谱儿。

苏礼交完设计图一出教室，又在林间小路上看到一抹熟悉的背影。

要不怎么说冤家路窄呢？她坐在这儿考了一个小时的试，出来还能撞到单笛。

单笛正坐在椅子上跟姐妹吐槽，看起来已经说了很长时间了。

苏礼径直走过去，但单笛的小姐妹发现了她，开始阴阳怪气地影射道："居然还没走呢？眼巴巴地看别人比赛吗？我要是她，都不好意思路过这儿，看人家不觉得害臊吗？自己是什么水平啊？"

苏礼停住脚步，客观地回复："保守来看，是碾压你的水平。"

她没记错的话，这个为单笛出头的姐妹也是服设系的，连初选都没进。

昨天她之所以没反驳，是因为也陷在震惊之中，还没来得及想明白是怎么回事，又被路锦的一通电话喊去江湖救急。今天正好撞上自己有兴致，因此她满面含笑地道："后天去看看终选推送名单，有惊喜送给你们。"

苏礼不知程懿没有离开，以为出电梯后大家就分道扬镳了，却没想到男人站在楼梯口将一切尽收眼底。

何秘书再度确认道："还要我们着手解决吗？"

"不必了。"男人忽地笑道，"这些事好像她自己也能解决得很好。"

当天下午，苏礼果然又雷打不动地收到了一捧玫瑰加一瓶牛奶。

这次她动作够快，刚听到敲门声就迅速跑向门口，结果还是晚了一步，只看到一片灰色衣角在楼梯口一闪而过。

"你这搞得跟拍警匪片似的，"陶竹帮她解决多出来的牛奶，仰头喝了一大口，"什么时候才能捉到人啊？"

苏礼咬了咬下唇，说："等明天吧。"

结果次日还没等到下午六点，她就先被老师的一通电话喊去了礼堂。

彼时她正在川程按照自己的图纸做样衣，刚裁出纸样留出缝纫线，还没来得及裁布，就接到消息，说是终选的结果出来了。她放下手中的大头针，扯起包包就出了门。

她不过是等电梯用了几分钟，等出租车又用了几分钟，再抬头时，程懿的车已经平稳地停在了她面前。

男人降下车窗那一刻，苏礼甚至怀疑他是不是在自己身上装了监控，不然怎么随时都能出现在她面前？

程懿："回学校？上车，我载你。"

苏礼："你要去学校？"

面对她略显狐疑的目光，男人泰然自若地回复："要去吃饭，你送我的卡还没用完。"

苏礼一想是有这么回事，而且学校那边的东西确实挺好吃的，于是也没再追问，拉开车门坐了上去。

程懿："坐副驾……"

他的话还没说完，后面猛地传来关门声。

苏礼抬头问："啊？你说什么？"

程懿："没事。"

程懿的车技不错，苏礼也很少享受这种待遇，躺着躺着就有点儿犯困。她眯了一会儿，再睁眼时，正好看到车子驶入学校，不偏不倚地停在了礼堂门口。

苏礼下车，发现程懿也跟着下来了，问："你干吗？"

程懿将手肘搭在车门上，悠然道："我投资的楼，进去看看。"

男人一点儿也不低调，开了辆蓝色保时捷超跑，在日光下格外招摇，因此苏礼一下车就有不少人频频往这边看。她只得加快速度，这才甩开那些探寻又好奇的目光。

苏礼知道单笛会来，现在便进入了应战状态，也就由着程懿跟在自己身后了。

因为今天是终选，报名参与活动的观众也能加学分，所以除选手外还来了不少看热闹的人，填满了大礼堂。

苏礼在前排的成员席上落座，没一会儿就等来了相关的老师。

这次老师没有上次那么多废话，拍了两下话筒，幻灯片开始播放，很快就进入了正题："终选一共三幅作品，一幅是服设（7）班陈贝的，一幅是服设（3）班戴芬的，最后一幅是……服设（1）班苏礼的。"

果不其然，那个停顿很快引起了礼堂内的骚乱，众人议论纷纷。

"苏礼？我没记错的话她不是初选都没过吗？终选是从二选里筛吧？"

"黑幕成这样也是没谁了……"

"听说是额外给了一次机会，这不就是选秀节目里的内定吗？"

"学校就是内定她了吧，还搞这名堂，冠冕堂皇的累不累？"

"…………"

老师敲了敲桌子，止住骚乱，说："苏礼的初选作品是因为被水打湿，所以完全没被评阅，不是分数不及格，而是没得到分数，这点需要辟谣。"接着她又道，"后来给了她一个小时的补考时间，她画完了初选和二选的两幅作品。"

"一个小时画两幅图？扯什么？"

台下的质疑声才起了个头，幻灯片就开始播放视频，赫然正是苏礼那天在投影仪下画图的画面。

二选的主题非常飘，叫作"阅后即焚"，而苏礼耗时三十五分钟的设计图精准地围绕着它展开——裙子的尾摆被她绘出烧焦质感，却不会显得破烂，反而为鲜红的主色添上一抹生气，如同浴火盛放的玫瑰；立体裁剪的挺括花瓣在胸口绽开，根茎绕下，巧妙地变成了腰带。

整个设计颓丧妖冶，典雅大气，美到极致。

台下不屑的声音渐渐消失，间或传来几声惊叹和倒吸凉气的声音。

"为什么我给大家看这段视频？因为我不希望大家觉得我偏心。我只是想要为我的学生还原一个真相而已。"老师说，"有人说好学生多的是，没必要，但我想说的是，或许每届都有优秀学生，但不是每届都有苏礼。"

老师这话说得挺重，礼堂内鸦雀无声。

过了一会儿，忽然有人问："所以就选苏礼吗？"

老师："那倒不一定，要老师们共同投票决定。"

单笛的小姐妹听得烦死了，躲在人群里说："就算她画得再好，也不值得浪费大家的时间来看她的'新闻发布会'吧？这都十分钟了，她面子多大啊，这么多人看她画画？"

同样在场的陶竹不甘示弱地道："真进了综艺节目可是几千万人看她画，你酸什么？"

单笛的小姐妹回嘴："你就知道我酸了？谁稀罕哪，到时候真闹难看了，你看节目组是保她还是保笛子。"

她们的争执声变大，而单笛一直在小声地煽风点火。

统计票数的老师看不过眼了，说道："好了，都安静，单笛你先上台来。票数已经统计完了，优势还是挺明显的，苏礼这个……"

"不用了老师，"苏礼站起身，拿起话筒，"的确不公平。作品被打湿是我的运气不好，这样确实很难服众，况且……"她的目光扫过台上，最终定在某处，说出重点，"不是谁都有资格穿我做的衣服。"

众目睽睽之下，她的声音格外有力，传递出清醒而又冷静的蔑视之意。

她为什么来？只是为了说自己不需要这个名额吗？当然不是。几天前单笛在这里对她进行的嘲讽，她在这一刻以胜券在握的姿态回击，无须顾及任何人。她能干脆地放弃这个机会是因为有资本，是因为有无数选择的机会，而这不过是其中一个。她能泰然放弃，单笛却不敢。

"比赛的名额，我会通过官网的途径来获得。"苏礼说，"到时候我真的进了，希望某人能遵守自己的承诺——有我没她。"

单笛蓦地一僵，感觉血液上涌，冲得头皮都在发烫。好像所有人都齐刷刷地看向她，某些目光并无恶意，却还是让她觉得难以抵抗，无地自容。她从来没有被人在这么正式的场合打过脸。

前排的讨论声传入单笛的耳朵里。

"我刚刚看到苏礼坐程懿的车来的，上次走她好像也是坐的这辆车，程懿给她当司机。"

"她真是人生赢家啊。程懿的车还会让女人坐吗？"

"所以她应该也不是被贺博简抛弃，而是纯粹看不上贺博简。单笛呢，又爱她不要的人。你看，苏礼直接靠自己去找资源，单笛就不敢说自己也去官网参赛。"

"那这次反击漂亮！"

单笛胸膛起伏，脸上竭力摆出好笑的表情，说："你真以为没有学校的帮助你能进那个节目？殊不知也许你根本进不去节目呢。"

苏礼耸了耸肩，道："我们拭目以待。"

苏礼回到寝室打开电脑后，发现学校论坛上的某个帖子楼已经很高了，从标题就能看出楼主的兴奋。《服设系那个女神和学校第一小网红正面对决了！太刺激了我就在现场！》，楼中还放了苏礼手绘的视频，跟帖的人也活跃在吃瓜和畅想的一线。

"这画得也太好了，这是老天爷赏饭吃吧？！"

"看样子就算苏礼进了节目单笛也不会放弃，那之前说的'有我没她'不是打自己的脸吗？不过我也不想看单笛退出。哈哈哈，我想她俩成为敌对组来着！正面对决看谁能赢，希望苏礼能进。"

"感觉苏礼努力一下也是可以的，起码做个淘汰替补啊。毕竟她长得是真漂亮，荧屏里漂亮不就是王道吗？"

"你们太天真了吧。你们知道有多少设计师报名参赛吗？那些设计师可不是学校这些小打小闹的类型。人家出过作品，有成熟的设计理念，苏礼要打败他们很难很难的。"

"苏礼也就放狠话的时候厉害，没拿过几个国家级大奖，节目组不会理她的……更何况衣服最后是要拿去生产售卖的，没点儿市场经验谁看你啊？大学生没有学校做依托真的没有竞争力，这点我站单笛。"

…………

苏礼似笑非笑地翻过一页，竟被他们说得越发斗志昂扬。

而此刻时间指向六点，门外的脚步声也响了起来，她迅速放下鼠标，蹑手蹑脚地走到门口，在敲门声还没响起时猛地拉开门，一把抓住那人的袖口。

那人正在低头放东西，虽然反应过来的瞬间想跑，但已经来不及了，挣扎半晌，发现逃脱无果，只能认命。

苏礼用力拽住他，问："你哪位？抬头我看看。"

男生抬起头来，那是一张苏礼完全陌生的脸。

苏礼疑惑道："我们认识吗？"

"不认识，"男生的目光带着闪躲，"是第一次见。"

"那你为什么要给我送东西？之前一直是你送的吗？"苏礼问。

男生没吱声。

苏礼顿了顿，问："是不是谁让你来送的？"

苏礼的这句话好像说到了重点，那男生抖了一下，这才猛地摇头，抿着嘴不愿多说。

"看来是了。"陶竹从床上翻下来，"你回去跟那个人说，要追人，想送东西就自己来，像个男人一样，磊落点儿。"

苏礼问："他是不是要求你每天晚上六点准时来？"

那人局促不安地道："回答了这个问题我是不是就能走了？"

苏礼点了点头。

"对，要求就是晚上六点，有时候你不在寝室，他会和我说不用来。"

这人竟然对她的行踪了如指掌？苏礼打了个寒战，说："好了，你回去吧，可以的话以后都不用送了。"

男生走后，事情又变得扑朔迷离起来。

陶竹笑道："他不可能不送的，顶多换个人来送。你说能这么投入成本的人，除了程……"

"又是程懿。"苏礼叹了一口气，已经学会抢答了，"程懿堂堂一个总裁，业务遍布全球，在心里得有多闲哪，成天陪我玩儿捉迷藏？"

"男人有时候就是幼稚鬼。"陶竹不服。

苏礼失笑，弹了一下她的脑袋。

就在二人一筹莫展时，楼下忽然传来喊声，是宿管阿姨在叫："十楼的苏礼，楼下有人找。"

苏礼打开窗户向下望，可惜被楼下晒的床单遮住了视线，于是只能回道："知道了，马上下去。"

苏礼下楼时还记着方才的事，有些心不在焉，走到楼门口的时候看到两个男人的身影。

程懿站在车边，一手插兜，一手半抬，正垂眸看表，额间发丝被风拂动。

贺博简身着衬衫、长裤，背着苏礼送他的那个单肩包，驻足不前。

宿管："你们谁找苏礼来着？"

两声回复同时响起："我。"

程懿挑眉向右看去，贺博简也皱着眉朝左望。

二人眼神相撞，不约而同地从对方眼中读出了三个字——你哪位？

苏礼还没开口，站在她对面的程懿和贺博简倒是先看对方不顺眼了。一头雾水的苏礼心道：你俩谁也不应该出现在这里才对吧？

于是她咳嗽两声，暂时打断他们之间的眼神拉锯战。

"二位找我有事吗？"

"有事。"那两个人一起回道。

苏礼看了一眼手机，说道："挨个说吧，一人三分钟。"

程懿沉默。

"快点儿啊，"苏礼催促，"我楼上还泡着面呢。"

"你晚上就吃泡面？那个没营养。"程懿总是把握先机，"我也没吃饭，正好一起吃。"

苏礼不知道怎么就正好了，回道："为什么今天忽然找我陪你？"

"你给我充的卡，带我去吃饭不是很正常？"程懿理不直气也壮，"我又不知道学校附近有什么好吃的。"

程懿鲜少用这样的语气同她讲话，就像她做了什么对不起他的事一样，搞得她还质疑了一下自己。

苏礼还没质疑出个所以然来，前男友的反应显然更加激烈。

贺博简看向苏礼，难以置信地道："你还给他充饭卡了？"

苏礼没搞懂他的质问为何这么有底气，不客气地回道："别说充卡了，我就是去夏威夷请人冲浪也跟你没有半毛钱关系啊。你是窗口挂着的读卡器吗？我充卡还得问问你乐不乐意？"

贺博简哽了哽，正在整理说辞，忽然有人路过，说话的声音传来："快看快看，那是不是隔壁系的系草？"

"什么系？"苏礼笑道，"劈腿系吗？"

那两个路人吓得疾步走开。

贺博简皱了皱眉。

苏礼不得不承认，贺博简的皮相确实不错，即使站在程懿旁边，那张脸也丝毫不逊色。

贺博简："礼礼，我觉得我们需要沟通。"

苏礼不假思索地道："那我的想法跟你的想法不一样。"

贺博简沉默了。

"说完我上楼了，"苏礼甚至不关心他和单笛目前到底怎样了，"我不吃回头草，尤其是你这种有毒的。"

苏礼还没来得及转身，又被贺博简拦住。

像是怕她没空听完，贺博简加快了语速："我真的有话对你说。很重要。"

与此同时，程懿向前一步说道："苏礼，去吃饭。"

二人一前一后把苏礼夹在中间。

宿舍楼下本来还站着很多腻歪的小情侣，现在大家都在集体向他们行注目礼。

苏礼思索了大概两秒，转向贺博简，问道："你要说什么？"

苏礼的这句话让贺博简心满意足地露出笑容。他对程懿抛出一个胜利者的眼神后，带着苏礼去了另一片树荫下。

贺博简："我承认我之前是有过侥幸的想法，但那也是因为你不在身边。我和单笛没有真正交往过，之前你在大礼堂看到我坐在那里，是因为……因为她请我了，你又一直不理我，我以为坐在那里可以离你近一些，没想到你没进二选……"

苏礼早知道他的说话技巧，不过是渣男惯用的"不拒绝、不放弃"原则——不拒绝外部诱惑，又不愿意放弃以前培养出的感情。渣男既想追求新鲜，又不想放弃稳定的避风港，以为只要端的水够多，就总能喝到。

苏礼深吸几口气压下不适感，问："你真觉得自己错了？"

贺博简一看有转圜的余地，赶紧点头道："只要你愿意听我解释，怎样都可以。"

苏礼努了努嘴，示意贺博简看向路边那个不知道被谁丢弃的纸箱，说："那你挂个写着'我错了'的牌子绕操场跑十圈吧。"

贺博简："啊？"

他的这个反应在苏礼的意料之中："不愿意就算了。"

"没，不。"贺博简忍辱负重了这么多年，岂会折在区区小事上？心一横，他宣誓般道："我愿意。"

这声"我愿意"准确无误地传进车内的男人的耳中。程懿咬紧后槽牙，搭在方向盘上的掌骨绷出明显的凹陷。

苏礼不过是找个托词耍耍渣男，想暗中羞辱一下让贺博简知难而退。谁知贺博简憨成这样，居然真的同意了。

说出口的话不能收回，苏礼看到贺博简拆了纸箱做成牌子挂到胸前之后，找了个机会溜了。

车载音响正在随机播放歌曲，歌手从"现在窗外面又开始下着雨"，唱到了"眼睛干干的有想哭的心情"。程懿眯了眯眼，打开了雨刮器，又拉开抽屉取了支烟，还没来得及点燃火，开关车门声响起，伴随着苏礼的催促："赶紧走，等贺博简跑完就来不及了，我们都得'死'。"

程懿一愣。

苏礼顿了顿，问道："你开雨刮器干吗？下雨了吗？我刚才没觉着啊？"

"手误，"程懿说，"歌手唱得太惨了。"

程懿低头切歌，嘴角有一丝掩不住的笑意，正觉天气放晴不少，后座上又探过来一颗脑袋，说："空调也开这么低，你是帝企鹅住在南极吗？

"又是空调又开雨刮器，不知道的人还以为你失恋了在车里伤心呢。"

程懿嘴角一僵。

车子顺利地点火，他岔开话题："那男的都和你说了什么？"

男人的言语中带着轻蔑与不屑之意，仿佛那人的名字根本不配被提及。苏礼反应了几秒，才知道他是问贺博简。

"你是搞信访调查的？"她低头捣鼓着手机，"不如我们确定关系和分手的时间也给你报备一下呗？"

还没等程懿回复，苏礼像是被自己说的话激活了思路，想到什么，骤然僵住，轻轻抽气。

程懿："怎么了？"

"六……六点，"她眨眼，"不会吧？"

她和贺博简是某天下午六点确定的关系。她记得很清楚，自己点头的那一刻，身后礼堂的钟声骤然敲响，震得人耳膜发麻。

从那儿之后，贺博简总爱在下午六点给她发消息，而这些天的花和牛奶，也在下午六点送到她手里。

东西是贺博简送的？

不会。苏礼按了按太阳穴。贺博简的家境并不富裕，这些东西虽然不算太贵，但一周也要几百元，不像贺博简会做出的事。

"什么六？"程懿转头，"你说清楚，是餐厅排位号？"

"不是，"苏礼看向窗外，"不是在学校附近吃吗？你怎么上高架了？"

程懿的喉结滚了滚，他这才状似意外地解释："开错了。"

最后车开进了商业区，停在了需要预订才能进入的餐厅前，但苏礼全程都在和陶竹讨论分析送花的事，也就没有注意。

由于离开了熟悉区域，点餐时苏礼也没什么意见，都是让程懿自己看着来。

这地方和外面用帘幕隔开，没一会儿就上了第一道前菜。

"您的炸温泉蛋土豆泥沙拉好了，请慢用。"

苏礼取了勺子小口挖着。她和陶竹的对话也接近尾声，她们的思想达成了一致。苏礼按下语音键回复："贺博简简直有病。"

程懿看她吃得双颊鼓鼓，连手机都放到一边，又想到自己是最终被选择的那个，不免有些愉悦，问道："你为什么最后会跟我出来吃饭？"

苏礼咬了半口蟹肉手握，一双黑眸在灯光下熠熠生辉，回道："因为你们话太多，寝室泡的面坨了，不跟你出来我也没的吃啊。"

她还不如让他停留在虚假的快乐里。

接下来的半场，程懿吃得极其安静。大概是苏礼不按常理出牌，他不想再自讨没趣。

吃完之后，二人回到车内。

程懿正在调导航时，苏礼问道："今晚的饭多少钱？"

男人皱眉。

苏礼解释说："AA 制。"

程懿觉得好笑，说道："你觉得我跟女人吃饭还要 AA ？"

苏礼拉了拉安全带，回："哦，那下次我请你。"

她就是客套一下，打算有机会再请回来。

谁知道男人的大脑转速太快……

他连车都不开了，给出三种选择："好，下次是什么时候？周三、周五还是周日？这三天我都有空，我们定一下。"

她不知道这么聪明的男人在这一刻怎么会不知道什么叫社交用语。

车已经熄火，安静地停着，他颇有种"给不出让我满意的回复就别走了"的架势。

苏礼露出一个温和而不失礼貌的微笑，说道："都可以，程总提前联系我就好。"

程懿："嗯，那周三下午我来接你。"

"不用，"苏礼说，"我可以自己去。"

程懿面无表情地说道："我喜欢给人当司机。"

那真是好特别的兴趣。

就这样被提前预定了时间，回到寝室的苏礼有些悲伤，挑了挑被泡发的面，感觉自己赔了夫人又折兵。

她还没来得及"哀悼"一下碗里的火腿，忽然想起自己打算吃了晚饭就去官网报名的，点开页面一看，今晚十二点报名就要截止了。

苏礼心下一震，赶紧打开报名表，开始填写。表中的内容很复杂，她删删改改了好多次，才在二十三点五十八分填完表格，点了提交。

"上传中"的小圆点一直在转，迟迟没有变成"√"，苏礼刷新了一下，页面全白了。

不是吧？她好不容易卡点儿传个东西，这么紧张的时刻，学校的网崩了？

苏礼心跳加速，瞬间紧张起来，手指也有点儿抖，赶紧摸出手机打开热点，与电脑连上。

Wi-Fi切换需要时间，苏礼等了十几秒，看分针跳到五十九分，想冲进电脑砍人的心都有了。

全白的页面终于有了刷新回应，她皱着眉，心急如焚地看到自己填的内容一点点重新出现，然后点了几下"提交"按钮。

圆圈转过五次，显示出一个绿色的"√"，表示提交成功。

苏礼侧头一看，正好二十四点。

苏礼精疲力竭地瘫倒在椅子上，感觉好像被妖怪吸走了灵魂。学校的网一到关键时刻就掉链子，让她倍感心焦。

苏礼一直担心自己的表到底有没有按时投递，次日刷新了几遍，看到流程那儿出现了第一个进度——审核成功。

苏礼松了口气，看向后面那几个灰色按钮——"初试命题""复试命题""终试命题""面试""最终名单"。

《巅峰衣橱》有着很严苛的筛选体系，每一轮的通过都能查看，但就是如此，选手止步于某轮也就显得尤为残忍，像是永远无法再动笔的画。

第一轮是筛资料，履历不够漂亮、代表作不够格的人全部会被刷下来。严格来讲苏礼还没进公司，也就没有代表作，但由于拿过很多奖，对设计的见解也很独到，所以顺利进了初试。

初试比赛的地点在T市，学校已经没什么课了，导师都很支持苏礼去，还嘱咐她可以在那边玩几天。

苏礼收拾了行李，打算周四出发，先适应几天那边的气候和饮食习惯，确保比赛时不会出错。

她自知在某些行业年龄就代表阅历，也是底气的一种，而自己年轻，所以需要比别人更加认真一些才能弥补。

那几天都在忙初赛，苏礼差点儿就忘了和程懿吃饭的事，直到周三下午收拾了大半行李，正核对机票时，手机响了两下。

程懿："刚开完会，现在去接你。"

苏礼早已习惯程懿字里行间莫名的亲昵感，沉默地在记忆里检索了一会儿，才想起好像是和他有约来着。

苏礼换了条波点裙，将头发扎起，提前出门买了些旅行要用上的东西，结了账就在路边等，没多久就看到程懿开着新换的车过来。

程懿今天开的是敞篷车，因此苏礼一眼就看到车后座上摆了许多东西。她又不能硬往里挤，便只能坐在了副驾驶位上。

程懿发现苏礼今天稍做了打扮，又如自己所愿地坐在了副驾驶位上，感到剧情线又推进了不少，不免挑了挑眉。

程懿问："还买了东西？放到后头吧。"

万一她把东西忘在车上还能制造下次见面的机会。

苏礼将袋子抛到后座上，没什么心眼儿地回道："我马上要去 T 市比赛，买了点儿一次性毛巾什么的。"

"T 市？川程有个分部在那边，岛上也很好玩儿，"程懿一边打着方向盘，一边回，"如果你不清楚景点可以问我。"

苏礼随意地应了一声，也没太放在心上。

她坐着坐着觉得有些无聊，就回身去后座上扒拉袋子，想找糖吃。

袋子里的东西太多，她找了好半天，结果放在前面的手机又振了起来。

程懿看她还在锲而不舍地找东西，问道："帮你接？"

苏礼："可以。"

程懿直接点了免提，苏礼以为是快递，结果对面出声的刹那，车内陷入诡异的安静，只余风声。

贺博简："喂，礼礼？"

她不是拉黑贺博简了吗？

苏礼有些错愕地转过头，恰好和程懿的目光对上。她舔了舔唇，还没做出反应，贺博简已经飞快地开始了自己的表演："我知道你在听，所以现在你不用出声，听我说就好。

"这些天的花和牛奶都是我送的。还记得去年寒假我在花店打工，气温低，给玫瑰除刺又容易扎到手，手上全是伤口，你问我何必？其实那时候我就想，人家都能给喜欢的女孩子送花，那我也要。

"只是我攒着钱拖拖拉拉就到了今年，还是在这种时候，但心意什么时候都不算晚，对吗？"

很显然，之前的挂牌跑圈并没打击他的斗志。

跑车的速度渐渐快了起来，但程懿还是没能快速驶离学校。苏礼的长发被扬起的瞬间，无空中有烟花绽放的声响，伴随着贺博简的声音一同传来。

"我们确定关系是在下午6点，你不知道那天我有多开心。今天的烟花也有六下，礼礼，我们和好好不好？"贺博简哀求道。

烟花在天幕中绚烂绽放，苏礼的脑海里却不合时宜地闪过一些光怪陆离的画面。

苏礼仰着头，有些出神。

程懿瞧了她一眼，唇边漾起冷笑。什么狗屁前男友，就应该被剁碎了喂猪，他这样想着一脚踩上了刹车。

苏礼被惯性晃得醒过神的那一刻，居然还冒出一个很奇怪的想法：贺博简到底是有怎样的魔力，怎么谁遇到他都爱刹车？

很快苏礼就没法思考了，她的耳边传来男人带着冷笑的声音："挺浪漫啊。"

第三章

借　宿

车被程懿停在路边，而电话中的贺博简像是被拧了什么开关似的，喋喋不休，情话和道歉的话接连不断地输出。

苏礼终于等到那边有了停顿，问出了自己的第一句话："那你为什么让别人到我的寝室送牛奶？"

"你忘了吗？"贺博简今日的主题是回忆杀，"高中那时候我给你送自己整理的重点，也是让小组长收作业的时候偷偷塞到你的桌洞里的啊。

"我怕你不想见到我，但又需要我。"

"我需要你什么？需要你让我花粉过敏和喝多了牛奶反胃吗？"苏礼不客气地说。

而程懿早已不在乎他们到底在说什么了。烟花消失后，他看向举起手机嘴唇张合的苏礼，舌尖抵了抵后槽牙。没事，她不就是在他的车里和别的男人聊天儿吗？不就是把他晾在一边吗？不就是坐在他的新车上看人放烟花吗？没关系，他无所谓的。

程懿咬紧牙关，听着没挂断的电话。

贺博简："我消失了这么久，不是和单笛在一起，而是在为你准备这些惊喜。所有人都可以误会我，但我不想被你误会。"

"我误会你？"正准备挂电话的苏礼硬生生被气笑了，既然憋不住就干脆摊开来讲，"单笛生日那天在朋友圈发的照片是你拍的吧？音乐会背影比心是你们俩在一起吧？我去团建那段时间你们游遍了市内我们一起去过的景点吧？贺博简，在你心里我到底是个多没智商的人，让你都不愿意花点儿时间编些可信的理由来骗我？"

如果贺博简劈腿劈得坦坦荡荡，苏礼会在硌硬之余敬他敢爱敢恨。现在他这样优柔寡断又谎话连篇，只会让苏礼觉得他虚伪，对他的"滤镜"轰然粉碎。她甚至怀疑，那么多年她认识的贺博简和对面的人究竟是一个人吗？

贺博简却还在说："你很在意她？如果你愿意回来，我可以再也不和她……"

这话乍一听没问题，但苏礼很快捕捉到了重点，他说的并不是"我放弃她"，而是"你回来我再放弃她"。多么精致又令人作呕的利己主义者啊，都这种时候了，他记挂的居然还是身边至少留有一个备胎。

苏礼觉得自己的价值被侮辱了："你这么喜欢准备两套方案，到时候死了是不是坟头上还得挂两个二维码让人选择支付宝还是微信吊唁？

"你以为我是你放在盒子里的棒棒糖，想起来就能舔一舔？

"今天的烟花为什么没有炸一炸你的脑子，看看你的大脑是不是和直肠交换了位置？！哦，也许你根本没有脑子。"

贺博简被她骂蒙了，开口就是："你别……"

可他半天了硬是一个字都接不上来。

"就这个态度还想让我回去，你劈腿的时候怎么没想着出本时间管理的书给我当纪念？"苏礼嗤笑了一声，"多高的枕头啊，你就做这种美梦？"

电话迅速被切断，苏礼把贺博简的新号码拉入黑名单，看着锁屏页面平复心情，面前突然出现一瓶被拧开了的矿泉水。

程懿惬意又愉快的声音传来："骂累了？喝口水。"

苏礼侧过头，发现方才还阴沉不定的男人忽然就变得春风般和煦，还颇有春风得意的味道。

苏礼暂时将这理解为他听她骂贺博简很爽。

想了想，苏礼还是觉得有必要强调一下，于是说："你也别斤斤计较，就算我和他复合了也还是会请你吃这顿饭的，不存在临时跑路去约会的风险。"

她望向程懿，"不要我一接贺博简的电话，你就用那种充满背叛的目光看我。"

的确是在计较但并不是在计较请客这事的程懿沉默了。

她是这么理解的？

苏礼喝了几口水后，理智回归，又转过头同程懿商量："还有，下次你们要刹车的话能不能先通知我一声？"

"下次？"像是自己品出了什么不得了的信息，程懿本还绷紧的眉头瞬间舒展，掩唇咳嗽了两声，沉声道，"嗯，下次通知你。"

车重新启动，耽搁了一阵，夜色已经从尽头弥漫开来，路灯渐亮。

刚进行完一场发泄，苏礼撑着有些缺氧的脑袋，给陶竹发语音："今天没人送东西了吧？"

陶竹那边还没回，程懿倒是忽然开了口，淡淡地道："都这么讲了，他应该就不会再来找你了。"

程懿这话一出，倒让苏礼抿了抿唇。

她眉心轻蹙，道："不好说。"

程懿不吭声了。

"六年他都坚持下来了，这区区几个星期又算什么？"苏礼道。

男人加速驶过即将倒数计时的红绿灯。风声呼啸，街市人声鼎沸，她的声音有一瞬间变得缥缈，让他疑心是幻听。

程懿："什么？"

苏礼含笑摇了摇头，道："没事。"

这晚的用餐地点苏礼选在了川菜馆。麻辣的味道刺激味蕾直通大脑，让她被贺博简气痛的神经终于舒缓了不少。

苏礼吃完之后用手撑着脸颊欣赏窗外的人流，顺道喝着水。

程懿递过来一本 A4 册子，说："这是明年的春季新品规划。"

册子的封面上写着"浮仪年度新品服装"，苏礼翻了几页，不知道这种算得上秘密又是高层领导才能过目的东西怎么会出现在自己手里。

苏礼："你给我看这个干吗？我们组做的不是春季新品。"

再说了，虽然美其名曰校企合作，但毕业生负责的项目被毙掉的可能性极大，能有一两件衣服被留下就算走运了。她没抱什么想法，只当是个历练机会才来的。

"我知道你不负责这个，"程懿说，"但以你的能力，或许能提出不少意见。"

"我给你们的高薪专业设计师提意见？"少女在灯光下倏然笑开，眉眼里都是坦荡的笑意，"程总是在跟我开玩笑，还是捧杀我？"

"可能职位会和工作年限挂钩，但天赋不会。"程懿抬眸，"我对你的水平没有任何怀疑。"

今天之所以会把川程旗下的服装品牌规划带给她看，他承认，占比最重的是他带着自己的小心思，想在二人之间构造一个新的羁绊，方便他顺理成章地联络她，第二点就是因为他看到了她的天赋。

天赋这东西很玄妙，他对服装其实并不了解，却一眼就能发现她与众不同的灵气。某些东西可以后天培养，金字塔尖的设计师却并非只要努力就能吃这碗饭的。

可能她在市场平衡、受众喜好、系列辨识度方面还有学习进步的空间，但他依然相信，此刻的她具备某些人并没有的特质，如独到的眼光。

果然，苏礼抿着嘴看了一会儿，很快给出了意见："我能理解设计师想要做系列套装的想法，但是服装面料和板型上没有太大的变化，很容易让消费者有只买一件的想法，不会全入。

"碎花这个东西就是不规则才好看，这件的规整拼贴是不是太僵硬了？

"这条裙子板型很好，而且用轻薄的欧根纱和蕾丝点缀让它不会显得那么厚重，腰带如果换成麻绳款，也许视觉的对比效果会更有味道。

"亚洲女性普遍有显白和显瘦的诉求，我觉得这个浅藕色还要再斟酌一下。"

苏礼发现程懿真的在记，战略性后仰，说道："你玩儿真的？那你别说是我说的啊。"

程懿勾唇笑道："我跟你来过假的？"

苏礼跟一个和服装设计几乎八竿子打不着的人讨论了四十多分钟的服装问题，今日的会晤终于结束。

老规矩，程懿送苏礼回去。

车子好不容易到宿舍楼下，苏礼去拉车门，却发现他没有将锁打开。

与此同时，男人的声音从背后传来："上次可能不够正式，但我还是希望你能考虑留在川程，成为浮仪的一员。"

酒桌上那一幕场景浮现在苏礼的脑海中，耳边还伴随着男人拿捏得当的分寸感："我尊重你的选择，但也真的希望你留下。"

苏礼从车上离开，疾步走向宿舍楼。当她正为结束交谈而松了一口气时，身后又响起男人的声音："过两天我再找你继续说新品的事。"

苏礼回头，却只看到宾利欧陆的车尾。

苏礼不知道男人说的"下次"到底是几天之后，但幸好第二天自己就要去

T市了，起码能保证这段时间的清净、自由。也许等她从那边回来，程懿早就忘记她姓甚名谁了。

这么想着，苏礼的心情好了不少，就连有些重量的箱子也没有让她屈服。她提着箱子下了楼，还顺便买了支甜筒冰激凌。

一切终结在她上飞机放行李的那一刻——就在她站在靠近走道的位子边，想让空姐帮自己放箱子时，忽然听到熟悉的声音："穿这么短的裤子，不怕冷？"

老实说，那一刻苏礼真的差点儿吓得把箱子"招呼"到男人的脑袋上。

她有整整五秒没说出话来。

或许是她的无措让男人感觉有些受挫，程懿推了一下鼻梁上的墨镜，淡淡地道："怎么了？"

苏礼："问这句话的应该是我吧？老实说我是不是穿书了，穿到漫画里了，只有和男主角有关的剧情我才能出场才有意识，所以我走到哪里都能看到你？还是说我被卖行程了，谁告诉你我的航班的？学姐？是不是学姐？学姐出卖我？！"

"苏礼，"程懿试图让她冷静下来，"你自己发了飞机票在朋友圈里。"

"那我也没让你买我隔壁的位子啊！"

"你是没让，我自己想的，"程懿道，"朋友之间不应该相互陪伴吗？"

苏礼望着窗外的乌云得有十秒钟，没搞懂他们到底什么时候成朋友的。

他们算哪门子的朋友？

"我早晚有一天得被你吓得神经衰弱。"

最后苏礼还是被迫接受了这个剧情，感觉自己上辈子应该是孙悟空，根本跑不出如来的手掌心。

她想，可能程懿就是喜欢这种把人玩弄于股掌之中的感觉吧，也挺符合他的人设的。

苏礼心情复杂地坐下，问："你去T市干吗？"

程懿："分部在那里，有点儿事。"

他其实没什么事，主要还是想借着换地图刷一刷副本的进度。简单来讲，他就是为了拉近自己和她之间的距离，因此推了不少工作，专程前来。

飞机一落地，苏礼率先扯着行李奔上摆渡车，如同身后追着债主。二十多年的生活经验告诉她，遇到变态快逃。奔跑起来时她还觉得挺刺激，颇有种和命运对抗改变女配角的故事线的感觉。然后她还真的就甩开了程懿。

程懿看着先一步离开的摆渡车，微微眯了眯眼。

但事实证明，独自在陌生的城市，摆脱一个认识的人，似乎并不是什么好主意，因为这也就代表了在意外来临的时刻，她无人可找。

苏礼的晚餐是酒店楼下看起来卖相颇好的凉皮。由于折腾了一天已经很累，吃过饭后她倒头就睡，最后是被痛醒的。身下的不适感提醒她，"大姨妈"造访，提前了一个多星期。

生理期撞上连吃两次生冷食物，又正好碰上这儿降温下雨，脚踝吹了不少风，她会不舒服也没什么不对。

苏礼的身体不错，不是生理期痛得死去活来的类型，但侧面也证明，她没有任何止痛的药物和经验。

苏礼艰难地摸出手机打开外卖软件，搜了一圈儿，发现学校订的酒店虽然星级不错，但位置很偏僻，附近只有一家药店，今天还关门了。

她又在地图上找了半天，终于找到一家五千米外的药房，打电话过去询问，结果痛得有点儿撑不住，手指在屏幕上一抖，按了挂断键。

苏礼蹲在床边，痛得冷汗直冒，勉强点了两下手机，在那边的人接通电话的瞬间道："请问是药店吗？你们……"

"是我，程懿。"

她打错电话了？

苏礼："抱歉，我……"

她的声音很虚弱，程懿很快意识到不对，问："你生病了？"

苏礼万万没想到，自己躲程懿都来不及，最后还是程懿开车来把自己接走的。

她几乎没了力气，被程懿先灌了大半杯热水。

程懿无意间触到她冰凉的指尖，蹙起眉问："怎么这么冷？等我的时候不知道烧水吗？"

"烧水焐了，但是没喝……不敢喝酒店水壶的水。"

程懿叹了一声，车速又快了些。

虽然苏礼反复强调去药店买点儿止痛药就行，但男人还是把她带去了医院，从上到下做了检查。

医生开了药，让用热水吞服，并嘱咐她用热水袋焐一下小腹，以及注意保暖。

或许是那杯热水起了作用，出医院时苏礼已经没那么痛了。

程懿的表情还是很严肃："热水袋过会儿才有人送来，你在车里等还是上去？"

苏礼："上去？"

"嗯，我住对面。"

"上去吧，"苏礼小声说，"我喝个药。"

程懿的别墅里有地暖，虽然她说了好几次不用开，但男人还是没听她的话。没一会儿热气就从足下升起，缓解了她的不适感。

苏礼坐在沙发边慢吞吞地喝着药，有一点点防备，但更多的是感激。

窗外大雨倾盆，雷声轰隆，似是昭示着这场雨的持久与猛烈。

苏礼很担心等会儿如何回去，以及下车吹风淋雨又痛起来了该怎么办，而且酒店的空调闷人，厚厚的被子不盖怕着凉，盖了又会热。

或许是她看向窗外出神样子太惹眼，程懿放下手中的杂志，目光随她淡淡地掠过去，又不动声色地垂眸："雨下得太大了，你就住这儿吧。"

花园内野蛮生长的玫瑰越过围栏，意犹未尽地攀爬出局限的天地，混合着些风信子甜中带涩的香气，被风吹着拂过窗帘。

苏礼忽地看向程懿。

程懿还是那副没什么表情的样子，道："不愿意就算了。"

苏礼轻轻地搓了搓手臂，点头应和："嗯，那还是算了吧。"

空气又陷入安静之中，植物枝叶被风吹得哗啦作响。

热水袋很快被送过来，苏礼用了几次。

热水袋里的水第三次变温的时候，程懿像是终于完成了工作，食指和拇指屈起，按着鼻梁放松了一会儿，道："热水袋你可以带走。"而后他站起身，"很晚了，送你回去。"

苏礼虽然的确没打算留下，但是当这句话被男人说出口时，她的心脏还是很微妙地咯噔了一下。

苏礼抱着热水袋，振作地拍了拍脸颊，露出一个礼貌的笑。

他们踏出门的那个瞬间，一道闪电撕裂夜空，描摹出蜿蜒狰狞的蓝色弧度，惊雷紧随其后响起。

苏礼猝不及防间被震得抖了一下。

紧接着又传来几声闷响，大雨倾盆，夜色浓黑压抑，如同末日景象。

苏礼抿了抿唇，缓缓转头去看程懿。

电梯即将抵达，像无声且冰冷的暗示，但在门打开的那一刻，男人终于似笑非笑地垂眼看着她。

他们相顾无言，但一切又尽在不言中。

打开的电梯门又砰的一声合上，然后两个人一起回到了屋子里。

他们难得达成了默契，好像她的拒绝和尝试出门的行为都不曾发生，二人就这样待在屋子里等待雨停。

程懿换好鞋，去厨房给苏礼灌热水袋。苏礼摸了摸鼻尖，尽量不让自己的不自然显得太明显。

可能是因为程懿的演技比较好，将热水袋给她的动作不显生疏，苏礼也就慢慢地找回了状态。

程懿做完这些事就去洗澡了，应该是为了给苏礼留出适应的空间。

但是当隐约的水声从楼上传来时，她还是感觉有点儿坐立难安。

如果被苏见景知道她在别的男人家留宿，他可能会打断她的腿。

苏礼甚至开始构思到时候在医院应该如何生活自理。正当她胡思乱想时，身后某处传来铃声。

苏礼回身找了找，才发现是传菜电梯发出的声音。楼底下有人做好了什么，正在按铃让她取呢。

苏礼拉开透明窗格，从里面拿出一个保温桶。本着非礼勿视的原则，她把保温桶放在桌上后就继续正襟危坐，思考着不知道医院的伙食好不好。

反正苏见景这会儿是没法打死她的，当务之急她还是要处理这个从楼上走下来的男人。

程懿洗完澡，浴袍带子松散地系着，单手拿着毛巾擦拭着头发，脖颈上还挂着水珠。

可能是水温比较热，他的嘴唇比平日里更红润一些。

苏礼心道这会儿该问候一下吗？说点儿什么好？您好？吃了吗？口红色号是多少？

男人在她面前停下，眼神扫过保温桶，问："送来了？"

"噢，对。"预想的说辞派不上用场，苏礼怔怔地点头。

程懿像是笑了，道："愣着干什么？打开它。"

苏礼照做，揭开保温桶盖子后，一股炖燕窝的香气飘入鼻腔："然后呢？"

程懿："拿出来。"

苏礼照做，问："然后呢？"

程懿："然后喝掉，怎么，是需要我喂你吗？"

苏礼后知后觉地意识到这是给自己炖的。

没有做好心理建设的苏礼差点儿烫到嘴巴。

看她机械地喝完补品，坐在她旁边的程懿抖了抖报纸，说："我跟阿姨说了情况，如果你有什么不舒服的地方没办法找我，可以去找她。"

苏礼颔首说"好"。

程懿侧头看了一眼她的碗，不知道是出于什么心态，补充了一句："明天喝别的。"

不知道为什么，苏礼脑海中忽然浮现了"新手养猪指南"六个大字。

苏礼起身准备去洗碗，还没迈进厨房又被男人捉了出来。

程懿将她提到浴室门口，说："碗不用你洗，你把自己洗干净就行。"

一切都被程懿安排得井然有序，苏礼游离了一整天的灵魂终于在热水倾泻下来的那一刻回归身体，肚子也没那么痛了。

苏礼在洗澡时，听见门口处传来对话的声音，听起来如同训斥，好像在说"买错了东西"。

她抹沐浴露时关了花洒，自然就将男人那无奈的话听得尤为清晰。

"你别管了，我去。"

苏礼好像很少听他用那样无奈的语气说话。程懿离开家后苏礼还一直在揣测，直到一刻钟过去，浴室的玻璃门被人敲了两下。

苏礼的心脏急速跳动，她忽然想起自己锁了门。

程懿："东西挂门上了。"

苏礼一头雾水地问："我吗？"

程懿："嗯。"

说完男人就迈着步子上了楼。

苏礼擦干身子后才悄悄拉开一道门缝，迅速将门把手上挂着的东西拽了进来，是一个大袋子。

苏礼隐约有些预感，然后从里面拿出了婴儿纸尿裤、婴儿湿纸巾、婴儿爽身粉、卫生巾。

她猜可能是这些东西都放在一个区域，他也不知道买什么，就随便拿了一些。

只是包装上那么大的"婴儿"两个字他看不见吗？难道他是太想结婚生孩子所以产生了错觉？

男人好像也的确到了要成家立业的年纪，苏礼表示理解，然后替他把这些东西塞进柜子里，留给他以后的孩子。

苏礼收拾妥当，一夜好眠。

她为了感谢男人的收留和款待，特意定了7：30的闹钟，打算早点儿起来做个早餐报答一下。结果当她打开门时，程懿也打开了大门，看起来是刚晨跑完回来。

刚在外卖软件上买好了食材的苏礼愣住了。

男人一回来就坐在沙发上看财经新闻，苏礼在他旁边溜达了好几圈儿，外卖也来了。

"买的什么？"男人站到她身后问。

苏礼有些僵硬地回过头，欲言又止了半天还是说出了口："你吃早餐了吗？"

程懿挑了挑眉，说道："你需要我吃了还是没吃？"

苏礼震惊于他出色的觉悟，顿了顿，眨眼建议道："那你不如就当没吃吧。"

"嗯，"程懿坐在餐桌前倒了杯水，"饿了。"

看不出你入戏还挺快的。

确定了用餐人数，苏礼欣然开工。

苏礼高中时在画室学画画准备艺考那阵子，每天都是凌晨才睡，早上六点钟就起，不吃点儿什么丰盛的东西简直对不起一天的辛劳，于是便练就了做得一手好早餐的技能。

苏礼先揉好面团，然后开火细煎，没一会儿蓝莓薄饼和南瓜煎饼就出了炉，旁边挤上一些炼乳，再用草莓、桑葚等新鲜水果摆盘，挤牛奶的时候烤箱里的蛋挞也烘烤完毕。苏礼又拌了两份沙拉，一起带了出去。

她走到半途，程懿替她接过了晃得颤颤巍巍的餐盘。

很奇怪，按理来说男人在有些事上并不会主动——程懿看起来也不像是会对工作以外的事上心的人，但她做的很多事，都能得到他的互动跟回应。

苏礼知道，他并不是无意这么做的。

苏礼不禁陷入短暂的思考之中，单手支着脑袋，手里的叉子漫无目的地乱戳。蓝莓像是拥有躲避术，半天都没被她叉中。

程懿瞧了她一眼，慢条斯理地折起纸巾，说："你又在心里骂我？"

苏礼吓得赶紧摇头，火速清理了脑内的小剧场。

经过昨晚的休整，苏礼的肚子已经不痛了。来 T 市的时间有限，她打算今天去这边著名的集市逛一逛。可能是心虚，在男人提出要一同前去的时候，她也没有拒绝。

集市主要是小吃的聚集地，苏礼吃饱了，自然就四处逛逛买了些小东西，顺便给陶竹她们带一些礼物。

有一家的手账胶带很漂亮，虽然她也不知道自己要这玩意儿干什么，但还是买了二十多卷。

购物使人身心愉快，如果要说唯一有什么不好的地方，就是她旁边跟着的这个男人毫无人情味。他全程在不断地接电话、发消息，冰冷得像个工作机器，在这热闹、温暖的街市中透着股格格不入的扫兴气息。

苏礼忍不住道："你要是真的忙，可以先走。"

程懿看了她几秒，像是在思考什么，旋即按掉了手表上的待办事项，说道："我不忙。"

苏礼有些后悔。

她接下来就更后悔了——因为男人好像错误地理解为她希望他参与，在她试耳环时给了很多没用的意见。

"这叫耳线？能从耳洞里穿过去吗？

"挂件这么多，走路摇起来的时候不会吵到耳朵？

"不到一克拉也能叫钻？上周我在拍卖会上看到一款克什米尔产的蓝宝石，切割好，净度也不错，好像才千万块出头，你要是喜欢我可以……"

苏礼大惊失色，及时捂住男人的嘴巴将他带了出去。她毫不怀疑，如果不是因为他长得帅，他们现在已经被当街殴打了。

苏礼苦口婆心地劝道："这里是普普通通的小街道，不是什么华尔街，你低调一点儿好吗？"

他们即将离开商场时，苏礼还不忘掰着手指细说什么融入啦，什么在这里不能用"才"修饰"千万块"啦，经过某处时，却忽然被喊住。

"那边的那对小情侣。对对对，就是您和您的男朋友。我看到您手上有我们商场的购物小票，凭小票再加五十元可以参与抽奖，奖品有翡翠手镯、耳坠，或者二百元起的满减券。这个活动是百分百中奖，很划算的，你们要不要试试？"

苏礼正想澄清他们不是情侣，男人却忽然开口道："好。"

她的重点瞬间被带偏，她顾不上解释了，匪夷所思地看向程懿，问："你还信这个？"

程懿浑身上下没有一处不写着"低级骗术还想赚我的钱"，眼睛却注视着抽奖箱，坚定地对她说："我信。"

苏礼无奈地点头，对上店员的目光，又想说"我们不是情侣"。她"不"字还没来得及连上"是"，程懿又开口了："我出钱，你来抽。"

苏礼被打断两次，已经没有解释的兴致了，气呼呼地想着：骗光你的钱算了。

为了证明这玩意儿除了骗钱毫无作用，苏礼随便找了个那种十元钱抽礼物盒的柜机，买了十次，抽出两张价值一百八十八元的游乐场门票。

苏礼靠着柜机甩了甩手中的票，眼见男人还是一副"我乐意"的模样，正欲开口，方才的店员可能是不好意思了，说道："这个游乐场很好的。后天就会新开一个 VR 体验馆，凭这个票可以走 VIP 通道呢。"

苏礼的行程在来之前就全部安排好了，她抽这个并不是为了去游乐场，况且也没人陪她一起去，所以对此兴致缺缺，却没料到身侧的男人开口："我很喜欢 VR。"

"是吗？"苏礼狐疑地转过头去，"那你怎么没投资？"

程懿面不改色地说道："喜欢玩儿。"

男人都暗示到这地步了，苏礼的智商不允许她装作没听懂。

于是她从中抽出一张票递给他。

程懿垂眸，问："你去不去？"

一声"不去"卡在喉间，对上男人那双眼睛，苏礼却怎么也说不出口了。

苏礼："什么时候？"

程懿："就后天。"

天空难得放晴，有稀薄的日光洒在脚边，苏礼眨了眨眼，道："看情况吧。"

苏礼回去得早，没什么事干，画了几幅设计的线稿，忽然想把胶带物尽其用，便把买的一些格子和印花胶带当作材质，拼贴填充到了衣服里，再随意画上两笔，做了个胶带款成衣效果图。

她也就忙活了一个多小时，顺手加了个超话，然后就去睡觉了。结果第二天她起来看，居然涨了好几百个粉丝。

苏礼打开评论区，看到了底下的留言。

"还可以这样玩儿？学到了。"

"热带雨林小短裙！我可以！"

"配色好高级，这个星空银闪仙女裙贴得也太好看了，求同款胶带和同款手。"

"博主考虑出一个穿搭教程吗？觉得你好会搭配啊。"

…………

苏礼回了些自己能回的私信和评论，从床上坐起，开始新一天的旅游行程。

苏礼上午去了博物馆，下午坐在老字号甜品店里打卡鲜奶麻薯的时候，挑着奥利奥碎，鬼使神差地打开软件，搜索了那个游乐场。

微博上有很多关于它的攻略，说是有个过山车漂流很好玩儿，但是现场卖的雨衣质量不好，建议要去的小伙伴自带雨具。

她转头看向窗外，不远处就是市中心商品最齐全的购物广场，买两件好点儿的雨衣应该不在话下。

苏礼吃过晚餐已经到了八点，沿途都逛遍了，也到了回酒店和决定明日行动的时候。

思索许久，她还是走进了商店。

而另一边，刚从商场出来的程懿坐进车里，打算回去。

他做足了准备，提前买好了雨伞、雨衣、水壶、遮阳帽、防晒霜等一系列会影响出游心情的东西，打算给苏礼一个印象深刻的初次约会，顺便试探一下她的感情。

总之，游乐场之行是至关重要的转折点，绝对不能出差错。

前些天他的关照已经让她卸下不少戒备之心，他必须趁热打铁，将两个人的关系升个级。

程懿刚离开停车场，就看到不远处有一抹熟悉的身影，居然是苏礼。发现她怀中抱着两件雨衣，男人无声地勾起唇，明天稳了。

程懿正想按喇叭接苏礼上车，却发现她身后又跟出来一个人，仔细看了几秒，才认出就是她那个脑子有坑的前男友。

这人怎么死缠烂打的？

顿了顿，程懿又觉得这样讲似乎不太对，因为他想到自己好像也是这样。

苏礼站在广场的后门口。

音乐喷泉旁穿梭而过的行人与宠物让她一瞬间有些游离，分不清自己身处何地，直到贺博简出声打断她的思绪："礼礼，你说我没有诚意，那恐高的我为你坐了几个小时飞机到这里，是不是能证明我的认真态度？"

苏礼默然。

"我上次真的不是那个意思，可能我太紧张了，没有……没有说清，我和单笛没有任何关系，也不存在放不放弃她。我是说如果你介意，我以后可以不和任何女生联络。"说着，贺博简捧上自己的手机，"手机里所有的微信任你删。"

他知道苏礼刀子嘴豆腐心，表面上说起来比谁都厉害，内心却非常善良。他更知道尽管这个错误有些离谱儿，但只要自己努力挽救，结果总不至于太差。

贺博简话音落下的那一瞬，苏礼想，长久的相处也不是毫无作用的——起码她透过他的眼睛，一下就能看穿他的想法。

他们静默地对峙良久，苏礼忽然笑了，说道："你知道我心软，但有没有想过我也是有底线的？我之前到底为什么消失一个月，你真的想听吗？"

她久违的认真表情让贺博简踟蹰半晌。

某些情感后知后觉地袭来，掩盖了他从 C 市追来的一时的头脑发热：

"等……我不……"

苏礼看他转身要走，一把上前抓住他，嘴角的弧度越发明显："不想听，你害怕了吗？可我今天非要说。"她的声音渐冷，"我消失那一个月，不是因为心情不好关了手机所以接不到你的电话。我的人生没有任何变故，只是因为我根本不想见你。"

程懿手中拿了两杯星巴克，正想借着送咖啡的名义将她带走，却忽然听见她的质问："贺博简，你为什么接近我，你心里没数吗？"

程懿步伐蓦地一顿，手指不受控制地抬了抬，落在杯壁上，水汽滑落，很冰。

天幕不知何时又落起小雨，砸在水池中溅起涟漪。

空气凝滞了许久，久到贺博简可以压下心中的慌乱和震惊情绪。

苏礼在他身上简直能看到人性的全部。

贺博简高中时在离学校有一段路的低廉饭馆做小时工。恰逢那日是她转学第一天，苏见景很低调地走了人最少的小路送她，车停在校门外很远，却被偶然丢出来垃圾的贺博简撞见了。

很多东西是藏不住的，譬如车牌上的连号、举手投足间的修养、衣物的剪裁，甚至微小到没有品牌名却买不到相同款式的书包。

自小在贫民区见过人生百态的贺博简当然知道这意味着什么。

这是一个飞上枝头变凤凰的绝好机会，他甚至不用付出太多，唯一要做的是和她打好关系，而她刚接触新环境，是自己施以援手的最佳机会。

于是关注了她一整天的贺博简终于坐不住了，旁敲侧击地让朋友走她那边的走廊。上天也帮了他一把——她的水被闹腾的男生们打翻，有了他出场的机会。

再然后就全部按照他希望的剧情走了——两个人成了朋友，然后他变成她关系最好的异性朋友。

他就连告白都选在皓苏上市那天。如果不走岔的话，他们下一步就会结婚，他会成为皓苏的女婿，连名字的拼音都像是镶了金。

苏礼没法忘记，那天自己提前从家里回来，给他带了糕点。恰逢宿管睡得死，她没什么阻碍地进入了男生宿舍楼。

她花了一些时间才找到他的寝室，正要敲门，就听到里面传来的说笑声，将人赤裸裸的劣根性全部展示给她看。

"兄弟跟你说，稳了，妥妥的。

"女孩子能继承什么？就算到时候她哥分走了绝大多数财产，总不可能一口都不留给她吧？那既然要将财产留给她，就肯定大部分是归我啊。况且我了解过了，他们全家都很宠她，我拿的财产只会多不会少。

"真是绝了，我当时还以为就是个有点儿钱的富家小姐，没想到居然是皓苏的千金！你能想到吗？苏氏瞒了这么久，当成宝贝儿一样藏起来的女儿，居然是我贺博简的女朋友。之前那老李头说过什么？说我家一辈子就配给他打工，呸！等我在皓苏拿到实权，第一件事就是让他跪下管我叫爹！

"取笑我家房子小？别说别墅了，到时候我把整个小区买下来，让那群狗眼看人低的孙子三跪九叩地爬进来！"

…………

如果不是亲耳听到他那么偏激和阴暗的话，苏礼很难相信平日里看起来温柔贴心的贺博简竟然有这样的一面。

原来那些迁就和示好行为，都并非情感上的本能，而是他仰仗她做自己与上流社会之间的跳板的选择。

原来他始终戴着虚伪的面具，在她全身心交付信任时，张牙舞爪地露出獠牙，贪婪得如同深渊般注视着她，猜测从哪里吸食血液会更加甜美。

原来她所以为的真实的他，根本不是他。

现实总是比幻想让人难以接受千万倍，她手中的糕点盒砰的一声掉落在地，讲到激动处的贺博简却没有察觉丝毫。

一墙之隔，天堂与地狱，魔鬼和羔羊。

那一刻太过荒谬，以至每个细节都深深刻进了她的脑海里，也提醒她如此荒谬的背叛不能忘。

至今想起苏礼仍觉得可怕又可笑，像是被抽干了力气。她可是用自己的真心在对待他啊。

贺博简像是终于有些急了，开始喊她的小名，反复几次后痛苦地问："你什么时候知道的？"

苏礼："这不重要了。"

贺博简的眼眶慢慢红了。

苏礼终于相信，此刻的他应当是真实的，但是太迟了，不是吗？

苏礼觉得有些可悲。

"对不起……"贺博简抓住头发，用力地低下头，"伤到你，真的对不起……"

不只是爱情，付出过真心的友情同样可贵。那一个月她独自旅游散心，去了很多景点，也怀疑是不是自己不够好，才让别人只能看到家世的吸引力，最后却慢慢释然。左右不过是一个渣男而已，她早点儿看清也好，那不是她的错。

"之前没说，是因为这六年来你对我好歹也算照顾，我不想把脸面撕破。你既然想要利用我，那应该很了解我，"苏礼抬头，"你也一定知道，我不可能原谅你，对吗？"

她的语气比之前的每一次都平静，却比哪一次都更绝情。

贺博简像是终于意识到什么，很长时间都没有开口。

雨越下越大，他下意识地伸手过来想帮她遮雨，苏礼却瞬间退后两步，同样是下意识的行为。

贺博简无措地舔了舔唇，最后说："我刚刚看到你身后有……"

苏礼回过头。

匆匆躲雨的行人聚向车站与地下通道，她身后空无一人，只有泼洒在地的咖啡，被雨水稀释过后流进排水系统，很快消失无踪。

苏礼最终独自乘坐地铁回了酒店，贺博简没有跟随。

幸好她买了雨衣。虽然从地铁口到酒店的那段路她穿上雨衣挡了雨，但还是有眩晕感一阵一阵地袭来。

半夜，苏礼半梦半醒间摸到自己的额头有些烫，从医疗箱里翻出温度计，测完体温发现果然在发烧。

她感觉像是有千万斤重的铁块压着她使她下沉，再度睡过去时，脑中反复播放着不知是回忆还是梦魇的画面。

她回到了她发现贺博简有企图的那一天。某些疑点终于后知后觉地被拼凑起来，她靠着贺博简的备用手机号找到了他的微博小号。

许是知道自己做的事不光彩，贺博简其实很谨慎，细节都藏得很好，小号的 ID（identity document，账号）是一排乱码。如果不是苏礼坚持翻到了最底下，不会发现他藏在冷静表象下的不堪样子。

他有写日记的习惯，但本子不能时刻带在身边，所以微博上会有些即时记录，譬如发现她爱吃脆骨，讨厌姜，发绳都是浅黄色的，喜欢用 0.38 mm 的针管笔。

这些东西帮了他很多，但也让苏礼知道，他是在什么时候见到自己并瞬间起了邪念的，每件事情发生后他的情感变化，以及他谦谦君子的表象下是想着如何将她骗上床。

"认识六年了，恋爱都一个星期了，还没牵手，什么时候才能开房？"

睡梦中脑海里浮现这条微博的内容，苏礼仍觉得反胃，画面忽然一转，主角变成了程懿。

她本以为贺博简不过是一步错导致步步错，直到分手后他三番五次地纠缠与躲闪，才让她明白他本质的懦弱与恶劣性。

贺博简她尚且不能完全看清，那比他危险万倍的程懿呢？

她与程懿之间好像总是被一根无形的线拉着走，节奏中充满了刻意为之的巧合。

贺博简的出现是否也在冥冥之中提醒她，往后任何一段交付信任的感情都需慎之又慎？

这是对的时机吗？程懿他……真的值得信任吗？

中途因为流汗过多苏礼醒了一次，打开手机看了一眼，除了陌生号码的道歉轰炸，什么消息都没有。

现在是下午两点，似乎是游乐场下午开园的时间，好像来得及，又好像来不及了。她混混沌沌地思考着，再度被拉进梦里。

苏礼彻底醒来时天已经黑了，幸而退烧了，但身体还是有点儿软，好一会儿才找回力气。

她喝了些清粥养胃，打开灯坐到桌前开始画设计图，毕竟明天就要比赛了。

只是她心里总没法安定，画几笔就忍不住看向手机，那边的人像是遥遥有感应，没过几分钟，程懿的消息就发了过来。

程懿："你今天没来游乐场？"

苏礼抿唇，感觉解脱了一般回复："嗯。"

男人再没回话。

聪明的人，话只用听一半就能明白意思了。

尽管苏礼从未答应过他会去，买雨衣也只是他无意中撞见的，可就在这样的情况下——明知道她不会出现，他还是等到了闭园。

何秘书看看程懿已经保持某个动作十多分钟，忍不住提醒："苏小姐不会来了。"

男人面无表情地转过头，咬住后槽牙道："还用你说？"

何秘书抖了抖，硬着头皮问："那您怎么一直不走？"

程懿："方便以后卖惨。"

何栋沉默。

随着闭园前最后一批游客的进入，男人的声音很沉，如同警告："就只差一点儿。"

　　只差一点儿他就能撼动她的内心，就能拿到至关重要的"钥匙"，让自己成为那个具有特别意义的人，但一头会坐飞机的"猪"摧毁了这一切。

　　他现在有种好不容易副本要打通关，结果不知从哪儿冒出个游戏 bug（漏洞），导致刷好感度的任务全线溃败的感觉。很奇怪的是，以往发生这种事，他担忧的总是进度，担心发展太慢关键环节跟不上，但此刻，心里的烦躁竟也有一点点是因为在考虑她，不知道她的情况怎么样，会不会太糟。

　　这不是他该思考的东西。男人迅速摒除了这个不应当出现的想法，在门口买了一袋荧光手环，驱车回了别墅。

　　车速很快，他全神贯注地目视前方，不再被杂念烦扰。

　　高烧虽然已经退了，但是头晕的后遗症还在持续，不过好在比赛这天天气不错，苏礼也有精力不少。

　　上午是 3 个小时的电脑绘图，中途可以休息吃午饭，紧接着便是 5 小时 20 分钟的立体裁剪成衣制作时间。

　　一旦工作起来苏礼就是个很专注的人，但午休的时候陌生号码又发了很多短信来，看语气就是贺博简发的。他简直想到哪里发到哪里，好像把她当邮件中转站一样。

　　闹得她后来做衣服的时候都有点儿心不在焉，一旦做完某个环节，脑海中就会浮现贺博简以前跟自己一起去考试的画面。最后她收尾的时候，更是不慎被珠针扎到指尖，指尖上渗出一小团殷红的血。

　　她含住指尖，垂眸掩住了自己的情绪。

　　苏礼出了考场就去买了部新手机，设置了暂时不收取任何来电和短信。

　　清静了几天，也到了要回去的时候，苏礼出发去机场，回 C 市等待比赛结果。

　　复赛还是在这儿，也不知道她还有没有再来的机会。

　　她的箱子不算太大，装的衣服也不多，每天换洗一套，今天就又穿回了出发那天穿的衣物。

　　苏礼坐在专车里，鬼使神差地想到那日忽然出现在邻座上的程懿，以及他说的那句——"穿这么短的裤子，不怕冷？"结果她刚到机场门口，就看见了何秘书。

　　何栋恭敬地站在 3 号厅门口，见她来了便一直没有挪开目光。

苏礼走过去问："程懿也今天回吗？"

何栋："是的。"

苏礼顿了顿，又问："还是和我一趟航班？"

何栋："没有，总裁早上已经坐私人飞机回去了。"

无法描述的情绪如同碳酸气泡般冒出，苏礼点了点头，道："那你站在这儿是……"

何栋递上一件西服外套，说："总裁让我给您留件衣服，冷的话可以穿。"

前几天就是，等她感觉冷找空姐要小毛毯的时候，毛毯已经被乘客要完了。

苏礼一时不知道该说些什么。他像个谜团，只留给她层层的矛盾感，让她无论如何也没法泰然遗忘。

苏礼坐上飞机之后，旁边座位上的人果然不是程懿，而是个三十多岁的女士。

飞机穿破云层，在空调的吹拂下，穿着短裤的苏礼很自然地感觉冷了，然后将程懿的西服外套搭在了腿上。衣服被展开时，传来男人身上一如既往的沉木香气。

每次都是这样，即使他不在，也会留下很强的存在感。

苏礼伸了伸腿，感觉到有什么东西硌着了自己，将衣服掀开一看，左边的衣服内袋里放着几个圆形的东西，还在发光。她拿出来一看，发现样式有点儿熟悉，在哪儿看出来着？她琢磨了半天，才想起自己之前看过有关游乐园的攻略，而就在那篇说漂流要自备雨衣的小短文中，提到了这款荧光手环很漂亮，但只售卖给闭园前的最后一批游客。

他昨天……一直等到了闭园吗？

衣服右边内里的口袋中好像也有什么东西，苏礼摸了摸，东西的质感像是纸张，折叠起的尖角让人无法忽视。

好像有什么驱使着她将其打开，展平纸张的瞬间，她的心脏像棉花糖倏地被人拉开。

这是他那天晚上带她去医院，因为超速而被开的罚单。

飞机在几个小时后降落 C 市。

苏礼拖着行李箱回到宿舍，一打开门，将箱子和包往里一扔，转身就往楼下奔去。

陶竹一脸震惊，在她身后喊道："人还没进屋呢就又走了？去哪儿啊？"

苏礼的声音回荡在楼梯间里："有事。"

苏礼乘坐的车一路按照要求将她送往目的地。

她浑然不知的是，当车拐入梧桐街，总裁办公室的内线电话也响了起来："程总，按照您的猜测，苏小姐快要到了。"

情况终于没有变得更糟。

男人舒展了眉心，唇边带过一丝了然的笑，侧头吩咐道："嗯，出发吧。"

苏礼的车在缴纳罚款的银行门口停下，她从包里取出罚单，推门走了进去。

她一贯是不喜欢欠人什么的。既然程懿当时是因为她而超速，那罚款由她交也是再正常不过的事。

但就在她刚站定，准备开始走程序的时候，一道意外中带着困惑、困惑得又不太意外的声音在头顶响起："苏礼？"

世界上有种东西叫脱敏治疗，大概方法是将过敏原反复注射进身体，也可以理解为多次尝试经历后就能适应了，包括一些怪事——譬如此刻的苏礼，对程懿无论何时何地都会出现的这项神奇技能已经脱敏了。

苏礼回头，用笑容打了个简短的招呼。

好巧啊，怕是我去火星定居都能遇到你在上面观测吧？

男人扫过她手中的打印单，露出一个状似了然的表情，徐徐道："我就说罚单怎么不见了。"

"在你的外套口袋里。"苏礼忽然想起来，"外套我没带来，要么现在去取给你吧？"

"不用。"程懿好像很体贴的样子，"下次再说。"

他特意计划好的东西，怎么能让她提前还？

男人面向窗口，说："这个罚……"

"我来交吧。"苏礼打断他的话，又重复了一遍，"我交。"

程懿半倚着柜台，垂落的手指骨节分明，声音轻轻地飘出，不知为什么，心情像是好极了："行啊，你交。"

男人第一次没有和她争付钱的事，这倒让苏礼有些讶然，但很快缴费完毕，也没见他有什么异样之举。

苏礼交完罚款之后拿到收据，将收据团成一团，想了想还是道："你的口袋里还有荧光手环。"

"嗯，"程懿状似不经意地说道，"走的时候顺道买的。"

还没等苏礼开口，程懿补充道："因为你最后也没有来，我就没进去，想着总得买点儿什么留念一下。"

这听起来就是平铺直叙的陈述，可经过男人巧妙处理，硬是让人品出了一股可怜、无辜、全都怪你的味道。

苏礼当然也被勾起了一点点愧疚的情绪，于是清了清嗓子道："我也只是说看情况，又没承诺一定去。"

程懿点头，却没说话。

苏礼看了看手中的单子，不由得抬起头问："所以你是在向我索赔吗？"

燥热的风中裹着浅淡的草叶香气，男人挑了挑眉，驳回："没啊，我心甘情愿地等你的。"

苏礼愣了一下。

空调冷气亲昵地缠绕在颈侧，像是恋人缱绻时落下的似有若无的吻。

苏礼说不清楚哪里不对劲，但好像就是不太对劲。这股子不对劲一直笼罩着她，直到回去也没解开。

苏礼咬着下唇百思不得其解，放下贴在唇边的指尖，转头问陶竹："如果一个男人邀请你去游乐园，你说看情况考虑，但最后由于各种事情没去，他也知道你没去。结果后来遇见了，他话里话外都在表达自己一个人好孤单。你问点儿什么吧，他又说自己是心甘情愿的……这是什么招数？"

陶竹正在玩儿游戏，聚精会神地紧盯着屏幕，想也没想地回道："男版'绿茶'吧。"

苏礼沉默了一会儿，说道："你还是安心玩儿游戏吧。"

她早该知道，陶竹在这方面比自己还不开窍。

"对了，"陶竹扯下另一边的耳机，转着凳子滑过来，"你毕业之后住家里吗？"

苏礼："应该不，怎么了？"

"我们一起去外面住吧。我也不想在家里住，省得他们老念叨我。"陶竹说，"我们租套小复式啥的房子，找两个室友。大学一直没有室友我还挺遗憾的呢，想感受一下热闹的环境，近距离体验人生百态。"

陶竹家境不错，或者说能学这个专业的学生很少有家庭环境差的，而陶竹的家境又算其中的上游。

苏礼当然觉得很好，很快点头应下，但没一会儿又回过味儿来："什么叫'大学没有室友'？我不是人吗？"

"当然不是，"陶竹笑得谄媚，"您是天上下凡的仙女，女娲造人的代表作，这样有颜有才的绝世大美人一定是七彩灵石才能幻化而成的。"

苏礼："谢谢，那边的垃圾桶踢过来让我吐一下。"

陶竹的效率很高，没过几天两个人就出去看房了。这天她们一连逛了好长时间，回程的路上已经有点儿乏了。

她们吃过晚餐后，打算去便利店买饭团和三明治当明天的早餐。

结账的时候，兼职的收银小哥认出苏礼，从柜子里拿出一个小盒子说："你是苏礼吧？这是孟沁学姐送你的手链，她说谢谢你前阵子的开导，但是最近太忙你又一直没来店里，只能看情况让我们将东西转交给你。"

苏礼有点儿意外，说了声"谢谢"。

陶竹问："你还瞒着我去做人生导师了啊？"

苏礼："没，应该是之前团建……"

苏礼侧头跟陶竹说着，手顺势就拆了盒子，打算戴上后夸奖两句，结果还没弄好锁扣，旁边忽然伸过来一只手，猛地将她的手链拽了下来。链条摩擦过她细嫩的皮肤，带起点儿灼热的痛。

单笛气焰嚣张，仿佛憋着莫大的火气，把手链猛地往台子上一砸，指着收银的男生问苏礼："送手链？这又是你的第几任备胎啊？。"

店里的客人全朝这边看来，不知道突然发生了什么。

收银的男生起先怔了一下，但很快也被这态度冒犯到，大声说："你是谁啊？脑子有病吧？"

单笛却像是听到了什么有意思的话，毫不掩饰地翻了个白眼，看着苏礼轻蔑地道："这么快就有人帮你说话了？本事果然不小，脚踏这么多条船，我看你是属章鱼的吧。"

她跟贺博简这段时间本来好好的，结果某天贺博简突然失联，再回来时却拒接了她所有的电话，说自己"想要冷静一下"。她百思不得其解，偷偷登录了他的微信账号，才发现他又给苏礼发了很多好友申请，并且每个申请里都有一大段话。甚至贺博简还在网上买了一大堆送女生的礼物，但一个都没到她手里。

不是苏礼进来掺和，事情会变成这样？

"你贱不贱？就这么爱收人的东西？"单笛越想越气，"你不喜欢那就别惺惺作态，喜欢也别因为不甘心三番五次地骚扰他，动摇了人家还这么装，玩儿欲擒故纵这一套玩儿得挺厉害也不怕翻车？女孩子要自爱，这么简单的道理你妈没教……"

啪！

巴掌声响亮清脆，单笛怔了足足十秒，才捂着浮现掌印的脸颊，难以置信地道："你打我？"

苏礼觉得这个问题也是挺戏剧性的，转了转手腕，道："我跆拳道也不错，你要是想让我踢你或者摔你也行。"

单笛的头发像是能跟着喷出火来，她尖叫一声就往苏礼的脸上抓去。可还没等她用指甲划到苏礼的脸，苏礼已经迅速将她摁到了收银台上。

扫码机忽然响了一声，不知道撞到了什么，单笛感觉她的指甲好像因为太用力而翻了起来，顶端的肉仿佛生生和指甲盖剥离开，痛如针刺，冷汗瞬间落下。

"我看你这么爱贺博简，还以为你也喜欢当时他挨的巴掌呢。"苏礼垂眸，"爱就是要分享，不是吗？"

单笛气得青筋暴起想要挣扎，却被苏礼俯身警告："第一，我真不稀罕跟你争贺博简，不要自己没本事反而怪全世界不给你让路；第二，我不认识这个男生，我劝你嘴巴放干净点儿给人道歉；第三，"苏礼直起身，凛然道，"我自爱不自爱还轮不到你来教育我，少往自己脸上贴金。"

旁边看热闹的人渐渐围成一圈，有声音传来："单笛真是小三啊？实锤了。"

"小三还这么嚣张？给我整蒙了。"

…………

单笛气得发抖，根本不知道为什么贺博简会喜欢上苏礼这样的人。

她还记得自己那天生理期来了，结果却没带卫生棉，问同学也借不到，着急到近乎绝望的时候，还是贺博简笑着从书包内袋里拿出一个。他说是自己为女朋友准备的，没想到派上用场了。

那时候她就在想，他这么贴心，也不知道是谁有幸成了他的女朋友。后来她知道了，却发现他的女朋友居然一点儿都不懂得珍惜，反而消失了很久，留他一个人坐立难安。

苏礼配拥有贺博简吗？根本不配！

单笛想，自己没有错，只是想要给贺博简一个家。如果要说错，就是爱情到来的那个瞬间太过猛烈，自己难以控制，所以才会一次又一次地与苏礼针锋相对，因为她不服，想要赢。也许前面几次她输了只是运气不好，只要坚持下去，就一定有赢的那天。人总不可能输一辈子吧？

苏礼终于放开单笛，检查手链无碍后才收进盒子里。

她其实不愿与单笛纠缠，但这由不得她想或不想，因为这一切早已被贺博简那个渣男打成了死结。

单笛理了理头发，好似还有很多话要说，苏礼却先开了口："我们没什么可沟通的，我不会学疯狗叫。"

直到苏礼走到门口，单笛才意识到自己被人骂成了"疯狗"。怒气将神志搅得一团乱，她攥紧拳头冲着门口大吼："你给我站住！"

苏礼怎么可能听她的？

单笛怒火攻心，一张脸涨成了猪肝色，急火攻心地道："不就是看谁玩儿死谁吗？好，苏礼，你等着，只要我还在一天，就绝对不可能让你上《巅峰衣橱》！还想比赛，你做梦去吧！"

终于离开了单笛的魔音范围，苏礼揉了揉耳朵。这种时候还在说《巅峰衣橱》的事，她也不知道该说单笛是聪明还是蠢了。

陶竹问："比赛她不会真从中作梗吧？"

苏礼："你当节目组是吃素的？不至于。"

接下来的一段时间单笛都未露面，仿佛在准备什么大招儿。

毕业的日期越发临近，到了要拍摄毕业照的那天。

班长一连选了 3 套服装，第一套是美少女战士服，除了有男生打趣，其他一切都好。

第二套是婚纱，男生穿的。

大厅内一时显得闹哄哄的，苏礼也笑得不行。女生们早早就换好了西服，等了十几分钟，第一位身着婚纱的"新娘"走出，吓得班长立刻把人塞了回去，并道："简直辣眼睛，滚滚滚。"

"干吗啊班长？这可是你选的。"

班长一脸悔不当初的表情，不知从哪儿掏出个眼罩将自己的眼睛蒙上。

陶竹忍不住笑道："我做错了什么要受这种罪啊？"

说完她背过身，玩儿起手机来。

苏礼支着下巴看他们闹，忽然身后响起一声惊呼。

陶竹的尖叫声在大厅里尤为响亮："我看他们说初赛名单出来了！"

大家看过来，但很快又转移了视线，继续做自己的事情。

苏礼："什么初赛？《巅峰衣橱》？"

陶竹："嗯，他们说已经开始发邮件通知通过的人了，你收到邮件了吗？"

苏礼打开手机刷新了两下，道："没有。"

陶竹："打开官网看看，邮件估计还在慢慢发，说是官网提前几个小时公布了。"

苏礼打开官网下载了表格，直接在全文中检索自己的名字，进度条转了两下，屏幕跳出个弹框："无法找到您所查找的内容。"

苏礼抿了抿唇。

陶竹更是难以置信，抢过她的手机，说道："不会吧？你给我，我帮你一个个找。"

陶竹找了很久，久到男生们已经全部换好了婚纱。她又不死心地点进官网，在底下的页面中在线寻找。

婚纱拉链坏掉的男生都别好衣服了，陶竹还没有抬起头。

班长："好了，服设（1）班的人都准备一下，要拍照了！。"

陶竹忽然问苏礼："初选一共700个名额对吧？为什么这里面只有699个？"

苏礼："差1个吗？"

苏礼自己数了一遍，确实少1个。只是不知道是删掉了原本属于她的那个，还是因为评委只能选出699个。

班长继续喊："苏礼、陶竹，过来啊，就差你俩了。"

陶竹还在问："这怎么办？"

苏礼耸了耸肩，道："曲线救国？"

陶竹眼睛一亮，问："怎么曲？怎么救？"

苏礼："暂时还没想好。"

陶竹无语。

苏礼："明天的事交给明天，今天拍照就别想这么多了，开心点儿，拍毕业照呢。"

苏礼笑着同班长招了招手，回道："来啦。"

婚纱照的拍摄最终在其他班的同学的围观和爆笑声中收场，幸好班上有几个男生长得还看得过去，才避免了整张照片成为灾难的结果。

最后一套衣服是民国时期的学生装，这是女生投票选出来的，也算是给大学4年做个纪念。

因为有人自告奋勇地说给大家做造型，所以流程相对来说慢了点儿，苏礼又被陶竹一直拉着说"曲线救国"的事，自然就轮到了最后一个。

苏礼感觉自己的发型应该是个简单的双马尾，因为没有镜子，只能直接走出正厅，到草坪上去找陶竹。

苏礼走下台阶的瞬间，操场上的人短暂地安静下来，就连陶竹也一直看着她。

接收不到陶竹的暗示，苏礼只得戳戳她的肩膀，说："镜子给我用用。"

陶竹将手往后藏，说："别看了吧……"

苏礼胸口一窒，小心翼翼地问："很丑吗？"

陶竹："我怕你看了会爱上自己。"

苏礼皱起眉头，对她说的话表示怀疑。

少年的眼神永远不会说谎。

苏礼站在阶梯旁看前面的班级拍照，因为站得比较靠前，又将手放在眉骨旁挡日光，导致很多男生纷纷转过头看她，就连摄像师都气笑了，说："看镜头各位。等拍完了你们把眼珠子看爆炸了都没人管的好不好？"

一阵咳嗽声响起，大家这才把头转了回去。

可能是苏礼的受欢迎程度深入人心，等他们班去拍照时，摄像师为了调动气氛，还笑眯眯地问："替大家问问，你有男朋友没有？"

后排的男生立刻不乐意了，回道："她没谈恋爱也轮不到别的班的人。"

"就是，我们班内部消化还不够呢。"

陶竹回头做鬼脸，说："说得好像人家稀罕跟你们内部消化似的。"

陶竹立刻收获几个栗暴，被男生敲脑袋敲得闭了嘴。

拍完毕业照，大家散在一边开始拍些自拍和小团队合照，苏礼被拉得晕头转向，至少看到闪光灯亮了100多次。

旁边的女生捏捏自己肚子上的肉，跟同伴感叹："唉，真是旱的旱死，涝的涝死。"

拍到最后，离开的老师居然又回来了，神秘地眨了眨眼睛，说："今天给你们带来了一个大人物。"

可能是听多了"校企合作"4个字，再听到"大人物"3个字，苏礼隐有预感，等男人从阴影处走出，更是印证了她的猜想。

程懿的人气挺高，这在苏礼的意料之中。

女孩子嘛，看皮囊不看年纪，加上他的身份、地位加持，大家会脸红激动再正常不过了。

男生有很多把他当成榜样，欢呼声不断就更不足为奇了。

苏礼在操场上停了一会儿就准备离开。她带好了自己的随身物品，站在一旁等老师说完话，准备打个招呼就走。

谁料正在跟老师攀谈的程懿见她背起包，忽然转向一边的男生，扫视一圈后问道："你的衣服紧吗？"

那个男生起先没意识到他的意图，回道："还好。"

程懿："我看有点儿紧。"

"哦，对，是有点儿紧，我脱下来透会儿气吧。程总你要不要穿？"

男人状似勉强地道："嗯，行。"

目睹这一幕场景的苏礼：还能这么玩儿？

这套衣服宽大，程懿脱了件外套就穿上了，扣好扣子之后挨个和老师们礼貌地拍照。苏礼见状，刚准备说句"老师我先走了"，程懿忽然站到了她旁边，对举手机拍照的男生说道："拍一张吧。"

苏礼警惕地抬起头问："为什么？"

程懿："刚拍了 8 张，我有强迫症，得凑够九宫格。"

行吧，苏礼勉为其难，心说您还真是不好伺候。

结果男人对背景还不满意，说是石门颜色不好，站在了红色的布景板前。

女孩子对镜头都是有条件反射的，苏礼也一样，看向镜头的那一瞬，自动扬起了笑容。

程懿故意站得笔直。

一旁的老师看不过去了，说："你们俩头靠近一点儿。"

两个人的头下意识地往中间靠了靠。屏幕内，背景一片红色，小姑娘穿着蓝色衣衫，盘扣规整，日光下眼波流转，嘴角笑意明朗；男人一身配套黑衣，眉清目朗，也微扬起嘴角。

路过的男生越看越觉得不对劲，猛地爆出一句："结婚照！是结婚照吧？！"

男生的话一出口，大家不约而同地看过来，似乎想见见到底是谁在拍"结婚照"。

"你结过婚？"老师连忙摆手，作势要驱赶这群皮得要命的男生，"边儿去，别胡闹。"

"没事。"程懿颔首示意，笑得包容。

以前她怎么没发现他这么大度呢？

女老师笑道："你倒无所谓，苏礼还小嘛，传出去不好。"

男人满脸写着"坦荡"两个字，说道："她已经过了法定结婚年龄了。"

不远处靠着石柱站着的人立刻笑开，肩膀一耸一耸的："占小孩儿便宜，程懿你真够可以的。"

苏礼开口了，一板一眼地道："他没占我的便宜。"

他只是想把我的名声搞臭。

"当然了，开玩笑的。"那人走到苏礼面前，拍了拍她的脑袋，"程懿都多大了？真要想占你的便宜他岂不是禽兽了？"

正有此意的程懿沉默了。

谈话到了这里，女老师顺势问道："苏礼，要不要一起去吃晚饭？正好我们要说一些学校的项目的事，你可以听一听。"

陶竹用手肘轻轻顶苏礼，低头小声说："别了吧……"

"就在学校附近吗？"苏礼想了想应道，"可以的，等我回寝室一趟。"

她们回宿舍的路上，陶竹问苏礼："你干吗要去？都是老师岂不是很拘束？"

"程懿的衣服我还没还，"苏礼叹气，"刚好带过去。"

免得到时候为了还衣服，她又要单独约他吃饭。

"又借衣服了？你跟程懿最近到底是怎么回事？"陶竹摩挲着下巴，"看你也不想见他，但你们怎么老是扯上关系呢？"

苏礼："是啊。"

陶竹进行二连击："刚刚拍照也是，程懿怎么老爱跟你待在一块儿？"

好问题。

苏礼撇了撇嘴，目视远方，郑重地道："他是为了显得自己比较年轻吧。"

陶竹："别跟我扯这些有的没的。"

"啧，你好凶啊，"苏礼踩过方形的地砖，"你这问题就像在问我监考老师发呆的时候一般在想什么一样高深。"

程懿这样做，原因无外乎两种：第一就是当时在饭桌上说的一样，他喜欢她的设计，希望她留下来，自然也就想与她拉近关系，方便打感情牌；第二无非是他觉得她有点儿意思，于是生出点儿兴趣，有空就想逗着玩儿两下。一个正常的男人，会感兴趣的异性两只手都数不过来，这种好感并非一定要得到什么结果，所以也没什么大不了的。等他忙起来或者玩儿够了，自然就会从她的生活中退场。

两个人之间相距悬殊，想必还是第一种原因的可能性更大，第二种原因若是有，应当也只是一点点。说不定没过几个月，他就彻底消失了。

陶竹道："反正不管怎么说，你们俩也没什么可能。"

"对啊，"苏礼眨了眨眼，"你都懂的道理，程懿当然也懂。"

苏见景希望她离开川程，虽然肚子痛的那天晚上程懿给予的照顾让她有所动摇，但贺博简的出现很快又将萌芽按回土中。于情于理她都不能任事态继续发展下去了。

苏礼回到寝室，拿起搭在椅背上的衣服前往餐厅。

这里的气氛其实并没有陶竹担心的那么沉闷，席上有亲和的老师，也有一些工作了的研究生，当然也有项目负责人，整体来说还是以聊天儿为主方向。

方才拍照时打趣过程懿的青年也在，好像叫秦洲。

苏礼本来在安安静静地吃水果，没想到这种话题都能引到自己身上。

她向来招老师喜欢，这会儿不受环境拘束，油画系的老师直接问道："礼礼还没谈恋爱吧？喜欢什么样的男生？"

秦洲也开了口，笑说："我家里有个侄子还不错，也才比你大1岁，条件都挺好的，主要就是对长相挑得厉害。"

苏礼愣了一下，正要说话，却被程懿截去了话头。其实也不是截去话头，男人只是拿起圆桌中央的水杯，大家的目光自然就跟着他走了。程懿面无表情地添了半杯柠檬水，顺势就掌握了发言权："她还小。"

秦洲顿觉荒唐，眼睛都睁大了，说道："你自己都说她过法定结婚年龄了，都超了2岁了。"

程懿："那不一样。"

秦洲吐槽："我说程总，你怎么跟个长辈似的啊？"

席上的人嘻嘻哈哈地笑开："这么护崽，我看是养女儿吧。"

有人开口，还是调笑："听说程总马上要和裴寒舟一起去参加国际机器会议，不在C市不会挂念吧？"

挂念谁显而易见，苏礼以为他不会回话，谁知道男人竟开了口。

"嗯，要去3天，不在C市的这阵子，小孩儿就麻烦大家照顾一下了。"

苏礼不知道这亲疏关系怎么还真就安排上了，开口正想说关她什么事，结果又被人打断。

"说真的，这个会议干货还挺多的，到时候有什么新见解劳烦程总分享一下。"

男人放下杯子，道："自然。"

大家聊起了正经严肃的话题，苏礼便没了开口的机会，不过细细一想方才好像还是调侃更多，自己似乎也没什么正儿八经澄清的必要。于是她低头专心吃菜，偶尔会听一些自己感兴趣的话题。

他们说泸景宫新做的文创周边很好看，不像景点内另一分支请了外包质量就参差不齐。

泸景宫是 C 市首屈一指的景点，其意义在于深厚的文化底蕴，从几百年前作为皇家的宫殿被留存至今，每年都有许多游客慕名前来观赏，可谓名声在外。

本身就是大 IP［网络流行语，可以理解为所有成名文创（文学、影视、动漫、游戏等）作品的统称］的泸景宫自然在不断开发衍生品，创意中心花样百出，既留存了皇家的雍容威仪，又融进了当下的时代热点，超强的反差萌特点俘获了一大批粉丝。文创周边从"朕已阅"套盒书签到妃子色指甲油，全部都是爆款，最近还出了二十四日晷时钟，以及"醉太平"新款胶带。

听大家大肆夸赞这批新品的审美，回去后苏礼也不禁戳进了旗舰店，这一进去就出不来了。

这批新品确实太漂亮了，她买了一大堆周边才意犹未尽地收手。

泸景宫的快递也很有意思，参考了古代的驿站传递，就连快递都叫东方驿递，最外面的包装盒还画了匹马。

苏礼拆完快递后点进微博小号，发现居然收到了很多私信，大多是问她最近怎么没有更新。

苏礼没想到当时随手在小号上发的胶带拼贴设计图居然都有人催更，眼见泸景宫的新胶带亦是又美又仙，正巧来了创作欲，便又开始试着用胶带拼贴的方式画出几套设计效果图。由于胶带具有浓厚的中国风工艺，设计上她自然也沿袭了中国元素，参考了唐装与汉服，又在此基础上去掉了宽大的袖口，加强实穿性，且在胸口处缠绕上假束带与绸制的蝴蝶结，尾摆运用同色云纹的拼接设计，造出时下流行又显身材的百褶式样，最后适当地调整了一下大局。

这个设计有点儿费脑子，她做了整整一天，晚上 11 点才从灯光中抬起头，揉了揉脖颈。

陶竹凑过来看，忍不住赞叹："这套浅蓝色的衣服未免也太漂亮了。"

"好看吗？"人家夸她的设计，苏礼当然高兴，控制不住笑意地道，"好看就好。"

陶竹："嗯，你赶紧去洗澡吧，我听他们说今天热水有点儿不够，怕等一下冷了。"

苏礼立刻站起来说道："那我先去洗了，你帮我拍一下。不然等一下熄灯了没的拍了。"

"这还不容易？"陶竹抛了个媚眼，"交给本美女。"

苏礼以为陶竹就帮她拍了张照，没想到陶竹还顺便帮她传上了微博。苏礼扛不住困意，第二天早上起来才想到要登微博，打开微博的瞬间，整个人直接蒙掉。

转发：5688；评论：1.1 万；点赞：3.8 万。

苏礼既奇怪又惊讶，点进去一看，才发现陶竹体贴地帮她传了微博，而更巧的事情就是泸景宫的胶带上了一天一夜的热搜，现在还挂在上面。

当然，仅凭一个景点文创是不可能做到这种程度的，带来这个高位热搜的，是当红艺人顾予临。

顾予临18岁出道，出道即爆红，是行走的全能模板，能唱能跳还能自己作词、作曲，拿过的音乐奖成为内娱音乐人可望而不可即的天花板，演戏也不在话下，分分钟一番高票房影帝。更重要的是，他这些年一个桃色绯闻都没有，和自己学生时代的初恋结婚了。

起源就是他昨天和妻子一起走机场，被粉丝拍了图，然后大家发现顾予临因为刚受某品牌的邀约走过时装秀，这天就穿了品牌的当季新款。但国外风格开放，印花上有好些不太文雅的词汇，为了不给粉丝错误的引导，顾予临用胶带把露骨的词汇都贴上了。

更好笑的是，他的老婆江筱然穿的也是新品，不过肩膀、肚脐和腿根处都有破洞，这个吃醋狂魔居然也用胶带把破洞全部给贴上了。

令人不得不叹服一句鬼才的还在后头。顾予临的时尚感也很好，胶带和衣服的设计融为一体，大家不仔细看都发现不了是贴的。

这件事实在处处是亮点，样样都好笑，很快就在娱乐号的分享和粉丝们的"哥哥你是不是想笑死我""呜呜呜，不许老婆露肉好甜哪"和"顾予临巧手工匠，请顾予临立刻开创潮牌"等评论中登上了热搜。

大家很快扒出，他贴的胶带恰好就是泸景宫的周边。仰仗他良好的路人缘及令人啼笑皆非的事件，加上这款胶带确实绝美，同款就在瞬间涨了几千的销量，出圈红了一把。

陶竹大概是看到热搜就带了个话题，没想到苏礼的那条微博也很快变成了热门。

"妈啊，这样好好玩儿，我刚买了一大卷正蠢蠢欲动，跪求博主出教程。"

"不露肉且好看显白。@顾予临，哥哥进来给老婆买衣服。"

"真的有点儿好看，复古又时尚的感觉，您也太有设计天赋了，这套制作出来我一定买。盘扣T恤是多么绝妙的创意！"

…………

陶竹绝对是个宣传天才。

那一整天苏礼都有点儿飘了。晚上8点，她的微博被顾予临本人转了，他还说："我老婆真的看中了。"

苏礼脑中白光闪现，滚过一排惊叹号。

一时间大批粉丝跟着拥入，纷纷投票说自己也想买，问她考不考虑和泸景宫合作开发。

苏礼回应："那也得泸景宫愿意才能生产哪。"

人走起运来连捡块石头都能变成金子，第3天傍晚，泸景宫文创的官方微博真的来联系她了。

当时学校正在响应上级要求，让各班学生于图书馆阅读市政府出的新书，多方位了解该市人文风貌。结果临要离开时突降暴雨，大家都被困在了这里。

每批参加活动的只安排两个班级，好死不死，苏礼和单笛一起参加了活动。

苏礼知道，自己没进《巅峰衣橱》的复试，单笛势必是要来踩一脚的。

结果也确实没让她失望。当她找信号看消息的时候，单笛走了过来。

单笛傲慢地敲了两下桌子，得意地道："今天怎么不见你高调了？是被打击到了吗？也对，你根本没想到自己的设计居然一文不值吧？说来真是丢人，老师都那么卖力地帮你争取了，你还以为自己多厉害呢，提出放弃名额去参赛？真是笑话，脱离了关系，你觉得自己实际上还能做成些什么事？不过没关系，别害怕，毕竟这才是个开……"

苏礼实在没空搭理她，全身心只有找信号一个想法，好不容易快到门口处，信号格子终于出现，泸景宫官方微博的私信也刷了出来。

泸景宫官方微博："您好，这里是泸景宫文化创意产品官方团队，了解到您于大前天在微博上传的作品反响颇高，旗舰店内要求上新的呼声强烈，想问您是否有意愿将设计授权给我们呢？合作详情可细谈，期待您的答复，谢谢！"

眼前大雨封城，苏礼感觉自己中彩票了。

单笛却以为她是落荒而逃，不知用什么借口带出一大批学生，就站在电动门旁冷嘲热讽地说："怎么，觉得没脸面对我所以跑了？没事啊，所有人都知道你没进复赛嘛。"

单笛的声音越来越高："不就是初赛被刷掉了吗？不就是水平差吗？我又

不意外。毕竟我知道你有几斤几两，一个赝品罢了，还想靠着上层釉就变成青花瓷？"

单笛的小姐妹与她一唱一和："就是，还妄想攀上程懿，自导自演未免戏太多，程懿搭理过你吗？"

"喂，说你呢！"兴许是太快活，单笛的小姐妹直接开始挑衅，"苏礼，怎么没见程总来关照你啊？"

瓢泼大雨将天地淋得喧嚣又安静，忽然有跑车行驶的声响由远及近——那辆车开得极快，纯黑到反光的高级感车身破开迷雾，从众人的视线尽头驰来。就在大家以为它即将驶过时，车子又急刹车，仿佛那么快的速度不过是为了早一步抵达，而目的地正是这里。

车门被打开的瞬间，苏礼的心跳漏了一拍，她心想着：不会真被这人给说中了吧？

程懿从车上下来，手上举着一把重工雕刻的 Pasotti（世界上首屈一指的手工雨伞品牌），镏金立体的伞柄泛着冷光，伞面略微倾斜，雨珠连成线砸在他的脚边，溅起朵朵水花，像是为谁铺路。

人群中传来窃窃私语声："这伞是独家定制的吧？样式我都没见过……"

程懿走到苏礼面前，旁侧的人都被他的气场吓得退了几步，唯独苏礼的双脚像是粘在了地上，动弹不得。

苏礼转了转眼珠，听见他低声说："下雨了，我来接你。"

大雨被隔绝在外，男人身上带着水汽与凉意。

苏礼背后传来接连不断的倒抽冷气的声音。

"真是程懿？他怎么会来啊？"

"这也太尴尬了，单笛她们俩这不是自找打脸嘛！"

"程总好帅啊！"

…………

讨论声此起彼伏，大家却都压着不敢高声说话。

不用回头苏礼也知道，单笛和她的小姐妹的脸上肯定绿得可以媲美青青河边草了。

苏礼看到程懿从车上走下来的瞬间，大脑也空白了片刻，心道他今天不应该还在外面开会吗？怎么能知道她在这里？

但他好像就是有这样的本事，在一切无解的时刻从天而降。

大脑重启成功后，苏礼舔了舔唇，不知要说些什么，半晌后才伸出手，说道：

"噢，那给我吧。"

少女白皙的掌心上是错落交织的漂亮纹路。

程懿握着伞柄的手微微收紧，他蹙了蹙眉，没太明白她的意思："给你什么？"

"伞哪。"苏礼眨着一双桃花眼，"你不是来接我吗？给我带的伞呢？"

程懿将宽大的伞面往前倾了倾，沉声道："跟我打一把伞委屈你了？"

那倒也不是特别委屈。

苏礼腹诽了一句，这才眨了眨眼，问："不会淋到吗？"

程懿："靠近一点儿就不会。"

男人转身和苏礼一样面向前方，弯起右臂，不动声色地递给她，西服在臂弯处勾勒出不规则的褶皱。

苏礼机械地抬起手，悬在空中好几秒，像是在犹豫，最终还是没有挽上他的胳膊，而是往上抬了抬，拽住他的袖口。

好吧，虽然她没有挽上他的胳膊，但好歹没有拒绝。程懿挑了挑眉，举着伞同她走进雨幕中。

二人一起走下台阶，身后越聚越多的人这才像是从笼中被放出，七嘴八舌地讨论开来。

"是我瞎了吗？你们看程懿打的伞，是不是在朝苏礼那边倾斜啊？"

"好像还真是。"

…………

苏礼坐进车内，问："你怎么知道我在这儿的？"

程懿："学校的官方微博发了照片，拍到你了。"

苏礼不用想也知道应该是带了什么"书香C大"的标题，程懿才会知道她在图书馆。

说到这儿苏礼才记起自己想尽早离开的原因，还没给泸景宫的官方微博回私信呢。

她离开图书馆正门后，信号立刻满格。

苏礼晃了晃手机思考着措辞，车也在此刻启动。

程懿倾身，对前排的司机发出指令："别走，倒车。"

苏礼觉得这个司机脾气真好，一句话没问就照做了，要换自己肯定先熄火问为什么。

程懿："再往右，停到台阶旁边。"

"你在干……"

苏礼终于忍不住好奇地开了口，但一句话还没来得及说完，车已经在男人"加速"的命令声中如离弦之箭一般冲了出去。

他们身边的景物飞速倒退，灰色的建筑模糊成一块水彩调色板，好像有呼啸的风声盘旋却被隔绝在外。

苏礼的心跳加快，这会儿她居然听见男人从容不迫地问："窗户关了吗？"

苏礼紧紧握着平衡扶手，正想怒斥他"现在是问这个的时候吗？"，刚一张嘴，差点儿把心脏吐出来。

疾速驶过图书馆门口的车子带起几米高的水，稳、准、狠地溅了单笛和她的小姐妹一身。

苏礼听到两声尖叫似是能划破天幕。

单笛满脸都是泥水，气到破口大骂，跳下台阶想追车，被她的小姐妹拉了回去，但还在不断地爆着粗口，像是用尽了毕生的辱骂才学。

苏礼心道：得，又背锅了。

苏礼惊魂未定地转过头问程懿："你听到她们说我了？"

"没，"程懿慢条斯理地回道，一点儿抱歉或内疚的情绪都没有，"但感觉应该是要教训一下。"

苏礼震惊于他的理直气壮："所以你就行动了？"

"嗯。"

"宁可错杀，不能放过。"男人轻笑着捻了捻指尖，"我的行为准则。"

她看出来了。

跑车开出去一段路后，苏礼紧绷的心情这才慢慢放松下来。她想到什么，转头问程懿："你知道泸景宫的生产工厂在哪里吗？"

"本市郊区。"男人果真什么都知道，又顿了顿，才问，"你问这个做什么？"

苏礼："没什么，他们好像想找我合作一款衣服，就随便问问。"

程懿："他们联络你了？"

苏礼："嗯。"

男人没再说话，只是若有所思地望着窗外，手指动了动。

苏礼很快和泸景宫官方微博的工作人员对接成功，互加了微信，聊到新款衣服的设计。

那边的人的意思是做一个限定联名，先开预售，最后根据预售的情况来决定生产多少件服装。

这是最保险的方法，不会积压库存导致亏本，苏礼明白，因此答应下来。

那边的对接人员叫昭昭，是个年轻好玩儿的妹子，看苏礼挺好说话，不知不觉就聊了很多。

昭昭："那目前就先这样定下啦。明天会把合同用顺丰寄给你，等你填好之后发回，我们就先趁着热度把样衣加班加点地做好，然后挂上旗舰店预售。预计大后天就能生成链接，然后到时候根据合同给你发设计费。"

昭昭："到时候要麻烦你的可能就是发微博宣传一下，应该也不是太难，哈哈哈。"

举个栗子："没问题的。"

举个栗子："不过我有个小小的要求，可以面谈吗？"

设计合同在第二天上午9点就寄到了，苏礼迅速填好寄回，这份合同就生效了。

接下来就是她将效果图发给工厂，等到确认了打样之后，衣服就可以投入生产了。

由于泸景宫不是专业生产服装的品牌，所以这次的衣服由代工厂完成。

这家工厂虽是代工，但产品质量和经验完全过得去，是经常给一、二线品牌代工的厂子。

正式制衣那天，苏礼恰好没课，便开车去了郊外看情况。倒不是她不放心，而是实物与绘图偶尔会有出入，有些设计只是画出来好看而做出成品并不适合，因此衣服生产的首个重要环节就是根据打板出的样衣稍事调试，使得成衣更加精美，更适合穿着。

她的这套设计本就有些新颖，都是别人没做过的款式，她要去钉一钉也是正常的，免得出错。

工厂内正在有条不紊地打板：根据平面图裁纸样、预留缝纫线、裁布、缝纫……

第一套样衣出来后，苏礼仔细分析许久，按照实际情况又调了不少地方："袖口这里再加1厘米吧。

"这个肩线下拉一点儿吧，可以显肩瘦。

"绿色的扣子不好看，换蓝色试试？

"嗯，裙子做高腰。"

最后时间有点儿紧，于是苏礼把头发一扎也上手帮忙了。虽说设计师的确可以只做设计，但好的设计师一定要会缝纫，这样才能还原出设计稿的灵魂。

他们忙到凌晨，最终的样衣终于大功告成，苏礼累得趴在桌上小憩，没一会儿又腾的一下起来，开始拍照片。

一边的师傅笑她："小姑娘打了鸡血啊？"

营销部的动作也很快，拍摄审核完成后，晚 8 点衣服就要上线售卖。

这次的衣服是和顾予临联名，热搜也才过去不久，热度当然不会低，还没开始官宣就有很多人点亮了"推荐"及"开售提醒"。

虽然如此，预告还是要发的。苏礼登上小号，发了个预售通知。

再让我吃两口："安排。'醉太平'系列联名款——[链接] 此次为预售，发货时间为 30 ~ 60 天，感谢等待。"

评论区渐渐热闹起来。

"天哪，口大这速度！"

"口大是什么东西？哈哈哈——笑死了。"

"对这个 ID，当事人口大：现在就是后悔，非常后悔。"

"怎么听起来怪怪的？"

…………

此时，苏礼无比后悔给小号起了个这么随便的名字，早知道当时就叫"再往北走两步"，这样大家指不定就会亲切地称呼她为"北大"，听起来多有排面？

苏礼发完微博后没多久，顾予临也上线宣传了一下，江筱然更是转发了苏礼的微博，激情发言道："前 500 名加赠一个同款零钱包，太百搭了，我必抢到。（抢不到的话能送我一个吗？猛猫落泪。）"

苏礼给她留了言，慷慨地表示没问题，再单独做一个配套手机壳送她。

微博底下的留言全在嚷嚷着关注的宝藏美学博主和宝藏编剧互关，破次元壁了。

最后 8 点一到，预售的成绩非常好，这次的设计苏礼不仅钉着修改多次，连上新图都是她熬夜修的。放出的衣服一共 5 件，当晚加起来销量就破万了，更别说后续还会继续增长。

昭昭立刻又在微信上联系苏礼，问她要不要考虑后续的长期合作。

苏礼的回答当然是好。

网络上，苏礼虽然靠着自己的设计掀起了小小的风浪，但"再让我吃两口"

的马甲捂得严实，没人知道那是谁。

现实中，她还得照常过。

毕业的日期越发临近，毕业设计展即将开始，再然后就是毕业典礼，之后这群毕业生将正式离开学校。

其实整个大四苏礼待在学校的时间已经不多，只差一本毕业证就可以离开学校了。

学校和川程的校企合作也进入了尾声。

大家一共分为两个大组，为明年的春季新品贡献出了3个系列款。苏礼这组她一人独揽2个系列，这大概也是程懿不愿放她走的原因。

周末的时候苏礼去川程加班，想尽快把之前的那件针织外套给做好。由于是假期，公司只开了正门，苏礼顺着走廊去坐电梯的时候，恰巧能路过前台。以前她周末来公司的次数很少，偶尔有的两次，程懿都坐在玻璃门后的阅读区处理工作。每当她路过，他就像刚好感应到似的抬起头，再像是忽然发觉自己在这里够久了应该上去了，便会清一清并不多的资料，同她一起上电梯，去往总裁办公室。其间他还会跟她尬聊一番，搭两句话。

那时她总是奇怪，为什么他这种身份的人会在1楼办公？但今天没看到他，她倒又有点儿不习惯了。

苏礼接连往那边投去了3次目光，前台的工作人员似有所感，笑着说："总裁今天在楼上。"顿了顿，前台工作人员觉得自己还应该有所补充，便继续道，"总裁好像挺忙的，一直在打电话，路过的时候脚步都没停一下呢。听说是找到了一个新的很想合作的设计师，大概是程总亲自在请，能让程总请的人可了不起啊。"

"新的很想合作的设计师"，这句话在脑海中过了一遍，苏礼明明情绪稳定，可进电梯的时候，在反光门上看到自己好像在冷笑。

他这速度挺快的嘛，发现她不行这么快就有新的备选目标了？但很快苏礼又打消了这个想法，程懿是个商人，目的性强不是很正常吗？难道他要死磕她一辈子吗？苏礼你在期待些什么？

大概是被替代这件事本身就会让原创设计师感到不爽，苏礼甚至想知道程懿最近中意的到底是何方神圣，设计做得比她好看很多吗？

电梯在2楼又进了公关部的1个职员，苏礼全神贯注地思考着，甚至忘了摁楼层按钮，等回过神来的时候，电梯门缓缓打开，已经到顶楼了。

为了掩饰尴尬，或又为了些别的什么，苏礼踩着风一般的步伐出了电梯，在顶楼散了一圈步，正好途经总裁办公室。若是总裁办公室的门紧闭着就算了，偏偏此刻门半掩着，她正好能看到程懿举着手机谈判的模样。

程懿察觉到动静，目光淡淡地瞥过来，好像连 1 秒钟都没有停留，又飞速垂眸，专心做手中的事情。

苏礼气得吐出一口气，男人都这么现实吗？以前他只要见到她就跟个牛皮糖似的粘上来，现在看都懒得看她一眼了？

苏礼气得紧咬牙关，内心疯狂碎碎念，恨不得将程懿千刀万剐一炮炸上外太空。

等苏礼进了电梯，程懿才察觉到不对，从办公室里快步走出，对着她的背影道："苏礼。"

后面没跟句子，他应该是纯粹想要叫住她，但是苏礼伸出手，按上了关门键。

苏礼憋了一肚子气，加班回去的路上都像个气球，稍不留神就会气得飘起来在空中拉起一个"程懿你欠我的用什么还"横幅。

当然，程懿后续给她发的消息她也全部视而不见，还屏蔽了他的朋友圈，省得他分享什么《震惊海外的中国第一设计师！现在是川程的第一宠儿！》之类的庆祝文章。她怕自己忍不住问候他全家。

她就……很难不生气。

搞得那几天她都有点儿对男性同胞连坐。

隔壁学校的学弟过来跟她确认毕业展览的相关事宜，最后还要小心翼翼地问一句："学姐，你最近是在生理期吗？"

苏礼飞快地调整好情绪，说："不好意思，不是，就是最近事比较多。"

"没关系的，"那个男生笑着说，"我没有怪你啊，就是问问，怕……怕你不高兴。"

苏礼确认着手中的展览册，顺嘴地问道："你是隔壁大学的吧？你叫什么名字？"

这次两个学校合作毕业展览，苏礼和他分别是主负责人。

那个男生看了苏礼好一会儿，直到她从书中抬起头，才回神似的抓了抓刘海儿，说："易柏。"

男生笑起来很阳光，看着就很好接近，没什么攻击性，跟程懿完全不是一个路子。

苏礼笑问："'满分一百'的那个'一百'？"

"不是，"男生摆手，脸红道，"'容易'的'易'，'松柏'的'柏'。"

苏礼颔首，收起展览册，偏着头随口一说："看起来有点儿眼熟。"

男生愣了一下，目光很真诚地说："川程那次团建的车上，我坐在你旁边。"

"啊……是吗？"苏礼其实完全不记得了，但这种时候不能说实话。为了维持一个学姐的风度，她拍了拍少年的肩膀："那走吧，请你吃饭。"

苏礼将用餐地点选在椰子鸡，结果刚要进去，被男生很认真地拦在身前："学姐，你要是真的生理期是不能吃这个的，椰子性凉。"

苏礼气得弹了一下他的脑袋，说："我没在生理期。"

这个小男生看上去可可爱爱，没想到一根筋，加微信的时候还要双手奉上二维码，头埋在臂弯里，苏礼都能看到他发顶的旋儿。

苏礼无奈地笑了笑，给他设的备注是"满分同学"。

等车时，苏礼按惯例同易柏确认道："1周后毕业展，有什么问题直接发消息给我就行。"

易柏支支吾吾，犹豫纠结了很久才问："那……那急事的话可以打电话吗？"他问得太傻，简直一根筋。

苏礼开玩笑道："我要是说不行呢？"

易柏："那当然就不能打了。"

"你怎么活这么大的啊？"苏礼失笑着摇头，"可以打，打吧。"

易柏还想再说什么，拐角处两辆车前后驶来，前面的是校车，后面的好像是程懿的车。

校车先停下，易柏转过头说道："学姐，这辆车人有点儿多，你不是说要坐空的吗？我们等一下……"

苏礼摇头，火速拽着男生上了车，并道："就这辆，走。"

车内拥挤，男生和她错了一下肩，脸瞬间红了。

保时捷驾驶座上的男人看到这一幕，眯了一下眼。

校车驶离，程懿拿起手机拨通了某个电话："喂，老徐？"

老徐名叫徐昊空，是泸景宫文创研发交流中心内容总监。

程懿低低"嗯"了一声，接着道："之前跟你说的事，好像得快一点儿了。"

/第四章/

程总家的小朋友

1周后，毕业展如期开展，地点定在C大的艺术楼。

艺术楼有6层，每一层都根据不同专业摆满了展板，1楼毋庸置疑，是留给王牌专业服装设计系的。

按照以往的经验，很多学生会选择先上6楼，再一层层地逛下来，也有的学生直接在1楼逛完便离开。但这次有些不同，大家都聚集在1楼大厅处。

因为他们发现，1楼的服装设计居然没有苏礼的作品。

这可就稀奇了。

有70%的人是为了这个名字来的，"苏礼"二字在院系甚至学校几乎也是封神般的存在，怎么会没有她的毕业展板？

大家都没提前离开，在等待一个结果。

果不其然，是开门的老师睡过了头，10点多才匆匆赶来，打开了一个房间。

房间里一片漆黑，大家都围在门口探头探脑，却没人敢进去一探究竟。

"苏礼！"人群里忽然响起老师的声音，"你来了，带大家逛逛吧，你的毕业展。"

众人这才意识到，原来有一个专门的房间是为苏礼准备的。

"这也太狠了，大家的都摆在走道里，轮到苏礼就批下来一个大房间？"

"哎，我也想拿这种爽文剧本。"

"你给学校拿那么多奖你也可以。"

…………

苏礼带着大家走进房间，却没有在第一时间开灯。起先还有人叫嚷着"什么都看不清"，走了两步才发现，原来是为了凸显里面的设计——衣服搭配上微发光的材质，散落照耀着精心绘制的花纹，如同裁下银河织就陪衬，有种别样朦胧的美感。

有人惊叹："居然是青花……"

"怎么做到的？居然把这个元素做得像高定的感觉……"

苏礼本次的毕业设计以青花瓷为灵感，从门口往里，仿佛是一幅历史的时间画卷。

第1件修改了唐代起源时期的花草和鱼藻纹，从裙摆以下细密有致地向上过渡；第2件选取了宋青花的圆圈纹，在袖口和领口点缀；第3件则是元青花成熟丰满的缠枝花卉，在腰际如同水墨青花般晕染开。而明清是青花瓷达到鼎盛又走向衰落的时期，她便做了3件不同的款式，莲瓣纹和云纹缺一不可，将古人喜爱的罐边饰海水纹融入衣摆，倒也登对。

一边的介绍展板也是夜光的，苏礼无须多言，大家自行阅读便可。

渐渐地，房间里的人越来越多，前边的不愿意走，后边的急着进，苏礼却迟迟没有开口，好像借着微光在寻找谁。

终于看到想找的人，苏礼笑了笑，开口道："最后这件没有展览，是我昨天做好之后临时加的。

"明代景德镇窑曾烧出一个崭新品种，名为孔雀绿釉，釉面均匀光亮，白中微泛青，蓝得典雅漂亮，但传世极少，所以十分珍贵。在中国陶瓷发展史上，它亦是难得一见、极为名贵的珍稀品种，屡屡拍出高价，还有鱼纹盘正于博物馆中馆藏。"

吊灯被苏礼打开。她拉下遮盖布，一件浅青色的旗袍闯入大家的视野。与此同时，前面几件设计服装的全貌终于得以展现。出乎所有人意料的是，她不仅利用了青花瓷的纹路，更是将瓷器的形态转换为服装语言呈现，瓶口的收窄变为服装收腰，双耳工艺则成为泡泡袖，又用薄纱增添柔美与韵味，巧妙的镂空剪裁化解了单色的枯燥乏味。而这件以孔雀绿釉为灵感的旗袍，更是裁剪得宜，柔和的浅青色雪纺底上覆盖繁复又雅致的云纹，恰到好处的开衩凸显身段，手工盘扣上又以黄色玉石零星点缀，优雅柔美，尽显风姿。

台下沉默数秒，忽然有人说道："这不是今早泸景宫官宣的那件衣服吗？说是和设计师的联名限量款，只有500件，现在已经有2000人预约了。"

"和泸景宫合作的设计师居然是苏礼？"

要知道泸景宫是实打实的巨头，就连有名气的设计师能与之合作都感觉荣幸，更不要说一个才20岁出头的应届生了。苏礼这得是有多大的能耐？而且她还这么受欢迎。

"有人说我是赝品，别指望上层釉就以为自己是青花瓷了。"苏礼在台下一众的面孔中一眼就找到正在极力削弱存在感的单笛，轻轻地唤她的名字，"单笛？"

单笛没想到会被点名，仿佛被扼住命脉，整个人骤然一僵。

苏礼勾了勾唇，说道："你姐姐我不用上釉，天生就是孔雀青花，给我看清楚了。"

如同巨浪将至，厅内一片哗然。

苏礼仍旧从容地站在台上，头顶仿佛打着聚光灯一般，将所有人的目光吸向她。

原来真的有人即使说出这么霸气的发言也不会让人觉得倨傲，只觉得耀眼，太耀眼了。

能力就是这世界上最强大的滤镜，是一切的底气。

不知道是谁吹了声口哨，好像唤醒了大家的灵魂，于是众人纷纷抬起手——台下爆发出热烈的掌声，大家全是发自内心地佩服她。

单笛咬紧嘴唇，感觉肺都快被气炸了，有什么东西正在不断膨胀，哽在胸腔与喉咙间，沸腾得几乎要将她吞噬。她憋足了劲儿想要反驳，可是搜肠刮肚了半晌，也不知该如何还击。

谁不知道泸景宫这个机遇是真的好？衣服又有2000人预订，她还能说些什么？

终于，掌声雷动得令人耳朵生疼，仿佛是一记扇上脸庞的巴掌，单笛颜面扫地，背部也涌起阵阵的热辣感。

她的小姐妹替她鸣不平，拽着她就要往前冲，并道："苏礼什么人哪？走，我们去找她理论。"

单笛一把将她的小姐妹拉回，却也将怒气全发泄在小姐妹身上："理论什么？还嫌不够丢人吗？"

单笛感觉无地自容，用力一跺脚，愤懑地大步离开，连头都没有回。早知道她就不来了，她还想看看苏礼备受打击灰头土脸的样子，谁知道人家居然是借着这个机会来扬眉吐气的。

苏礼全程目送单笛心有不甘地退场，心里总算舒坦不少，打开了前门让大家自由参观和出入。

这就是她那天和泸景宫所谈的事情，因为还没想好如何处理网络与现实的事，决定先不公开"再让我吃一口"的马甲，而是以苏礼的名义再和泸景宫合作一款旗袍。当然，她的让步是自己并不需要设计费，盈利所得可以投入之前的系列做赠品，那边很快就答应了，才有了今天这场好戏。

苏礼舒了一口气，转回身摆了一些有关注意事项的牌子，这才从后门离开。结果她一出门，又撞上一个熟人。

程懿倚在门边，眉眼被阴影遮住大半，而他的嘴角噙笑，就那样垂眼望着她。

你来这儿干什么，不忙着联络您的新心头好设计师了？这个想法一出现，苏礼被自己吓了一跳。

她视若无睹地从男人身边走过去，想起还有东西要和易柏确认，边往对面走边喊道："易……"

苏礼话还没说完，忽然被斜侧边伸出来的手握住手腕。男人将她带到某个角落，低头逼近她，声音有些玩味："你装看不到我？"

苏礼："看到了，不想理。"有什么事吗？"

程懿凝视她半晌，忽地抵住舌尖绽开一个笑容，挑了挑眉说道："我又怎么你了？"

这短短几个字，杀伤力却非同一般，苏礼更懒得说话了，反正不过是站这儿和他死磕。

程懿倒是心情不错的样子，不知道是不是请到了想请的人，看起来很是春风得意。

"你刚才可不是这样的，我看你牙尖嘴利得很，"男人抬手捏了捏她的下巴，"怎么到我这儿就变哑炮了？嗯？"

苏礼没想到他居然看到自己喊话单笛了，但警惕不过一瞬间，越看他高兴自己越不爽。

程懿也没表现出什么，只是回味似的捻了捻指腹，随后道："后天中午有个饭……"

苏礼："不去，画稿子。"

程懿："抢答？我还没说干什么你就不去？"

"难道有什么好事？"苏礼说，"程总看起来也不像是关心我的人。"

男人何等聪明，目光幽深地盯了她半晌，像是能将人看穿。

就在苏礼被他瞧得有些发怵时，终于听见男人似笑非笑地叹了一口气，说道："我那天在忙，后面就出来叫你了，但电梯门关得太快，是你自己没搭理我。"他的声音低了低，像张网一般罩下来，"这就闹脾气了？"

他居然还能准确地复述起那天的事？不对，他不会是在解释吧？可能是程懿居然会解释这件事带来的冲击力太大，苏礼一时间忘了回嘴。而她这反应被男人当成了默认。

于是他抓紧道："后天在中心广场有个饭局，对你做服装设计很有帮助。做这行人脉必不可少，我会替你打点，你把自己带去就够了，剩下的事交给我。"

苏礼不知道自己是怎么想的，嘴快地道："我要是带不过去呢？"

程懿："那我就把你绑过去。

"你知不知道这是多好的机会？不去你还想干什么？"

程懿把苏礼抵在墙边，摆明了是对方不给出满意回复不让走的架势，一如既往地不讲理。

就在这时，走廊上忽然传来声音，应该是易柏在找她："学姐……苏礼学姐……"

"学姐？"程懿哼笑了一声，"他找你干什么？"

苏礼："那当然是有事。"

苏礼说得理直气壮，觉得毕业展的事不用跟男人细讲，又想起易柏今早和自己说过的话，顺嘴道："哦，他要过生日了。"

好像就在这两天。

这落在程懿眼里，就变成自己等待许久，而苏礼最后含糊其词了所有重点，最后告诉他某个毛头小子要过生日了。这是有什么了不得的秘密在里面，一句多的解释她都不能跟他讲？

男人笑，咬牙切齿地说道："行啊，那你就陪他过生日去吧，不用来了。"

虽然程懿这么说了，但苏礼对最后的结果仍然存疑，不太猜得透这个变脸比翻书还快的男人的心思。

苏礼回到寝室之后，把买的饭搁在桌上，还在思考这件事。她就奇怪了，程懿平时都是一副不达目的不罢休的样子，怎么今天这么容易就松口了？难道是因为他又要去跟那个"很喜欢的设计师"协商事情，所以没多少精力浪费在她这个备选人员身上？

算了，人生如此，她不必过于纠结。

苏礼觉得自己已经修炼得心如止水了，但身体某个部位又相悖地认为真是越想越可笑。

这种情绪在她打开餐盒看到里面一堆葱时达到了顶点。她用力掰开筷子往外挑葱，深呼吸几次调整着情绪。既然有了别的设计师，他还来招惹她干什么？他是玩儿平衡游戏吗？

她感觉心里堵得慌，不知道为什么如此正常又普遍的商场规则自己会有这么强烈的反应。

直到陶竹面前的平板电脑中猛地爆发出一声质问："你怎么能同时喜欢两个人做的菜呢？"

女主角的控诉声泪俱下，一个念头猛地袭击苏礼的脑海，留下嗡鸣不断的回音。

不会吧？怎么可能呢？

盛满小馄饨的汤碗差点儿被苏礼掀翻。她手忙脚乱地稳住碗，无措地盯着上面几颗还没被挑出去的葱花。

陶竹听到她这边闹出的动静，一脸疑惑地问："你怎么了？"

苏礼："没……没事。"

她仰头望着天花板，又眨了眨眼睛，不会吧？

两天后的上午，就连易柏都看出她有些魂不守舍，问："学姐，看你这两天无精打采的样子，是不是没有休息好？"

苏礼欲哭无泪地看着镜子里的黑眼圈，说："差不多吧。"

某个念头如同念经一般盘旋在脑海里，差点儿把她折磨得神经衰弱。

今天是易柏的生日，也是程懿原本要带她去饭局的日子。但男人直到现在也没有给她发消息，反倒是易柏，在9点多的时候小心翼翼地问她醒了没有，能不能陪他去宠物店。他想在生日这天买一只银渐层送妈妈，但不知道女士的审美喜好，又怕买到不好看的，所以想让苏礼帮自己参考。

"做你的家人挺幸福的，"去宠物店的路上，苏礼看向窗外，随口感慨道，

"能这样被你记挂。"

易柏说："毕竟这天也是妈妈的受难日嘛。"

苏礼："小小年纪，还挺懂事。"

"不小了，"易柏着急忙慌地解释，"也就只比你小 1 岁，学姐，不要当我是小孩子。"

不知道是什么原因，见到他苏礼就会下意识地觉得他比自己小很多，哪怕他们的年龄差只有 1 岁。

他们下了车后，很快到了宠物店。

由于陶竹最近也想买猫，苏礼浮浅地了解了一些相关知识，给了易柏一些参考建议。

最后易柏没有买银渐层，而是带走了一只更有眼缘的狸花猫。

见他好像是因为没有达成心愿而有些别扭。苏礼安慰似的拍了拍他的肩膀——她一直觉得更重要的还是缘分和时机。

买完猫后他们站在路口，决定打车回去。

苏礼手里抱着自己送易柏的礼物——一个双层的生日蛋糕。

易柏拎着猫箱站在苏礼旁边，有些局促地开口："蛋糕这么大我也吃不完，要不要下午一起……"

苏礼口袋里的手机有信息过来，她费劲地摸出，看到了上面的内容。

程懿："我在你的宿舍楼下。"

程懿："饭局 12 点开始，你还有半个小时时间准备。"

瞧瞧，多么冷酷无情的男人，发个邀请消息都这么正式。

苏礼的注意力全在这上面了，过了一会儿她才抬头问易柏："啊？你刚才说什么来着？"

易柏看她手指敲得飞快，给打车订单加了打赏费，意识到什么，摇头笑了笑，说："没事，学姐接下来还有要紧的活动吗？"

苏礼："嗯，要参加一个饭局。"

易柏："那我去前面的路口拦车吧，可不能耽误你。"

最后易柏果然从十字路口拦到了车，二人也顺利地回了学校。

为了感谢苏礼，易柏将她送到了楼下。

苏礼一眼就看到了程懿的车。虽然这辆路虎她是第一次见，但这车新得招摇，不用想就知道车主是谁。

苏礼把手里的蛋糕转到易柏手上，按惯例送上祝福："生日快乐。"

"谢谢学姐，"易柏躬身，小声说，"今天麻烦你了。"

他要提的东西太多，苏礼便倾身帮他揽了揽，问："好拿吗？"

易柏："没问题的，学姐你去忙你的吧。"

苏礼退后两步，看到他不知何时扬起了招牌笑容。

"学姐加油！"

她怎么感觉这孩子傻乎乎的？

苏礼虽然不知道就是去吃个饭有什么好加油的，但还是点头做了回应。

苏礼往车旁走的时候还在想，这人跟程懿真是两个极端，一个过于热情，一个过于冷静。

结果一拉开车门，苏礼差点儿以为自己打开的是任意门，现在正在南极探险，冷得连真皮坐垫都像是结了冰。她不明白自己为什么就懒得多走两步去后座而选择了副驾驶位，离表情阴沉的男人这么近。

程懿目视前方——苏礼进来之后他连个眼神都没给。

苏礼觉得可以理解，毕竟他要开车。

可男人就在那儿坐着，甚至连姿势都没换一下。

苏礼揣摩了许久，才发现他是在凝视易柏离开的背影。

易柏的身影消失之后，男人才动了动。苏礼舒了一口气，心道终于要启程了，结果还是想得太天真了。

程懿说："你大清早不好好睡觉出去乱跑什么？"

这个质问就很有灵性了。

苏礼道："他让我陪他去买猫。"

程懿一双黑眸扫过来，冷冷地道："他要你去你就去，那他要跟你谈恋爱你是不是还得自己做婚纱？"

这个男人是吃了火药吗？

车内一时间寂静无声，苏礼从来没见过这么会上纲上线的男人。

"我不就迟到了 30 秒吗？程懿，我迟到 30 秒你就这样？你这种人以后基本可以告别约会了。女朋友为你多打扮 5 分钟，你是不是还得让她挨个给你数数她用这 5 分钟刷了几根睫毛？"

男人显然也是压着火，沉声道："为我打扮和你这事能一样吗？"

"哪里不一样？不都是让你等吗？"苏礼感觉莫名其妙，解开安全带，"你凶什么啊？我不去了。"

她忽然觉得委屈，太委屈了。她这几天被他搅得心神不宁，而这个男人心里就只有他自己重不重要。

苏礼猛地向右一转，还没来得及拉开车门，肩膀又被人重重按了回去。

她的眼前覆下一片阴影，男人身上的沉木香气扑来，伴随着温热的气息扫过她的脸颊。

苏礼僵住。

"我没……"程懿像是在低叹，手臂越过她的右肩，将安全带重新给她扣上，妥协一般说道，"我只是觉得女孩子要自爱。"

苏礼有一瞬间仿佛被蛊惑，但旋即感觉荒谬的念头噼里啪啦地炸开："我不自爱？我跟贺博简认识6年了……"她转念一想这话跟他说有什么用，于是反问，"我哪里不自爱了？"

程懿："我看到你刚刚摸他的手了。"

苏礼真是服了，手提袋能提的地方不就那么大点儿吗？那也叫摸手？再说了，谁交接袋子的时候会注意这些啊？程懿是个活体杠精吗？

"你活在清朝吗？小学的时候你没跟同伴牵过手吗？"苏礼已经彻底被情绪操控了，趁男人不注意一把握住他的手，"那这样呢？"

她甚至穿过他的指缝，与他十指相扣，将手递到他的眼皮底下："在你的道德观念里我应该脏了是吧？"

程懿霎时顿住，喉结动了动，满眼都是二人十指紧扣的手，看着她纤细的指尖，生平头一次感觉思维有些空白。

怎么会这样？程懿仓促地抽出自己的手，回到座位上拨动换挡杆，修长的手指无意识地相互摩挲着，听到她还在持续高能输出。

"那我去美国跟人来个贴面礼你还得把我浸猪笼呗？好感人哪，你是当代贞节楷模吗？"

程懿竟是一个字也说不出来，半晌后才启动车子，低声道："先去吃饭。"

苏礼自己说了半天，发现车居然开了，转过头一看，他不会是在笑吧？

"你不生气了？你好了？"苏礼看向窗外，感觉有些莫名其妙，"神经病。"

光可鉴人的车窗上映着男人的脸，苏礼合理怀疑他是个顶级受虐狂，因为被自己骂完后，他笑得好像更明显了点儿。

他们进了酒店，前台的工作人员一眼就认出了程懿，甚至不用他开口，就为他们开了一部最边上的专人电梯。

苏礼一点儿都不意外，这就是VVIP（极重要的人）的排面。

用餐前，为了保持卫生，二人来到洗手台前洗手。

程懿洗得随意简单，像是生怕洗掉了什么似的。而苏礼因为摸过猫猫狗狗，又选了宠物笼子，所以清洗得很认真，掌心、手背、指缝、指尖一处都没放过。

当苏礼第二次按下洗手液时，男人终于忍不住开口了。

程懿："你还要洗多干净？"

苏礼揉了揉掌心，道："我一点儿味道都不想留下。"

不管小动物洗澡有多勤也没办法做到一天一次，它们还爱在地上打滚儿，她肯定得好好清洁。

男人站在一旁抄着手看她，只觉自己曾经握过的地方被她尤为大力地清洁着，莫名有种非常不爽的感觉。

一点儿他的味道她都不想留下？

程懿低声道："有必要吗？"

苏礼："当然有必要。"

猫毛吃进嘴里多不卫生啊？

程懿冷笑一声，转身走进包间。

苏礼早已习惯他多变的情绪，因为有点儿饿了，就回到座位上喝了口水。

没一会儿，一行人抵达。苏礼目测有六七个人，其中有她熟悉的面孔，也有她陌生的面孔。

与苏礼见过面的秦洲一下就认出她来，笑着打趣道："啊，程总家的小朋友。"

苏礼觉得自己被侮辱了，但是没有证据。

这句"小朋友"一石激起千层浪，打趣声此起彼伏，一道道目光在苏礼和程懿间来回打转。

"小朋友？哈哈哈，程总还挺会玩儿。"

"程总，什么时候的事啊？"

…………

苏礼根本没有插嘴的机会。

众人好不容易落座，立刻谈起了最要紧的生意，能看出他们的关系很好，也是货真价实的商人。

有人聊到兴起处，顺手点上了烟。

烟雾飘过，苏礼咳嗽了两声。

程懿敲了敲桌子，道："陈谦，把烟熄了。"

陈谦讶异地望向男人，问："今天怎么有这种要求？"下一秒看到苏礼他又反应过来，"哎哟，呛着你家小朋友啦？不好意思，不好意思。"

苏礼发现陈谦将烟熄灭，而准备抽烟的人也都识趣地将烟推回烟盒，改成吃水果了，忽然有种被尊重的感觉。

她问程懿："你为什么不反驳？"

男人淡淡地问道："反驳什么？"

苏礼："他们说我是你……那什么……小朋友。"

"这样他们就会关注你的感受，也会照顾你一些。"程懿道，"对你来说不是什么坏事。"

苏礼："那对你呢？"

程懿似笑非笑地道："你觉得这种司空见惯的事对一个男人能有什么影响？"

果然，对这些坐拥名利和财富的男人来说，无论是暧昧称呼或是桃色传言，都是习以为常的事情。

苏礼忽然觉得很没意思，道："会影响桃花啊。"

从来没接受过桃花的男人道："没事，我不在乎。"

苏礼："我是说影响我的桃花。"

男人用舌尖抵了抵后槽牙，又是那副要笑不笑的模样看着她，半晌后直接起身离开了。

苏礼看着门口，问："这就走了？"

"应该不会，"秦洲说，"Chay 把人带来，就不会自己先走的。"

Chay，程懿的英文名，苏礼在车里的某张名片上见过。

苏礼偏头问："如果我气他了呢？"

"那就不好说了。"秦洲凑了过来，"不过你胆子挺大啊，还敢气程懿？"

秦洲这人确实是个话痨，还没等苏礼开口，就又说："你真不考虑我侄子吗？他长得挺帅的，你要不要先看看照片？"

苏礼这次没开口，因为觉得秦洲还没说完话，自己一张嘴肯定又要被打断。

秦洲真是自来熟到一定程度，将她的停顿读成了别的意思，说道："别害羞，来先看看照片。我给你说，嫁到我们家可好了，我这个叔父也绝对是……"

桌上的人比秦洲还一惊一乍的，这下立刻坐不住了，问："什么？秦洲要当叔父了？"

"那必须喝一杯。"

"喜事啊，走一个！"

苏礼的杯子忽然被斟满白酒，她摆了摆手，那人却道："喝一点儿没……"

这人的话还没说完，苏礼面前的酒杯被人拿走，一罐旺仔牛奶被放到桌面上。

苏礼有些错愕地转过头，对上了程懿的视线。

程懿微抬眼皮，说道："酒我喝，小姑娘喝牛奶就行。"

大家也怔了片刻，有人反应过来之后爆笑出声："我就说你刚刚干吗去了，原来是去拿奶了。"说着那人推了推那个倒酒的人："郑察，你看看你，都怪你点单只让人点酒，不让点别的，程总为了照顾你的情绪还得亲自跑一趟。"

郑察："这么好的喜事不喝点儿酒怎么行？"

苏礼看着这罐旺仔牛奶，对程懿悄声说道："怎么不拿点儿其他饮品？"

程懿蹙眉道："只有这个，你还想喝什么？"

苏礼："喝一点儿酒其实应该也行……"

"嗯，下次再买给你。"程懿说，"这个酒精度数太高了，不行。"

苏礼面向餐盘，打开旺仔牛奶的那一刻忽然醒悟，他们怎么就约好下次了？哪里来的下次？他又趁人不备下套呢？

程懿瞥见近乎被倒满的酒杯，抬头问："你们刚刚说有什么喜事？"

"你还不知道啊？小姑娘要跟秦洲的侄子结婚了。"

何谓"三人成虎""空穴来风"，苏礼现在终于明白了。

"想都别想。"程懿眼风扫过。

苏礼顿觉不妙，感觉自己的风评即将被害。

谁知男人竟诘问秦洲，语气不善："你侄子也配？"

"哈哈哈——程总这真的是养女儿吧？"

"真心话不要讲。"

气氛越来越好，苏礼也借机放松了不少，快至尾声时被程懿带着一个个介绍。

这些人都是大公司的高层领导。

程懿介绍这些人给苏礼认识后，终于接起了振动许久的手机，出门接电话去了。

苏礼转头问秦洲："他出去接人了？"

他接的是那个设计师？

"接谁？"秦洲有点儿奇怪，"人早就齐了啊，不就这么多人吗？"

秦洲想了想又道："你可得好好谢谢他，你知道程懿为了给你组这个局花了多大力气吗？他成天不是打电话就是在打电话的路上。"

苏礼愣怔片刻，疑惑地确认道："给我……组这个局？"

"是啊，你不是学服装设计吗？在坐的人都是服装界的"大拿"，Chay 在给你铺路呢，小姑娘要懂得感恩知道不？人脉多点儿路也好走。"秦洲向外望了望，接着道，"他现在应该是在忙着处理公司的事，毕竟前阵子都在弄这件事。"

苏礼压根儿没料到这场局竟然是程懿为她组的，还以为他满脑子都只有那个新设计师。

后来，饭桌上程懿又替她喝了不少酒。

直到坐上了回程的车，苏礼的大脑还处于空白状态，思绪缠成一团，怎么也理不清，但毋庸置疑的是，她好像从里面发现了一点点惊喜。

车子驶入拐角，苏礼听见了程懿的声音。

"徐昊空怎么样？"

"啊？哪位？"苏礼一下子没对上号。

"泸景宫文创的总监。"程懿说，"如果你觉得上次和他们合作还算愉快，不如加入川程，我们两家后续会一起发力推广产品。"

苏礼迟疑了一下，问："什么……意思？"

程懿目视前方，尽量不让自己表现得太有压迫感从而令她反感，调整到合适的声音，徐徐地道："听老徐说你的衣服卖得很好，刚好我跟他关系不错，如果你愿意留下，我会将你作为重点设计师打造，泸景宫也会投入更多资源。这相当于是两家合作，让你的衣服能被更多的人喜欢。"

这个诱惑对一个设计师来说已经够大，更别说男人又以一种客观的态度补充道："我敢说你去别的任何一家公司，他们都给不出这么顶尖的资源。"

程懿又加了一句："如果你觉得没问题，周末我把合同带给你签，底薪加二八分成，我二你八。"

苏礼假设："如果我不签呢？"

"你不签自然就没这么好的资源了，"程懿笑道，"我是商人，又不是做慈善的。"

苏礼深知很多时候爆款与普通款就只差几个广告和全渠道推送，这是个酒香也怕巷子深的大数据时代，而自己背靠川程这棵大树，的确好乘凉。程懿总结得没错，这已经是她目前能接触到的最好的资源了。

公司当然只会推自家人，而她不签约的话，她后续的资源会落到哪里都还是个谜……她总不可能每次都撞上艺人的热点。如果当季有更重要的新品要推，她势必得让路。但程懿喜欢她的设计，不会让她面临这个困境，况且……知道他为自己组了这个局，她心里多少也有些感动，而这恰恰是动摇一个人最迅速的方式。

所以最后苏礼说："周末你先带上合同吧，我再想想，到时候给你答案。"

午夜 12 点，程懿放在台球桌边的手机亮了，是秦洲发了消息过来。

秦洲："我已经在你出去接电话的时候说局是你组的了，全是按照你划的重点说的，一个不漏，哥们儿没掉链子吧？"

男人俯身挥动长杆击了一球，起身的瞬间，球应声入洞。男人回消息。

程懿："嗯，很有用。"

苏礼回去洗过澡之后，躺在床上敷面膜，点开了和苏见景的聊天儿对话框。

她要怎么直接又委婉地表述才会显得不那么叛逆？她哥前阵子还说结束了校企合作不要再和川程有瓜葛，转眼她就想跟人家签约。

举个栗子："hello（你好），靓仔，吃了吗？"

不够严肃，她将其撤回了。

举个栗子："在下有一事相求。"

不够庄重，她继续撤回。

举个栗子："我还有机会吗？"

不够清楚，她再次撤回。

苏礼揉了揉脸，心一横，直接给苏见景发了语音过去："川程提出要和我签约了，给了难以拒绝的条件，我去签一下应该没事吧？反正两家也没什么血海深仇，我这不算背叛家门吧？应该不算吧？我觉得我们家还挺与人为善的。反正现在我还没对外公开，苏礼这个名字还是有一定自由度的对吧？

"这样，不如我们交给天意。我发一条朋友圈，如果 1 分钟之内有人点赞的话，我就去试试，怎么样？

"你怎么不说话？那你应该是同意了吧？我去发朋友圈了？"

苏礼编辑了一条类似于求签的朋友圈，点击发送，然后刷新，找到自己的那条朋友圈点了个赞，截屏发给了苏见景。

举个栗子："有赞了，谢谢哥哥。"

这种要赖让苏见景被迫同意的方式她已经很久没有用过了。除非是非常想要什么，否则她都不会如此"自导自演"。

苏礼"绑架"完苏见景，心跳得很快，将手机压在胸口上，感觉有些喘不过气来。

周末，程懿提前给苏礼发来了地址，她如约过去。

陶竹是和苏礼一同去的。不过陶竹去了 3 楼买衣服，苏礼则直接走向 1 楼的咖啡厅。

程懿不想把气氛搞得太严肃，那样她会有戒备心，因此选择了气氛相对轻松一点儿的咖啡厅，坐在这里抬头就能看见人来人往的街道。

程懿想，自己只要认真去做一件事情，就鲜少有失手的时候，譬如对面的少女，坐下的第一句话就是："合同给我看一眼吧。"

程懿将合同递过去，发现苏礼其实还是有些犹豫和纠结的，于是搬出自己准备好的说辞："你担心的话，可以先签两个月，如果觉得满意再续长约。就算不满意，两个月一过暑假也才刚结束，你有大把时间寻找新公司。"

人就是这样，在极度挣扎时，只要对方退了一小步，立刻给了自己点头的理由。

苏礼觉得这个提议确实很保险，给了她很多退路，可以说是万无一失，于是拿起笔打开了笔帽。笔尖即将触碰到纸张前，她听到熟悉的声音响起，伴随着一点儿意外及难以置信。

苏见景没想到自己只是路过时多看了一眼，就能发现这种画面——那个在业内号称魔鬼的程懿竟然就坐在他貌美如花的妹妹的对面平静而从容地喝着咖啡，而他的妹妹一副不谙世事的样子。

霎时，苏见景所有的念头都化作一句对她出现在此地的疑惑："苏礼？"

苏礼抬头，有些不爽，明明是光明正大、公事公办的见面，硬是被苏见景叫得像是她和程懿在偷情一样。

苏礼的反应很快，或者说在她发现苏见景一整晚都没有回复自己的消息时就预料到可能有事要发生。

于是她在程懿回头看到苏见景之前，火速起身跑了过去，将苏见景转了个方向。

苏礼四处看了看，很好，没人注意这里。她将苏见景扯到一个没人的小角落里，低声问："你怎么来了？"

他该不会昨晚不回消息就是在憋这个大招儿吧？

"路过。"苏见景表情不爽地看着她，"如果不是我刚好看到，你是不是打算永远不告诉我了？"

苏礼无语了几秒，回道："你但凡看看微信消息也不会这么说。"

"是吗？"苏见景说，"太忙了，没看手机。"

很快，苏见景又找到新的立场："这么重要的事情，你就不会给我打个电话吗？！你以前就连喷死了一只蟑螂都会给我发小论文报告，现在签这么重要的东西都瞒着我了吗？！你让我很失望！"

苏礼无语，心想：您说的那是小学几年级的事了？

她叹了一口气，尽量把她哥多了的毛理顺，徐徐地道："不是什么重要的事，就没和你打电话说。就是程懿希望我留在他的服装部，给我提出了非常诱人的条件，我打算先签两个月的约。反正就两个月，有什么问题我随时可以走人。不过还没签合同，你要是不同意的话，我还能反悔。"

就在苏礼说话时，苏见景已经打开了微信，看完了她昨晚发的消息，最后表情很复杂地开口："你前面撤回的是什么？"

"一些没意义的开场白。"苏礼非常程序化地吹捧着，附送一个营业假笑，"毕竟我的精英哥哥日理万机，我不想耽误您宝贵的时间。"

苏见景："不是别的秘密？"

苏礼奇怪地道："还能有什么秘密？"

苏见景联想到她身前的合同，以及她当时挣扎、犹豫又有点儿向往的表情，难为情地开口道："契约情侣之类的……"

如果说能从天而降一道惊雷，那么苏礼现在已经被劈得稀烂了。她无奈地道："哥，你看的是几年前的'玛丽苏'言情小说？"

苏见景恶狠狠地说："昨晚去旧家收拾你的柜子时看到的，就看了几页。"

苏礼略微沉吟，问："看到司徒狂龙冷帅酷霸跩地给慕容冰璃甩下700万元支票羞辱她那里了？"

苏见景："没，看到慕容冰璃怀孕流产被车撞失忆以为自己喜欢欧阳可修那儿了。"

苏礼想了想，说："那你快看完了。"

"这不重要！"苏见景一张脸瞬间变得通红，"现在的重点是说你，苏礼！"

苏礼："最后她其实没有流产，孩子保住了，却认了黑道端木危做爸爸。"

苏见景神色一变，求证道："真的？那司徒狂龙怎么办？"

苏礼："假的。"

苏见景沉默。

苏礼："这书我都是10年前看的了，已经忘了剧情，但是最后慕容冰璃和司徒狂龙在一起了，你不要担心。"

苏见景更加沉默。

如果不是苏礼已经成年了，苏见景毫不怀疑自己今天能把她揍得脑袋开花。

好在苏礼也及时止住了玩笑，敛去笑意，认真地同他道："如果真的不可以，我不会和川程签约的。"

这回换苏见景沉默了。

她还小，他并不想将那些恩怨讲给她听。她现在该是快意自由的时候，而不应该被束缚和捆绑，况且那些商业上的事也没有必要让她知道，那太复杂。

苏见景想，有的事情可能越规定越容易失误，这点儿小的退让无伤大雅，构不成什么真正的问题，还是她开心最重要。从小到大，她很少真正向他要过什么，也很少发自问自答的微信。一般这样做了，便是她真的很想去做某件事。

苏见景说："没，你签吧。"

苏礼抬头，有点儿惊讶地问："真的假的？"

"如果你真的喜欢，可以签，但是只有这两个月，可以吗？"苏见景问。

如果她能充分利用这两个月，到时候有了一定的知名度和代表作，往后也会顺利不少。

苏礼露出笑容，道："好，那就两个月。"

苏见景揉了揉她的头发，说："两个月一到，你就不许再联络程懿了。"

他们谈话完毕，苏礼回到座位上后，程懿收回视线。

程懿："刚干什么去了？"

苏礼略一停顿，一本正经地回道："陶竹家的司机来了，问我她在哪里。"

程懿像是很感兴趣，道："哦？那她在哪里？"

苏礼："楼上逛街呢，你别关注这些有的没的。"

苏礼一抬头发现苏见景也出来了，赶紧抬手往上一指，说道："3楼呢，按我刚刚告诉你的路线走，别弄错啦。"

程懿没有回头。他当然知道来的人是谁，也在某个瞬间动了不太好的念头，想去听一听他们在说什么，但理智告诉他不能这样做。他需要给苏礼台阶，苏礼才会回报台阶给他。

果然，小姑娘的态度反而更坚定了，她拿起笔唰唰地写了两下，就把合同签好了推给他，并说："两个月，没问题。"

程懿一页一页地认真翻看合同，几分钟后才抬起头道："嗯，毕业之后你就可以正式上班了，这阵子有空也可以过去，川程随时欢迎你。"男人向她伸出手，唇边笑意明显，"合作愉快。"

如果那一瞬间她意识到危险就好了，如果那时候逃，也许还来得及，但没有如果。

苏礼看着他琥珀色的眼睛，极轻地闭了闭眼眸，最终还是将手放进了他的掌心里。

她听见自己回应："嗯，合作愉快。"

苏礼回去之后，最终还是打开了那部电影——就是那天中午陶竹看的，台词影响了她很久的那部电影。

她本能地想要逃避很多东西，然而签了合约，现在也到了不得不面对的时候。

电影的女主角是个厨师，而男主角对食物极为挑剔。她在征服他的味蕾的同时，也在不知不觉中动了真心。

现实生活中有情敌，电影里当然也有。

女二号是男主角中意的另一名厨师。男主角没有陪女主角的时候，就是因为想念而去吃了女二号做的菜。女主角撞见这场景的时候，自尊心受挫，只觉难堪、羞愧与卑微，虚张声势地问他："你怎么能同时喜欢两个人做的菜呢？"

其实她问的并不是菜。或许她自己不知道，男主角也并不明白，但是观众知道。

苏礼将电影停在这一幕上，手指滑到侧边按了息屏，漆黑的屏幕中映出她微微失神的眼。或许当她发现那个所谓的"程懿很喜欢的新设计师"时，也是一模一样的心情。

最开始她以为只是自己的专业能力遭到替代或质疑——这对一个设计师来说本就是难以接受的事情，可直到念头在脑海里盘旋了千万遍，在她睡前、在她打开男人的消息框的时候，都如同咒语般不受控制地回响，除了愤懑，好像还有更多微妙的情绪翻滚、沸腾。

尽管不愿意，但她不得不承认，程懿已经不再是她生活中的路人甲，他经变得特别了。

糟糕。苏礼捂住眼睛，这好像不是什么很好的事情。

而男人好像有所感知，这几天一直不断地发消息刷存在感，搞得她就连好不容易回个家，手机都一直振个不停。

苏礼没有开隐私保护，来的消息都是直接出现在屏幕上的。她去洗手准备吃饭的时候手机还在不停地弹消息，苏见景顺道瞟了一眼，这一瞟不要紧，看到了自己最怕看到的内容。

程懿："上次看你好像很喜欢吃鹅肝，我今天在盛午道发现一家鹅肝做得不错，过两天带你来？"

当信息清晰地呈现在苏见景的眼前时，他感觉一时间重点太多，竟不知道从哪里开始梳理。

"上次"，说明之前他们一起吃过饭，大于等于一次。

"发现"，说明这人时时刻刻挂念着他妹。

"带你来"，说明他们很熟稔，关系大于等于朋友。

苏见景在心里"问候"了程懿千百遍，又竭力稳定着情绪，以确保等会儿不要对着苏礼直接骂出"你让程懿给我滚蛋"这样的话。

苏礼洗完手出来，用纸巾慢吞吞地擦着手，察觉到不对，问："你怎么不吃？"

以前苏见景从来不等她。有时候她磨蹭一会儿，苏见景都能直接吃完。

苏见景："程懿给你发消息了。"

苏礼："噢，他说什么了？"

苏见景见她坦然，说道："说要带你出去吃鹅肝。"

苏礼点了点头，没说什么。

就在苏礼夹了一片里脊肉准备吃时，苏见景再度开口："栗栗，不要和他走得太近。"

苏礼挑眉，调侃道："怎么？他对我有弑兄之仇吗？"

苏见景却没有顺着她的话题调侃，认真地说道："他太聪明了。"

这话苏礼同意，但仍说道："聪明还不好？"

苏见景："作为合作伙伴当然好，他理智、清晰、不会出错，能确保你们永远是获利的那一方，所以我会同意你在他那里工作。但如果掺杂感情，聪明意味着他善于权衡利弊，也意味着他随时可能因为别的事情而放弃你。他可以看透你，你却很难读懂他，你不觉得这样很可怕吗？

"聪明的人从不会放任自己沉溺于某段感情之中，那另一方势必将投入更多感情，也更容易受伤害，我不希望你那样。"

饭桌上忽然有了短暂的沉默。

苏见景叹气道："栗栗，你太单纯了，小孩儿心性，哪里是他的对手？他本就擅长算计，目的性很强，你离得太近难免被波及。除非他愿意为一个人改变，克制自己这么多年的本性，但你觉得这可能吗？只要狼没有收回爪子，就永远是危险的。"

苏礼怎么会不知道，那么骄傲又自我的男人，任何人都改变不了他，除非他心甘情愿改变。

不过她没有像苏见景想的那么长远，只觉得顺其自然，发生也就发生了，不会刻意去阻止。

虽然她并不认为自己会多么投入，权当交个朋友，但哥哥的担心不无道理。

苏见景见她沉默，继续补充道："尤其是……不要喜欢他。"

商场如战场，冷血薄情的男人，哪里会爱人？

排骨擦过碗沿，掉进汤里，溅起小小的却让人无法忽视的水花。

苏礼撇了撇嘴，笑着把筷子塞进苏见景的手里。

"我知道啦，"她说，"你放心吧。"

次日阳光正好，苏礼负责的新品也迎来了通过的好消息。

通过的是线稿，也就是只有线条的初设计稿，接下来她需要寻找合适的布料，再完成效果图。

苏礼在公司坐了一会儿，翻出本子装上，打算出发去面料市场。

组长见她拿起包，转过头道："要去白堰街的布料市场啦？"

"嗯，早点儿去，"苏礼说，"我看离得还有点儿远。"

"让公司的司机送你们吧，我去说一声。"组长略一思索，又道，"干脆楼下实习的那群孩子也跟你一块儿去选选吧，反正车大，都能坐下。"

苏礼点头，反正也不介意这些。

她本以为这些实习生自己都不认识会有些无聊，但等电梯门打开，居然看见了一个熟人。

易柏笑着递过来一瓶矿泉水，说："外面太阳大，学姐带伞了吗？"

苏礼怔了几秒，这才想起他的确说过他们曾经在川程团建的大巴上见过。

大概因为实习和校企合作的业务并不互通，公司每层楼又大且复杂，他们的作息时间不一致，两个人才一直没有在公司碰面。

有个熟人还是要好一点儿，苏礼问："你怎么想到在这儿实习？"

易柏哽了一下，脸颊上又染上了可疑的红晕。他支支吾吾了半天才说："这儿离我家近。"

苏礼低头找伞，错过了他不自然的神情，顺嘴说道："行，早点儿选完你早点儿回家。"

实习的学生挺多，一趟电梯装不下，苏礼就一边搜着导航，一边绕去找另一部电梯。

由于还在看手机，苏礼有些分神，按下电梯按钮后才听到易柏问："学姐，你要坐那部电梯吗？"

苏礼抬头，发现易柏站在20米远的地方对她说："那不是程总的专用电梯吗？这边才是我们平时用的。"

完蛋了。她用力戳了几下想取消按键，结果根本就取消不了，大概没人有胆子大到往这儿绕。

眼见取消不了，苏礼迈步准备离开，心道自己总不会这么倒霉，一按电梯就刚好碰到程懿在里头吧？

嘿，她还真就这么倒霉。

她刚抬腿，电梯门打开。不知道程懿是不是刚好也按了这层，男人没什么意外的表情，甚至身体先于思维拉住她，问："跑什么？"

苏礼："跑酷。"

程懿完全没理会她的胡扯，低声问："去哪儿？"

苏礼也不扭捏，直接道："下楼，我坐那边的电梯就……"

男人不由分说地将她拉进电梯，干脆利落地摁了关门键。

沉木香气扑入鼻腔，苏礼的脑袋撞上了程懿的肩膀，一瞬间，他们的姿势像极了拥抱。

易柏靠近两步，只能看见苏礼被人握住的手腕，暗自皱了皱眉。

电梯内，苏礼深知跟男人是讲不通道理的，便没说话，打算等门一开就加速往外冲。

但程懿在这短短的时间内已经获知了她的去向。

接下来，不过是短短的从17楼到1楼的过程，电梯门硬是开开关关了3次。程懿没什么动作，都是等电梯门到时间后自己关上。问题是中途一个人影都没见，苏礼怀疑是程懿的戏法，但男人又什么都没做。

好不容易出了电梯，苏礼走到门口时，恰巧看到微信群里的消息，偏头难以置信地重复了一遍："车走了？"

"什么车？"程懿状似不解地侧头看过来，然后说，"那你坐我的车？"

苏礼狐疑地问道："你送我过去？"

程懿："嗯，今天有空。"

他这样说，仿佛只是接了个消磨时间的小消遣。苏礼站在原地，目送他走向车库。

程懿将车开出来时，发现苏礼不见了。

查过监控，保安在内线电话中恭敬地回道："她坐一个男生拦的出租车走了。"

苏礼的时间很紧，一下车她就直奔主题，挨个店铺搜寻筛选，拿了不少布料小样，全部分好类夹进了本子里，准备回去再挨个比对和尝试。

她将市场从头逛到尾，不知不觉已落日西沉。

她买了根拉丝芝士棒填肚子，又回到公司，打算今天先确定裤子的布料，这样明天就可以直接订购拿货了。

易柏说自己想熟悉流程锻炼能力，跟着她一起，二人走出电梯还在讨论哪块料子更适合。

"这家的布料颜色饱满，而且舒适度和弹性也很好……"苏礼正说着，无意间和某个人擦肩而过。她将全部的注意力都放在布料上，却蓦地被人握住手臂。

苏礼被吓了一跳，转过头，听见程懿问："怎么没回我的消息？"

"忙着选料去了，"苏礼说，"怎么了？"

"为什么没有等我自己先走了？"程懿问。

苏礼想了想，仿佛不觉得这是问题："我赶时间哪，而且你开车又不是为了送我，少一桩差事还不好？"

程懿只是看着她，未发一言。

"以后就不麻烦程总送我了，现在交通很方便，我也可以和同事交流一下，但还是谢谢啦。"苏礼微微倾了倾身子，然后挥手离开，进了自己的办公间。

程懿站在原地久久未动。

他不清楚两个人的关系怎么忽然就到了需要道谢的地步，如同深海探险，好不容易撬开一个牢固的小蚌壳，但不过晃神的工夫，再看过去，蚌壳又紧闭得没有一丝缝隙了。

他说不清是什么感觉，就如同这些天来他对她的感觉越来越难以用语言形容。他开始关注她的状态、她的境况，乃至微小到一些她自己都不上心的细节。潜意识让他在没来得及反应的瞬间，做了许许多多计划外的反应。

在商场上博弈许久，他知道在什么场合怎么做才是最优解，怎样才能使利益最大化。他对她好，或许只是身体的本能反应？又或者，他只是单纯想这样做，于是便做了？

不过他想来，也该是前者多一点儿。

他独来独往 20 多年，什么时候会关心除自己以外的事情了？

不夜城灯火阑珊，陪他思绪万千。

苏礼倒是在忙碌后睡得不错，早晨一到公司就开始联络合适的店铺进行布料采买。

店铺信息都附在装订小样的纸板上，她直接打电话购买需要的款式和布料米数即可。

由于仓库和店铺不在同一个地方，还需要调货，苏礼下午才能拿到布料。

对桌的同组人员还在钻研配套饰品，下午能抽出时间的也只有苏礼了，取布料的活儿自然归她。

组长反复确认："就你一个人去？你拿得动吗？"

"到时候叫车就行，他们都挺忙的，项链还没设计完。"苏礼道。

组长目露赞许之色。

后来组长吃午饭时不知道怎么和同事夸的她，公司的人都知道苏礼能干，敢于独挑大梁。

苏礼心道这也不是什么了不起的事情，当时泸景宫的布料还不是自己选了很久？

川程后门不远处有一个公交站，5 路电车可以直达布料市场，并且还是 C 城的景点观光车，沿途可以经过很多经典地标，是最近才加的线路。苏礼为了避免在前门等车又遇到程懿，选择了去后门乘电车，打算顺便找个靠窗的座位看看风景。

她虽然平日里见惯也坐惯了豪车，但对这种代步工具并没什么执念，加上从小到大念的学校虽然有名且属于重点学校，但都不是贵族学校，和朋友一起坐公交车出去玩儿也是常有的事。她查过了，这趟电车乘客少，车也新，很适合放松。

但就在她等车的时候，一辆熟悉的跑车停在了她面前。

苏礼觉得自己成长了，以至当发现程懿的脸出现在车窗后时，她的内心已经毫无波澜甚至有点儿想吃烤里脊肉。

程懿："上车。"

苏礼："嗯。"

男人正意外于她今天怎么这么听话，余光便看到她走向后车门，然后……

绕过去上了后面的那辆公交车。

这站只有她上车。上去后她挑了后面第一排的位子坐下，将窗户打开。

车门即将关闭时，脚踏车板的声音响起，苏礼刚把窗户弄好，身旁就坐下一个人。

她转过头看去，与那人四目相对。

所以那辆兰博基尼是被他扔在路边了吗？

程懿面无表情地掸了掸袖口，似是想讨回一个公道："上车？"

苏礼非常坦荡地说道："我的确上了啊。"

只是上的是后面的公交车而已，苏礼琢磨着也没毛病。

男人微哂后便没再说话，苏礼也不再过多询问。

直到公交车停靠下一个站点，眼见车门马上关闭要开走了，苏礼努了努嘴提醒道："你不下去？"

程懿侧过头问："我为什么要下去？"

苏礼："你不开车了？"

"让司机开走了。"程懿眯了眯眼，"今天天气不错，忽然不想开车，看看风景也很好。"

好你个大头鬼。

苏礼把包抱在胸前，本意是闭眼假寐逃避和他对话，谁知被太阳一照，困意袭来，很快就睡着了。

不知道睡了多久，她是忽然被潜意识惊醒的，也不知车是驶入隧道还是天色已晚，映入眼帘的是一片黑暗景象，她的心跳蓦地加速。

她不会是坐过站了吧？

苏礼往旁边一看，没人。

她忽然觉得好像被全世界抛弃和遗忘了，就连像牛皮糖一样的程懿都不在。心脏也像被人泡到海水里，生出许多解读不了的复杂情绪。

几秒后车开出隧道，强光涌入，照亮了站在后门处单手插兜的男人。

头顶有最新的站点信息，而一贯只会低头瞧人的程懿此刻竟抬头看得极为认真，眉心微蹙，大概是不知道手机软件早就能获知信息，还在用最原始的方式替她寻找抵达站。

公交车停下，苏礼还没来得及收回目光，男人转头看向她，笑了一下，伸手道："发什么呆？下车了。"

原来她没有被遗忘。

程懿见苏礼半天没动，声音里好似掺了些笑意："腿麻了？我扶你。"

他靠近几步，将手凑近了些。

男人的手掌宽大干燥，指节修长，蕴藏着力量，就这样递到她身边，如同在悄无声息地蛊惑人，指引着人伸手牵住。

苏礼伸出手，差一点儿就要握上他的手，公交车却在瞬间来了个急刹车。她随着惯性往前倾身，握住了栏杆。

司机急死了，说道："你们到底下不下车？"

苏礼这才反应过来自己刚刚想干什么，耳根蓦地泛起热意，快速跳下了车。

程懿看向空荡荡的掌心，无意识地拢紧握了握，咬着后槽牙瞪了司机一眼，这才跟了下去。

接下来的一路，苏礼都走得很快，像是一停下来就怕自己会瞎想。她全神贯注地寻找着订好布料的店铺，穿行在错综复杂的街巷中，目光都没有偏一下。

他们站在柜台前，老板娘是个40多岁却保养得宜的女人，笑着问道："你是苏礼吧？你的布料已经备好了，在后门库房那边。"

苏礼提前叫好了车，候在仓库旁等待搬运。老板将大批布料扛出后，她在清单上进行核对，顺便在摆放时就将它们分好类。

今天是近日来气温最高的一天，骄阳似火烘烤着地面和车厢。苏礼汗流浃背，热浪却还在持续进行攻击。她感觉眨一下眼，眼睛都疼。

她想找张纸巾，手上的板子却忽然被人取走，转而手里被塞了一个冰激凌。

程懿接过她手里的活儿，神态自然又放松，直接侧头按型号逐个核对，一丝异样表情都瞧不出。

苏礼微怔，就这么看了他一会儿，又垂下头端详那个甜筒冰激凌。高温下冰激凌融化得快，为防止奶油流到手上，她轻轻抿了一口，冰冰凉凉的，奶油味，还挺甜，冰得人通体舒畅，连心尖都在跳舞。

苏礼看似在吃冰激凌，心思却并不在这上面，潜意识操控着她的大脑，让她的目光总是无法控制地飘向另一处。

程懿的车被司机开了过来，就停在旁边。男人真是很浪费，车上没人还要把空调开到最大，车门敞开着，低温的风阵阵吹到苏礼这边，缓解了她的燥热。

程懿把手上的工作忙完，侧过头，像是一切尽在掌控中，徐徐开口："你怎么一直在看我？"

苏礼收回目光，说道："是你的错觉，我的美瞳滑片了。"

苏礼后来是坐程懿的车离开的，完全忘了什么沿途看风景的想法。回到公司后她又在工位上工作了几个小时，然后打卡下班。

苏礼一到宿舍就扑到床上，用被子蒙住头，一动不动地开始躺尸。

陶竹以为她睡着了，干什么都轻手轻脚的，直到做完了一份新的简历，看着电脑右上角的时间情不自禁地嘟囔了一句："快7点了啊，该吃晚饭了。"

被子下露出一颗脑袋，紧接着是两只白皙的胳膊，苏礼靠着墙坐起，将腿微微屈起，下巴搁在腿上。

陶竹看了一会儿，问她："你没睡着啊？"

苏礼回道："嗯……"

"那起来吧，"陶竹拽她，"一起出去吃饭。"

就在苏礼机械地叠好被子准备下床时，忽然传来陶竹的尖叫声。

陶竹："你有10万粉丝了！"

苏礼想了一会儿，说道："上周不是才9万多吗？我以为下个月才能到10万呢。"

"你对自己的吸粉能力是不是有什么误解？你这粉丝活跃度也超高的好不好？"陶竹兴奋得就差拿个萨克斯管放她耳边吹了，"我也是认识有10万粉丝的大大的小竹了。"

"这才哪儿到哪儿。"苏礼爬上床，"10万粉丝就让你兴奋成这样？"

"还是我们'口大'见过世面，对10万粉丝眼睛都不眨一下。"陶竹搭上她的肩膀，"那百万呢？百万粉丝能博您一笑吗？"

"那你等有百万粉丝后再说，"苏礼把陶竹的胳膊拿下来，转身坐在了电脑跟前，"这次的奖抽什么好呢？"

"现金吧，你也没时间挑礼物了。抽个现金奖励意思一下就行了，我看好多博主都这样，"陶竹摸了摸下巴，"你觉得呢？"

苏礼："可以，那就抽1000块钱现金吧。"

苏礼说干就干，手指飞快地在键盘上敲着，动作一气呵成。陶竹起先还在欣赏她的干净利落，后面渐渐感觉到是不是哪里不太对？

果然，苏礼略带迷茫的声音传来："嗯？多打了两个0。"

"你赶紧取消，现在撤回应该还来得及。"陶竹赶紧建议。

"算了，就这样吧。"苏礼揉了揉脖子，平静地道，"去吃饭吧，吃串串还是日料？"

陶竹："……"

等她们吃完饭回来，那条抽奖微博已经被转发得飞起。苏礼本打算只在粉丝范围内抽一下，结果100个千元中奖名额很快就出了圈，转发已经破万了。

苏礼再次深深地懊悔自己当年随手起的小号名。

第二天苏礼是掐着点起来的。

陶竹在化妆，看了看她眼下的微青痕迹，开口问："你昨晚没睡好？"

苏礼摇头，回道："也不是。"

"反正昨天听到你一直翻身了。"陶竹没在这个话题上多纠结，点了点手机屏幕，"7点了，你还不赶快去上班？"

苏礼咬着下唇哼唧道："晚点儿吧，等会儿再去。"

"上班不积极，思想有问题。"陶竹腾的一下站起来，"这种话怎么可能从你嘴里说出来？你恨不得25个小时都住在制衣厂里。"

苏礼沉默了一会儿，回道："那倒也没有。"

"干吗啊？"陶竹撑着脸，"工作出现了问题？"

苏礼说："挺顺利的。"

陶竹："是工资给得很低？"

苏礼："市场价的3倍。"

陶竹："同事太'极品'？"

苏礼："关系和谐。"

陶竹努了努嘴，道："那就是有不想见的人。"

苏礼摇了摇头，道："别问了。"

她正想着如何绕开这个话题，陶竹却已经被手机上的消息抓走了注意力。房间内沉默片刻，忽然传出陶竹的尖叫声："《巅峰衣橱》关注你了啊？！"

苏礼的第一反应是陶竹眼花了："你是不是看错了？上面有好几栏，你把推荐你关注的账号看成它关注的了吧？"

"没看错。"陶竹刷新了几遍，把手机递到苏礼的眼皮底下，"你的粉丝列表里也有《巅峰衣橱》的账号，好像就昨晚关注的。"

苏礼："哦，那可能是官方微博也想抽奖了吧。"

陶竹："万一他们是要请你去参加节目呢？你这好歹也是个后起之秀的美学博主，还是给泸景宫搞设计的，去他们的节目是他们的荣幸。"

"想合作的话他们应该会给我发私信，"苏礼像是想到什么，笑了笑，"要真是这样，可太有意思了。"

苏礼最后还是按时到了公司，但几乎是掐点到的，只是没想到这样也能撞见程懿。他居然还坐在 1 楼喝咖啡。

苏礼甚至想试试下次晚上 10 点来，看他是不是还坐在这里喝美式然后直接失眠到天亮。

这么一想，她还真有点儿想试试。

这样想着她直接走进了电梯。电梯门即将合上的那一瞬，又被人从外面按开。

程懿走了进来，没有按楼层。

苏礼以为程懿要跟着自己，但出于某种心理没吱声。等她在工作间裁布缝珠忙活了好一阵后，才发现身后没人。他是来过又走了，还是根本就没来？

苏礼是个对数字很敏感的人，因此清楚地记得在后来的 3 个小时里，自己回头看了 5 次。

一个人走进你的生活是件很可怕的事，因为不管你喜不喜欢，在他忽然不再出现时，你都会觉得不习惯。

苏礼舔了舔唇，干脆直接把门锁了起来，又打开音乐掩盖所有细微的声响，这才投入工作中。

人忙起来时间总是过得特别快，夕阳西下，红霞晕染了天边。

苏礼正在改袖口，打算做完这个就出去活动一下，结果刚结束最后一针，就听见了熟悉的男声。

"用眼太久不好，起来休息一下。"

苏礼惊了一下，蓦地回过身问："你怎么进来的？我锁门了啊。"

程懿像是在笑，回道："你难道觉得川程有我拿不到的钥匙？"

苏礼有些无语，放下手中的针线，拧开水瓶喝了几口水，又听到他问："你们周三是不是举行毕业典礼？"

这人消息还挺灵通。

"你要来？"苏礼试探地道，"我那天很忙，要发言还要帮老师整理资料。"

"我又没说要去看你，"程懿慢条斯理地道，"你紧张什么？"

苏礼不吭声了。

程懿："不过我的确是去看你。"

苏礼依旧不吭声。

程懿："你想要什么毕业礼物？"

苏礼气上心头，道："想要你别来。"

程懿掸了掸衣摆，道："那这个我做不到。"

"那就一头闪电野猪或者会跳舞的扫帚吧，"苏礼说，"程总这么信誓旦旦地要送礼物，带不来我想要的东西应该不好意思来参加我的毕业典礼吧？"

程懿瞧着她好半天没吱声，最后露出一个意味不明的笑容。

苏礼想这个笑容应该是有些愉悦的，因此越发心悸，像揣了一只装在瓶子里的兔子，唯恐下一秒瓶盖被人打开，兔子跳出来。

周三那天，毕业典礼如期举行。

全校学生都起了个大早，苏礼换好学士服，作为优秀毕业生发言、合照，并收到一些学弟、学妹送来的花。

今天苏见景也会来，给她送束花就走。

学校还会发定制钢笔和写有他们的名字的可乐作为毕业礼物。他们按班的顺序领东西，快到苏礼时，老师又把她留下说了一会儿话。

阳光刺眼，反射在老师的衣服上的某处亮片上，苏礼抬眼就会被闪到，但不看老师又不太尊重，只能眯着眼。

苏礼一错神，发现程懿就在不远处站着，怀里还抱着捧花。她赶紧垂下头。

四下传来议论声。

"那是程懿吗？他今天来看谁啊？"

"他有妹妹在这边？"

"那个角度，他是不是在等苏礼？"

………………

老师终于结束了以称赞和喜爱为主题的对话，最后以几句未来可期的感慨作为结尾，这才被别的老师叫走。

程懿朝苏礼走近，将怀中的雪山玫瑰递到她面前，语带笑意地说："毕业快乐。"

苏礼微眯起眼，皱起眉，又听见男人说："现在，能接受我的花了吗？"

白色玫瑰被修剪成一个弧形，还夹着几枝粉色的蓓蕾，新鲜得像是刚刚采摘的，她甚至能闻到淡淡的香味。

苏礼抬手接过花，道："这不是我想要的东西。"

想到她当时的言辞，程懿道："这已经是我唯一能想到的办法了。"

男人倾身道："你把它放在床头，别说会跳舞的扫把了，今晚什么都能梦到。"

苏礼正要说话，人群后忽然出现一张熟悉的面孔，她手中的花立刻变得烫手万分。她马上在身后找到陶竹，做贼般将花塞到好友的怀里："帮我拿一下。"

陶竹目送她离开，不知道她是去找谁，小声嘀咕："你又不是偷偷摸摸地在贩毒，干吗收个花还要让我拿？"

苏礼跑到苏见景面前，这里大家都在拍照，几乎没人注意树下，更何况绿荫还把苏见景的脸挡住了。

苏见景欲言又止，但念在这是她的毕业典礼，还是没点破，只是捏了捏她的肩膀，意味深长地道："毕业了啊。恭喜你从一个女大学生变成了社会人。"

苏礼有些无语："不会说话建议你把嘴巴封上，还能站在这儿心平气和地跟你沟通是你妹妹最后的温柔。"

苏见景笑起来，然后说："你要能一直这么高兴就好了。"

苏礼抖了抖身上的鸡皮疙瘩，表情复杂地道："你干吗突然煽情？好吓人。"她又斟酌着踩上他的命门，"你什么时候结婚？你结婚咱们全家都高兴，爸在群里催好多次了。"

苏见景立刻背对着她挥了挥手，消失在人群中。

苏礼觉得如果有一天比赛的主题是赶走亲哥，自己肯定能得第一名。

礼堂门口依然热闹，苏礼回去找到陶竹，从她手上接过那捧花，下意识地回头，问："都走了吗？"

"谁？"陶竹也随着她看了一圈，"啊，我们班的人都走得差不多了，我们也走呗？"

听完陶竹的回答，苏礼才意识到自己想问的并不是这个，但还是没说什么，跟着陶竹一起回了宿舍。

明天她们就要搬去新房了，那是一个双层小复式套房，地理位置也不错，趴在阳台上就能一览梨西江的夜景。

新房离公司比学校过去要近一些，她每天早上能多睡 20 分钟。

苏礼一边收拾着明天要带走的东西，一边回复着手机上的各种祝福消息，手一滑，发现自己被拉进了一个新群。

这应该是川程服装部的大群，校企合作马上就结束了，接下来她要投入新款设计之中，加个群也方便交流。

但就在她进群的提示底下，紧跟了一条："'孙纶'邀请'程懿'加入了群聊。"

程懿也来了？

苏礼有点儿奇怪，但好像又不怎么意外。

群里正在进行"新人欢迎仪式"，大家打完招呼又开始手贱地到处"拍一拍"，充分使用了微信这个没什么用的新功能。

结果有人手滑，拍到了"老虎"屁股，一连串和谐的互动中，忽然冒出了让人精神抖擞的一句："'谭候'拍了拍'程懿'"。

群里瞬间安静下来，如同卡带，让画面尴尬地停在了这里。

手滑的谭候不敢说话，独自瑟瑟发抖。

最后终于有人打破僵局，正是程懿本尊。

程懿："群主转给我。"

不知道他是在跟谁说话，但老板的每句话都很有分量，群主很快易人。

下一秒，一行小字浮现在屏幕最下方："'谭候'已被'程懿'移出群聊。"

苏礼一面觉得无语，一面又觉得实在好笑，嘴角轻抖，看得陶竹都不禁凑过来问："你看啥有意思的东西呢？"

"没什么。"苏礼的第一反应是躲，她仓促地把手机搁到了桌子上，结果手指没跟脑子商量好，慌乱中戳了两下屏幕，手机振动了一下。

完了！苏礼闭了闭眼，发现群里的"翻车"发言果然增加了。

"'我'拍了拍'程懿'"。

人家上一秒才杀鸡儆猴，她下一秒就嚣张过境，间隔甚至不到 30 秒。嗯，下一个在众目睽睽之下被踢出群的就是她了。

苏礼感觉多少有些掉底子，正琢磨着要不自己先退群算了，结果手机又振了一下。

她垂眸，微信显示："'程懿'"拍了拍"'我'"。

这个提示来得实在太惊心动魄，苏礼有些失语，盯着提示看了好久。

宿舍门被人从外面敲响，有声音传来："陶竹快出来！"

陶竹回道："来了。"

苏礼："你干吗去？"

"他们班新买了个好玩儿的东西，让我过去试试。"陶竹美滋滋地绑起头发，"门不锁啊，我等会儿就回。"

苏礼："嗯。"

陶竹走后，房间重新变得安静，苏礼就这么坐在椅子上，手机显示着微信的群聊界面。

走廊里断断续续地传来爆笑声，大概是某些人太过欢乐了。

苏礼开始发呆。

最后是宿舍门被撞开的声音将她拉回了现实。

陶竹迈着小碎步回来，说道："真是太刺激了。"

"什么东西？"苏礼转头看向陶竹。

"你先别管，手伸进去再说，这个贼好玩儿。"陶竹递给她一个黑色箱子，又推过来一沓牌，催促道，"快啊。"

苏礼："不会是恐怖箱吧？"

"不是，没那么无聊，一个恐怖箱只能玩儿一次好不好？"陶竹掀开帘布，把苏礼的手拽了过去，"没危险，赶紧伸进去扒牢。"

苏礼探入手指，发现里面这个东西冰冰凉凉的，还有凹凸嘴，刚好能把五根手指全部固定好。

苏礼："然后呢？"

陶竹正要摊开那些牌一展身手，发现她桌上的东西太多有些施展不开，于是把那捧雪山玫瑰直接就给推到了地上。

苏礼："哎……"

苏礼话未说完，陶竹的思路蓦地拐了个弯，嘴角的笑意也逐渐扩大，她两手掐腰地问道："这花是谁送的？"

苏礼感觉箱子里面的东西合拢了，任她如何挣扎也抽不出手，稍一分神，就没空再和陶竹周旋："程……程懿啊。"

"哦，程懿……"陶竹复述得抑扬顿挫语调悠长，忽然探过头来，"手机上也是程懿，这儿也是程懿，不是我说，栗栗，你不觉得你最近不太对劲吗？"

苏礼偏过头，掩饰道："你别瞎猜。"

"瞎猜？我瞎猜啥了？我一句话都没说呢。"陶竹跟苏礼相处这么久，早就把她摸得透透的了，此刻摸着下巴道，"你知道你这叫什么吗？心虚，特虚。就跟刚开始玩儿狼人杀，首把摸到狼人，一开口你就慌忙澄清'我绝对不是狼'一模一样，但是熟悉你的人，一听语气就听出来了。"

苏礼不吭声。

"我家栗栗的桃花开啦？"陶竹接着问，"你喜欢程懿吧？是不是？"

陶竹语不惊人死不休，就像要把她逼到绝路一样。

有哪里传来警报声，苏礼疑心是自己的大脑，但又确信自己的听觉没问题。她不去看陶竹，只是装作一心一意地和这个大箱子做斗争。

苏礼摇头否认："没。"

她感觉手上忽然酥麻了一下，吓得尖叫出声。

"测谎仪电你了吧？"陶竹满脸看热闹的表情，"本来还打算让你抽牌，没想到不借助外部工具也可以啊。"

苏礼沉默。

"都这样了你还不认？"陶竹遗憾地道，"你都知道自己在说谎了。"

费了好大力气，苏礼终于从箱子中抽出手，握了握被勒得发红的手指，垂眸道："这东西坏了。"

陶竹罕见地没再纠结刚刚那个问题，自己把手伸了进去，看着苏礼深情款款地道："苏礼是智障。"

箱子并未报警，红灯也没亮。

陶竹笑得得意，说道："没坏啊。你看，说实话就不电我。"

苏礼越过桌子去勒她，陶竹猝不及防地被锁喉，笑倒在床上。苏礼用被子把她裹成蚕蛹，又被人反压在枕头上。二人闹了好半天，最后双双失力瘫倒在床上。

苏礼平躺成大字形，胸膛上下起伏，面色微红。

室内安静了很久，这种喧闹过后的安静很容易让人进入"贤者时间"。苏礼的思绪空白许久，她忽然开口道："我觉得应该是我太久没见过男的了。"

陶竹："啥？"

"就是因为我太久没见过帅哥了，所以遇到一个虽然好像蔫儿坏，但外部条件又挺不错的男的，就……"苏礼伸出食指和拇指，比出一个非常小的距离，"就动了那么一点点凡心。"

说完，她又自我认同道："嗯，就是这样。"

陶竹半天才反应过来："哦，你说程懿啊。"她又转头用目光将苏礼锁死，"你刚刚不是还说你不喜欢他吗？"

"家里人不同意。"苏礼捂住脸，"而且我自己也觉得很离谱。"

年龄是问题之一，但她不是很在乎年龄的人。最主要的是，她知道程懿并非什么好人，更没抱什么他会为自己改变的想法。

她能看出来他不真诚，却又控制不住地一步步往里陷，当理智被蚕食殆尽，也许明知道是旋涡也会奋不顾身地往里跳。

她很久之前就想过，经历了一个贺博简，她的下一段感情必然是用来疗伤的，对方是真挚、干净的，捧给她全部赤诚的爱，不会让她犹疑、纠结、患得患失，总而言之不会是程懿，也不可能是程懿。但从获知那个所谓的他器重的设计师是她开始，她的情感就已经开始偏离轨道了。

她拼命告诉自己不要多想，认为只要不想自己就不会对他有感觉。哪怕在电影里听到了那么醍醐灌顶的台词，她也装作什么都没发生地投入工作，以为只要自欺欺人地蒙上眼睛，大脑就无法解读心传递的信息。

但她越来越无法忽视自己的感情。就像被压在巨石下的野草总会突然找到路径开始疯长，公交车上剧烈的心跳提醒她，她已经到了瞒也瞒不住的时候，瞒不住自己，也瞒不住别人。程懿也发现了，她知道。她嘴硬时眼神飘忽，他只消看一眼，就能全部读懂她的情绪。

为什么看到苏见景时她会藏起程懿送的花？陶竹说得对，她就是心虚。她若是坦荡，男人就算送钻戒她也能若无其事问心无愧，提起来时说一句"莫名其妙"就好了，有什么难的？

就在这时，陶竹忽然从床上弹了起来，道："我觉得你讲得也有道理，可能你就是跟男的接触太少了，才导致没什么抵抗力。我们学校的帅哥的确是稀缺资源，偶尔有那么一两个吧，还挺渣，换女朋友比换皮肤还勤。你也别摆出一副如临大敌的样子，刚下山的小和尚不就是容易被妖怪勾走嘛。"陶竹拍手，"这样吧，我带你出去见见世面。"

苏礼："见世面？怎么见？"

陶竹："后天 Faith 男团在隔壁市开演唱会，我大伯就是他们公司的股东，我让他给我弄两张第一排的票，顺便带你去后台见见帅哥。怎么样？近距离接触帅哥啊。"陶竹摇晃着苏礼的胳膊，"我不管，你必须去！"

/第五章/

雪山繁星

陶竹是个妥妥的行动派。第二天搬完家，还没来得及见新室友一面，苏礼就被她拖去了机场，连夜赶往隔壁市。

她们到酒店时已经是晚上 11 点多。

陶竹冷酷无情地没收了苏礼的手机，丢下一张面膜，道："你不许玩儿手机了，立刻洗澡、护肤、睡觉，用最好的状态去见明天的帅哥。"

Faith 的演唱会晚上 8 点开始，但苏礼刚吃完午饭就被陶竹带出了酒店，赶往体育场。

"你懂什么？弟弟们一大早就开始准备了，我们应该早一点儿去送温暖。"陶竹振振有词地说。

结果她们还没到休息室门口，就看到门被推开，一丝光亮透了出来。

陶竹正要抬手打招呼，门忽然又砰的一声关上了，激昂的女声穿透木门直直地刺向她们的耳膜。

"去哪儿？又去哪儿？不好好休息你们怎么成天想着乱跑？

"你们是练舞还不够累吗？你们这帮小崽子怎么成天有用不完的精力？

"亲戚？什么亲戚？谁啊？陶家的？陶家的又怎样？现在就是天王老子来了都不管用，你们从昨天练到凌晨 3 点现在还不睡，等着在舞台上翻车啊？！

"哪儿都不许去，都给我休息！

"我就守在这儿！甭说你们别出去了，就是王母娘娘我也不会让她进来！"

经纪人的咆哮声让苏礼觉察到了不妙。

苏礼低声建议："要不我们还是就好好看演唱会吧。"

扼不扼杀爱意倒不要紧，最重要的是她要活着回去。

陶竹却是个迎难而上的勇士，真正的勇士敢于直面淋漓的鲜血，于是不顾苏礼的建议，抬手敲了敲门。

苏礼闭上眼，想着她们等一下的死法。

里面暴怒的声音果然停止了，紧接着是风雨将至前的宁静，短暂的几秒过后，门被拉开。

苏礼觉得输什么都不能输气势，就算要做鬼，也要做最酷的那一个，于是英勇无畏地抬起头，和 Faith 的经纪人的目光撞上。

苏礼清楚地看到经纪人眼里的火一点点熄灭，从不耐烦变成了惊讶。

Faith 的经纪人万霜愣了一下，问苏礼："你是天橙娱乐的吗？"

万霜心道，前几天天橙娱乐的确透露要送个女艺人来炒炒 CP（couple，人物配对）的想法，彼时她的态度不置可否，只想着见了真人再说，还得看看对方有没有样貌和底子，不是谁都能和她的未来巨星炒 CP 的。但如果是面前这个人，她觉得倒也不错。

苏礼反应了一会儿，才意识到她在和自己说话，于是回道："我吗？什么娱乐？"

万霜有些失望，道："不是吗？"

"不是，只是来陪朋友……逛逛的。"

"哦，"万霜一改之前的态度，笑得明媚动人，转向一旁的陶竹问："你是陶松的侄女吧？"

饶是陶竹也被这反差弄得踟蹰了一会儿，半天才道："对的，您看他们要是不方便，我们晚上就看演唱会也是可以……"

陶竹还没说完，万霜打断了她的话，"呵呵"笑了两声，道："没事的，他们有的是精力，你们进去一起玩儿吧，不然多无聊？"

你刚刚在屋里可不是这样说的。

两个人就这么提心吊胆地走了进去，见这个团的 6 个人正或坐或站地围着沙发。

成员们都没想到她们真的能进来，对上视线的瞬间，有些尴尬。

大家互不相识，又没人暖场，开场白怎么讲似乎都有些生硬。

最终最小的团员起身说道："啊，姐姐们坐这里吧。"他又急忙撺掇几个横在沙发上打游戏的队友："你们赶紧起来啊。"

陶竹挑了边上的位子坐下，又把苏礼拉到自己身边，这才找到状态，抬头跟他们说："你们也坐吧，没事，我们俩占不了多大地方。"

18 岁的少年，要融入其实很简单，没一会儿陶竹就凭借游戏的皮肤成功加入他们，甚至跟他们打起了游戏。

队伍里的几个人都是游戏大佬，苏礼几乎是躺赢，有时候还能发发呆聊聊天儿，欣赏一下明星们的化妆台。

就在苏礼分析着自己和明星有多少同款物品的时候，万霜却忽然拉了把凳子坐到了她旁边。

经纪人的职业眼光像个安检扫描仪，把苏礼从头发丝到脚尖都仔仔细细地分析了一遍。

苏礼很少接收到这样的目光，被看得有点儿发怵。

就在游戏胜利的瞬间，万霜终于开口了，也不知道是感慨还是建议，或者是感慨加建议："你这底子……要不你签到我们公司让你和辰辰炒 CP 吧？"

闻辰，Faith 团内的 ACE（王牌）成员，经纪人平日里不舍得让任何人染指的王牌。

平地起惊雷，经纪人一开口就是重磅炸弹，休息室里瞬间安静下来，主要是大家都被炸蒙了。

直到闻辰自己开口，发了个气音："嗯。"

苏礼头顶冒出一个问号：嗯？还能这样？

她们最后从休息室离开时，苏礼有种幸而顺利度劫的感觉。

偏偏陶竹还不怕死地凑过来问："怎么样？"

"你疯了啊？你想我被粉丝撕碎就直说。"苏礼压根儿没考虑过这种事。

陶竹碎碎念道："哎，他们现在没那么红，炒一下 CP 不会被骂死啦……"

苏礼扯出一个笑容，转头看着她，道："那你去？"

"只要钱给够了，我没什么不可以的。"陶竹吸了吸鼻子，立刻被别的东西转走注意力，"什么啊这么香？"

"那边的重庆小面，吃吗？"苏礼问。

陶竹的声音提高了3个度："吃！"

就这样，闻辰的话题终止，二人很有默契地奔向晚餐进食点。

晚上她们入场去看演唱会，是刚好的氛围，粉丝不会太多也不会过少，座位间留有空隙，应援起来气势上也不输，苏礼挺喜欢。

这次的演唱会不像苏礼之前看过某顶流明星的演唱会，那次真是座无虚席，密麻麻一片全是灯海，和朋友说话都听不清，出去后交通还堵了。

她们入场时领了应援棒，打开来是金色的灯，据粉丝说是因为打开显得贵气。偶尔展目后望的瞬间，苏礼会以为自己掉到了金子堆里。

但不管怎么说，今晚确实是场视觉盛宴，团员们还找机会跟粉丝握手，互动感很好。

演唱会结束后苏礼走出场馆，听见陶竹说："怎么样？是不是今晚一过，觉得程懿也就那样？"

顿了顿陶竹又道："不过程总比他们都会赚钱呢……"发现自己偏离了目标，陶竹立刻改口，"总之你多看点儿娱乐圈帅哥，审美要求就提上去了。"

天气有些闷，苏礼仰起头看着云层，说道："是不是要下雨了？"

"好像是，"陶竹说，"你看看天气预报呗。"

苏礼打开手机，有一瞬间居然忘了播报天气的 App 在哪里，于是就很自然地想到，前阵子每逢雨天，程懿都会给她发消息，没发消息的话就会亲自来接她。

他真是无孔不入地渗透她的生活。

苏礼自嘲地笑了笑。

天气预报上显示晚上 11 点有雨，实际延迟了 20 分钟，她们到酒店后大雨才开始下。

苏礼洗完澡后躺在床上，百无聊赖地看了一会儿电视，又关掉，翻出手机。手机显示 C 市今天也有雨。

苏礼点进和程懿的对话框，他今天什么消息都没发。

苏礼心头倏地一跳，发现自己居然在等他的消息，于是立刻删除了自己和他的对话框，断掉念头，火速翻身睡觉。

浴室里的陶竹边洗澡边放歌，一盏暖黄色的灯像谁洞悉一切的眼睛。

午夜 12 点，程懿半倚在皮质沙发里，轻晃手中的酒杯，冰块儿撞到杯壁上，发出珠玉落盘般的声响。

"你看手机很久了。"陈夜淮问，"在等什么？"

程懿笑得意味不明，回道："猎物。"

陈夜淮微微蹙眉，听到程懿继续说："欲擒故纵，应该不难理解。"

每天给她发消息的频率一旦让她习惯，那么当他停下来时，对方就会产生不适的感觉。这种伴随着社交软件产生的下意识反应如影随形，能让她不断地想他，以及考虑这段感情。

她的心动已经有预兆，接下来，就是她对他坦白了。

这几天他要做的就是等，等苏礼按捺不住地主动给他发消息。

见程懿的手机屏幕亮了，陈夜淮说："嗯，苏礼给你发消息了。"

果不其然。

男人缓缓勾起嘴角，胜券在握地拿起手机，下一秒，看清屏幕上的内容后，男人嘴角的笑意蓦然僵住，全世界都安静了。

举个栗子："[链接] 跟我一起登录星烁 App，为高人气男团 Faith 畅快点赞吧！"

苏礼发完那条点赞链接就后悔了。

大概深夜就是容易让感情占据主导，而理智消失的时刻，看到陶竹发来的点赞转发，她竟鬼使神差地发给了程懿。

她明明想找他，但又想要体面，于是手指在第一时间选择了这种迂回的方式，保全了骄傲和尊严，绝不容许自己先坦白喜欢。

他不是话多嘛，随便回个问号也能自己找话题先聊起来吧？！

但出乎苏礼的意料，程懿并没有回消息，不知道是不是睡着了。

过了很久之后，陶竹熄灯，苏礼又给程懿发了一条信息。

举个栗子："发错了。"

另一边的包间内，霍为笑得前仰后合："哈哈哈——嫂子居然说她发错了，这玩意儿也能发错？

"不对，发错了她也是在给别的男人点赞啊，这到底是个啥？啊，原来是顶小绿帽！"

霍为幸灾乐祸。

霍为的笑声还没来得及收住，面前杯子里的酒忽然被人全部倒掉。

霍为："啊？"

程懿站起身，拿起桌边的表扣着表带戴上，神情漠然地道："家里是不是把你的信用卡停了？"

霍为一下没反应过来，说道："对啊，怎么了？"

"今天上午的那套别墅、昨天刚买的车、大前天包场的聚会，"男人慢条斯理地道，"我全都不请。今晚之前把钱转给我，否则税率为50%。"

霍为用眼神打出一个迷茫的问号：你放高利贷呢？

男人走到门口，转身继续道："雪茄也不要抽了。"

最后，霍为用"资助超过2分钟不能撤回"为由苦苦哀求男人良久，却还是没得到一丝一毫的心软回应。

霍为对着外面的大雨发誓，这辈子自己绝对不再乱说话了。

次日上午，闹钟在10点才响起，但苏礼和陶竹都没睡得太好。

演唱会的音乐声太大，咚咚咚地撼人心房，身心迟迟无法平静，她们聊到凌晨三四点才有了点儿困意。

"没事，飞机上还能再睡一会儿。"陶竹说，"走吧，赶下午的飞机去。"

午餐、安检、登机、起飞、降落，这么一套流程下来，她们到新家时已经是傍晚了。

两个人拖着小箱子走到门口，苏礼刚打开门，看到的就是一个粉色的爆炸头，以及眼线能扬到太阳穴的烟熏妆。

"噢，new friends（新朋友）！"

苏礼愣住。

"粉色爆炸头"伸出手，毫不怯场地来了段堪比饶舌的自我介绍："你好，我的name（名字）是吕怡然，……boyfriend（男朋友）谈了3年，你有什么情感上的problem（问题）可以随时来问我。"

对面的人太认真，以至苏礼分不清她到底是在搞笑还是真的在做自我介绍。

苏礼被这中英掺杂的表达方式弄蒙了几秒，放下箱子，伸出手说："你好，苏礼。"

除了一口煎饼味英语的吕怡然，她们还有个室友叫郭丁兰。相较起来，郭丁兰就要安静很多，戴一副圆形的黑框眼镜，头发总是扎在脑后。

不管怎样，这兵荒马乱的一天终于结束，在和室友相互认识之后，苏礼就回房间了。

苏礼和陶竹住一个套间。

见她躺在床上玩儿手机，陶竹也倒在她旁边，说："我怎么觉得这合租生活有点儿让人担惊受怕呢？"

苏礼笑，朝她挑了挑眉，道："这可是你自己选的。"

"我只选了房子外加知道有两个室友，其他的哪里清楚？"陶竹把手垫在脑后，"算了，既来之则安之，你……"

陶竹的话还没说完，苏礼在闲聊中随意滑着手机读消息，忽然冒出一声鼻音："嗯？"

"怎么了？"陶竹问。

苏礼确认后蓦地从床上坐起，难以置信地道："《巅峰衣橱》真给我发私信了？"

陶竹瞬间趴过来，说："快给我看看。"

"亲爱的'再让我吃两口'大大您好，这边是《巅峰衣橱》节目组。我们是集设计师、明星、网红于一体的竞技类真人秀，了解到您之前为泸景宫做的设计，觉得很适合我们节目组对新锐设计师的定位，真诚地寻求与您的合作，不知您是否有档期参与我们节目的录制呢？条件都能详谈，希望您能够同意。"

看完这条合作私信，两个人四目相对，互望了很久。

"他们恐怕不知道你就是苏礼吧？"陶竹灵光一现，说道，"这还不简单？你就说想要你参加，他们就要把单笛踢掉……"

苏礼打断她的话："那多没意思？"对上陶竹愣怔的目光，苏礼轻笑道，"我和单笛正面拼一拼，岂不是更好？"

苏礼按照那边来的联络方式添加了对方为好友，以便进一步详聊。

淡淡的雏菊香在房间里弥漫，苏礼将被子拉过肩膀，轻轻闭上眼睛。单笛以为把她推入了绝境，殊不知柳暗花明，变相地为她打开了新的广阔天地。

校企合作正式结束，苏礼那组最终留下了两件衣服——一件针织外套和一条牛仔连衣裙。

今天是苏礼作为川程员工正式上班的第一天。资本家的公司从来不会仁慈，第一天她就接到了新的任务——给某个酒店定做 10 套适合拍照的衣服。

酒店是五星级的，就开在雪山上的一个小村落里，离国内外闻名的玉章雪山很近，故而吃了景点酒店的红利，入住的游客不少，也算当地的特色。

既然是景点酒店，势必要提供很多能留念的活动和服务。酒店本身就修葺得如同景点，以花圃划分区域，每栋楼房只有两层高，楼下还有草坪和吊椅，入口处养着肥肥的锦鲤，水波清澈。酒店开发了拍照服务，有很多游客会在大厅外的楼阁亭榭处拍照，但不是所有的衣服都上镜。

为了进一步开发商业价值，俗称为了赚钱，老板决定定制一批专门用来拍照的衣服，到时再雇专业的妆发师和摄像师包前后期的工作。反正连几千元一晚的酒店都住得起的旅客，应该也舍得付拍组漂亮的照片的钱。

苏礼看着组长发来的酒店照片，又看了些视频资料找感觉，泡了杯咖啡，开始寻找设计灵感。

一周后她交上了 5 套设计稿，流程层层推进，稿子最终被送到了程懿那里过目。

苏礼本以为给程懿看只是走个程序，没想到他居然真的会翻看。

男人就坐在苏礼对面，看着设计稿沉吟良久，未置一词。

苏礼按捺不住，说道："有什么问题可以直说。"

"也没什么问题，就是差了点儿感觉。"程懿抖了抖稿纸，"这样吧，我给你批 7 天假，你去那里住一阵子，回来继续设计。"

苏礼：还有这种好事？

就这样，苏礼获得了公费旅游 1 周的待遇，就连去机场都有专车接送——这让她怀疑程懿是送自己去度假的。

苏礼下了飞机，正在转盘边等行李，就接到司机给她打来的电话，说接她的车已经在外面等着了。

苏礼到了约定地点，拉开车门一看，程懿也坐在里面。

有可能是坐飞机坐晕了，或者今早还没睡醒，又或是还没来得及吃菌就已经菌中毒出现了幻觉，苏礼狠狠地将车门关上。她深呼吸，闭眼再睁眼，这才再次拉开车门。男人依然在，压根儿不是什么幻影，甚至放下了手中的杂志，皱眉看向她。

苏礼："你……"

"忘了说，"程懿像是刚想起来，"酒店老板是我的朋友，我顺道去看看他。"

苏礼转了转眼珠，问："你住多久？"

"看情况吧。"程懿漫不经心地收起杂志，"你再不上车，交警就要过来贴罚单了。"

苏礼坐了上去，将包搁在腿上，终于有工夫去关注屏幕亮起的手机。

陶竹："到了吗？"

举个栗子："嗯。"

陶竹："去雪山吗？多拍点儿照片发我，好吃的要做标记，我下次去旅游就按你的推荐来。"

苏礼发了点头的表情包，又看到陶竹发来的消息。

陶竹："我刚刚在跟 Faith 的弟弟们打游戏，听闻辰说……你怎么没加他的好友啊？"

举个栗子："还有这回事？那天打完游戏我就退了，后来都没上过。他也不用加好友嘛，反正我也很少打游戏。"

陶竹发了段语音过来。

苏礼没戴耳机，将手机只开了一格音量贴在耳边听，饶是如此也没躲过男人极好的耳力。

陶竹："你是榆木脑袋吗？这是加好友打游戏的事吗？闻辰想加你，就是愿意经常带你的意思啊！这种帅哥在对面，我要是你，一天 24 小时都得挂在游戏上。你以为就是单纯打游戏？这可是交流感情的机会啊。对了，我上次要你点赞你点了吗？"

举个栗子："没有。"

程懿听到"点赞"二字，不由得倾身靠近了些，见她飞快地打着字。

对面的陶竹有点儿无奈，回了一段文字。

陶竹："每天不是做衣服就是看动漫，要你花几秒时间打榜拉近一下距离你都不肯，那请问你拿什么泡帅哥？拿你看电视等广告那 120 秒吗？"

举个栗子："我有会员，看剧没广告。"

陶竹："那我是不是还应该夸你好棒啊？"

看到这里，男人若有所思地收回目光。原来她没有给那个什么男团点赞，其实真的只是发错了。

车窗反光，映出男人脸上若有似无的笑意。

苏礼就没有程懿这么惬意了。陶竹那边发来了一连串 59 秒的语音，她取出耳机听着好友的怨念，直到 10 分钟后，陶竹的游戏开局，一切才终于消停。

苏礼调出音乐，头抵在窗户上看风景，不知怎么就睡着了。

她再睁眼时车好像已经停了下来。程懿起身对她说了句什么，耳机中的声音太吵，她没听清，迷迷糊糊地问了声："嗯？"

她摘下右边的耳机，又问了一遍："你刚才说什么？我没听清。"

程懿想到很久之前，她用耳机伪装过听不见，这会儿倒没重复方才的话，而是挑眉看向她，问："你真的在听歌？不会又是装的吧？"

苏礼蹙了下眉，还没来得及答话，身侧的扶手蓦地被人握住，沉木的香气扑入她的鼻腔。

程懿大半个身子前倾，直接靠了过来。男人的耳朵贴在她柔软的外耳骨上，像是一本正经地听到底有没有声音，又像是似有若无地在撩拨她。

苏礼被电流激得一僵，可程懿又稍稍退开，像是没听清，几秒后再度贴了上来。

苏礼的大脑一片空白，思路断线，难以重连。

他的脸颊是软的，这是苏礼唯一的念头。

不知道时间过去多久，也不知道肢体该如何摆放，她感觉自己被拆解成零件模型，进退完全由不得自己。

她僵硬地后仰，男人则若无其事地后撤。

苏礼抬眸，正巧撞进那双笑吟吟的眸子里。

程懿借着姿势拉开了车门，神态自若地走了下去，站在石子路上朝她伸出手臂，说："下来吧，这里路不好走。"

男人如此轻描淡写，她说什么好像都显得不合适。

苏礼做了一个吞咽动作，看向木门掩映后雾气缭绕的水池，言不由衷地问："有午饭吗？饿了。"

就这样，带着尴尬，苏礼穿过实木拱桥坐进了大厅，等待着办理入住手续。

酒店叫雪墅，服务挺到位，苏礼没坐多久，就有人给她送来果盘和饮品，还拿出小册子为她介绍附近的景点。

苏礼一边听，一边喝着梅子水，只是心不在焉，脑海中总循环播放某一幕画面。

苏礼吃过午饭，便随意地在院落里散着步。雪山温泉徐徐流淌，水声潺潺，她抽了个速写板到小亭子里去画画，垂眸就能眺望整个古城的景致。

对面有个茶室，正有老师傅在那儿煮茶讲茶。苏礼对此没太大兴趣，画了一会儿画，觉得颈椎有点儿难受，便打算出去转一转。

这边海拔高，紫外线强烈，虽然天气不热，但一定要做好防晒。

苏礼带了防晒衣，又往包里装了伞和防晒喷雾，这才背上包出发。

这座城市是旅游胜地，坐落在市中心的古镇也商业化到不行，但雪墅外面的村落仍保留着一丝淳朴与天然的气息。

苏礼写生的时候去过几次类似的地方，现在看着用石块砌起的墙，仍不免生出几分新奇和有趣的感受，禁不住伸手摸了摸。

这里的土路没有特别修过，走起来有些崎岖不平，苏礼身后的包随着她的步伐一晃一晃的，重量压得肩膀往下沉。

奇怪，她的防晒喷雾和伞加起来有这么重吗？

苏礼停下打开包检查，发现除了防晒喷雾和伞，还有几沓很有迷惑性的东西。

这东西像是小时候的愚人节，她为了整蛊朋友的道具。那时候她找来了一沓尺寸和纸币相同的白纸，上下垫上百元纸钞，最后把边沿涂上色，看起来就像成摞的现金，不拆开看根本发现不了。那次整蛊好像成功了，但她也差点儿失去一个朋友。

想到这儿，苏礼不禁笑出声。

可能是她回家整理行李的时候一顿乱塞，不小心把这个东西塞进包里了。

苏礼拍了张照片，正想跟陶竹分享这件大无语事件，就听见拐角处传来嘶哑的哭声。

她愣了一下，错愕地转头，发现前面的树下正有人在施暴。

挺着啤酒肚的男人手中拿着根皮带，抽着地上滚作一团的女人和小孩儿。那小孩儿看上去10来岁，衣服的袖口都被打得裂开了。女人拼命护着小孩儿，长发凌乱，涕泪横流，手中却紧紧攥着个牛皮纸袋。

苏礼看不到她们的表情，但觉得她们一定很痛。

这里的游客一般会直接出发去雪山或者其他景点，在村子里闲逛且逛到这个地方的人不多，只有两三个而已。有人驾着马频频回头，想管却又怕惹上一身腥，最后一步三回头地选择离开；也有小孩儿天真懵懂地抬头问了一句"妈妈他怎么在打人"，却被他的妈妈飞快地捂住嘴抱走了。

明明有很多机会，却没人愿意帮她们。

女人和小孩儿为了避免挨打，已经滚到了最里面，男人却穷追不舍，口中念叨着"让你不给我",抬腿就追了过去。

苏礼的意识快于理智,她还没来得及想清楚,足尖就已经挑起地上晾衣服的竹棍,猛地朝男人踢了过去。

男人被绊了一下,险些摔倒,怒不可遏地吼道:"谁啊?。"

啤酒肚男人说的是方言,但不太难理解,苏礼可以听懂。

她其实已经有点儿怕了,但是直觉告诉她,这说不定是一场找到根源就能解决的纷争,毕竟男人表现得很明显了。

苏礼尽量维持声音平稳,说道:"你没看到已经打出血了吗?再打下去是要出人命的!"

啤酒肚男人大概不是第一次听到这种话了,没有半点儿怜惜情绪,反而恶狠狠地道:"少管闲事!赶紧走,否则我连你一起打!"

说完,啤酒肚男人转过头,大概是不想和苏礼计较。

自保意识驱使着苏礼后退。她的身体也确实转了过去,只要再走几步就能原路返回,当作什么也没发生,但她感觉足下有千斤重。她想,是不是看到她站出来的那一秒,被施暴的母女看见了希望呢?可一旦她离开,无异于亲自将这微弱的火光踩灭。

她是游客,游客一般来说都有随行者。她知道那男人不敢打她,而现在就算报警也不是解救这对母女的最快方式。

苏礼用力抓住包带,猛地闭上眼睛,竟又转了回去,挡在那对母女身前。

她问:"你想要什么?"

"我要什么?"啤酒肚男人像是听见了好笑的事情,"哈哈,我要什么?我就想要她手上袋子里的钱,你能抢过来给我吗?"

男人说到激动处,本就涨红的脸更红了,像一头狂躁的野兽。他蹭了蹭自己的脸,想到方才的情况,不满地道:"被这娘儿们挠了一脸伤。"

苏礼回头看向女人手中的牛皮纸袋,问:"什么钱?"

女人好不容易有喘息的机会,虚弱地对苏礼说:"我不可能把钱给他的,你快走吧,别连累了你。"

她又转头看着男人说:"这是湫湫下学期的学费,都是她自己挣来的,凭什么要给你赌博、喝酒?"

啤酒肚男人再度被惹恼,猛地一巴掌掴在女人的脸上,力道之大,让苏礼都感觉耳边嗡鸣片刻。

小女孩儿哭得更大声了，边哭边叫："别打妈妈了，别打妈妈了……"

苏礼一把抓住男人黝黑的手，顿了顿，拉开包从里面取出5张纸币。

这500元够他赌一会儿了。

但啤酒肚男人并不满足于此，而是嫌弃地道："这点儿钱，你打发要饭的呢？"

男人说完又打量了一下苏礼，贪婪和质疑同时涌上心头，厉声问："你又不认识她，也得不到什么好处，为什么愿意出钱？"

苏礼："女生帮助女生，本来就是……应该的事情。"

苏礼吐出一口气，在包里来回翻找，摸到了想要的东西。她将一沓"纸币"放在手心里，有了些底气，开始试着掌握主动权："拿了钱，你能保证不再打她了吗？"

"这么点儿不够……"男人见苏礼好说话，开始狮子大开口，咧出一嘴黄牙，"再来10000元。"

苏礼假意思考了很久，这才从包里拿出那一沓"纸币"，道："我只有这么多了。"

啤酒肚男人盯了她一会儿，看到她袖子里遮不住的钻石手镯以及瞄一眼就能看出名贵的背包，猛地抽走她手里的"钱"，眯着眼端详片刻，竟一点儿疑心都没起。

他说道："喂，用你包旁边那件外套给我包一下，我怕钱散了。"

钱的事说大也大说小也小，只要满足了他的要求，他就不会再纠缠，估计现在满脑子都只有怎么去赌博了。

苏礼解开绑在一边的外套，朝他扔了过去。

啤酒肚男人哼着歌离开了。

苏礼见面包车消失在街口，立刻搀起女人和小孩儿，将她们带到一个偏僻的角落，翻开包开始找创可贴。

她的那沓"纸币"很难拆，就算啤酒肚男人发现她在耍他，也不会是这一时半刻的事。现在她们躲到了这里，到时候报警也来得及。

苏礼拧开矿泉水瓶，冲洗着小孩儿被沙石擦出的伤口，又给她做了简单包扎。

女人为难又感激的声音响起："谢谢你，但是那么多钱，我……"

"没事，"苏礼说，"那里面都是白纸，加起来还没我最开始给他的钱多。看他那个样子，知道了肯定会将其全撕碎。"

接下来的交谈中，苏礼知道了这家人的情况。

男人是开面包车载客的。虽说这里游客不少，但他好吃懒做，赚不了多少钱，又不知怎么染上了赌瘾，让本不富裕的家庭雪上加霜。女人平时要照顾小孩儿，半夜还要做些针线活儿养家。好在孩子很争气，成绩很好。只是最近家里越发穷困，今天男人喝了酒又想去赌博，翻出了孩子的学费，女人死活不愿意，一场纷争便由此开始了。

苏礼想劝，但又觉得没有立场。

女人像是看穿了她的想法，说："我其实也想走的，但又怕一个人养不活小孩儿！平时要照顾她吃、照顾她住，到时候上了大学又怎么办……"

苏礼沉思良久，忽然想到什么，翻出手机找了半天，递给女人看，并道："这是一家公司资助贫困学生的计划，虽然目前只资助大学生，但是这边还有一个其他申请入口。我……嗯……我有朋友认识他们，可以帮你们开通。"

其实这是皓苏的资助计划，只要她跟苏见景打声招呼，没什么不行的。

"就是需要上传一些凭证，以保证孩子确实是成绩非常优异，而且家庭有困难。"苏礼思考着措辞，"后期孩子还可以进公司实习。"

女人看完页面，不停地说着"谢谢"。

苏礼帮她们把资料弄好，又写下一串数字，说："这个是我的手机号，你可以把获奖证书拍照发给我，方便申请。以后有什么问题，你也可以联络我，能帮的我一定帮。"

苏礼见啤酒肚男人还没找来，又翻出一张卡，为免伤害她们的自尊，小心翼翼地说："资助计划最快也要下个月才能批下来，这里面是一点点生活费，你们可以应付意外情况和周转一下。当然，算我借你们的。"

苏礼看向小女孩儿，说："工作之后要还给姐姐啊。"她又想了想，笑道，"嗯，还得收利息。"

小女孩儿没吭声。

"不过呢，如果你的大学成绩是排名前十的，这个利息就不用还啦。"苏礼轻轻拍了拍小女孩儿的脑袋，"加油，希望你赚回利息钱。"

小女孩儿睁着乌黑的眼睛，一眨不眨地看着她，过了好半晌才说："姐姐。"

苏礼："嗯？"

小女孩儿："你好漂亮。"

苏礼被夸得猝不及防，忍住笑意道："嗯……我也觉得。"

苏礼出去一趟不过两个小时，再回到酒店时却感觉像过去了一个世纪。

她瘫在床上倒头就睡，醒来时已经4点多了。

前台给她发消息，问她要不要下午茶。

她回了信息，并说自己要去餐厅吃。

苏礼跐着拖鞋去吃下午茶，才挖了两口蛋糕，外面就下起了小雨。2楼没位置了，她只好端着蛋糕去了茶室。

苏礼找到一个空位，发现上面的茶盏东倒西歪，水顺着桌子淌了下来。她正奇怪这里是什么案发现场，刚坐下，抬头就看到从视线尽头走来的程懿。

男人走得极快，表情紧绷，眉头紧锁。

苏礼咬着叉子正迷糊着呢，程懿忽然发现了她，足下生风地推开了茶室的门。

男人满脸担心，话都顾不得说就挽起她的袖子，抓着她的手臂检查，紧接着换到脖子和脸颊，最后蹙眉看向她的腿，问："哪里受伤了？"

"什么受伤？"苏礼说，"我没受伤啊。"

"衣服上全是血，你说你没受伤？"程懿压住火气说道，"以后你出去之前能不能跟我说一声？就算你不想坐我的车也别做这种危险的事，这样很让人担心知道吗？"

男人表情严肃冷峻，苏礼再次秉持着自我怀疑的态度思考了一会儿。

她舔了舔唇，觉得可能是有什么误会，说道："我就出去逛了逛，下午一直待在酒店里，真没坐车。至于血，哪里的血？你指给我看看。"

程懿拿出手机，将图片放大，说："东山大道上出了车祸，副驾驶座上不是你的外套？"

苏礼仔细看了一会儿，差点儿没认出这是自己刚刚带的那件外套。

不对！苏礼猛地站起来，问："车祸？东山大道？"

"是的，"一旁的何栋说，"就是村子里一个男人的面包车，两个半小时前出了车祸，司机酒驾，先是撞到警车，又撞到护栏掉进了水里。现在人正在抢救，估计凶多吉少。"

"男人长什么样？"苏礼追问，"叫什么？"

何栋："人长什么样不知道，好像叫罗康来着。"

那就是啤酒肚男人。

苏礼揉了揉太阳穴，说："我下午碰到他，然后把外套给他了，没坐车。"

她将事情始末大致说了一遍，讲到最后自己也觉得离奇。

看到程懿依旧阴沉着脸色，苏礼忍不住嘀咕："我也不至于闻到那么大的酒味还敢坐他的车，不要命了吗？！"

程懿蹙着眉没说话。

何栋在一边跟着说："程总这不是害怕嘛，毕竟凡事都有万一。要这么说的话，那个司机确实是活该，不过……"

苏礼："不过什么？"

不过他也觉得总裁的确夸张了点儿。当时听说发生车祸，他把图片发过去之后，总裁立刻就在不显眼的角落发现了那件女式外套，并问他："这是不是苏礼早上穿的那件？"

发现外套的确是苏礼的之后，何栋又猜测苏礼要么没上车，要么是通水性开窗出来了，总之不太可能发生意外。但总裁不放心，几乎把案发现场周围的地方翻了个底儿朝天，回来的路上脸黑如锅底，那气势，就差说一句"她在这儿消失我让你们全城人陪葬"了。

想到这里，何栋露出了一个神秘的微笑，正想继续说什么，冷不丁接收到程懿的目光，立刻清了清嗓子，公事公办地说道："没什么，不过苏小姐以后还是要注意安全。"

免得有人提心吊胆。

何栋转头问道："程总，没开完的那个会我们继续吧，我去通知一下？"

程懿感觉有些乏了，捏了捏眉心，低声道："嗯。"

程懿回房间开会后，苏礼还坐在茶室里吃下午茶，但总觉着有事悬着，直到有人凑过来和她说："那是你男朋友吧？他真的好担心你的。我刚刚就在这里，他在隔壁边喝茶边开会，一听说外面出车祸，立刻去房间里找你，发现你不在房间里，又去现场找……他很怕你出事，这也太宝贝你了。"

苏礼张了张嘴，一句"他不是我男朋友"卡在喉咙里，怎么也说不出口。

晚上，苏礼的房门被人敲响，何栋就站在门口。

"苏小姐，程总问您要不要去逛古城，安抚一下您受惊的……心。"

苏礼想了想，道："受惊的人是他吧？"

苏礼从雪墅后门出去，程懿的车已经在外头等着了。她非常熟练地拉开车门坐了进去，和程懿一起坐在后排座位上。

大概是出去找她耽误了一阵子，他手上待处理的工作还有很多。路上他一直在打电话，苏礼也没打扰他，看着车窗外的景色出神。

　　晚上的古城很漂亮，苏礼仰头看着空中垂下的装饰伞，正想说点儿什么，又觉得还是不说话为好。

　　忽然，她的肩膀被人拍了两下，原来是站在标志性景点处的阿姨拍的她。

　　阿姨说："小美女，能帮我们拍张照吗？"

　　年轻人旅游是为了放松，而阿姨们旅游更多是为了站在各个有字的地方拍摄打卡照，然后发朋友圈。

　　苏礼笑了笑，道："可以的，您站好吧。"

　　苏礼很有礼貌，又很认真，一连拍了5张照片，还都是不同角度的。把手机还回去之后，她下意识地回头找程懿，却不小心撞进一片温热的胸膛。

　　程懿笑道："搞袭击？"

　　苏礼揉了揉脑袋，正想说"受伤的应该是我吧"，忽然有闪光灯亮起。她一转头，发现刚才的阿姨正笑眯眯地看着她，说："刚刚你帮我们拍，现在我也帮你拍一张。来吧，阿姨把照片传给你。"

　　苏礼摆手说"不用"，男人却上前一步说道："她不会开隔空投送，你发给我就好。"

　　传完照片，阿姨还非要把照片展示给苏礼看，并连声赞叹："真好，一看就是小情侣的样子，我跟你叔叔以前也这么甜蜜……"

　　照片里的两个人靠得很近，程懿抬起的手还没落下，看起来像是在摸她的头，而她鼓着脸看着他，男人笑得纵容。

　　这的确是模糊性很强的一张照片，她刚看到时也吓了一跳，只是一眼就能看出他们是情侣？有这么夸张？

　　古城里其实也没什么可逛的地方，一个小时后他们便回酒店了。

　　苏礼回到房间，收拾好洗漱用品，打算刷会儿手机就去洗澡，结果打开朋友圈，就发现程懿在5分钟前发了条动态。

　　昨天她才把他从黑名单里放出来，今天就看到他发的朋友圈了，也是不容易。

　　从她加他以来，他的头像、ID、简介就没变过，今天他却把头像换成了一张纯黑色的图。如果不是苏礼给他备注过名字，根本不会想到这是他。

　　程懿只在朋友圈简单地发了一个圆点，连配图都没有。

这宛如某种暗示，苏礼鬼使神差地点进他的头像，打开了他的朋友圈主页。页面一刷新，她发现他将那张合照设为朋友圈的背景图了。

5分钟前，好像正是他们分开的时候。

第二天苏礼一起床就看到了夸张到爆的聊天儿消息，而所有的消息都指向一个重点——程懿昨晚设置的朋友圈背景图。

不用想苏礼就知道微信会很热闹。男人的微信不分什么工作号、生活号，所有人添加的都是同一个微信号，他又万年不更新动态，一更新自然会引发关注，更何况是如此"特别"的内容。只要有一个人发现他换了背景图，就几乎等于他认识的所有人都知道了，甚至有人在他的朋友圈留言："发个朋友圈就为了炫耀有背景图了？我们认识20多年了，我过生日你为我发过一个字吗？"

好像有什么东西已经悄悄发生了变化，而有的人还没察觉。

苏礼今天起得挺早，脑袋还有点儿不清醒，因为今早他们要去爬玉章雪山，7点就要出发。

一行人沿着台阶慢慢爬上山，氧气逐渐变得稀薄，程懿看她有点儿呼吸不上来，转头找一旁的人要了氧气瓶。

程懿拿到氧气瓶之后却不会操作，毕竟以前都是别人弄好送到他手里的。

他弄了一会儿，揭开氧气瓶盖子的时候，苏礼忽然说："昨晚你的朋友圈换背景图了。"

"嗯，"程懿毫不避讳地说，"你终于发现了？"

他怎么会用到"终于"两个字呢？

苏礼想，她才该用这两个字吧——终于能正视他的情感，终于不能装傻了。

苏礼咳了一声，说："玩儿玩儿而已的话，你不用做到这种地步。"

"玩儿玩儿？"程懿笑了，将瓶口对准她的鼻子，"公司、学校，还有校企合作项目，我就差把我想追你做成牌匾挂在车顶全程展示了。"

男人的声音好似从很远的地方飘来："我这都不算认真，怎么样才是认真？"

他拍了拍她的背，按下氧气瓶按钮，说："吸。"

氧气进入肺腑，苏礼的思绪也在这一刻活络，无法安静下来。

苏礼坚持爬到了山顶，这里景色很美，只是这时终究不是观赏雪山的最佳时节。

他们停留一会儿就准备下山了。

"冬天再带你来，那时候雪山更漂亮。"程懿说着，加快脚步走到她面前，微弯下腰。

苏礼几乎将氧气瓶挂在鼻尖上，讲话瓮声瓮气的："干吗？"

程懿："上来，我背你下去。"

她乖乖地趴在他的背上，他有力的双臂托住她的腿，每一步都走得稳稳当当。

她想，刚刚耗费了那么多体力，他怎么还有精力背起她？

沿途有人频频侧头看向他们，目露羡慕之色。大概路实在是太难走，谁都想有个"人肉代步机"。

苏礼低头，看到他穿得其实很少，唯一能御寒的薄羽绒服还给了她，她能感觉到他的体温低于平时，托住她的膝盖的手也很凉。

她忽地支起上半身，将身上的羽绒服的拉链拉开，然后展开双臂，把他裹了进去。

苏礼穿了一件浅黄色的针织衫，很薄，为了让衣服更多地盖到他，只能拼命挤压自己和他之间的距离，几乎是严丝合缝地紧贴着他的后背。她的双手放在他的胸前，交叉拉着衣服，生怕露出一丝热气，像极了正在从身后拥抱他。

她一言不发，下巴搁在他的肩上，眼睛没有焦距地望向前方，温热的气息落在他的耳旁。

程懿的步伐乱了一拍，他顿了顿，这才继续走下台阶。

雪山最下面是连甘湖，是第二个景点。这里湖水碧蓝，清澈见底，似滤镜调和下才会出现的美丽色泽。

这里暖和不少，苏礼从程懿的背上下来，脱掉外套，感觉流失的元气正一点点地补回来。

程懿问："要拍照吗？"

苏礼笑了笑，问："拍什么？"

"随你。"男人想了想，提议，"双人照？"

苏礼也不知道是怎么了，脑子一抽就开了全景照片模式，结果总是拍着拍着就开始手抖，弄得人脸扭曲到不行。她一阵折腾后总算完工，一张属于两个人的连甘湖合影完成。

她知道程懿看了她很久，但还是什么都没做，只是回到酒店后，把那张照片裁了一下，设成朋友圈背景图。

她在这天动了不该有的心思，但还是忍不住想要炫耀，想把种子埋在众人都可以发现却不会到达的地方，好像这样等待它萌芽的喜悦就会久一点儿，再久一点儿。

接下来的两天，苏礼都是在酒店度过的。

程懿就住在她的楼下。

他们偶尔会碰到，有时候是在花园里，有时候是在茶室里。

苏礼将雪墅来回逛了数遍，就差数清楚墙边有多少根野草了，终于耐不住寂寞，订了城外主题公园的门票，然后打电话给前台工作人员，约一辆送自己过去的车。

下午的时候，前台工作人员给苏礼回电话："程总今天刚好也要出去，说可以顺带送您，您看可以吗？"

苏礼顺手将香水扔进包里，道："好，几点出发？"

他们到了地方，程懿会跟着她进园几乎是意料之中的事。

她甚至做好了跟他同行一起挑战游乐项目的准备，就当是补上很久之前自己缺席的游乐场之约。

这儿的游乐项目都很有挑战性，有的人从"大摆锤"上下来都吐了。

苏礼排到了一个"漩涡飞龙"的水上风暴体验游戏。在他们穿好救生衣上船之前，工作人员挨个检查安全措施，并重复说明："本游戏存在一定的危险性，风暴、海浪、龙卷风都是超真实模拟，请大家一定要穿好救生衣。

"由于船只是靠水下的漩涡进行移动的，左右摇摆时船只可能会进水，属正常现象，大家不必惊慌，抓稳座椅旁的安全扶手即可。

"千万不要擅自行动，以免发生意外。

"紧急情况下阀门会关停，关卡门关闭时，所有特效停止。

"一次游戏共有5条船只相连入场，未排到的游客请耐心等待。

"请穿好救生衣的游客有序上船，游戏马上开始，祝大家玩儿得开心。"

由于苏礼穿救生衣的速度较慢，就落到了最后一条船上，而程懿乘坐的是倒数第二条船。好在他们都赶上了这一班，不用再等半个小时了。

伴随着轰鸣声，船只借助水下的推力开始行驶，最开始他们穿过的是一条黑暗的隧道，安静得只有呼呼的风声。

等待的时间有些无聊，也让人紧张。

苏礼旁边的女生跟她搭话："你也是跟男朋友出来旅游的吧？我看你男朋友在前面那条船上，我男朋友也是。这游戏真不人性化，穿好衣服就必须上，连等一下同伴都不行，工作人员还板着脸，难道我们是来受罪的？"

误会的人太多，苏礼已经懒得解释了，顺着她的话说："关键是工作人员检查衣服的时候扯得特别用力。"

"对对对，刚刚给我检查救生衣的人也是，差点儿把我的衣服都扯坏，不过可能这才能确保检查好……啊！"

他们进入了第一个体验项目，风暴瞬间袭来，船只差点儿被掀翻，之后左摇右晃，大雨和水汽阵阵喷射，苏礼旁边的女生叫得像是吃了尖叫鸡。

3分钟后狂风巨浪结束，苏礼甩了甩手上的水，听见女生虚弱的声音传来："我现在退出还来得及吗？"

答案当然是来不及。

第二道关卡门打开，船只被送入一片深蓝色的世界。

深蓝色，常给人一种压抑感。

这次的风暴来得更快，游客瞬间被卷入漩涡，身体开始失重。头发胡乱拍打脸颊时，苏礼终于知道为什么这项游戏要求取下眼镜了，并且也理解了为什么满分为5星的攻略上给这个项目的刺激程度打的是10星。

倒也不必这么身临其境。

比起女生的尖叫，男生就显得兴奋很多，大喊着"海上龙卷风"还有"好刺激"之类的感叹词。

由于这个项目异常刺激，因此只持续了30秒，不过来了两次，苏礼后面的小男生兴奋得像在狼嚎。

水面变得平稳了，大概是开发者留出时间让游客们缓神，又或者是想在大家疏忽时酝酿一场新的考验。

就在风声也安静下来时，船头忽然传来一道人声，平静、无奈，却又显得歇斯底里："蔡哲远，如果我真的掉下去了，你会救我吗？"

苏礼旁边的女生一听有八卦，瞬间来精神了："什么？哪里有琼瑶剧？"

被她一语中的，那个被叫名字的男生沉默了很久——其实也不是很久，不过是这里太过安静，便显得等待时间尤为漫长。

男生没有正面回答，而是说："等会儿我送你回去……"

"我问你会不会救我？"这次女生的声音染上了哭腔。

"我们分手了，小莹。这里人很多，你别在这儿闹行吗？"男生说，"给我点儿空间，让我静一静吧。你想让我陪你来，我也来了，我们就好好玩儿一次不行吗？"

苏礼隐约觉得哪里不太对。

果然，那女孩儿彻底爆发了："凭什么？当初是你先招惹我的，现在你想来就来想走就走，对我公平吗？凭什么你要在一起我就得答应，你要分手我还得答应？

"你知道人多，要面子，我难道不要吗？你以为我愿意这样吗？让你说分手原因你也总是模棱两可，你是男人痛快点儿不行吗？

"好，既然这样，那一起死吧！"

女生的声音瞬间变得尖锐，站在苏礼这条船的船头的身影立刻倾身，解开了与前一条船相连的锁扣。

警报器瞬间拉响，声控设施启动紧急救护，关卡门迅速关闭，以关停所有风暴设施。

然而那人在关键时刻抽出了船上的钥匙，用力一抛，钥匙卡在了门缝中，门无法完全关紧，风暴设施也只来得及关停一半，另一半被卡住无法关停。她从包中掏出一把水果刀，扎破船只的保护气囊，船只瞬间歪斜，站在船边的人险些掉入水中。

没人能想到一场好好的游戏会忽然变成歇斯底里的"葬爱"现场，场面瞬间变得混乱，哭声萦绕不绝，尖叫与辱骂声回荡在上空。苏礼贴着旁边女生的手臂，感觉到对方在颤抖。

女生这下是真的哭了："怎么办哪？我不会水，我们不会真的被搞死在这里吧？"

"不会的，"苏礼拍了拍她的手背，"会没事的……"

苏礼的话只来得及说一半，船只更倾斜了。

伴随着扑通的声响，有男人落水了，在喧嚣中奋力喊道："看到那边的漩涡没？马上就要推过来了！赶紧下水，我们到那边的岸上躲着！"

每个关卡旁边都会挖出一块空地，用来摆放一些制造氛围感的东西，看样子能容纳 5 ~ 10 人。只是船只到那边还有一段距离，需要游客手动划过去。

如果他们不划过去，留在船上，不知道没有气囊的船会发生什么，更何况门也被关上了。

那男人的话一出，立刻有好几个人跳下了水，穿着救生衣朝那边游去。很快轮到她们做抉择，苏礼旁边的女生死活不肯下船，哭得差点儿断气："我不要……我怕水……我真的好害怕。章丞你在哪儿？快来救救你女朋友啊……"

苏礼安慰她："你有救生衣，这个浮力很大，你不会沉下去的。"

"万一我侧身呛到水然后呛死了怎么办？我不……喀喀……不能，我后悔了，我不该来，我……我就是全天下第一大倒霉蛋……"

好在最后船快沉了，她们直接掉进了水里。那个女生一看好像确实浮起来了，只好边哭边往那边游去。由于嘴巴不停地张合，灌进了一口又一口的水。她咕咚咕咚地吞咽着，哭号着："这水……好难喝，我呸……啰……呸呸呸，不是说好是山泉水吗？！啊？"

苏礼在她后面听着，本还焦躁不安的心瞬间轻松了不少，甚至有点儿想笑。

女生最终在大家的帮助下上了岸。风暴越来越近了，岸上快没位置了。苏礼脚下用力准备登上斜坡，脚下的石头却忽然松动。她整个人向下掉去，却又在瞬间被人往上托了一把。

岸上的某个男生急死了，道："兄弟你别帮她了，她马上上来了！你先上啊！太危险了！"

男人却只是"嗯"了一声，继续用力，直到完全将苏礼推上去。

程懿看到苏礼上去，这才借了把力，在最后一秒挤了上去。他刚站稳，漩涡就从眼前掠过，卷起风暴与浪，重重推向已经不堪一击的船只。船只撞到墙壁边，发出砰的一声巨响。

那人激动地大喊："你想死啊？"

"别紧张。"程懿垂眸笑了，"我这不是得先确认一下她安全没有吗？"

苏礼反应了三五秒，确认道："程懿？你不是在前面那条船上吗？前面那条船不是跟着出去了吗？"

她没记错，因为锁链被解开，所以只有他们这条船留下来了，其余的船都跟着第一条船被拉出去了。程懿怎么会出现在这儿？

"嗯，"男人说，"是出去了。"

坐苏礼旁边的那个女生立刻钻出来问："所以你们又回来了？那我男朋友呢？就是高高的、黑黑的那个男生，他是不是也来了？在哪儿呢？"

程懿沉吟片刻，说道："没，就我回来了。"

"噢。"那个女生失落地低头抠起了手指。

立刻有人不嫌事大地挑拨："你这男朋友不行啊，关键时刻都没想着回来救你。你不是还怕水吗？要我说，回去你就该分手！你看我怎么样？我刚刚还拉了你一把呢。"

"他只是……这是人之常情啊。"女生嘟囔，"如果我在前面那条船上，也巴不得快点儿跑出去。情况看起来这么危险，谁敢回来啊？万一真出事了呢？我们可就永远被留在这儿了……"

话虽这么说，她的语气里却有掩饰不住的失落之意。

苏礼像是想到什么，忽地怔了怔。难道说程懿是从门下的小道游回来的？他回来是为了她？

苏礼连手臂上的痛都顾不得了，眨了一下眼睛，泪珠滚落了下来。

平日里最希望是幻影的人却在此刻显出令人百倍贪恋的真实性，她差点儿分不清这来自现实还是错觉，以至无法移开目光，以至……想要靠近他。

工作人员很快开着皮划艇前来营救。这场意外有惊无险，但听说这个项目还是要暂时关停整修，耳"琼瑶剧"的那对男女主角也受了不同程度的伤。

走出公园后，面向烈日，苏礼发出了一声慨叹。

程懿看向她。

苏礼："想吃双皮奶了。"

程懿这才看到她的手捂着的地方，问："手怎么了？"

"哦，"苏礼这才反应过来，"不知道怎么弄的，你不说我还没发现。哟，别碰，疼的……"

伤口其实有点儿深，流的血也多，程懿本打算带她去医院，看到血止不住，只得带她去了最近的诊所——到医院起码要 40 分钟，他怕她疼。

医生看到苏礼，有些见怪不怪了，问："又是玻璃划的？"

苏礼问："难道受这伤的人很多吗？"

"是不是玩儿那个什么'漩涡飞龙'出的意外？那边墙壁上有玻璃，好多人被划伤了，我刚送走 8 个缝针的人，你怎么现在才过来？"

医生又翻找了一遍，说，"麻药不够了，前两个人都是没打麻药处理的，你看你能忍吗？"

程懿下意识地就要出去，苏礼却道："没事，我还可以，能忍。"

苏礼跟程懿说："我初中的时候也遇到过这种情况，忍一下就过去了，再说最近的医院都好远，现在先止血吧。"

医生："确实，你这伤口还是尽快处理为好。"

程懿蹙眉看着她问："真不用打麻药？"

苏礼伸出一只胳膊，道："刮骨疗毒知道吗？打针也是痛一下，缝针也是，差不多啦。"

她说完，医生先笑了起来。

苏礼："你笑什么？"

"没事，就是第一次见受伤的人反过来安慰人的，你男朋友是真紧张你啊。"

一反常态的是，平日里从未对这件事澄清过的程懿此刻竟低声道："她不是我女朋友。"

苏礼抬头看向程懿，总觉得男人另有深意。

医生也在此刻开始了无麻药缝针。虽说苏礼能忍，痛感却无法被忽视，很快就没工夫思考程懿到底是什么意思了，闭着眼咬紧牙等待缝针结束。

突然，苏礼感觉脸颊被人捏了一下，紧咬的牙关不自觉地松开。

男人将手臂送了过来，说："咬我。"

痛感急需被转移，苏礼也没犹豫，一口咬了上去。

好在医生速度快，不到10分钟将伤口缝合完毕。医生为苏礼缠上了纱布，叮嘱她要及时换药，为了伤口快速愈合，还得忌食辛辣食物、海鲜等。

苏礼痛得压根儿没心思去记医嘱，想着反正程懿也会听。

就在她缓神的时候，隔壁的号叫声传了过来，震得房梁和天花板好似都在颤。

"那边也是无麻药缝针，病人比较怕疼，正常。你这种不叫不哭的人反而是少数。"医生说，"之前有个大男人，也是哭得一把鼻涕一把泪，后来觉得丢脸，拆线都不好意思来。"

苏礼笑了笑，正想说话，一个熟悉的人拉开帘子走了出来——原来是船上坐在她旁边的女生，叫那么惨也不足为奇了。

女生怒气冲冲地把火都撒在了男朋友的身上："我这辈子都不会为你生孩子了，太疼了……"

男生："生孩子有麻药的。"

女生："你放屁！宫口开到3指才能打麻药！而且你以为麻药过劲儿了不疼吗？"

两个人叫嚷着走了出去，看似吵得很凶，却又显得甜蜜，连医生都多看了两个人几眼，这才把缴费单子递给苏礼。

　　程懿伸手接过单子，说："我来吧。"

　　苏礼也不知道在想什么，什么话都没说，只是小心护着受伤的手臂往前走去。

　　"真不疼？"程懿顿了顿，又道，"人家怎么就叫成那样？你是不好意思还是后劲儿没上来？实在不舒服的话我们再去医院……"

　　苏礼觉得好笑，于是就真的笑了，问："你怎么比我还紧张？"

　　程懿垂眸看着她，喉结动了动，自嘲又意味深长地道："是啊，我怎么比你还紧张？"

　　苏礼那几天过得很舒服，受伤的明明是左手臂，其他部位活动自如，程懿却一日三餐全让酒店送上门。如果不是条件不允许，她甚至觉得他还会找人帮她沐浴、更衣、扎头发。

　　但或许是程懿这种大惊小怪的行为真的让她的身体得到了休息，她的伤口愈合得很快。

　　程懿说她这算工伤，所以延长了她在雪墅的度假时间。

　　虽然她也不知道这算哪门子的工伤。

　　程懿在此停留的时间当然也做了调整，总之他不会先离开的。

　　那天早上苏礼拜托厨房帮她准备了菜，憋得太久有点儿无聊，打算自己做顿饭吃。

　　她做饭的手艺不错，最擅长的就是爆香。

　　因此当香味通过打开的厨房窗户飘到楼下，程懿来敲门的时候，她并不意外，但还是装模作样地问了一句："谁啊？"

　　程懿："我。"

　　苏礼关火装盘时，脑中情不自禁地闪过这些天两个人相处的片段。

　　其实她一直没对程懿抱太大的希望，也觉得他不过是玩儿玩儿而已，但从那个他以为她出了车祸的乌龙开始，再到更换的朋友圈背景图……她察觉到了男人的认真及上心态度。

　　他对她好像不是对一个随意的宠物，也不像是想起来就逗弄一会儿聊以消遣，好像是真的关心她。

　　她以前觉得他危险，当然现在也一样，只是忽然觉得他对自己想要保护的人可能比对自己还上心。毕竟当时的情况是，他明明都随着前一条船出去了，危急时刻却又跑回来找她，甚至在确认过她上岸之后自己才上岸。若要说他不是真心而是图她什么，那这代价也太大了。

人的第一反应是说不了谎的，潜意识能代表很多东西，这点苏礼知道，也能看出来。

一种从未有过的安全感像柔软的天鹅绒般将她包裹了起来。她推翻了曾经的偏见觉得这个男人也不是不能托付。她认为他的潜意识是保护她，全身心地保护她——危险的人也有真心，而谁的真心都不该被轻视。

这么想着，她走到门口拉开了门。

程懿挑眉，问："怎么这么久？不欢迎我？"

苏礼不甚自然地摸了摸后颈，说："蹭吃要交钱的。"

男人神态自若地问："没钱怎么偿？"

苏礼看多了言情小说，一句"肉偿"差点儿脱口而出，赶紧咬了咬唇，及时改口："你会没钱吗？那样的话酒店早就把我扫地出门了。"

餐厅工作人员很快又送来一副碗筷。

苏礼今天做了5道硬菜，还有1个凉菜1个汤，很显然不是1个人的饭量，但男人只是笑着挑眉看着她，没有拆穿。

程懿吃惯了大厨做的饭，本来对她的手艺没什么期待，直到尝了一口油焖大虾，颇为意外地问："你做菜是跟谁学的？"

"菜谱，多试几种配方就能做出来了。"

男人像是想到了以后的生活，不禁觉得自己的眼光越发不错，来了点儿兴致，继续道："倒是没想到你的厨艺这么好。"

苏礼信口胡诌："没听过吗？要想抓住男人的心，先要抓住男人的胃。"

不怪她张口就来，她喜欢的菜谱封面上就是这么写的，看多了就成下意识的反应了。

男人放下筷子，目光如炬，问道："你想抓住谁的胃？"

她完全没料到一句玩笑话引起了他这么大的反应，哽了一会儿，敷衍道："随便吧，帅哥就行。"

苏礼休假的时间太长，引起了"民愤"。在同事日常催她回去上班的"骚扰"下，她赶紧找了个风和日丽的日子打包行李，奔赴机场。

这次的元素采集已经够了，她光是设计就想出了12套方案，绝对能让甲方满意。

程懿跟她一起去的机场，带个男人的好处就是重量超标的行李箱终于有人帮她拿了。

这一趟经历也算是坎坷、丰富，比起她"惊喜频发"的旅游行程，坐飞机的坎坷——先是更换登机口，再是飞机延误，最后干脆说今天不能飞了，已经算不得什么了。

苏礼对付着在机场待了一天，现在已经饿得没脾气了，对程懿说："想吃爆炒野生菌……"

程懿打开手机搜了一下，说："隔壁市就有，开车过去1个多小时能到。反正今天也飞不了，你不介意的话可以去隔壁市玩儿玩儿。"

苏礼当然不介意。她今晚可不想睡机场安排的酒店，还是去隔壁市找一家温暖、舒服的酒店，酣眠到天亮吧。至于同事那边，到时候她多带点儿小礼物就是了。

他们到隔壁上泉市已经是晚上8点多了，吃完饭9点多，还可以在附近的夜市逛一逛。

这边的夜市热闹非凡，除去吃的，还有很多人抱着吉他在唱歌，沿途随处可见热闹的游戏摊位，颇有民俗感的小物件挂在屋檐下晃悠。

苏礼找到一个卖榴梿千层的阿婆，边买蛋糕边问："今天是什么节日吗？感觉好热闹，还是这里天天都这么热闹？"

"不是的，"阿婆热心地回答她的问题，"以前可没这么热闹，今天是我们这里的告白日。你看，结伴的人特别多，有单纯来看热闹的，也有好多是来告白的。"

"每到这天，我们这里卖花的商贩可高兴了，因为能成特别多对情侣，一天赚几千元不是问题。你看我这里也有玫瑰蛋糕，平时可没有。"

"这样啊，"苏礼说，"他们都是挑在特定的地方告白还是就随便……"

苏礼还没问完，程懿忽然打断她的话，展示转账界面，对阿婆说："那买一个玫瑰蛋糕。"

一个看似无用的"那"字就很有灵性。

阿婆直接将蛋糕递给了苏礼。苏礼戳着叉子尝了一口，甜度刚好，可口又不腻人。

阿婆这才回答她的问题："你从这里绕出去，再左拐，河边特别热闹还点着篝火的地方就是。"

苏礼转头看向程懿，问："要去看热闹吗？"

"行。"他说，"你就知道自己只是个看热闹的？"

不远处的手工鼓被敲了几下，干扰了苏礼的听觉，她没听清男人的话，问："你说什么？"

程懿："没什么，去吧。"

他们绕到河边，见燃着篝火的地方有两处，每一处都围了人。苏礼猜测这应当都是告白处，就随便找了个地方坐下。

这种日子确实很壮怂人胆，告白的男女生都不少。苏礼盘着腿坐下，喝了口汽水，发现隔壁的篝火旁有人站了起来。

那个女生穿着少数民族的服饰，笑起来落落大方，是讨人喜欢的类型。

"你们看我干吗？我只是起来整理一下衣服，这衣服忒难穿了。"女生说完就坐下了。

周围传来一阵"嘁"声。

顿了顿，女生咳了两声，道："行吧，既然大家都在看我，那我还是……说两句。我16岁的时候在这儿就被人告白过，那时候可太尴尬了。这种日子是谁弄出来的？我觉得也太傻了。"

苏礼情不自禁地笑了，跟程懿说："她是来砸场子的吧？"

下一秒，那个女生继续说："我从小在朋友们眼里就像个男生，干啥都大大咧咧的，长大后好不容易春心萌动一回，穿着裙子去见我那哥们儿。他看了我半天，问我是不是想穿他的裤子。"

围观的群众忍不住笑出声。

"我觉得我这辈子都做不出什么小女生做的事，也不可能主动告白，但是……马上我就要去当兵了！

"喂！张边树！别喝汽水了，我说我喜欢你啊！"

被女生提到名字的男生瞬间喷了一口汽水出来，咳嗽个不停，也不知是被吓的还是怎么的，脸都红透了。

男生问："你什么时候在我面前穿过裙子？"

"就你过生日那次，你那时候还让我帮你跟你的女神告白，你真有病啊，我当时怎么就没揍死你啊？算了，"女生说，"揍死你我就没男朋友了。"

"张边树，等我当兵回来，我们就在一起吧。"

女生的表白很大方。

旁边的人最爱看这样的剧情，又是鼓掌又是尖叫，将气氛烘托得非常好。

女生等不及，大声说："张边树，说话！"

叫张边树的男生差点儿又被自己的口水呛到，说："我这不是在想吗？那跟你谈恋爱我敢分手吗？"

苏礼笑得眼泪都流出来了，拿出手机给陶竹录视频，结果录到一半，忽然被这边篝火堆旁的主持人点了名："那个举手机看别人秀恩爱的女生……"

苏礼侧头看过去。

主持人指了指她和程懿，问："你们恋爱几个月了？"

苏礼："啊？"

这个问题的难度显然已经超过了——"那是你男朋友吧？"

主持人："得，看你的表情我知道答案了，又是坐错地方的。这边坐的是在一起的情侣，那边是单身准备告白的人，你们坐那边去。"

苏礼尴尬到不行，赶紧挪去了那边的篝火堆旁，默默地坐在最外围减轻存在感。她本来只是想看个热闹，现在却将火引到了自己身上……

幸好这里不限于告白，大家也可以做游戏。中场休息时玩儿的游戏是成语接龙，苏礼为了避免两个人坐在一起尴尬，赶紧推了推程懿，说："你去玩儿。"

男人似笑非笑地看着她，说："我去？"

苏礼："我不管，你赶紧去。"

程懿只得起身，然后不小心拿了第一名。

第一名的奖品是一个手工的夜灯，做成翻书式样，男人单手拿着，视线若有似无地飘向苏礼。

发奖的人问："你一个人来的啊？"

"没，"程懿指了指苏礼，"和吃蛋糕的那个人一起来的。"

发奖的人问："你们是什么关系？"

程懿笑道："还没追上。"

周围响起一阵起哄声。

"兄弟你不行啊，长这么帅还有你追不到的人？"

"兄弟你不行啊，都吃玫瑰蛋糕了还没追上？"

"兄弟你行不行？实在不行现在再来一次！"

最后，在众人的喧闹声中，程懿低声回道："算了吧，小孩儿容易害羞。"

就这一句话，苏礼低下头，感觉脸烫得不行。

篝火晚会散场后，大家各自回去。

路口的老板在卖香包，苏礼路过时随手选了一个。

老板："香包好，香包是相思物，适合今天。你们是游客吗？"

苏礼点头。

有人照顾生意，老板就充当导游介绍道："看到身后这两座桥没？也有寓意呢，左边这座是单身的人走的，右边那座是情侣才能走的。你们可不要走错了，不然让人笑话。"

由于是当天订的房，这边只剩一间，没办法，程懿只好在路对面又订了一间房。他们本来计划好苏礼走左边的桥，程懿走右边的桥，此刻听了老板的话，男人改了主意。

程懿："我一个人走这边，好像有点儿孤单。"

苏礼咬了下下唇，把香包塞到他手里。

程懿挑眉，问："怎么？"

"没怎么，"苏礼要多不自然就有多不自然，"香包陪你你就不孤单了。"

"我还以为……"程懿故意停下。

苏礼："以为什么？"

"没什么，你这么聪明，应该懂。"男人笑了笑，转身上桥了。

他还真是一点儿自知之明都没有，人家老板都说单身的人走左边的桥了，他还是不愿意绕路，执意往右边的桥上走去。苏礼腹诽着，踏上了左边的桥。

这边的桥也挺应景的，旁边的音响放的是较为悲伤的情歌。

这时，他们方才看见的那对"暴躁"情侣出现在了不远处。

"张边树，我走了你都不跟我说再见吗？我配不上答案还配不上一句'再见'吗？"

"哦，再见。"

"你……"

"吴岚岚！"

"叫我干吗？"

"你刚刚说的，我觉得还是不能同意……"

"知道了！烦死了你，拒绝不用说这么大声！"

"你还有1个月才当兵，等你当兵回来我们才能在一起，那我等得也太久了吧？现在在一起不行吗？"

苏礼转头，听见女生骂了一句什么，然后扑到了男生的怀里。

苏礼感觉自己把一部剧追到了大结局，看着他们忍不住笑了。

某些情绪再也无法掩饰，她想到程懿说"就差把我想追你做成牌匾挂在车顶全程展示了"，说"还没追到"，并在那么多人面前坦白了自己的情感……

那为什么不能换她勇敢一次呢？

音响里的音乐还在播放，难掩悲伤之意："明知道再走可能是监牢，但是我还是相信只是煎熬……"

她也是有机会收获完美结局的吧？自己不试一试，怎么知道没可能呢？

"假惺惺地想要逃，在爱里连真心都不能给这才真的真正的可笑……"

反正她好像也不会亏什么，总不可能……再有第二次了吧？！她才不是什么优柔寡断的人。

"我太笨，明知道你是错的人，明知道这不是缘分……"

苏礼蓦地转身，叫道："程懿！"

"但是我还奋不顾身……"

男人在月色下回头。

她用尽全身力气、所有勇气，把曾经千回百转的疑虑在这一刻变成4个字说给他听："我喜欢你。"

她有过很多种选择，也遇见了太多阻碍，可是什么都比不过此刻的心动。自保、疑虑全都敌不过看到他时的狂喜。去他的犹豫挣扎，她要毫无保留地勇敢去爱。

苏礼跑到程懿面前。

男人垂在身侧的手儿不可察地动了一下。

他开始笑，她从没见过他这样笑。

她轻轻将手放进他的手心里，慢慢握紧。

苏礼："我喜欢你。"

桥下水波晃动，泛起一圈又一圈涟漪。

苏礼等了一会儿，手心都快出汗了，可男人除了握着她的手，什么也没做。

苏礼梗着脖子抬起头，说道："你怎么不说话？"

程懿看着她笑，从前深不可测到难以让人窥探的深沉眼眸，此刻竟失去了锐利的攻击性，苏礼一眼就能望到他眼底的温柔。她从没想到可以从他的眼睛里读到这么纯粹的温柔。

"说什么？"男人低着头，沉声道，"说我也喜欢你，尤其喜欢你，特别特别喜欢你？"

苏礼其实也不知道自己想听什么，但又莫名地想听点儿好听的话，更莫名地觉得他今晚好像说什么话都挺好听的。

她觉得太热了，不知道是不是刚刚跑太快的缘故，现在从背到脖子再到脸都热得不行，被他握着的手也好热。

"那……要不……就先这样？"撞进男人笑意直白的眼里，她轻咳了几声，"也挺晚的了，回去睡觉？"

程懿："你还睡得着？"

"可以啊。"苏礼想了想，笑道，"你要是实在睡不着，我可以勉为其难地陪你会儿聊天……"

"不胜荣幸。"程懿凑近了些，不知从哪儿掏出一个小盒子交到她的手上，"无以为报……礼物收一下，嗯？"

苏礼接过礼物揣进口袋，模棱两可地问："如果不是今天，会有吗？"

"当然，"程懿毫不迟疑地答道，"是你的，早晚都是你的。"

这是她想要的答案。

"那我收下啦。"苏礼耸了耸肩，又道，"很晚了，你也赶快回去吧。"

程懿："等一下。"

苏礼："怎么了？"

男人沉声道："差了点儿什么。"

她还在想这话是什么意思，男人的气息就覆了下来，一个吻印在她的额头上。

苏礼定在当场。

直到男人退开，她才想到什么，一溜烟跑开了。

看着她慌不择路地跑开，甚至差点儿撞到柱子，男人失语了片刻，旋即笑了。她真是太可爱了。

苏礼到酒店之后，快速洗完澡，然后瘫在床上打开那个盒子，里面是一条蓝宝石手链。

这条手链她戴起来竟意外地合适。苏礼在灯光下欣赏了很久，忍不住拍了一张照片，又忍不住发了条朋友圈，顺便屏蔽了苏见景，心道：对不起哥，暂时屏蔽一下你这只爱情的拦路虎。

陶竹是资深的"冲浪"少女，闻着味儿就过来了，前后不超过 3 分钟。

陶竹："啧，我家栗栗的朋友圈背景图换了啊。"

陶竹："大半夜怎么在发手链图片呢？"

陶竹："听说你是和程总一起出差的？"

陶竹："什么意思呢？"

苏礼仰着头敷着面膜，回陶竹的信息。

举个栗子："就那个意思呗。"

陶竹："呜呜呜，你这种连 120 秒广告时间都没有的人都恋爱了，我还没恋爱。呜呜呜，我哭又有什么用呢？！"

举个栗子："下次给你介绍。你喜欢什么样的？"

陶竹："身高 180 厘米，腹肌 6 块起，脸蛋儿像金城武，笑起来有型……这些都不重要，最重要的是瞎，这样才能看上我。"

她懒得跟陶竹贫，想到明天是她跟程懿确定关系的第一天，于是随手敲了一条信息给陶竹："确定恋爱关系的第一天一般都做什么？"

陶竹发来一个意味深长的微笑表情，后面跟了一条消息："你觉得呢？"

苏礼还没觉出来，裹着被子翻了个身，收到了程懿发来的语音。

程懿："你到酒店了吗？"

由于门铃被按响，苏礼一边回着语音，一边去开门。

举个栗子："嗯，刚洗完澡。"

程懿听到她那边的声音，信息立马过来。

程懿："怎么有人按铃？一个人注意安全。"

举个栗子："没事，酒店来送驱蚊液的。你是不知道这里的蚊子有多少。我以前觉得住在海边挺浪漫的，可以听听海浪，看看海鸥和白鹭，谁知道虫子这么多，刚刚还有蜻蜓撞窗户上了。"

程懿："那我去帮你捉？"

这条语音后面跟了张照片，赫然正是汽车点火的图片，他配了 3 个字："出发了。"

苏礼觉得这节奏太快了，大晚上的不太好，于是立马回信息："别，不用，你就在自己的酒店睡吧。都凌晨了，你过来的话我是让你睡这儿还是不让你睡这儿？"

程懿抬手捂住眼睛，笑得有些恣意。

程懿："骗你的，我还在车里，没上去呢。"

举个栗子："怎么还没上去？坐车里干吗？"

程懿："在回味。"

苏礼将下巴垫在枕头上，借此缓解自己的脸红心跳。

思索半晌，她将话筒递至唇边，轻声道："那……晚安。"

程懿回到酒店后，坐在沙发上反复翻看刚刚收到的信息。

他也曾想过，事成的那天自己应该会很有成就感，但没想到会这么……愉悦。

他从未体会过这种满足感，仿佛肌肤的每一寸都被浸入了蜜罐，连同神经都泛着甜意，尤其是在想到她的时候。

他未多想，将聊天儿记录截屏发送给挚友，并配文："不错，建议恋爱。"

大半夜忽然被秀了一脸恩爱的单身人士陈夜淮回复了一串省略号。

程懿："这个符号很不尊重人，但我今天脱单了，所以不跟你计较。"

陈夜淮："噢，那我谢谢你？"

程懿："谢谢不用，可以祝福。"

陈夜淮又是一串省略号。

就很离谱儿，真的。

他们又在上泉市玩儿了两天，吃小吃，逛景点，惬意又温馨。

苏礼买好了礼物，打算回去后分给同事。她这人买礼物一向很慷慨，袋子都塞不下了才收手。

第二天一早，她正琢磨着怎么运送这些东西时，一出门就看到了倚在车边的程懿。

他之前问过她的新住址，但她没想到一大早男人就会来接她，甚至开的是房车。

男人没系西服纽扣，一双大长腿笔直地站着，就连低头蹙眉都频频惹来关注的目光。

他接过她手上的袋子，沉声道："吃早餐了吗？"

"这么早，当然还没，"苏礼说，"打算去吃虾饺。"

"正好，我今早请的师傅擅长做粤菜。"男人让她坐到车内靠里的座位上，"还想吃什么？让他一起做了。"

"还有奶黄包……"苏礼意识到不对，顿了顿，耸了耸肩，"今早……请的？"

程懿神色淡淡地道："嗯，开去公司还有一阵子，正好够你吃个早餐。"

所以说，男人大清早兴师动众地开房车就只是为了请个厨师给她在车上做早餐？

虽说她在家享受的都是无微不至的照顾，但此刻仍觉受宠若惊。

程懿将手边的菜谱递给她，说："有其他想吃的东西可以直接跟厨师说，口味上有没有什么偏好？"

苏礼忙道："没，我都行。我很好养的。"

想到过往种种，男人将手肘搭在身后的沙发靠背上，挑眉道："你好养？"

苏礼回得非常坦然："是啊。"

她的身份是不能公开的秘密，从小她在外面过的其实都是寻常女孩儿的生活，只是可能从不需要为钱操心。她和朋友一起吃过学校食堂的饭菜，半夜饿了也会翻墙出去在路边吃烧烤，白色衬衣被颜料弄脏也会抱怨，这就是真实的生活。这种生活也给她带来了很多珍贵的、冒着烟火气的友谊。

倘若她是以真实身份生活在贵族学校里，只怕那些奉承和虚情假意的行为会将人淹没。

她很喜欢现在的生活，作为设计师，就应该多体会生活的多样性。

想到这里，苏礼吹了吹刘海儿。

餐点被端了上来，虾饺弥漫着香气，奶黄包入口即化，酥皮蛋挞酥脆又软糯，热腾腾的肠粉再淋上酱汁，让人垂涎。

苏礼就是典型的嘴上说不要身体却很诚实的人，表面上抱怨程懿太过夸张，吃起来却是一点儿不见外。主要是这师傅的手艺真是挺绝，她吃一口就能尝出来，这绝对不是那种随便就能请动的厨师。

苏礼最后夹了一块叉烧，察觉到某人的视线已经在自己身上停留了很久，转过头问："你一直看我干吗？"

程懿但笑不语，半晌才道："看你有食欲。"

"我很下饭吗？"

苏礼刚说完，瞥见窗外的景色，立刻站起身给前边的司机拨了个内线电话："麻烦就在这里靠边停一下。"

男人不悦地问道："你在这儿下？"

苏礼再肯定不过："总不能让全公司的人都知道我们在谈恋爱吧？"她语

调忽地一顿，"等一下，我确认一下，我们是在谈恋爱吗？"

程懿淡淡地道："如果你现在跟我分手，那就不是。"

这问题问的，难不成他筹划了一圈起个大早，就为了看她吃早餐？难不成她打算欺骗他的感情，牵了他的手还不想对他负责？

"我不是这个意思，"苏礼说，"你知道办公室恋情吧，一个格子间还好说，但是我们俩这种情况……说出去很容易惹人争议，我不想别人觉得我是抱上了谁的大腿才有这些待遇，毕竟职场对女性已经非常不友好了。"

"你能理解的吧？"她忽然换了种方式，眼睛亮晶晶地望着他，"程总这么深明大义，肯定可以理解的啦。"

也不知是有意还是无意，苏礼的声音带上了几分糯意，男人的喉结动了动。

车停下，程懿不自然地甩了下头，说："随你。"接着他又补充道，"中午记得一起吃饭。"

苏礼微鼓起脸颊，指了指后厨的方向，竟像是悄声耳语，同他做了无人知晓的约定："还是在车上？"

程懿："嗯，想吃什么你等会儿发微信给我。"

她的眼睛无论何时都很勾人，此刻更显灵动，还有独属于少女的殷切与期盼。

"知道啦。"苏礼不忘拿起自己的礼物袋，火速跳下了车。

程懿并未急着让司机开车，而是盯着她的手指刚刚戳过的地方有些失神。

方才似乎是无意，她希望他隐瞒恋爱关系时，身子不自觉前倾，不仅音调变软了，手指还挠了挠他的手背。她这是……在撒娇？

想到这一层，男人轻咳了两声，抬起手，却怎么也遮不住勾起的嘴角。他又想到她临别时的眼神，全都是属于他的小女儿姿态。

这人，可爱且不愚昧，有主见还不失天真，温柔又带有棱角，有一点点明丽，一点点烂漫，现在全都属于他一个人。

他背靠着沙发，无声地笑了。

/第六章/
荆棘与刺玫瑰

苏礼到了办公室，还有一阵子才上班。她将礼物分给了同事，就连易柏都得到一个摆头小挂件。

同事谢过苏礼的礼物，闲话家常地问她有什么有趣的见闻。

苏礼简略介绍了这次出差的见闻，有关感情的事只字未提，最后总结道："最深刻的还是蜻蜓半夜撞窗户，什么海边的浪漫场景全是假的，不如去冲浪。"

易柏站在那儿听完，趁机说道："那好啊，下次我陪你去冲浪。"

苏礼忙着跟旁边的女生侃大山，闻言只是侧了侧头，随意问道："你还会冲浪呢？"

少年憋了半天，最后还是肯定地道："我可以。"

他当然不会冲浪，但是为了她，可以学。

从新生报到那天，隔了一个走廊看到她随手涂简笔画的那一刻起，阴沉沉的天仿佛都变得晴朗了，他觉得，只要能靠近她，没什么不可以。如果有不会的东西，那他就去学，让这个世界为他点头。

接下来就是属于苏礼暗无天日的赶稿期。她差点儿在客户的等待中过国庆长假，但好在最后交上去的设计图一稿就过。雪墅的总经理对她的设计图非常满意，连她最后想改个纽扣的颜色都不让，说："不需要改了！已经很好看了，这就是最适合我们的衣服。"

组长跟苏礼说："他们的下一个项目，还想约你……"

"最近吗？"苏礼道，"最近的话可能不行，如果他们时间上比较着急，你看看换给其他设计师？"

"啊？你最近有什么事吗？"

"嗯。"苏礼笑了笑，"要去参加一个综艺节目来着。"

《巅峰衣橱》的制片人一直在联络她，这次的要求比哪次都急。

《巅峰衣橱》是个即录即播的综艺节目，按理来说节目需要几个月的准备时间，设计师也早该确定下来，然后提前制作，但问题是，这次某个组的设计师在即将正式录制第一期时毁约了。

这位设计师是某个高层的女儿，纯粹是因为觉得好玩儿才加入的，水平不见得多好，心态倒是比谁都脆弱。做了一个多星期，感觉衣服不太好看，怕输的念头越来越强烈，为了避免面对惨烈的现实，这位任性的设计师在开录前跑了，留下一堆烂摊子。

为什么说是烂摊子呢？因为她既要面子，不想自己出来挨骂、被否定，又想知道自己的衣服到底会得到什么样的评价，于是要求替补的新设计师"接手"自己的作品，代替自己上台接受点评。

苏礼算是明白了，这传的不是衣服，是皇位，还是分世袭制和禅让制的。

而节目组后面准备的替补设计师全签好合同了，大家都是自己做自己的，哪儿可能去接手别人快做完的作品？

恰逢苏礼的"再让我吃两口"进入大家的视野，"新锐设计师"的名号似乎也很适合那套系列服装，于是节目组工作人员找到她，发出了邀请。

机遇是好机遇，但开局也确实是死亡难度，苏礼掂酌许久，最后还是答应了下来。

她对自己的设计从来都很有信心，开局抛给她一个困难模式怎么了？她照样可以凭本事打通关，调出属于自己的万人迷模式。

因为要参加综艺节目的录制，所以公司这边她就很难兼顾了，一些项目也不能接手了。

创意总监一听说她要去《巅峰衣橱》，立刻表示赞同："没事，公司这边的事就不要你操心了。你要是无聊的话可以找组长要案子，主要还是以《巅峰衣橱》为主。只要你能留超过 3 期，真的，苏礼，就 3 期，回来之后你就是我们设计部的英雄。"

苏礼看着创意总监没两根头发的"地中海"发型，沉吟了一会儿说道："也没这么夸张……"

"有的。这机会你是不知道多少人抢破头，上回我一个同事还问我有没有渠道，我说：'有渠道还轮得到你？老子早就冲上去了。'"

本来她对去参加综艺节目录制挺平常心的，结果去彩排那天全服装部的人在楼下欢送她，搞得像是将军出征，自己不拿点儿成绩回来倒有些不好意思了。

作为一个直播的综艺节目，为了避免出错，流程是需要彩排无数次的，也并非每次都能集齐全部嘉宾，譬如苏礼来的这天，就没有遇见单笛。

她听说单笛的场次在第二天彩排。

苏礼推开休息室的门，冷气扑面而来，里头的人已经差不多到齐了。

最靠近门边的是个烫羊毛卷的女设计师，她的刘海儿修剪到眉毛上面，看起来古灵精怪。

她第一个跟苏礼打了招呼，热情直接："Hello。"

这给了苏礼一个气氛融洽且大家都很好相处的错觉。

于是她也扬起嘴角释放信号："大家好。"

但是除了这个女设计师，根本没人回应，甚至没人转头看她一眼。

剩下的人都围在化妆台旁，闹哄哄的，好像抱团儿形成了所谓的"圈子"。

"哎呀。小妙好久不见，你又变瘦了。我上次在秀场看到你的黑白格子裙了，真的漂亮。"

"琼姐你也是，须芷在红毯上的那套礼服可真是艳压四方。"

"上回还在买手店看到了思思的限定款联名外套呢，口袋的设计也太独具一格了。你什么时候搭上了奢侈界的顺风车啊？有机会给我也介绍介绍呗。"

"你们是不知道，就大明星简之代言的那个牌子，前两天联络我，居然说从小就穿我做的衣服了，我真不知道是该高兴还是该骂街……"

"…………"

苏礼和女设计师对视了几秒。空气中弥漫着难以言喻又心照不宣的尴尬气氛，最后还是女设计师先开口："苏礼对吧？我叫黎笑珊，很高兴认识你。"

黎笑珊凑近了点儿，小声同苏礼道："我来时她们也是这样的。我本来还以为她们只是聊得太开心了，所以没听见我打招呼。谁知道后头郭琼一来，她们立刻'琼姐'前'琼姐'后地招呼着，那叫一个双标。不就是觉得她们那圈子'有门槛'，瞧不上我们这些小设计师吗？"黎笑珊嗤笑了一声，"真要做起设计来，谁赢谁输还不一定呢。"

苏礼想了想，道："嗯，她们谈的那几套衣服……"

黎笑珊："嗯？"

"做得都太丑了，这也夸得出口？"苏礼如实道，"黑白格子裙像吹大的气球，100斤的模特儿穿起来有200斤的效果。

"靠大红撞大绿被骂上热搜的礼服居然能用'艳压四方'来形容？学到了艳压四方的反面用法。

"还有口袋，第一次看到口袋做那么大挂在胸前的，我差点儿买来给我哥当围兜。"

"哈哈哈——你怎么说了我不敢说的话？"黎笑珊差点儿笑死，"尤其是郭琼，最近真有点儿江郎才尽了。"

《巅峰衣橱》请的当然都是最能代表业内水平的设计师，能够作为首发阵容参加第一期录制的人，除了有名气、有代表作，势必在圈内有一定地位。

化妆镜旁抱团儿的那几位，确实在七八年前就开始走红了，并且近几年也没有消失在大家的视野中，只是设计天赋确实也是有保质期的，期限一过，水平就会变得不稳定。不过她们的年龄和资历摆在那里，很多品牌和明星还是会用她们，但某些时候也会翻车，甚至往往因为审美没有跟上时代，又要硬强调态度，衣服总是四不像，看上去还不如一些新人设计师的设计，死板又无趣。

这些人之所以还能保持所谓的"神格"，不过是因为信息更新不够快，因此只要曾经辉煌过、资源没断的人，就还是大佬级人物。

不过大家参加完这个节目，往后可就说不准了。她们以为是为自己抬咖位来的，可兴许会跌落神坛。

彩排时间快到了，几位自视甚高的"前辈"有偶像包袱，便对着镜子补起了妆。

有一个就有两个，谁也不想落于下风，而不怎么会化妆的嘉宾就找到导演组工作人员，寻求解决办法："我不管。反正你得给我解决。"

导演组工作人员一合计，决定一视同仁，找了几个化妆师过来帮她们化妆。

"现在弄一下也好，看看大家都适合什么妆容，到时候上节目方便调整，免得马上上台了，你们嫌自己的脸不好看，非要重来。"导演说完看了一眼苏礼："不过小苏应该没有这种烦恼吧？哈哈哈。"

"我也觉得，"黎笑珊凑到苏礼的颊边，"我都没想到设计师有长这么漂亮的。"

正在一边戴耳环的温思思闻言，抬头看了看苏礼，没说话，转头去找抱团儿的柯妙，说："我这对耳环好看吗？"

柯妙瞬间领悟了她的潜台词，说道："好看，不只是耳环好看，我家思思也最好看。导演，我家思思不够美吗？"

导演讪笑着退场，而温思思听到了自己想听的话，满意地转回身去。

设计师有等级，化妆师当然也分等级。几个等级高的化妆师被温思思她们抢走了，剩下两个看起来年轻一些的化妆师在为苏礼和黎笑珊服务。

黎笑珊无所谓，毕竟她的造型决定了她怎么弄都是这种风格。她也知道苏礼更无所谓，因为美女怎么弄都好看。

苏礼在黎笑珊旁边坐下。二人聊了一会儿，苏礼便闭上眼等化妆师刷睫毛，感觉有些困了，便小憩起来。

很快做到造型部分，头发也是化妆师全包，结果她这边的插座好像有问题，化妆师试了试夹板温度，说："半天了怎么不热啊？"

"你换个插座试试。"苏礼睁眼时，听到另一个化妆师说。

紧接着，苏礼的化妆师就将目标锁定最近的插板处，询问温思思的意见："你好，可以用一下你这边的插座吗？"

无人应答。

温思思觉得这不关自己的事，继续玩儿手机，而给她做造型的冷脸化妆师一副"你又没问我，我干吗要搭理你"的表情。

小化妆师继续好言好语地问道："那个……我们这边的插座应该是坏了，可以借用你们的吗？"

那边的人半天没回。

她又说："你好，思思姐？我可以……"

温思思忽然把手机往桌上一放，道："吵死了。用吧，难道我还能说不行？"

休息室里忽然陷入诡异的安静状态，众人纷纷看了过来。

那个小化妆师瞬间僵在了原地，一张脸涨得通红，握着插头的手轻轻地抖了抖，也不知道该用还是不该用。就在她准备硬着头皮上的时候，忽然被一双手握住了手腕。

苏礼："不用了，我们这儿有。"

说完，苏礼将她拉了回来，把插头插在了自己这边的插板上。

化妆师说："这个插座好像没电了……"

"我知道，不是没电，是插线板没插上。"

刚刚她仔细研究了一圈，发现是插线板没插上电。

苏礼站起身，走到尽头墙边的插座口旁。她们这一排有 3 个化妆台，插口也有 3 个，对应 3 个插线板，按理来说是刚好的，那现在为什么不够呢？

原来是温思思太霸道，一个人占了 3 个插座口，不用自己的插线板，非要用公用的插座口——一个拿来充平板电脑，另一个更夸张，用来给小熊玩偶充电。

从刚刚苏礼想休息开始，就一直能听到莫名其妙的噪声，现在靠近了才知道，小熊玩偶是个电台，一直在重播某设计盛会。当时盛会的现场很嘈杂，扰得现在休息室里乱哄哄的。

苏礼一秒都没犹豫，把温思思的平板电脑和小熊玩偶的充电器都拔了下来，电台中的"掌声有请设计师温思思"戛然而止，温大设计师还没来得及炫耀就断电了。

休息室里瞬间安静得仿佛落针可闻。

温思思气得瞬间站了起来，苏礼却视若无睹，把自己和黎笑珊的插线板重新弄好，慢悠悠地等来电。她试了试夹板温度，这才将夹板递给化妆师："好了。"

小化妆师当然知道她是在帮自己，这种时候的温柔举动简直让人感激涕零。小化妆师赶忙上前做造型，一时间，被忽略的只有温思思。

黎笑珊强忍着笑凑过来，跟苏礼吐槽："温思思未免也太过好笑了，谁会在工作的时候播夸自己的视频啊？"

温思思自觉被下了面子，待不下去了，直接摔门出去，后来的彩排也联合其他人没给苏礼一点儿好脸色看。

当然，苏礼也没正眼瞧她。

节目彩排快结束时，苏礼收到了程懿的消息。

程懿："过来接你，在几号厅？"

举个栗子："3 号。"

程懿："嗯，马上到。"

过了一会儿，他又惯例地问道："感觉怎么样？"

举个栗子："节目还可以，人……除了有一个好相处，剩下的都还挺凶的。"

程懿："谁？"

苏礼发了个问号过去。

程懿回得很快："她们是谁？名字发我。"

节目结束后苏礼上车，程懿还执着于这个问题。为了避免男人真的用什么手段给温思思她们穿小鞋，她一直没有说名字。大家有摩擦是常事，用特殊手段以公谋私不是她的风格。

苏礼没想到，正式录制节目的第一天，居然会在后台看见一抹熟悉的身影。

彼时她正在和自己组的模特儿们一起做妆发，视线一晃，看见一个穿着红西装的身影一闪而过。

她正意外于哪个男人能将红色西装穿得这么挺括有型，视线缓缓向上移，男人的侧脸映入眼帘。哦，原来是她的男朋友。

等等，程懿怎么来了？。

制片人如一朵交际花，走到场地正中，说："大家停一停。我介绍一下，旁边这位是我们这期评审团中的特邀来宾，川程的程总，大家都知道吧？"

众人纷纷附和。

"这肯定知道啊。程总谁能不知道？。"

"我们节目也太厉害了，程总都能请来？"

"对，听说川程最近开了个'浮仪'，程总应该也是对服装产业有兴趣。"

温思思从房间里走了出来，赶忙将头发捋了两下，说："早就听说过程总了，今天一见果然不一般。我早先还想去'浮仪'看看呢，也不知道有没有机会？"

这最后一句话既能轻描淡写地表达感叹，也可以是有意抛出的问句，温思思选择的是后者，只为了能得到程懿的回复。

男人却转向苏礼，正欲开口的瞬间，手机振了两下。

举个栗子："谨言慎行。"

程懿皱了皱眉，旋即想起她不希望被人当作只会攀附权贵的花瓶，于是垂下眼眸，几秒后，已经装作和她不认识了。

苏礼暗自感叹他这演技真不错。

大家又聊了两句，这才散开。

程懿坐到了苏礼的化妆区。

正在夹头发的苏礼转过头看他。

男人目光坦然，意思是：随便坐坐，不说话都不行？

行吧，她又转过头去。

没多久就到了节目开录的时间，后台忙了起来。

苏礼忘记自己将台本放在哪儿了，赶紧站起来四下寻找。她找得急，没注意到坐下时堆在腿间的裙子没放下来，膝盖往上露出了一小截白皙的大腿。

程懿却看到了。

"苏礼，"程懿低声提醒，"裙子。"

苏礼这才发现，随手扯了两下，左右也没露出来多少，只是……

副导演转过头问道："程总，你怎么知道她叫苏礼？"

程懿面无表情地道："猜的。"

苏礼轻咳了两声。

这种事不必刻意澄清，过犹不及。

导演只当他们之前偶然见过，没深究。

很快，节目的录制就开始了。

原本一期节目定的是5个设计师，后来发现节目时长不太够，便又加了1个，所以每期一共6个设计师，两期淘汰分数最低的那位，再加入候补设计师。

这期的6位设计师已经很明显了，人设也各不相同：

轻熟女温思思，最擅长用剪裁的衣服凸显女人味；

天马行空的柯妙，常常大胆创新；

策划过多场大秀的前辈郭琼，开创过"饮冰装"的新分类；

人生中首款设计作品便卖到脱销的马婧，最为洞悉市场；

还有就是15岁便出道的神童黎笑珊，风格大气；

最后一个就是苏礼，节目组给她的定位是天赋型新锐设计师，擅长化腐朽为神奇。

不得不说，《巅峰衣橱》节目组挺会玩儿的，能够从每个设计师身上提取关键词，并生成独特的人设，让节目更有特点。在炒热度这方面更是不必说了，苏礼也是在前两天才知道节目组请网红的真正用意。

网红须芃芃有个天王前男友。前阵子天王结婚，连带着须芃芃也上了热搜榜，全网都是《沈天王斥巨资为娇妻筹办婚礼，宠爱无度，曾恋爱长跑7年的她生不逢时，青春喂了狗》一类的文章。

有人关注自然就有人骂，不少人说须芃芃是自己炒作，猜测她要上综艺节目或者进军娱乐圈。

须芃芃一气之下放言："你放心，我绝对不参加任何真人秀。"

不久前传言她要来《巅峰衣橱》，而天王的妻子恰巧也有自己的服装品牌，这下相关话题火速登上了热搜榜。等热度退去，她才澄清"没有的事"，结果这个话题又上了热搜榜。

节目一官宣，热搜话题火速安排，冲到了第一名，原因是她还真的上了《巅峰衣橱》，当模特儿。

她这种自打脸的行为虽然会惹得全网嘲，但也带来了非同一般的热度。今天就有不少观众是看了热搜过来的，全等着开播看好戏，希望她能在节目上回应天王前男友的事，可谓赚足了关注度。

节目最开始肯定不会放"王炸"，须芃芃作为模特儿留在了最后一组。第一个出场的是郭琼，苏礼排在倒数第三，后面是温思思，黎笑珊最后出场——跟天王的前女友一组。

郭琼一出场，设计风格果然没有逃出苏礼的预测，说多难看也不至于，就是太老土了，土到苏礼梦回10年前——多种元素夸张地堆叠在一起，凸显主题也不是这么个凸显法。

看到转播，坐在一起的设计师们全都沉默了。

但郭琼是前辈，台上的明星买手都比较收敛，轮到设计师发表感言，大家也都客客气气的。

"立意很好的一套衣服。"

"一贯的琼姐的风格。"

"那朵花绣得很好。"

"我喜欢红色。"

苏礼看出来了，大家笑得都很假，但是没人拆穿。

镜头程序化地移动，同行们的评价千篇一律。很快轮到苏礼，她唇边的微笑人畜无害，温柔地点评道："像胳肢窝里夹了两个风火轮。"

观众本来都对同行点评这一环节绝望了，结果苏礼这话一出，弹幕寥寥的直播间瞬间热闹起来。

"哈哈哈——这个美女瞎说什么大实话？！"

"笑吐了，怎么会有如此精准的形容？"

"我觉得丑，室友也觉得丑。"

"等等……刚刚那个一闪而过的介绍，这是'再让我吃两口'？惊了，原来'口大'长这么漂亮？"

"这ID……我以为会看到一个500斤的大胖子，搞了半天是仙女啊。"

"震惊！姐姐的脸今天也在超额营业！"

前面的弹幕本来都在评价衣服，后面完全歪了，直到进入竞价环节，还有人因为看不见苏礼的脸而哀号。

"导播别切镜头！'口大'仙气飘飘，再让我吸两口！"

…………

随着设计师逐个出场，节目的气氛也渐渐被炒热。

唯一遗憾的是，节目主要针对的是设计师，因此模特儿并不会和她们坐到一起，苏礼因此错失了和单笛见面的机会。

不过单笛肯定知道她来了，方才出场时走秀，明显能看到她的表情有点儿慌乱。

听说后面几期会有设计师和主模特儿同台的机会，届时她与单笛面对面对决，会是怎样的情况呢？苏礼很期待。

苏礼这次也不是白来的，到时候一定要弄清楚当时复赛的名额是怎么回事，是不是单笛搞的鬼……

就在苏礼琢磨这些事的时候，到了她出场的时间。

苏礼对第一场展示没有什么期待，毕竟 10 件衣服里有 9 件是别人留下的烂摊子，唯一那件还是她临时补的。

死马当活马医吧，她能撑住不被淘汰就行。

当苏礼的衣服展示完毕，直播间也进入了第二轮弹幕大战。

"呃……刚刚她毒舌成那样，我还以为她的设计做得有多好呢，除了裙子和外套好看，其他的完全在及格线以下了，这水平也太飘忽不定了。"

"看在设计师这么漂亮的分儿上，也能理解，但确实有点儿失望。"

"做成这样她还好意思说人家夹风火轮？新锐设计师都这么狂吗？"

"估计节目组就是请了个除了脸啥也不行的，人设而已，大家别吵架。"

"这是 C 大的苏礼，附近学校的人应该都认识，是挺有名的，但是水平好像也确实不稳定。听说之前这节目去学校选设计师，她连初选都没过呢。"

对面的明星买手向苏礼提了很多问题，多数聚焦在她的裙子上，比如："请问你身上这条裙子也属于这个系列吗？"

裙子是苏礼当时顺手做来给自己穿的，但看样子大家都很有兴趣。为了增强竞争力，她说道："如果拍下的品牌商喜欢，这条裙子可以一起投入生产。"

她的言外之意就是，本来这裙子不是，但如果客户需要，它也可以是。

评审团的亚洲美学设计师 Kenn 则对她的外套很喜欢，说道："那件拼贴外套可以靠近一点儿给我看一下吗？"

苏礼："可以，稍等。"

模特儿脱下外套，苏礼本来拿在手上，但又觉得不方便展示，便自己穿上走向评审团。

程懿也坐在那儿，不过从开场起就一言未发。

苏礼展示完外套，Kenn 的评价很高："我原本以为只是款型好，没想到细节也非常不错，面料很舒服，而且尾摆这一圈的拼贴是可以撕下来的。"

苏礼展示完外套后，准备抄近路回到台上，结果没看到脚下有个栏杆，被绊得趔趄了一下。她穿着高跟鞋，晃了两下才站稳。她用来平衡的手肘还没落下去就被人扶住了——程懿从评审台上下来了。

苏礼用眼神示意，手肘也以巧劲儿将他往回推，意思是：你下来干吗？赶紧回去坐着，我自己能行。

程懿像在跟她打太极，将她的手肘又推了回去，目光更直白：我不放心，送你。

两个人推拉几番，苏礼终于意识到自己劝不动。为了避免大家将时间过久地浪费在她这里，她只好屈服，让程懿把自己送回了台上。

主持人笑着说："程总真是很绅士呢，哈哈哈，看到我们穿高跟鞋的设计师，自己主动搀扶。"

主持人特意加重了"主动"二字。

苏礼目视前方，实则如坐针毡，感觉自己像个还不会走路的小朋友，只想尽快离开。

苏礼不记得衣服后来拍了多少钱了，只记得第一时间加速退场。导播是个机灵鬼，在她退场时还给程懿切了个镜头。

观众没想到自己看个节目还能看到八卦画面。

"如果我说我好像嗑到了，你们会骂我神经病吗？"

"不会，我也觉得他们好般配。为了我的生命，你们可以恋爱吗？谢谢。"

"奇怪的组合增加了。"

下一个上台的人是温思思。

苏礼本来没怎么注意，忙着询问工作人员自己的设计服装的成交价，结果转播屏里忽然炸出了一句："我这件上衣也很好看的，可以给 Kenn 老师近距离展示一下吗？"

苏礼停下脚步，坐回沙发上，看向屏幕，顺道端起了水杯。

她记得温思思这套衣服一般，是有哪件特别好吗？

苏礼全神贯注地盯着屏幕，结果没瞧清衣服，却见温思思"孱弱"地一抖，"哎呀"一声，平地扭脚，摔到了程懿跟前。

苏礼差点儿喷出一口水来。

黎笑珊也感到迷惑，看向苏礼，说："她该不会是假摔吧？"

黎笑珊猜对了，因为温思思说是给 Kenn 展示衣服，实则目光直勾勾地盯着程懿。

但是，1 秒、2 秒、3 秒……10 秒过去了，程懿依然坐在座位上，目光凉薄，面无感情，甚至往后靠了靠，像是生怕什么脏东西溅到自己一样。

弹幕金句频出。

"我扶的是我老婆，你是个什么东西？"

"哈哈哈——"

"别别别，虽然他们是俊男靓女，但是姐们儿别随便拉郎配。栗栗是我学姐，我在学校就超喜欢她。我们栗栗靠实力独自美丽，绝对不是那种傍大佬的人，千万不要捆绑，以免闲言碎语伤人。"

"独自美丽苏栗栗，以才服人靠实力，无关紧要不搭理，目标只有得第一。"

"前面的姐妹说得好！但是我还是站 1 秒'礼义夫妇'。"

"'礼义夫妇'？好听，不错。我绝对不是因为觉得两个人般配才嗑的，我是纯粹觉得这个名字可以弘扬中国传统文化来着。"

…………

苏礼浑然不知弹幕已经是这个走向，将全部注意力都放在了接下来出场的黎笑珊的服装上。

不掺杂任何私人感情客观地说，黎笑珊设计的衣服是这期她觉得最好看的。这些衣服用色高级，但没有完全背离市场，覆盖的年龄层很广，袖口和领口的设计也独具一格，属于她在商场逛到了也想买的类型。

果不其然，黎笑珊设计的服装被拍到了全场最高价，排第二的是马婧设计的服装，而苏礼靠自己做的外套和裙子撑场，位列中游。这个成绩比预期的好一些，毕竟她以为前面留下来的那 9 件衣服会直接判她死刑。虽然衣服是以她的名义展示的，但确实有点儿丑，设计语言也很干瘪。

总而言之，第一期除了没和单笛正面对上让她有点儿遗憾，其余都还算满意。

节目录制结束，上车后，苏礼靠在椅背上伸了个懒腰，总算是了却了最近的一桩大事。

程懿翻过一页杂志，问："蓝色的那几件衣服不是你做的吧？"

苏礼没跟他说过这件事，因此听到他的问题很是好奇，转头问道："你怎么知道？"

"你不会允许两边的袖子都没裁齐。"顿了顿，男人又道，"眼神也能看出来。"

苏礼："什么眼神？"

"你看那些丑衣服的眼神，是很想划清界限。"不知是想到什么，男人垂眸笑道，"没听过人家说嘛，喜欢的眼神是藏不住的。喜欢人是这样，喜欢衣服也一样。"

苏礼本来没想搭话，但是感觉男人很想让她开口，便跟着问了一句："比如呢？"

程懿："比如你看我的时候，眼神也藏不住。"

半晌，苏礼才说："我这沉默不是默认的意思。实在是你的脸皮太厚了，我不知道还能说什么。"

程懿挑了挑眉，没跟她计较，反倒看了一眼行程表，说："我周五要去巴黎谈案子，你想不想一起去？"

苏礼撑着脑袋，说："我跟你一起去干吗？我又不谈案子。"

"我只有周五忙，周末有空，"程懿顿了顿，继续说道，"带你法国两日游。"

苏礼最终没有抵抗住诱惑，实在是因为程懿给她发了太多美食图。

他们到了巴黎入住酒店之后，苏礼没等多久，程懿就来敲门了。

他说是周六再行动，实则周五晚上他们也有行程。他们去了附近的街市，听说有很多街头表演。

夜晚的巴黎有种暧昧的浪漫气氛，远处有游船鸣笛的声音，灯影摇曳，车水马龙。

他们沿街逛了过去，街边的风景很好。偶尔她会加快脚步去看点儿什么东西，跟程懿拉开距离。有外国小哥哥前来搭讪，还没来得及靠近她，她就会被男人直接扯到身后，然后男人会对她说："别离我太远。"

表演的地方已经围了很多人，苏礼只好先去楼上买热狗，结果刚选完热狗棒，惊喜地发现这里能看到楼下街头艺人的表演，只可惜自己高度不够，看不太完整。

底下的喊声震耳欲聋，好像在表演 Krump（一种嘻哈文化与情绪紧密相结合的舞蹈)和Breaking(一种以个人风格为主的技巧性街舞舞种),苏礼好奇得紧,禁不住跳起来往下看。

她这样做的好处是确实能看到表演,坏处则是人没办法长时间悬空,只能不停地跳起落下,体验一点儿都不好。

就在苏礼第8次跳起时,腰忽然被人搂住。程懿将她拦腰一抱,让她直接坐在了自己的手臂上。

程懿的右手紧搭着货柜,苏礼坐在他的手臂上,稳稳当当,将楼下的表演尽收眼底。

他们后面有不少看表演的人,此刻一看苏礼坐在程懿的手臂上,都投来或羡慕或嫉妒的目光,甚至有男生拍了拍程懿的肩膀,伸出赞许的大拇指。

旁边的女生跟自己的男朋友抱怨:"她可以坐在男朋友的手臂上,我为什么不行?"

男生立刻回应,连停顿都没有:"你这体重允许吗?你一上来我不得直接骨折啊?

"姑奶奶,你怎么什么都想学?看到别人演唱会上坐在男朋友的肩上你要学,别人看表演坐在男朋友的手臂上你也要学,上次害我脖子落枕一个星期,我还没跟你算账呢。

"哎!余曼妮!你别走啊!余曼妮!我承认是我力量不够,余曼妮!"

…………

男生的声音渐渐飘远,苏礼不禁笑出声来。

程懿:"怎么了?"

"没怎么。"苏礼回头,"你累吗?要不要去喝点儿东西?"

"你对你……男朋友的臂力未免太没信心,"他说道,"看吧,再看半个小时不是问题。"

最后他们还是没看完半个小时。苏礼说渴,他们就去点东西喝了。其实苏礼还是有点儿怕程懿的手臂累着——她对天发誓,只有一点点。

苏礼点的是西瓜汁,程懿点了酒。大概是这里中国游客多,一旁还放了色子和色盅,苏礼好奇地拿过来看。

她问程懿:"你玩儿过吗?这个怎么玩儿?"

"猜点数。"程懿给她解释,"就是玩儿心理战术,譬如我们两个人,喊……算了,有点儿复杂,你先玩儿吧,边玩儿我边教你。"

苏礼闻言,把色盅盖上,摇过之后才后知后觉地抬头问:"我输了不会有惩罚吧？"

"输了的话，"程懿顿了顿，没有任何心理负担地说，"你亲我一下。"

苏礼想着他是在胡扯，便没搭理，专心致志地玩儿起了游戏。

不知是她不适合玩儿这个游戏，还是程懿的技术太好——她玩儿了10局才赢3局。

她本想跟程懿死磕，把比分扳平，结果外面突然下起了雨。他们转移到室内，这个游戏也就结束了。

里间有驻唱歌手，正玩儿命地弹着吉他，重金属音乐响起，气氛很狂热。

程懿看苏礼四下寻找什么，淡淡地道："还想玩儿？可以带你玩儿别的。"

"别的？"苏礼瞬间变精神了，"别的什么？"

男人拿起一副扑克牌从中抽出一张梅花A，问："传扑克牌，玩儿过吗？"

苏礼很少接触这类游戏，便摇了摇头，说道："没，你说一下规则。"

程懿把牌擦干净，放到她的唇边，道："吸住。"

语毕程懿便放开了手，苏礼怕牌掉了，赶紧吸住了牌。

程懿颔首，食指放在她的下颌处，摩挲过少女的嘴角，说："嗯，等会儿我就这样把牌传给你，你记得接。"

接？她用什么接？用嘴吗？

程懿打断了她的思路，淡淡地道："还记不记得你刚刚欠我什么？"

虽是问句，男人却没给她反应时间，说话间拿走了她吸着的牌贴在自己的唇上，旋即垂下了头。

苏礼隐约觉得不太对，可又不知道怎么玩儿，迷迷糊糊地就迎了上去。

男人在她靠近的那一刻，轻轻吹掉了扑克牌，温热的唇落在了苏礼的唇上。

身侧乐器的声音震耳欲聋，欢呼声一浪高过一浪，男人加深了这个吻。

入夜，苏礼躺在床上辗转反侧，盖着被子热，不盖被子又冷。终于，她一个鲤鱼打挺从床上弹起，缓缓拧开了床头灯，和散发着冷气的空调面面相对。

片刻后她拿起手机，给陶竹发消息："睡了吗？"

现在已经是凌晨3点，"修仙少女"陶竹直接被震撼到了。

陶竹："你怎么还没睡？"

陶竹："我没睡正常，熬夜是黑夜赋予我的使命。你呢？你不是11点就睡觉的吗？"

举个栗子："我失眠了。"

陶竹："你还会失眠？"

苏礼拿出耳机插上，给陶竹打电话。

陶竹很快接起："喂？怎么了？你们旅游的时候吵架了？"

"没。"

"那是什么事？"

什么事？

苏礼回忆起那一幕画面，脸又红了，程懿真是……真是不知羞。

亲完之后，他居然还低声说："你输了7局，我只要8秒。"

苏礼疑惑地问道："什么意思？"

"你赚了。"程懿说。

那会儿她可能真的傻了，居然还怔怔地问："那你亏了吗？"

男人笑，轻轻刮了刮她的鼻尖，说："我也赚了。"

想到这里，苏礼瞬间仰倒在枕头上，用手感受了一下心跳，问陶竹："我是真实存在的吗？"

她们的通话在陶竹的沉默下结束。

通话结束，苏礼放下手机，魂魄慢慢归位，心跳也逐渐恢复正常，最后慢慢睡着，并且这一晚的睡眠质量还不错。

第二天她刚醒，手机上就传来了程懿的消息。

程懿："醒了吗？"

举个栗子："嗯。"

程懿："那来开门，我在你的门口。"

门铃响起，苏礼没顾上穿拖鞋就奔向门口。她这次住的是个花园酒店，酒店室内的地板是纯木质的，偶尔会有小木刺外露。她没注意，好像被什么扎了一下。

苏礼拉开门，男人出现在她面前。

苏礼抬起头，有点儿意外地问："你今天没穿西装？"

"跟女朋友约会穿什么西装？"男人掩门走了进来，挑了挑眉道，"怎么，你想看我穿？"

"没，就是觉得上次那件红西装还挺好看的。"苏礼边说边跟着他走进客厅。

男人正欲开口，却发现她走路有点儿不对劲，立时敛了笑意，问："你的脚怎么了？"

苏礼："刚刚被扎了一下，我等会儿用水冲一冲，贴张创可贴就行。"

男人将她按坐在沙发上，握住了她的脚踝。

苏礼有些不自然，小声道："你干吗？"

"我看看。"程懿沉声说。

男人温热的掌心握住被空调吹得有点儿凉的脚踝，轻轻抬高，人也半蹲了下来，蹙眉仔细查看她脚心的伤口。

室内环境安静而暧昧，苏礼觉得那视线如有实质，让周遭都开始升温。

终于，程懿放开了她的脚。就在她忍不住长舒一口气时，他从柜子里拿出医药箱，又转到了她身前。

他单膝跪地，把她的脚放在他的膝盖上，折断一支消毒棉签，用碘伏帮她消毒。

苏礼动了动，换来男人的询问："疼？"

"不是，痒……"

程懿加快了动作，很快清理好伤处，给她贴上创可贴。

苏礼乖乖穿好拖鞋起来倒水。

程懿看她来回走了一趟，才道："好点儿了吗？"

苏礼感受了一下，实话实说："没什么感觉，还没在画室里被笔削到手，不是，被刀削到疼。"顿了顿，苏礼问，"这里怎么有碘伏？"

"医药箱是我安排人放进来的。"程懿说。

哦，所以医药箱不是酒店的，原来是他怕出意外情况，提前备好的。

苏礼鼓了鼓腮帮子，然后换了个话题："今天你有安排吗？要不我们去看电影吧。"

"可以，"程懿挑眉，"你想看什么？"

两个人选好影片，半个小时后到影院时放映厅里已经有人在了。程懿还没看过不包场的电影，感觉有些别扭，挪了挪身子。

苏礼转过头问他："怎么了？不喜欢？"

"没，"程懿将眼镜递过去，"要开始了，看吧。"

电影放到一半时，程懿看到微信群里有消息。

霍为："程总，听说你到巴黎了？我们也在巴黎呢，要不要出来一块儿玩儿玩儿？"

10分钟后，霍为的另一条消息过来了。

霍为："你应该没会要开了啊，怎么不回消息？你在干吗呢？"

程懿顿了顿，单手打出"看电影"3个字，点击发送。思忖几秒，他又举起手机，拍了一张和苏礼十指紧扣的照片传过去。

霍为放在桌上的手机振了一下，众人都靠了过来。

"程懿回啥了？快看看。"

霍为："他说他看电影呢。"

"他？他会去看电影？上次《美国队长》刚放10分钟就开始聊工作的人是他吗？"

"哎，你看后面还有张图，太黑了，看不清，什么玩意儿啊？"

霍为把图点开，将亮度调到最大，照片的全貌才得以被展示出来——一只大手和一只小手十指相扣。

"这是什么啊？！"

霍为揉了揉耳朵，道："怎么一惊一乍的？老子要被你叫聋了！"

"不是吧？！还牵手拍照片，程懿现在这么酸的吗？已婚男人真够无趣的。"

霍为："谁跟你说他结婚了？之前他发朋友圈那会儿才刚追上。"

那人笑着摆了摆手，说："哦，女朋友啊，那估计过两天就不新鲜了。"

"行，到时候再约吧，说不定明天他就厌倦了呢？哈哈哈哈。"

两个人看完电影，苏礼又打卡了博物馆和巴黎圣母院。程懿就心甘情愿地陪着她逛，偶尔还负责替她拎包和袋子。

晚餐是程懿安排的。

夜晚，游船餐厅航行在塞纳河上，为他们展示了沿途河畔的美景。苏礼坐在上层甲板上的编织皮椅里，对面坐着切牛排的程懿，餐盘上反射着窗外城市的灯光。

简单而又不简单、平凡却又不平凡的一天，这样才叫恋爱。

程懿："你笑什么？"

苏礼捂住嘴，克制着表情，说："我没笑啊。"

曾经对恋爱的那些恐惧好像在一点点消散，她没有深究的伤疤也在悄悄愈合。

苏礼常常觉得人要知足，所以这一刻并不奢求更多，只是想着他们要是能一直这样下去也很好。

两个人回到酒店已经午夜12点了，等苏礼洗头、洗澡、护肤一套流程下来，又过去了2个小时。睡这么晚，苏礼估摸着明早起不来，便给程懿发了消息，说明早暂时没有计划，让他可以先忙自己的事情。

于是次日一早，程懿便被霍为找借口叫了出去。

"本来说过段时间再叫你的，让你这阵子好好恋爱，"霍为说，"但是李显马上要去迪拜了，明天就出发，刚好你今早有空，择日不如撞日。"

程懿冷眼看着他。

霍为浑身一抖，咳嗽着拽出身后的人，说："李显，李显你还记得吧？咱们以前经常一起出去打球的，昨天他也跟我们在一块儿呢。"

李显坐到程懿旁边，作势要和他碰杯，道："忙，很少看朋友圈。昨天才听说你谈恋爱了，哈哈哈，都几个星期了，今天还没腻啊？"

程懿淡淡地扫过去一眼，径自喝了口威士忌，懒得搭理李显。这人说的什么东西，没一个字是他爱听的。

霍为看气氛有点儿冷场，开口道："什么女朋友，那就是个猎物，他没怎么上心，就随便应付两下……"

霍为的话还没说完，程懿的电话响了。

霍为推了推李显的肩膀，说："没事的，他喝酒从来不接电话。"

霍为的话音刚落，程懿的声音传来："喂，睡醒了？"

霍为愣住。

程懿："脚好点儿没有？"

霍为眨了眨眼。

程懿："嗯，痛要记得说。"

按理来说，既然已经追到手了，后续适当关心、保持关系稳定就可以了，程懿干吗还把"三包售后"做得这么好？

"没必要，你这差不多就可以了。"等程懿挂断电话后，霍为开始传授经验，"女人哪，你要适当地冷落她，不然她得寸进尺很烦的。而且你现在就算不做什么，她也不会跑……"

霍为还没说完，程懿拿起搭在椅背上的衣服，起身道："我先走了。"

霍为："啊？去干吗？"

"她要换创可贴，我回去帮她拿。"

"啥？换创可贴？你这语气我还以为她生活不能自理，没你料理伤口就要溃烂呢。"霍为一把抓住程懿，苦口婆心地道，"我不是说了嘛，对猎物的话，前面的关心已经够……"

程懿的耐心有限："她的脚受伤了，创可贴在高处放着呢。"

"那又怎么了？"

"她拿的话需要登高，这样伤口会疼。"

"疼忍忍不就行了嘛。"

程懿咬了咬后槽牙，眯起眼冷冷地道："你这说的还是人话吗？"

"我说的咋就不是人话了？之前我从墙上摔下来摔骨折了，在车上号了几声，你还不耐烦地嫌我吵到你了呢！就用创可贴贴的伤口，她忍忍怎么了？我骨折多疼啊？！"

"是你自己要翻墙逃课。"男人面不改色地说道，"所以活该。"

直到程懿的背影消失，霍为才反应过来："不是，他真就走了啊？他就为了回去找创可贴，这么贵的酒就不喝了？这么重要的朋友就不陪了？他以前不是这样的。"

思索半晌，霍为点着头说出了肯定的猜测："完了，程懿陷进去了。"

苏礼吃过早餐后，程懿回来了，帮她拿了新的棉签和创可贴，还在她的包里备了3份——估计等她用完也就好了。

"今天要回去了吧？"苏礼说，"我周一还有工作呢。"

…………

飞机落地后，程懿要开车将苏礼送回公寓，但中途在自己家楼下停了车，说："我上去换套衣服。"

苏礼帮他拿着外套，在车里等他。这时程懿外套口袋里的手机疯狂振动起来。

苏礼本来觉得看人家的手机不好，但架不住电话一个接一个地打来，像是有什么急事。她提起外套，准备拿出手机接电话，没想到拿出手机的瞬间带出了一个小盒子。

苏礼有些奇怪，将盒子拾起，转着端详了一圈。那是个很简单的绒面盒，四四方方的，打开盒子的那一瞬间，苏礼呼吸一滞。

主驾驶座的门把传来响动，是程懿回来了。

苏礼慌慌张张地把东西塞了回去，对上男人的目光。

程懿："怎么了？"

"没……没什么，你的手机一直响，我就想帮你接一下，不过还没接。"苏礼把手机和西服一并递给他，"你接吧，打5个电话了。"

"嗯。"程懿接过手机，关上车门，在外面讲起了电话。

坐在车里的苏礼呼吸急促，满脑袋都是方才打开盒子时看到的那枚求婚钻戒，盒面上写着——

"Would you marry me？（你愿意嫁给我吗？）"

苏礼回到公寓后，还是没缓过神来，吃晚餐时变得特别机械。

"怎么了？去一趟巴黎，人变 AI（Artificial Intelligence，人工智能）啦？"陶竹敲了敲她的筷子，"我知道了，是不是程懿把你喂得太饱，你现在没食欲了？"

苏礼有些恍惚，道："等会儿你陪我出去散散步吧。"

陶竹越发疑惑："你怎么没反驳我啊？程懿真'那个'你了？"

苏礼："没有！你脑子里能不能有点儿积极向上的东西？"

吃完晚餐后，二人沿着公园散步。

走出一阵后，陶竹叹息道："我的栗栗变成了一个有秘密的栗栗，竹竹也不再是那个无所不知的竹竹了。"

"我这不是在思考怎么说嘛，"苏礼纠结了一会儿，最终开口道，"今天程懿送我回来，我不小心在他的口袋里发现了戒指。"

"就这？就这？"陶竹一副不可思议的样子，"男朋友准备戒指算啥啊？我要是程懿，明天送你一套华清湾别墅的钥匙。"

苏礼张了张嘴，差点儿就说出"我在那边已经有两套独栋别墅了"。

顿了顿，她咳嗽两声，说："但是那个牌子是只做婚戒的。"

"只做婚戒……只做婚戒又怎么了？万一他就是觉得好看，单纯想买来给你，没别的意思呢？"陶竹嘟囔，"再说了，万一那不是给你的呢？"

苏礼一愣。

"开玩笑，开玩笑，"陶竹立刻靠过来，"戒指肯定是送你的，但也不一定是要求婚的意思。"

这点苏礼倒是没想到，暗自松了一口气。

"那就好，"苏礼抬头望天，"不然是不是太快了点儿？"

陶竹："快？什么快？我表哥和表嫂才认识两周就领结婚证了，现在孩子都五岁半了。你们都认识多久了？这已经不算快了，你是没见过闪婚的人。"陶竹又道，"再说了，合不合适跟时间无关，爱情也和时间无关。其实差不多了就该定下来了，有时候拖着反而不行。"

苏礼："照你这意思……我该期待他向我求婚？"

陶竹敲了一下她的脑袋，说："当然不是。你可能是被贺博简伤怕了，就非要给自己搞出一个流程来，以免背离大多数人的步伐，从而出错。但感情这件事没有最优解，到了对的时机你做什么都行。如果他不求婚，你们就继续谈；假如他求了婚，你想答应就答应，觉得还没到时候就不答应。总之你要跟随自己的心去做决定，而不是去琢磨别的事，这是本末倒置，懂吗？"

陶竹说了很长一串话，苏礼慢慢听着，最后靠在栏杆上，觉得她说得挺有道理："嗯，懂了。"

"再说了，就算他真是求婚，不管你想不想答应，你不是都该觉得幸福吗？"陶竹说，"起码这个男人是真心爱你，想和你过一生啊。从现在开始，他愿意陪伴你到以后，多幸福啊。"

苏礼看向远处的车流。

幸福……吗？

"我这从小到大，自己的恋爱还没整明白呢，天天给别人提感情意见。"陶竹"啧"了一声，"什么时候轮到我尝遍爱情的酒啊？"

苏礼沉默片刻，道："你太贪心了，人家是想尝，你是想尝遍。"

陶竹："帅哥那么多，不全体会一下，我舍不得死。"

周一，苏礼到了公司，直奔 17 楼。那里摆着两件婚纱，是组长拜托她完成的工作。

本来她在《巅峰衣橱》那边就有任务，要在第 2 期开录前做出一套成衣，结果公司这边出了问题，有个顾客一直不满意公司提供的设计，设计师也跟着改了无数次，直到两边的心态都崩了也没达成一致。

其实最后只剩一些细节部分了，但就是细节做不好才一再耽误时间。顾客的婚礼在即，组长只得找到苏礼，说这是她的专长，问她有没有空救场。

苏礼今天到得早，先是将婚纱从整体到细节看了一遍，这才打电话跟顾客沟通。

她一边沟通一边记录。

"嗯，觉得上半身显壮是吗？

"觉得珠子的串接有点儿老气？好，我知道了。

"显胯宽？我待会儿调一下。"

…………

苏礼挂掉电话之后就忙起来，完全没意识到时间的流逝，直到玻璃门被人叩了几下。

易柏说："学姐不渴吗？我给你送两杯水来。"

"好，谢谢。"苏礼道，"居然都12点了。"

"是啊，该吃午饭了，要不要一起？"

"你先去吧，我这里还差一点儿，弄完再说。"

苏礼喝完水，又投入工作中。

易柏就站在一旁看着她，这角度似曾相识，却比之前要靠近许多。

他忽然想起第一次见她，那时他刚在她对面的学校报到完，放完行李后四处闲逛，看到她在帮舞蹈社的墙面做涂鸦。他只遥遥看了一眼，心动毫无预兆，心理学上称为一见钟情。

他到现在也不知道那一幕有着怎样的魔力，但确实钉进了他的记忆。他开始后悔，为什么没有报她所在的学校？他却又庆幸着，幸好他们只是相隔一条街，距离并不远。

他本来的专业是电子工程，大二那年却改到了服装专业，因为想看一看她的世界到底是什么样的。

他喜欢她，两年了，简单纯粹，不求回报，只要看着她、靠近她，就很欢喜。

川程团建那次，他坐在她旁边，在她睡着的时候替她关掉了空调，那是他们第一次离得那么近。

他不强求什么，也不会主动破坏他们现在的关系。

但如果她需要他，他就会第一时间站出来。

"易柏？易柏？"苏礼的声音将易柏唤回现实，"你怎么还没走？发什么呆呢？"

易柏："啊。"

苏礼："再晚食堂就没有红烧肉了，你稍微长点儿心。"

少年进了电梯后，有些高兴地想着：她居然记得我喜欢吃红烧肉。

下午2点，苏礼改好了婚纱。

顾客来试穿时，她本以为和设计师磨了那么久的顾客会很难搞，没想到只试了5分钟，准新娘就说："我也说不出改了什么，就是有种从地摊野模变成奥黛丽·赫本的感觉，瞬间瘦10斤，这就是我要的感觉。"

就这样，这个案子终于拍板，苏礼也能继续忙《巅峰衣橱》的事了。

顾客走后，同事小兰拉住苏礼的袖子，说："你也太厉害了，暮暮磨了几个月都没进展的衣服，你不到一天就弄好了。"

"还好啦，"苏礼说，"只是改些细节。"

"细节最难改了，考的就是基本功，下次我有问题也找你。"小兰想了想又说，"不对，我应该希望自己不会出问题才对。不打扰你了，你快去忙吧。"

《巅峰衣橱》的要求是每期完成10套服装，不仅要契合主题、自己设计，还要在短时间内完成制作。这对时间的要求非常苛刻，听说有些设计师在开录前两天就得熬夜。

苏礼比较"幸福"，在节目开录前3天就开始熬夜了，不过熬夜有人陪。

程懿每晚都要来接她。虽说她已经表示过他可以先回去休息，但男人仍然坚持："反正我也没事，顺路来接你。"

行吧，他说顺路就顺路，她信。

男人来接她也有挺多好处，其中最大的好处就是会给她带夜宵。

脑力和体力相结合的劳动最容易让人饿，尤其是要做衣服到凌晨，那天她正饿着肚子觉得人间不值得呢，程懿推门走了进来，揭开食盒的盖子，里面居然是小龙虾。

"半夜吃这个是不是太罪恶了？"话虽这么说，但她一口一个吃得比谁都快，"不过罪恶就是快乐的温床，我愿意替你承担你的罪恶。"

男人挑了挑眉，看着她唇边流下的汤汁，语带笑意地道："感激不尽。"

第二天更夸张，程懿甚至开启了点餐通道，8点就问她想吃什么。

苏礼在本地美食的微信号里浏览了一圈，发给程懿一篇文章，然后在后面留言："这家店的银耳看起来不错，晚上吃还挺补的，就是要排队。你方便吗？不方便就算了。"

程懿："方便。"

男人当晚有约。霍为本来订的他们常去的那家俱乐部，但男人说不行，发了另一个定位。

他说话向来顶用。众人又赶过去，说他最近可太难约了，10次只能约出来1次，还要迁就他换地点。

他们本以为这次能玩儿个尽兴，霍为连酒都开好了，谁知程懿10：30下了一趟楼，回来后就准备离开了。

霍为精神高度紧张，问："你干吗去？"

程懿："东西到了，我先走了。"

霍为："你怎么又先走了？咋总是你先走呢？"

他刚说完话就收到了冰冷的眼刀，及时改口，语调柔和了许多："不是，您的什么东西到了？"

"楼下的银耳羹，苏礼在加班，我给她送去。"

霍为想了又想，算了又算，冒出来一个自己觉得天方夜谭的想法："呃……等一下，我们今天定在这里聚，不会是因为你想给嫂子买这家的银耳羹，而只有这里方便你收货吧？"

"也不全是。"

幸好，他还不算无药可救。

霍为松了一口气，说："还有呢？"

"还有，"男人看了看表，"开车的时间刚好，送过去银耳羹不会凉。"

霍为等了会儿，问："没了？"

程懿："没了。"

霍为的表情有些一言难尽。

程懿："有什么问题？"

"没……没问题，应该的，嫂子值得。"霍为站起身来恭送，"祝您一路顺风。"

直到听不见男人的脚步声了，确认他不会回来后，霍为这才换了表情，转向陈夜淮说道："程懿是怎么回事？"

"就那么回事，有什么可大惊小怪的？"陈夜淮抬眸，"你们没发现，程懿是真喜欢那个小姑娘吗？"

"那你怎么不提醒他？你之前不是说过嘛，一旦他投入感情，局势就对他非常不利。"霍为很慌。

陈夜淮："那天回去之后，我又仔细想了想。"

霍为："嗯？"

陈夜淮："你还记得那次吗？程懿有辆很宝贝的车，买回来就放在车库里，一次也没开过，不定时送去保养，供它像供祖宗。

"我们很早就计划去北城，好不容易凑齐了人，你在他的车库里随便开了一辆车，结果踩到了雷区。那天大家都在关注天气，开到一半才发现是他那辆宝贝车。北城多山路，很不好走，但最后我们还是去了北城。因为无法更改路线，也因为他一旦决定做什么，就是个不会被突发因素影响的人。

"小时候被影响的那次，他失去了见母亲最后一面的机会。因此他再也不会被影响，哪怕天上下刀子，不是吗？"

陈夜淮走到挂在墙上的游戏盘旁边，从最上方投进了一颗珠子。

这是个随机游戏，盘中有很多路线，钢珠到底会选择哪条路线下落，不到最后谁也不清楚。

钢珠没滚几下，忽然被陈夜淮按住。几秒后他松开手，珠子顺势落下，滚到最中央那条路线的终点。

"他就像这颗珠子，总要落下来的，每一段路的终点都是皓苏，不同的则是他用什么手段和皓苏合作。

"他喜欢苏礼这件事，就像刚刚我的手，虽然改变了一些细微的走向，但最后珠子还是会下落。你知道为什么吗？"

霍为："万有引力？你给我上物理课呢？"

"也因为惯性。"陈夜淮说，"这是他20多年来，一直想做的事情。"

欲望如同滚雪球，时间越长雪球便越大，直至完全无法操控，撞到终点才会停止。

霍为没明白："你说简单点儿。"

陈夜淮顿了顿，说道："如果你初中的时候追一个体育队的女生，只是为了借篮球方便，结果追到了发现自己真的喜欢上她了，你就不打篮球了吗？"

霍为："那肯定不会，但是打篮球时我肯定会更开心。"

陈夜淮："还有呢？"

霍为："对她更好？"

陈夜淮："程懿自然也一样。程懿又不是要杀她，也不是要抄皓苏的底，只不过寻求一个和皓苏合作的机会。由于几年前合作不愉快，他们成了死对头，要想二度合作，很难再走通。用这样迂回的方式会比直走更快，而程懿的目的性强，他不在乎过程只在乎结果，当然会走最近的那条路。"陈夜淮接着说，"更何况……他的母亲……你知道他遗憾了多少年吧？他只是希望将他母亲生前的手稿还原。对他那么骄傲的人而言，这甚至可以说是大于生命的心愿。"

霍为："事已至此，没有别的办法了吗？"

陈夜淮："相信我，他比任何人都想保护苏礼，即使只是潜意识里这样认为。"

一切都在有条不紊地进行着，苏礼那晚喝完银耳羹，才发现碗上竟然写了两个"囍"字。就像某种预兆，次日她果然接到了一张结婚请柬，是那个"奥黛丽·赫本"新娘的。

新娘说感谢苏礼帮自己改了婚纱，婚纱自己很喜欢，所以想要邀请她出席自己的婚礼。

苏礼其实很忙，但最后还是答应了去参加婚礼。

她从没被家人带去参加过婚礼，只是偶尔出去吃饭会碰到，也"被迫"目睹过几场，一直都不感兴趣，更别说去参加陌生人的婚礼了。

但不知道为什么，自从看到程懿准备的戒指，再听完陶竹的话之后，她便不再对这些东西无感。她觉得自己还是该了解、参与一下，从被动排斥到主动接受。

那天的婚礼没有什么特别的地方，司仪说着一些让人觉得乏味的话，还有一些尴尬到让人脚趾抓地的环节，却没有影响到苏礼的心情。

苏礼觉得人真的很神奇。从前她只要看到这些场景就会觉得很尴尬，今天再看到却会想，如果是自己，这里要怎么改，那里要怎么换，力求给自己一场完美的婚礼。

"在想什么？"程懿注意到她在走神儿。

苏礼一张脸噌的一下就红了，半晌才道："没什么，听歌去了……"

"哦，我还以为你也喜欢这种场面。"

这个"也"字瞬间提神醒脑，苏礼问："然后呢？"

男人"啧"了一声，道："但我不太喜欢，在想到时候该怎么办。"

他不太喜欢？

不对。苏礼反应了一会儿，意识到那句"到时候"指的是什么，心尖像是被人掐了一下。

他居然也在想这件事情？

苏礼轻咳两声，觉得有必要纠正自己的审美："我也不太喜欢，觉得司仪自己唱歌，要求他们接吻、回忆过去、相互告白，这些都太让人尴尬了。"

她刚开口就后悔了，这话不就代表自己也在好好计划未来吗？

哪个女孩子会在恋爱两周的时候计划这种事？

男人闻言笑了，握着她的手低声回应："嗯，那我们以后不要。"

他的语调里居然还有纵容，苏礼恨不得打个地洞钻进去算了。

婚礼过后还有晚宴，二人本打算参加，结果程懿出去了一趟，说有人找。

他这一走两个多小时没有消息，苏礼的心提了起来。

晚宴上苏礼根本没有好好吃饭，光顾着给程懿发消息了，但他一条消息都没回，不知道发生了什么事情。

最后，是何秘书给苏礼发来了消息。

何栋："车在门口等着了，您吃好了再来。"

苏礼提起包，跟新娘打了声招呼便离开了大厅，在门口发现了那辆熟悉的车，可这次拉开车门，没看见那张熟悉的面孔。

她问："程懿呢？"

坐在前面的何栋转过头说："程总在家，暂时没法……来接您，让我把您送回去。您看您是……？"

"为什么他没法来接我？他在忙工作？还是家里来客人了？"

"都不是，"何秘书犹豫了一下才说，"怕您担心。"

苏礼瞬间紧张起来，问："什么叫怕我担心？他怎么了？"

"刚刚老头子、老太太喊他回去了一趟，总之双方闹得挺不愉快的……老头子又爱用皮带抽人，所以就……"

苏礼着急地道："你别吞吞吐吐的，说清楚点儿。"

何栋："具体的我不太清楚，如果您想知道，可以去问程总。"

苏礼靠在椅背上，幽幽地吐出一口气，问："他家还有人吗？"

"没有，他一个人在家。"

"好，那带我过去。"

苏礼到了平关花园，敲了3次门才有人来开门。

程懿发现是她，有些意外地问："这么晚了你不回去，来我这里干什么？"接着他又笑道，"难道你是想住我这儿了？"

此刻男人的打趣竟显得格外让人不是滋味，就像他不想让她担心所以藏起了一切一般，让人有种莫名的心疼感觉。

苏礼说："你怎么了？发消息一直不回，听说家里人来找你了？"

"何栋跟你说的？"男人不悦地皱了皱眉，"都让他少开口了。"

苏礼："那你也不能瞒着我啊。"

男人摸了摸她的头，温和地道："不是什么大事，老头子教训了我两句而已。"

"坐沙发上说，"苏礼念着他有伤，将他带到沙发旁，"因为什么事来找你？"

程懿对上她的视线，有一瞬间竟不想再说，但日积月累的执念盘旋不去，忍了又忍，还是开了口。

"八九十岁的老人找我能有什么事？无非就是成家立业，他想我尽早结婚，"他说，"但我拒绝了，你不用担心。"

苏礼："这是我担心的问题吗？何栋说你还……受伤了。"

男人笑了笑，安抚般拍了拍她的手，道："那是他骗你的，怎么可能？我都多大的人了？"

"那就好……"苏礼松了一口气，转头却看到桌上的戒指和她在他的外套口袋里发现的一样，此刻戒指就放在那儿，像某种暗示。

程懿立刻伸手去关盒子，袖子却因他的动作往后缩了几分，露出他手腕上暗红色的伤口。

程懿不动声色地拉了一下袖口，然后将戒指盒合上。

苏礼哽了好半天，望向他说道："我看到了。"

程懿："看到什么了？"

那么聪明的男人此刻竟像听不懂她的话，指了指桌面道："戒指？我是刚刚正巧在比，怕不适合，所以忘记收起来了，没有要逼婚的意思，你别害怕。"

"不是戒指，是伤口。"苏礼憋着，眼眶有点儿湿，"你不是说没受伤吗？"

他像是终于没辙了，有些无奈，指腹摩挲着她的眼尾，笑道："我这不是怕你哭嘛。"

苏礼："我才不为你哭，你少自恋了。"

权衡得失的天平终于被打破平衡，全倾向他。

她忍了半晌，指向那个戒指盒，问："这是买给我的吗？"

"是啊，打算求婚用，说是要做半年，结果提前做好了。"他一副没辙的样子，"真是不靠谱儿。"

苏礼忽然问："家里是规定你一定要和谁结婚吗？"

程懿摇头："当然不是，他们只是希望我尽早安定下来，给他们一个交代。我没给交代，又不接受他们的安排，他们自然要生气了。"程懿顿了顿，又开口，"我……"

客厅里仿佛安静了片刻，又像是她来不及等待而抢答："那如果我和你订婚，你家里人是不是就不会逼这么紧了？"

那个瞬间，程懿望着她，眼里似乎闪过了很多片段。

他是个不打无准备之仗的人，这一切早在他的计划之中——他让那对新人给她发结婚请柬、伪造身上的伤痕、明显又不刻意地向她抛出一切信息。

其实程家人凉薄，他孤家寡人一个，哪有什么家人操心他的婚事？

他知道她真诚，以往这是她的弱点，此刻也变成了他的。

很多事在不知不觉中已经占据了更多分量，他开始感到难以下手，但如同下围棋，落子了，就不能反悔。

反正他们总要订婚，早一时晚一时也没区别。他对待感情专一，只要不是她先厌烦他，便会对她很好。他会从一而终，会试着从自己早已被动地充满谎言与算计的灵魂中榨干所有的真诚和温柔之情给她，会百倍、千倍地补偿这份缺漏。

但这一刻局势已定，他若是悔棋，也许就真的难以挽回局面了。

男人顿了顿，从绒面盒中取出戒指。

他曾用心排练这一幕，也许只是单纯希望她开心。

他说："好，如果你愿意，我当然很开心。"

程懿取出戒指，托起苏礼的手，将戒指给她戴上。

冰冰凉凉的东西落到指根处，像某种尘埃落定的宣告。

苏礼其实没有准备好，此刻生出了一点点对未来的茫然感觉，可在恍惚中又觉得，事情进展到这里好像也只能如此。

她像是踩在棉花上，所有的感觉都不太真切，担心以后的生活会不一样，却也矜持地期待着。

苏礼抬起头，正巧撞进程懿那双饱含深情的眼里。

程懿似乎比以前爱笑很多。

那就好，只要他高兴，那她也会感到愉悦。

程懿的指尖若有似无地摩挲着她手上的戒指，半晌后他低声道："往后我会对你很好。"

苏礼眨了眨眼，忽然反应过来，问："这就算求完婚了吗？"

程懿看着她，没说话。

苏礼摸了摸后脖颈，说："跟我预想的有点儿不一样……"

"时局所迫，暂时先这样，到时候再补给你。"程懿抚上她的脖颈，又揉了揉她的后脑勺儿，"你想要多盛大的求婚场面和婚礼，都补给你。"

"那，就这样戴上戒指他们就会放过你吗？应该不会吧？"她抿着唇想了想，"是不是还需要做点儿什么？但是我们也不可能现在去领证吧？"

程懿瞧了她许久，眼神复杂难辨，她读不懂，只能读出些激活大脑思路的信号。

她似乎领悟了他传递出的信息，脑中浮现4个字，话锋蓦地一转："订婚典礼吗？"

程懿顺势接上："嗯，就下周末，好不好？"

她连戒指都戴了，再加个订婚典礼似乎也没差。

苏礼的睫毛颤了颤，她像是想了很多，又像是什么也没想，最终点了点头。

当晚，程懿自然是在群里宣布了这个消息，只不过比较隐晦，发了个空荡荡的戒指盒。

霍为："这是啥？宇宙黑洞的奥秘吗？"

陈夜淮："求婚成功的戒指盒。"

霍为："哥你这进度可以啊，没追到的时候死也追不到，一追到进度就这么快，我看过两天可以'全垒打'了。"

那天晚上苏礼罕见地失眠了。

虽然戴上了求婚戒指，有没有订婚仪式也差不多，但她莫名地就是觉得有什么东西很明显地和以前不一样了。那个看似只是为了应付长辈的仪式，就像生活中的崭新篇章，提醒着她即将迈入下一个关键阶段。

她就连做梦的时候都有声音在不断地追问她："你准备好了吗？"

自己准备好了吗？

苏礼猛地从梦里惊醒，才发现已经6点多了。

她擦了擦额头上的汗，看到手机来了新消息，提醒她今天《巅峰衣橱》开始录制第2期节目。

节目每期都会有特邀评审嘉宾，一般来说都是最近比较红的流量艺人，或者是台里的合作伙伴。上期的程懿完全是个意外，也不知道他是怎么进来的。

这期的评审就是个有着自己服装潮牌的歌手，人气还挺高，苏礼入场时，沿路能看到很多他的粉丝。

《巅峰衣橱》第1期节目的播出效果还不错，听说多了个投资商，节目组正准备扩大空间，让所有的设计师和模特儿都在一个空间里进行准备。但这期新的房间还没准备好，她们还是各自在单独的区域准备。

这期的主题是"约会装"，苏礼熬了3个大夜才完成设计制作。

苏礼还是第4个出场，或许是吃了正在恋爱的红利，她的服装一出场，台下的欢呼声瞬间就不一样了。

"哇！这个好好看！"

"太少女了吧？梦回初恋。"

弹幕也刷了起来。

"'杀'到我了。"

"'单身狗'也想立刻找个男朋友出去约会。"

"但凡我当时穿这身衣服去向男神告白，也不至于单身到现在。"

模特儿展示完服装后，苏礼站定，又到了回答提问的时间。

一般明星买手团会对衣服提出自己的顾虑和疑问，如设计灵感、如何搭配、颜色选择等，但出人意料的是，这次对面的明星代言人们都没问什么，直接用价格表达心意。

西诗的代言人沈飞瑶甚至直接说："这是我觉得写了我的名字的衣服，我一定要拍下来。"

原素印象的段英哲不甘示弱，笑着看过去，说："瑶瑶，话别说太早，你的预算没我多。"

这二人是师兄妹，CP粉简直不要太多。经纪公司也不避嫌，营业模式是两个人相爱相杀。

段英哲这话一出，台下观众尖叫起来，场面直接奔向高潮。

主持人控场道："评委席的Elina老师，说说您的评价。"

Elina是名女性，且有着自我偏好的考量："我觉得设计方面还比较不错，在新设计师里算是出众的，但是那个，小……哦，小苏，我想问问你，主模特儿身上这件裙子是什么材质的？我没看错的话，领口和裙子都是欧根纱刺绣的吧？"

苏礼点头，回道："嗯，没错。"

"你上期的衣服我很喜欢，可能就是太喜欢，我会觉得这期没有上期那么舒适，给我的感觉就是有些累眼。约会的话一般是玩儿一整天，要看电影、逛街，还要坐车，舒适度这方面会不会不太够呢？"Elina说，"这是我的看法，谢谢。"

苏礼也不恼，想了想，礼貌地询问道："我看您好像贴了假睫毛，您舒服吗？"

Elina没想到她会问这个，愣了一下才回："一般吧，肯定没有不贴舒服。"

"那为什么您还要贴呢？"

"因为好看啊。"

"高跟鞋也没有平底鞋舒服，"苏礼笑道，"想要最舒服的状态，那就不是约会了。"

台下安静了几秒，旋即掌声响起，大家觉得苏礼说到了自己的心坎里去了。

"说得对啊。"

"受众心理这一块儿她简直抓得死死的，我出去约会也只会选衣柜里最好看而不是最舒服的那件衣服，想要舒服直接买白T恤，那个最舒服，还来参加什么设计节目？"

"照舒适度来说，以后女生出门约会都不喷香水、不洗头，穿宽松睡衣、大裤衩儿，加双人字拖就够了，反正舒服嘛。"

观众讨论得热烈，评审席上的 Elina 居然也笑了起来："你这么一说还真是，我想起来自己第一次约会那会儿，也是穿得紧巴巴的，到家就难受得将衣服全脱了，但是下次还穿。为什么呢？因为我老公夸那身衣服好看。

"我还真是……结婚太久就忘记约会时的小心思了啊。

"行了，那我没问题了。其实我看到你做了内衬处理，即使穿这件衣服一整天，舒适度也是够的。

"刚刚是我没想明白，你已经平衡得很不错了。"

弹幕在此时也热闹起来。

"进步确实很大，衣服比上期好看太多了。"

"感觉这个设计师不太稳定，但有进步，继续加油吧。"

"有上次的外套和裙子的味儿了，维持这个风格不要动摇，别伤害我的眼睛了。"

…………

评审发言完，进入 3 轮竞价环节。

苏礼那套衣服的成交价不错，但也没到天价的程度——毕竟节目才 2 期，大家主要都是看设计师的名号开价，还无法真正给予新人肯定。

这点苏礼是一早就明白的，因此看得很开。社会本就会对新人更苛刻，她作为一个刚出道的新设计师，能得到这个价格已经很不错了。但是随着节目的深入，她也会用作品打破大家的偏见和刻板印象，告诉他们，新设计师也是可以大放异彩的。

这期节目录制结束后，苏礼接到消息，说是因为电视台的问题，下周暂不录制节目，下下周大家再开始第 3 期的录制。

这么一算，她忽然就多了 1 周的假。

陶竹："天不亡你啊，这周你可以好好地准备你的婚礼了。"

"不是婚礼，"苏礼纠正，"是订婚典礼。"

"好好好，订婚，我之前参加过一个订婚典礼的策划来着，你要穿婚纱吗？穿吧，程懿的婚礼肯定是规模很大的那种，人肯定不会少，你也要穿得隆重点儿。身为一个设计师，你连婚纱都不穿像什么话？"

陶竹是苏礼第一个分享订婚消息的人。她虽然惊讶，但又不太意外，毕竟身边太多这样的例子了。她甚至比苏礼入戏还快，没多久就当起了苏礼的参谋。

此刻陶竹喋喋不休，就差出本书让苏礼揣身上全文熟读并背诵了。

次日傍晚，苏礼果然揣了本书去找程懿。

他们在顶楼的露天阳台上吃了晚餐，吃完后已然入夜，低头便能俯瞰整座城市的夜景。

车流如织，一切喧嚣都好像离她很远，苏礼的心境一片平和，大概是终于到了要坦白的时候。

她说："既然要订婚了，那很多事我也得和你说清楚才对。"

苏礼将手机中的照片转了个面，推到程懿面前，说："照片上左边的是我哥，右边的是我爸。"

程懿笑着像要打趣她，但还未开口，又像想起了什么，眉头慢慢皱起，不过很快舒展开来。

半晌后，苏礼听见男人笑问："你紧张什么？紧张的人不该是我吗？"

苏礼抬起头问："你紧张什么？"

"紧张你太宝贝。"他似笑非笑地道。

过了一会儿，程懿才察觉到自己似乎该做点儿介绍。

"有关我的资料没有什么，我的生活很无聊，年幼父母双亡，两边亲戚没有愿意抚养我的，叔伯那边又怕我夺权。当时程家的掌权人是大伯……他将我扔在了程家最偏僻的一处院落里，加上保姆一共只有两个人。我 20 岁才终于拿到程家在越南的非核心业务；22 岁接手川程国际的核心上市资产，有了话语权；接下来我和我大哥一斗就是 5 年，今年才结束，所有权力都归入我的手中。"说到这儿，程懿顿了顿才继续道，"也许我不能保证别的，但起码能保证让你衣食无忧。

"你还想听什么？川程旗下一共有多少上市公司，我分别……"

苏礼忽然打断他的话，像是一直只在思索一个问题："你小时候就只和保姆在一起吗？生活在那么大的院子里？"

"嗯。"

"一直到你多大？"

"成年。"

彼时程老爷子中风在床，他的长子程晖成为主事人。

那个程懿平时尊称一声大伯的人，竟因为兄弟不和，差点儿放弃寻找程懿的父母的尸骨。

程懿的父母的遗骸好不容易在海啸后被找到，他的父亲在墓地中甚至得不到一块墓碑，而他的母亲根本未能被葬进程家的墓地。

痛彻心扉的滋味，他在很小的时候就尝透了。

今年他彻底站稳脚跟后，终于能着手将母亲的墓地迁进来。

若非他野心勃勃，待己狠，待人更狠，只怕早就被困在那宅院中成为废物了，最后被人一脚踢开。若非他当时抓住一个机遇便咬死不松口，怎么可能重新回到程家，拿回属于自己的东西？

他很小的时候就明白，自己生存的地方如同一片森林，弱肉强食是唯一的法则——不啃光别人，他就要等着别人来啃光自己。

心狠已经成了习惯，以至他早就忘记该怎么找到那颗跳动的心了。

不过这些就不用告诉她了，没什么好说的，他都习惯了。他的小姑娘也不需要听这些故事，能每天欢欢喜喜地活在乐园里就够了。

苏礼看了他很久，像是有些失神。

男人有意转移话题："说点儿开心的事，你手里拿的是什么？拿过来给我看看。"

"哦，"苏礼这才想起来，翻了两页，"我怕你不信，就把相册也带来了……就是一些小时候很无聊的合照……你要看吗？"

程懿挑眉："这么好玩儿为什么不看？"

"要不还是别了吧。"苏礼这会儿后知后觉地想退缩了，"脸涂得像唱戏的，影响我的形象。"

她和苏见景的合照最多的就是在学前班时照的。那时候苏礼每一次上台表演，她哥都要拍照留念。

照片里的苏见景帅得不得了，而她化着舞台妆，小脸煞白，颊边两团高原红，额头上还贴了个红点儿，把苏见景衬得越发帅气。她怀疑这才是苏见景拍照的真正目的，而根本不是为了留下什么童年回忆。

但是她越这么说，男人越感兴趣。

最后他们还是打开了那本相册。

程懿翻阅相册时，苏礼无法控制地脱口而出道："如果我长那样你还会和我谈恋爱吗？"

男人思忖后摇了摇头，回道："恐怕不会。"

苏礼起身，正想冲过去揍他，相册里忽然掉出了两张纸。意识到那可能是什么，苏礼一个箭步冲了上去，可惜还是晚了，程懿已经将纸接住。

苏礼："那是我瞎画的，你别看。"

男人将纸展平，只扫了一眼，便挑眉望向她道："你设计的婚纱和西服？样式不错。"

她试图解释："我没有别的意……"

相册被翻过一页，又从里面掉出了一条软尺。

"看来今天你是有备而来，"男人顿了顿，问道，"准备量我？"

那是昨晚她太困了，脑子不清醒下的举动，今早起来就忘了，哪儿能想到程懿可以坚持看那么多页啊？

苏礼将心一横，正想说"尺寸到时候你报给我就行"，手臂却被男人拉住。他将软尺塞进她的手心里，低声道："嗯，量吧。"

见她愣怔了，男人这才想起什么似的，解开了外套的纽扣，说："是不是要脱衣服？"

这也要问她吗？

她正要张口拒绝，幸好程懿留了件衬衫。他将双臂撑在她身后的栏杆上，像是把她锁在了这个小空间里，让她逃也没法逃。

见她还是不动，男人的头又低了低，他耐心地询问："你不好意思了？"

说完，男人直接将她的两只手环到了他的腰上。

苏礼被这股力道一带，整个人撞进他的怀里，手臂还抱着男人精壮的腰，隐约能感觉到他凹下去的背沟。

她像一只被烧焦的鹌鹑，连动都不敢动了。

方才一直掌握主导权的男人此刻却不再动作，任她趴在他的胸口，听他沉稳而有力的心跳声。

心跳太快了，但苏礼分不清到底是谁的心脏跳得那样快。

事已至此，她硬着头皮开始测量，从腰围到胸围，最后是脖子。

男人有点儿高，她踮起脚，将软尺在他的脖子处绕了一圈，头凑近了一些，呼吸就喷在他的脖颈处。

程懿忽然低下头，声音有点儿哑："还没看好？"

苏礼闻言抬头，一瞬间，他们鼻尖相抵。氧气忽然变得稀薄，她闻到了沉木的气息，还伴着一点点薄荷香气。

男人问她："忍得住吗？"

苏礼："什么？"

程懿："我忍不住了。"

下一秒，她的下巴被轻轻抬起，她听见程懿问："要接个吻吗？"

还没等她点头，程懿已经吻上她的唇。

苏礼回去之后没多久，就收到了程懿发来的信息。

程懿："你的肺活量太小了，你要学会换气。"

一个问号还没打出来，苏礼立刻像扔烫手山芋一样把手机扔到了一旁。

她咳嗽了两声，问一边的陶竹："我看的这本小说，男主角嫌女主角肺活量小，要她学换气，这是什么意思啊？"

陶竹："哦，就是接吻的时候不会换气影响接吻时长，你们亲了多久？"

"我们……我不是，我没有，不是我，是小说里的人。"

"你的口红的外唇线都快晕到发际线上了，你还在这儿跟我睁眼说瞎话呢？"

苏礼的表情很精彩，最后她双颊通红，背过身去降温。

陶竹就比她淡定多了，15分钟后贴完一张面膜，还能面不改色地坐过来问她："明天中午我们去哪儿吃饭？"

苏礼和陶竹定好了地方。

结果次日中午刚到，苏礼就收到了程懿的消息，问她现在在哪儿。

苏礼发了个定位过去，附赠一条信息："我在和陶竹吃饭。"

程懿："我正好在这附近，马上去找你，顺便请你的朋友吃个饭。"

陶竹当然乐意，并向苏礼吐露心声："其实当时分宿舍，我知道室友是你之后可开心了，觉得美女怎么会缺男朋友呢？就算你男朋友3个月送1箱零食也够我们吃了。结果没想到我们确实不缺零食，但都是你哥买的。"

苏礼沉默了一会儿，说："对不起。"

室友的男友请客，陶竹一点儿没见外，点完单之后就开始等。

最先上的是甜品，是这家店的网红菜品，将牛奶倒进躺在浴缸造型容器中的小熊身上，小熊身后便会冒出一串泡泡。

苏礼觉得太可爱了，便录了个小视频发朋友圈。原本她是打算仅自己可见，结果第二道菜上来打断了她的思路，手一抖就直接按了发送。

没想到视频取景太宽，她录到了男人的手，还录进了自己的订婚戒指。

苏见景在3分钟后给她发来消息。

苏见景："男人的手是怎么回事？戒指是怎么回事？"

苏见景："苏礼，你最好是在玩儿过家家。"

苏礼肚子饿了，忙着进食，自然没看见苏见景的消息，也忽视了自己的朋友圈发了定位，以至转头看到苏见景时，差点儿把提拉米苏的叉子甩进汤碗里。

苏见景看着她手上的戒指，一言未发，眼睛里却清清楚楚地写着：你最好给我解释清楚。

苏礼猝不及防下被呛到。程懿拍着她的后背，又给她递了杯水，苏礼这才把气顺了下去。

苏礼看看苏见景，又看向程懿。

她原本的计划是先跟苏见景沟通成功后，再让二人见面。

现在这是什么情况？

她该怎么向程懿介绍？难道她要说"这是我哥，他反对我们在一起"？

这话是不是有点儿伤人？

在双方都不可控的情况下，她必须先稳住一个。

于是苏礼清了清嗓子，同程懿道："这是我哥，你知道的。"

苏见景看她还有点儿良心，带了些长辈的威仪应了一声："嗯。"

苏礼继续跟程懿说："但他不是来找我的，跟我们没关系。"

苏见景一愣。

苏礼："他是来找陶竹的……想不到吧？他是陶竹的男朋友……"

苏礼转过头，用尽全力地向陶竹暗示。

好在陶竹很快领悟了她的意图，立马捂住嘴附和道："嗯，对，没错，他是我男朋友，哈哈，惊不惊喜，意不意外？"

其实她自己也挺意外的。

几个人沉默间，陶竹用眼神问苏礼：你搞什么啊？

苏礼：帮我，救命，你先稳住我哥。

陶竹深吸几口气，这才拉开一边的椅子，对着那张陌生的脸违心地说道："男朋友，请坐吧。"

苏礼不再去看尴尬的灾难现场，一言难尽地转过了头。她想说上两句真心话，但顿了顿，又觉得人太多不合适，最后只能死马当活马医，眼神带着哀求地看向了苏见景。

苏见景冷漠地看着她。

5秒、10秒……1分钟……

他脸上写满了"下不为例"，起身抓住陶竹的手，道："出来，我们谈点儿事。"

陶竹受到了惊吓，问："谈……谈什么？"

"还能谈什么？"苏见景皮笑肉不笑地睨向苏礼，咬牙切齿地道，"当然是谈恋爱啊！"

好在这个哥哥最后是向着她的，听懂了她的意思，给她和程懿留下了单独相处的时间。

苏礼这边安抚好了程懿，才离开座位，去见苏见景。

没等苏见景开口，苏礼赶紧道："对不起，哥。一日为哥，终身为哥，我给你磕个头吧。"

"10个，"苏见景说，"要响的。"

"你还是人吗？我只是犯了人都会犯的错。"苏礼气呼呼地在他对面坐下，讲了两句又觉得很委屈，"我也努力控制自己的感情了，但是控制不住我有什么办法？你现在还这样……"

苏见景凝视她半晌，最终败下阵来，叹息一声，道："这些都不说，你抵抗不住他的攻势我也认了。都怪我，当时明知道他那个段位，还同意你留在川程。但是你给我解释一下这个戒指，苏礼，我只接受你说是买来瞎戴的。"

苏礼抬起头，试探道："如果我说我要订婚了，你今晚会来把我暗杀了吗？"

"不会，"苏见景说，"我去杀程懿。"

苏礼一时语塞，好半晌才开口："你听我说，订婚是因为……因为他家里的事，所以暂时做个样子给他们看的。"苏礼试图挽回局面，"不是你想的那样，没那么严重。"

苏见景："你的意思是装个样子？"

"对对对。"

"那3个月以后自动作废吗？"

苏礼闭嘴了。

"苏礼，你当我是傻子？"苏见景的眉头皱了起来，"不管是为了什么，这可是订婚啊！这么大的事，你怎么不和家里商量？"

"你们不会同意的。"苏礼忽然放低了声音，也不再是方才的玩笑语气，"但这件事，是你们不同意我也想要做的。我从小到大都算听话，这件事，你们就当我任性，当我一意孤行吧。

"就当是赌博，是赢是输我自己承担，不为难你们。

"我不知道家里和他有什么矛盾，如果实在不能化解，你们做什么决定我都能接受，就算断绝关系……"

苏见景立刻暴躁地打断她的话："断个屁！以后有问题你敢不告诉我试试？！"

以后？

苏礼抬起头，惊喜地道："你同意啦？"

"我同不同意有用吗？"苏见景磨了磨牙，"怪不得最近生意那么顺利，原来是家里多了个窟窿啊。"

半晌后，见苏礼没说话，苏见景又恶狠狠地道："我总不能恋爱都不让你谈吧？你自己挑的男朋友我能说什么？我难不成把你的腿打断让你此生跟他不相见？！"他想了想又道，"好像可行。"

苏礼无语。

"早晚预料到有这么一天，"苏见景靠向椅背，"算了，试试吧。"

万一呢？万一程懿就用实际行动打他的脸，告诉他他们能修成正果呢？况且他这妹妹难得动心，在没有最终的结果前，他怎么担心都是多余的。

"左右不过一个订婚，就算结婚生孩子了，还能离婚不是？"苏见景觉得放养政策也可行，"反正你们实在过不下去了，家里也能收留你。"

苏礼沉默了片刻，说："你能不能说点儿好听的话？"

"两家恩怨的事……不用你操心，"苏见景烦躁地挥了挥手，"爸那边我会想办法，在你们感情稳定之前你不要自己捅出来。"

苏礼舔了舔唇，道："是先斩后奏的意思吗？"

苏见景："那不然还能怎么办？"

发觉苏礼一直在看自己，苏见景擦了把脸，问："怎么了？"

苏礼真诚地道："哥，今天的你也像金城武一样帅气呢。"

苏见景："滚。"

苏礼解决了苏见景这边的麻烦，也为了感谢陶竹的慷慨相助，回去的时候给陶竹带了烧烤。

闺密的私语时刻，肯定是要回顾今天的大事件的。

陶竹一次性拿了一把烧烤，举着扦子感慨道："你跟你哥长得好像啊。"

苏礼满脑子只有鸡胸肉，见陶竹抓了一大把，最底下还剩一根，赶紧拿起来，不假思索地道："能不像吗？我们挨个从我妈的肚子里蹦出来的，就连名字都是一套。他是景，我是礼——锦鲤锦鲤，多美好的寓意？他的兄弟也说本来都挺好，只可惜他命中带'见'，结果当时差点儿没被他揍死，哈哈哈。"

陶竹一边听她说话，一边打开浏览器，想搜索"烧烤吃撑了怎么消食"，结果听着听着就走神儿了，随口道："命中带 jian？哪个 jian？Su Jingjian？Su Jianjing？"

结果她手指也接收了这个指令，在输入框里打上了一串拼音——"Su Jianjing"，就看到了底下跳出来的相关词条。

苏礼她哥有百度词条，还是跟成功人士撞名了？等等。不会是那个苏见景吧？陶竹感觉头皮发麻，顺着词条点了进去。

两分钟后，苏礼看到自己的好朋友放下手机抬起了头。

陶竹："你猜我在百度上看见了什么？苏见景，皓苏集团的副总，苏皓的长子。他有个妹妹，但是一直没有被曝光……"

苏礼喝了点儿啤酒，晕晕乎乎地抢答："嗯，以至大家都怀疑那女孩儿是不是真实存在。"

陶竹目光如炬，问："苏礼，这个妹妹是不是就是你？"

苏礼意识到自己到底说了什么，大脑飞速运转，在陶竹第二次开口前火速澄清："等一下。你听我说，这一切都是有原因的，从小我……"

"别跟我说这个。"陶竹火速起身，作势就要离开。

苏礼还以为她生气了，慌忙站起身来，叫道："你别走啊，哎，陶……"

下一秒，陶竹拿着本子站到她跟前，说："教我一下，怎么投胎的？"

苏礼默然。

"怪不得！怪不得我说这名字念起来怎么这么熟悉呢？！苏礼，你是不是欺负我不看财经新闻？幸好我平时还刷微博，看见过两次这个名字，否则我今天就要被你给糊弄过去了！我还记得我说我家里是做生意的，你说你家也是。"陶竹尴尬而不失礼貌地笑道，"嗯？皓苏？跟我家一样？"

"确实一样啊，"苏礼嘟囔，"不都是做生意的嘛，分什么高低贵贱……"

"哪里一样了？"陶竹想了想，"哦，相似点也有。"

苏礼松了一口气，附和道："就是。"

陶竹："我家赚一点儿，你家赚亿点儿。"

苏礼不吭声。

陶竹越想越悔恨："我怎么就没那把你扒穿的好奇心呢？我怎么逢年过节都比你先走呢？我怎么就在你说家里人接你的时候，没到窗户那儿看看司机叔叔的脸呢？"

苏礼："我家有司机，我爸来了一般坐后边，你也看不见……"

"知道了！你们有钱人花样真多行了吧？！呜呜呜，今天的小竹也是一颗开花结果的柠檬精呢。"

过了一会儿陶竹又说："不过你和你哥的长相确实是需要对比的那种，不站在一起真的发觉不了……"

苏礼："是啊，加上我并不张扬，行动轨迹完全不和苏见景的重合，因此大家也不会往那方面去猜。"

陶竹凑过来，耸了耸鼻子，问："像你们这种家庭环境，是不是你回去顿顿都吃鲍鱼啊？"

苏礼："没，我们一般吃钻石，硬得硌牙那种。"

往后的几天，生活步入正轨，苏礼泡在制衣室里做衣服，程懿则在忙订婚典礼的事情。

苏礼的制衣室类似于一个小型工作室，是苏见景送给她的 18 岁生日礼物，设备齐全，她私下做衣服都是在这里做。

这里是电子门，她给程懿录了指纹，方便他随时过来。

他们订婚那天是个万里无云的好天气，苏礼一起床就感受到了清晨阳光的暖意。她驱车前往制衣室，进行最后一点儿裙摆的修改，等会儿程懿的车会来接她。

苏礼刚到制衣室就想到了苏见景，打开和亲哥的微信对话框，正想说两句话呢，就看到最上方一直显示"对方正在输入"。

苏礼想，亲兄妹就是心有灵犀，结果等了半天，苏见景一句话都没发过来。

苏礼以为是微信出问题了，退了重进，仍然显示苏见景"对方正在输入"，一会儿有一会儿没的。

举个栗子："你输什么呢？"

苏见景发了个问号过来。

举个栗子："我准备跟你说下午的事，看到一直显示你在输入。"

苏礼甩了个截图过去。

举个栗子："你要发什么？给妹妹的祝福要编辑这么久吗？"

苏见景："手机出问题了。"

苏见景："你现在在哪儿？"

举个栗子："做衣服呢，等会儿过去。"

苏见景："一个人？"

举个栗子："不是，陶竹跟我一起，怎么了？"

苏见景："没什么，记得吃早餐。"

苏礼按灭手机之后，转头对陶竹说："感觉我哥今天怪怪的。"

陶竹："肯定是妹妹要出嫁，他多少有点儿舍不得，正常。"

门铃响了，陶竹雀跃地起身，道："早餐来了。"

早上她们过来的时候忘记买水，陶竹渴得不行，对苏礼说："我出去买点儿喝的，马上回。"

苏礼放下筷子："嗯。"

陶竹顺手拿了苏礼的伞，走出工作室没几步，忽然发现一个有些模糊的身影。她辨认了半天，不甚确定地道："苏礼哥哥？"

苏见景站在车边，手里拿着一支录音笔，似被这声音唤醒，皱眉看着她道："嗯，你出来干什么？"

"去买水。你呢？你是没找到过去的路吗？"陶竹说，"那我等会儿带你去找栗……"

"不用了，"苏见景上前两步，声音里有分辨不出的疲惫之意，"这个东西……你交给栗栗吧。今天天气热，容易中暑，你记得陪在她身边。"

陶竹接过录音笔，听到他问："你的电话号码是多少？"

陶竹报了串数字，口袋里的手机很快振动起来。

苏见景按下挂断键，说："这是我的号码，有事你随时给我打电话。"

苏礼在 15 分钟后拿到了那支录音笔，开始还有心调侃苏见景："他今天怎么了？他该不会准备了一箩筐骂我的话吧？"

可慢慢地，她就笑不出来了。

高温烘烤，即使房间里开着 20℃ 的空调，依然让人有种头晕目眩的错觉。

苏见景很小的时候和她说过，人开心的时候是不能笑得太大声的，万一被上天听到，可能就会被夺走一部分让人开心的东西。

她想，一定是她最近太得意忘形了，不然怎么会听到用这种语气说话的程懿？

"校企合作怎么样了？有多少个姓苏的人？

"已经找到了，就是苏礼。以后她是公司的重点观察对象，事无巨细，全都要向我报备。

"留下她，我只需要两个月。

"嗯，进展正常。"

…………

与此同时，无数场景在苏礼的眼前浮现，那张让她防线瓦解的罚单，那看似退让的两个月的合同，那像是情之所至的戒指，还有她帮他接电话时状似意外掉出的戒指盒，原来全部都早有预谋。

他的靠近，他藏在平静表象下的企图，他让人产生错觉的眼神和落在她唇边的吻，都是有企图的。

他说："小姑娘罢了，我能有什么图谋？"

他说："我也喜欢你，特别特别喜欢你。"

可他不顾一切地救她、担心她，那些也都是假的？全是可以演出来的？

苏礼颤抖着手，将录音笔关了，没办法再听。

正因为听过他纵容的温柔语气，她才更知道录音中的字字句句如同利剑，甚至没给她反应的时间。

陶竹声音颤抖地道："栗栗……"

苏礼摸了摸脸颊，才发现自己哭了。

她上次哭是什么时候？是8岁时她不慎在商场走丢。父亲找到她后心疼地将她抱起，耐心地安慰她："栗栗不哭，没有人会不要你的，没人舍得放弃你。"

自那儿以后，无论怎样的疼痛或恐惧，她始终能忍，只因为她能扛。

可好像就因为这样，才让人忘记了她其实也是怕痛的。

总有人会打破这个特例，就像总有人会证明父亲在说谎。原来在有些人那里，她从一开始就是被放弃的那个。

婚纱仍挂在衣架上，这曾承载了她对爱情最本真的期盼和向往。她投身其中，如同飞蛾，甚至不在乎会有风险，只因为交付真心的那一刻太过美好，即使折断翅膀也没关系。飞蛾对自己说，万一能够平安地寻求到信仰呢？万一往后漫长的人生中，再遇不到第二个这样的人呢？

为了不后悔，她勇敢而温柔地献出真心，怀揣着万一被温柔以待的侥幸，却还是没有得到真心。

苏礼拿起打火机，将婚纱点燃，火苗所过之处布料瞬间化为灰烬，像她的爱情。

有时候心动只要一瞬，放弃也是。

她说："走吧。"

亭江水榭。

订婚典礼的正厅布置得极为精美雅致，两旁的音响播着轻快甜蜜的进行曲，宾客们相互攀谈着，时不时看向台上，等待着为新人献上祝福。

程懿已经在上台的拐角处等了大半个钟头，还有5分钟订婚典礼就要开始了。

何栋也等不及了，抓到一个狂奔进来的人，焦急地催问道："典礼马上就要开始了，苏小姐怎么还没来？"

那人转向程懿，说道："苏小姐说您先去，她随后就来。"

"今天路上好像堵车了，"何栋道，"程总，要不您先上去吧？我觉得快了。等会儿典礼要再不开始，大家得等急了呢，您先去压一压场子。"

程懿不知在想什么，眉头紧蹙，隐隐有些不好的预感。但众人都在催，他便先走到了台中央。

众人一见他上来，纷纷起哄。平时冷峻到高不可攀的男人此刻终于有了能被打趣的机会，谁也不肯放过。

哄闹声停在正门被推开的时刻。这么关键的时刻，如果不是要紧的事，根本没人会擅自从正门闯入。

大厅内鸦雀无声，男人紧蹙着眉心，不安的感觉越发真切。

"不好了，苏小姐不见了！"

下　册

LU LING

鹿灵

著

青岛出版集团 | 青岛出版社

/第七章/

不嗑很奇怪！

窗外晴空万里，而大厅里的气氛让人透不过气。

那人说："我……我本来上楼去确认过的，苏小姐半小时前还在，说让我稍等。可我过了一会儿再去看，透过房间的玻璃，发现里面已经没有人了，但是烟很大，好像……好像有什么东西在烧……"

听到这里，男人飞速下台，皱紧眉头，问道："什么在烧？"

"不知道烧的是什么，难道是……是……"那人说到这里，已经不敢再猜了。

程懿没有犹豫，边往外跑边说："现在送我过去。"

何栋拦住程懿，说："程总，这里还有很多宾客，不如您先安抚一下，否则影响不好。"

然而男人像是什么都听不进去一般，火速抽出了自己的手，驱车前往苏礼的制衣室。

他到制衣室不过用了几分钟时间，却觉得像是过了一个世纪。

她的制衣室占据了整个 2 楼，是全透明的设计，因此他抵达的瞬间就看明白了这里发生过什么。

闻讯赶来的霍为怔了怔，骇然道："嫂子把婚纱烧了？！"

男人的身形晃了一下，如同胸口被钝物击中。他大步流星地走到门口，猛地拉了几下门，然而只有门锁提示错误的"嘀嘀"声循环不断——苏礼删掉了他的指纹。

"找人开门，"男人的手已经青筋浮现，他如同在竭力克制，但还是在几秒后低吼出声，"去啊！"

只是无论怎样都迟了，后门被打开，程懿只看到婚纱燃烧后的灰烬堆在地面。

霍为看着男人在空荡荡的衣架边站了很久。他从没见过程懿这样，以往再大的变故，崩心态的总是他们，程懿无论何时都好像置身事外，永远理智，永远预判合理，永远心狠得只能看见目的，无论失去什么都在所不惜。

程懿垂眸，看见了放在桌上的录音笔，只打开听了 5 个字，便按了暂停键。他甚至不敢去想，苏礼一句句听下来时是什么表情。

有什么念头突兀地冒出，直至这一刻他才发现，计划是否成功已经变得不再重要。他甚至想，只要今天她不被真相伤害，没有痛苦地离开，让他放弃计划也不是不可以。

霍为疑心是自己眼花了，否则怎么会看见男人因痛苦而泛红的眼眶？这人可是程懿啊，始终骄傲地站在顶端，就算听见再悲怆的哭声，连头都不会低一下。

门口传来脚步声，程懿立刻转头看去，然而预想中的身影并没有出现在他的眼前，来人是陈夜淮。

陈夜淮走到他身侧，拿起录音笔看了一会儿，猜出了始末："她都知道了？"

程懿没有回应。

半晌后，程懿哑声道："她一定很恨我吧？"

"你早知道她会恨你，做这件事之前就知道了，但那时候不在乎，因为她不重要。"陈夜淮说，"程懿，你早就喜欢上她了。"

是啊，他早就喜欢上她了。

只是他已经习惯了狠心，狠心到连自己的心动都可以忽视。反正他素来为达目的不择手段，哪怕牺牲自己……

他独自在偌大又冷清的后院里生活了那么多年，从没奢求过温情。没人陪他说话，没人分担少年心底压得人喘不过气的恨意。

他这辈子最讨厌过节。因为当所有家庭都在团聚时，他甚至不被允许进入墓地。

无数个深夜，他唯一的目标便是夺回程家的实权，将父母妥善安葬，让他们得以安息。他时常在深夜里被沉甸甸的压迫感压醒，一日做不到，负罪感便如同桎梏将他捆紧。

他不允许自己的情绪被左右，因为当年若不是突然改变路线没去机场，自己不会错过看父母的最后一眼。

于是他压下了团建时清晨在海边的第一次感情萌芽，压下了日渐挪不开的目光，压下了她义无反顾地奔向自己时的动容。她能不顾一切地去爱，他却不行。

一切早就变质了。

他看到她和别的男人在一起会吃醋，发现她疏远自己会不安。他对她好是真的，逗她是真的，想见她已经从刻意成为惯性。他怕她受伤，怕她不高兴，想让她开心。那么可爱又真挚的小姑娘，像是板栗，外壳看似坚硬，煮熟后敲开，里面却很软。

如果可以，他很想从自己千疮百孔的人生中挤出美好的一面，妥帖地装在礼盒里，打包成礼物送到她面前。但他说了太久的谎，连真话她都不会信了。

唉，他一步错，步步错。

制衣室离酒店很近，那时她还打趣过，假如自己想逃婚，肯定会被他捉回来。

不知房间内沉默了多久，久到连日光都变得不再灼热，男人终于站起身，哑声道："她恨我也好，如果这样不会让她伤心。"

苏礼离开制衣室之后，回到公寓，独自在阳台上站了很久，久到陶竹给她倒的牛奶由热变凉，凝结出了一层奶皮。

夕阳西下，金色的日光蔓延开来，这本该是非常美好的一天。

苏礼看着远处的河岸发呆。

陶竹站到她身边，抚了抚她的后背，说："如果你想找人说说话，发泄一下情绪，那就和我说吧，别憋在心里。"

苏礼的脑海中仿佛有很多情绪在翻涌，又好像一片空白。

"还能说什么呢？"她的声音极轻，"人是我自己选的。我知道他很危险，但我想，万一呢？"

只是虽然已经做了一定的准备，但当富有冲击力的真相到来的那一刻，当其重量远远超出她能承受的范围的那一刻，她仍会觉得世界被颠覆和难以置信。

可想通了她也就明白了。如果要问她后不后悔，她不后悔。得到的那些快乐是真实的，心动也是真实的，如果还有下次，她想，也许自己还是愿意跃身其中。

危险的东西巉岩矗立，却正因为高不可攀，让人忍不住想去征服。

她天生容易被具有极端自由与理想主义的东西吸引，如程懿不可控的情感，某种程度上也是让她心动的点。

事已至此，她再去纠结其他的事已经没有意义。程懿的计划落空，以他那般目的性极强的性格，他应该会迅速转移重心，着手用别的方式达成目的。而她，只不过是他的人生路上可有可无的一个小插曲。连爱情都能拿来欺骗，等到没有价值了，他便会将她一脚踢开。

一味自艾自怜不是她的风格，她本就敢爱敢恨，既然已经哭过一场，亦无须让自己缠进这个死结中。

黄昏、日落、晚霞，苏礼的内心忽然传来一个声音：这么好的生活，自己为什么不抬头向前看呢？

过去的事就留给过去吧，她除了痛骂这个男人一顿，还有更好、更灿烂的未来在等她。

"程懿真没眼光！"她狠狠地踩了一下足尖，"错过了我，他去哪里找这么好的姑娘？"

陶竹大声附和："就是！我们栗栗上得厅堂下得厨房，文能提笔绘江山，武能穿针翩翩然！仙女爱上凡人是他祖上积德！不识抬举！"

说到这里，"陶竹忽然停了一下，"我昨天看的一段话很适合现在的你。"

苏礼转过头来："什么？"

陶竹翻到那张图，声情并茂地朗诵起来："我问佛：'怎样才能幸福？'佛说：'女施主，不要被情爱所困，要积极去搞事业，搞事业就能赚大钱，赚大钱就能变富婆，变富婆就能幸福。'"

苏礼看着她。

"对不起，忘了你就是富婆了。"陶竹反应过来，"当我没说……"

苏礼冲了杯柠檬蜂蜜水，然后一饮而尽，道："佛说得有道理。"

说完，她转身朝房间里走去。

陶竹："你干吗去？"

苏礼："睡一觉，然后搞事业。"

什么爱情不爱情、男人不男人的，全是后话，她的服装帝国、大好河山还等着她去开拓，不是吗？

晚上，苏礼做了一个很长很长的梦。

那是她和程懿从开始到结束的全部剧情。她是戏中人，又像局外人，一边预知了结局，一边却又从中获得快乐。

她醒来的那一刻，房间内安安静静，只有香薰机发出极轻的声响，窗帘缝隙间透过清晨的光。

感情不是敲键盘，这一秒按了删除键，下一秒就能全部清零。当失望盖过喜欢，留下的是什么？她不知道。但那已经不重要了，时间会给她答案。她现在要做的就是不强求自己，认真过好当下的生活，录完手上的综艺节目，开始着手做自己的服装品牌。

苏礼绑好头发，吃了早餐，开始画稿子。

9点多，陶竹坐到她身边，打开电脑认真做着什么。

休息的间隙，苏礼问："你今天怎么起这么早？"

"本来是出来喝水的，看你这么努力，搞得我好有危机感。"陶竹说，"我也得干点儿什么。"

陶竹弄着弄着，就趴在桌子上睡着了。

苏礼侧身，看她究竟是在做什么。她电脑上开着一个文档，当红CP"双击夫妇"的同人文，标题是《崩人设十八式，万字豪华车》。

周五，《巅峰衣橱》的预录制开始。

所谓预录制，就是正式直播以外的内容。节目组有时会拍摄一个类似于"楔子"般的小短篇视频，简单介绍一下这期比赛的前情提要。

"Hello，大家好，好久不见，"主持人笑得神秘，"下面由我为大家介绍一下本次节目录制的主题。

"设计师们需要穿上最丑的搭配，出现在各大商场中，任务则是说服路人相信你们是顶尖设计师，并且愿意让你们为他们搭配衣服。

"最后，根据大家完成任务的时间，还有搭配的成果做出评分，排名高的设计师优先选择明天的出场顺序。正式节目中，出场顺序很重要啊。"

录节目嘛，本来就要有一些挑战性，以激发观众的观看欲望，所以大家都能理解。

但是当设计师们踏进试衣间的那一刻，面对丑到极致的服装，齐齐陷入了沉默之中。

"怎么可能？穿这些？！你确定我穿这些衣服走出去，人家不会觉得我脑子有病？！"黎笑珊翻着一件玫红色的喇叭裤，"我以为导演组说的丑是那种有所保留的丑，搞半天真这么丑！"

苏礼更是直接闭上了眼睛，感觉不忍直视："我们穿这些衣服的话，商场保安真的不会拦着我们不让进吗？"

直播间本来人数寥寥，结果极端猎奇的设定一出，观众越来越多，弹幕也多了起来。

"真的好丑，哈哈哈。"

"好久没见过这么集中的丑衣服了，导演组工作人员辛苦了。"

"真是一场丑的盛宴，抱着垃圾桶在吐了。"

…………

设计师们先进去看了看，然后挨个进去挑选衣服并换装。

苏礼是最后一个进去的，并不知道大家的情况，但想到任务是穿最丑的衣服，深呼吸几次，鼓起勇气选了最丑的那一套。

观众早已洞悉一切，在苏礼换衣服的时候忍不住叹息。

"本人是苏礼的颜粉。等会儿帘子被拉开，我暂时脱粉3秒钟。"

"人家设计师都是尽量选好看的衣服，只有她是真的在选丑的，救命啊，被萌到了！"

"呵，物欲横流的世界，只有我爱栗栗子的灵魂罢了（当然，如果真的太丑当我没说）。"

…………

两分钟后苏礼换完衣服，摄像师也是无情，帘子被拉开的那一刻，从下到上来了个大特写。

弹幕纷纷抗议，要求老师别再糟蹋大家的眼睛了，刷起了"栗栗抱歉"和"所以爱会消失对不对"。

10秒钟后，特写镜头终于切到了苏礼的脸，而后拉了个远景。

苏礼自己也觉得好笑，忍不住挑了挑眉，朝镜头笑了一下。只是一瞬间，爱情仿佛又回来了，弹幕疯狂刷了起来。

"啊？！"

"为什么衣服突然不土了？"

"终于知道什么叫'一张脸拯救全身'了。"

"原来美女可以把土衣服穿成这样。明白了，原来我穿衣服丑不是衣服的问题，别骂了。"

"上一秒：这什么丑东西离我远点儿，滚！下一秒：有同款吗？想买。"

"有脸就是可以为所欲为，我要是长这样每天穿麻袋上街。"

"…………"

苏礼从后门走出去，这才发现大家穿得虽然也不怎么好看，却是在努力做到不出错，只有自己全身上下都是雷区。

"哎哟，这鞋，哈哈哈，穿上它你用了多大勇气？！"黎笑珊差点儿笑到仰倒，拿出手机来拍她，"我拍给你看看。"

"别，"苏礼挡住镜头，"我怕你的镜头自闭。"

弹幕在她的自我吐槽中越发欢乐起来。

很快，设计师们到达商场门口，直播间里的人的期待值也拉满。

温思思排第一，结果出师不利，刚到门口就被保安拦了下来："你好，我们这边衣衫不整的人不能入内。"

弹幕疯狂爆笑，感慨着这句"衣衫不整"太有灵性，还有人发言："要不换个商场？苏礼应该也会被拦下来，她的衣服最丑。"

苏礼排第二，并没有低着头偷偷摸摸地进，而是自然地目视前方，大大方方地走了进去。

等等！她走了进去？！

弹幕疯了。

"她进去了？！哈哈哈哈哈！"

"果然气质就是王道，保安也舍不得对美女鲁莽吧。"

"即使身穿很丑的衣服也不会自卑，我们称之为美女的底气。"

"我是温思思的话现在已经气死。"

…………

苏礼哪儿像弹幕说的那样，只是觉得反正穿都穿了，不如就大方一些，越怕惹人注意有时候反而越惹人注意。

果不其然，一直到她坐上电梯，都没有人来拦她。

她思路清晰，先是在商场里逛了一圈，缩小范围，最后锁定了一家快时尚的服装品牌店。进这种快时尚店的顾客总是有些搭配需求的，偶尔还能出现穿搭小白，是她完成任务的最佳地点。

进店前，苏礼想到什么，转过头问跟拍导演："任务就是穿着这些衣服到商场，然后联系路人是吗？"

导演点头。

苏礼："还有没有什么别的硬性要求？"

导演摇了摇头，表示没有什么要求。

"行。"苏礼了然，走进店内。

她做的第一件事不是与路人搭讪，而是在店里转了一圈，吸引了不少人的目光。

随后，她选了一套服装，进了试衣间换上。店里的衣服本来都是搭配好的，她却没有选用，而是自己搭了一套。

苏礼走出来的瞬间，高腰短裤恰到好处地凸显了她的腿型，衬衫错位扣好，半扎半垂，丝带被取下，换了个法子系在腰侧，晃动时拂过腿根，多了几分妩媚韵味。

她做了很多减法，却又像做了加法。

方才的那身衣服刷足了存在感，此刻她一出来，所有人都感觉眼前一亮。

对比，是这世界上最有说服力的武器。

苏礼捕捉到身侧的人羡慕的目光，定了定神，对那人微笑道："需要帮忙吗？"

此刻，弹幕已经随着苏礼的操作炸开了花。

"还能这样玩儿？！"

"没毛病，节目组的人没说后期不能换装啊！"

"我从隔壁过来的。苏礼真的好聪明！别的设计师都是上来就直奔主题，路人全被吓跑了，只有她徐徐图之，磨刀不误砍柴工，先把自己改造好了才有说服力嘛！"

"哭了，这么有脑子的美女去哪里找？"

…………

最后，这个小项目自然是苏礼拿了第一名。

其他设计师确实如弹幕所说，看到路人就直接上去切入主题，然而自己都穿成那样，只会惹来路人的嫌弃，哪里有人愿意接受她们的建议？就算有的路人最后扛不住软磨硬泡答应了，但第一印象已经很差，后面便很难发自内心地认同设计师的建议，只有苏礼做得又快又好，顾客满意度还高。

苏礼在休息室喝了3杯茶，其他设计师才陆续回来。

温思思："气死我了，那个人竟然说我不会搭衣服。拜托，她也不看看自己是什么身材，我给她穿好看的衣服她能撑起来吗？"

郭琼安慰她："我那个也是，虽然不说话，但是表情特别一言难尽。要不是录节目，她能穿上我亲手拿的衣服吗？"

柯妙："我逛了一圈，压根儿没人搭理我，最后还是跟一个男的碰上五六次，这件事才成的。"

…………

众人义愤填膺地吐槽着。

黎笑珊微妙地看向苏礼，撇了撇嘴。

苏礼以绝对优势拥有了选择权，选了第三个出场。

她选在中间出场，一是避免开始时大家保守出价，二是避免尾声时各大品牌都没钱了。

那场她出场的时机挺好，正碰上明星出价进入状态，加上她的衣服也好看——她一跃到了上位圈。

苏礼下台后，大家都恭喜她打赢了翻身仗。她笑着回了两句，目光扫过节目单，忽然僵住。

程懿。不是真人，只是出现在薄薄的纸张上的两个字，不知道是什么节目的拟邀名单，又或者只是重名。但饶是如此，她的大脑也空白了片刻，如同沉睡的东西开始争先恐后地复苏，让她晃神了几秒钟。

旋即，她收回了目光。

这一周程懿都没有出现，他们像是约定好了一般，从对方的生活中退场，甚至不用正式告别，就有了彼此心知肚明的结局。

两个人如此默契，她竟不知该称赞还是讽刺。

苏礼突然想起自己还留着他的联系方式，拿出手机正要查看，肩膀忽然被人揽住，黎笑珊压了上来。

黎笑珊："在这儿发什么呆呢？你第一期那套衣服要在原素印象上开卖了，你也不给自己想个名字？"

原素印象拍走了她在第一期时那套衣服，由于是替人收拾烂摊子，苏礼并不想冠上自己的名字。毕竟那一套里，她做的只有两件。

原素印象还算有点儿审美，买下衣服之后，并未生产前设计师留下的那几件衣服，而是只选用了苏礼做的那两件，外加她赠送的一件印花白 T 恤。

明天中午 12 点，衣服将上架原素印象的 App，线上限时抢购，实体店也会铺货。

苏礼将手机收了起来，说："什么名字？写我的名字不就行了吗？"

"你傻呀，"黎笑珊敲她的脑袋，"详情页肯定会写清楚的，你要是没有个人品牌，就写'原素印象 × 苏礼'，但如果你有个人的牌子，就会写这是两个牌子的联名款。"

苏礼眨了眨眼，说："我？个人品牌？可我没打算这么早就弄，这不是连知名度都没打出来吗？"

"我懂你的意思，你想造势够了之后直接推出品牌。"黎笑珊说，"但你有没有想过，名气这东西也是可以铺垫的？你先起一个名字吧，就比如简单的SL，用你的名字拼音缩写，然后只当定义。到时候正式推出，你就把名字拓展开，加上一些品牌背景和意义，SL 作为缩写，这不就行了？

"这样的话，SL 借着节目可以刷存在感，到时候顾客和观众熟悉了这个名字，觉得自己喜欢，看到你正式推出的个人品牌，不也会去买了？"

苏礼愣了愣，觉得她说得好有道理的样子。

"赶紧整一个，我以前就这么整过，借东风可不是什么时候都行的。"黎笑珊道，"还有半天时间，App那边都能改。"

苏礼听完黎笑珊的话，当天回去就挑灯夜战到黎明。

黎笑珊说得有道理，既然现在有机会，自己何不现在就开始铺路？这正是搞事业的大好时机。

苏礼什么旁的想法都没有，全身心地投入起名和对品牌的长远规划中，凌晨给原素印象发去了自己的修改方案，那边的人上班后半个小时就改好了。

SL，苏礼，她的名字，她的品牌。往后总会有人站在衣橱前，对她的衣服抱有最殷切的期待。

她会证明给某些人看，从第一期节目就开始延续的质疑与怀疑声，只是她迈向更高处的垫脚石。

当天，原素印象的线上抢购活动大获成功，可能是只有3件的缘故，销量非常集中，几乎是10分钟就卖完了上架的商品。

1周左右的时间，实体店便会陆续到货。

下午苏礼又去了一趟《巅峰衣橱》的录制现场，关于下期的节目大家需要开个小会。

开完会后苏礼准备离开，却被导演喊住："苏礼，等会儿还有事要忙吗？"

苏礼摇头，道："没什么事，怎么了？"

导演："是这样，我们隔壁导演组说想跟你合作，你后面要是没事忙，等会儿过去见见？"

苏礼奇怪地问道："什么合作？"

导演的表情非常生动，试图引起她的兴趣："你知不知道之前有个大爆的综艺节目，叫《初吻日记》？"

她哪儿能不知道，陶竹就是看那个综艺迷上纪时衍的，不仅上头，每天还在嗑他和纪宁的"双击"CP，笑得停不下来。

苏礼思索了一会儿，道："我没记错的话那是恋爱综艺节目吧？恋爱综艺节目找我干什么？我不是艺人，他们是想找我做衣服吗？"

导演摸了摸鼻子，道："一开始的确是，但做了一下调研，他们又改变想法了。

"你知道最近上面有规定，综艺节目开始要求星素结合了，就是明星和素人都要有，不然节目不给过审。

"你条件这么好，虽然是素人，但是有录节目的经验，他们肯定喜欢。"

苏礼反应了一下才转过弯来："意思是……找我去拍恋爱综艺节目？"

导演打了个响指，道："没错，你考虑一下？"

"这不行吧？"苏礼根本没想过这种事，"我不是表演专业的，也不是很会跟陌生人相处。再说了，我和谁拍啊？"

导演很明显是在帮这个综艺节目当说客："名单的事交给节目组，他们会根据很多测试和调查找出最适合的男女嘉宾的。纪宁和纪时衍那对情侣不就是节目组促成的吗？"导演继续道，"关于和陌生人相处的问题你就更不用担心了。明星拍综艺节目是有剧本的，但素人没有，你就跟男嘉宾见一面，聊聊天儿，相处得来就多聊聊，不行的话就算了，到时候看情况剪辑你的镜头。你知道的，素人又不是播出的重点，有镜头就行了。"

苏礼犹豫："但……"

"你的剧情甜的话，他们就多放一点儿；普通的话，就放两句你跟人家的对话。这有什么不好的？你知道那个综艺节目流量多大吗？"导演说着说着自己先兴奋起来，"这么好的机会，你必须去，苏礼。"

最后，《初吻日记》的制作组工作人员和苏礼死磕了 3 天，见了 5 面，打了 17 通电话，终于换来了她的点头。

她同意没别的原因，打动她的主要是资源置换。节目组承诺，如果她参加综艺节目，往后台里的服装资源会优先考虑她，更提出，即将举办的大型晚会上，主持人的礼服可以由她设计。

对卫视台来说，舞美服装也是重要的一环，到时候她的品牌在艺人间打开了知名度，后续发展想没有流量都难。

而自己只不过是和男嘉宾见个面，露个脸，怎么算都是她赚。

苏礼答应参加节目录制后问制作人："那拍摄之前，会给我看看对方的照片和资料，让我准备一下吗？"

"那就没意思了，我们这些都是保密的，不到开录不会让人知道。"《初吻日记》的制作人说，"不过你放心，肯定不会让你失望的。"

虽然制作人这样说，但苏礼还是隐隐觉得，对方没有告诉她男方资料，是因为人选还没确定。

素人不是拍摄的重点，因此拍摄的时间也不是很长，她可以在做衣服的间隙抽空参加节目。如果是常驻嘉宾，那她就真的去不了了。

周三下午有个初步拍摄行程，苏礼提前起床，完成了当日的制衣任务，这才前往拍摄场地。

到了地方她首先去化妆，化妆时没见到同录的男嘉宾，倒是瞧见了不少女嘉宾。

为了避免大家尴尬，节目组是 5 对素人一起录的，这样起码有一对 CP 的素材能用。

化妆时，其他素人女嘉宾讨论起来。

"你们说会不会有明星加素人这种搭配？"

"有就好了，之前传我男神要来。"

"是不是明星不重要，我听说对面有个贼帅的人，不知道会分给谁？"

…………

女嘉宾们从事的职业很丰富，有咖啡店老板、茶艺师、花艺师、白领及设计师。

大家没聊几句，很快进入拍摄环节。

苏礼本来以为会直接和男嘉宾见面，没想到她们竟然被分到了 5 个不同的房间里，坐在里面无声地等待。

相邻的房间用挡板隔了起来，虽然大家看不见彼此的情况，但能听到隔壁的声音。

很快，不知哪里传来一声惊呼，是第一对 CP 见面了。

第二对、第三对 CP 那边也陆续碰面，苏礼的耳边不停地传来推门的声响，但她面前的门始终没有动静。

被攀谈声包围，她渐渐有些坐不住了，正想挪一下凳子的时候，终于有脚步声在她这里停下。

咔嗒一声，门被推开。

苏礼与那人四目相对，空气在这一刻凝滞。

她难以置信地闭上眼，又不情愿地睁开，然而面前的景象并没有任何改变，程懿依旧站在她面前。

程懿？他来拍恋爱综艺节目？

不对，苏礼试图换一个角度去想——拍恋爱综艺遇到前男友，世界上怎么会有这么荒谬的事？

苏礼说不出话，程懿也没开口。

4个房间的人都聊得热火朝天，唯独他们这间房间，两个人维持着定格的动作，好像能一直沉默到世界末日。

这不怪她——她真的没有做好准备。她甚至想，就算今天遇到的是个对着海鸥振翅谈起空气动力学的钢铁直男，也可以面不改色地夸奖一句学以致用，而不是现在这样，婚都逃了，婚纱都烧了，还得客客气气地和前男友握手说："你好，很高兴见到你。"

这都什么事啊？。要这样消遣人的吗？

二人僵持着，这一组的导演也都面面相觑。

"不是说两个人挺甜的吗？"

"不知道哇，难道短短几天时间就分手了？"

"先拍吧，大不了到时候不剪进正片。"

…………

他们并没僵持太久，很快到了下一个流程。程懿退出房间，在门口等她。

苏礼硬着头皮往外冲，找到路就往前蹿，最后被人拉着手腕扯过去。程懿说了分手以来的第一句话："走这边。"

男人的声音低哑，带着点儿不易察觉的疲惫，可仍旧是分不出喜悲的语调和表情，这让她难以读懂他。

苏礼意识到自己又在做前男友的言行的阅读理解，火速收回思绪，专心跟上前面嘉宾的脚步。

为了让大家更好地进入状态，节目组准备了小游戏，以便拉近嘉宾之间的距离。

第一个游戏是猜口型。这个游戏的规则是男嘉宾抽取句子，负责表述；女嘉宾戴上耳机，靠对方的口型猜出他说的是什么。

这种游戏一般是活跃气氛的，长句子没几个人能猜准，但到了后面往往很好笑，很适合拉近陌生人之间的距离。

果然，第一个环节结束，大家已经笑得直不起腰来。

苏礼他们这组是个意外。猜词时，程懿说了一遍，问她："还要重复吗？"苏礼摇了摇头，然后……就没有然后了。他们面对面打坐，如同入定，再也没有人开口讲一句话。

到了回答环节，大家组出来的句子更是五花八门，让人忍俊不禁。

弹幕上也是一片哀号。

"鸡爪变异、做我儿子、喷雾之后变成闪电野猪、用钻戒抠你的头？"

"哈哈哈——什么东西啊？可能是这答案吗？"

"一个敢说，一个敢信。"

"别猜了，浪费机会。"

答题也是有次数限制的，如果没有把握的嘉宾可以先过，以免浪费机会。

苏礼前面的女嘉宾因为和对方实在没有默契，便选择了跳过。

苏礼瞧了她一眼，顿了顿，手指也挪上去，点了"过"的红色按键。就在按键亮起的瞬间，她的头顶忽地发出一声巨响，像是什么机器被打开了。丰富的综艺节目观看经验告诉她，这应该是倒面粉的惩罚。

"因为嘉宾选择跳过，触发惩罚机制，三、二……"

苏礼及时喊停，问导演组工作人员："前一个女嘉宾也过了，她怎么没有被惩罚？"

导演："她的机器坏了。"

苏礼头顶的声音重新响起："三、二……"

"等一下！"苏礼猛地摁了几下蓝色按钮，投降般举起手来，"等一下，我不过了！我能猜对。"

旁边的男女嘉宾都看起了热闹。

"开什么玩笑？他们俩从开始就一副特不熟的样子，她能猜对就有鬼了。"

"你听过文人相轻吗？可能这就是颜值相轻吧，因为两个人都长得太好看而导致互不欣赏，但是任务还是得做。"

"估计她就是为了逃避惩罚，看看就行。"

大家讨论得热火朝天，苏礼却开口了："他所说的'让她三分'，不是'三分流水七分尘'的'三分'，是'天下只有三分月色'的'三分'。"

程懿："嗯。"

就这样，众人眼中不熟——从头到尾一个对视都没有，还宁可打坐都不交流的两个人，第一个通过。

"一个字都没错！对了！"

苏礼闭上眼睛，本环节的装不熟任务由于面粉惩罚的介入而失败。

旁边的女嘉宾围了过来，问："你怎么猜对的呀？有什么诀窍吗？"

苏礼干笑道："这不是《围城》里的经典句子吗？以前写作文时用过。"

"那你刚刚为什么不说，非要过？"

"我是突然想起来的，"苏礼强调，"灵感来得……突然。"

游戏结束后，大家开始吃午餐。

导演组工作人员把大家都安排在了一张桌子边。

苏礼点的是牛排，程懿也点了牛排，不过好在点牛排的嘉宾挺多。

最先上餐桌的是两份牛排，然后是黑胡椒粉，以及本节目的冠名商产的瓶装酸奶。

服务生将餐盘撤走后，苏礼下意识地取了黑胡椒粉，男人则拿走了她面前的酸奶瓶，帮她拧开瓶盖。

习惯太过可怕，以前他们一起吃牛排的时候就是这样做的，可现在做起这些事来要多尴尬有多尴尬。

苏礼顿了顿，然后装作若无其事的样子撒好黑胡椒粉，忽略其他人探寻的目光，说："怎么了？瞅我做什么？这家的牛排味道淡，要撒一些黑胡椒粉的，你们也用吧。"

"我就是惊讶于你俩的默契，"有个男嘉宾指了指，"几乎是同步动作，跟排练过似的，不知道的人还以为你俩谈过恋爱呢，哈哈哈！"

苏礼的头皮开始发麻。

你可闭嘴吧！

那人没有一点儿眼力见儿，对程懿说："不过你这么早开酸奶干吗？谁吃牛排喝酸奶呀？"

程懿："她喝。"

短短两个字，透露的信息却很多，桌边的人沉默了两秒，探究的目光全部落向了苏礼。

毋庸置疑，这确实是她的个人癖好，陶竹吐槽过不止一次，程懿也早就对此了然于心。她有自己喜欢的酸奶品牌，但盖子很难开，所以程懿后来只要看到酸奶，就会先帮她拧开瓶盖。

这些目光如同探照灯，苏礼有些扛不住，起身道："我去上个厕所。"

苏礼从导演组那里要过外套，躲进厕所隔间，感觉自己的世界崩塌了。

她打开和陶竹的微信对话框，给陶竹发消息。

举个栗子："哈哈。"

陶竹："你疯了？"

举个栗子："我确实疯了，现在我和前男友在恋爱综艺节目上重逢，还得上演相亲戏码，换你你不疯吗？我觉得我已经无力吐槽了。"

陶竹："你的相亲对象是程懿？录个综艺节目你们也能碰到？节目组怎么请到他的？"

举个栗子："比起关心这个，你不如关心关心我怎么活着走出去。"

陶竹："你想怎么办？"

苏礼对着厕所门冷笑出声，回信息。

举个栗子："什么叫我想怎么办？我能怎么办？我已经很努力地避嫌了，但就是撇不清关系！我能怎么办？"

陶竹发了个表情包，示意她冷静点儿。

陶竹："你干吗要撇清啊？欲盖弥彰知不知道？掩耳盗铃知不知道？你越努力假装你们不认识，越证明你俩有一腿。"

陶竹："宝贝，自然一点儿，该咋样咋样。工作嘛，你能跟别人组 CP，就能跟他组，一样的。"

举个栗子："我自然不了。"

陶竹思考了一会儿，给出一个解决方案。

陶竹："我记得你应该不是单人录吧？你就看看别的女嘉宾在干啥。她们怎么对男嘉宾的，你就怎么对程懿。"

陶竹："我告诉你，关系太好或太差都是不行的，都会显得突出，大家就会关注你们。"

陶竹："你不就是去走个过场吗？所以你只要做到中规中矩就好了，和大家一样，既不会被讨论，也不会惹来怀疑，最方便全身而退了。"

举个栗子："她们怎么做我就怎么做？"

陶竹："嗯，人类的本质就是复印机。"

苏礼觉得这个方案可行，能保证自己挥挥衣袖不带走一片云彩，遂调整好心态走出厕所。

不就是工作嘛，她只要保证在"上班时间"不出错就行了。

后来游船，男嘉宾先上，而后纷纷绅士地朝女嘉宾伸出手，她这儿也不例外。苏礼看着男人递来的手掌，又看到旁边女嘉宾搭上男嘉宾的手指，凝了凝神，将手递给了程懿。

苏礼的耳旁传来各种声音。

"谢谢。"

"麻烦啦。"

"谢谢呀。"

"谢谢。"

苏礼点头，复制粘贴："谢谢。"

这话仅为复刻，不代表本人观点。

程懿的手指顿了一下，很快恢复如常，他低声道："嗯，船在晃，小心点儿。"

大家走进船舱后，流程也并未停止，男嘉宾们忙着做任务找东西，女嘉宾们则坐在一旁，面前摆着茶点。大家煮花茶，苏礼也跟她们一道煮；大家开始选糕点，苏礼也开始选糕点，总之就是先复制，再粘贴。

大家弄完之后去给男嘉宾送茶点，还说着一些关怀的话。苏礼飞速运转大脑，将那些句子收集后简单整理，拼凑出一句话。

她把盘子放在程懿的手边，说："饿了吗？吃点儿吧。"

不错，自己活学活用了。

男人垂眸看着她，喉结动了动。

晚上6点节目拍摄结束，众人开始告别。

有的男嘉宾礼貌地问女嘉宾："我送你回去吧？"

女嘉宾不甚娇羞地道："好的。"

程懿还没来得及开口，苏礼已经听完了前面4个女嘉宾的肯定回答，然后点了点头，道："行。"

终于，镜头一关，苏礼觉得解放了。

陶竹给苏礼打来电话："为了让你及时脱身，我找了个代驾去接你，就是你的车，到时候你直接上啊。"

什么是姐妹？这就是姐妹。

苏礼："爱你。"

陶竹："别给我整这肉麻玩意儿，挂了。"

苏礼打完电话才反应过来，给陶竹发消息。

举个栗子："我突然想起来，我在节目里好像同意让程懿送我了。"

陶竹有理有据地反驳："工作是工作，生活是生活，二者是分开的。

"镜头下的话是为镜头准备的，镜头之外大家各回各家。再说了，程懿说不定也是讲的客套话呢？都是成年人了，大家心照不宣的。

"除了我的宝贝'双击'夫妇，哪对录恋爱综艺节目的艺人私下真的谈恋爱啊？节目里'心动是真实的'，关了摄像机立刻打开辣妹的微信说'宝贝你在哪儿？我来找你'的人还少吗？

"节目之外你还坐他的车，这不尴尬吗？"

举个栗子："尴尬。"

陶竹："嗯，所以你放心吧，他也没那个意思。你赶紧回来，我等着让人送我去酒吧呢。"

10分钟后，兰博基尼停在路边，等了一刻钟也不见人影。

程懿从车上下来，问收线的工作人员："请问刚刚站在这儿的姑娘去哪儿了？"

"你是说苏礼吧？"那位工作人员笑了一下，"坐另一辆车走了。"

程懿蹙眉问："谁的车？"

工作人员："不清楚，应该是熟人来接她吧，打了个响指她就上车了，也没确认什么。"

她走了？

男人的指腹摸过车钥匙的尾端，似是因为有些用力，手上传来轻微的痛感。

他本来想着，在车上可以向她解释，自己并非有意不和她联络，只是想当面和她说清楚；也想告诉她，他这些天都做了些什么、要做什么；或者讲一讲他的担忧、踌躇以及抱歉。

但她大抵并不想听他的解释，才连声招呼都没打就走了。

次日傍晚，苏礼又收到好久不见的黎羽佳的私信，说今天有个慈善晚宴，自己的礼服又出了点儿问题，问苏礼能不能帮她改一下。

苏礼问了地址，离得挺近，10分钟就能到，于是答应了下来。

黎羽佳的礼服这次的问题出在收腰上，苏礼试图用别针和纽扣进行调整，快调好时，发现了坐在不远处的椅子上的男人。

也对，今天是慈善晚宴，程懿会出现并不奇怪。

苏礼改完礼服准备离开，行至后门长廊上时，身后传来急促的脚步声，紧接着，她的手腕被人抓住了。

男人说："我有话要跟你说。"

苏礼回过身，轻轻抽出了自己的手，说："昨天的综艺节目你也签了合约吧？为了职业道德，我们在镜头下可以相安无事，尽量满足节目的要求，但是出了镜头就做陌生人吧。过去的事都过去了，没什么好说的。"

说完她便抬腿往外走去，身影很快和夜色融为一体，徒留男人在原地站了许久。

镜头下她的靠近和不再抗拒的态度，让他误以为那是她有所松动。殊不知原来她只是公事公办地把和他相处当作任务，把这一切全都当成工作。

心脏忽然泛起疼痛，混合着自责情绪铺天盖地而来，仿佛只需短短几秒，就能将人击溃。

又是一个漫长的不眠夜，男人按了按眉心，接起了电话："终止得怎么样了？"

次日，《初吻日记》第二季第一期节目播出，素人作为次重点提前录制完毕后，剪辑放入成片里。

观众除了惊讶程懿居然会出现在这里，各对CP并没有引起很大波澜。

直到节目过去两个小时后，一组照片忽然被爆出：昏暗的走廊上，女嘉宾缓缓地从男嘉宾的手中抽出自己的手，浑身气质冰冷得如同月光；可镜头下，她的笑容炽烈明朗。

苏礼是被在玩儿通宵的陶竹摇醒的："起床！你上热搜了！"

苏礼还没从梦里走出来，心跳加速，揉了揉眼睛道："我的衣服上热搜了？"

"你开手机看看。"

上热搜的并非什么衣服，而是她和程懿的两段视频：一个是节目中的默契考验片段，另一个则是慈善晚宴上的画面。

慈善晚宴？谁拍的视频？

苏礼还以为自己会因为虚假营业被骂得狗血淋头，颤抖地点开评论，评论却完全不是那么回事。

"我竟然从中看出了相爱相杀的CP感……"

"破镜重圆，是破镜重圆吧？！"

"《现实破镜，综艺重圆：分手后我还记得你的一切》不错，有文吗？"

"从未见过立意如此新奇的CP，我的尖叫已经急不可耐！啊啊啊，程懿给我追老婆，搞快点儿！"

"虚情假意营业的CP就是最牛的！不嗑很奇怪！"

她有时候真的很难理解大家的喜好，好好的糖不吃，非喜欢自己从缝里抠糖嗑。明星和其他素人明明有很甜的互动，结果热度最高的居然是他们这对分手情侣。

苏礼在热搜里浏览了半天，确保大多是活人且没多少水军后，越发疑惑："我跟程懿……连BE（Bad End，坏结局）和营业都写得明明白白了，这也能让人'嗑死我了'？"

"你懂什么？"陶竹探身，"世界上最甜的，是自己从犄角旮旯儿里抠出来的糖。"

陶竹坐起来，试图为苏礼讲解："爱情就是要隐晦、惹人遐想的，一个眼神让我脑补一段旷世绝恋，这谁不喜欢？太刻意、太用力的感情，就不自然了。硬把你的嘴巴掰开往里塞糖，只会引起反效果。"

苏礼正色道："但是你让我模仿其他素人的。"

陶竹可委屈了："我让你那样之前，能想到大家这么喜欢这种CP吗？这不是结果出来了，我才分析为啥这样嘛。再说了，你也看到了，名场面就是你俩一边装不熟一边超有默契，如果你继续装不熟，你们的热度指不定更高。"

陶竹又找了一会儿，翻出一条已经有3万转发量的微博。

"你看，这是当年'双击夫妇'的名场面，录制综艺节目之外，纪时衍给纪宁打伞，这一度在CP圈传为神图——在无人的角落里，有更多浪漫的秘密。你和程懿现在在大家眼里就是这种状态。"

苏礼彻底没辙了，两腿一伸，倒回枕头上，道："这都什么事啊？"

她为了工作接个综艺节目，跟她"恋爱"的是刚分了的前男友，好不容易努力削弱存在感，剑走偏锋也能红？

"有热度还不好？"陶竹惊了，"至少热度的直接受益人是你啊！红总比无人问津好吧？"

苏礼想了片刻，说道："好像也是。"

"所以既然都这样了，你何不借此机会双赢到底？你给节目带来流量，节目也回馈流量给你。"陶竹挑眉，"你后面怎么打算的？"

"什么打算？既然我签了合同，接了这份工作，就要做好呗。"苏礼说，"总不能坑人。"

到时候看情况发挥，导演希望她做什么，只要不过分，她都尽量满足。

苏礼翻了个身，道："只是……"

陶竹："只是什么？"

"我本来打算等闲下来就把联系方式删干净的，结果突然出了这种事，"苏礼摁了摁太阳穴，"搞得我很被动。"

陶竹："那你先缓缓，等工作结束了再删。"

苏礼想想也是，"嗯"了一声，趴在枕头上没一会儿就睡着了。

上午 10 点，川程总部顶楼。

总裁办公室的门被人一把推开，霍为火急火燎地走了进来。他满脸通红，对着座位上的男人难以置信地道："你疯了吧？！我听人说你把珠宝部的工作给停了。"

男人手上动作没停，仍批阅着文件，回的话却很简洁："嗯。"

霍为几乎疑心是自己的判断出了问题，问："为什么？"

程懿这才沉声问："我要是继续执行计划，和继续伤害她有什么区别？"

"你可以不走皓苏那边！退一万步说，你自己单干也不是不行，只是耗时久一点儿，不过晚两年也没关……"

男人打断了他的话："我不想。只要部门持续运作，她就会获知消息，每一次看见相关消息都是在提醒她曾有过那段经历。"

可能是吃饭时候看到的广告、逛街时看到的广告牌、突如其来的讨论，不会给她任何准备时间，她甚至没有办法避免获知这些信息。光是想到会突然僵在她脸上的笑容，他便无论如何都没办法再让珠宝部运行下去。

听完他的话，霍为沉默了，几十秒过后才尝试着发出声音："你……"

停顿半响，霍为还是出言相劝："你真的想清楚了？程懿，你别怪我没提醒你这件事对你而言意味着什么，又承载了你多长时间的心血，你全都忘了？如果你只是为了赚钱，放弃它我无话可说，但它的意义根本就不是钱，也不是什么市场份额！你……"

霍为还想再说什么，被男人冷声打断："我已经决定了。"

一贯笑脸迎人的霍为也正色起来："如果不做，你会痛苦一辈子的。"

办公室里一时间异常安静，落针可闻。

霍为以为男人在沉思、在犹豫，没想到他只是伸出手，又翻出了一份策划案。

男人说道："做了我也会痛苦，既然有可能伤到她，就不做了。"

霍为忽然觉得鼻子发酸，闭上眼睛说："你别这样。"

他如果不说，苏礼一辈子都不会知道这个为达目的不择手段的男人——这个咬定了什么便不会放手的男人，为她放弃过什么。

半响之后，霍为沉沉地叹了一口气，道："你会后悔吗？"

"我从来不后悔。"程懿几乎未做思考，然而顿了顿，却又终于低声道，"后悔过。"

他后悔当时如果不是以那样的方式和她遇见就好了。

如果他没有骗她就好了。

如果他早点儿发觉其实无法承受她离开他就好了。

在她离开时，如果他及时抓住她的手就好了。

霍为心里忽然一沉，感觉酸酸涩涩的。

一直都是这样，他生活的重心仿佛只有工作，苏礼的出现打破了这种病态的平衡，而她离开后，男人比以前更狠地投入工作，不给自己喘息的时间。

以他的身份，若不是为了苏礼，他怎么可能会去参加那种恋爱综艺节目？这一周多的时间里，他忙着终止计划，将所有的会议提前开完，提前批示所有重点工作，好为接下来的节目留出更多的时间。

可就在这种几乎连睡觉时间都没有的繁忙生活中，霍为还是看到，很多次他都打开了微信上与苏礼的对话框，但最终还是什么都没有发。

他一定有很多话想说吧？他就连微醺时，目光一直看向的都是手上那枚订婚戒指。

当天下午，苏礼又接到了《初吻日记》导演组的电话。

她以为是跟热搜有关的事，放下软尺，按了免提："喂？"

"喂，栗栗，现在在干吗呢？"是个女导演。

苏礼："在做衣服呢，周末要去录《巅峰衣橱》。"

"在哪儿做？家里吗？"

"制衣室，"苏礼道，"是有什么事吗？"

女导演不好意思地笑了笑，说："是想问问你方不方便。你有没有看到今天的热搜？你和程懿的热度还挺高的，我们就计划再给你们补录一些镜头，不用很刻意，也不会影响你的工作。你还是在那里做衣服就好了，也不给你们任务什么的，就拍一些比较日常的互动。"

仿佛知道苏礼在顾虑什么，女导演连着解释了一串话，大意是不会打扰她，就算她什么都不干，只说两句话也行。

人家都说到这份儿上了，她再拒绝就不好了，但还是有些顾虑。

苏礼："程懿也有空？"

"有的，我们早上就联系他了，这会儿他应该正在高强度地处理工作，马上就能来了。"

对方这么一说，她要不答应，显得没程懿敬业似的。

苏礼抬头看了看门口，说："行，那你们来吧，我等会儿把地址发过去。"

女导演："太感谢了！《初吻日记》有你收视就有了保证！"

导演组工作人员来之前，苏礼简单地把这里收拾了一下，余光看到那个烧婚纱的箱子，沉默了片刻，将它踢到了沙发底下。

为什么是程懿来看她做衣服，而不是她去看程懿改文件？大概是总裁的日常不方便拍摄，也没有做衣服这么亲民，导演组工作人员才将地点选在了她这里。

很快，门被敲了两下，是摄制组人员来了。

苏礼礼貌地将大家迎了进来，最后一个进来的是程懿。他大概是换过衣服了，穿着灰色钩边的衬衫，发型也打理得很精致。

不是说随便拍拍吗？为什么他穿得像是要跟初恋进行第一次约会一样？

镜头扫过来，苏礼收起情绪，勾唇友好地道："中午好。"

程懿垂眸看了看表，道："两点半，下午了。"

苏礼沉默。

程懿了然于心，问："又没吃午饭？"

只要她混淆时间概念，就是工作忙忘了吃饭。

苏礼强行忽略"又"字透露的信息，轻咳了两声道："正准备吃，刚好你们来了。"

男人在玄关处换了拖鞋，穿上的那一刻才意识到不对，然而已经晚了。压下心中那股物是人非的惆怅与异样感，他只能继续话题才能显得镇定："准备吃什么？"

苏礼："蛋炒饭。"

男人没犹豫，走到厨房打开双开门的冰箱，扫了一眼右侧，回头对苏礼说："你的冰箱里一个鸡蛋都没有。"

两位女导演心里已经放起了鞭炮，感觉这一段的每一句话、每个动作都是爆点，谁看了不说一句"嗑死我了"？！

好精准的定位！好自然的语气！说程懿没来过10次以上谁信？说两个人没一起在这儿做过饭谁信？！

苏礼明显感觉到身后的导演开始激动了，还以为她们是觉得好笑，于是只能临时改主意："那下面吧。"

程懿仍没犹豫，熟悉这里就像熟悉川程的业务一样，在几个方格里扫了一眼，道："面格是空的。"

苏礼闭上眼睛，恨不得说自己想吃承重墙，看程懿是不是下一秒也能把墙给她拆下来。

她深呼吸几次后说道："那就不……"

"你想吃的东西都没有，"程懿说，"那吃我做的吧。"

男人说完，好像把她的沉默当作默认，熟练地找出番茄和卷心菜，更熟练地拿出案板与刀，忙了起来。

苏礼想要开口，却始终没找到合适的话题。

"站着干什么？"男人回头看了她一眼，"等会儿有烟，去外面休息吧，我做好了给你端过去。"

苏礼倔强地咬了咬下唇，然后退了出去。

她在沙发上吃爆米花的时候还在琢磨，等程懿今天一走，自己立刻把这些东西全部换个位置，看他还怎么找。

苏礼还没吃两口爆米花，男人从厨房里出来了。

她侧头看了一眼，在镜头黑黢黢的"注视"下，硬生生憋出了一句："干吗？"

程懿："没盐了。"

随后他在最外面的储物柜里，从第三格柜子背后取出一包盐倒进盐罐里。

目睹全程的苏礼再次沉默。

你不要搞得像是在自己家里做饭一样啊。

两个女导演嗑得激动不已，死命地掐着对方的胳膊，才忍着没有叫出声来。

苏礼抱着抱枕，将电视机的音量又调大了些，这才盖住四处弥漫的不自然的声息。

或许是早就习惯了被注视，程懿一如既往地自然，给她蒸了一碗煲仔饭，盛好后放到她面前的茶几上。

她刚拿起勺子，男人又出去了。

她强行接受程懿已经对这里很熟悉的设定，一边吃饭一边看剧。没一会儿门锁响动，程懿回来了。

他手里拿着两杯冰美式，将一杯拆了吸管插好，放到她的左手边。

苏礼本来想装作那不是给自己点的，但是他买了两杯，自己也不好装傻。

拿人手短吃人嘴软，说谢谢有点儿奇怪，苏礼摸了一下杯壁上的美人鱼图案，道："怎么不直接点外卖？"

程懿："太慢了，送来你都吃完饭了。"

"那个……摄像机已经装好了，我们就先出去了，不打扰你们了。"导演适时撤退，"你们正常相处就好，有问题用麦叫我们。"

房间里装了五六个会转头的摄像机，摄制组全员撤退，屋内只剩下苏礼他们。

压力感虽稍有缓解，僵硬感却更甚。

苏礼三两口吃完饭，说："我去做衣服。"

程懿："嗯。"

气氛沉默起来，只有剪刀剪布的声音和细微响动传出。苏礼做起衣服来便投入了进去，再抬头时，天色已近黄昏。想起什么似的，她蓦地回头，和程懿的视线撞上。

他是刚忙完自己的事，还是一直在看她？

察觉什么，男人收回目光看向了别处。

仿佛方才只是她的错觉，他始终在发呆。

客厅没开灯，有些昏暗，只有摄像机的红点不停闪烁，提醒着她此刻的流程。

捏了捏话筒，苏礼问道："吃饭吗？"

晚餐也是程懿做的。

他们在一起时，他下厨的时间不多，一般是出去吃。她虽然知道他会做饭，却也不知道他会做的品类有这么多。

两个人吃完晚餐，苏礼的耳麦里依然没有声音传来。

摄制组的人怎么还没发来收工信号？这都晚上7点了。素材不够？难不成他们要拍到9点？

苏礼思忖半晌，找到一个消磨时间的绝佳办法——看电影。这既能让时间过得快点儿，又能给节目制造氛围，她还不用说话，真是和前男友"约会"的不二之选。

她今天的工作已经做完了，看看电影也没什么。苏礼筛选一番，选了《布达佩斯大饭店》。

为了避免出现什么香艳的镜头令人尴尬，她特意挑选了自己看过的影片，这片子剧情丰富，能让人不分神，且不是主讲爱情的，很适合在今天这种场合观看。

但她还是忽略了一些不可控因素：由于这部片子极具美学艺术性，她已经看过不下3遍，现在酒足饭饱，又很疲乏，情节再跌宕起伏的电影也会变成催眠曲。

她只看了半个小时电影就撑不住了，几番挣扎后还是屈服于困意，头一偏就睡着了。

她坐在沙发上，怀里只有个零食桶，除了身后的靠背，就没有什么支撑了。但她潜意识里不愿睡得太过明显，所以始终没有后仰，只是小鸡啄米般点着头，最终缓缓倒向右侧，正要栽倒时，被人用手托住了脑袋。

程懿的手掌很宽大，动作并不突兀，仿佛他已经准备了很久，而她也没有被惊醒。

苏礼没睡太久，六七分钟的样子，突然被电影里升高的音量吓了一跳，条件反射般坐起身来。

程懿不动声色地收回手，继续看向屏幕。

她是被吓醒的，因此压根儿没意识到刚刚是怎么睡着的，大脑转动极慢，醒过神之后转头看了眼程懿。

男人目视前方，仿佛沉浸在电影里，并未发现她的异常。

苏礼舒了一口气，重新坐直。

第八章

20℃温风

3 天之后,《初吻日记》加更版上线,包括 3 对明星和 3 对素人,都是以日常形式进行的拍摄,分为 6 个视频放在板块中。

苏礼心道当天的拍摄内容那么无聊,想必视频剪出来也没意思,于是就没点开看,继续忙自己的事去了。

她不知道的是,不过短短 24 小时,他们那段视频已跃至播放量第一的位置,弹幕是第二名的明星 CP 的两倍。

导演组人员更是针对弹幕做起了笔记分析。

导演 C:"对,就是托脑袋这里,你看吧,果然!我就说这里绝对能引发讨论!"

导演 A:"看看,这句说得多好:'理想中的爱情,是不着痕迹的区别对待,下意识的习惯和反应,以及没有负担的关怀。'"

导演 B:"你们在哪儿看的?我这里怎么全是'又嗑到了'?"

导演 A 点着平板电脑展示："你要选择弹幕占全屏，不然就那么两行，会错过很多留言的。"

导演 B："哦，我们看的不一样，我在看微博的评论呢。"

导演 A："怎么说？"

导演 B："还是有一点点争议的。"

导演 B 将手机递过去，某条营销号发的最新微博下，引发了不少讨论。

"你要说现实分了吧，综艺节目里确实还挺有 CP 感的……"

"他们到底是真的这样还是走的剧本？"

"娱乐圈真真假假，什么不是看个乐和？纠结是真是假有意义吗？说不定慈善晚宴那组图片就是节目组放出来炒热度的，就算两个人是假的，只要看着能让我开心，那就是真的。"

"对呀，娱乐圈不就是给人造一个理想国吗？追星也一样，我偶像不可能一辈子不恋爱吧？但只要不让我知道，我还是相信他单身，然后快乐追星！快乐已经很难了，不要再想太多给自己找不快乐了，好吗？"

"他们在现实中如何，耽误我在节目里嗑 CP 吗？不耽误！这是毫无风险的投资呀，不成没损失，成了我就赚了！所以姐妹们一起嗑'礼义夫妇'吗？

…………

几番思忖后，导演 A 转动笔尖，道："我有一个想法。"

导演 B："巧了，我也有。"

次日下午，苏礼接到了《初吻日记》导演组人员的电话。

那边的人问了她最近的行程，她心想大抵也是和节目相关，便做了详细的说明。

导演："好哇，那你拍摄完这期《巅峰衣橱》之后，就在那边等一下我们吧，有事和你商量！"

苏礼说了声"好"，然后投入《巅峰衣橱》的拍摄中。

这期《巅峰衣橱》的主题是景点，她选择了苏州河，用一些反光材质做出河面粼粼倒影的感觉，又融入淡雅的水袖，温婉之余又衬托气质。

苏礼提前 3 小时到场。妆发和衣服准备完毕之后，轮到她出场。

苏礼等前面的模特儿走完，才拿着话筒缓缓上台。

当她在镜头里出现时，弹幕果然又变多了。

"'口大'！我的美人儿，一周不见如隔三秋！"

"天哪，是仙女装吧？！"

"这套衣服上写了我的名字，我必买。"

"上期的衣服已经很好看了，这期的居然更好看。"

"人家都选什么家乡景点当题目来卖情怀，只有她还在认认真真地搞设计，有点儿圈粉。"

…………

现场更是有人站起身来，模仿着某位当红主播的语气，声嘶力竭地道："所有女生，买它！"

全场爆笑。

模特儿走完秀，苏礼做完简单介绍，对面开价的仲天路就坐不住了："我觉得这套衣服配合上一个七夕的卖点，绝对是爆款。"

仲天路出道之前曾做过时尚买手，还有个人的快闪店，经常开玩笑说自己如果没当明星，应该会去做商人。

"等等，天路，现在说这话是不是有点儿早？"主持人笑着打趣，"第一轮开价还没有公开，你就这么确定自己能拍到这套衣服？"

对面一共有7位明星买手，根据第一轮出价做筛选，只有前5名拥有相互竞价的机会，开价最后的两位无缘参与这套衣服的竞争。

仲天路肯定地道："我的价格还挺高的，再说了，大不了有人抢再补嘛，证明我眼光好。"

此话一出，主持人神秘一笑，道："好，那我们揭晓第一轮出价。"

"咚咚——咚咚——"

这种配乐倒计时让苏礼无端紧张起来。她下意识地看向仲天路面前的桌台，想知道他到底开价多少才能如此自信。

但全场灯光亮起的那一刹那，她的心跳漏了半拍——仲天路面前的灯竟然没亮。

仲天路显然也觉得不可思议，瞬间站了起来，说道："不可能吧？是不是弄错了？我没进前5吗？我开的价挺高的！"

主持人表情深奥，而看热闹的后台模特儿们也炸开了锅。

"不可能吧？起拍价多少哇？"

"仲天路那个品牌预算还挺多的吧？而且他对自己喜欢的衣服也很慷慨，我第一次见他这么有自信却被刷下来。"

"那证明起拍价确实很高，不过这套衣服真的好看，Sandy，你觉得呢？"

单笛抱臂看着电视，冷笑道："炒作吧，估计是仲天路自己摁掉了数字。"

但下一秒，价格被揭开，数字浮现在屏幕上的那一刻，后台安静了许久，因为大家在数到底有几个零，数了一遍，又怕是自己眼花。

直到有人率先出声："我没看错吧，1000万元？！第一轮就拍到1000万元了？这太夸张了吧？！"

其他人也回过神来，叽叽喳喳地附和。

"我没记错，前三场的最高价是1100万元吧？"

"那她这套衣服铁定要刷新纪录了！"

"有点儿羡慕，又有点儿后悔，我当时要是被分到苏礼那组就好了。我觉得她的衣服都好好看，想穿。"

最后那套衣服果然刷新了纪录，三轮竞价下来，拍到了1988万元。

单笛被拂了面子，假借肚子不舒服，提前离开了录制现场。

待单笛走后，那些模特儿才凑在一起小声说："我觉得她的眼光不太好，每次她说苏礼的衣服不好看，人家都拍得很高。"

"她酸吧，钱又不是她拿。"

"哈哈哈！"

后台热闹，苏礼下了台，气氛同样也很好。

黎笑珊来迎接她，笑道："今天这套衣服确实好好看，到时候出链接了发我，我要去抢。"

众人纷纷附和，恭喜苏礼今天拍到了近2000万元的高价。

苏礼正想说到时候一人送一套，结果不远处忽然有人招了招手，是《初吻日记》的导演。

导演："栗栗，这儿，有话跟你说！"

3个小时后。

"什么？列入重点拍摄？！"回到家，听完苏礼的复述，陶竹把薯片的包装袋捏得噼啪响，"《初吻日记》节目组的人找你，说要把你列为重点拍摄？"

"素人里的重点，"苏礼澄清，"肯定不会喧宾夺主地抢明星的风头。"

陶竹哼了一声，道："我看你俩的热度好像比艺人还高。"

苏礼："可能这就是无心插柳吧，大家的萌点真是难以捉摸。"

陶竹："那你答应没有？"

苏礼点头："答应了。他们说的重点，只是借用我的制衣室做一个拍摄区域，顶多就是多装几台摄像机，偶尔会有一起做饭、下棋、做小游戏的环节，其他的都和平常一样，只不过剪出来的视频会变多。"

"嗯，"陶竹赞许地点头，"我也觉得应该同意，虽然忙了点儿，但是一个星期赚两份钱，挺好。"

忙她肯定是忙多了，但持续的时间不长，在她的接受范围内。

苏礼道："我打算在阳台开一个小空间，闲暇时间就在那里设计一下品牌logo、特色图案之类的东西，这样还能在观众眼里混个脸熟。"

"你的个人品牌是吧？"陶竹说，"不错，很有商业头脑。"

过了一会儿，陶竹忽然叹了口气，道："你已经完全把这个节目当成给工作室铺热度的台阶了。"

苏礼正在用铅笔设计logo，腾出空回："那不然呢？"

"人家都是去谈恋爱的。"陶竹远眺，"程懿为什么会去？他是觉得抱歉想要弥补你吗？"

"他会觉得抱歉吗？"苏礼想到什么，忽然笑了，"你知不知道成功商人和普通人的不同之处在哪里？他们更狠心。"

苏见景和苏皓平日对她好，工作上强硬起来却也不留情面，名利场就是这么现实，没有手段的人根本活不下去。资本家的血本来就是凉的，程懿或许更甚。

苏礼还想说什么，忽然又停下："不想了，管他呢。"

猜了太多次，她不想猜了。他爱怎样就怎样吧，她只管把分内的工作做好，然后专心搞事业就行。

周二下午，《初吻日记》拍摄。

程懿照例忙到不行，上午解决了部分工作，下午能留出4个小时的拍摄时间。

苏礼惯例营业了4个小时，烤了华夫饼，还自己熬了巧克力酱，剩下的时间则在设计logo。

为了曝光率，她甚至和程懿讨论了一下自己品牌的图案，镜头给了特写。

下午6点拍摄结束，摄制组人员退场。

苏礼那时候还在画logo，跟大家说了"拜拜"之后，便继续埋头工作了。

她画完一个细节，正准备抬头放松放松脖子，余光看到了旁边站着的男人——程懿还没走。

所有的摄像机已关闭，属于他们的竟是无法破冰的沉默。她不想说话，也无话可说；而他想说的话又太多，顾虑也太多，因此始终找不到合适的机会。这在程懿的人生里，几乎是从未发生过的事。

最后，还是苏礼拿起一边的本子，说："拍完了，我回去了。"

她还没有调整好，没有在节目和现实中找到一个用以面对他的合适角色，但态度挺好，倒给人几分冰释前嫌的错觉。

苏礼路过男人身边的一瞬间，忽然听到他开口。

"抱歉。"男人低声说。

他的声音有些沙哑，仿佛经历过无数次自我剖析与挣扎。

这声"抱歉"来得突然，却又像是迟到了很久，苏礼已经说不清胸腔中满满的复杂感情为何，明明是想要走的，腿却像是钉在了地面上，一动也不动。

程懿望向她，说："我之前骗了你，很抱歉。我没有必要开脱和解释，错了就是错了，因此对你造成伤害，很抱歉。"

苏礼看向窗外，有一片叶子从枝头轻飘飘地落下。

程懿："利用你的感情，很抱歉；没让你有一次完美的订婚体验，我也……非常抱歉。

"这些话，一直没有找到合适的机会讲给你听。之前我怕打扰到你，怕你好不容易恢复心情，又被我揭开伤疤。但昨晚忽然梦见你真的头也不回地搬去了另一个国家，过另一种生活，我怕再不说就没有机会了。"

"什么样的结果我都接受。"他轻轻地闭上眼，"真的，非常抱歉。"

那天的夜仿佛来得比平时都晚一些。

苏礼耳边全是男人的那番话，一句一句循环不断，连带着那时候的天气都变成了画面在脑海中无限播放。她甚至忘记了开车这回事，步行了足足半个小时才回到家。

对她而言，现在的程懿算什么？

她是真心喜欢过他的，也并没有后悔到想要删除过往所有的记忆，但利用就是利用，无论如何美化、如何弥补，都改变不了既定事实。

她是很奇怪，在某些方面又很倔强的人。她以前吃鲫鱼的时候被刺卡住过，后来就再也不主动吃鲫鱼了，可是一旦有人帮她挑好刺，或者换一种鱼，便又会落筷。

因此她知道，哪怕程懿以后多了几分真心，但感情倘若依然和从前一样带着些假意，仍有本性中的运筹帷幄与目的性，自己便会对此免疫。

除非他改变。

然而男人会为谁改变吗？很显然不可能。

苏见景一早就说过，她也知道，程懿这么多年都是那样过活，很多东西早已刻进了他的骨子里。

因此，她和程懿最好的结局便是综艺节目结束之后互相遗忘，并且在偌大的城市里一次都不要再遇到才好。

至于他为什么会道歉，到底是真心还是假意，是形势所迫还是不想让自己太过自责？她无所谓了。

苏礼拉开门，冲里面喊道："我回来啦！"

沙发上的陶竹问道："今天咋样？"

"就那样，画了几个 logo，你看看，"苏礼把画本递给她，"但是总觉得差了点儿什么。"

陶竹拿起她的本子仔细看了一会儿，道："我觉得挺好看的！差了点儿啥？"

苏礼："我也说不清，但就是觉得还能更好看一点儿。"

陶竹无语，半晌才道："你们学霸对自己的要求真的很高。"

苏礼瞧了她一会儿，转移话题："你就天天待在家里，还不找工作？"

"再玩儿一会儿嘛，"陶竹笑嘻嘻地打着哈哈，"我……"

她还没说完，楼上忽然传来争吵声："是啊，反正你永远有道理。你要是不心虚的话为什么不敢接我的电话？偷偷摸摸用小号带妹子双排，你还是个人？"

苏礼疑惑地抬头看去。

"吵架了，"陶竹解释，"就那个讲话中英文夹杂的吕怡然，跟男朋友吵好几天了，前几次你都不在，不知道。"

苏礼这阵子太忙，很少跟室友碰上，再加上吕怡然和郭丁兰都住在楼上，她们交谈的机会也不多。

"吵得可厉害了，她经常下楼来让我帮她评理，但就是不分手，也不知道图啥。图他年纪大？图他不洗澡？"陶竹双手覆上膝盖，"唉，得过且过吧。"

苏礼挑眉："这就是你当时跟我说的想体验的生活吗？"

陶竹作揖，讨饶道："你少说两句吧，没看见我后悔死了吗？室友这玩意儿真是天造的玄学，我还不如去养只宠物。"

苏礼又打趣了她两句，这才去浴室洗澡。她一边洗一边思考着工作上的问题，忽然脑子里闪过什么，赶紧用备忘录记了下来。

陶竹本来在看小说，结果发现苏礼不知道什么时候洗完了，现在正坐在桌子前对着手机记录什么。

陶竹走过去，探头问："你大晚上的干吗呢？"

"我有 logo 的灵感了，"苏礼又匆匆补了两笔，"这个，好看吗？"

陶竹又趴近了些，说："这个不错，独角兽？"

"嗯，把'S'和'L'作为独角兽的头和身子，再加一个尖角，3 笔就能画出来，而且很适合我想做的风格。"

独角兽只存在于神话传说中，有很强的疗愈他人的能力，这点和她想做的品牌不谋而合。她希望自己的作品不仅仅是简单的衣服，也能在女孩儿们疲惫或失意的时刻给她们带来治愈般的享受，让购买成为一种犒劳和发泄的方式。

"这个理念好，而且还有牌子的名字，图案简单有记忆点，一看就能红。"

陶竹句句说到了苏礼的心坎上，"变成国民品牌入驻各大商圈还不是分分钟的事？"

苏礼很难不赞同："嗯，你很有眼光。"

陶竹抬手打断她的话："从中能看出您深厚的美学功底和文学造诣，独特却不清高，有态度却不孤傲。看这寥寥3笔中栩栩如生的形态，看这可盐可甜的大气笔锋，看这细腻婉约的笔触，多么有内涵的一幅原创作品哪。"

陶竹稍微停了一下，怕自己吹错了，忙问："等等，你这是原创的吧？"

"当然。"

"那我怎么看你是对着备忘录画的？"

"洗澡的时候产生的灵感，怕忘了。"瞥见陶竹立刻冲向厕所，苏礼问，"你去干吗？"

"我也去洗澡，看可以在哪里遇到上天给我指引的真命天子。"

上天给陶竹指引的真命天子没到，给苏礼安排的营业CP倒是从不缺席。

第二天下午，节目组工作人员说素人情侣们有一场直播，从之前的5对中选出了3对参加，毋庸置疑，苏礼也在其中。

苏礼还以为是和之前一样大家聚在一起进行，故而答应得毫不犹豫，结果到了场地，发现3间分开的屋子。

她问导演："这是……？"

导演看着直播间的人数，乐呵呵地道："给你们做饭的！你们先是一起比赛抢食材，然后各自去完成你们的午餐，最后评委打分。"

还得打分？

苏礼："两个人一起做饭吗？"

"对的，"导演说，"可有太多观众想看你们一起做饭了！"

苏礼哽了一下。她以为就是普普通通吃个饭，没想到互动竟然开始升级了，不仅要求他们待在一起，现在还得合作完成任务。

她转过头，见程懿仍坐在房车里，只露出半张侧脸，下巴上有淡青色的胡楂，电话接起就没停过，敲击电脑键盘的手也没停过，是肉眼可见的忙碌状态。

察觉她的目光，男人停下手中亟待处理的工作，拉开车门走到她面前。

男人张了张嘴，最终道："想吃什么？"

他这话说的像等会儿的游戏必赢似的。

"抢到什么吃什么吧。"苏礼提醒，"赢了的人才有资格挑食材。"

程懿这才侧目看了一眼旁边的机器，说道："会赢的。"

苏礼正想看看是什么让他如此有底气，但直播已经开始了。她被工作人员招呼到了场地中央，镜头也随之扫了过来。

苏礼调整了一下表情，拿出最好的状态面对观众。

一番简单互动后，主持人章宿开始进入正题："话不多说，让我来介绍一下获取食材的规则。首先是接水游戏。男嘉宾站在黄线外，任务是接满5杯水。男嘉宾接满后，女嘉宾即可开启第二关，用机器吃豆子。最先吃完豆子的那组嘉宾可以去选择食材，只能选择一次，没有第二次机会哟。"

苏礼本以为只是简单的小游戏，但看见道具被铺开的那一刻，终于明白自己错得有多离谱儿了。

她的面前放着一块10米长的趾压板。

趾压板，综艺节目中的常客，所有嘉宾的噩梦。它看似是软垫，上面却有大大小小的凸起，美其名曰按摩，实际上就是让人受罪，比赤脚走鹅卵石路痛多了。

也就是说，她要想将水倒给程懿，必须走过这段10米长的"按摩之路"，光是想想就觉得头皮发麻。

苏礼能忍痛，却很难忍痒，尤其是又痛又痒的情况——还是用她最敏感的脚底去踩。于是几番思忖后，她打算一次到位，这段路只走一遍。

装水的过程很漫长，其他女嘉宾都想抢第一，一壶水没装满就赶紧跑了。只有苏礼接满了三大壶水，然后蜷起脚趾，试探地戳了戳趾压板。

镜头正巧扫到她，弹幕上笑声一片。

"哈哈哈，宝贝是在用脚跟它沟通吗？等会儿对我温柔点儿，拜托了。"

"美女连脚趾都这么好看。"

"呜呜，我也变成妈妈粉了，'女儿'好可爱，像只小企鹅！"

苏礼确实像只企鹅。为了减少受力面积，她将脚背弓起，缓缓挪动着，怀里还抱着3个大水壶，缓慢、笨拙又惹人怜爱。

然而当她一离开趾压板，立刻狂奔起来——他们现在进度落后，要抓紧了。

对面的男嘉宾负责接水，然而并非普通的接法，他们不能用手，需以嘴唇咬住杯子，站在黄线外。

两个先到的女嘉宾都很保守，一点儿一点儿地泼着水，杯子里的水到现在只有浅浅一层。苏礼最开始也效仿她们，但很快和男人在水雾中完成了对视。

程懿垂眸，示意她拿旁边的大壶。

苏礼："你确定？这水很冰的。"

程懿说不了话，只是喉结动了动，毫不犹豫地点了点头。

下一秒，镜头内一道水柱划出一条抛物线，倒在了杯子里。

杯子瞬间被装满，男人却也无法幸免，额前的碎发全数湿透，黑色长睫上挂着水珠，水珠一滴滴流下，他的肩膀也湿了大片。

观众直到镜头切走后才反应过来，刷起了弹幕。

"真帅，帅到我刚刚甚至忘了打字……"

"那个水很冰的，他被泼的时候肯定算不上舒服吧，但是为了老婆的午饭，被水泼又算得了什么呢？"

"这也能嗑？"

…………

等苏礼这边接到第四杯水的时候，隔壁组嘉宾才接满第二杯，且水已经没有多的库存了，又得踩着趾压板重接一遍水。

苏礼就在女嘉宾们痛得惨绝人寰的尖叫声中来到了第二关。

第二关就要简单很多，盘子里都是散落的豆子，她只需要不停地按按钮，让自己的人物吃光所有豆子就算通关。

3分钟后，苏礼凭借自己的手速通关。

程懿已经将头发擦干，正站在终点处等她。

苏礼本来想问他刚刚冰吗？思索了一下，她还是道："选什么菜？"

桌上摆满了食材，按照肉、蔬菜、水果分类，并且每种分类还特别细，区域之间隔得很远。

幸好她来得早，要不然哪有时间思考和慢慢选食材？

导演开口："还剩30秒。"

苏礼转头看向导演："什么？"

"选择时间还剩 30 秒。"

苏礼："你刚刚没说还有时间限制！"

虽是这么说，但苏礼还是迅速跑了起来，开始紧张地筛选，既要做到食材有意义，又不能太过单一。

程懿见她没选鱼，问："怎么不选鱼肉？"

无肉不欢的苏礼根本没有思考时间，一边装着土豆一边说："我不会挑刺。"

导演："还剩 5 秒钟。"

苏礼一气呵成地将最后所有的东西一起扫进了筐里，宁可多，不能少。

导演："好，那接下来请你们去到自己的情侣厨房，开始烹饪爱心餐点吧！"

苏礼虽然做了准备，但是冷不丁听到这种话，还是被肉麻到了。

弹幕瞬间滚过一排"笑死我了"。

镜头随着他们一同进入厨房。两个人开始清洗锅具并思考要做什么菜的时候，苏礼才看到程懿最终还是拿了鱼，并且还是鲫鱼。

苏礼猜可能是他自己想吃，因此擦了擦案板，问："这个鱼你想怎么做？"

程懿："炖汤吧。"

"好。"

苏礼把刀给了程懿，自己在一旁洗菜，程懿很快就将鱼处理好，开火后盖上了锅盖。

两个人忙起了自己的活儿。

不知过了多久，隔壁的嘉宾像是也开始做饭了，时常有笑闹声传来，听起来是在认真谈恋爱，而他们这边只有切菜的声音。

苏礼悄悄瞥了一眼，看到导演有些不悦的表情，心道可能互动确实太少了，又看了看程懿，打算找点儿话题。

皇天不负有心人，她终于有了重大发现。

苏礼："你唇边有根头发。"

她说完才发现，程懿正在做寿司，现在两只手正在进行按压，根本抽不出空弄去头发。更要命的是，程懿现在停下了。她不知道他在等什么，只知道自己如果不做点儿什么，肯定会让气氛更尴尬。

为了健康着想，苏礼放下手里的土豆，伸手想帮他，忽然传来砰的一声。

程懿手疾眼快——她还没来得及转头，男人便迅速上前将盖子揭开，原来是鱼汤沸腾冲开了锅盖。

为了防止鱼汤飞溅，程懿向右挪了一大步，正好挡在她身前，而她还维持着要帮他弄头发的动作，下意识地随着他的动作转身。距离瞬间拉近，二人面对面站着，她的手还该死地悬在半空，脸上极力维持着假笑表情。

那什么，她现在退钱说不录了还来得及吗？

冰雪聪明的导播立即将直播画面转向了这里，即使是看到如图片般静止的画面，也没能削减大家的热情——"我最期待的画面出现了！"的弹幕开始刷屏。

感受着恨不得放到脸上的镜头，苏礼伸手将程懿唇边的那根头发拿了下来，想了想，又憋出一句："下次别这么粗心了。"

弹幕瞬间欢乐起来。

"我笑到海底探险队用我当声呐，哈哈哈，看美女被迫营业怎么这么好笑？！"

"宝贝，被绑架了你就眨眨眼。"

"栗栗现在给我的感觉就是：我知道我在演戏，也知道全世界都知道我在演戏，但就是要装作不知道在演戏一样演戏。"

"楼上老哲学家了。"

…………

紧接着，大家又欣赏了苏礼的言不由衷盛饭营业、词不达意沟通营业、口不对心点头营业，以及假装挑鱼刺营业。

她不想自己挑鱼刺，但不碰那道鱼头汤又不好，于是只能夹了一大块鱼，装作努力地挑了一会儿，然后去吃别的菜。

观众从没见过这种操作，弹幕又刷了起来。

"看别人谈恋爱忍不住笑是因为甜，看他们谈恋爱忍不住笑是因为太好笑了！哈哈哈，救命啊，谁来救救我？"

"我现在就有种看烂尾剧的'我看你最后到底怎么圆'的感觉。我看看栗栗到底怎么演。"

"只有我想知道他们到底为什么分手吗？"

"你不是一个人。"

这条弹幕被点赞到标红。

大家说着说着就聊到了程懿。

"程懿演技还挺好的，比栗栗自然。"

"你有没有想过，或许对一个总裁而言，比表演更容易让人接受的方法是真情流露？"

"你有没有想过，或许程懿压根儿没有演技？"

"又嗑死我了。"

10分钟后，由于导演组有别的物料要拍，直播总算收工。

苏礼舒了一大口气，人也自然了很多。

终于能好好吃饭了，她惯例开了一集综艺节目摆在面前，边吃边看，夹菜夹得随意，等到快吃完时才发现不对劲儿——刚刚那个口感，她吃鱼了？鱼肉怎么没刺？她的幻觉？

苏礼抬头看去，发现男人正在用公筷慢慢挑鱼刺，选好的鱼肉就放在靠近她的这边，此刻已经有不少了。

她咬着筷子沉默片刻，扫了一圈屋内，道："已经拍完了。"

程懿："嗯？"

苏礼："摄制组人员走了，你不用弄了。"

程懿却像是没听明白，问她："还有刺吗？"

"没，"苏礼答完才想到强调，"不是，他们……"

男人放下筷子，用漏勺把肉全部兜起，放到她面前的小汤碗里。

"他们走了我才弄的，我知道收工了。"他将鱼翻了个面儿，将鱼肚子上那一块最软的肉剔下给她，"我也不是因为在录节目所以才对你好的。"

苏礼看着他的眼睛，动了动嘴唇，但没有说话。

程懿知道她需要时间，因此并没有逼她做出什么回应，只是在吃完饭之后，拿起椅背上的外套低声道："要回去？我送你。"

苏礼没有拒绝，下车时仍旧礼貌而客套地说了句"谢谢"。

她已经能适应没有他的生活，少了他，世界似乎也没有因此就塌陷。

她一直相信，有爱情当然更好，但没爱情也可以活得很漂亮。此刻的程懿对她来讲就是这样，早已无关恨或不恨，再去纠结那些没有意义。他向来不做对自己无益的事情，因此参加综艺节目肯定也是为了获得什么利益，只是顺带对她好，如同只是为了表达自己的歉意，况且这份好还真假难辨。

如果非要说有什么，男人现在对她来讲就是一个合作伙伴。这次合作会让大家都受益，因此进行下去，等到合作结束，两个人的关系自然也就解绑了。就像到站下车，没有人下车后会纠结以后大家还会不会再搭上同一辆车。

那天，黑色宾利在她家楼下停了一整夜。

苏礼下车后，程懿坐在车里目送她刷门禁卡、上电梯，想着她近来的一切生活。他知道她把这个综艺节目当工作，但就像曾经的她一样——他还是难以避免地倾注感情。即使明知道尽头是一场空，最终什么也得不到，他仍然选择义无反顾地投入，能看到她对他笑一笑也好，哪怕只是假的。

综艺节目最开始找到他，压根儿没什么资源置换。是制作人反复表示喜欢他和苏礼的互动，如果他愿意，可以提要求，只要节目组能做到就行。

但他最终什么要求也没提，只有一个诉求，那就是苏礼参加他就参加。

他也是那时候才发现自己很矛盾。他向来是杀伐果断的人，对的事继续做，错的事也当对的去做。总之只要能赢，万事对他来讲没有对错。可遇到她之后，他开始举棋不定。他想找她，又怕打扰她，当机会来临时，却又无法说服自己放开手。

他一早就知道参加这个综艺节目没有任何好处。镜头都没几个的素人CP，影响他的工作，压缩他的睡眠时间，一定程度上暴露了他的私生活，他不但无法时刻掌控全局，而且受制于人。在明知毫无利益的情况下，他会来只是因为她在。哪怕知道她的配合出于一场利益交换，知道有些话只是场面上的谎言，他却一秒也没想过要挣扎，理智地看着自己沉沦。只因为偶尔在气氛的加持下，会营造出一种她很爱他的错觉，因此哪怕是假的他也觉得值了。

如果陈夜淮知道他此刻的心理活动，大概要骂上一句"自欺欺人"吧？！他程懿有一天做事竟然也会不计得失，只为见她一面，和她靠近一些，听听她的声音。

订婚典礼举行之前，他并不觉得爱情与计划无法并行。因此当时他对她即使是带着真心，总难免夹杂着目的性，因为从没动过心，不清楚有些事是不能做的。

当面临抉择，二选一时，他才发觉，原来她才是最重要的。年少时就背负在肩上的东西，背了太久，他竟然忘了也是可以卸下的，只是经历风霜雪雨，很多东西已经和皮肤长为一体，撕下来时带着剥皮抽筋的痛，以及再也无法继续完成的遗憾。

从前她付出真心，他却掺着假意；如今他付出真心，却换她虚情假意。终于还是轮到他来承受这一切，感受她当时的感受，体会她那时孤注一掷的心情。只可惜她会有结局，他却未必。

但这次无论结果如何，他不想再用技巧，希望送给她的是一颗完整、纯粹的真心。

时间很快过去，周六晚上，《巅峰衣橱》录制新一期节目。

当天上午苏礼也有行程，要给《初吻日记》拍一组宣传照和一支冠名商的小短片。

《初吻日记》第二季官宣之前，嘉宾们都是分开拍宣传照的，后来明星补拍了双人的，素人却始终没有拍。大概节目组原本只是打算用素人来充数，却没想到苏礼这对 CP 意外热门，便想着也给素人造造势。

苏礼到的时候，前面那对素人的拍摄正进入尾声。

值得一提的是，好像除了她，剩下的两组素人 CP 全都有了真感情，私下也经常约会，甚至有一对好像见了家长，因此他们互动起来便格外亲密，拥抱是家常便饭。

前一对 CP 的女嘉宾有过几个月的模特儿经历，因此表演毫不怯场，甚至自己加了很多动作，整个人树袋熊一样挂在男嘉宾身上。

苏礼心情复杂地咬了咬下唇。

"拍完了，下一对，"摄像师低头看了看名单，"许欣和胡原是吧？"

摄影棚内迟迟没人应声，副导演"哎呀"了一声，说："他们好像被堵在路上了，栗栗，要不你们先上？"

"嗯，好。"

苏礼没想太多，直接走到聚光灯下理了理头发。

程懿很快也理着袖口走过来，一如既往地沉默。

摄像师离得远，没听见副导演的话。他在等待时看了一眼资料，心里有谱儿了。制片人跟他说过，许欣和胡原是现实情侣，已经谈了 3 年恋爱，关系非常稳定，是为了参加综艺节目才假装不认识的，因此拍摄时没什么禁忌，可以亲密一点儿。

看着面前的人如两根竹竿般立着，摄像师有些不悦地皱起眉，说道："站着干吗？男嘉宾坐在女嘉宾后面。"

嘉宾名字太多，不好记，他一般都直接按性别叫，不会错。

闻言，苏礼在地上坐下，程懿坐在了她身后。

摄像师"啧"了一声，道："隔那么远干吗？男嘉宾抱女嘉宾的腰，女嘉宾仰头靠在男嘉宾的怀里。"

苏礼愣了一下，脸开始升温，这摄像师对姿势要求这么高吗？

苏礼没动，程懿也迟迟没动。

摄像师催促道："没听明白吗？靠怀里这个动作很难吗？"

他就搞不懂了，两个人是刚吵完架还是怎么的，这么简单的动作都不想做？搞得他越发想把这两个别扭的人往一块儿凑。

程懿垂眸，觉得以二人目前的关系这样做似乎不太尊重她，见苏礼也没表现出同意的意向，于是提议道："换个……"

他的话还没说完，苏礼摇头说了声"没事"，向后仰了仰，拽住男人的手环住自己的腰。

这个摄像师看起来挺暴躁的，她还是别触霉头了。

苏礼的后背贴了上来，腰肢纤细，发间带着淡淡的雏菊香气，她半靠在程懿的胸膛上，手指还紧紧地攥着他的手指。

程懿忽然感觉口干舌燥，心跳也乱了，失而复得的感觉太过美好，哪怕只存在短短的几秒，也足够让人心甘情愿地沉溺。

程懿感觉思绪有一刹那间变得空白，好像有什么东西的跳动声越来越大，猛如擂鼓，循环不断。

苏礼靠在程懿的胸前，好像也感受到了他的心跳，转头看了一眼，但很快又转过头去。

紧接着，闪光灯和快门的咔嚓声在棚内响起。

"女嘉宾笑一下，对，再笑，真诚点儿。

"男嘉宾看一下镜头吧！看女朋友的照片几张就够了，一直看是什么意思？！刚刚你还对着那边发呆，是我站得还不够高吗？"

…………

这位摄像师的要求太高，好不容易结束了背后抱这组照片的拍摄，苏礼觉得自己的苹果肌已经僵了。摄像师一停下，她来不及和程懿分开，做的第一件事就是收起笑容，恢复成平时正常的表情。

苏礼刚要起身，就看到有工作人员举着手机朝这边走来。

苏礼本能地问了一句："你在直播吗？"

工作人员："是的，我们有个直播账号，想到就会直播的！"

于是苏礼刚恢复如常的表情立刻就切换成了礼貌的笑容。

粉丝纷纷为此发弹幕喝彩："一秒变脸，栗栗真的很敬业，哈哈哈。"

苏礼站起身来，问摄像师："下一个拍什么？"

苏礼觉得大家工作都不容易，观众也是花宝贵的时间在观看节目，于是不想因为自己影响节目效果，想尽力做到最好。

摄像师："拍个萌宠的吧。那边有兔子，小李，你拿过来给他们。"

苏礼很快接过小兔子。小兔子应该是哪个工作人员养的，白白软软的一小只，鼻尖不停耸动，尾巴短短的。

兔子身上还有刚洗过澡的香喷喷的味道，苏礼低头闻了闻。

摄像师正在调参数，问道："亲一下行吗？"

程懿眉心微蹙，放在身侧的手动了动，看向苏礼。

苏礼完全不觉得有什么，欣然答应："可以啊。"

然后她低下头亲了亲小兔子的鼻尖。

弹幕里大家笑成一片。

"不是让你亲兔子啦笨蛋，是让你亲人！人！"

摄像师大概也是惊了，放弃了原来的想法，让他们换了几个姿势。

有个姿势是程懿面对镜头，苏礼背对镜头，然后靠在程懿的左肩上。

由于自己没正面出镜，苏礼便把兔子放到了程懿的手上。男人哪里抱过这种东西，手臂悬了半天才放下，低头看去，就是这个东西夺走了本属于他的吻吗？

兔子却像对他很感兴趣，用鼻子左拱右拱，触到了男人的下唇。

看到这一幕画面，弹幕又炸了。

"栗栗刚刚亲了兔子的鼻子，现在兔子的鼻子碰上了程总的嘴唇，所以这是间接接吻，四舍五入我的CP已经亲过了。"

后面跟的留言很是赞同："还是姐妹你会嗑。"

两个人用完兔子这个小道具，宣传照的拍摄便收工了。他们又去拍了支小广告短片，这才结束《初吻日记》节目组的任务。

程懿问要不要送她回去，苏礼撂下一句"不用，我晚上还有设计节目"就匆忙离开了。

不怪她走得太快，实在是今天这期的《巅峰衣橱》需要她提起百倍精神——并非衣服没做完或是主题太难，而是这期她要和单笛一组进行录制。

前两天导演组的人临时通知她，说她这边的主模特儿患了急性阑尾炎，暂时无法参与录制，但是又找不到合适的主模特儿，适合的人选全都没时间。

苏礼还没来得及思考对策，几分钟后导演又给她发来消息："谈妥了，你不是最后一个出场嘛，我把第一组出场的模特儿给你弄来了。单笛，正好她的人气也不错，匹配你刚好。到时候她走完第一场就去换衣服和弄妆容，稍微抓紧点儿时间，等你上场的时候，估计她也差不多了。"

就这样，导演"好心又强硬"地将单笛塞给了她。她不得不临时增加工作任务，根据那边给的新尺码改了衣服。

苏礼今天必须提早到，应对一切突发事件，怕单笛又作妖。

他们换了更大的场地，模特儿和设计师可以一起准备，如果需要的话，还可以共同看秀。但单笛总一副心高气傲内定冠军的模样，没给苏礼好脸色。自然，苏礼也不关注她。

等到第一场走秀结束，单笛下了台，臭着一张脸来到苏礼这边，大概也是极不情愿的。

这样挺好的，苏礼也不怎么乐意。

化妆师让单笛先换衣服。单笛对着衣柜不知道是在思考什么人生大事，抓着衣服进去没两秒又走了出来。

单笛："现在不想换，你先化妆，化完妆我再换不行吗？"

化妆师："那粉底液可能会弄到衣服上，衣服也容易弄坏妆容。"

"这么讲究干吗？我是明星吗？有摄像头对着我的脸拍吗？"单笛语气不善地道，"粉底液弄衣服上又怎么样？这衣服又不拿去卖，你要继续跟我耗下去等会儿可就来不及了。"

化妆师看向苏礼。苏礼摇了摇头，示意一切听这位的话。

单笛确实很不配合，直接把"不想帮忙"写在了脸上，上台前一分钟才把衣服换好。

苏礼根本没时间检查，粗略扫了一眼没问题，就拉开帘幕上了台。

好在单笛并没有在走秀时表演平地摔，衣服的基本展示也算是完成了。

苏礼稍稍松了口气，但仍不敢掉以轻心，在模特儿们都表演完后站在了台中央。

今天她的衣服走的都是 Y2K（year 2000 problem，原本指的是 2000 年时存在于计算机中的一个 bug，但慢慢演示发展，成了人们对浩瀚宇宙和科技梦幻的遐想。）的新风格，今年非常流行。

她的这套衣服里有很前卫的元素，且用立体裁剪的方式表达了科技与未来感，属于有态度但应该也很好卖的那一类衣服。

果然，明星代言人全都抢起了这套衣服的起拍权，也在第一轮用一个非常高的价格给予了肯定和喜爱。

"如果哪天我要去看展，一定会穿这套衣服。"

"我觉得这套衣服放在品牌的橱窗里，是很能代表品牌前瞻性的一个设计。"

竞价越发激烈，到了第二轮，买手们几乎都将价格翻了倍，唯有梦花的广婷弃权了。

苏礼愣了愣，还没来得及表达喜悦，就感觉身体被人泡到了凉水里。

台下传来喧哗声，主持人也很惊讶，问："婷婷，没记错的话你是很喜欢苏礼的设计的，刚才的价格也很好，现在为什么选择放弃？可以说说吗？"

广婷笑了笑，说道："刚刚远远看，这条烟紫色的裙子还蛮漂亮的，材质也很不错，但是近看之后我感觉是不是板型的缝纫不太好，好像有点儿显小肚子和腿粗？我们品牌的定位是舒适、显瘦，所以感觉这个问题还是挺严重的，衣服不太适合梦花。"

显胖？怎么可能？

苏礼心道，这条裙子自己可是给没那么纤瘦的陶竹穿过的，当时陶竹还夸显瘦，说把肉都遮起来了。

作为设计师，苏礼此刻当然是要发声的。

苏礼："如果尺码合适，这条裙子是绝对不会显胖的，我设计的时候很注意这点。"

广婷："但是你看，就连专业模特儿穿上去都有点儿……暴露短板。至于你说尺码，衣服的尺码你不就是照着模特儿的三围做的吗？"

苏礼含笑摇头，道："但衣服的款不会显胖，不信的话您可以上来试试。"她委婉地捍卫着自己的尊严，"效果如果不好，你可以考虑一下，也许不是衣服的问题呢？"

灯光、角度、模特儿等，很多方面都有可能存在问题。

苏礼正想继续说，却突然被单笛打断。

单笛："你什么意思？你的意思是我胖？"

单笛此刻就像一只战斗的公鸡，任何一句话都能拨动她敏感的神经。单笛虽然没有话筒，但因为就站在苏礼旁边，音量又不自觉变大，所以声音还是透过苏礼的话筒传了出来。

台下安静了片刻，随后传来议论声。

苏礼不想在直播里跟她戗，竭力维持着笑意，说："我没这个意思。"

单笛冷笑，在情敌面前的要强使其变得越发敏感。

单笛："你没这个意思？你不就是阴阳怪气地在影射我吗？衣服显胖不就两个原因，一是设计师没做好，二是穿的人有问题。你一直说自己没问题，那就摆明是说我有问题。"

苏礼眼前一黑。

果然，单笛带着她的搞事体质来了。

"我只是单纯在说衣服。"苏礼感觉有点儿心累，"你说这么多，可以让有疑义的顾客试一下。"

单笛却不愿意让步，双臂抱胸，斜眼扫她，说："苏礼，我可得提醒你一下，我是模特儿，并且是主模，在这个台上，我穿不好的衣服，没人能穿好。让你承认自己的设计有问题很难吗？"

苏礼顿了片刻，放弃了将这件事揭过的想法。好，既然单笛想跟她好好掰扯掰扯，那她就奉陪到底。

苏礼转过头问她："你刚才说什么？"

单笛："我让你承认你的失误。"

苏礼："上一句。"

想到前面一句话，单笛的脸上有肉眼可见的慌张之色，但她还是虚张声势地道："我穿不好的衣服，没人能穿好！我就是有这种自信，怎样？"

拜托，她可是模特儿，还没毕业就有几十万粉丝，身材条件优于常人不是再自然不过的事吗？

聚光灯下，苏礼单手拉开外套排扣，转头问单笛："怎么就没人能穿好了？我穿得不挺好的？"

苏礼将外套脱下，众人见她里面穿的竟是件一模一样的紫裙内搭。

所有观众意外地看着台上的人，几秒后沸腾起来："这是……反转了？！"

裙子在苏礼身上仿佛变了样，该收的地方收进去，该放的地方放出来。她甚至穿的只是一双不显腿长的平底鞋，却瞬间衬得一旁的单笛颜色尽失，让人挪不开眼睛。

弹幕疯狂刷屏。

"被'老婆'的身材'杀'到了，值得登上《VOGUE》杂志。"

"我心里的模特儿就应该是这种！疯狂尖叫！这个姓单的到底哪里来这么多戏？"

"可能她想享受一下被跨行吊打的感觉，蛮有想法的！"

…………

单笛也愣住了，是实打实的呆愣。她根本没想到会有两件一样的衣服，并且另一件还被苏礼穿了，不过这样，某些事好像就说得清了。

单笛冷笑道："谁知道两件衣服是不是不一样？"

苏礼很坦然地说："的确不一样，你这件衣服我做了18个小时，我这件是昨晚临时熬夜赶工做的。"

单笛僵在原地。

苏礼却浑然不觉似的继续补充道："我做到一半还睡着了，裙摆的边都没收，今天才会穿成内搭。"

这时候，镜头给了裙子一个特写。

观众："确实，裙摆毛毛糙糙的，这样穿着都比单笛穿得好看，单笛在干吗？"

苏礼忽然无比庆幸，幸好自己当时怕单笛搞事，于是提前留了一手，给主推款的衣服做了两件，以备不时之需，今天还真用上了。

单笛攥紧拳头，咬牙切齿地讽刺道："你这么喜欢展示，怎么不干脆来做我的工作，当个设计师多屈才？"

"原来你还知道自己是个模特儿，那就对自己的工作有几分敬畏之心。"苏礼从地上捡起外套，"好好做身材管理，别谎报尺码。"

苏礼真没想到单笛这么死要面子，给她的尺码居然是修改过的，凑近看一眼便能看出裙子不合身。单笛自己肯定也知道，所以当时才磨磨蹭蹭地不愿意换，因为不想暴露自己长胖的事实。

模特儿身材走样可是大忌，单笛胖了几斤要接受怎样的惩罚，今天的节目之后，经纪人自有定夺，苏礼懒得在这种人身上浪费时间。

苏礼力挽狂澜之后，广婷果然改变了主意，主动上台试了试裙子，发现的确不显胖，说道："啊，我能撤回我的弃权吗？我好想拍，这套裙子真的好看！"

可惜她没有反悔的机会，只能眼睁睁地看着别的同行拍下裙子。

散场时，还有观众在讨论这件事。

"所以不要太快放弃苏礼，总有反转，很容易后悔的。"

"是呀，我就坐在广婷后面，看到她郁闷很久，下期估计不管多贵都要抢到苏礼设计的服装了吧。"

"哈哈哈，不过苏礼和单笛那一段交手还挺精彩的，我真是看热闹不嫌事大。"

　　…………

除去苏礼那套衣服拍出了高价，她和单笛在台上的对话也上了两个小时的热搜。

"确实，我经常看单笛深夜发烧烤图片，狂立吃不胖人设，现在翻车了吧！她仗着新陈代谢快就为所欲为，其他人的确都可以，但模特儿没资格。"

"@单笛你知道维密超模又高又瘦体脂率低，还少吃多锻炼吗？管好你的嘴，少吃点儿饭，也少说点儿话。你一张嘴就挺烦的，说个屁。"

"真的胖了，从刚关注她起到现在，她起码胖了15斤，真是有点儿人气心里就没数，已经取关了。"

"别的女生身材爱咋样咋样，开心就好，但走秀是她的工作，永远讨厌不认真对待工作的人。"

…………

苏礼听陶竹说，第二天单笛就被强制安排了健身，还被公司收回了账号，说她不减肥成功不还给她。

陶竹乐得不行，对苏礼说："看你在台上怼她，尤其是身材吊打她那段，我太爽了！"

《巅峰衣橱》的节目录完之后不到12个小时，苏礼打包了行李，出发前往威尼斯。

《初吻日记》打算将素人的内容在一起拍摄，届时再分段剪辑，放入成片中。

其实很多综艺节目都是这种拍法，由于艺人的行程普遍较忙，一般是集中一周左右的时间，只录制一个节目，结束后艺人再赶下一个行程，节目组则将其拍摄的视频剪辑成7～12期的节目，每周更新。

《初吻日记》采取的是直播模式，播完后还会有加入花絮的会员版，投放视频平台和电视台，因此艺人可以1～2周只拍一期节目。

节目组也有自己的考量："素人毕竟和接受过训练的艺人不同，隔壁有个节目就是，明星和素人结合，边拍边播，结果素人到后面撑不住了，受网络舆论及当天状况等很多因素影响，后期垮得不成样子。

"更何况我们这是恋爱综艺节目，如果嘉宾私下不联系，一周只见一次面，怕大家越来越生疏，效果也不好。

"所以节目组商议后决定，这3天先拍完所有素材，到时候有新的环节可以额外加，没有的话也不用担心，毕竟基础的部分都拍了嘛，有备无患。"

苏礼听完后觉得很有道理，素人比起明星来，确实风险和不可控因素更大，也更容易受舆论影响，因此提前拍完没什么不好的。回来之后她抓紧时间做做衣服，时间也是够的。

就这样，导演组人员安排好了3对素人CP，将地点定在了威尼斯，从早到晚不停拍摄，积累素材。

苏礼到威尼斯时正好是晚上，在节目组提供的酒店办理了住宿，又为上镜护了下肤。

她抓紧时间倒时差，睡得早，第二天早上5点多就醒了。

起床后，她迷迷瞪瞪地开了机，心想录制7：30才开始，现在有些饿了，先去吃饭吧。

手机仿佛知道她在想什么，忽然振了两下，收到消息，居然是程懿发来的。

程懿："醒着吗？"

程懿："醒了的话可以来17楼吃早餐，粥刚出锅，还是热的。"

综艺节目录制开始之后，苏礼没有删掉他，二人开始了非常公式化的联络，内容大多比较简单，都是和节目有关的。他们就像两个称职的合作伙伴，公私分明，不越界限，也不会干涉彼此的生活。

苏礼看了看，回复他："好。"

她不太吃得惯这边的东西，昨晚吃完后有点儿不舒服，早上喝点儿粥应该会好很多。

苏礼到了楼上，见摄制组的人果然还在布置，嘉宾只有程懿一人，他正在一边看财经报表一边吃东西。

男人身侧放了一碗粥和一小瓶蜂蜜，想必是给她的。苏礼坐了过去，舀出一小勺蜂蜜在粥里拌匀，尝了一口，热气中裹着甜味，让紧绷的神经舒缓了许多。

程懿偏头看她，嘴巴动了动，但最终还是什么都没说。

他最近好像有很多欲言又止的瞬间，苏礼想。

苏礼搁下勺子的那一瞬，男人开口："回程的机票订了吗？"

苏礼："没，打算休息一天再回去，当天回的话太赶了。"

程懿："嗯。"

接下来他们又都沉默了，但很奇怪，苏礼竟难得地感到放松。以前他们谈恋爱时，她也能很明显地感到他的气场压制，以及似有若无地掌控节奏与进度的态度。可现在，他好像把这些东西完全放下了，将掌控权给了她。不过这种东西都是靠感觉，具体也说不上来什么，所以她没多想。她只是觉得，如果这样的话，他们也许可以不只是合作伙伴关系，即使当朋友好像也不是不行。

上午大家一起聚了聚，下午则是每对 CP 的双人行程。

天气晴朗，威尼斯中心广场环绕着文艺复兴时期的建筑，运河流淌，载着波光推船摇晃，苏礼生出了久违的温馨感。

他们欣赏了日落，也在学院桥上看了夜景，这种地方天生适合温柔缠绵的步调，就连工艺品都沾上了几分浪漫气息。

夜晚落起了小雨，节目组只给了一把伞，人潮拥挤，程懿频频侧头检查苏礼是否还在。她落在后面，他回身寻她，最后也不知道她的手腕是怎么被男人握住的，带着雨天独有的凉气与水意。

他怕他们走散。

两个人回到酒店后，苏礼洗了个热水澡，回了程懿的消息，这才坐到电脑前。虽然她现在在外面拍恋爱综艺节目，但是工作也不能丢。

苏礼好久没有用这台电脑了，打开之后才发现登录着以前的账号，也才发现贺博简给她发了许多邮件。邮件的内容大同小异，一周前他还在发，哪怕并没有得到她的回复。

苏礼想，或许贺博简是喜欢过她的吧，但他最爱的始终是自己。

他看似围着她转，实则没有真的为她做过什么。下雨不会来接她，因为他要刷题赚奖学金；她生病时他从来不会出现在楼下；就连她消失了一个月，他也不会真的去找她，只草草打过几个电话，最后毫无负担地接受了下一段感情。他体贴、周到，但对任何人都是如此。他的喜欢太过浅薄，以至连责任都不敢承担，显得挽留也越发虚情假意，还牵连别人陪他一起受罪——单笛到现在还陷在这个局里。

而程懿……她忽然宁愿去相信，程懿对她是付出过真心的，哪怕只是片刻。

或许会有那么一个瞬间，她在程懿心中的分量超过了他自己，排在第一。

男人对她也曾十分特别，特别到好像只有她一个人与众不同、闪闪发光、成为重心、成为原则，特别到……她差一点儿就以为他可以为她放弃任何东西。

另一边，总统套房内。

"总裁，这是近一个月来川程的股价上涨趋势，请您过目。"

程懿将纸张翻动两页，垂眸定定地看了一会儿，半晌后才蹙眉道："怎么涨了这么多？国内和汇金广场的合作成了？"

"是……综艺节目。"

程懿凝眸，又往后翻了两页。

他很少关注这些，如节目什么时候播出、效果怎样、观众反馈如何，因为选择参加这档综艺节目看中的不是它会为自己带来的利益。

在他原本的预想中，若要从利益方面出发，应该是亏损才对。他没想到最高的热度落到了他和苏礼身上，而他的形象直接和川程挂钩，加上一些运作，股价便一路飙升。

程懿："知道了。"

何栋有些惊讶，因为男人以前从不会如此，川程即是他的全部，每一步走对的棋，都会让他心情愉悦，可最近他为什么不开心呢？

程懿放下统计表，开始工作，但像是牵挂着什么，总有些分神。

何栋更惊讶了，从前男人的生活里只有工作，做的一切事也是为了工作，何曾会分神？

程懿："你说……"

何栋恭敬地道："您说。"

"送女孩子什么礼物比较好？"

"啊？"

"马上综艺节目就录完了，"程懿若有所思地道，"我送苏礼什么礼物，她会比较喜欢？"

他活了这么多年，每一步都在计划中，以至当目的性完全消失，只想要对她好时，却不知道怎样做才是正确的。因此他不敢太过频繁地找她，怕她感觉他和从前没什么两样，只敢借着录制综艺节目的名头，说些无关痛痒的话；常欲言又止，克制本性中凶猛的掠夺欲望；想要变成她喜欢的人，却不知道她究竟喜欢怎样的人。

从前他总是想，要怎样做才能让她觉得他可靠，现在却想摒弃那些被美化后的表象，做一个真正让她能够信赖的人。他尽力去学着改变，做一个她可以全身心依靠的人。

想到这里，男人抬眸。

何秘书已经僵在那里，磕磕巴巴地说道："这题……超纲了。"

"嗯？"

"首饰、包包什么的，不好吗？"

"以前送过了，没诚意。"

既然他要改变，礼物当然也不能一样。

何栋觉得自己说这种浪费时间的提议一定会被骂，但又忍不住开口："想……真诚一点儿的话，不如自己做。"

何栋说完就后悔了，惜时如命的男人怎么可能会浪费大把时间去做一件小礼物？

但男人思忖片刻，竟点头道："有道理。"

夜里1点，程懿桌上的手机响了。

程懿看到是霍为打来的电话，直接按了免提，继续转向电脑修改着东西。

霍为听到那边的声音，惊道："你还在工作？又不睡觉？是关停了珠宝部你就报复一样搞其他业务吗？"

话题没新意，程懿没有回答。

过了好一会儿，霍为才又开口："那个……我再问一次，珠宝部，你是不是真的不做了？"

"你再问100次也是停了。"程懿道，"大半夜打电话就为这事？"

"这还不重要吗？"霍为大声道，"我这不是怕你上次还没想好，万一现在改变想法了呢？"

程懿："没改。"

霍为从他的语气中听出他的态度，半晌后说："行吧！你这么聪明，但愿你比我清楚你到底放弃了什么。"

安静片刻后，程懿听到对面忽地传来一句话："程懿，你到底还能为她放弃多少东西？"

程懿改完手上的东西，这才想起去看手机，但电话已经被挂断了。

夜幕漆黑，世界很安静。

他还能为她放弃什么？

他有的东西不多，正因为知道自己拥有的东西太少，所以才拼命紧握，一毫一厘都不愿放弃，但命运告诉他，这样终究是太贪心了。

如果万事相斥，最终他能抓紧的东西只能有一个，自己这一生，能为她放弃什么？

他听见自己轻声答："所有。"

/第九章/
束手就擒

3 天后，威尼斯这边的录制结束，大家围在一起吃了晚饭，苏礼回到酒店时已经 10 点了。

苏礼打开手机，上面有 15 个苏见景的未接来电。

她皱了皱眉，回拨电话："怎么了？有什么大事？"

苏见景："你在哪儿？怎么不接电话？"

"我刚拍完综艺节目，录制期间不允许开手机。"说到这儿苏礼才想起来，"哦，我新接了个综艺节目，忘记告诉你们了。我签的是保密合同，然后也不知道男方是谁，开录了才知道是程懿，不过今天录制已经结束了。"

她如此坦白，苏见景沉默了。

十几秒后，苏见景说："程懿为什么去？"

"那我哪里知道？你问他。"苏礼戴着耳机卸着妆，"不过也没拍什么，你是不知道，隔壁的明星还得拍吻……"

苏见景："我知道。"

苏礼愣了一下，问："你知道什么？"

"你不是不知道程懿为什么参加节目吗？我知道。"苏见景说，"短短一个月，川程的股价上涨了23%。"

苏见景也是才知道苏礼拍了恋爱综艺节目的消息，本来没觉得有什么，心想让她多接触一些人也不错，结果冷不丁扫到她的搭档，浑身的血都凉了，竟然又是程懿！

他搜了搜，才发现一个小小的综艺节目就让川程的市值大增。真是棋出险着又赚得盆满钵满哪，如此具有商业头脑的人才，怎么偏偏就盯着苏家不放？

苏礼反应了一会儿，大脑的运转似乎变慢了。

她有些愣怔地问："什么？"

苏见景不愿说得太直白，可又不得不将事情摊开，唯恐苏礼再次被人摆一道。

"我说，因为这个综艺节目，川程的股价涨了23%。你明白我说的是什么意思吗？"

苏礼握紧手机，没有说话，直到对面挂断电话，手机屏幕黑掉。

她明白什么？明白程懿是再次用她做了利益的跳板，把曾经没得到的好处加倍捞了回来？明白他再次靠近她原来又是一次利用行为？明白他精明如斯，又为自己和公司下了一局棋？

她到底是哪里来的自信，竟然觉得程懿对她会付出真心？那不过是利益的锁套、困于时局下的服软、功成名就的吸引和镜头下的逢场作戏。

苏礼看着手机，忽然感觉有些疲乏。

一场交换罢了，她告诉自己，自己不也只是来工作的？

可未免还是太过可笑，她前两天居然还觉得他们能当朋友。程懿当她是朋友过吗？他深夜闭上眼的时候，哪怕只是一点点地想过她的感受吗？他到底当她是什么呢？

苏礼取下耳机，听到窗外有渐行渐远的人声。

节目录制结束了，程懿今天没再给她发消息，是利用完她了吗？

苏礼的大脑里闪过许多念头，离奇的、无奈的、决绝的，最终她闭了闭眼，删掉了他所有的联络方式。

罢了，他们之间的事就到这儿吧。

外面下起了淅淅沥沥的小雨，房车内的灯却始终长明。从国内被请来的老师傅坐在男人身侧，指导着他用工具捏出合适的形状。

一旁的玻璃框内，黏土的底座与背景已经全部做好，人物却只做了 1/5。

他要求精细，短短 1 个小时，已经报废了 5 个眼睛模型。

"不需要那么讲究的，眼睛这么小，安上去就看不到了，"师傅说，"做黏土玩偶，最重要的是心意，其他的不重要。"

"重要的。"男人低声说，"是送给很重要的人。"

所以就算是无关紧要的小细节，他也想要做到最好，因为那是要送给她的东西。

师傅笑道："好吧，好吧，你能有这个心思也很好。"

男人手中捏着小圆球，在做耳朵，问："这个，明早之前能做好吗？"

"很赶时间？"

"嗯，她明早 7 点的飞机。"

师傅笑得高深莫测："送女朋友？"

"不是。"他说，"我喜欢的人。"

他好像从来没有这么直白地承认过喜欢她，而今说出口，语气倒不由自主地温柔了几分。

小雨敲打着车窗，师傅强忍困意，瞧他也有些困了，便说："明早的话，你加快一点儿，可以做完。"

5 个小时后，程懿终于做完了自己要送给苏礼的黏土玩偶，是一个她的单人玩偶，形象是她毕业时的模样，远远瞧上去有几分她的神韵，透出莫名的可爱劲儿。

他低头看了一眼时间，想她大概是刚起床，准备去赶飞机了，于是发消息给她。

程懿："起床了吗？"

消息没能发出去，变成了一个红色的感叹号——她把他删了！

男人的指尖蓦地一滞，他匆匆退出微信，又去确认其他的通信方式，结果除了微信，其他的社交软件也一样，甚至连电话都打不进去。

苏礼取消了7点的航班，将行程改到了下午，一觉睡到12点，这才收拾箱子出发。结果她一拉开门，对面站着一个人。

苏礼手上拉着箱子，就那么同程懿对视了一会儿。

他的眼底隐有血丝，不知他在这儿等了多久。

吊灯发出浅黄色的光，让人有一种温馨的错觉。

男人的唇有着病态的苍白颜色，他低声问："为什么？"

走廊上很安静，越发显出他的声音的嘶哑。

他没有明说，但她知道他在问什么——她为什么把他删了？为什么当时没删，现在却删了？

那个瞬间，她想了很多答案，但最终只是轻轻地眨了眨眼，说："我才申请了自己服装品牌的官方微博，马上就要投入运营了。"

程懿的喉结动了动。

苏礼："过不了多久，品牌就会借节目的东风发布第一季新品。我刚刚找好了宣发公司，他们说给我的品牌预算是7位数起，也许会用很多我们在综艺节目里相处的视频片段，因为我上这个综艺节目本身也只是为了宣传。

"程总，被人用完就丢的感觉……好受吗？"

男人站在原地一言不发，直到苏礼的司机打来电话，提醒她该离开了。

有些话只能点到为止，她无须得到他的回答，而他也无法回答。

苏礼没再开口，拖着箱子越走越远。

小时候她很倔，所有的事情都一定要得到结果，无论是好是坏。现在她才知道，很多事注定没有结果，太多的告别，只剩不了了之。

车将苏礼送到了机场。她准时登机，10多个小时后回到了国内，C城的天一如既往地蓝。

苏礼熬了几个大夜，终于在4天内做完了《巅峰衣橱》的10套衣服，录完节目后回来倒头就睡，一直睡到了下午。陶竹在桌上的闹钟响起，这才将二人叫醒。

苏礼在床上磨蹭了一会儿，和陶竹一起走进卫生间。

刷牙的间隙，两根电动牙刷的振动声中，陶竹耷拉着眼皮问："还没说呢，昨晚节目录得怎么样？"

苏礼满嘴泡泡，说："就正常发挥。"

陶竹以为成绩不太理想，问："正常发挥是什么意思？"

苏礼："第二名，拍价 2000 万元。"

陶竹的表情有些疑惑，这也能叫正常发挥？苏礼是不是对"正常"两个字有什么误解？这跟学霸考完大哭说自己考砸了，结果成绩一出依然名列前茅有什么区别？

苏礼洗了把脸，说："等会儿出去吃饭，顺便逛街吧。"

"好，"陶竹举双手双脚同意，"我好久没逛街了，信用卡磁条都生锈了。"

她们逛完街选了家泰国餐厅吃晚餐，等吃完出来，夜幕正好降临，沿途的路灯全亮了。

苏礼走走停停，忽然看到了一个很熟悉的名字，不由得停下脚步往里看了看，问："这是卖什么的？"

"手工做黏土的，一家网红店，这么有名你都不知道？"陶竹说，"不过这里都是情侣来玩儿的比较多，这东西特别费时间，挂件都得做 1 个小时，更别说人形玩偶了，除非是特别有空的，不然没人会选择做这个。怎么，你想玩儿吗？"

苏礼摇头，说道："就是觉得很眼熟，好像在哪里的袋子上看到过……"

苏礼思索了半晌，说道："想不起来了，算了。"

还没等苏礼最后给思绪画个句点，陶竹已经拽着她的手去买路旁的冰粉了。

接下来的日子有序起来，苏礼早上 8 点起床，工作到下午 1 点，休息一个半小时继续工作，晚上 12 点睡觉，偶尔唱 K、逛商场、看电影，生活规律却不枯燥，忙碌却不乏味。

她在休息的间隙，进一步钻研了自主品牌 SL 的定位，最终选择新潮与复古结合，用俏皮可爱的方式展现另一种人生态度——年轻却不轻浮，怀旧但也不古板。

"再让我吃两口"这个账号的粉丝已经破了百万，她只关注了 SL 官方账号，连带着官方微博一夜涨了数千粉丝。

SL 的简介：Sincere（真诚的，诚挚的）&Lovely（美丽的，可爱的）。

真诚而可爱，这就是她对自己最重要的定位。

随着几期《巅峰衣橱》的播出，节目逐渐积累了一批稳定的观众，口碑良好，从节目到现实的售卖转化率也不错。各大博主提起时，也都会称其为一档热播综艺节目。

节目组很会制造话题，热搜从不落下，然而由于题材限制，设计类节目注定无法像明星竞技类节目那样红遍大江南北，但跟同类综艺节目比起来，《巅峰衣橱》已经算效果非常好的了。

上次单笛发胖的事引起了一阵讨论，但是由于她本身不算大网红，所以没有引起特别大的热度。

节目的真正出圈，是所有人都没有预料到的。

《巅峰衣橱》有时会弄一些预录制的主题，和正式直播的节目并不重复，只是为了丰富表现形式。

预录制排名靠前的人，可以优先选择在节目中的出场顺序。例如，穿丑衣服为路人搭配那次，苏礼就是因为预录制拿了第一，节目里才选到第三顺位出场，吃尽了红利。

但节目组并不是时时有空策划预录制的主题，因此偶尔会直接抽签定出场顺序。

某个周五的清晨，节目组弄了个新主题，叫"素人改造计划"。

苏礼一大早就被他们给叫了起来。

导演："今天你们的任务就是挑选一名搭档，在12个小时内为其设计衣服，完成改造。"

黎笑珊："没了？"

导演："没了。"

黎笑珊搭着苏礼的肩膀嘀咕："节目组突然这么好心？放这么简单的任务？几个小时做件衣服就行？"

直到节目组拉开隔帘，看到可供选择的搭档时，苏礼忽然觉得肩头一沉。

事实证明，字数越少，事情越大。

这些素人连基本的搭配常识都没有，更不要说身材管理了。

黎笑珊更是膝盖一软，差点儿跪下："我终于知道为什么要用'改造'两个字了。"

导演也在此时开口："这些素人本身都非常渴望改变，但是不知从何下手。希望大家能够了解他们的诉求，用短短一天的时间，真正为他们做出改变，哪怕只有一丁点儿效果。"

听到这里，苏礼非常动容，胸腔内更是生出一股热情，想要做点儿什么。

选择完搭档后，苏礼问搭档橙橙："你的诉求是什么？"

橙橙想了一会儿，卷着衣角不好意思地说道："我不知道。"

既然橙橙不知道，把握大方向的重担就落在了苏礼身上。苏礼初步订了几个方案，找了几套标志性的衣服出来。

"成熟风、元气风、慵懒风、街头风，你喜欢哪种风格？"苏礼说，"或者你都不喜欢？那我再找找别的。"

橙橙忽然说："最近流行哪一种？大家喜欢哪种？或者说，你有没有什么建议？"

面对橙橙殷切的目光，苏礼有些出神，穿衣风格这么主观的事情，橙橙的第一想法居然是迁就别人的眼光？

感受到苏礼的沉默，橙橙说："因为我的身材不是特别好，我怕到时候不好看……然后，拖……拖累你怎么办？我也不知道我适合什么风格的衣服……"

橙橙说话时目光有些躲闪，手还不停地卷着衣服，紧张又害怕，还有深深的不自信。

苏礼好像找到症结所在了，抿了抿唇，道："我觉得啊……"

橙橙看着苏礼。

"我当然可以给你搭配一套很新潮的衣服，也可以告诉你用什么表情、什么步态来配合这套衣服，做出最好的效果。"

橙橙："那我可以试着……"

苏礼："可如果你要一辈子配合衣服，而不是让衣服配合你的话……演一辈子，是很累的。"

橙橙愣住。

苏礼笑着拍了拍她的肩膀，说："不要想怎样做才能讨好别人，怎样才能被人喜欢，做自己就好啦。这样吸引到的，才是真正喜欢你的人。你喜欢什么样的衣服？只管坦白告诉我就行。"

橙橙不好意思地道："我怕我穿不好自己喜欢的那类衣服。"

"没关系啊，"苏礼很有底气地敲了敲稿纸，"交给我。"

橙橙喜欢的衣服风格更偏向休闲风，但休闲常和宽松捆绑，看起来松松垮垮的话，很容易让人显胖。

苏礼先做了件贴身的上衣，露腰的。

橙橙挺喜欢，但又难免怀疑："可我不瘦，露腰是不是不好看？"

"不会。"苏礼说。

橙橙是宅女，久坐会带来胯宽和下半身肥胖的后遗症，但她的上半身线条很好，胳膊和腰都很细。

"没人从上到下都是完美的，"苏礼说，"穿衣服一定要扬长避短。"

同样，每个人也都会有自己的优点。

苏礼一边裁布，一边继续说道："你以后可以着重塑造自己的上半身，让大家的视线都往优势处跑。下半身穿宽松的衣服，上半身就穿紧一点儿的，松紧有度，看起来会比较舒服。"

苏礼给上衣加了一些吸睛的图案和花纹，做成了一字肩。

橙橙换上衣服之后，苏礼又为她准备了一双好看却不夸张的老爹鞋——增高也是搭配的一部分，视觉上腿更长的话，就会给人更瘦的感觉。

橙橙穿上苏礼定制的新衣服，整个人的气质都变了很多，好像从一个宽大的桶中被解救了出来，腰部线条的美感更是她以前从没发现过的。

苏礼给她戴了条显白的项链，但觉得还是缺了些什么。

橙橙看苏礼陷入沉思，心里直打鼓，问："不好看吗？"

"好看，"苏礼说，"但我觉得还能更好看一点儿。"

苏礼又翻了几页杂志，知道了，从布料下翻出被压的手机，给陶竹打了个电话："你在哪儿呢？"

"家，刚醒。"那边传来陶竹吃东西的声音，"干啥？"

苏礼："帮我个忙，我马上回去。"

苏礼花了20分钟到家，将身后的橙橙拉到陶竹面前，说："帮我给她化个妆，适合她就好。"

衣服的确能改变一个人，但改变一个人不能只靠衣服，而应该是从内到外地进行全身改变。

橙橙现在给人的感觉有点儿割裂，衣服穿着是挺好看，但脸上的自信还没跟上。她老觉得自己不好看，所以总低着头。

陶竹吃掉最后一口饼干，道："好说，那你怎么报答我？"

苏礼："报答？"

"嗯，"陶竹示意床上，"你帮我叠一下被子吧。"

陶竹的床不能叫床，那上面被子卷成卷儿，堆着一堆衣服，还有各种零食袋，手机和纸巾也在上面。

苏礼还没来得及说话，橙橙忽然笑道："原来大家都这样啊。"

苏礼："嗯？"

"我还以为只有我的房间乱，我妈天天骂我，"橙橙的目光顺着桌子扫过去，"原来你们也这样。"

苏礼今早走得急，桌子还没来得及收拾，此刻桌面非常乱，看一眼就能脑补出她兵荒马乱地拍气垫的场景。

"严谨点儿，几乎所有女生都这样，"陶竹翻着化妆品，不以为意地说，"不管起得多早，要出发的时候总是来不及；床上也可以变成收纳场所，内衣挂在椅背上；不出门不洗头，实在过不去了就单独洗洗刘海儿。"

橙橙被逗笑。她经常宅在家里，总觉得自己不合群，是异类，但今天被苏礼带到她家才发现，其实大家都一样，自己并不是很奇怪。她总是想削弱存在感而低下的头，慢慢抬起了一些。

不管最后成绩好不好，这一趟收获似乎很大呢，橙橙想着。

陶竹很快上手，用海绵蛋给橙橙拍了层粉底，回头问苏礼："要化那种高难度的吗？彰显我与众不同的技法？"

苏礼的表情很嫌弃："弄个她能学会的行吗？"

"好吧，"陶竹佯装叹息，"为他人奉献自我，不惜隐瞒真实实力，我的灵魂真的好高尚。"

陶竹一边化，一边和苏礼拌嘴，橙橙原本只是听着，慢慢也觉得有趣，紧绷的状态放松了不少，最后甚至加入了她们的聊天儿。这种舒适的社交，让人突然有了种被包容的温暖感。她想，原来自己真的不是怪咖，原来自己也可以去迎接那种有趣的新生活。

陶竹化的妆很简单，20分钟就弄好了，化妆的时候还讲了很多简单的手法，确保橙橙能够掌握。

陶竹："好了。"

橙橙随着话音转头，看到镜子里的自己的刹那有些恍惚，倒也不是说脱胎换骨，但真的漂亮了不少。

她有些惊喜地摸了摸脸颊，随后才小心翼翼地问："雀斑不遮一下吗？"

她的雀斑从鼻梁到脸颊上都有，这让她看起来很显老，像是被晒伤了。因此她才自暴自弃地不想化妆，觉得反正也不好看。

陶竹听完橙橙的话，瞬间就火了："雀斑这么好看遮什么遮？！你知道有的明星专门化雀斑妆吗？这是你的特色，很洋气的！要保留！"

第一次听到别人这样说，橙橙有些愣神儿，眼睛都忘了眨。

苏礼从画稿中抬起头，将工作暂时放到一边，说："还有两个小时，走吧，去吃饭。"

苏礼请客，三个人在商场的 6 楼吃了川菜。陶竹很放得开，而苏礼和橙橙因为等会儿还要录节目，因此没吃太多。

来吃饭也是苏礼刻意为之。这一整天，她一直在告诉橙橙怎么放松，怎么做自己，但节制同样重要。橙橙懂再多的道理，没有毅力不会克制也是白搭。

好在橙橙做到了，以后应该也都不会忘。

晚上 7 点，众设计师带着搭档在商场集合。

《巅峰衣橱》官博在下午发了素人搭档的照片，并预告晚上会揭晓他们最终的变化，于是当直播开始，很多观众疯狂拥入。改造和反转的戏码总是大家最爱看的。

"让我们来看看第一组，黎笑珊组的素人变化！"

邋遢的网瘾少年被改造得干净了许多，还做了个发型，变化不可谓不小。

第二组是温思思组。她将中年阿姨改得年轻了 10 多岁，只要不开口，阿姨看上去挺有富太太的模样。

其实节目组准备的素人一开始都很颓，因此后期只要稍微收拾一下就会有很大的变化。哪怕郭琼并没有给搭档化妆，胖胖的女初中生也被郭琼打扮得可爱了不少。

每个设计师的搭档一出来，都会引来一阵惊叹。

主持人笑道："今天的竞争很激烈，看来没有人失手，大家的表现都很好哇。"

苏礼也觉得目前看来难分胜负，点了点头。

下一个就轮到苏礼的搭档了。

节目组准备好的舱门打开，橙橙从里面走了出来。一字肩短 T 恤搭配长筒高腰裤，调整比例的同时，将整个人的优势凸显无遗，脖颈也被衬得纤长了不少。那个平庸到自卑的女生，仿佛瞬间拥有了细腰和直角肩。更重要的是，气质完全不同了，如同整个人被打开，她不再是负能量的磁场，而是释放了另一种信号，吸引人想要同她亲近。

惯例应该惊讶的弹幕，此刻却全是问号。

"是同一个人吗？"

"我不信，这是那个衣服肥肥、裤子肥肥还抬不起头的人吗？"

"这是魔法吧？大变活人？"

"还有第二期吗？我现在报名还来得及吗？"

…………

就连副导演都犹豫了，问："喻橙？"

"是我，"橙橙笑了笑，"喻橙本人。"

黎笑珊也惊了，凑到苏礼旁边问："你怎么做到的？她怎么有自信了？"

苏礼挑了挑眉，道："刚刚她被搭讪了两次，自信一点儿不是应该的？"

苏礼她们吃完饭后还有 1 个小时节目录制才开始，苏礼就特意挑人流量多的地方去逛，橙橙果然遇到了搭讪的男生，还不止一个。

自信是慢慢累积的过程，从衣服到脸蛋儿，从脸蛋儿到内在，再到对异性的吸引力，这本该是需要慢慢体会的事情，不过苏礼都集中在一天让橙橙体会了。

因此，今天对橙橙来说就是高光时刻。

她拥有自信的资本。这一刻的她，一定相信了自己的价值。

苏礼觉得，这是比单纯拿冠军更有意义的事情。

最后，苏礼拿了第一，优先选了出场顺序。而当晚 10 点，直播的这一段视频便完全出圈了。

有博主配文"完全无法相信这是一个人……"，微博从 50 转发到 2000 转发用了 1 个小时，但影响力扩开，从 2000 转发到 10000 转发，只用了 45 分钟。

评论区都盛情邀请苏礼开通新业务。

"我可以把身体寄过去吗？"

"求苏礼开放寄身体快递。"

"@再让我吃两口，'口大'在吗？要改造人家吗？"

"栗栗：'你们正常点儿，我害怕。'"

"好的服装真的可以让人变自信，我现在相信衣服的魅力了。"

"确切来说是苏礼的衣服。"

"也不只是衣服，你们看官博的幕后花絮了吗？苏礼是从根本上发现了女孩子的自卑心态。喻橙接受采访时也说，是苏礼不厌其烦地和她沟通，慢慢为她搭起了一个新的世界，我当时就觉得苏礼还蛮细心的。"

"她的思维就是非常立体的，从穿丑衣服那期我就发现了，她真是个很有大局观的女孩子，不狭隘，很通透。"

"也可以称之为用心吧，她愿意把一个陌生的嘉宾带进自己的生活圈，比起某些人的市侩和现实，我觉得她会多一些让人喜欢的真诚。"

…………

最后视频上了热搜，苏礼的微博也沦陷了，全是要求寄身体给她的评论。

苏礼忍俊不禁，发了条微博。

再让我吃两口："大家的心愿已收到，栗子圆梦铺开始营业，带个人详细资料私信@SL官方微博，开业前我会改造5个幸运女孩儿成为SL御用模特儿，祝大家心想事成。"

微博评论区瞬间被夜猫子们占领。

"我原本只是过过嘴瘾，没想到苏礼一口气放了5个名额并且还能当模特儿？"

"科普：SL是苏礼自己的服装品牌，目前还处于开发中，不过汇金广场的门面已经在装修了，感觉这几个月就能开张了！"

"啊啊啊，我买爆！"

"我：'想吃苹果。'栗栗：'嗯，给你包了个果园。'谢谢，被'杀'到！"

…………

陶竹在一边啧啧称奇："既满足了粉丝们的愿望，又借热度宣传了自己的品牌，广告打得一点儿不让人反感，反而还挺让人喜欢。苏礼，活该你赚钱。"

借着这次热度，SL官方微博的粉丝很快破了50000，后台私信无数，苏礼选到头晕。

周末，《巅峰衣橱》新一期节目开始录制，苏礼还没出场，各大服装品牌就因为争她而开启了一场辩论赛，首轮出价甚至高于大多数服装的成交价。

她曾经羡慕的——仅靠设计师的名字就让人无条件信任作品的情况，她也做到了。"苏礼"这个名字，终于在单独出场时也拥有了商业价值。

就在苏礼满怀豪情地想要大有所为的时候，忽然接到了一通电话。

负责落实 SL 门面事宜的小吕说，汇金广场那边的商铺突然出了点儿问题，不知道能不能继续施工了。

"为什么不行？"苏礼问。

"好像是一个奢侈品想抢咱们的位置，应该是找了关系，今天我们的牌匾都被下了。"

苏礼不由得皱起眉，问："这么大的事你怎么才告诉我？"

小吕小心翼翼地道："你要比赛，我不敢影响你的心情啊！"

苏礼看了一眼时间，道："算了，现在去也赶不上什么了，明天上午我过去看看。"

"好。"

挂断电话，苏礼心烦意乱，失眠了一整晚。

汇金广场是国内最好的广场之一，人流量大，顾客信赖度也高，所以她才想把第一家门店开在那里。为此，她花了不少工夫，总算将门面谈了下来，只是没想到都开始施工了，还能突然被下了牌匾。

"那儿的地理位置确实好，橱窗正对梧桐大道，路过的人就能看见，谁不想要哇？"陶竹安慰她，"人家奢侈品背后多大的面子啊，估计对方就当你是个小设计师，动它也就动了。"

苏礼在黑暗中看着天花板。

陶竹："你要不要跟你爸说？"

苏礼按了按额头："他若帮我，肯定这事马上就走漏风声了。不到万不得已，还是别麻烦他了。"

陶竹："那你怎么办？一个女大学生……不是，一个刚走出校园的社会人怎么和人家斗？"

苏礼懒得和陶竹纠结称呼问题，叹了一口气，说道："不知道，看吧。"

苏礼第二天一早赶了过去。

SL 精致的牌匾映入眼帘，施工队井然有序地作业着，甚至贴上了"苏礼个人设计师品牌 to be continued（未完待续）"。

这情况和电话里说的怎么不一样？

苏礼打电话给小吕。

小吕立刻狂奔而来，满面喜色地说道："我们又能继续做了！"

苏礼："为什么？"

"不知道，物业就跟我说可以继续了，态度忽然变得超好，一大早还主动帮我们挂牌子……是有人介入了吗？没人介入不可能这样吧？"

苏礼思忖一番，确认苏见景和苏皓都不知道这事以后，这才开口："我昨晚才知道这件事，找人也不可能这么快。"

小吕："那就奇怪了，反正就像有人介入了这事一样，说辞全改了，而且还……"

苏礼："还什么？"

小吕指了指门面那边，说道："我们原本只有靠北转角这一个橱窗，他们说隔壁的奶茶店马上要搬走了，把朝西那个橱窗也给我们了……"

苏礼的脑子里登时像炸开了烟花，她反应了一会儿，问："你的意思是……？"

"我们现在占了两个正对街道的超大橱窗啊！"小吕激动地道，"只有隔壁的卡地亚才有这个排面！"

这确实是个令人心情愉悦的好消息。苏礼现在头不痛了，人也不困了，还能加班再战 10 个小时。

苏礼扬起嘴角，说道："那要加多少钱你说一下吧，到时候都能批……"

她的话还没说完，小吕就道："不加钱。"

苏礼："你是不是被骗了？"

小吕从包里抽出合同拍了拍，得意地道："怎么可能呢？如假包换。"

苏礼将合同发给自己的律师，律师表示，还真不用加钱。

一边的小吕感觉自己拿到了爽文剧本，说："可能是内部有什么争斗吧，谈崩了，一方为了气另一方就直接送！送送送！"

他们后来一起吃早餐时，小吕又被激发了另一种思路，说："难道是有人看中了我们的潜力吗？！一定是的！"

苏礼被他烦了一早上，起码听了100种可能，现在头又开始痛了，耳朵也起了茧子。

托小吕的福，她现在一点儿也不想知道这是为什么了，特别无奈地道："你说什么就是什么吧！"

后来，SL门店的施工进行得异常顺利，甚至比预期提早了1个月竣工。正巧赶上苏礼在私信里选出那5个姑娘，并且将她们改造为某些宣传图的模特。

苏礼一直觉得，很多事要么不做，要做就不能只做表面功夫。改造也是一样，简简单单地改造没有意义，既然姑娘们被她选择，那她就要实现她们的价值。

后来那组图被用作SL官方微博的第一条微博，不仅向大家展示了这一季的新品，也昭示了女性的自我价值。

官方微博发博的日期是提前定好的，没想到和《初吻日记》素人版收官的日子撞上了。

由于导演组档期、节目排期、拍摄内容和合约等问题，《初吻日记》里素人的戏份到这里就全部结束了。尽管镜头不多，但"礼义夫妇"也算是在热度中独占鳌头，收官时相关话题还上了热搜榜第一。

无数观众很不舍，直言自己的快乐结束了，很多人求幕后团队为他们再单独开一档节目。

加上电视台当时应允的资源全部兑现，主持人穿了苏礼在《巅峰衣橱》节目上设计的裙子，SL这个品牌也在各档节目里刷足了存在感。

就在这样的情况下，SL一发图，评论瞬间过千。

"这是什么神仙缘分？！我的栗栗并没有停止营业！"

"是喜欢的栗栗子的服装品牌！一定支持！（程总会客串吗？）"

"眼泪流了下来，什么时候上新？搞快点儿，搞快点儿，我全都要买！"

"女人最懂女人心，让我疯狂心动的一次种草。"

"当时看名单觉得是5个普普通通的小姐姐，没想到改造完之后这么高级。"

"栗栗子的衣服就是普通人穿上也能闪闪发光！"

…………

苏礼曾想过借综艺节目的东风，但没想到能借得这么彻底，热度几乎无缝给到了服装上。

实体店正式开张的前一天，苏礼接到了一个小小的采访。

记者问："新品发布之后，外界有很多赞誉的声音，有人说，你的衣服普通女孩儿穿了也能变成超模。站在设计师的角度，对待所有关注你的品牌的女孩儿，你想对她们说些什么呢？"

苏礼知道，记者是想用"超模风"当卖点。她也知道，这时候最好的回答应该是加重"变超模"这个概念，让大家想要穿上品牌进行体验。但她略一沉吟，转向镜头，笑了笑说："有什么想说的啊……

你们不需要像超模，你们只用像自己。"

这句话成了当天的热搜词条。

大概女性这一生所获得的社会认同感太少，总需要比男性做得更好才能获得同等的机会。商人为了利益，路人为了点评，都在贩卖焦虑感，制定出太多苛刻的章程。那些条条框框像是枷锁一样，时常让人忘记，原来最重要的是成为自己。

苏礼的那句话最高时上过热搜榜第五，评论区全都是共鸣的话。

"说得对，女孩子的意义只有成为超模吗？我的身材很普通，但我也可以很优秀。"

"她没有因为想赚钱就迷失了方向，我好爱她。"

"很少见没有用'要瘦要 ××'来洗脑顾客进行购买的牌子了，反而是承认每个女孩儿的独特性与存在价值。我本来不感兴趣的，但明天打算路过去看一看。"

"这样的人会做出什么丑衣服吗？我不信。"

…………

就在热搜的叫好声中，次日上午 10 点，SL 首个门店开始营业。

因为是初次营业，苏礼准备得比较保守，衣服的库存都没有放太多，力求做到 1 个月左右能够卖完。

总而言之，这是一次崭新的尝试，能够不积压库存她就很满足了。

苏礼一觉睡到中午，最后还是被陶竹喊醒的："你今天不是新店开业吗？怎么没去现场？！"

苏礼将被子拉过头顶，闷声说："怕人不多，下午去。"

她尽力是尽力了，这季新品她自己也很满意，但就算再自信，世界上也不会有百分百确定的事情。她先给自己一点儿缓冲时间，以免到时候店里太过萧条，打击到她。

"放屁，你店里的生意怎么可能不火爆？"陶竹把她拽起来，"走，一起去！"

然而她们到了现场，真的是一片萧条的情形——店里一个顾客都没有，收银员趴在桌子上睡大觉。更夸张的是，所有衣服不知所终，货架上什么都没有，地上干净得连头发丝都没有，模特儿身上的衣服也被扒光了。

不会是衣服太难看被砸店了吧？苏礼忽略心中的慌乱情绪，疾步上前抓住收银的尤灿一阵摇晃："你还睡？店里遭抢劫了？"

尤灿没睡醒，揉了揉眼睛，仿佛刚经历了一场疲劳驾驶。她说："衣服都卖完了，10点半我们店就被搬空了，连模特儿身上的衣服都没被放过。"

苏礼愣了一会儿："啊？"

尤灿仿佛惊讶于她的惊讶，说："我还以为你知道呢。凌晨就有人排队了，后来我们被迫提前开门，说不然会影响交通……我收款收到手忙脚乱，顾客走完直接吐了，刚刚才趴下睡一会儿。"

陶竹转向苏礼："能把收银员给收吐，你想想，这强度得有多大？！"

苏礼失语片刻，问道："库存都卖完了？"

尤灿点头："是的，顾客都把模特儿身上的衣服扒走了，当时的情况真的一度控制不住……哦，对对，不是10点半卖完的，我说错了。我是10点半才收完全部款，顾客什么时候把衣服买光的，我还不清楚呢。"

苏礼嘀咕："那也不至于现在一个人也没有……"

"大家应该是都去库房那边了吧……哎，本来没说可以预订的，结果突然有个顾客说先把她的信息记下来，到货第一时间通知她。"尤灿说，"然后大家全都冲了上去，都开始登记，我们就只能先记着……"

"没事，"苏礼说，"顾客需求第一，我先去看看。"

她偏头，正门口居然有人在接待顾客，并为顾客指明去库房的路。

苏礼她们到了库房，发现侧门那边还有人在排队，桌上已经有三大摞清单。大家因为打她的电话没打通，因此只能先登记客户信息，打算等她来了再看。

苏礼思考一番之后说："那就留着吧，到时候按顺序通知到货，我去通知一下工厂加急补货。"

她们出去之后，陶竹问："你怎么还把电话关机了？"

"我习惯睡觉的时候开'飞行模式'……"苏礼按了按太阳穴，"我也没想到会这样啊，以为就普普通通开个门，卖几件衣服，然后下班。"

陶竹把手机递给她，道："你看看当时抢衣服的盛况。"

有人录下了早上的视频，SL大门刚一被打开，人群瞬间拥入，差点儿抢破了头，最后还是安保维持的秩序。

视频底下有8000多条评论。

"我是苏礼的同学。哈哈，昨天我问她要不要提前去，她说没事，下午去都行。幸好我留了个心眼儿，10点准时到了，结果连条发带都没抢到。"

"震撼！大家都这么有钱吗？有人10件10件地买！多少给后面的姐妹留点儿啊！"

"在现场，盛况空前，我还以为自己在春运现场呢，苏礼实红。"

"确实很红啊，剪彩之前对面还停着辆玛莎拉蒂呢！隐约能感觉里面坐的老板好帅，可惜我没时间上去搭讪。"

"我也看到玛莎拉蒂了！里面的帅哥把车窗降下来了1分钟，像在找人，后来又关上了。姐妹们别想了，一看他就是心里有人了。"

"重金求SL对面玛莎拉蒂里的帅哥的联系方式。"

"现在整个店都空了，如果不是安保阻止，我怀疑模特儿都能被人给搬走。"

"店里现在啥也没有，对着街道的两边橱窗都空空的，特别像淘宝店里爆款的售罄展示——都卖完了啊，我就放出来给你们看看，但你们买不到，嘿嘿。"

"哈哈哈——售罄展示太好笑了！"

…………

苏礼收起手机，忏悔道："我再也不睡懒觉了。"

陶竹调侃道："没事，厉害的人都有些特殊癖好，能理解的。"

接下来就是工厂生产衣服的工期了，这个苏礼没法掌控，只能尽快将自己珍藏的样衣拿出，套在店里的模特儿身上，以免店里太空。

风衣、千鸟格裙、低领毛衣、呢子短裙，全都是当季新款，苏礼花了很多心血。透过两面巨大的落地橱窗，只有模特儿身上有着新款的衣服，看起来竟越发像售罄展示，门口甚至有很多人拍照打卡。

苏礼不由得失笑。

她莫名地又想到评论里说的玛莎拉蒂。像是有预感，苏礼回过身，有车疾驰而去。她没看清车牌，车很快消失在街角处。应该是错觉，她摇了摇头，收回神思。

次日一大早，苏礼被彻夜未眠的陶竹拖出去买猫。

陶竹早就想买只暹罗了，看苏礼最近终于闲下来，这才得以施展拳脚。

陶竹的目标很明确："现在是 7 点，我看哪只猫在睡觉，那就是我的天命猫了。找一只跟我作息一致的猫，可以避免我睡觉它狂欢，一脚泰山压顶把我从被窝儿里唤醒的场面。"

苏礼："所以为了找一只不熬夜的猫，你熬夜了。"

好在她们早起并不是毫无价值，陶竹顺利买到了心仪的猫。全猫舍只有它趴在笼子里睡得昏天黑地，陶竹对其一见倾心，并给它起名黑糖。

买了猫，距离猫狗双全只剩一步，于是苏礼索性买了只柴犬。

柴犬嘛，都长得差不多，由于到时候狗要和黑糖生活在一起，她们也参考了黑糖的喜爱程度，最后选定了一只 6 个月大的柴犬，直接付全款抱回了家。

她们买完宠物的零食、口粮及一大堆生活用品后，已经是下午 2 点了。

黑糖还在熟悉新环境，藏在陶竹的拖鞋里不愿意出来，柴柴则趴在苏礼的床下，惬意地吹着风吐舌头。

两个人一回来便累得倒头就睡。

苏礼在 5 点多醒了，起来倒水，谁知柴柴还以为要出去玩儿，兴奋地用爪子扒着大门。

苏礼蹲下，问："你想出去？"

外面传来狗叫声，柴柴听闻同伴的信号，越发欢快地摇了摇尾巴。

苏礼一看时间差不多了，等会儿要出去谈合作，现在花 10 分钟带柴柴遛一遛，上来洗个澡就能出去了。于是她给柴柴拴上狗绳，轻手轻脚地出去了。

在苏礼的设想中，世界上最闹腾的狗应该是哈士奇和阿拉斯加，柴犬这种元气治愈小可爱自然是顾家又听话。所以，当灵魂非常不羁的柴柴挣脱狗绳，以博尔特百米冲刺的速度往外狂奔时，她一下子没反应过来。

等她反应过来的时候，只得抓着空荡荡的狗绳追出去。

柴柴刚刚也睡了，现在精力充沛，贼能跑。苏礼追了3条街，柴柴还没有要停下来的意思。它甚至以为苏礼在和它玩耍，从而跑得越发欢快，看她跑不动了还停下来等等她。

幸好她的悲惨经历打动了某位路人，有男生帮她追起狗来。

柴柴撒丫子狂奔，由于不熟悉这边的地形，直接沿着堤岸跑进了河里。

扑通一声，男生也跃进了河里。

就在苏礼心悸的瞬间，男生终于靠着身高优势，将柴柴抱上了岸。

苏礼已经快跑吐了。她体测800米时都没有这样如风的速度，此刻喘着气，给柴柴牢牢地扣上了狗绳。

苏礼花了几分钟才平复下来，说道："太感谢了，没有你估计我都……"停了几秒，她又道，"班长？！"

那个男生也愣了一下，旋即笑得露出一口白牙："苏礼？你住这附近？"

"对，跟室友一块儿出来住，你呢？你不是住家里吗？"

这人是她高中时的班长傅鸿卓，人挺好的。

傅鸿卓像是哽了哽，这才继续笑着说："出来散散步，看到有个女生追狗追得太辛苦了，就帮个小忙。"

苏礼叹了口气，道："真没想到柴犬这么闹腾，我还以为它挺乖的呢。"

傅鸿卓点头，说道："柴犬算是特别能闹的狗了，你记得把绳子弄紧一点儿。"

苏礼努嘴："我觉得也是，下次遛它得用两条绳绑着。"

傅鸿卓将狗放下后，苏礼发现他身上都湿透了，有点儿于心不忍，说："不好意思啊，还麻烦你下水了。等我面试完，今晚我请你吃饭吧。"

"不用了，"傅鸿卓笑道，"我又不是为了让你请客才救狗的。"

"那多不好意思，"苏礼也笑，"你淋成这样回去，我不就恩将仇报了吗？"

话音刚落，傅鸿卓手机铃声响起，大概是家里人打来的电话，他摁掉一个，又来一个。

他有些烦躁，像是在思考什么，半晌后才说："你要真想感谢我，不如帮我个忙吧。"

苏礼回到家，自己洗完澡又给狗洗了澡，闹钟刚好响起。她出发前往乐和动漫，谈了大半个钟头，确定了合作方向。

乐和动漫是一家国漫公司，近3年崛起的，有两部票房过30亿的现象级动漫，苏礼也很喜欢。故而乐和动漫一找到她，说想合作联名款服装，她毫不犹豫地就答应了。

这家公司很好，唯一让苏礼觉得别扭的就是公司办公的地方和川程挨得太近，就隔了一条马路。不过好在他们谈得很愉快，结束后对方一直将苏礼送下了楼。苏礼笑着让他们不用再送，自己走向了门口。

苏礼刚踏出大门，就发现下雨了。她伸出手，雨落在手心里有些凉。不知是巧合还是不合时宜，一辆灰色的劳斯莱斯在大雨中转了个弯。

司机随意地扫了一眼路况，便发现了穿着藕粉色连衣裙的苏礼，说道："那个是……是……"

司机找不到正确的称呼方式，只能从后视镜看向男人。程懿直直地看向窗外，像是早就发现了她。

程懿简单地回道："嗯。"

说来也奇怪，以前没在一起时他天天派人守着她，寻找她的行踪，却觉得她有时候擅长藏匿，总容易消失不见；现在他们分开了，他竟然在人群中一眼就能看见她。

司机："那我们……？"

程懿："就在这儿靠边停吧。"

"不去前面了？"司机目测着距离，"这里离那边还有段距离呢。"

男人道："不用了，以后车也别直接停到她面前。"

免得她没有安全感，总觉得自己被监视了。

她还信他时，那些偶遇都是假的；现在偶遇成了真的，她怕是不会再信了。更何况，当时录完综艺节目她说出那番话，又拉黑了他，想必也是……不愿再同他有任何交集。

程懿拉开车门。

司机："您去哪儿？"

程懿："给她送把伞。"

司机追下来，说道："我去送就好了，您别淋到雨了……"

司机的话说到一半，卡在喉咙里。

男人竟在雨中微微俯下身子，任雨水落下来打湿了袖口。他取了几张纸币，买走路旁的小女孩儿篮子里所有的干花。

小女孩儿大约 10 岁，此刻又惊又喜地道："不用这么多钱，200 元就够了……"

程懿却指了指小女孩儿身边的白色雨伞，说："这个，你还要吗？"

小女孩儿立刻明白了，说："不用了，我已经有雨衣了。哥哥，你想买这个吗？"

程懿："嗯。"

女孩儿指指他的头顶，说："可是你有雨伞了……"

程懿："你帮哥哥把伞送给大楼门口的那个姐姐，可以吗？"

小女孩儿的眼睛亮亮的，她高兴地说道："可以的，你买走了我的花，我今天的工作已经结束了。那我怎么和她说呢？嗯……就说'一个好看的哥哥让我给你送把伞'？"

"不用了，"程懿低声道，"你怎么说都可以，不提到我就行。"

小女孩儿显然很难理解："啊？"

程懿提醒："不要说是我买的。"

小女孩儿："为什么啊？"

程懿失笑，回道："哪有那么多为什么？因为你说是我买的，她就不会要了。"

"哦，那好吧……"小女孩儿仿佛也感觉失落，一会儿后才说，"那我就说，卖花的时候看到别的姐姐都有雨伞，我这里多了一把，就刚好给她，行吗？"

"好，谢谢你。"

"不客气的。"小女孩儿想了想，又说，"哥哥，我阿婆跟我讲，你想要对一个人好的话，要亲口告诉她。你不告诉她，她就不会知道了。"

程懿垂眸："她不知道也挺好，知道了说不定徒增烦恼。"

小女孩儿的声音脆生生的："可这样对你不好，我看你不高兴了。"

男人道："她不淋雨我就高兴了。"

"真的吗？"女孩儿眨眼。

程懿颔首，交代完准备转身，但还没来得及做些什么，抬头那一瞬间便定在了原地——有人来接她了。

苏礼被风吹得关节发冷，看到来人后说："你迟到了 5 分钟，再晚点儿我卷的头发都要塌了。"

"抱歉抱歉，"傅鸿卓说，"我把他们送过去才来的，这不是下雨堵车嘛，走不动。"

苏礼咳嗽了两声，问："人都到齐了？"

"嗯，就差我们了。"

苏礼顿时感觉头皮有些紧绷，半响才说："行，那走吧。"

傅鸿卓递给苏礼一把伞，说："我刚发现开车过来特堵，但我们走过去只用5分钟，从那边拐过去，要不我们走路吧？"

"行，不过……"苏礼的脑子转得飞快，说着她"咝"了一声。

傅鸿卓："怎么了？"

"尊敬的班长大人，我们俩打两把伞，你确定？"

傅鸿卓这才反应过来，连忙举着伞凑近些，说："不好意思，是我想得不够周到，抱歉抱歉……"

苏礼嫌弃道："你怎么老在道歉？"

"可能因为我与人为善吧。"

苏礼无语半响，道："你最好是。"

他们走出去几步后，傅鸿卓又说："我刚才路过，看到有家卖狗绳的店，我家用的就是那个，等会儿带你去买吧，挺好用的。"

"好，你家养的什么狗？"

"阿拉斯加犬，是真的'撕家'。"

他们笑着从程懿身旁经过，因为傅鸿卓和伞的遮挡，苏礼压根儿就没发现程懿。

并肩而行的身影很快消失在拐角处，还伴随着笑声，徒留程懿站在原地。

还没入秋的风，吹得人骨髓生寒。

程懿忽然想起方才她竟然将手中的另一把伞放在一旁，转而主动与那人打了同一把伞。

男人闭上眼。这是他该得的，怎样都是他该得的。

程懿在原地站了许久，直到身旁的司机提醒，才上了车。

小女孩儿追上来问："姐姐有伞了，哥哥，那这把伞怎么办？"

"你留着吧，万一下次看见她没伞，记得送给她。"

"噢，好。"小女孩儿想了想又说，"万一以后姐姐也像今天一样，有人接也有伞呢？"

男人的身形蓦地僵住。

那就祝福她吧，他想，只是左胸处传来难以遏制的痛楚，一秒一秒，一刀一刀，像是凌迟。

程懿做了几次深呼吸，最后笑了。

曾经决策果断、从不犹豫的男人，在这一秒声音竟显出几分无措："怎么办？哥哥也不知道。"

程懿回到公司，处理了半个小时事务后，接到霍为的电话。

"冯风从墨西哥回来了！你赶紧出来吧，就在前面这个火锅店。他说好久不见特别想你，见不到你的笑他怎么睡得着？"

程懿："不去。"

"冯风今年过生日不办生日宴，今天就是他的生日宴，你真不来？你想看他泪洒当场？"

冯风不常和他们聚，但和他们的关系还可以，什么大事他都知道。因此程懿不能拂他的面子，又批了几份提案，这才起身离开。

程懿到了包间之后，环视四周，蹙了蹙眉。

陈夜淮："看什么？冯风还没来。"

程懿："今天不是他做东？"

"不是，霍为请客。"

程懿意识到什么，冷冷地看向霍为。

"我承认，"霍为立刻坦白，"今天不是什么生日宴，这是我骗你的。"

程懿冷眼看着他。

"但是虽然冯风还没来，可我知道他肯定想你！这话不算我撒谎！"霍为非常有理，"你都这么久没出来了，休息一下怎么了？"说着说着，霍为还有了几分理直气壮的意思。

终于，冯风在10分钟后到来，但好像丢了魂儿似的，在包间里左看右看。

霍为不耐烦地问："你找啥呢？迟到就算了还不集中注意力，你是不是欠打？！"

冯风问得谨慎："那个，有……有女性同胞吗？"

"你想什么呢？今天是男人的专场，"霍为无语了，"你这人有毛病吧？跟兄弟喝酒不香吗？"

冯风像是做了很久的心理斗争，这才看向程懿，说："我怎么好像在楼下看到嫂子了？"

霍为根本没犹豫："你胡说什么呢？看错了吧？"说完他又战略性地停顿了一下，才说，"哦，她有可能来这儿吃饭，撞上也……也正常。"

冯风前阵子一直在国外，忙得连轴转，自然不知道最近的事，继续试探道："你们最近吵架了吗？"

霍为："你别哪壶不开……"

程懿："你说。"

冯风看着程懿的表情，开始后悔了，但还是硬着头皮说："我好像看到她和一个男的坐在一起，有说有笑的，还……还有长辈……应该是我看错了吧？"

程懿飞速起身，推开包间的门，站在最高处向下望，一眼就看到了她。冯风没有看错，她穿着藕粉色连衣裙，身边坐着方才来接她的人，对面是两位老人，看起来气氛融洽。

SL门店落成，门店创造 1 小时衣服售罄的神话，风光无限的第二天，苏礼就言笑晏晏地坐在外面，跟别的男人一起见了家长。

程懿盯着那处的人，久久未动。

苏礼有条不紊地涮着手上的肉，不时抬头和桌边的 3 人互动。

此时，程懿身后的几个人也追了出来。

霍为看了看那边的情况，道："也不见得就是见家长，这才过多久？你们不是才拍完综艺节目吗？嫂子怎么可能就跟别人见家长了？"

"那男的长得有程懿一半帅气吗？程懿都用了好久时间才拿下嫂子，普通人只会更难追到人，你以为嫂子很好追？"

"我估计啊，就是人太多了，刚好碰到男方跟家长一起吃饭，又是熟人，所以双方就拼桌了。"

程懿却只是若有所思道："我去洗个手。"

而后他快速下了楼。

冯风有些愣怔："我们包间里不是有洗手的地方吗？"

"你懂什么？"霍为嗤之以鼻地说，"这是醉翁之意不在酒。"

程懿下楼是突然做的决定，在即将路过苏礼他们那桌时，却放缓了脚步，如同尚未做好准备面对可能会到来的一切局面。

但那边的对话还是传了过来。

"有你这么好的女朋友，鸿卓竟然还瞒着不告诉我们，我们也是担心他找不到好的，才把同事女儿介绍给他，没想到他这么排斥相亲的原因，是因为已经有了心仪的人啊，哈哈。"

"没，阿姨，他可能只是想稳定点儿之后再说。"

"这还不稳定啊？你们高中时阿姨就在学校表彰墙上见过你，当时还觉得这是哪家的姑娘，长得也太水灵了，成绩居然也这么好，还以为图片修过。今天阿姨一看，照片还把你照丑了呢！

傅母说完，又感慨道："高中好哇，阿姨觉得高中时候的感情才纯粹。以后鸿卓要是对你不好，你只管跟阿姨告状，阿姨给你撑腰。"

苏礼笑着接话："不会的，班长人挺好的。"

"看到鸿卓有女朋友，我也就放心了，他一个人在外头，整天报喜不报忧，我们又怕他一个人孤单，还得麻烦你多督促他，注意身体……"

傅鸿卓早就起了一身鸡皮疙瘩，这会儿赶紧把毛肚挪到正中间，打断道："行了妈，赶紧吃饭吧。"

"我多说两句还不行了？怎么，人家就几分钟没吃上东西你就心疼啦？"

"不是，妈，你就误会我是害羞了吧，成吗？吃东西。"

…………

程懿足下一滞，旋即更快地走过去。

他的身体仿佛变成了机械的零件，毫无灵魂地向前行走着，脑袋里不断地重复那三个字——女朋友。

她真的成了别人的女朋友，甚至见了对方的家长。听男方家长的意思，两个人认识已久，也不像是才培养出的感情，否则她怎么可能与那人打同一把伞，还让男方的母亲握她的手？

昔日种种相处情景都变得亦真亦幻起来，某个不可能的念头也跳了出来——难道她不是只有一个前男友，还有什么"白月光"初恋？

电光石火间，男人像是察觉什么，蓦地转过了身。那人涮火锅用的是左手，拇指指根处还有一颗痣。而他也是左撇子，苏礼和他在一起时，常常喜欢摸他拇指处的小痣，还经常同他说这点有多不常见。

彼时他便觉得，她对这颗痣表现出的热情不一般，不承想她还有个高中同学和他拥有同样的痣。

过往种种情形浮现在眼前，看似不可能的假设也越发清晰，难道说他不过……是个替身？难道他们在雪墅的那些天，在一起的所有瞬间，她只是把他当成另一个人的替代品？所以当昔日初恋回来，她便顺理成章地逃婚了？也许她那些天的喜欢都只是对另一个人的感情，所以在离开他之后，才能这么快就投入下一段感情，将和他的事若无其事地翻篇儿？

程懿一时间情绪翻涌，被打了个措手不及。

火锅店里，锅底的香气弥漫，气氛喧嚣又热闹。

本该是很难被分散注意力的场合，更何况对面还坐着长辈，但苏礼就是有一瞬间思绪抽离，转头四下看了看。

傅鸿卓问："怎么了？"

"没事。"她笑了笑，又转过头来。

此时，楼上的包间里气氛更加微妙，除了霍为和冯风能做到心无旁骛地吃东西，剩下的程懿和陈夜淮都有心事。

陈夜淮还好，偶尔吃上两口菜，程懿则到现在连筷子都没拆。

霍为劝道："你多少吃两口。"

男人低声道："吃不下。"

"怎么可能？这是你最爱的一家店。"霍为想了想，一把盖住男人的酒杯，"不吃也行，你别喝酒了，这对胃不好，你忘记你的胃是什么情况了？"

程懿只是垂着眼，既没反驳，也没说同意，半晌之后起身道："我去抽根烟。"

"不是喝酒就是抽烟，你干吗？当年资金链差点儿断裂你也没这样啊！"霍为还想再说什么，但男人已经离开了包间。

程懿素来是能够控制欲望的人。医生说要少抽烟，他也就真的很少抽了。

霍为时常觉得他应该是个机器人，没有感情，全都是由程序操控，所以理智、冷静、杀伐果断，到这一刻才终于明白，原来对薄情的人来讲，一旦动了真感情，才最为致命。

1 小时后饭局终于结束，苏礼吃得不多，基本没什么进食的欲望。

二人送走傅母之后，傅鸿卓才感叹："你看吧，今天如果不找你假扮女朋友，我就得跟我妈介绍那姑娘相亲了。我现在才多大啊，真一点儿不乐意相亲，太僵硬了。"

她点点头，也能理解。人家帮她救狗，她也得从别的方面感谢回去。

后面没聊多少，她和傅鸿卓在路口分别，她刚走出两步，又被傅鸿卓叫住。

苏礼回过身问："怎么了？"

傅鸿卓笑着拿起手机，摇了摇头，道："我刚想起来，这太假了，我们还没加微信。万一我妈后面问起来，容易露馅。"

"真的假的？"苏礼毫无印象，"应该加了吧，你是不是记错了？"

但她把微信通讯录从头翻到尾，也没找到傅鸿卓的微信号。

傅鸿卓："有些人表面上说敬重我这个班长，实际上连有没有我的微信都不知道。来吧，报微信号，我加你。"

苏礼念了几个字母，瞥见他用左手输入得飞快，脱口而出道："嗯？你是左撇子？"

"是啊，"傅鸿卓的右手揣在兜里，动都没动一下，"这话说得好像你是第一天认识我似的。"

苏礼笑道："以前没注意这些。"

傅鸿卓顿了下，似乎挺敏锐："那现在你怎么注意了？"

苏礼忽然想说什么，半晌后察觉不对，摇了摇头，说："没事。"

只不过有那么一个人，习惯用左手牵她罢了。

傅鸿卓看了她一会儿，没有再问。

他摆摆手，留给她个人空间："那我有事再联系你啊。"

和傅鸿卓告别后，苏礼迎着夜风，沿路走回小区。

但眼睛里像是进了沙子，揉了两下，进电梯也没好转，谁知一到家就听见一声高呼。

"呔！"

黑糖刚在瓷砖地上躺下，陶竹就风风火火地追出来，给它盖上被子，抹了把冷汗："幸好。"

苏礼换好拖鞋，问："你又在表演什么？京剧吗？"

陶竹没好气地说道："暹罗猫不能受冻！它一冷毛就会变黑，还白不回来！不是我一惊一乍，万一不给黑糖做好保暖工作，还没过这个冬天，它就会黑成挖煤的。"

"那多富贵？"苏礼说，"从小暹罗变成煤老板，你发财了。"

陶竹懒得理她，看苏礼眼皮红红的，问："你怎么一直揉眼睛？"

"不舒服，"苏礼说，"不知道是不是进东西了，一直没弄出来。"

"我看看。"陶竹过来仔细看了看，这才道，"没有哇，可能是这阵子你累着了吧。我屋里有人工泪液，给你滴一下应该就好了。你等一下，我去拿。"

客厅里空荡荡的，陶竹去拿眼药水，其余两个室友在楼上休息，苏礼背靠着沙发闭眼小憩，又在口袋里摸到个东西，拿出来看了一眼，是枚浅金色的戒指。

傅鸿卓提前跟她说过，如果家里有戒指的话，可以顺便带一个，因为他编的故事是俩人已经定情许久，有戒指更真实。

她便从陶竹的柜子里找了一枚，随手揣在了口袋里。

果不其然，最开始他的父母对他俩的关系还抱着怀疑的态度，可看见二人打同一把伞，又无意间看到她口袋里的戒指后，这才放下心来。

很快，陶竹从房间里出来，掰了支人工泪液递给苏礼。

苏礼将戒指还回去，看着自己的无名指，若有所思地道："你说……有没有那种说法，就是无名指上摘戴戒指超过3次的话，以后就嫁不出去了？"

"人家都是说做伴娘超过3次才嫁不出去，"陶竹说，"但你不会的，你当50次伴娘也会有很多人排队等着娶你。"

陶竹想了想，眼睛一亮，开心地说道："这么算的话，我可以结50次婚都不怕没伴娘。"

苏礼滴完眼药水，在沙发上躺了一会儿，说："明天我要早起，去休息了，你也早点儿睡。"

"嗯呢，你去吧。"陶竹横躺在沙发上，缓缓说道，"无业游民陶竹的精彩人生从黑夜降临时才刚刚开始。"

苏礼没有熬夜的资格，第二天还要早起去乐和动漫，因此早早地睡了。

第二天苏礼在乐和动漫与他们领导聊了一整天的设计思路和呈现形式，下午 6 点多才结束。

她打算去 SL 逛一圈，然后回家。坐电梯下楼的时候她低头刷着微博，隐约觉得身后的说话声有些熟悉，但没在意，随后被人拍了一下肩膀，才回过头看去。

苏礼："易柏？"

男生穿着棕色上衣，背了个蓝色背包，正在朝她笑。

苏礼问："你怎么在这儿？"

易柏："我来面试。"

"面试？"

"嗯，我从那边离职了，刚好……刚好看到你发的朋友圈，觉得这里环境挺好的，就来试试。这里离家也近。"

苏礼点了点头。

她昨天参观了乐和动漫之后拍了不少照片，发了朋友圈，没过多久易柏就找到她，问了很多有关乐和动漫的问题，想必也是在为今天的面试做准备。

他们走到门口后，易柏说："学姐，已经快 7 点了，要不我们一起吃个饭吧？附近新开了一家烤肉店。"

苏礼："不用，我回去……"

苏礼的话还没说完，身前猛地跳出一个人。

陶竹抖了两下袋子，说："当当! 樱花甜甜圈，我特意排队买的呢。"

苏礼吓了一跳，掐着陶竹的手臂，难以置信地道："你怎么也来了？"

陶竹抛了个媚眼："我去隔壁买甜甜圈是假，想跟你一起吃晚餐是真!"

苏礼感到一阵恶寒，说道："要不你打车回去吧。"

陶竹看到旁边的易柏，愣了一下，问："这是……？"

"易柏，我学弟，"苏礼这才想起介绍，"满分的那个'一百'。"

"不不不，"少年赶紧解释，"是'容易'的'易'，'松柏'的'柏'。"

陶竹盯了他半晌，不禁笑道："你别紧张，我知道的，哪有人会姓那个一？"

男生挠了挠头。

陶竹目光一转，眼睛倏地亮了："刚好三个人，不如我们去吃自助日料吧，今天三人同行一人免单!"

陶竹发话，苏礼自然没有拒绝，易柏也正有此意，于是三人一起去了日料店。

他们吃日料的过程中，易柏一直在帮她们加水。

陶竹感慨道："好乖的弟弟，我弟要是能有你这么乖就好了。"

"那你把我当弟弟也行的，"易柏不自觉地朝苏礼那儿瞟了一眼，发现她还在吃三文鱼，又迅速收回目光，继续道，"我不介意的。"

陶竹问："是不是认真的？"

易柏："认真的。"

这话一出，陶竹立马头："好！那就这么定了，以后我和苏礼有什么跑腿和苦力劳动，都叫你。"陶竹打了个响指，"这顿饭姐姐请客！"

苏礼抬起头看着她，欲言又止。

陶竹："怎么了？"

苏礼："你觉不觉得你像恶霸？"

陶竹："这叫合理利用资源，懂吗？"

《巅峰衣橱》的下一期节目录制在即，苏礼一边忙着做新衣服，一边给乐和动漫画稿子。

好在 SL 的第一批紧急补的货已经到了，工厂加班加点，总算让店里又满了起来。

苏礼吸取了上次的教训，给门店装了能联网的监控，时不时就打开手机看看店里的情况。

易柏顺利地在乐和动漫入职，那天下午找到她，说想来看看她画的设计稿，顺便学习一下做衣服。

苏礼便把制衣室的地址发给了他。

易柏本来只是想看动漫的设计稿，没想到自己到时，苏礼正在做《巅峰衣橱》的服装。

他看到便被吓了一跳。他以前只知道她会做繁复的裙摆，没想到通勤服装的式样她也能拿捏得这么好。

《巅峰衣橱》这期节目的主题是水果派对，衣服设计中需要用到最近热门的水果元素。这种主题，让人第一时间就联想到印花，简单又直接，如果说再加点儿创造性，可以走漫画的形式，或者正负形。但苏礼没有选择这么直白的设计，她的每件衣服都有自己的特色。

第一件衣服很明显能看出灵感来自草莓。她从黑色纱裙入手，将裙摆剪出不规则的形状，模拟草莓叶，上衣则绘有两道弧度，简单勾勒出草莓的形状。这既能看出主题，又一点儿也不生硬，甚至很有设计感。

第二件衣服上，一个个浅蓝色的小毛球模拟蓝莓形态，顺着肩线垂落，一定程度上收窄了肩膀。

第三件衣服利用山竹双层的形态做了假两件式样，内搭是白色，手臂处缝着浅紫的外衫，如同将外套脱了一半，俏皮中还有点儿性感。

易柏逐件欣赏，看到最后一件时，苏礼正坐在那儿缝领口。

"衣服好好看，"易柏道，"如果我有女朋友，肯定买给她。"

苏礼忙着穿线，头都没抬地说："别光说不练，你赶紧去找一个。"

易柏摸摸脖子，换了个话题："你是不是快做完了？"

"嗯，还差收尾。"

"好快呀！"

"不快了，马上就要开始录制节目了，"苏礼说道，"每一针都是我在深夜流下的眼泪。"

易柏摸了摸外套袖口处的珍珠，问："然后变成了这个吗？"

苏礼看了他一眼，问："什么意思？"

"童话里都这么写，公主的眼泪会变成珍珠。"

"小孩子跟谁学的，一天到晚说些乱七八糟的？"苏礼觉得有些莫名，"你有这工夫来帮我裁裤子……上次不是说想做工装裤吗？"

"哦，"易柏老老实实地坐过去，"想的。"

他们做完全部的成衣已经到了下午，苏礼又去吃了烧烤，回去的时候把陶竹吓了一跳。

"天哪，"陶竹盯着她，"你的眼睛怎么回事？"

苏礼抬手，果然在眼睑处摸到了个凸起，直径还挺大。也许这就是加班连轴转的代价，她长了麦粒肿，还是两个，一边一个。

医生说她这情况有点儿严重，得做手术，术后还得休息。

苏礼的第一反应居然是庆幸衣服做完了。

次日上午她做手术，是陶竹陪她去的。

这不是什么大手术，她做完之后两只眼睛蒙上纱布，过一晚再复查，遵医嘱按时吃药、敷药就行。

做完手术她们回去的路上，苏礼全程闭着眼，由陶竹帮忙指引方向。

苏礼："尔康，是你吗尔康？尔康你在哪儿？"

陶竹刚来"大姨妈"，实在没力气陪她演戏："尔康死了。"

苏礼沉默了。

陶竹把苏礼扶到床上，说："你睡吧，我出去买点儿东西，你多睡几觉就好了，千万别爬起来玩儿手机。"

"知道了，"苏礼不想受罪，"我不会睁眼的。"

更何况两只眼都贴着纱布，她睁眼也看不到东西啊。

陶竹："那我走了，你有没有什么要带的东西？"

苏礼："没，帮我把香薰机开一下就行。"

陶竹"啧"了一声，说："果然是公主，够事儿的，睡觉还得开香薰呢。"

不是苏礼事儿——主要是现在大白天的，她极有可能睡不着，因此只能靠香薰催眠。但刚做完手术，她也疲惫，便没开口反驳。

香薰机连着音响，听着歌，苏礼不知何时就睡着了，醒来时还有点儿茫然。

她感觉头痛，眼睛也痛。麻药劲儿过了，现在眼皮开始突突地疼，似乎直接连到了脑神经，即使她什么都不做，也像是有人拿着针在她的眼皮上挑。

更可怕的是，睡前她将空调开得很低，或许是睡梦中痛得踢了被子，现在感觉很冷，极有可能发烧了。

她这是什么神仙运气？！

正在她大脑死机、一筹莫展之际，房间里的座机突然响了。

她们搬进来时，她还吐槽过这玩意儿在 21 世纪毫无用处，但此刻忽然无比庆幸屋里装了这个东西。

现在估计除了陶竹，也没人会打这里的座机。

苏礼接起电话："喂？陶竹？"

拨进电话的女人愣了愣，旋即看向程懿，询问该如何应对。

苏礼还有很多东西落在公司，他的本意是找人给她打个电话让她来拿，但此刻电话开着外放，听到她的声音，男人直觉不太对。这样的语气，总让人觉得她此刻非常需要朋友。可能她是出了什么事。

于是程懿摇了摇头，示意女人不要吱声。

苏礼听了半天，只听到对面有些嘈杂，好像还有人高声说着什么，急道：

"喂？我听不到你说话啊。算了你别说了，我跟你讲，你知道什么叫祸不单行吗？我刚做完手术，还插着引流管，眼睛上贴着纱布像失明的紫薇……就在这种时候，一觉醒来居然还发烧了。"苏礼摸了摸额头，确定地道，"额头真有点儿烫，你回来的时候给我带点儿药吧，还有退热贴，这个程度估计很难自己好了。我现在嗓子也难受，头还痛，再维持这个姿势我怕我得吐，先挂了，等你回来再说。"

随后电话被挂断。

女人愣了几秒，看向程懿，可身边哪里还有男人的身影？他早就走了。

程懿开着车一路疾驰，在20分钟后抵达苏礼的住处。

门内没有声音，陶竹应该还没回来。

苏礼虽然没有给程懿这边的钥匙，但无意中同他说过，备用钥匙在报纸箱最底下贴着。男人摸了摸，果然找到一把钥匙。

苏礼痛得哼哼唧唧，一听到钥匙转动门锁的声音，居然有点儿想哭。

房间里弥漫着雏菊的香味，高烧让她的嗅觉变得迟钝，她想确认进来的是不是陶竹，但很快听到柴柴的爪子敲打木地板的声音，明白这是它在绕着人摇尾巴，想来进来的也只能是陶竹了。柴柴总不可能对着陌生人还不叫的吧？！

于是苏礼躺回床上，继续哼唧："想喝水……"

很快她被人从床上扶起。那人坐在她的背后，做她的支点，一只手托着她的脑袋，另一只手将杯子递到她的唇边。

苏礼作为病患，心安理得地享受着服务，偏头枕在那人的肩窝处，喝完一杯水后，嘴里又被塞了几颗小药丸。

连药都记得喂，这不是陶竹还能是谁？！

苏礼就着那只手又喝了一杯水，把药吞下。

程懿看着她桌上的病历单，确认药都吃完了，这才放下心来。

苏礼忽然起了逗弄陶竹的心思，双手覆到对方的胸口上捏了两下。

苏礼："你的胸缩水了？"

程懿愣住。

"早跟你说不要减肥，我最近就感觉你的胸变小了。"说完她叹息一声，这才躺了下去。

程懿站在她的床边沉默了一会儿，总算回过神，去袋子里找退热贴。

苏礼："你怎么不说话？不骂我不是你的风格。"

她刚说完这话，就听到狗在耳边吐舌头的声音，然后音响声音蓦地被调大，估计又是柴柴在乱玩儿。她真不该把加湿器放在地上。

她隐约听到了说话声，但被音响传出的声音干扰，脑子又混沌一团，最后便没纠结，准备睡了。

退热贴很快贴在了她的额头上，冰冰凉凉的，她感觉舒服了许多。

苏礼正准备放空入睡，结果还没过去 10 秒，空调响过一声，被人关了。

也对，她发烧哪里能吹空调，而且房间里还有冷气，不会热的。但即使这样做了自我催眠，她还是忍不住翻来覆去，最后扯着衣服坐了起来："好热啊，帮我把后面的拉链拉一下，我要把外面这件衣服脱了。"

她扯得随意，领口被拉得松松垮垮的，程懿强忍着挪开目光，找到拉链帮她拉了下来。

男人的动作有些生涩，指尖触碰到她微烫的皮肤，但她动作要多快有多快，扯外衫时还露出了腰间的一大片白皙肌肤。

男人快速转过身，背对着她坐到了椅子上。

过了一会儿，苏礼像是睡着了，但看起来还是热，感觉不太舒服的样子。

程懿思索半晌，终于找到万全之策，重新将空调打开，自己挡在了出风口那边。

出风口正对着床沿，苏礼兴许是觉得有些冷，扯被子时把程懿也往里扯了扯，替自己挡风。

男人往枕头旁边侧了侧，感受着风向调整姿势，等再反应过来的时候，已经倾身同她靠得很近了。

他动作很轻地躺下，以确保她不会被自己惊扰。

苏礼的眼睛上还蒙着纱布，有浅浅的药味儿。她好像瘦了很多，下巴变尖了些。

他感觉呼吸一窒，半晌后，小心翼翼地替她拨开额头上的碎发，撕掉退热贴，就着这个姿势将她抱进怀里。

她睡得很熟，鼻翼翕动，胳膊连同大半个身体都靠着他。

假如他们还是情侣，这样的拥抱不该是奢望。

程懿伸出手，想要蹭一蹭她微微鼓起的脸颊，手指悬在半空，最终却没有落下。他将手收回，生怕惊扰她。所有的奢望都不该存在，他知道，却还是忍不住靠近她，亲了亲她的额头。

苏礼后来又醒了几次，喝了水，还忍不住吐了，不知道睡了多久，最后完全清醒时已经到了晚上。

屋子里没有声音，香薰机和音响也停止工作了。

现在距离做手术的时间已经有 10 个小时了，她可以揭下纱布了。

她刚刚迫切地想知道照顾自己的是谁，临了却又有些害怕，但最后还是揭下了纱布。

客厅里的人闻声赶来，问："学姐，你好点儿了吗？"

苏礼开口："易柏？"

易柏看着她，手里还拿着一袋妙鲜包。

苏礼问："你怎么过来了？"

"陶竹姐给我打电话，说她晚上临时有点儿事，让我过来帮她喂猫和狗。"

"噢，你晚上来的吗？"

易柏点头，回道："对。"

"那，之前的水……？"苏礼有些期待。

易柏想起她睡觉中途是喊过一次水，自己也给她递了，于是又点了点头，问："你还想喝吗？"

苏礼慌忙摆手，说："不用不用，就是……那个……"

她怎么也没想到照顾自己的是易柏，半晌后才找回语言："谢谢，麻烦你了。"

"这有什么？照顾病人是应该的。"易柏说，"饿了吗？我看你好像一直在睡，应该饿了吧？"

苏礼："嗯，我点外卖。"

苏礼点完外卖后把手机给易柏，让他选自己的晚餐，而后重新趴回枕头上。

破案了——易柏是晚上来的，看来上午照顾自己的是陶竹。其间门响了一次，应该是陶竹又出去办事了。柴柴和黑糖没人喂，所以她才把易柏叫了过来。

只是好像还是有哪里奇怪，苏礼深呼吸几次，拿起备用手机，鼓起勇气戳了苏见景："问你个事。"

苏见景："什么？"

举个栗子："程懿今天有什么行程吗？（纯路人，好奇发问，没有放不下的意思。）"

过了一会儿，苏见景才回："10点左右，有个大案子要谈。"

举个栗子："多大的案子？"

苏见景："问这么细致？"

幸好之前为了拿到那支录音笔，他辗转找了不少人，这会儿也正好按苏礼的意思去问，一刻钟后得到结果。

苏见景："他跟了几个月，应该是十几亿的项目。怎么了？"

毕竟那些人也只是窃取到了加密的通话，对川程内部的事了解得并不多。

举个栗子："哦，那没事了。"

她总不至于自恋到觉得程懿会放弃十几亿的案子，跑到她家来跟她演深情戏码吧？而且他们这么多天没联系，说不定他早把她忘了。更何况……他还没有这边的钥匙。

她这么一想，男人来的概率基本等于火星撞地球。

苏礼揉了揉脑袋不再想这事，放下备用手机，从易柏手中接过自己的手机，道："你点好了？那我下单了。"

那天陶竹回来得很晚，苏礼已经没有再问什么的意愿了。

后来苏礼在某天吃早餐时随口问道："我割麦粒肿那天，你后来有什么事？"

"哦，我弟把我房间里纪时衍的海报撕了，我赶回去打了他一顿，并让他把碎片全部粘回去。"

"那你也不至于凌晨才回……"

"怎么不至于？他把海报撕成了指甲盖儿那么大的碎片，拼了5个小时才拼了张脸。"

苏礼咬了口面包，说道："行吧。"

由于苏礼做了眼部手术，要防止被感染，因此两天后的《巅峰衣橱》节目录制就去不了了。

"你去不了，那衣服总得有人介绍吧？"陶竹说。

苏礼点头，说："要找个代班设计师，但时间紧，我从哪儿找？"

"易柏呀！"陶竹拍了一下手说道，"易柏还不合适？他跟你一起工作了一阵子，也算了解你的设计；他普通话标准，谈吐利落；更重要的是，他帅啊！既然本尊不能上台，那当然要挑个帅哥了，你看人家代班主持都是找漂亮或者帅的人，所以你也可以试试。"

苏礼还没来得及开口，陶竹已经给易柏发了条语音，把这事安排明白了。

最后这事就这么定了下来，苏礼把易柏的照片发给导演组工作人员，获得了导演组的人的一致通过。

对此，陶竹发言："帅，有时候就是通行证。"

晚上 8：30，节目直播准时开始。

苏礼本来在刷微博，突然被陶竹拍了一下，听见她说："出来看我们柏弟弟的综艺节目首秀！"

苏礼："你现在叫弟弟已经叫得这么熟练了吗？"

另一边，平关花园内。

霍为把电视机开得声音震天，隔一阵子就往书房跑，劝道："别工作了，出来看看电视放松一下，好吗？"

男人却连动作都没停，继续批阅着手上的东西。

霍为知道他是个工作狂，以前苏礼没出现时，程懿一天恨不得工作 24 个小时；后来苏礼出现了，他便从百忙之中抽出时间去谈恋爱；现在他们分开了，男人变本加厉，每天就是办公、办公、办公，觉也不睡，饭也不怎么吃。问他他就说没胃口、吃不进、睡不着、想老婆。

当然了，最后一项是霍为自己加的。

霍为又劝了一会儿，感觉程懿还是把他的话当耳旁风，干脆就自己出去看电视了。

主持人："今天设计师苏礼因故未能出席，因此邀请到了帅气的男朋……男性朋友来代班，让我们有请新锐设计师易柏！"

电视屏幕忽然黑了，原来是被人用遥控器关了。

霍为抬头，看到方才软硬不吃不肯动弹的男人此刻终于走了出来，脸却黑到不行，站在电视机旁紧紧地盯着他。

"你……你这样看我干吗？又不是我说这人是苏礼的男朋友的，你讲点儿道理啊。"霍为感觉挺冤的，"我苦口婆心地说得嗓子都哑了，你都不带停一下笔的，电视机里提到'苏礼'两个字，你就出来了，是吗？程懿，但凡我们不是有多年的友情基础，就你这种程度的双标做法，我们现在已经绝交了。"

男人仍一言未发，目光也没变。

霍为哆嗦了一下，为了保障生命安全，试着换了个话题："对了，苏礼为什么没去？"

程懿眉头一皱，把遥控器扔了过去。

遥控器正巧砸到了霍为的肚子。

霍为找到了问题的症结所在，及时改口："嫂子，嫂子怎么没去？"

这人真是的，分手了还不准他们改称呼，不叫嫂子他还不乐意。

果然，称呼从"苏礼"换成"嫂子"后，男人便舍得分出点儿时间和精力回话了。

程懿："她做了麦粒肿手术，有点儿发烧。"

霍为点头表示明白，然而几秒钟过去后，又难以置信地将头转了回来："你那天放天华的赵总的鸽子，不会就是因为……要去照顾苏……嫂子吧？"

男人没说话，算是默认了。

霍为震惊了，但想到他为苏礼都放弃进军珠宝行业了，对这事好像也没什么值得大惊小怪的。

"那你那天退出十几亿的单子的竞争，把机会拱手让给了皓苏，转而去照顾嫂子，她有没有感动到？有没有原谅你一点儿？"

程懿："她不知道。"

这句话迅速将霍为从感慨的情绪中拉了出来："她不知道？"

"她以为我是她的室友。"

"你怎么不主动说？"

"你觉得我能主动？那她宁可烧晕了也不会靠到我身上。"

他为了不让她知道是他，甚至调大了音响的声音。

"那也不至于吧？你留点儿小线索不行吗？你不是最会干这种事了吗？"霍为感到很意外，"之前你追人的时候，这种心机一套一套的！"

程懿："现在做不出来了。"

"哦，"霍为嘲讽地说道，"喜欢是运筹帷幄，爱是束手就擒，是吧？"

霍为一开口就停不下来了："没真心的时候干什么缺德事都无所谓，半真半假的时候也能顺着本性干上一点儿……但是意识到喜欢她之后你就下不去手了是吗？

"舍不得用套路，连稍微耍点儿技巧都舍不得？

"太可怕了，程懿，你不是这种人的。我觉得你是连婚后都可以一边出轨一边毫无负担地骗老婆的人，没想到你动起真感情来这么纯情，你觉得这合适吗？"

程懿皱着眉，不悦地道："谁告诉你我会出轨？"

"我撤回刚刚说的话，现在改变想法了，你结婚以后应该会是个唯老婆马首是瞻的妻奴，连深夜出去喝酒都不会找个借口说加班的那种。"霍为越说越震惊，"感谢嫂子，竟然能让我看到你放弃手段的一面。"

程懿垂眸："'喜欢是运筹帷幄，爱是束手就擒'，这不像是你能说出来的话，你从哪儿学的？"

霍为得意地说道："我从网上看的，还有什么'喜欢是妙语连珠，爱是支支吾吾'，也可以形容你。程懿，你栽了。

"以前这种事放在你身上，你卖惨能卖三天三夜，把自己塑造成天上有地上无的绝世好男人，现在倒好，隐姓埋名的活雷锋啊。

"如果这是在电视剧里，你是女主角，这时候必有一个女配角来抢走你的功劳。然后男主角爱上她，你们BE了。"

程懿沉默。

第二天下午3点，苏礼接到前同事的电话，说她还有东西在川程忘了拿。

其实苏礼早就想起来了，但一直没找到机会去拿，这次的电话正好给了她一个台阶。

苏礼决定硬着头皮去收拾一下东西，收拾完就走。

她到川程时大概是下午4点，走的是正门，没有遇见程懿。电梯到17楼，她也没遇见程懿。

苏礼和前同事在茶水间礼貌寒暄，然后又去了阅览室，还是没遇见程懿。

她的东西大多放在最后一格抽屉里，她半蹲在地上，一个个往箱子里收着。她发烧的后遗症还没全好，又蹲太久，起身时一个踉跄，差点儿摔到柜子上。

她身后忽然伸过来一只手，扶住了她的肩膀。

身前的玻璃窗映出男人的身影，他好像没怎么变，又好像变了很多，样子熟悉又陌生，她的身体忍不住僵了一下。

最后，她回过身，礼貌而疏离地笑道："谢谢。"

苏礼道谢之后转身离开。她真应该感谢手里还抱着个箱子，里面传来物件叮当碰撞的声音，才让这场重逢不至于显得太过尴尬。

她很快走出川程，终于松了一口气。

苏礼走过两条街，正要转弯时，箱子里的手机开始振动，是陶竹打来了电话。

陶竹："喂，你出川程了没有？我说的那家超市你找到了吗？"

苏礼眯了眯眼，看向前方，说道："嗯，已经到门口了。"

陶竹："好的，帮我买几包火鸡面和年糕就行，爱你。"

苏礼走进超市，四下望了望，说："对了，你顺便帮我问件事。"

陶竹："啥？"

"你帮我问问易柏，我那天眼睛做手术，喝完那个很苦的药之后，他往我嘴里塞的果冻是什么牌子的？"苏礼说道，"挺好吃的，我这两天一直在回味。"

苏礼的话音刚落，程懿的脚步蓦地一顿。他本不想打扰她，但这边最近不太安全，她抱着大箱子不好行动……他便想着目送她上车。结果她一路往前走，路边还有个骑摩托的人朝她投去鬼鬼祟祟的目光，男人怕她被抢，不由得多跟了几步。

此刻她要进超市了。超市里面顾客不少，她并没有发现他，他却能听清她打电话的声音。

那天的果冻是他买的，荔枝味。还有两个葡萄的，他放在她的柜子里了。

原来她认错人了。他自嘲地想，她甚至没怀疑，也没来问过他，就确定了那个人不会是他。

耳机里传来的会议声忽然让人心烦意乱，他径自掐断了通话。

苏礼买完面还没等到陶竹的回复，心想下次再来买也行，便结了账往外走。

商场人多，这条她随便挑选的通道通往某个展览馆，不少人等着进馆，门口安保正在限流。

一般为了控制人流量，展览馆会在通道处人数达到规定值时暂时将门口拦起来，等前方的人疏散开，再放下一拨人进入。而安保还算有点儿人性，不会隔开同行的朋友或情侣。

到苏礼这儿，安保示意她身后的男人，问："你们认识吗？"

苏礼回头，这才发现程懿。

男人低头沉思着，不知在想什么。

苏礼笑了笑，轻轻摇头，说道："不认识。"

苏礼走出商场，楼外依然是艳阳天。她抬手遮了遮光线，从箱子里抽出一把伞，与此同时，陶竹的电话打了进来。

"什么果冻？"陶竹开场就直击重点，"易柏说他没买果冻。"

"那是你给我吃的？"苏礼问，"就柜子里的那个零食。"

陶竹也茫然了："我柜子里好像没有果冻，再说我什么时候给你东西吃了，我怎么没印象？"

伞面一个偏转，阳光直射过来，苏礼感觉眼前白光闪现，某个曾经被她压下、不可能的念头再度浮现。

她停下脚步，说："等等，那天是你先回来，然后有事回去揍弟弟，再叫易柏来的对吧？"

陶竹："我没有回去哇。"

苏礼愣住。

陶竹："我那天出去后，还没到超市就接到了我小姨的电话，我就杀回去揍人了。他们一直留我吃饭，我脱不开身，想到还没喂黑糖和柴柴，就叫易柏去了。"

苏礼："几点？"

陶竹："易柏吗？他大概下午 6 点过去的。"

苏礼："那电话呢？上午你几点给我打的电话？"

陶竹沉吟良久，回道："我没给你打电话啊宝贝。"

箱子险些从手中滑落，苏礼定了定神，稳住情绪。

"我不会是在做梦吧？"她道，"你等等，我马上回去。"

苏礼到家之后，连鞋都没换，径直奔向墙边，摸到那个宠物监控。

为了不在家时也能看到柴柴的动向，她和陶竹都安装了监控，还能隔空和宠物对话。但这些都不重要了，她取出芯片放进电脑里。几秒后数据读取完毕，她颤抖着手打开监控视频。

如果她没记错的话，监控内容会定时清理，不知道还能不能找到那天的画面。

幸好，那天的监控视频还在。

监控只拍了地面的情况，但当那双腿映入眼帘时，她还是一眼就认了出来。

苏礼一瞬间感觉大脑缺氧，抬手捂住嘴，这怎么可能呢？

为了确认那天的电话是不是真实存在的，她查询了座机的通话记录。上午10点左右确实有电话打进来，但不是陶竹的电话号码，而是川程的座机号。

一切疑点都说得通了，给她打电话的人应该是她的前组长，但被程懿听到了，所以他来了。

怪就怪她那时实在太需要朋友，潜意识里根本不愿意接受别的可能，所以才拿起电话就默认是陶竹打来的了。

苏礼深吸一口气，瘫回了床上。

某个闯了祸的小东西还浑然不觉，撅着屁股来蹭她的腿。

苏礼猛地坐起来，揪住柴柴的脸颊，道："你还好意思蹭我？你当时但凡叫两声，事情会这样吗？你还是一只看家的狗吗？对着陌生人你也能摇尾巴吗？"

柴柴吐舌，哼了两声。

陶竹翻译："嗯呢。"

苏礼差点儿一口气没顺过来。

陶竹拍了拍她的肩膀，安慰道："孩子没错，只是可能智商不太够。"

柴柴打了个喷嚏，气呼呼地走了。

陶竹坐在电脑前，看完了整段监控视频，这才回过头问："程懿下午5点才走，照顾了你7个小时？"

苏礼的大脑停止运转，她像在思考，又像没有目的地在呓语："听说他那天有个大单子，可最后他为什么会出现在我这儿？"

更何况当时在威尼斯，她还说了那么狠的话。如果她是程懿，巴不得这辈子都不要见到她才好。

陶竹摸着下巴，回复她的话："旧情难忘？心疼你？愧疚？但不管是哪一种，证明他也不是完全没有心。"

过了一会儿，陶竹又说："不过我看这监控视频里有一段都看不到他的腿了，他是去干吗了？"

苏礼："不知道，应该是在椅子上休息吧。"

苏礼说完后回忆了一下，忽然倒抽一口凉气，想到了什么。

胸？那段场景不会是真的吧？

陶竹睨她："咋了？"

苏礼摇了摇头，用被子盖住了脸。

没关系，她安慰自己，不就是分手之后还摸了一把前男友的胸嘛，有什么大不了的？

但当晚陶竹就看到苏礼火速更换了床品四件套，口中还念念有词如同施法。更可怕的是，陶竹睡到半夜忽然被吓醒，一睁眼就看到苏礼正趴在她的床前。

苏礼："竹，你害得我好苦。"

因为前一晚没睡好，所以苏礼今天险些迟到。

还好出门的时候碰到傅鸿卓，傅母正好在电话突击，他一边头疼地把电话交给苏礼，证明自己不是为了躲避相亲；一边又怕耽误她上班，开着车导航到她公司。

车停下时，她电话也正好打完，挂断之后递给傅鸿卓，他有些抱歉道："这肯定是最后一次麻烦你了，我保证，我这段时间一定加快速度找个真的，来堵我妈的嘴。"

"你想找还不容易？"苏礼简单客套了下，"那我就等你好消息了。"

"行。"

她下车后，傅鸿卓又开着车在她公司附近晃悠了一圈，看附近有个艺术展，想着反正今天也是休息，便停了车下去逛两圈。没想到逛展时还真看到个自己喜欢的类型，便在出口处拍了拍姑娘肩膀，问能不能加个微信。

他前脚刚加完，准备回到车上时，却被人拦住路。

傅鸿卓抬头，见是个男人，长了张挺帅的脸，此刻正皱着眉问他："你不是有女朋友了？"

跟捍卫谁的权益似的。

"我没女朋友啊。"傅鸿卓下意识否认，半晌后才意识到什么，缓缓抬眼，问道，"你是……苏礼朋友？"

一小时后，程懿回到公司。

刚走入川程正门，脑子里便又浮现方才的场景。

他同傅鸿卓对峙了好一会儿，傅鸿卓才解释清楚和苏礼的关系，仅仅只是暂时假扮恋人，应付家长。

唇角不可控地勾了下，他目光沉下，又想到傅鸿卓在他对面说："你这么关注苏礼，是在追她？"傅鸿卓又絮絮叨叨地，"追人也不是你这么个追法啊，看你好像也挺了解她，这事为什么问我不问她？哦，闹矛盾了是吧？"

彼时的他顿了顿，回说："嗯，很难解决的矛盾。"

傅鸿卓笑："就算有再大的矛盾，只要你还喜欢，什么问题不能克服呢？磨合感情的过程中，两个人有冲突很正常，只要你努力追、努力化解，让她看到你的真心，不就行了吗？苏礼也是挺好一姑娘，还帮了我的忙，我也希望她好。"

程懿想到这里，忽然有个身影飞速跑过，险些将他撞到。

经理赔笑道："是易柏，来拿离职手续的，不好意思程总。"

程懿微微蹙眉："易柏？"

苏礼在电话里说的是不是就是这个名字？

其实傅鸿卓说得也对，无论如何，很多事要讲清楚才对。他总不能一辈子站在她看不见的地方，也许他们之间还有很多误会没有解开，也许说清楚之后，事情还有转机。退一万步讲，即使没有转机，他坦诚相对了，总不会再有遗憾。

于是在楼梯口，男人拦住了飞奔而下的少年。

易柏抬头："啊，程总？"

程懿问："之前听到苏礼打电话，她说她生病时你给她送果冻，是怎么回事？"

易柏反应了一会儿，回道："那个啊，不是我送的。陶竹姐姐喊我去帮她喂猫和狗，我只给苏礼学姐倒了水，果冻应该是她的室友给的。结果她摘了纱布看到我在倒狗粮，还以为一直是我在照顾她。"

原来如此。男人的嘴角掠过一丝微不可察的笑意。

当时看到她和别人见家长，他并非不意外。只是与她接触已久，比起这些突发事件传递的信息，他更相信自己心中的那个她。

但凡事无绝对，总会有些微弱的可能性成立，即使这种可能性很小，也会因为那一刻的思绪被无限放大，失落神伤在所难免。

好像有关于她的事，总能让他方寸大乱。

"知道了，"男人问，"苏礼知道吗？"

易柏点头："她也知道不是我了，毕竟确实不是我嘛。"

苏礼确实知道照顾自己的不是易柏，但觉得自己知道了还不如不知道。于是她一直对这事讳莫如深，再没声张，主要是没空声张，SL的官方微博每天都在被各种评论刷屏。

"旗舰店啥时候开？跪求一个线上旗舰店！"

"人不在C城，现在真是有钱都花不出去，让我花钱吧求求了！"

"裙子何时能不断货？我梦里都是它。"

"别的城市什么时候能开SL？看姐妹们拍照打卡馋死我了，W城考虑一下？"

"B城了解一下。"

"Y城冲冲冲！"

…………

最后几乎变成了坐标打卡，苏礼的私信和工作邮箱每天都爆满，最后苏礼请了两个助理，情况才好转一些。

权衡良久，苏礼打算先在网上开一家SL的旗舰店，确保各地的顾客都能购买，到时候再根据调研情况决定分店开在哪里。毕竟现在总店都时常缺货，她不敢贸然决定。

没过多久有一个互联网峰会，本着为了品牌多多学习的念头，苏礼也前往P市参加。

峰会在博览中心的一楼会议厅举行，早上9点开始。

当天，苏礼6点多就醒了，打算先去吃个早茶再入场。

因为峰会的关系，餐厅内热闹无比，包间全满了，许多人一夜未眠，在这儿等待。

苏礼吃完饭才7点半，现在过去太早了，于是打算去露台处透透气，结果越往前走越安静，楼下的喧哗声仿佛也离远了。她后知后觉地想，这边不会被人包场了吧？她刚刚在想事情，没注意到沿路是不是有什么提示。

苏礼抬头看了一眼，正准备返回时，忽然听到了熟悉的名字。

"程懿？他过来？"

"前些天怎么叫他他都不来，问我苏礼在不在。今早我弄到名单，说看到苏礼了，他立刻就坐私人飞机赶来了，估计过会儿就到了。"

"那可不？苏礼现在面子比我大多了……"

"不是我说，程懿真的是疯了。"

"天华科技你们知道吧？程懿前些天放了天华赵总的鸽子，把机会拱手让给了皓苏，自己干吗去了呢？他去照顾生病的苏礼了。"

"苏礼不是有个设计品牌嘛，叫 SL，当时 SL 店面出问题，他连夜飞美国就为解决这件事，还给 SL 又拓宽了近一倍的黄金门面。"

"那个恋爱综艺节目也是。你们现在夸他，以为是他押对了宝，但我说真的，当时谁想到会有这一出啊？他只是为了苏礼去的！这完全就是一个弊大于利的局，你以为他不知道吗？他是明知道情况还往里跳！所以哪怕我们所有人都拦着他，他也知道没有丝毫好处，还是没犹豫地就这么签了合同。

"我以为他至少跟节目组谈了什么条件，后来才知道什么都没有。

"涨股价这事，是我们所有人都没预料到的啊！"

"他现在对苏礼早就不计较得失了，很多事情甚至做了没让她知道。"

有风吹过，苏礼停在原地。

最后，里间的人叹息道："他真的挺喜欢苏礼的，如果不是之前那件事，大概早就……"

苏礼无意识地握紧手机。

就在这时，铃声突兀地响起，在走廊中回荡。

霍为迅速起身，出声问："谁？"

铃声被按停的那一刻，霍为发现了几米外的苏礼。

苏礼："我是不小心过来的，没想到你们包了露台。"

她认识霍为，见过几次面，因此有印象。

发现是她，霍为僵了好一会儿，懊恼地道："你都……都听到了？"

"听到了。"苏礼说。

这一隅安静了许久，苏礼没想装傻，继续问："那个综艺节目，他知道我去参加？"

霍为："当然，当时节目组谈的条件就是……你去，他才去。他不仅知道你去，还知道你过去是为了工作，知道是资源置换，并不是为了恋爱。"

苏礼蓦地怔了怔："他知道我是为了工作去的？"

"知道，"霍为笑得无奈，"很意外对吧？

"明明知道没有人认真，是不会有结局的恋爱，也不过是大家各取所需的利益游戏，但他还是心甘情愿地投入，直到你……不再需要他为止。

"这对以前的他来讲，不要说浪费时间去参加了，他甚至不会多看节目一眼。

"他从来不是任人索取的人，即使要参加利益游戏，那个站在金字塔顶端、占尽所有优势的人，也该是他才对。

"他不是在赌，也不是想从你这里得到些什么东西，仅仅是想多见见你，哪怕综艺节目结束后你就会头也不回地离开。"

苏礼刹那间失声。任她如何也没想到，程懿竟然在参加节目之前就知道她只是为了工作。

霍为接着说："我不知道怎样才能让你相信他没有目的，但是嫂子，你想一想，他真的对你造成过主观意识上的伤害吗？如果可以，他比谁都不想让你知道实情。

"一个恋爱综艺节目，这世界上怎么可能有商人会用这样的方式服务于公司？他除了是为你，还有别的可能吗？

"可能你很少见我这么严肃认真，我平时看起来确实挺不靠谱儿的，也不喜欢想那些乱七八糟的事，能不动脑就绝不动。你看我说得这么流畅，只是因为你走之后，他真的消沉了很久，连我都因为思考这些事失眠了好多次，更不要说他了。

"说了这么多，我只是想表达自己的想法。这些话不是他教我说的，如果他有意识地想挽回你，完全可以找一个你脆弱的时机，把这些事全部告诉你，但他甚至没这种打算。

"如果他对你好只是演戏，那这个戏……他是不是演得太久了？

"如果你看过之前的他的样子，应该会知道现在的他究竟为你改变了多少。"

…………

后来的峰会，苏礼拼命集中注意力，记了很多要点，没让大脑停下来片刻，仿佛只要一停下，某些事就会拼命闪现。

峰会散场后，苏礼停下笔，记忆如同开闸般争先恐后地涌出，怎么关也关不住。

某些疑点终于被解开，比如，为什么他会出现在综艺节目的片场，为什么她说出那些话时他并不意外，为什么来照顾她却不发出声音，为什么店面的问题第二天就得到了解决……

苏礼打开手机找了很久，才找到 SL 开幕的那天大家说的马路对面那辆玛莎拉蒂。

灰色的玛莎拉蒂，车牌尾号是 0317，是她的生日数字。

会场出口处早已没人了，只有苏礼还在徘徊，但仿佛是有某种感应，有车在对面的街角处经过。

苏礼抬头去看，那车越驶越近，直至在她面前停下。

程懿没有再回避，打开车门朝她走来。

原来他在——很多个她没发现的瞬间，他都在她身边。

男人站在她面前，轻声问："怎么还没走？"

苏礼："在想吃什么。"

程懿看着她，半天才回神，试探着道："前面有一家新开的西餐厅，一起去吃吗？"

苏礼没说话，只是看着他，仿佛在询问一个一起吃饭的理由。

男人开口之前，她想过很多种可能，他可能会说自己为了赶来没有吃饭，需要补充体力；他也可以说自己卖了她一个人情，她的店才能顺利施工；他更可以允诺，这餐饭后会同她说些什么。他可以卖惨，可以要挟、利诱她。她以为自己至少会猜中一个，但是都没有。

"很久没有见面了，"他说，"我很想你。"

/第十章/

奶油蛋糕

一刻钟后，他们在西餐厅内落座。

苏礼本以为他会说些什么，但男人一直在低头切牛排，心无旁骛的模样。

她等了一会儿，便自己开口了："霍为都跟我说了。"

程懿的刀叉顿了顿，这事他确实不知情。于是他问道："说什么？"

"汇金广场的事，还有我发烧那次，"苏礼说，"我差点儿弄错了人，回去查了监控才知道，来家里的人是你。"

她想要一个确切的答案："你为什么来？"

男人将牛排切成均匀的小块，然后倾身，将切好的牛排放到她面前，拿走那份她没有切的。

大抵是见到她这件事让他心情变好，他忽然不想去思考以后的事，纯粹地为这一刻而感到知足。

程懿缓缓地放下叉子，问："需要理由吗？如果需要的话……就是你生病，所以我去了。"

苏礼抿唇。

盘子里的牛排大小刚好，她一口就能吃下一块。很多习惯是潜移默化的，比如这种时候，他们已经很久没在一起吃东西了，但他还记得她的喜好。

苏礼拿起叉子又吃了几口，伴着头顶悠扬缠绵的乐曲说道："程懿。"

"嗯？"

"如果那时候的事没有暴露，之后你会怎么办？"

如果当时没有那支录音笔，她没有知道那些事，他会怎么办？

这个问题他不止思考过一次，每个阶段的想法都不一样。

他说："应该也不会怎么办，就和普通人一样，结婚，生小孩儿，等他长大，送他去幼儿园，看他成年、拥有自己的家庭，运气好一点儿的话，可以遇上四世同堂，在院子里拍照。"

苏礼突然感到鼻子发酸，说道："谁问你这个了？我是问你计划达成之后，你打算怎样……处理我？"

"怎么这么问？我没想过这种事情，"男人面对着她，蹙起眉头，"计划结束了，又不是我就要和你分手。"

像是意识到什么，程懿继续道："从小我的时间就比别人少，需要用最少的时间做最多的事，因为这样我才能跟程家的那些人抗衡。只有跑得最快，我才能在前方拦住他们。

"所以我可以一边听课一边写作业，一边晨跑一边想卷子上的最后一道大题，一边擦黑板一边记英文单词。

"这让我错误地认为，所有的事都是可以并行的，只要我不将它们弄混。

"刚开始的时候，我也不是每个决策都是对的，但偶尔错了几次，反而将它引向了正确的方向。我一个人习惯了，习惯没人会参与我的决策过程，只看最后做成的结果。

"于是渐渐地我又觉得，即使出发点是坏的，但只要最终事情的结果能圆满，我就可以忽略预设的目的。订婚也一样，我想反正早晚都会给你戴上戒指，那或早或晚似乎也没有差别；反正我们都要想办法合作，那要不要通过你达成合作似乎也没差别。我并没有想到，有些道理并不适用于感情。

"但这些事情都不会影响我对你的决定，因为……你在我这里，早就分出一条独立的支线了，一条不会被撼动、不会被外力干扰的支线，牵上了，我不想再放开。

"无论如何，那样的发展都不是我的本意，我错误地以为，一条错的路只要走到底通关了也算全对。

"对不起，早知道会变成那样，我一定及时喊停。"

苏礼看着他餐盘里没动过的整块牛排，问："喊停之后呢？"

他明明回答得很快，却给人一种深思熟虑的错觉："以一种全新的身份重新追求你。"

后来那顿饭他们吃了很久，晚上10点多了才离开餐厅。

外面又淅淅沥沥地下起了小雨，程懿让她在里面等着，说："我去车上拿伞。"

"不用了，"苏礼扯住他，"也就几步路，我们一起过去吧。"

然而苏礼忘了，今天为了显得正式，自己特意穿了长裙，还穿了高跟鞋，出来没走几步就已经崴了三次脚。

程懿见状，伸出手说："要我帮你撑一下吗？"

苏礼还没来得及回答，面前的台阶让她往前一扑，手直接伸进了程懿的臂弯里。

苏礼：如果我说我不是故意的，你信吗？

但她此刻确实非常需要一个支撑，于是将错就错，就这么往前走去，只是气氛难免有些不自然。

苏礼突然想到什么，于是赶紧开口："说漏了一个。"

程懿正在替她找相对好走一点儿的路，顺嘴问道："什么？"

"霍为还跟我说了恋爱综艺节目的事。"

男人的脚步一顿。

苏礼说："他说，你其实没想到参加那个节目川程的股价会涨。"

"嗯，"程懿望着她笑了笑，"难道你知道？"

她确实也不知道那么诡异的CP互动竟然能火。

"那个……如果当时我在走廊里话说得太重，你不要放在心上。"苏礼说，"我虽然是去宣传工作的，但吃相也没有那么难看，当时那样说是因为太生气了。我那时候还以为，你会参加综艺节目，只是想利用我再获取一些别的利益。"

程懿转头看着她，说："你以为我去找你只是为了川程的市值？"

苏礼："嗯……"

苏礼本以为提起这件事他肯定会生气，然而男人只是沉思了一会儿，随后道："之前给你留下的印象并不愉快，你会这么想也正常，但那是唯一也是最后一次了，以后都不会了。"他竟像是在安抚她，低声道，"以后不要这样想了，我不会再骗你了。"

苏礼说："加上看你平时都找我，一结束就没找我了，我还以为和之前一样，你是用完我就要丢掉……"

她还没来得及说完，忽然踩到了自己的裙子，一个趔趄险些摔倒。男人用了些力，伸手将她扶住，而后又替她提起裙摆。

苏礼愣住。

程懿将苏礼的裙摆提起，确保不会对她的行动造成阻碍后，才低声回应她方才的话："我怎么舍得丢下你，喜欢都来不及。"

苏礼没想到她和程懿会被拍。

他们完全没有作为红人CP的自觉，一点儿都没想过合体被偷拍的可能性，毫无遮掩。

程懿为她提裙子的那一幕画面也被传上了微博。

如此体贴而周到的"售后糖"，CP粉是不可能不嗑的。

"是程懿呀！这么不可一世的男人竟然低头为我们栗栗提裙子！谁看了不说一句''"礼义夫妇"是真的'？！"

"我是假的他们都得是真的！"

"程总你开始追老婆了吗？终于可以不只在综艺节目里发糖了吗？"

"这个世界上最幸福的人：《初吻日记》第一季追'双击'，第二季追'礼义'！没错，那个最幸福的人就是我自己。"

"哪里有世界上最真的CP哪里就有我，我就是CP探测机。"

…………

甚至后来苏礼的头发被吹乱，雨水沾到鬓角，程懿替她擦了两下，都被大家误解为摸耳朵，转而嗑得更加疯狂。

苏礼想，可能很多人就是靠嗑CP续命吧，因此没怎么在意。

没过几天，苏礼忙完工作还有几个小时的个人时间，于是就近去了趟空中花园，权当散心。

这边的朝州花园是国内最大的空中花园，她很喜欢来，一般想逛逛又不知去哪儿的时候，就会来这里。

苏礼逛完花园之后，听人说附近还有别墅区，便想着去看看情况，假如能住在这边，环境还是挺不错的。

苏礼刚绕过3个花圃，某栋别墅的前院里走出两个闲聊的女生。

"我哥不在，我打不开门，下次再说吧。

"这里也就我哥和我嫂子能打开门了，可惜我嫂子一次都没来过。我给你讲，本来不只我身后的婚房，对面那个花园他都要买给我嫂子的，我嫂子很喜欢这里。

"可惜当时他们没订成婚，我嫂子专心搞自己的服装事业去了。"

另一个人问："你见过你嫂子吗？"

女生回："没见过真人，但看了好多照片，我嫂子还上过节目。"

…………

苏礼疑心自己听错了，可某个念头又越发强烈。她回身望向那栋别墅，总不会有这么巧的事吧？

偶尔有行人路过，还以为这里也是景点，想进入的时候却被安保拦住。可苏礼越走越近，安保明明看到了，却没拦她。

苏礼抿了抿唇，走到门口将指纹贴了上去。程懿曾趁她午休时录入过她的指纹，她还记得。

伴随着"嘀嗒"一声响，门开了。

苏礼微微闭了闭眼，走进去。里面已经装修好了，是她曾经提过的风格，连楼梯都是她喜欢的那个牌子。

这是他什么时候准备的？为什么她毫不知情？

苏礼偏过头，意外地发现桌子上有个东西，凑近一看，发现好像是碎掉的黏土玩偶。玩偶碎成了许多小块，仿佛是被人试着拼过，但只粘好了底座和一半身子，头到肩膀的部分还没有拼完。最外面装工具的袋子上写着"ALLEL"，她和陶竹逛街时还提到过这个牌子，那时只觉得似曾相识，不记得到底是在哪里看过。

电光石火间，她记起来了。离开威尼斯的那天，她的房间门口就摆着这样一个小小的纸袋，可惜她只是一扫而过，并没有多想，拉着箱子离开时，似乎撞倒了什么。

此刻，苏礼颤抖着手，尝试将碎片还原，拼凑出原本的模样。学士服、捧花……玩偶是她毕业照的形象。

陶竹的话再度浮现在她耳边："这东西特别费时间，挂件都得做1个小时，更别说人形玩偶了，除非是特别有空，不然没人会选择做这个。"

苏礼一瞬间大脑空白，连呼吸都有些费力。她站起身，试图做些别的事转移注意力，可又在书房的架子上看到了珠宝部门终止的协议书，时间是她逃婚的当天。

架子最下面放着一个盒子，苏礼打开，看到厚厚的一沓手稿，翻开来看，上面是款式各异的礼服裙。与她常看的手稿不同，这些礼服都有一个共同的风格，便是有各种珠宝融入其中，如蓝宝石、淡水珍珠、玛瑙……这沓手稿已经泛黄，从纸张手感就能分辨出年代感。

川程……服装部、珠宝部，很多细枝末节被拼凑起来，有什么念头在她的心里萌芽。

门后倏地传来声音，是两个女孩儿玩闹的笑声，苏礼回头，看到有个女孩儿拿起了凳子上忘带的外套。

女孩儿本还在和同伴玩闹，可转头发现她在门里，表情瞬间转换成不可思议。

女孩儿惊喜又意外地问："你是苏礼吗？"

"嗯，"苏礼点头，"你是程懿的……堂妹？"

"对啊，天哪，居然会碰到你，你怎么会来？"那个女孩儿也不拿外套了，跑到苏礼面前，似是在往她身后看，"我哥也来了吗？"

旋即她一拍脑袋说道："不对，他今天有事。"

苏礼见她可爱，不由得问道："你叫什么名字？"

"程遇佳。"女孩儿看了一眼她手中的东西，"你在看这个吗？"

苏礼听出她的语气，询问道："你知道这个是什么吗？"

"知道，我叔母留下的手稿。"

苏礼握紧了手指。

她说的叔母应该是程懿的母亲，程懿的母亲已经去世了。

程遇佳说："叔母虽然读的是文学系，但很喜欢服装和珠宝，闲下来时就画画东西，后来这些稿子就留了下来。

"哥哥小时候一直被锁在院子里……大伯太坏了，连遗物都不准他碰。成年后哥哥才拿到这些东西，好像……是想要把叔母留下的稿子全都还原出来。

"但是叔母的墓一直没有被迁回来，加上之前家族内斗，这两年哥哥有了实权，才终于又翻出了这些手稿。"

苏礼皱眉，难以置信地道："墓一直没有被迁回来是什么意思？"

程遇佳："你不知道吗？大伯掌权时，对他们一家人都很坏，叔父没有墓碑，而叔母甚至没有被葬在程家的墓地里。

"哥哥的童年过得真的很惨，大伯连宠物都不准他养，那么大的院子空荡荡的。哥哥发烧了大伯都不给他请医生，连感冒都是他自己扛过去的……"说着说着她就哭了起来，"直到成年前，大伯也没让他祭拜过叔叔和叔母一次。我问哥哥为什么他总是很忙，他说忙一点儿，就没时间想念亲人了。

"大伯那时候不准任何人收留他，我怕哥哥讨厌我，总偷偷给他带烟花。跨年那天他一直看着烟花发呆，我问他怎么了，他就说，如果爸爸妈妈也能看见就好了。

"哥哥确实总是冷冰冰、硬邦邦的，全家能跟他说上话的人只有我了。他总是像背着很重的枷锁，一刻也不能停下，成年前想逃出院子，成年后想握到实权，好让叔叔、叔母得到好的归宿。

"他总是走得很快，那是因为一直有东西在身后追着他。他不那样做，还能怎么办呢？如果可以选择，谁又想过那样的人生呢？"

客厅内一时间安静万分，只有程遇佳的抽泣声。

苏礼后知后觉，脑袋里嗡的一声，问："你之前说他今天有事，是什么事？"

程遇佳："今天……是叔母的忌日和生日，也是哥哥把她的陵墓迁进程家的日子。哥哥好像原本打算今天将这些手稿全部做好，带到墓前给叔母看的。"

所有的一切在此刻连上线。为什么川程会有服装部？为什么他想要跟皓苏合作？为什么他总是飞快地赶着进度？因为他想要在这一天给母亲一个交代。

苏礼飞快地将手稿装进盒中，问程遇佳："你知道墓园在哪儿吗？"

去往墓园的路上，她总希望车开得快一点儿，再快一点儿，怕晚了来不及，好在程懿并没有离开。

墓园里很安静，苏礼站在程懿身后不远处。

他维持着一个姿势一动不动，没有发现她。

某个瞬间，苏礼明白了，虽然那些事都不是他的错，但每年无法祭拜母亲仍旧成了他心中抹不去的亏欠。他总想做些什么事，再做多一点儿，以此弥补以前无法尽孝的遗憾。因此他拼命寻找父母生前留下的东西，终于找到了母亲的这份手稿，在掌握实权后，第一时间着手规划，于是有了服装部，又有了珠宝部的计划。他用尽各种方法，只希望能快点儿达成目标。

他希望在这一天，能将衣服带到母亲面前，让她能够安息，也让自己得以喘息。

然而他最终还是放弃了。其代价，是他或许将一辈子陷入无止境的自责中。

可即使这样，在她逃婚的当天，他还是拟了那封关闭珠宝部的协议书。

苏礼咬紧下唇，克制住没有出声。

男人在墓前跪了一天，最终也没有说出关于那些手稿的许诺，哪怕代价是此后都要陷入漫长的自我折磨之中。一切他来承受就好。

他将手中的花轻轻地放在了墓碑上，低声对母亲说："生日快乐。"

苏礼想说话，却又突然开不了口。最后，她回到那栋别墅里，将手稿全部拍摄了下来，这才回家。

陶竹路过，扫了一眼苏礼的桌面，问："你在忙啥呢？"

苏礼将纸清到一处，不知是在做什么总结，但也没忘回答她："没什么，过会儿我出去看布料，晚饭你自己吃。"

"噢。"陶竹应了声，又道，"啥时候回来？"

"大概晚上9点吧，那边那个时间关门。"

陶竹表示明白，然后投入游戏的世界，晚上点了份外卖解决晚餐。

晚上9点半，陶竹忽然收到一条来自苏礼的消息。

举个栗子："尚茂大楼，5楼。"

陶竹原本以为苏礼是拿自己当备忘录了，"喊"了一声便作罢，继续敲键盘，之后忽然反应过来，一看时间，10点了。

陶竹噌的一下坐起来，打开电脑搜索，发现尚茂大楼里果然是用原木做的内装，冷汗瞬间爬满全身。她鞋都来不及换，拿出手机，第一个打的是易柏的电话。苏礼说过苏见景这阵子出国了，自己找姓苏的算是来不及了。

电话铃声响过几声后，那边的人才接起。

陶竹："喂，易柏你现在在哪儿？苏礼……"

那边信号不好，易柏"喂"了几声才说："苏礼学姐怎么了？我……我在走过江隧道，信号不太好，要不你发消……"

随后电话断线了。

陶竹冲出大楼，在手机里又翻了一阵，逐渐感到绝望，坐上出租车时，才不抱任何希望地拨通了川程总部的电话。

真是见鬼，现在她居然指望客服能把话传给程懿吗？但已经没有别的办法了，她尽量以最快的速度说完所有信息，更令人震惊的是，一分钟后电话就回拨了过来。

陶竹看到那串连号的电话号码，觉得心落了地。

程懿："喂？"

陶竹："那个客服都和你说了吧？我是苏礼的闺密，她现在应该是不小心被锁在尚茂大楼的5楼了！那里都是木板装修，她……她有木板房的幽闭空间恐惧症！你什么时候能赶到？我这里还……"

陶竹的话还没说完，那端的程懿像是和助理说了什么。

随后，男人的声音传来："我马上过去。"

"那你现在是在……？"

"机场，国外出差。"

"那……"

"不去了，回程。"

…………

车子一路疾驰，但他还是觉得慢，慢到一秒钟都不能等。

他早该想到的，那时候川程团建，桑拿房里她被人尾随，门关了一会儿，再开时她的状态就不对，显然是在拼命克制什么。他在场她尚且如此，万一她是一个人……无法遏制的焦躁之色在眉间出现，他按了按太阳穴。

苏礼根本没想到，偌大的布料商场客流量居然如此稀少，店员甚至提前下班，走之前都不确定里面有没有人。

手机信号微弱，时有时无，她拼尽了全力才在视线模糊中打下一串字符，旋即无法控制地颤抖起来。最终她腿一软，向前跌倒。漫无边际的黑暗正要将她包裹，身子却忽然跌进了一个怀抱。她冰冷的手被人握住，沉木的香气钻入她的鼻腔。她从没觉得这个味道这么好闻过。

意识模糊间，她恍惚着确认："程懿？"

"嗯，是我，"男人声音微哑，握着她的指尖包进掌心，"别怕，我来了。"

苏礼不知道程懿是怎么得到消息的，也不知道他是怎么进来的，更不知道他是怎么找到这儿的，但他能来就很好。

大门完全敞开，伴随着新鲜的空气涌入，她胸腔中绞紧的窒息感终于得到缓解。

她将头抵在程懿的肩上，止不住地咳嗽起来。

随后灯光亮起，她一下子没能适应光亮，下意识地想遮挡眼睛。

程懿却先抬起手，捂住了她的眼睛。

男人的掌心是温热的，传递着令人心安的温度。

"还能走吗？"他问。

可还没等她回答，男人已经脱下外套，将她打横抱了起来。

电梯已经停了，他抱着她走下楼梯，动作间，苏礼的头撞上了他的肩膀。

苏礼不难猜出他是怎么上来的，能听见那独属于奔跑后急促的喘息声，以及感受到剧烈起伏的胸膛。

程懿一路将她抱上车，放在沙发上坐下。

房车内，有桂圆红枣茶的香气飘散在空中，水壶内食材翻滚，被煮出咕嘟咕嘟的声响。

很快，她手中被塞了一杯红枣茶，热腾腾的，还有点儿烫手。

苏礼低头喝掉大半红枣茶，方才流失的元气也补了回来。

慢慢恢复之后，她转头问道："你怎么知道我在这儿？"

"你朋友打电话给我的。"

"陶竹？"苏礼诧异，"她还有你的电话？"

"不是，"程懿说，"她给川程前台打的电话。"

苏礼"噢"了一声，继续低头喝水，几秒后才品出不对："她给前台电话，说想找你就能找你？"

要这样的话，他每天得接多少没用的电话？

程懿看了她一会儿才说："只有特殊情况才能通知给我。"

"比如呢？"

"比如说你出事了。"

苏礼僵了僵，连灵魂都有片刻的安宁。

救护车的鸣笛声传来，车在尚茂大楼正门口停下。

苏礼的思绪被拉回："救护车？"

程懿："嗯，我打的120。"

"没那么严重，"苏礼握了握杯子，"我现在已经好了，让他们回去吧。"

男人看了看她，像是想答应她，但又放心不下。

踟蹰片刻后，程懿说："要不还是去做个检查？"

"真没问题，"苏礼站起身转了两圈，试图证明自己，"如果不舒服我肯定会去的。"

程懿见她态度坚决，便点了点头，吩咐何栋去对接120那边的人。

车内又安静了一会儿，苏礼想起了什么，说："我今天下午去花园，然后去了那栋别墅一趟……因为我的指纹能开锁，我就进……"

"嗯，我知道，"他说，"那本来也是买给你的，你想去随时可以去。"

苏礼正要继续说话，外面忽然传来一声尖叫。那声音她很熟悉，意识到什么，便慌忙跳下车。

赶来的陶竹只看到关上门的救护车，以为苏礼真的出了什么大事，扒在后门处肝肠寸断地说："苏礼……苏礼！呜呜呜，我的栗栗，你怎么……呜呜呜，让我进去看一眼吧……"

苏礼原本还挺感动的，直到陶竹的声音越来越像哭丧。

她压着情绪，走到陶竹身后，关切地询问："苏礼是死了吗？你哭成这样？"

陶竹回头看到她，看看救护车，又看看她，再看看救护车，旋即扑了过来："你吓死我了！我心说你的银行卡密码还没告诉我呢，到时候钱咋花呀？呜呜呜呜……"

苏礼沉默。

回去之后，陶竹还拽着苏礼，试图全方位阐述今天的情况。

"真是神了，你知道我当时的感受吗？"陶竹这会儿想起来，还是觉得难以置信，"我当时寻思我一个女孩子没法把你弄出来，万一保安又不配合啥的，然后我最先给易柏打电话，他在过江隧道上，信号差得要死。

"我心灰意懒，翻遍通讯录也没找到一个能拜托的人，最后真的是不抱任何希望了，在百度上搜川程，搜出来一个电话，哈哈哈——你猜怎么着？我打完不到一分钟，程懿就给我回电话了。

"这男的是神仙吧？"

苏礼盯着她的身后，说："你有没有觉得我们的灯在闪？"

"怎么？"陶竹现在极其敏感，"你骂我是你们俩的电灯泡吗？"

苏礼："不是！我真觉得这个灯不太对劲儿，忽明忽暗的。"

陶竹一拍桌子，说："我在跟你说程懿的事，你观察电灯干吗？你是不是瞧不起我的发言？！"

苏礼摸了摸脖子，说："没，你说吧。"

陶竹："我说完了！"

苏礼："你说的这事我也问他了，他的意思大概是……只有触发一些关键词的事，前台人员才有资格通知他。"

陶竹转了转眼珠子，说："我知道了。你不是把他的联系方式都删了嘛，他可能怕你要找他，但不一定时刻能拨到他的号码，所以就通知下去，只要是关于苏礼的消息，都要第一时间告诉他。只有这种可能了，不然他不可能这么快到那边。"陶竹越想越觉得正确，接着道，"我以前看过一部电视剧，男主角不见了，女主角就在河边发金子，只要谁说出在哪儿看见过男主角，她就发一锭金子——百姓都排队去领金子，张口就胡说，但旁边的仆从还是一直在记录。"

"我那时候对这情节印象太深刻了，心想女主角得有多喜欢哪，连错的线索都不愿意放过。"

陶竹撑着床沿，说："也许在今天之前，他也听过很多错的消息。"

想想，陶竹又"啧"了一声："这什么痴情绝恋的偶像剧片段哪？！"

苏礼："你到底想表达什么？"

"其实我对他的印象一直都还可以，就是你们订婚的时候觉得他有点儿过分了……"陶竹认真地说，"但在我看来，不管怎么说，他是真的挺喜欢你的。可能他只是习惯了掌控全局去做很多事情，还没来得及适应自己的新角色。很多事情要意识到是需要契机的，如果生活平平稳稳没有意外，人就不会去反思什么了。"

陶竹认真地道："不过我也只是表达我的看法啦，你自己的事还是自己……"

陶竹的话还没说完，身后的灯闪了几下，灭了，房间瞬间陷入黑暗之中。

苏礼："看吧，我就说灯有问题。"

陶竹沉默。

苏礼打开香薰机，但灯光微弱，只够照亮床头柜。

"你等等，"陶竹说，"我上去问问她们。"

其他两个室友也不会修灯，陶竹败兴而归，从角落里搜出个小台灯，但效果甚微。

苏礼："我找找，看有没有其他办法。"

苏礼最终还是求助了万能的朋友圈，说家里的灯坏了，问大家有没有靠谱儿的师傅推荐。

发完朋友圈之后，她很自然地回到消息页，这才发现底下的通讯录那一栏有个红点。

是刚刚程懿送她们回来的时候，陶竹说怕下次又有什么意外情况，结果商量着商量着，男人就又加了她的微信。

苏礼对着页面发了一会儿呆，点了"添加"。

程懿的消息大概在5分钟后发来。

程懿："家里的灯坏了？"

举个栗子："嗯。"

程懿："我去帮你修？"

就在这时，微信的左上角又跳出消息，是易柏的。

易柏："学姐，要不你把灯拍张照片给我，我看看能不能弄。"

苏礼打下个"好"字，最终还是发给了程懿。

男人来得挺快，就像一直在楼下没走，苏礼甚至怀疑这等待的10分钟他是不是只是去买了个替换的灯泡。

她打开门，程懿就站在门口。苏礼朝他身后望了望，问："就你一个人？"

程懿："嗯。"

陶竹着急寻找光明："你站门口干吗？让人家进来！"

程懿进门之后，苏礼走到陶竹身侧，说："他没带装灯的师傅。"

"程懿给我们装灯？"陶竹受之有愧，"那要不还是叫他走吧。"

阳台上有梯子，刚刚她们已经搬进来了。此刻程懿就着手机上的光，缓缓跨坐上梯子。他转动着手腕卸下灯罩，下意识地想放在一边，然而四周无所依托。

苏礼踮起脚，接过灯罩。

"你俩配合吧，等会儿还有螺丝钉啥的，"陶竹说，"我在底下照亮。"

陶竹不开口还好，一开口倒显得这一幕过于生活化了，连自己都愣怔半分。

程懿仰着头装着灯，苏礼双手被占用，突然看到陶竹变了表情，朝她暗示什么。

苏礼摇头。

陶竹使力，用整张脸做表情疯狂暗示。

苏礼深呼吸，只得开口问："刚刚我被困的时候，你怎么回电话那么快？"

程懿忙着装灯，无暇思考，下意识地回道："在那个点儿给我打电话，肯定是有重要的事情。"

男人的声音很笃定，和易柏那时候迷茫重复的声音完全不同。

陶竹捂住心脏。他对苏礼能有这样的预感，易柏却不能，反而以为是发消息就能解决的小事。而易柏之所以如此，大概是因为对苏礼不够关心。真正关心的人，只需要蛛丝马迹，立刻能分辨微妙的不对。程懿用这样的方式，在苏礼不知道的地方保护着她。

陶竹赶紧掏出手机。

苏礼口袋里的手机振了两下。她腾出一只手，拿出手机，发现是陶竹的消息。

陶竹："谢谢，俺也嗑到了。"

随着最后一个螺丝被拧紧，房间里重新亮了起来。

修好灯之后，程懿准备离开。

苏礼将他送到门口，说："谢谢。"

程懿"嗯"了一声，道："晚上记得锁门。"

苏礼点了点头，目送他进了电梯，旋即转身，顺带关上了门。

有什么念头一闪而过，她蓦地回过身，心里一道涟漪荡漾开来。

SL换了更大的生产工厂合作，缺的货也全部被补齐，一个月前的售罄惨况不会再重演，门店的顾客也越来越多。

旗舰店的备案也通过审核，选在周五上新。

陶竹浏览着上新的页面，问道："是不是感觉人生圆满了？"

当时苏礼没回答，但在心里想，其实这才走多少？这好像只是她的事业地图上的一小步而已。SL还没有真正走出去，成为国内每个商圈都认可的存在；她还没有做出属于自己的高定品牌；她还想举办个人的秀展，就开在最大的森林公园里，让模特儿穿着她做的衣服，赤着脚踩在草坪上。

总而言之，革命尚未成功，她还需努力，得很努力很努力。

苏礼努力的间隙，《初吻日记》第二季即将正式收官，导演组邀请素人一同录一个番外特辑，过阵子再播出。

由于大家的档期不好协调，导演组便提前定在了现在拍摄。

他们去了第一季曾经资助的贫困山区，虽然条件艰苦，但孩子们都很努力，而且转身回望，自然的景色很美。

他们陪了孩子们整整一天，各司其职，程懿教男孩子念书，苏礼则教女孩子做一些款式简单的衣服，其他嘉宾也发挥自己的长处，甚至组织了一场简单的篮球赛。

一天过去，孩子们玩儿得很开心，大家也不舍得走，晚上10点多才散场。

他们本打算当天去当天回，但现在看来，回去是来不及了。

导演组工作人员协商一番，便决定在这边临时歇一晚，第二天清晨再出发。

当晚，他们就在居民区睡下了。因为地方不够，大家打的是通铺，男女嘉宾间用帘子隔开。

环境有些艰苦，想到5点就要起来，苏礼便不打算睡了，听着周围的呼吸声，拿出手机聊工作。

窗外好像有个池塘，不停传来鱼跃出水面又砸落的声音，狗吠也在山谷中格外清晰地回荡。

苏礼抬头，隐约感觉有哪里不对劲儿，但农村好像就是这样，一到晚上声音会很杂。

她透过窗子看了一会儿月光，便收回了视线。

不过10分钟，她忽然觉得有点儿眩晕，面前的桌椅好像也颤动起来。她怀疑是风大，然而望向门口，门关得严严实实的，哪里会有风？

苏礼的心脏猛地一沉，她立即大喊道："大家别睡了，好像地震了！"

一瞬间众人全被惊醒。

苏礼紧紧贴着地面，感觉到身体以不受控的频率晃动着，一瞬间大脑一片空白。

"地震了！"编导在外面喊，"大家找地方躲起来！"

苏礼下意识地猫到桌子底下，这里背靠两堵墙壁，按理来说是较为安全的地方，然而还是有碎石不停地从上面砸落，在地上砸起灰尘。

他们哪里见过这种场面？有人止不住地咳嗽，声音发抖："怎么会遇到地震哪……"

喧闹、叫喊声响起……苏礼直直地望向前方，大脑一片空白、所有的反应都是下意识的，她甚至不知道自己在做什么。

地面晃动剧烈的时候，她只能扶住桌子腿，牙齿死死地咬住指节。

大家都聚集在靠右的一侧，只有她一个人躲在这里。灰尘漫天时，她甚至找不到同伴在哪儿。

灾难发生时，人最怕落单。

孤身一人让不安感加倍，她的牙齿应该咬得很用力，但是手已经感觉不到痛了，眼前闪过很多片段，心也跟着落进无底深渊。

苏礼闭上眼，蜷成一团，内心只有一个念头，就是希望这一切快点儿过去。

某处好像有身影一晃而过，一道男声在喊："别起来！地震还没停！这样容易被砸到！"

紧接着又是轰轰两声，她错愕地转过头，看见程懿靠了过来。

男人冷峻的脸在此刻仿佛带上了柔和的光。

刚刚起身的是他吗？他来找她？

男人伸手，将她往靠墙的一侧拉了拉，摩挲着她的手腕，柔声安抚道："没事，很快就过去了。"

苏礼感觉身体僵硬，连说话都很难做到，半晌后才看到什么，指着他的手臂："你流血了……"

"刚才被划了一下，"他道，"不用管。"

苏礼想了想，看向桌子外面，轻声问："是过来的时候被砸到的吗？"

碎石下落，很容易就能划出伤口。

男人正想否认，想起什么一般，竟笑了笑，说道："如果我说是，你会不会比较感动一点儿？"

"这都什么时候了你还笑？别笑了。"

然而男人只是拿起她刚刚咬过的手指看了看，说道："很害怕？那我给你讲个故事吧，听完就……"

蓦地，头顶又传来一声巨响。

苏礼下意识地紧紧握住程懿的手，闭上了眼睛。此刻她只希望头顶的桌面能坚固一点儿，再坚固一点儿，保佑他们能平安回家。

不知道外面是什么情况，也不知道下一秒会发生什么，未知的恐惧袭上心头。

程懿反手握住她的手，另一只手又伸过来拍拍她的后背，说："没事的，不要怕。"

晃动仍未停止，苏礼想分散注意力，于是同他道："那你讲故事吧，随便讲点儿什么，希望讲完我们就能出去了。"

"会出去的。"程懿说，"你想听什么？"

"什么都行，你会讲什么？"

男人开口，还没讲两句，石子儿就像雨点般砸在桌上，仿佛紧紧贴着他们的头皮。

苏礼精神紧绷，感觉所有的血液都涌上了头顶。

她突然开口："程懿。"

越到生死关头，人越知道自己迫切在乎的是什么。

男人看向她。

苏礼抿了抿唇，问："说实话，我们分开之前，你有多少事是骗我的？你说喜欢我的那些话……都是骗我的吗？"

"喜欢你，"程懿说，"团建那次在海边，我就喜欢上你了。后来的游乐园设施发生的意外、车祸时的乌龙，都是真的。不知道从什么时候起，所有想对你好的行为只是因为我想，不是因为应该。以前我习惯真话、假话掺着说，现在不会了。之前我为了尽快确立我们的关系，也许用了一些手段，但喜欢你从来都是真的。"

苏礼看着他，问："真的？"

程懿笑道："这种情况下还说谎，我是等着死后做恶鬼吗？"

"呸！呸！呸！"她立刻捂住他的嘴，"别说不吉利的话，我们肯定能活着出去。"

"好，"程懿拉下她的手，"为了你，我们一起出去。"

地震终于在半小时后停下，比导演组的工作人员行动更快的是程懿的保镖。保镖迅速挖开了碎石，护送他们到了马路上。

信号全无，他们什么也做不了，只能等待。

大家困得眼皮打架，却又睡不着，只能聊天儿消磨时间。

不知过了多久，天色亮了起来。

有车从道路尽头驶来，程懿轻拍着睡着的苏礼。

她睁开了眼。

男人朝她伸出手，说："起来，我们回家。"

苏礼揉了揉眼睛，条件反射般走到车门口，感受到身后投来的羡慕眼光，转问程懿："我们现在走了，那大家呢？"

"准备了车，在后面，"他说，"放心吧。"

他说让她放心，她就真的放心了。

好在后续没有余震，3个小时后，车顺利驶出山区。

一颗悬着的心终于放下，苏礼靠在车窗上睡着了。

他们抵达市区时已经是早上8点。苏礼下了车，脚踩到地面上，仍有种劫后余生的不真实感。

她转头看着熙熙攘攘的街道，明明才离开一天，这里却忽然带给自己久违的亲切感。

打开手机，报过平安后，苏礼点开微博，才发现地震上热搜榜了。

幸好目前没有人员伤亡。

苏礼转向旁侧的程懿，问："你为什么那么冷静？是因为知道震级不大吗？"

"没，"他说，"就是觉得万一出了什么事，你在我身边就够了。"

"你指望我们被葬在一起是吗？"苏礼嗤笑了一声，"你想得美。"

程懿不吭声了。

苏礼："我去买点儿水果。"

苏礼选了几个橘子，又觉得饿，转向一旁的便利店选了几串关东煮，正琢磨着要不要买三明治的时候，感觉旁边有人在来回转。她侧过头看了一眼，那男生终于开口："能……加个微信吗？"

店员在后面喊："关东煮好了！"

苏礼礼貌地朝他笑了笑，说："不好意思。"

她接过店员递过来的关东煮，离开了便利店。

她打算沿路逛逛，程懿也跟了上来。

没走出两步，男人问："为什么没给他？"

"谁？"

"刚刚搭讪的那人。"

苏礼低头喝了口汤，含混不清地说："追我也是有条件的。"

程懿停顿了一下，问："什么条件？"

"身高180厘米以上，比例要好，长得要好，鼻梁得高，"她说，"我喜欢鼻梁高的男人。"

男人似是在思索什么，半晌后停下脚步，沉声道："你说的这些条件，我好像都满足，那我能不能先预约一个追求位？"

苏礼也停下脚步，回头看向他。

男人紧抿薄唇，似是在紧张地等待着她的回复。

苏礼突然笑开。

程懿："你笑什么？"

苏礼看着他的眼睛，那里不再有那么多复杂的东西，也不再深不可测，那些情绪真挚地坦露，她一眼就能看见。她突然觉得，自己好像能看懂他了。

"让我想想。"她鼓了鼓脸颊，装模作样地背过手问，"你会给人当男朋友吗？"

"应该挺会的。"想想他又改口，"不会的地方我可以学。"

苏礼沉吟了一会儿，像是在仔细斟酌。男人体会到了等待的滋味，每一秒都被拉得无限漫长，短短几分钟，却像是一个世纪。

不知过了多久，苏礼终于开口："那你先……等着吧，找个时间上岗看看，如果当得好，"她咳嗽了两声，"以后就你了。"

她讲得含糊，程懿没听懂，低声问："什么意思？"

苏礼："我不喜欢吊着别人，一般同意追求的话，对方就可以直接上岗男友位了。但是这并不代表以后就稳定了，还有3个月的考查期，看你……能不能胜任这个位置，能的话就继续，不能的话就算了。能接受吗？"

"能。"男人像是怕她反悔一样，迅速道，"我能接受。"

苏礼眯了眯眼。

程懿："意思就是，直接当你的男朋友，到时候看表现决定要不要留下？"

"嗯。"

男人轻咳，压下嘴角的笑意，问："什么时候开始？"

苏礼："先等等吧。"

程懿上前两步，问："要等多久？"

1个月？1年？3年？5年？他都可以。

苏礼险些被呛到，看了他一眼，说："你起码要等我把这串关东煮吃完吧？"

最后苏礼在心里摇了个色子，将这个"上岗再就业"的日子定在了下周一。

程懿答应得很快。

直至回到家，苏礼才想起什么，蓦地愣了愣，问陶竹："今天是不是星期天？"

陶竹正准备奔出来迎接她，反应了一会儿才说："对啊。"

苏礼的包从挂钩上掉了下来。

那下周一岂不就是……明天？！

苏礼站在玄关处沉默了许久，然后抬手捂住额头，转头对陶竹说："你怎么不告诉我今天是星期天？"

陶竹莫名其妙，简直想打人了："你看你这说的什么话？你还讲道理吗？"

苏礼将掉在地上的包捡起，听见陶竹问："怎么了？"

她暂时还需要时间消化这件事，回得很不走心："没事，就是算错了时间。"

陶竹没再纠结这个话题，赶忙凑过来问地震的情况。

苏礼简单地说了一下。

陶竹摩挲着下巴，说："这么说来，虽然震级不大，但是你们当时的情况还挺严峻的。"

"是啊，而且我们都没遇到过这种情况，"苏礼心有余悸，"当时真的以为自己要死了。"

"人家都说靠死亡最近的关头心里会浮现最重要的念想，"陶竹问，"你当时心里最挥之不去的想法是啥？我……"

苏礼："工作。"

陶竹一愣。

"我心里只有工作。"说到这儿，仿佛为了佐证，苏礼立刻坐到了桌子前。

陶竹顺势靠近，说："我早就想问了，你最近研究啥呢？整这么大一堆布料，这也不像是给《巅峰衣橱》弄的啊。"

苏礼将那沓打印的手稿压在最下面，含糊道："想做礼服，随便玩儿玩儿。"

陶竹："不过说到这个，《巅峰衣橱》快到总决赛了吧？"

苏礼："嗯，还有两期节目就要结束了。"

陶竹眨巴着眼睛问："拿到冠军请我吃大餐吗？"

苏礼笑着看了她一眼，说："明天就请你吃，想吃什么？"

一听这话，陶竹立刻转身，拿起手机去搜附近的美食了。

苏礼又画了一会儿，才将程懿的母亲的那沓手稿拿出来。

其实很早之前，因家里的缘故，她也想过要做类似风格的东西，这沓手稿倒是激活了她的思路，她的脑袋里也有个想法正在成形。

次日，下定决心要调整作息的陶竹起了个大早，拉苏礼出去晨跑。

苏礼困得睁不开眼，一边摁电梯一边问："你怎么突然决定痛改前非了？"

"看了几个因为熬夜脑出血和猝死的例子。"陶竹打了个寒战，"我还不想死。"

苏礼"哦"了一声，问："你觉得你能坚持多久？"

"看心情吧，不许唱衰我！"

两个人迎着唧啾鸟鸣跑了几步，路过一辆车，跑过去后苏礼又觉得不对，缓缓退了回去。

程懿也在此刻降下车窗。

苏礼疑心自己看错了，问："现在不是才5点半吗？你怎么在这儿？"

她又想到什么，问："你不会一直没回去吧？"

程懿咳了一声，说："嗯。"

他本来要开车回去的，看了一眼时间，发现已经周一了。恋爱第一天，虽然还在考查期，但他也是名正言顺的男朋友了。想到回去也睡不着，他便索性在车里工作着等她，看她什么时候醒，再接她出去吃饭。

苏礼："那你……"

"想吃什么？"程懿打开车门走了下来，询问她的意见，"泰餐好不好？还是你想先吃点儿小吃垫肚子？"

程懿说完后才看到一旁目瞪口呆的陶竹，问苏礼："要带朋友吗？"

"没有，不是，"苏礼讪笑着将陶竹往后扯了扯，"我们一起晨跑呢。"

陶竹咬牙切齿地小声说："发展挺快呀！嗯？苏栗栗？"

苏礼："你听我解……"

"我听个屁！不当电灯泡了，我先回去，你到时候给我带吃的回来。"说完，陶竹小跑着离开了。

陶竹讲话的时候比谁都酷，结果苏礼一上车，打开手机，就看到了陶竹发来的微信。

陶竹："叛徒！"

苏礼和程懿一起吃了早餐，又逛了逛附近的公园，这才打道回府，因为晚上还有《巅峰衣橱》的节目录制。

程懿本来说送她，被她毫不犹疑地赶回去睡觉了。

"你几个身体经得住这么熬？活久一点儿好吗？快去休息吧！"

男人握着方向盘顿了顿，最后终于妥协："那接你下班。"

苏礼："嗯。"

结果她还没往单元楼方向走出几步，车又倒了回来。

似是在某些问题上坚决不能让步，程懿补充道："我身体很好。"

苏礼的脑袋里缓缓冒出一个问号。

知道了！这也值得他单独倒车回来告诉她？她又没怀疑什么！

苏礼和程懿进行完某些层次的沟通后，这才被放回家。她随便准备了一下，就出发去节目录制点了。

录制节目之前，导演同她们说："这次的录制比以前多加了两个小时，前面的内容都一样，设计、竞拍、排名，但后面的两个小时，我们有个新的环节。因为下一期节目是总决赛嘛，以精为主，所以每个设计师只需要准备一套衣服，模特儿也就只需要 6 个。剩下的两个小时呢，就是设计师选自己的模特儿，这次选择权交给你们。"

规则简单，大家也没太多意见，很快进入了节目拍摄环节。

由于当时"素人改造计划"出圈，节目的观众越来越多，更何况这两期节目就要决赛了，在线的观看人数便一次又一次地刷新纪录。

苏礼这期用的主色调是以前极少尝试的灰色和棕色。由于秋冬的很多衣服讲究素雅，她便也做得简单。可简单有时也意味着单调，为了改变这种单调性，她灵活地运用反光扣，加强了视觉上的对比效果。

这场苏礼拿了第二，无数次处在被淘汰边缘的郭琼拿了第一，黎笑珊拿了第三。

买手竞拍完成后，进入下一个环节——选模特儿。

后期，设计师和模特儿同台的频率增加，但许是之前被苏礼同台吊打过，单笛一直很回避这个环节。

然而今天单笛躲也躲不掉，因为这是倒数第二期节目，关乎模特儿能否进总决赛。

苏礼在后台稍事休息，听到身后的模特儿们的讨论声。

"听说只要进了总决赛，我们就给涨签约费呢……参加的队伍拿前三的话，涨得更多！"

"没记错的话你和单笛是一个公司吧？那她也是吗？"

"嗯嗯，全公司都是。"

…………

很快，经一边的编导提示，苏礼随着其他设计师们一同上台。

她们先是按照顺序挑选模特儿。苏礼这次的手气不太好，抽中倒数第二个挑选。等她上台的时候，台上只剩单笛和另一个模特儿了。

单笛毕竟在微博上有几十万粉丝，公司的员工也会按照老板的要求在底下为她加油。因此当苏礼上台时，台下的人不约而同地大声喊道："单笛！单笛！"

他们这是想让苏礼选单笛。毕竟被留到最后一个就代表没人想选，有些丢人，更何况单笛是主模特儿。而另一个模特儿叫岚岚，是新人模特儿——比起来还是主模特儿更有分量。

正当大家以为苏礼只要想赢就别无选择时，苏礼在众人的喊声中，毫不犹豫地选择了岚岚。

台下瞬间安静，一时间偌大的演播厅好像连呼吸声都没有。大家的视线明明该聚焦到组队成功的苏礼和岚岚身上，却全都不由自主地落向了单笛。

单笛咬了咬牙，努力维持冷静、淡然，脸色却很差。

直播间里好不热闹。

"我开始替单笛尴尬了。"

"我是苏礼的话也选岚岚！单笛不就是出道早嘛，最近业务能力都啥样了？她身材走样，台步也走得烂。"

"要不是当时赶上了好时候，就单笛这样的人怎么可能被叫'模特儿'？身材一点儿美感都没有。"

"栗栗：'有能力就是可以为所欲为。'"

…………

苏礼心中属意的第一人选本就是岚岚，在台下默念了许久，没想到上天真的把岚岚留给她了。

节目组尝到了素人改造的甜头，这期也有一个类似的修改衣服的环节，不过这次设计师不是重新制作，而是修改模特儿身上的服装。

岚岚的脸型是甜丧风，绷着的时候很冷酷，仔细看却能发现两个小梨涡。苏礼根据她的特色将衣服裁裁剪剪，其间衣服一度被剪得破破烂烂，压根儿不能看，但进入收尾阶段，又将该打结的地方打结，该缝合的地方缝合，衣服就这么不知不觉地变好看了许多。

弹幕照例展示了惊奇之意。

"来了来了，苏礼又开始变魔术了。"

"也许这就是传说中的化腐朽为神奇。"

"她干了啥？衣服咋突然这么好看了？这就是设计师和普通人的区

别吗？"

…………

当晚，几家欢喜几家愁。

欢喜的是苏礼——因为她拿了第一，可以优先选择下一场的出场顺序。

愁的是单笛——因为她被淘汰了，无缘总决赛。

节目录制结束后，等待散场时，靠近舞台的观众随口闲聊着："本来以为岚岚的气质不好搭衣服呢，还以为苏礼只有选单笛才有机会，没想到厉害的人不用选择队友，因为她自己就代表赢。"

这话让单笛越发恼火。

苏礼正欲离开时，被单笛拦住。

辛辛苦苦忙到现在，临到总决赛的关头被淘汰，对单笛的打击无疑很大。她感觉自己就像个陪跑的，明明十拿九稳能进总决赛，最后竟然被淘汰，胸腔里的火简直烧到了头顶！

单笛怒不可遏地道："你是不是成心不想让我进总决赛？"

苏礼觉得这人简直不讲道理，无语地想忽略这人，却被单笛抓住了手大声质问："现在你满意了？！"

苏礼回头，道："前面5个设计师没一个选你，连公司都没留住你，你心里一点儿都不知道原因？这只是市场的选择而已，你连这点都接受不了，不适合参加综艺节目。"

单笛口不择言道："你才不适合参加综艺节目！你当时明明复赛都没进！"

既然又说到这个话题，苏礼决定问清楚。

苏礼看着她的眼睛问："当时复赛名额的事情，是不是你做的？"

单笛蓦地松开抓着苏礼的手，色厉内荏道："你少胡说八道，你有什么证据？自己没成功却找别人的问题，你输不起啊？"

苏礼见她不认，笑了笑，没再多说，转身走了。

苏礼没想到，次日和那次复赛有关的内容就被人为送上了热搜榜第八的位置。

苏礼点进去，第一条还是篇不断更新的八卦微博，博主持续跟进中。

"有组内小姐妹投稿，说《巅峰衣橱》在C大海选的时候，苏礼没过初选，二选好像是学校强行给她加进去的。后来苏礼没要这个名额，又去官网投稿，结果复赛又没过，但最后还是靠着'再让我吃两口'曲线救国进了节目。虽然第一期的作品一大半贼丑，但是从第二期开始设计水平就突飞猛进了，她不像是慢慢进步，就像突然有了锦囊一样。

"跟到了！追加投稿，有图！

"学校在捧苏礼——她背后有导师团队指导，每期主题学校还会为她开会讨论。"

然后博主配了几张图，是苏礼回学校及进讨论室的照片。

评论有 4000 多条，全是质疑声。

"我就说呢，她的设计水平完全不像她这个年龄该有的。"

"那 SL 不会也是这样吧？以她的名义运营却不全是她的作品？我不懂，她图什么？"

"SL 那么红，你们觉得可能没有专业的工作室运作吗？苏礼长得漂亮啊，就像艺人一样，只要保证她在屏幕前有一个可以宣传的好形象，其他的东西都可以团队打理。有人负责炒作，有人联系工厂，有人提出理念，有人提供设计，而且她也会点儿设计，有参与度就更真实了。"

"明星效应，她的人设确实容易受到追捧。"

"学校为什么要给她出主意？她不是毕业了吗？"

"现在提起苏礼谁不知道她是 C 大的？招生率呀！学校口碑呀！"

"这些图已经很能说明问题了。讲真，第一期和后面几期明显看得出来衣服不是同一个人做的。"

"我也觉得她被神化得太厉害了，真人秀就看看剧本吧，又能上《巅峰衣橱》又能上《初吻日记》，这么多好资源铺路，她怎么可能靠自己？除非她是神。"

…………

"谁发的？"陶竹随苏礼同步浏览完微博内容，"单笛？《巅峰衣橱》同期竞争对手？还是被你抢了热度的其他艺人？"

"都有可能，不过还是……"苏礼停顿了一下，问道，"我抢谁的热度了？"

陶竹："《初吻日记》在播的时候你连着上热搜，好多次话题位列前几名，压了一些剧宣、代言和艺人生日话题啥的。"

苏礼："明星都这么记仇？压个热搜他们都能恨上我？"

"那不然你以为呢？圈内只要人红就会被发黑通稿是怎么来的？这些垃圾就是看不惯别人好。"想了想，陶竹又问，"不过你怎么回学校都被人拍下来了？"

苏礼："那期的主题是青春，我就回学校看看，顺便给老师带两件我做的衣服，哪儿知道会被传成带着样衣给导师修改。办公室空调坏了，那天特别热，导师就让我去讨论室蹭空调，顺便听教授的讲座。"说完，苏礼总结道，"你说离不离谱儿？"

陶竹皱起眉头，建议道："这都误会成啥样了？你要不说实话吧，就说第一期你是替人收拾烂摊子的。"

苏礼："我签了保密协议，这事不能说。"

陶竹忍不住骂了句脏话。

"你别急，我想想办法，"苏礼打了层腮红，"谣言还能被传成真相？更何况是这么扯的谣言。"

陶竹见她站起身，问道："你去干吗？"

"跟程懿约了去逛花市。"苏礼抿了抿唇，欲言又止道，"你……"

陶竹摆手道："带着我的祝福，快滚！"

苏礼下楼，就见程懿果然已经在车旁等着了。

他背靠着车门，望向这边，见到她便抬腿走了过来。

苏礼："等很久了吗？"

"没，"似是觉得句子太短，他又补充道，"没多久。"

苏礼："几点来的？"

"8点。"

"一个半小时还不久？"她拽着他，"赶紧上车吧，我们过去。"

花市很热闹，行人络绎不绝，里面种子、干花甚至金鱼都有。

花市入口处有人捧着花环在吆喝，见程懿看过来，忙道："100元1个，要不要买个送女朋友？"

这人卖的是戴在手上的小花环，虽然漂亮，但拢共才几朵花。

苏礼正要说话，程懿已经掏了钱。

苏礼："这人这么狮子大开口，你买它干吗？"

程懿有理有据地说："他嘴甜。"

苏礼把那个花环放在手心上端详，琢磨着刚刚那个商贩哪里嘴甜了……

花环戴在手上确实漂亮，苏礼欣赏了一会儿，听到程懿问："要不要吃冰激凌？"

苏礼抬头，肯定地道："要要要。"

程懿排队给她买了一个原味冰激凌，苏礼问："你不吃吗？"

程懿摇头，回道："我吃不惯这个。"

苏礼："可是我们俩就我一个人吃，不像在一起的。"

男人听完这句话，立刻原路返回，又买了一个冰激凌。

他站在苏礼右边，本来是左手举着冰激凌。顿了顿，又换到右手。

花市很热闹，人流如织，有很多牵着手的情侣。

苏礼忽然想到了黏土玩偶的事，一边吃冰激凌一边思考问题，不经意间发现男人在看她，疑惑地道："你一直看我干嘛？"

男人垂眸，看向自己垂在她身侧不过几厘米的手，指尖微不可察地动了动，小声道："能不能……牵个手？"

几秒后苏礼反应过来，低头看了看，两个人的手靠得很近，时而轻轻碰上，时而又分开。

苏礼万万没想到牵个手他还要征求她的同意，一下子被逗乐了。

她咳嗽了两声，将手递过去，说："行，牵吧。"

程懿顺势握住她的手，指尖穿过她的指缝，缓缓扣住。

苏礼有些不自然地偏开头。

好在没一会儿她就适应了这种相处状态，拉着程懿去到2楼，看看多肉植物。

她微微弓着身子，从头走到尾，而后发出感叹："这里的多肉还挺像多肉的。"

程懿笑着瞧她："还有不像的？"

"有哇，在雪墅那边的时候，我也出去逛过。"苏礼说，"因为海拔高，紫外线和光照充足，那儿的多肉都特别胖，不像多肉，像肥肉。"

说完，苏礼抬头对老板说："老板，我要这个桃美人和露娜莲。"

程懿问她："不多买点儿？"

苏礼："两盆够了，多了容易被家里的宠物咬坏。"

他们对话间，老板已经将多肉打包好装进袋子里递了过来。

苏礼左手拿着冰激凌，右手被程懿牵着，完全腾不出手，尝试着动了动右手，却被男人攥得更紧，抽都抽不出来。

苏礼转头看向程懿，用目光暗示。

男人顿了顿，将手里的冰激凌扔进垃圾桶，接过了袋子，而牵着她的左手始终没松开。

他们逛了花市，又逛了街，等到苏礼回到家已经晚上 10 点了。

苏礼开了车门正欲下车，忽然听见男人在身后问："回去之后能不能开个视频？"

苏礼没有犹豫地点头道："好哇，我洗了澡给你打视频电话，你想看什么？"

她会这样讲，纯粹是因为惦记着回家就洗澡的事，但这么说出口，就不免让人遐想。

苏礼咳嗽了两声，觉得澄清吧，越描越黑，不解释吧，又有哪里怪怪的。

正当她进退两难时，男人像是才回过神，喉结动了动，沉声说："都可以。"

苏礼慌忙打开车门，留下一声"好"就急匆匆地下车跑上楼了。

当晚，程懿正在工作，电脑旁的手机亮了一下，是她发消息过来。

举个栗子："我好了。"

男人拨了视频通话，等待接听的过程中，想过很多种可能，但万万没想到会是这种——狗舔了一下镜头。

"别乱舔！"苏礼拍了一下柴柴的脑袋，"过来。"

而后她在床中央坐下，怀里抱着狗，给柴犬修剪爪子。修前爪的时候，柴柴被钳制住，只能看着镜头吐舌头。

程懿和它对上目光，它还亲昵地往苏礼的怀里蹭了蹭。

终于，苏礼开始修剪后爪，柴柴的两只前爪空了出来。这狗闹腾，立刻就伸着俩爪子扒来扒去，一会儿都不消停。

苏礼聚精会神地修剪着后爪，没时间管它，任凭它将目标锁定在自己的外套上。

她里面穿的是吊带，外面套了件外衣，料子很薄，又软又滑。因此柴柴没闹两下，就把她的外衣给扒了下来，露出她的肩头和锁骨。

苏礼修得认真，没发现衣服的问题。

恰逢陶竹在一边说给黑糖做绝育的事，苏礼便跟了两句："等我忙完这阵子，也要给柴柴做绝育了。"

绝育有益于宠物健康，因此很多人会选择给猫、狗安排绝育手术。

她们又随便聊了两句，正当她快要大功告成时，对面的手机里传来男人的声音："这狗是公的还是母的？"

苏礼这才想起自己开了视频，道："公的。"

当时只有这一只柴犬是黑糖不排斥的，因此她们才将其买了回来。

男人一听是公狗，脸色微变，问道："几个月了？"

苏礼想了想，回："7个多月。"

那边传来一阵敲键盘的声音，随后程懿道："给它预约了明天的绝育手术，你忙你的，我找人送它去。"

柴柴立刻一个腾跃，竖起了耳朵。

苏礼虽然正有这个打算，但程懿安排得这么快，让她蒙了一下。

程懿说："我问过了，6～8个月是绝育的最好时间，对它的身体好。"

苏礼心想也是，反正早晚都要做，提前到明天做也可以。

程懿看着柴柴搭在苏礼肩上的爪子，眯了眯眼，道："医生说，绝育前它的罐头……"

柴柴立马收回爪子，跳下了苏礼的床。

程懿颔首。

苏礼："罐头怎么了？"

男人正色道："罐头、零食还可以继续吃，术前8小时禁食、禁水就可以。"

当晚，关灯之后，房间里照例进入深夜茶话会时间。

陶竹最先抛出话头："你们今天的约会怎么样？"

苏礼将被子往上提了提，回道："不知道该怎么说，就……真的觉得他变了好多。"

他温柔了，更在意她的感受了，不再具有压迫性了……总而言之，就是相处起来让人舒服了很多，和以前是完全不同的感受。男人不再像是永远飞快地赶着某种进度，让她觉得即使是消磨时间也很有乐趣。

陶竹忽然问："这件事你哥知道吗？"

"疯了吧？我现在告诉他，不是等于找死吗？"苏礼说，"到时候再看怎么说吧。"

陶竹："找个机会你还是要跟你哥说说，他挺关心你的，经常找我问你的情况。"

苏礼侧头："他是没有我的微信吗？干吗要通过你问？"

陶竹迅速打了个哈欠，转身背对着她，说："好困哪，睡了。"

苏礼："把话说清楚，陶竹！陶竹？"

陶竹装睡，苏礼盯了她一会儿，也睡着了。

次日，苏礼忙完柴柴的绝育手术，把它接了回来。

麻药慢慢过劲儿，柴柴先是舌头能动，然后是脑袋，最后是前爪。

它意志坚定，即使后半身还没力气，依然迈动着前爪，拖着软软的后腿满屋子跑，可怜又可爱。

苏礼怀着老母亲般的心态，给它加了餐，还开了两盒罐头。

陶竹在旁边忽然说："道歉了。"

苏礼拌着狗粮，问："什么道歉？"

"昨天造谣你那人出来道歉了。"

苏礼愣了愣："给我看看。"

柴柴在一旁吃得欢。苏礼接过手机，浏览起了相关内容。

昨天爆料的博主已经在今天凌晨发出了道歉声明。

"抱歉，昨天我爆料的'苏礼身后有设计团队'为不实内容。她回学校实为综艺节目录制，送导师的是之前就已上架的联名T恤，在讨论室内讨论的也是学校的其他竞赛。至于《巅峰衣橱》第一期的争议，原设计师已经在社交软件中表示有一部分作品是她的设计。苏礼小姐的作品全都是她一人原创。未经核实就发布投稿是我的失误，对给苏礼小姐带来的影响我深感抱歉。"

微博底下还有配图，是甄晴的ins（Facebook公司旗下一款社交应用）和一些其他的照片佐证。

甄晴就是第一期跑路的那个设计师。她一开始畏畏缩缩，非要苏礼以自己的名字参赛，后来发现那套系列的衣服价格不错，便在自己的ins上透露，其实里面有一大部分作品是自己做的。但由于甄晴ins上的粉丝并不多，当时苏礼也不红，所以这件事并没有引起太大的争议，现在才被人翻出来。

评论区有8000多条留言，比昨天热闹多了。

"甄晴有脑子吗？她难道以为衣服拍了几百万元是自己的功劳吗？没有她那几件衣服，苏礼应该稳坐第一或第二的位置吧！人家偷了功劳都藏着掖着，她倒好，上赶着炫丑。"

"说件好笑的事，看见苏礼扶摇直上以后，甄晴又跟节目组的人说自己想回去了，结果当然是被拒了，哈哈哈哈。"

"博主道个歉就完了？还有不分青红皂白就一顿喷的人，你们的脸疼吗？昨天还有人说：'她怎么可能靠自己？除非她是神。'哈哈，不好意思了，苏礼就是神！"

…………

苏礼浏览到后面的评论，发现有很多人被图片吸引，问她送老师的 T 恤在哪里可以买。

其实那是她和乐和动漫的联名作品，现在已经售罄了，但许是询问的人太多，官方又紧急上架了几百件，结果秒空。

"真是玄学，澄清都能给人宣传衣服，你不红谁红？"陶竹后仰向床上感叹，"不过也是，热搜第六的位置，流量还是挺高的。"

苏礼："第六了吗？怎么这么靠前？"

"不知道，可能是搜的人多吧，也可能是谁帮你买的。"陶竹说，"我看这个博主以前从不道歉，这次松口得好快啊，不到几小时事情就反转了。"

苏礼打开手机看了看，说："他还给我发私信道歉了。"

"是吧？你不简单。"陶竹直勾勾地看向苏礼，"这些娱乐号哪儿这么好心，造的谣都够下 18 层地狱了，也没见谁道过歉。"

苏礼正撸着黑糖陷入沉思之中，忽然手机振了两下。

程懿："晚上有个酒会，想不想去？"

没两秒他又发来一条消息。

程懿："你不想去的话可以不去。"

苏礼抬头看了一眼日历，回消息："可以啊，今晚没事。"

他们确认了见面时间，苏礼起身去衣柜里挑衣服。

上车后，她边系安全带边问："今天热搜那个，是不是你弄的？"

"嗯。"男人颔首，"他发私信给你道歉了吗？"

"发了。"

苏礼本想问他是怎么做到的，但想想又觉得复杂，便换了个新话题："等会儿是什么酒会？"

"陈夜淮的生日，都是熟人，"他温声道，"你如果想走了就告诉我，随时能走。"

苏礼笑道："说不定好玩儿呢？"

果不其然，他们一推开门，立刻听到一阵起哄声。

霍为今天也难得打了领带，问道："这就确定了？"

苏礼低头抿了一小口红酒，听到程懿说："没，还有3个月才能确定。"

霍为看两个人的情况也不像没进展，疑惑地道："什……什么意思？"

男人道："我现在还在试用男友的考查期。"

闻言，苏礼冷不丁地被呛到，咳嗽了起来。

人群立刻更加热闹。

"哈哈哈——生平第一次有人敢给程懿考查期！"

"苏礼真的是个狠人，太有本事了。"

"居然有人能让程懿心甘情愿地做试用男友？！来来来，姐们儿我们认识一下。"

…………

苏礼真没想到，程懿居然会在这么多人面前如此坦然地承认这种事，半晌后才缓过气来。

霍为好奇地问她："考查期多久？"

苏礼："3个月。"

霍为默默合上自己张大的嘴，竖起大拇指，说："试用程懿3个月，你真不是一般人。"

后来苏礼吃了几块点心，霍为不知从哪儿拿出个拍立得，说是要合照。

苏礼想着里面的短袖上镜，便脱了长款外套，站在程懿身旁。她今天穿的是短款上衣，露出一小截白皙的腰，随着她站直的动作，那白皙肤色便越发晃眼。

摄像师道："准备好，三、二……"

摄像师的"一"字还没出口，程懿似是发现什么，随着声音抬起手，捂住了苏礼的腰。

闪光灯咔嚓一闪，成像了。

苏礼转头望向他。

男人一本正经地道："怕你着凉。"

霍为连连咂嘴，捎带着大家也感慨起来。

苏礼感觉脸有点儿热，拽着程懿赶紧出去了。

后方有供人休息的客房，苏礼看到有间空的房间，小声问程懿："能进吗？"

"可以，这是我的房间。"

他们进去之后，发现桌上摆着一堆小玩意儿。

程懿顿了顿，说："可能是陈夜淮的小侄女的，她总是喜欢在各个房间乱窜。"

苏礼凑近，看到桌上不仅摆着橡皮泥、沙画，还有些黏土。

许是发觉苏礼看最后一样东西的时间有点儿长，男人说："这是黏土，我之前做过。小孩子今天一直在哭，陈夜淮就想给她弄个新鲜玩意儿。"

苏礼收回视线，问道："你做的是那个栗子的吗？我之前看到过。"

男人略有意外地抬眸，旋即才记起是有这么回事，便笑道："那个碎了，我试着重新粘过，效果不太好。"顿了顿他又道，"下次做个新的送你。"

"就现在吧，"她说，"我们一起做新的。"

他们分坐在小圆桌的两侧。

苏礼随手捏了个圆球，说："在威尼斯那天，我没看清你放在门口的……"

她还没说完，就听见男人低声回："没事。"

苏礼抖了抖肩膀，长长地吐出一口气，专注地忙手上的事了。

这次他们做的不再是单个人偶，既然要做，就要做双人的。

她来捏程懿的玩偶形状，而程懿捏她的玩偶形状。

做着做着，苏礼伸手去取程懿手边的黑色黏土，程懿也正好倾身拿她这边的镊子。

苏礼一抬头，男人的气息就喷洒在她的鼻尖上。

房间外有笑闹声，却仿佛离得很远，这个小房间里安静无比，好像只有两个人缠绕交换的呼吸声。

苏礼渐渐无法思考，下意识地往后撤，男人却垂下眼睑，气氛说不出的暧昧。

程懿慢慢靠近时，苏礼屏息，慢慢地闭上了眼睛。

房门忽然被人拍响，霍为像个坦克一样撞了进来，大声道："听人说你们在这里，回去吃……"他还没说完，看到面前的景，咽了咽口水，很惜命地问。"那个，我是不是打扰你们了？"

程懿没什么表情地道："知道就好。"

男人冷冷地起身，将人一把扔出门，然后关上了门。

苏礼的大脑一团糨糊，行为完全不受控制，也不知怎么的，她抬腿跟上了程懿的脚步，也走到了门边。

门锁落下，男人转身，猝不及防地撞上了她。

两个人四目相对，程懿沉声道："要不要……继续？"

门外传来霍为小心翼翼的提示音："那个，再不去可能就冷……"

苏礼打了一个激灵，猛地回过神来，慌忙跑出房间，结巴地道："去吃……吃东西吧。"

她跑得很快，耳根通红。程懿徐徐从房间里走出，抬起头来。

霍为打了个寒战，感觉自己可能活不过今晚了。

他们简单地吃完，苏礼就坐上了回程的车。像是回过神来后觉得太难为情，下车后她跑得很快，没一会儿就消失在窗外。

程懿看着她的背影，无声地浅笑。

苏礼回去之后，翻开了画册。

《巅峰衣橱》的节目录制延后一周，给设计师们留出了两周时间做准备。节目组这样安排主要是基于以下考虑：一是这节目的播出效果超过预期，总决赛的预约人数很多，节目组打算换个更大的场地，需要时间搭建新的台子；二是给设计师充足的时间，让大家能发挥出自己最好的水平。毕竟前面的节目，一期可以有十来件衣服，哪怕设计师水平不那么高，系列和氛围感营造得好，也可以拉高平均分。但总决赛，一个设计师用两周时间做一件衣服，大家很轻易就能看出水平。

以前比的是平均分，设计师有很多额外项目能加分；但这次，比的是最高分。

这期的主题是花，款式不限、内容不限，只要衣服与"花"相关就可以。

苏礼很快有了大概思路，因此两周时间对她来讲绰绰有余，还可以设计一下 SL 秋冬的第二轮上新，展望一下春夏的风格，顺便出去约会。

那个周末，她和程懿做完了两个黏土玩偶，并小心地将它们放在一起，封进了玻璃罩里。

拎着袋子上车以后，她将袋子递给程懿，说："这个送你。就摆在你的桌上吧，我看你的办公桌上的东西总是没什么颜色，摆着多少好看点儿。"

程懿挑眉："一起做了这么久，这就送我了？你不要？"

"我？"苏礼拉开抽屉，从里面取出程懿之前给她做的那个黏土玩偶晃了两下，"我拿这个就好了。"

程懿："但这个已经碎了。"

"碎了没关系啊，"她举起那个栗子玩偶，"碎了我也要。"

阳光下，那些碎裂后又被拼凑起来的小碎片，有光顺着缝隙透了过来。

她不知在哪儿看过这么一句话——"正是因为有了裂痕，才有了阳光可以照到的地方。"

/第十一章/

全世界最般配

《巅峰衣橱》的总决赛悄然而至，程懿过来接苏礼。

为了让自己有时间观念，苏礼特意戴了块腕表，上车前还特意看了一眼时间。

"录节目是下午 2 点开始做妆发，现在 11 点，我还有 3 个小时时间，我们可以先去吃饭，然后逛逛街。"

程懿瞧了她一眼，目光顺着她的肩膀缓缓下滑，欲言又止，像是在挣扎什么。

苏礼带上车门，问："你想说什么？"

男人看了看她，开口道："今天比赛你穿这个？"

"对啊，特意为比赛设计的，呼应主题。"苏礼低头检查了一下，"不就是件很简单的抹胸嘛，不好看？"

她给模特儿设计的是礼服，因此自己也要穿一件稍微搭配一些的衣服，不然两个人站在一起会很奇怪。选来选去，最后她选了抹胸，简洁大方，既有相似感，又不会喧宾夺主。

程懿觉得好看是好看，只是……如果以后她只穿给他看，会更好。

吃完午餐，苏礼还想买盒甜品带去后台，以消磨无聊的妆发时间。

结果附近只有一家蛋糕店，还只有红豆抹茶味的蛋糕，她只得悻悻作罢。

程懿问："不喜欢？"

苏礼撇了撇嘴，道："喜欢哪，我心情不好的时候就很想吃抹茶蛋糕，但不是所有抹茶类蛋糕都能接受。"末了，苏礼总结道，"我喜欢抹茶，但不喜欢红豆配抹茶。"

他们走出去几步后，男人忽然道："你怎么不问我？"

苏礼以为他是想讨论对蛋糕口味的喜好问题，于是顺嘴问道："哦，你呢？"

程懿："我喜欢苏礼，但不喜欢苏礼穿抹胸。"

这是一回事吗？

苏礼一到节目录制后台，就飞奔去洗手间，给陶竹发了张照片，询问她的意见："很暴露吗？"

陶竹："你去梧桐大道上走一圈。"

举个栗子："嗯？"

陶竹："这要是暴露的话，街上 80% 的靓女都比你暴露。"

陶竹："程懿觉得暴露了？"

苏礼抿唇，回信息："应该是。"

陶竹："啧，爱情嘛，男人都这样，占有欲你懂的。你穿短裤出门他都恨不得对全世界鸣枪示意——不许看我老婆！"

苏礼回了一串省略号。

陶竹发了个笑嘻嘻的表情包，后面跟着信息："现在候场了吗？等你给我拿最高的那档奖金回来，冠军冲啊！"

举个栗子："嗯，拿奖金回来给你'泡'小帅哥。"

陶竹："算了吧，我最近不是特别喜欢小帅哥了。"

举个栗子："那你喜欢哪款？年龄能当你哥的那种吗？"

陶竹吓得直接下线了，几分钟后才爬上来，说了声"加油"就又神隐了。

苏礼若有所思地咬了咬嘴唇。

很快，编导安排大家上台，苏礼也无暇再想。

这期的主题是有关花的，各种花简直被设计师们深挖了一遍，留的两周时间，让每个设计师的才华都得到了充分发挥。

郭琼的设计虽然老派，但用来配雍容华贵的牡丹刚好；温思思将成熟优雅与梅花结合，倒也相得益彰；黎笑珊做的是荷花，表现形态是另具特色的中国风。

剩下的则是后期补位上来的设计师，值得一提的是辛鸿。他虽然只参加了后面4期节目，但因为长得不错嘴又甜，被节目组炒成了"少女杀手"。他的粉丝战斗力超强，并且有种要为他对抗世界的趋势。

辛鸿做的是芙蓉，百花凋谢时只有它绽放，昭示着设计师傲然独立的自我歌颂及野心，从立意上来讲占了很多优势。他一展示作品，整个场子都沸腾起来。

最后一个出场的是苏礼。她的设计并非简单的一个"花"字能够概括的，随着音乐响起，万朵花儿盛开，屏风后的舞者徐徐起舞，姿态翩然，轻盈动人。当模特儿从后台走出，浅色长裙曳地，薄纱盖过肩膀，鱼尾下摆在收紧后又倏地散开，朵朵莲花镶嵌其上。随着模特儿的步伐，裙摆如同水波，莲花似被涟漪拨弄，荡出悠然绽放的婀娜感。

当主题"步步生莲"4个字以水墨的形式在大屏上出现时，台下瞬时陷入惊叹之中，再没有比这更贴切的形容词了！

直播间的观众也被征服，很多感叹评论刷屏。

"刚才有一瞬间我有些恍惚，还以为在看高定秀。"

"苏礼，舞台有你了不起。"

"步步生莲的典故：南朝昏君皇帝萧宝卷为妃子搭建了个玉寿殿，专门用玉在台上刻满了莲花，妃子在上面赤脚跳舞的时候，就像是莲花随步伐绽放，所以叫'步步生莲'，还挺美的。"

"今天也跟着苏老师学到了新知识呢。"

"懂了，我为栗栗当昏君！她值得！我愿意！"

…………

作品展示结束后，掌声响起，苏礼在掌声中走到台前，然而压根儿没有发言时间，对面出价的买手已经吵了起来。

"我觉得很适合我明天去走红毯。"

"不不不，还是适合我家的高端线。"

"你们有没有把我这个'礼服小公主'放在眼里？"

"等等，都往后面去，我预算最多，让我拍！"

…………

以往不算第一次开价，大家要争3轮，然而苏礼这件衣服整整争了5轮，有两家买手最后甚至出了一样的高价，以至不得不再加1轮。

最后这件礼服以超高价成交，然而拍下的买手满脸喜悦之色，仿佛自己赚大发了："我觉得以它的水准，这条裙子的性价比挺高的！"

弹幕上有人吐槽："哈哈哈——又疯了一个，8位数的裙子性价比高，谢谢，学到了。"

最后按照成交价和现场投票来决定排名，苏礼毋庸置疑是冠军，亚军是辛鸿，季军是黎笑珊，而从第一期节目就看不惯苏礼的温思思连名次都没有拿到。

前三名设计师上台领奖，辛鸿明显有些失落，站在亚军奖台上时，还佯装笑着捶了自己一拳，神态自嘲又无奈。

他的粉丝被虐得当场心碎。

于是当苏礼站上最高领奖台，刚接过奖杯时，台下蓦地爆发出一声质疑——

"当时复选都没过的人也能当冠军吗？"

一石激起千层浪，辛鸿的粉丝举着灯牌为他鸣不平。

"就是，赛制是不是过于潦草了？"

"这对其他选手不公平吧？！为什么她有两次机会？"

"真正有本事的人至于连海选都过不了吗？这冠军到底能不能服众？"

…………

苏礼拿着话筒正要开口，却发现导演关停了所有嘉宾的话筒。主持人紧急救场，将场面圆了回来，而后飞速请三位领奖者下台，直播被掐断。

再往后的24小时，一边是苏礼夺冠的狂欢，一边却是汹涌的质疑声。

本来是辛鸿的粉丝发起的质疑微博，结果那条微博做了转发抽奖，奖池总金额过10万元，有了很多转发量。

慢慢地，已经分不清到底谁是什么属性，《巅峰衣橱》的官方微博下有了一万多条评论，有为苏礼站台去肯定她的，也有怀疑节目含金量的，分不清有多少是对家，多少是路人，多少是水军。

苏礼更是积极地向导演组工作人员寻求那时的证据，然而两周过去还是一无所获。

每个节目背后都有很多组别，当时负责招募的人并不是之后和她对接的人，苏礼辗转多方才要到了那边的人的联系方式。

他们越遮掩，苏礼越觉得也许当时她就是被选中又被除名的那个人，原因就是被人做了手脚。

整整两周，黑粉还是一点儿没消停。

"辛鸿到底有什么好的？这些小姑娘就跟没见过男人似的。"陶竹吐槽，"做男人怎么这么好哇？什么红利都给他们吃尽了！他拿个亚军还要造反了？他配吗？可别到时候扒来扒去把他给扒秃了！"

苏礼揉了揉脑袋，心烦意乱，突然很想吃比赛那天没吃到的抹茶蛋糕。

门铃突然被按响。

"谁啊？"苏礼趿着拖鞋走到门口。

她感觉自己拉开的不像是屋门，而是哆啦A梦的任意门。

程懿站在门口，摇了摇手中的纸盒，说："来给你送抹茶蛋糕。"

苏礼动作机械地接过面前的蛋糕盒，愣怔片刻。

程懿还打着领带，看起来像是刚忙完工作。

所有想说的话卡在喉咙里，她掂了掂手上的蛋糕盒的重量，旋即奇道："怎么这么重？"

程懿道："怕影响口感，放了冰袋。"

苏礼将盒子拆开，里面果然放着两个保鲜的冰袋，蛋糕里的奶油没有丝毫化掉的迹象。她尝了一口，还是最佳口感。

苏礼咬着叉子，问："你在哪儿买的？"

程懿："你常去的那家蛋糕店。"

察觉男人说话的声音有些远，苏礼回头，才发现他还站在门口。

"进来啊，"她说，"等会儿要吃午饭了，一起吃吧。"

陶竹嘿嘿笑道："我要回避吗？"

苏礼："拉倒吧你。"

苏礼坐在桌边吃蛋糕，心情也随着糖分的摄入好转不少。

黑糖跳上桌子，充满好奇地嗅着人类的食物。苏礼捂住它湿润的小鼻子。

等她吃完蛋糕，程懿才道："名单的事有进展了吗？"

那件事一出，程懿就问她要不要帮忙，但苏礼说想自己解决问题。这两周舆论没停，她也一直在想办法。

"策划组那边的人就是不松口，前几天好不容易被我撬出点儿东西，这两天又不配合了。"苏礼用手支着脸，"从那边突破算是没办法了，我今天再去找找导演组的人吧，看能不能旁敲侧击地问到别的信息。"

程懿知道她想自己解决问题，张了张嘴，最终却没开口。

吃过午餐后，苏礼去了一趟《巅峰衣橱》的录制大楼。

女副导演已经提前跟她约好了，就在3702等她。

一见苏礼过来，女副导演叹了口气，道："也是委屈你了。但目前这个情况，节目组真的不方便出面回应，跟我们合作下一个节目的冠名商请了辛鸿做星推官，不好得罪粉丝。手心手背都是肉，我们也只能等事态平息了。"

节目组若出面承认自己失误，会影响下一季节目的招商；若帮助苏礼，又会惹怒辛鸿的粉丝；可要是为辛鸿站队，也会引来苏礼的粉丝的不满，从而进一步激化矛盾。更何况要让官方回应，不是几个导演就能做决定的。

每档节目背后都有太多的利益牵扯，节目组不可能站在某个嘉宾的立场发声，这点苏礼是知道的——她也不会有这样的要求。现在导演组的人还愿意配合她，她就很感激了。

苏礼点头表示明白，又问道："之前的策划组人员有没有给到您一些名单？"

女副导演说："有倒是有，不过据我回忆……发过来的名单是已经筛选到后期的，才100多人。因为我们当时要做的就只是挨个总结人设，看哪些设计师适合节目打造。人太多的话我们也顾不过来，所以只看到了后期名单。"

女副导演问："你那个复选入选的有500人吧？"

"嗯。"苏礼忽然想到什么，又问，"发给您的表格文件大吗？"

女副导演回道："这个不记得了，只记得这边网慢，好像是下了一会儿……"

苏礼像是找到了希望的曙光，问："可以让我看看吗？"

"你等等。"女副导演拿出手机找了10多分钟，说道，"这可怎么办？文件过期了。"

苏礼："您当时没下载吗？"

"好像是用电脑看的。"

"电脑现在还在吗？"

"应该带了，在我的桌上。"女副导演移动着身下的滑轮座椅，从几本书下抽出一个小笔记本电脑拿了过来。

女副导演就在苏礼面前找着文件，每一次点击鼠标，都像是在敲击苏礼的心脏。

苏礼看到那个写有"《巅峰衣橱》名单"的文件时，连呼吸都快停了，心想千万别过期啊！

女副导演点了两下鼠标，打开了文件。

苏礼一颗心提到了嗓子眼儿。她看向文档左下角的方框。

表格文档有个功能，就是可以分区记录。一个表格内能新建很多个工作表，那些工作表都属于这个主题，却相互独立，只有点进去才能看到不同的工作区的内容。

苏礼颤着声说："稍等。"

女副导演把鼠标给了她。

苏礼深吸一口气，点开了那个写有"二选"的窗格。

表格被拉到最下方，上面显示刚好 500 人。

二选人数入选的就是 500 人。

苏礼正想点击查找，结果女副导演说："第 5 个，这不是你吗？"

苏礼看过去，果然在数字"5"的横条后看见了自己的名字。

她当时果然被选上了！正好 500 人，最终的名单却只有 499 人，她一没违规，二没作弊，怎么可能不是人为干预让她落选？

苏礼录了个视频，向女副导演道过谢后，便火速往回赶。

她没忍住，在车上发了微博。等她到家，微博下已经有几千条评论了。

"'老婆'这么久没出现果然是在憋大招儿！"

"众所周知，视频不能修图，所以这是真的。"

"本来就是真的啊，关键信息打了马赛克，但名字都能对上，我们一个工作室有好多 3 选、2 选、面试被筛掉的人，在圈内都没有姓名，但这里面就记得很详尽，一看就是内部名单。"

"等等……所以栗栗当时是入选了的？那为什么最后节目组说她没进？"

是啊，为什么她没进呢？苏礼用指腹敲了敲脸颊，这恐怕就要问问单笛了。

没过多久，话题上了热搜，大家奔走相告。

"既然都上热搜了，那我就为大家科普一下，所谓的'苏礼水平不稳定''学校初选没成绩''苏礼有后台'等事件的真相。"

那个粉丝为苏礼总结了 3 张长图,把所有争议的始末都说得明明白白,末了总结道:"现在还不清楚为什么二选没进,不过我相信,这件事的真相很快会浮出水面。总而言之,苏礼并非水平不够在海选时被淘汰,也不是德不配位,冠军当之无愧!"

"路人,看完之后觉得她好牛。"

"感谢把这件事闹这么大的人,我本来以为她只是还不错,没想到这么牛。

"又是一次反向炒作吗?哈哈哈!"

不过一周,风评极速扭转,苏礼获得冠军的事再无争议,她的粉丝突破200 万。

说到这事,陶竹还躺在床上义愤填膺地道:"这事 99% 就是单笛干的,就应该揭发她!"

苏礼一边整理那沓程懿的母亲留下的手稿,一边道:"您打算怎么检举?"

"还没想好。"陶竹咳嗽了两声,指向窗外,转换话题,"你看,今天的云是橘子味儿的。"

苏礼偏头,正好看到大片橘色的火烧云。

她拿起手机拍了一张照片,陶竹也不甘示弱地连续拍了几张,还比她先发朋友圈。

发出照片没多久,陶竹就开始碎碎念了。

"易柏又只点赞你不赞我。"陶竹说,"虽然上次电话的事他反应太慢,但每次你出什么事他都会来问。"

苏礼没当回事,又听陶竹继续道:"你有没有觉得……易柏可能喜欢你?"

"你在说什么啊?"苏礼惊诧地说道,"他才多大?!"

"人家 20 岁了好吗?虽然我也总觉得他还小,"陶竹说,"其实人家该懂的事都懂。"

苏礼:"他懂什么啊?他单纯把我们俩当姐姐而已!而且他本来就是那种容易跟人亲近的性格,你可别多想。"

陶竹撇了撇嘴,像是在深思什么。

陶竹直到洗完澡还没摆脱这种想法。

凌晨 1:00,她在黑暗中悄声问苏礼:"万一他真的对你有什么想法,你怎么办？"

对面的苏礼呼吸均匀，已经睡着了。

次日，陶竹下午才睡醒，刚吃完饭，门就被敲响了。

她打着哈欠过去开门，看见程懿时愣了愣，道："你来了啊，进来等等吧，栗栗去逛超市了，过一会儿回。"

陶竹说完就给苏礼拨电话，但3次都没打通。她发了条朋友圈，对苏礼做出了谴责。

很快，易柏就给她传来语音："陶竹姐，别担心，我在超市门口看到学姐了。可能里面太吵了，所以她听不到电话铃声。"

陶竹也回语音："哦，那你进去告诉她，让她早点儿回来。"

那边的人发来个OK（好的）的手势。

但过了3分钟，易柏又说："陶竹姐，你要不给我出出主意吧？"

陶竹咬着牛奶袋问："什么主意？"

易柏的语音分3条传来：

"我原来觉得不用做什么，远远看着她也很好。

"但我刚刚看到有人给学姐送花，你说他万一成功了怎么办？

"今天天气好，要不我也试试？"

陶竹："试……什么？告白？"

易柏："嗯！"

陶竹嘴里叼的牛奶袋掉了下来。

她想出去跟程懿说，又想阻止易柏，左右摇摆了好半天，才慌里慌张地决定先和程懿讲，然而大门敞开着，男人早就飞奔了出去。

苏礼刚把最后一盒草莓牛奶装进袋子里，抬头就看到了程懿。她猛地一怔，心脏都差点儿停跳。

苏礼："你怎么来了？"

男人望向她，胸膛起伏。

两个人走出超市，外面的阳光很好。苏礼刚逛完超市，心情也挺不错。

苏礼："我们恋爱了多久来着？"

程懿看了她一会儿，回："快两个月了。"

苏礼："当时我是说几个月考查期来着？"

某些东西越来越近，程懿的喉结动了动，他垂眸道："3个月。"

"3个月……决定要不要继续。"苏礼忽然停下脚步，转身面对程懿，"要不现在我就告诉你答案吧。"

程懿的目光蓦地一颤。他想起自己刚到超市门口时迎面撞上了易柏，易柏笑得很灿烂，还跟他打了招呼。

苏礼的声音在此刻传来，语调有些压抑："对不起。"

这是她的权利，男人想，自己也不是真正的男友，如果她想放弃，随时都可以。大概他做得还是不够好，哪怕已经用尽心力，但她或许还是想要试一试别的可能。

程懿低声道："没事。"

苏礼："我还是决定……"

程懿手中的袋子落地，面前车水马龙的画面仿佛变成没有情感的、平面的黑白照片，他感觉很无力。

苏礼忽然跳进他的怀里，双臂挂在他的肩头上，声音里有狡黠的笑意："我决定试一下！你得对我好，程懿，"她抵在他的胸口低声重复，像是呓语，"要特别特别好。"

程懿的心脏开始剧烈跳动，眼前的画面仿佛又被刷上了颜色。

那天很平凡，他却记得很清楚，墙上有五彩缤纷的涂鸦，身后是绚丽的晚霞，人流如织的单行道上场景温柔；她紧紧贴靠的腰，有让人不敢回抱的温度；傍晚的光，撩得人心尖发痒。

次日，光束透过玻璃折射，将地砖裁成不规则的方形。

苏礼听到门铃声，从镜子前离开，拉开门。

程懿眼含笑意，说道："今天是第一天……"

苏礼："我们分手吧。"

男人的表情僵住。

苏礼将半张脸掩在口罩后，可怜巴巴地道："我毁容了。"

"怎么了？"男人蹙眉，"怎么戴口罩？"

说完他伸手想帮她摘掉口罩，却被苏礼一把按住。

她哭道："我的脸烂了，呜呜呜……"

程懿是真的有些急了，问："怎么脸烂了？严不严重？那去看医……"

"等会儿！"苏礼却把他往门里拽，"等会儿再去医院，我还没换衣服。"

大门被关上，程懿忍着怒意问："谁干的？"

苏礼："陶竹。"

程懿一愣。

苏礼咬牙重复："陶竹。"

程懿劝了她好一会儿，苏礼才将口罩摘下。

男人松了一口气，道："你吓死我了。"

她并非什么被毁容，只是从额角到下巴有一条泛红的痕迹，像是被虫子咬了。

此刻，陶竹也站在男人面前，语带歉意地说："对不起，我不该带黑糖回老家玩儿，也不该因为黑糖喜欢那里的花就把土也挖了回来，更不知道里面居然会有隐翅虫，大半夜飞出来把苏礼给蜇了。"

"没个一星期是好不了了，"苏礼悲痛地道，"这阵子要不我们就先分手吧，我好丑。"

昨晚程懿送她回来后，她按照往常的流程洗澡、视频、睡觉，谁知道一醒来就天降横祸。

"乱说什么？"程懿蹙眉，又凑近看了看，"没什么影响的，还不是很漂亮？"

苏礼："谢谢，你真会睁眼说瞎话。"

"确实没什么，"他低声安抚着她，"一会儿就好了，你要不想出去，我就找家庭医生过来。"

医生很快上门，检查后说："给你开支药膏，含有促进表皮再生因子，隐翅虫的毒液有腐蚀性，后续可能会起水泡、脱皮、结痂，其他没什么大事。"

苏礼骇然："这还不是大事？"

医生走后，苏礼委婉地向程懿提出建议："要不咱们还是暂时分手……"

程懿蹙眉打断她的话："这两个字，你不许再说了。"

男人一贯有耐心又纵容她，用这么严肃的语气同她说话还是第一次。

苏礼悻悻地点头："你真想面对这样的我吗？"

程懿仔细端详了一会儿。

就在苏礼觉得自己脸上的汗毛都要被他数清楚时，男人才认真地说道："如果我说，想到你有段时间要戴口罩出门，我还挺高兴的，你会不会生气？"

苏礼："为什么？"

程懿低声道："这样我就不会有那么多情敌了。"

柴柴在一旁打了个喷嚏，导致苏礼没听清："嗯？"

"没事。"他揉了揉她的发顶，"别紧张，很快就恢复了，一道小爬痕而已，对你的美貌构不成任何威胁。"

苏礼嗤笑道："说得这么真诚，那以后你来给我涂药。"

程懿失笑，回道："行。"

苏礼没想到，第二天程懿就给她发了微信，图中是罐浅色的药膏。

程懿："问过了，说这个很有效，过会儿带去给你。"

男人刚在川程结束会议，正欲起身，外边却突然传来脚步声，一个戴着口罩的女子走了进来。

程懿顿了顿，问："你怎么过来了？"

苏礼扯下口罩，说道："待在家里好闷哪，出来透透气。"

她走到男人身侧，举起药膏端详片刻，问："真有效吗？"

"嗯，说几天就能好，"程懿抬手招呼她再靠近些，"我看看被咬的地方怎么样了。"

苏礼将脸凑过去，低头看他的桌角："没有起水泡，可能因为我发现之后就敷了两张面膜，炎症被压下去了一些。"

刚发现皮肤泛红的时候，她还以为是缺水，于是敷了张面膜，感觉痕迹没消，就又换了个牌子的面膜敷了一张。

她正在回忆自己的急救措施时，脸颊忽然一凉，是程懿在给她的脸涂药膏。

苏礼下意识地偏了偏头，却被男人用手指捏住了下巴。

他低声道："别动。"

男人涂得很仔细，苏礼为了转移注意力，转动着眼珠四下看，不期然和屏幕对面的几个高管对上了视线。

苏礼张了张嘴想说话，却发现自己不知道该说什么。

与此同时，对面拿着报表的人也试探着开口："那个……总裁。"

"知道了，我在听。"程懿对着无线耳机缓缓说道，"南湖湾的开发，然后？"

这些人也不知道是怎么搞的，明明他都说了会议结束，只不过因为苏礼来了，自己没来得及退出视频会议，对面的人居然继续汇报起来了，甚至话还更多了。

苏礼听到蓝牙耳机里传出的声音，扭了扭身子，握住程懿的手腕说："要不我还是自己来吧，你忙你的。"

她在这么多人面前直播男朋友给自己涂药，怎么说，感觉自己面子也太大了。

"没事，"程懿说，"下巴的地方你看不到，我来就好。"

他的指腹处的脉搏跳动感传来，仿佛能隔着皮肤直达她的心脏，她的心跳变得有些快。

修灯那次，他明明已经坐电梯离开，她却觉得他好像还在，心绪泛起涟漪；再到后来，打算确认关系那天，她在超市装完最后一盒牛奶，抬头就看到他突然出现，心跳漏了一拍，心情也无端变好；然后是今天，她无比确定，面前的是为她而改变的程懿，而她对此刻的这个人动心，无关任何事，这是命运给他们重新相爱的序章。

涂完药，苏礼逃也似的出了办公室，迎面撞上了何栋。

"苏小姐好，"何栋笑得春风拂面，"脸上的伤好些了吗？"

苏礼："你也知道这件事？"

"是的，总裁为您可是大费周章地找了很久，才找到了最适合涂上脸的药。祝您早日恢复。"何栋鞠了个躬，然后闪进了秘书室。

苏礼回到家，看到那个平时几乎都在 2 楼且跟她们毫无交集的室友——吕怡然此刻正坐在陶竹旁边，一把鼻涕一把眼泪地控诉着自己的男朋友。

"我们虽然是异地恋，但他也不能这样吧。要不是无意间从他学弟的口中得知，我还不知道他每周都要和组员约饭！而且组员还是女的，全程就只有他们俩，他每次还送人家回家！这算什么？约会？烛光晚餐？

"不管他有没有那个想法，这都是背叛吧？！

"他还不承认，非说是正常交际，正常个屁！"

一般这种时候，另一方都要扮演很好的聆听者与支持者。

陶竹也不例外，此刻正不住地点头附和："确实，而且他怎么可能没有那种想法呢？他们能每周风雨无阻地出去约饭，说是清白的谁信哪？"

吕怡然用力地擦了擦鼻子，恶狠狠地说道："什么男人哪这是？也太垃圾了吧！"

陶竹："你何必受这个气？"

"没错，"吕怡然看向陶竹，"那我是不是应该分手？"

陶竹："当然了！不分你还留着他过年吗？"

"好，我知道了，等会儿就上去跟他说。"

吕怡然踩着六亲不认的步伐离开，还坚定地咬了咬牙。

见人离开，陶竹才躺在沙发上喘了一口气，跟苏礼说："你和程懿可别这样，我受不住。每天在我旁边按一日三餐吵架，我怕是要神经衰弱。"

苏礼怜惜地摸了摸她的头发，道："当情感发泄桶辛苦了，走吧，请你出去吃饭。"

陶竹立刻站起来，说道："忽然一点儿也不累了呢，出发！"

她们吃完饭又逛了逛街，等回去时已经晚上9点多了。

开始她们没注意，只是感觉哪里有点儿响动。直到两个人安静下来，坐在床上，才感觉天花板好像在震。

两个人面面相觑，沉默了大约10分钟，楼上传来熟悉的声音。

吕怡然："Honey（亲爱的），啊……你好坏啊……"

楼上的两个人玩儿得非常尽兴，非常旁若无人，暧昧的娇喘声响起，激烈得床板都好似在响。

苏礼和陶竹交换了一个眼神。

这时，终于听不下去的郭丁兰从楼上走了下来，发现她们的表情，淡定地道："她男朋友下午坐高铁来找她了，他们和好了。"

陶竹表情僵硬地确认道："和好了？"

郭丁兰示意楼上："两个人好得不能再好，5个小时没开房门了，她男朋友还要住好几天呢。"

陶竹气得天灵盖冒烟："那我这算啥？气死了，我再也不掺和人家的感情的事了！跟人家一个鼻孔出气，我气个半死，人家转眼就甜心宝贝了。"陶竹越想越气，继续说道，"她又不分手，问我干吗？"

苏礼："你冷静点儿。"

"我冷静个屁，这合理吗？她自己把男朋友骂得像路边狗都不理的废品垃圾一样，我累死累活地跟着骂了40多分钟，转眼他们就和好了？！"陶竹情绪激动地说，"那我呢？我的时间不是时间？我说的话是放屁吗？"

苏礼没吭声。

"算了，"陶竹把被子往上一拉，"睡着了就不生气了。"

房间很快熄灯，然而楼上的响动始终没停，床响结束之后，又开始转为笑闹声。

苏礼睡得迷迷糊糊时，听见陶竹小声说："睡着了吗？我气得睡不着。刚好我小姨明天过生日，我带猫回去了。"

苏礼迷糊地听了半天，想着回一声，可刚要开口，陶竹已经关上门离开了。

苏礼慢慢清醒，楼上的床又开始响了，20分钟一次。她开了灯坐起来。

柴柴也醒了，看着她，发出想要睡觉的声音。

想到这人还要住好几天，苏礼也收拾了一下东西，把衣服装进包里，带着柴柴离开了。

她刚从梦中醒来，还有点儿迷糊，走出小区之后被风一吹，一激灵，思绪收拢。

她现在该去哪儿？她若回家又要被盘问，且她的包里还装着一件程懿的外套。

苏礼本打算去酒店开个房间，但想要的房型都没了，车子兜兜转转，就开到了空中花园附近。

她将目光投向那栋别墅。程懿应该不住这儿吧？她借住一晚应该不要紧吧？

苏礼畅通无阻地进屋之后，忽然想起自己今天没刷牙，于是赶紧去刷牙。

牙刷嗡嗡地振动得挺有规律，忽然毫无预兆地传来响声，她含着泡沫，拿出牙刷仔细端详，看是不是哪儿坏了，看了半天也没发现异常，一抬头，镜子里映出了有些错愕的程懿。

苏礼蓦地回头，紧张地道："你回来了？！"

说完后，她又赶紧补充："那个……我室友带男朋友回去了，我没订到合适的酒店，就在这儿借住一晚。刚刚本来打算……刷完牙就跟你说一声的。"

程懿像是在分辨这话的真实性，盯了她半晌，才低头掩住唇边的笑意，说："那就别回去了。"

苏礼："啊？"

"我是说，"男人轻咳，"想住多久都可以，只要你喜欢。"

苏礼点了点头，摸着脖子，感觉这大半夜的，气氛有点儿怪。

于是她问："你呢？你平时住这里吗？"

"没，今天是刚好离这里近，我就过来了。"男人想，幸好自己过来了。

苏礼"噢"了一声，才发现自己还穿着吊带，提了提肩带才说："那我随便选房间吗？"

"嗯，都可以。"

程懿正要继续说什么，柴柴猛冲到了他面前，兴奋地围着男人转圈。

程懿摸着狗的下巴，说："我住的房间比较舒服，想睡我……"

被柴柴用爪子抱住了腿，他顿了一下才又道，"的房间吗？"

苏礼吓了一跳，紧张地道："不用了，我不挑的，都可以。"

苏礼在心里默默地揍狗，选了个最靠近他的卧室的房间钻了进去，回头对程懿说："晚安。"

她知道程懿睡的是主卧。当时主卧肯定是为他们设计的，自然最舒服，但现在跑过去睡，她有些不好意思。

方才听到的那些暧昧声音突然跳进脑海，苏礼轻咳两声，赶走不好的念头，火速闭上眼睛睡觉。

她没睡踏实。程懿5点离开时，她知道。

男人离开前在她的房门口站了一会儿，怕吵醒她，最终没有开门，轻手轻脚地离开了。

苏礼起床吃了点儿东西，遛了狗，又开始困了，一头栽到沙发上开始睡回笼觉。这是她的习惯，回笼觉不能在床上睡，否则她睡不着。

程懿一般会在9点左右给她发消息，而今天9点了她还睡得昏天黑地。手机塞在房间的枕头下面，他打进了3个电话她都没听到，最后是开门声让她迷迷糊糊地醒来的。

苏礼坐起身，程懿看了她半晌，心里的大石头这才落了地。

他低声问："怎么不接电话？"

"睡着了没听到，"苏礼在身下摸了摸，这才想起，"哦，手机放房间里了没听到。怎么了？"她揉了揉眼睛："有什么事吗？"

男人道："没事，怕你有事。"

苏礼越发奇怪："我能有什么事？"

日光投射进来，拉长了男人的影子。

他像是刹那之间想了很多，最终才轻声道："怕你跟我说只是演戏。"

情况和上一次太过相像，他发消息她不回，电话开机却始终打不通。他到家的第一眼只能看到敞开的房门，她背的包也不见了。

苏礼愣了一会儿才反应过来，忍了忍，开始拿捏情绪，面无表情地说道："既然你都知道了，那我就不瞒着你了。"

程懿看着她，喉结动了动。

苏礼有点儿憋不住笑了一下，又慌忙忍住。

这点儿小细节哪里逃得过男人的眼睛？他叫道："苏礼！"

"骗你的，我去刷牙啦。"苏礼终于忍不住笑出声，拍拍他的肩膀，说，"别一天天患得患失的，你是女人吗？"

她语调里满是调侃之意。

她刷完牙，刚放下杯子，身子忽然一轻，被人抱起来放到了洗手台上。

下一秒，男人的唇封了上来。

"嗯……"

他的舌长驱直入，近乎霸道地掠走她口腔里所有的氧气。

最后，苏礼实在喘不上气了，才被男人放开。

苏礼感觉自己的嘴唇被亲得发麻，耳边嗡鸣一片。直到程懿用指腹点了点她的脸颊，她才想到睁开眼睛。

苏礼跑回房间，抿了抿红肿的唇，快速点了几下屏幕，对程懿说："给你设置特别提示音，行了吧？"

程懿问道："下次万一你又没接到电话，怎么办？"

"那你就还这样亲……"苏礼意识到不对，突然噤声。

男人飞快地接道："好。"

苏礼沉默。

男人理了理她鬓角散落的碎发，这才问出方才感觉奇怪的点："狗呢？"

"不知道，不是在这儿吗？"

苏礼叫了几声"柴柴"，狗从阳台的桌子底下钻了出来。

苏礼："下次你要想找它，摇两下零食袋子，比什么都灵。"

这狗真是很离谱儿，看到男人比看到主人还高兴，一直围着程懿晃尾巴。

程懿一边陪柴柴扔球，一边示意客厅的箱子，问："这个是怎么回事？"

苏礼"哦"了一声，说："早上遛狗的时候，它从快递驿站叼来的，太喜欢了，不肯松口，我就让它拖回来了。"

程懿："你的包放哪儿了？"

苏礼指了指，道："早上找东西，挂在洗手间里了。"

房间内又安静了一会儿，她这才开口道："我不会突然消失的。"

男人心头一动。他正想开口说些什么，又听到她说："起码也得在桌上留封信气气你。"

程懿沉默。

下午的时候苏礼去做衣服，正在固定大头针，门口传来推门的声音。她抬头一看，是陶竹。

"昨晚休息得好吗？"苏礼问。

陶竹没好气地道："没那些奇怪的声音，就睡得挺好的。"

苏礼偏头调整着衣领，问："怎么还在生气呢？"

"我得气一辈子，这件事是过不去了。"陶竹气呼呼地在沙发上坐下，"来你这儿点外卖，想吃的那家店这里能点到。"

苏礼："你点吧。"

陶竹点了外卖，顺手翻了翻桌上的东西，问："怎么这么多小裙子的图纸？做什么啊？"

苏礼笑道："这还叫小裙子？每条裙子光是点缀的珍珠和钻石都值7位数。"

陶竹骇然："这么贵？你接了哪个大老板的单？"

之前苏礼没跟陶竹说，是因为很多事没确定，现在有大概的方向了，便解释道："不是，是程懿的妈妈生前留下的手稿。"

"你怎么会有这个？程懿让你做的？"

"没，他不知道。"苏礼说，"我打算都做好了再告诉他。"

知道每张纸代表的意义后，陶竹连翻看都小心翼翼的："你专门为他做的？"

苏礼想了想，说道："是……也不全是。我自己以前也想过做这种服饰，不过画了几张稿子，又因为别的事搁置了，看到这些图稿才想起来。"

陶竹："这后面几张都是你画的吧？"

"嗯。"

"我觉得你这个想法挺好的，而且你家又是做珠宝生意的，有现成的渠道资源，说不定到时候你家和川程还能合作一下。"陶竹挤眼，"你就是那个牵线人。"

听到这话，苏礼不禁打了个寒战："我哥会把我的腿打断吗？"

"不至于，"陶竹沉浸地看着设计稿，"我帮你求求情。"

苏礼回头看向她。

察觉苏礼的目光，陶竹胡乱地捋了两下头发，赶紧转移话题："这条黑钻裙好漂亮，淡水珍珠这条也很不错。对了，你那天是拒绝了易柏的告白吗？"

苏礼本打算坚定目标，无论如何都不被带偏话题，但听到这话还是愣了愣，问道："什么告白？"

易柏什么时候告白了？

"就前几天，你逛超市，程懿去找你那次！"陶竹看她这样，自己也蒙了，"你失忆了？"

苏礼沉吟半晌，回道："那天他没跟我告白啊，你记错了吧？"

陶竹扯了扯嘴角，为苏礼播放了那段语音。

苏礼听完后沉默了，半晌才道："但他那天真的什么话也没说。"

"真的？那怎么回事？"陶竹立刻抱着手机逃到阳台上，"我去问问。"

苏礼莫名其妙，以为是什么大冒险挑战。

几分钟后，陶竹走了过来。

陶竹说道："我问易柏了，他说因为跟你聊了两句，你说某个东西你男朋友很爱吃，他就知道你有男朋友了。"

苏礼眨眨眼，想了想，说："我不是特意说的，是当时想拿那个巧克力，货架太高了我拿不到，他问我怎么爱吃那个。"苏礼头痛地道，"都怪你乌鸦嘴。"

"我乌鸦嘴什么了？他本来就喜欢你好吧？！我当时预不预测他都喜欢你！"

半晌后，陶竹才幽幽地叹了口气，说道："易柏这孩子就是……始终少了点儿勇气。"

有关易柏的话题她们并没有讨论太久。

陶竹忽然兴奋起来："别做了，别做了！单笛直播了！"

苏礼问："直播什么？"

"不知道，边吃边看吧。"陶竹将直播画面投屏到墙上，搓着手，"万一突然就打起来了呢？"

万万没想到，陶竹一语成谶。

单笛今天的直播氛围比较轻松。她主要是和粉丝互动，俗称闲聊。

"对啊，最近瘦了，一天只吃一餐。

"粉底是 YSL 的。

"哈哈哈，为什么超模比较适合我？我还不是超模啦。

"谢谢你们，嘴好甜啊。"

…………

10分钟后，进入直播间的人越来越多，不再只是粉丝，也多了很多别的声音。

单笛的面色微变，但因为评论不多，她都是挨个回复，突然跳过会很奇怪，所以针对那条弹幕，装作不经意地玩笑揭过："啊，之前我和苏礼在台上的争执只是为了收视率走剧本啦。综艺节目都有剧本的，你们不知道吗？我们台下关系还不错。"

评论里有个粉丝在为她说话："是的，笛子平时性格很好的。"

陶竹的表情有点儿一言难尽，她对苏礼说："得亏今天没下雨，要是在打雷，第一个把她劈死。"

有关苏礼的话题一开启，就彻底收不住了，弹幕中全是各种关于她的问题。

单笛深吸了一口气，像是在极力缓解暴躁的情绪，之后才笑着装作坦然地回复："在学校就不和？小三？怎么可能，不要乱说！感情是我私人的事，不过多回复，但我问心无愧。

"苏礼海选被淘汰……啊，我还不知道这件事，她之前被淘汰了吗？

"肯定跟我没关系呀！我谁都不认识，哪有那么大的权力？哈哈哈，你们要想知道也该去问玥玥，她舅舅可是公司副总，直接参与节目决策的呢。"

陶竹转过头问："玥玥是谁？"

苏礼想了好一会儿，才道："应该是曹玥玥吧，另一个设计师组的主模，跟单笛关系很好。"

苏礼刚说完，忽然听到很大的拍门声，四下寻找后，才意识到声音来自音响，是单笛的直播间传来有人敲门的声音。

曹玥玥的声音很快响彻直播间："单笛你有病吧？你没事在背后瞎说什么呢？"

单笛实打实地愣了一下，尴笑着试图挽回气氛："我开玩笑呢……"

曹玥玥："你开玩笑为什么把炮火引到我这儿来？我直播得好好的，突然一堆人问我怎么看苏礼海选被淘汰的事，我能怎么看？！"

陶竹在一边充当场外解说："今天全公司的人一起直播，要看情况评定等级的，所以曹玥玥生气了，自己的流程都没走完就被打断了。"

屏幕中的画面仍在继续。

"好嘛，别生气了，"单笛僵硬地看了一眼镜头，"事情又不是你干的，你这么紧张做什么？"

她的本意是想说这件事并非曹玥玥所做，但是一时情急，措辞能力也有限，她表达出来的意思就像是：你这么紧张难道不是因为做了亏心事？

果然，曹玥玥立刻就火了："你什么意思？你当时求我，让我去找舅舅删苏礼的名字时是怎么说的？你现在感觉要暴露了，就把锅都推到我一个人身上？我又不认识苏礼，搞她干吗？我还不是为了你！"

陶竹一把抓住苏礼的手，力道加重，沉声道："看看看！"

苏礼紧盯着屏幕。

单笛开始装傻："你在说什么？我和这件事有什么关系？"

"有没有关系你自己心里清楚！"曹玥玥彻底恼了，"我以为你最起码还知道感恩，这一招过河拆桥玩儿得挺厉害呀！"

单笛打死不认账："你别血口喷人，拿不出证据就是诬蔑我。"

曹玥玥："怎么？你有证据？"

单笛："我有哇！官宣二选名单的那阵子我都在国外玩儿，哪有时间弄这些？回国我才知道这件事，当时还很震惊。"

单笛说完就开始翻手机找记录，许是随时准备澄清，没一会儿就翻了出来。

哪能想到她被曹玥玥的一句话钉在当场："出国回来就表示震惊，你刚刚不是还装作才知道的样子吗？"

陶竹在弹幕上打字："你们别吵啦！"

发完弹幕她却在沙发上大声尖叫："打起来，打起来！"

苏礼捏了捏眉心，笑道："你小心把腰闪了。"

直播间出现短暂的沉默。

曹玥玥留下一句话后摔门而去："你要不是心虚，至于把大半年前的记录存在这么靠前的地方，随时准备撇清关系？算我识人不清，你真不值得我这么做。"

话题其实不易掀起大风浪，但是直播吵架这个桥段太刺激了，路人都忍不住多看两眼，所以很快相关话题就上了热搜。

评论里看戏的人颇多，有些还是陌生账号。

"虽然不知道是什么事，但是第一次见直播吵架，哈哈哈，真的太可乐了。"

"单笛当时应该是太慌了，所以想转移视线，结果被曹玥玥当场击杀。"

"我没记错的话，她当时能进公司靠的就是曹玥玥的关系，现在这么做确实不地道。"

"就算当时她没有别的意思，拿帮了忙的恩人出来挡刀也是脑子有病！"

"苏礼发微博了，哈哈哈，一张'不熟'的电影台词截图。"

"当面打脸哪！单笛真是个撒谎精，谁跟她关系好了？她不过是小三罢了。"

…………

单笛的微博全面沦陷，最新一条微博被大家转发、评论、声讨。

当晚，单笛所在的公司出面发了声明，表示已和单笛解除合约，声明微博底下叫好声一片。

陶竹就差把那条微博和热搜截图挂在墙上了："我这嘴真是开了光的，说啥来啥！那我就预言一下那个副总马上退位吧。"

苏礼："要不你再预言点儿别的事？"

陶竹："SL大卖！爆款！分店开满全国！珠宝系列礼服受到狂热追捧！苏礼首场设计师大秀一票难求！媒体竞相报道！"

苏礼挑眉："还有呢？"

"还有……"陶竹用手撑着脸，"我打算开个模特儿工作室了。看了单笛，我觉得现在的模特儿市场太浮躁了，需要我来为其指明方向。"

顿了顿，她又道："那就祝陶老板的工作室红红火火吧！"

"嗯，"苏礼笑，"日进斗金。"

年底，SL第一家分店开业，团队里加入了许多新鲜血液，橱窗里衣服的款式也越发多样。

苏礼心血来潮地为自己安排了一场旅行。

她本来是去古溪城出差考察，结果上午到了地方后，觉得风景太好，便给程懿发了条微信，问他要不要出来旅游。

程懿说："好。"

等待的时间，苏礼四下闲逛着，太阳落山才想到要订酒店，结果在软件上浏览了一圈，发现大多酒店被订满了。

她还以为这边的酒店都是现场办理入住，好不容易选了一家喜欢的，隔音效果又好的，刚递上身份证，就收到了善意的提醒。

"不好意思，这边只有一间房了。"

苏礼："只能住一个人是吧？"

前台："可以住两个人。"

苏礼不知道自己是怎么想的，可能是脑子一抽，也可能是逛了一天实在太累不想再找酒店了，就点了点头，说："好，那就这间。"

她打开房门才发现，房间的确很大，但全都是花里胡哨的设计，里面有张双人床。

苏礼悔不当初，但转念一想，的确是可以睡两个人，人家说得也没错，自己又没强调需要两张床。她当时在想什么？

苏礼在床边心情复杂地坐了一会儿，程懿到了。

两个人聊了一会儿天儿，见天色不早，男人嘱咐她早点儿休息。

程懿伸出手，说："我的房卡给我吧，你也困了，抓紧时间休息。"

苏礼缓缓地抬起头。

程懿："怎么了？"

苏礼："就剩一间房了，要不你今晚也睡这儿吧。"

她本以为程懿至少要思考几分钟，谁知男人只是看了看她，确认她没在开玩笑后，点头答道："好。"

然后他就拉开门进了浴室，去洗澡了。

苏礼直到水声传来才感觉有什么不对，但好像又没什么不对。

很快，程懿洗完澡，穿着浴袍出来，换她去洗澡。

苏礼慢吞吞地洗完澡后坐到桌子前，有一搭没一搭地吹着头发，顺便回微信消息。

"再不吹干头发要感冒了，"男人侧身，将她揽到床边，"过来，我帮你吹。"

既然有人提供服务，苏礼就专心回复陶竹的消息了。

陶竹："TT 有吗？"

举个栗子："TT 是什么？"

陶竹："就是'小雨伞'。"

举个栗子："'小雨伞'是什么？"

陶竹："就是孤男寡女睡在一起要准备的那个东西，分味道的。"

苏礼这才反应过来。

举个栗子："那个东西居然还分味道吗？"

陶竹："嗯，还分款式和尺寸呢，以后你就知道了。"

在吹风机的呜呜声中，苏礼能感受到男人的手指贴着头皮的温度，感觉耳郭发烫。

陶竹一天到晚都在琢磨什么东西啊……

吹干头发后，苏礼顶着烧红的脸，爬到了床的外侧。

将至一月，天气转凉，被子里很冷，苏礼抖了一下。

"冷？"程懿笑了笑，拍了拍自己这边，"过来睡吧，这边暖和了。"

"不用了，"苏礼将头摇得像拨浪鼓，"我不冷。"

下一秒，她的脚被人握住。

苏礼整个身体僵住，涨红了脸。

程懿的声音传来："你赤脚在外面坐了 40 多分钟，怎么可能不冷？"

男人侧身躺下，按熄了灯，旋即捉住她的脚踝，将她的脚掌放在了自己的小腹上。

黑暗冲淡了苏礼的无所适从，她小声问："你干吗？"

程懿："听说这样给女朋友暖脚比较快，我试一下。"

"不冰吗？"她尝试着把脚往回缩，"一会儿你的肚子会不舒服。"

男人按住她的脚，说："没事。"

没一会儿她的脚暖了起来，但整个人还有点儿不自然，偶尔会蜷一下脚趾，像在挠他。

男人又伸出已经收回的手，贴在她的小腿处。

他哑声道："别乱动。"

苏礼："噢。"

但没一会儿，她又在被子里慢慢地扭了起来。

程懿："怎么了？"

苏礼："我的肩带开了。"

说完她就想原地自杀，但话已说出口，没有再撤回的机会了。

很快，男人的气息覆了过来，让苏礼感觉空气都在急速升温。

他的声音有些嘶哑："我帮你扣。"

然后也不知道他是怎么折腾的，从她口中溢出的低吟像是猫叫。

"程懿，你别乱揉。"

…………

"疼，程懿，好疼。"

…………

"别，你轻点儿……"

男人像是瞬间回神，翻身下床，说道："我去洗个澡。"

浴室里响起水声，苏礼将睡衣整理好，将内衣的肩带系好。

过了好一会儿，程懿才出来，身上带着凉意，在床边暖热后才靠近她一些。

男人将她抱在怀中，用手指捏了捏她的耳垂，说道："不做什么了，睡吧。"

苏礼不知道是不是自己的错觉，总觉得他的指尖还带着湿漉漉的凉意，和方才游走在她的腿上的触感很像。

意识到自己在想什么，苏礼火速闭上眼睛，开始清除杂念。

度假的那几天，他们并没有做什么，只是相拥而眠，不过临要离开时，苏礼的身上还是多了很多"小草莓"。

旅行结束后，苏礼回了趟家。

饭桌上，她旁敲侧击地问："你们之前说的，家里和川程的矛盾到底是什么？"

苏见景瞄她，问："你想知道这些干什么？"

"好奇，"她轻咳了一声，"再说了，我总不能永远不知道吧？"

苏见景喝完最后一口汤，放下筷子，说道："之前生意上的问题，说了你也听不懂，而且很复杂。总而言之就是曾经双方打算合作，但是到最后因为很多问题没成，并且双方的关系很僵，到后面也没法再合作了。"

怪不得当时程懿的第一想法是从她入手。

苏礼戳了戳碗里的饭，说："那矛盾也不是很大嘛……"

苏见景："总之两家关系到现在还无法破冰，反正后续也没什么交集，更何况后来不还掺和进一个你？"

"我……我怎么了？"苏礼抬起头，试探地道，"那如果有一件事搭桥，能让双方都获利，你们还会合作吗？"

"看吧，"苏见景道，"怎么，你有想法？"

苏礼放下筷子，说："没什么，我吃饱了，先回房了。"

苏礼回到房间后，第一时间补遮瑕液——"小草莓"可不能让苏见景看到，否则她吃不了兜着走。

她补好妆后，检查了一遍，刚将遮瑕笔盖上，身后忽然传来提醒："锁骨上还有一个。"

苏礼："好的……"

她猛地回过神来，转头一看。

苏见景就站在门口，抱臂冷眼望着她。

"你来我的房间怎么不敲门？"她迅速找到立场，"还不出声。"

苏见景看了她一眼，道："我要是出声了，怎么能欣赏到这么精彩的画面？"

苏礼感觉喉咙发干，说不出话来。

苏见景："说吧，跟程懿在一起多久了？"

"不是他……"苏礼停了停，在苏见景"你骗鬼呢"的目光中徐徐补充完整，"还能是谁呢？挺久了，我们还一起出去旅游了好多次。"

苏见景抱臂看着她，但这一刻，苏礼忽然态度坚定起来。

反正总有这么一天，现在来了也好，起码以后她不用再遮遮掩掩。

反正两家关系僵持的问题说大也大说小也小，至少不是无法原谅的过错。

思考了一下措辞，苏礼这才说："其实我们的关系现在已经很稳定了，不是你问我，我也会选个机会跟你们说的。"

苏见景："你忘了上次的事了？"

"我也没有因为被鱼刺卡过以后就再也不吃鱼了。"她说，"你也知道我不是因噎废食的人，如果程懿还和之前一样，我肯定不会同他继续往来的。"

对她来说，那段过去已经是过去，无论对错，他们都为自己的选择承担了相应的后果，也付出了代价。她只需要向前看，而前方是为她改变过的程懿，是为她放弃了许多执念的程懿，是让她再一次心动的程懿。

她相信，这是一段新的感情。

"你怎么知道他和之前不一样？"苏见景说，"你确定你能看懂他吗？"

如果之前问她这个问题，她是答不上来的。

但这一刻，她可以用无比坚定的声音回答苏见景："我能。"

苏见景："你也确定自己对他是真感情，而不是征服欲和好胜心作祟？"

苏礼撇嘴："你把我想得也太无聊了，谈恋爱很浪费时间的，如果不是和喜欢的人在一起，恋爱真的没有意义。"

眼见说得差不多了，苏礼背起一边的挎包，走到门口却突然被人拦住。

苏见景将手搭在门把手上，问："你走这么快干什么？又去找程懿？"

"嗯，"她的声音轻快而坦荡，"我们去看电影。"

苏见景的手一直没放下。

苏礼："干吗？你不会不让我出去吧？"

苏见景："不管你怎么想，他在我这里已经没有可信度了。上次没拦住你，已经是我的失误，我不会让失误重演。在他彻底从我的征信黑名单里被放出来之前，这段恋爱我不同意。"

苏礼蒙了一会儿，问："你不同意，我就没有人身自由了？"

苏礼知道苏见景是为她好，努力说服他："程懿和之前真的已经不一样了，改变了很……"

苏见景打断她的话："既然他变了，那你就让他来证明给我看。"

苏礼的倔劲儿也上来了："两个人的感情，一定需要向第三方证明吗？"

苏见景很快上套："那当然，得不到祝福的感情是不长远的。"

苏礼慢悠悠地放出撒手锏："那你和陶竹呢？你们得到我的祝福了吗？"

苏见景的目光慌乱了片刻，之后他才开口："什么陶竹？"

"你心里清楚的。你问我的情况不亲来问我，非得通过陶竹，每次一说到这事你俩都支支吾吾的，我只是想给你们留点儿私人空间。"苏礼变被动为主动，"我拿陶竹当朋友，你竟然想让她做我嫂子。你……"

她还没说完，苏见景就拉开门将她推了出去："少扯那些没用的，出去看电影。"

目的达成，苏礼耸了耸肩。幸好她的手上留了把柄，让她在必要的时候能有发言权。

而她不知道的是，就在她离开的当晚，程懿到她家门口说明了来意。

管家进门向苏见景通报："程先生说，有些事想跟您聊聊。"

苏礼不知道程懿跟苏见景到底说了什么。男人回来后把这件事告诉她时，她一开始没上心，直到那个周末回家，苏见景居然主动问她下周和程懿有什么活动。

苏礼有些意外，发现苏见景的语气不似之前，说道："活动都是看情况，哪有安排好的？不过下周第二家 SL 的分店快装修完了，我应该会去看看。"

家里人对她的事业一直都很支持，苏见景也知道她的性格，只要她不开口，对方便不会干涉。

苏礼也以为他们都很放心，结果前阵子进了衣帽间才知道，原来她的每款新品，他们都会偷偷买回家，用袋子装好挂起来。看到两个大男人把袖子上的蝴蝶结贴在衣服胸口上，她又感动又好笑。

苏见景问："分店？就是那个带花园的？"

苏礼："嗯。"

这次的分店开在 1 楼，后面就是草坪，她便尝试了新鲜一些的设计，将时装与下午茶融合在一起。届时，后面的草坪将会被改造成一个下午茶花园，还有吧台可供点单。

整个设计浑然一体，顾客不仅可以购物试衣，更能拍照放松，不仅能逛，还适合闺密聚会。

周三，店里装修完毕，苏礼跟程懿一起去了一趟。

这里的装修完成度超出了她的预期。

昨天晚上下了雪，纯白的雪覆盖花园，平添了几分静谧雅致的感觉，她踩上没有融化的雪，有轻微的声响。

苏礼取下手套，拍了几张照片，这才在秋千上坐下。

秋千晃得缓慢，她轻轻荡着腿，看自己来时踩过的脚印，每一步都清晰可见，就像她的人生。

忽然，旁边又出现两行脚印，程懿拿着暖手宝朝她走了过来。

苏礼刚刚拂了雪，这会儿手正凉，于是笑嘻嘻地接过暖手宝，说："你怎么这么体贴？"

程懿挑眉，在她旁边坐下，又帮她围好围巾。

融雪时最冷，她觉得冷，但又很矛盾地觉得暖和，大概是温馨的气氛驱走了那些寒意。

苏礼："能荡高一点儿吗？"

程懿起身想帮她推秋千，被她制止："不用这么麻烦，你用腿随便晃晃就行。"

男人懂了她的意思，慢慢地帮她摇起来。

程懿倒了杯果茶递到她唇边，问："喝不喝？"

苏礼捧着杯子小口啜着茶，喝完又把杯子递给他。

程懿："还想喝吗？"

她肩上的小绒球随着她点头的动作一颤一颤的。

苏礼看着程懿将果茶倒好，忽然笑了。

程懿问她笑什么，她却只是抿唇，摇着头忍着笑不说。

苏礼喝完果茶，搓了搓手，说："好像还是有点儿冷。"

程懿拍了拍自己的口袋，她很有默契地将右手放了进去，果然很暖和。

她伸出左手，问："那这只手呢？"

男人伸手将她牵住。他的手掌很宽大，包裹她的手绰绰有余。

苏礼眼尾微弯，说道："你觉不觉得你像在照顾幼儿园的小朋友？"

程懿也笑："那小朋友开不开心？"

苏礼还没来得及说出一个字，就被不远处的身影吓了一跳。

苏见景就站在吧台旁，不知站了多久——她一开始还以为那是甜品师。

苏礼站起身问："你怎么来了？"

苏见景见她出声，掩了掩唇，走上前说："没带钥匙，来找你拿钥匙。"

苏礼实在想不通，世界上怎么会有这么扯的理由。且不说家里的锁怎么着都能开，就算有什么意外，苏见景随时能找管家和安保，犯得着找她拿钥匙？

她忍不住小声问："你计划了一个星期，就想出这么个蹩脚的理由？你怎么不说你来找我借橡皮筋呢？"

苏见景："少说两句，你带钥匙没有？"

"没。"

"哦，那我走了。"

苏礼莫名其妙，皱眉问道："你这就走了？"

"不然呢？"苏见景睨她，"我还能把你杀了？"

他当然不是来拿钥匙的，只是趁他们不知道，来看看情况。

当时程懿找到他，并没有说太多话，只是给他看了一份合同，是将自己的股权全部转让给苏礼的合同。

她是大股东，不用做什么。男人仍是 CEO，名义上却是为她打理公司。

苏见景明白这代表什么，这是无声却最有力的证明。程懿捧上了自己所有的、最好的东西，送给了她。但在最后，程懿说不要告诉她，因为不想她太有压力。

苏见景想，或许苏礼之前说得对，程懿早已不是从前那个程懿了，不再另有目的，只是纯粹想要对她好，想给她最好的东西。

他到了有一会儿了，看见程懿怕她口渴，让人泡了果茶，又看到男人帮她整理围巾，还目睹了后面他们的一系列互动，心终于放回了肚子里。

苏见景转身面向程懿，说："怎么不给我倒杯果茶？"

末了，苏礼逼着苏见景灌了 3 杯果茶，这才放人离开。她猜苏见景短期内应该不想看见她了，挺好。

苏见景离开后，苏礼像是想到什么，回头问程懿："之前你是不是让我签了份合同？我那时候正在忙没具体看合同内容，是什么？"

"没什么，"程懿道，"一些小事。"

1个月后，SL的后花园分店开始营业，相关话题中午就上了同城热搜榜。

吃喝玩乐找阿詹："苏礼的个人品牌SL第二家分店开业了！这次采用了崭新的布局，顾客不仅能购物，还能喝下午茶！有好多姐妹直接在店里买了衣服换上，然后去花园拍照，效果奇好无比，导购还会根据顾客想要的风格给出建议，可冲！"

微博底下还附有一堆图片，大家纷纷在评论区表示被吸引了。

"好漂亮啊，景点一样！本来还以为最低消费几千元才能进，后来才知道只要在SL消费就可以去玩儿，哪怕只是买一条发带！栗栗也太好了！"

"就这个花园造价都不低于百万，第一拨打卡的人真是赚了。"

"还是女人最懂女人，看完这组图我立刻买了过去的机票。"

…………

由于那几天客流量太大，花园能服务的客人有限，所以能体验到的只有一小部分人。

那一小部分人让人羡慕不已。

超出苏礼预期的是，SL就在这样供不应求的情况下完成了一次"饥饿营销"，一时间风头无两。

只要在某分享App上发了图片的文章，每篇的点赞量都过万，足可见想去的人有多多。

SL的口碑和商业价值持续走高。

"上周试营业了2个小时，我朋友去尝了，说水果茶和曲奇饼干简直是人间美味！啊啊啊，我馋了！"

"那可不，栗栗说产品都是她亲自尝过的，并且喜欢的才会上。"

"冷知识：店里聘用的是国宝级甜品师，有钱都不一定能请到的那种。"

"第一次离有钱人的生活这么近，感谢苏礼。"

"栗栗家到底是啥条件？感觉她是个深藏不露的有钱人。"

"我也很好奇，看气质她不像普通的富二代，但对她的家庭从来没有相关报道。"

"有没有媒体能曝光一下？！"

"不说家庭了！不靠家庭，她现在赚钱也超多的吧！"

…………

幸好，网友还没有那么神通广大。关于家庭的话题一笔带过，大家关注的还是 SL 本身。

SL 的热度又持续了 1 个多月，转眼就到了要过年的时候。

过年前当然要买衣服，苏礼拉着程懿去了商场。

他们逛了几家店之后，男人才意识到不对，问："是给我买衣服？"

"对啊，不然呢？"她说，"每次出来都是给我买东西，你是要为爱放弃自我吗？"

男人道："也可以。"

他以前的衣服大多是正装，不难看出全是定制款，且是为工作准备的，私服很少。

苏礼打算改变这种景况，问："你有没有什么喜欢的风格？我帮你选选。"

男人没什么原则地说："你选的都好。"

过了一会儿，像是有了想法，他道："不过有一种喜欢的。"

苏礼："嗯？"

"想买情侣装。"程懿说得脸不红心不跳。

苏礼轻咳了一声，环顾四周，说道："不过这边都是男装。"

程懿："那换个地方？"

自己身为设计师，怎么能为这种小困难低头？苏礼灵机一动，笑道："当然……也不是没有办法。"

她一边帮程懿选款，一边问着码数。

程懿看她若有所思，侧目道："怎么还问最小码？我穿不下。"

"我穿。很多男装基础款是可以做女装的，"苏礼说，"我回去再自己改一下，走在街上也不怕撞款。"

想着想着苏礼笑道："我跟你说，之前我有个朋友，她很喜欢穿情侣装，而且都是买设计好的成衣，在路上靠衣服认男朋友。

"结果有一天，她以为男朋友走得太快，就追上去抱着对方的胳膊。等那个人回头，她才发现自己认错人了，她的男朋友在后边。

"这时候男生的女朋友也走出来了，四个人穿着一样的情侣装，场面一度很尴尬，差点儿解释不清。"

她说完，才发现程懿一直笑着看她。

"看我干吗？你有没有在听我说话？"

男人回过神来，收回目光，道："听了，情侣装撞款所以认错人了。"

苏礼"嘁"了一声，想起他之前一边涂药一边开会的事，又想到他说自己从小就习惯了同时进行两件不同的事，觉得这应该是天分，忍不住小声吐槽："你真是拥有一心二用的天赋。"

她话音刚落，身后就有一对闺密路过，她们的对话也传入两个人的耳中。

"我还给他买衣服？我图什么呀？！

"他就是天生的一心二用，早就把开小差刻进生命里了！

"和我聊天儿的时候他还在撩别人，我怀疑他在床上都在想别的女人。"

…………

她们走后，程懿觉得有必要解释一下："我不会这样。"

谁让你解释这种东西了？！

她将衣服一把塞到程懿怀里，说："去试试。"

很快，苏礼给程懿选了5套衣服，自己也买了5套小码的。

导购很热情地推着一件新款衣服过来："先生，这件不顺便带走吗？这件也有小码的，你跟女朋友这么般配，穿这个颜色的衣服一定好看！"

苏礼正想说不用，程懿却已经点头了："好。"

他们出了店铺，苏礼才问："你买这件干吗？感觉板型一般。"

程懿："导购嘴甜。"

苏礼："他说什么了？"

程懿："他说我们般配。"

苏礼无语了一会儿，小声嘀咕："照这么算的话，我也挺嘴甜的。"

程懿停下脚步，苏礼跟着停下。

程懿冷不丁地凑过来啄了一下她的嘴角。

苏礼愣住。

男人垂眸，道："是挺甜的。"

他们买完衣服后，苏礼回到家，发现公寓里很热闹。

陶竹照例是倾听者，对面坐着一把鼻涕一把眼泪的吕怡然。

多么相似的画面，苏礼还以为自己穿越到了前些天的场景里。

吕怡然："他居然送我一瓶绿茶，说我懂他的意思！他也太过分了，怎么能说这种话？我干什么了他就送瓶绿茶给我？他自己不也跟妹子打游戏吗？我就是玩儿游戏随机排到了男队友，他就骂我是'绿茶'？我可是他的女朋友哇！"

苏礼明白了，上次吕怡然的男朋友追过来，二人秒和好，结果还没过多长时间呢，又吵架了。

陶竹当然也生气，但现在不能火上浇油，只能敷衍地应付着："就是，怎么能送绿茶呢？"

陶竹一边冒火，一边对苏礼挤眉弄眼，眼神中透露着"这要是我直接一拳给他揍瘫痪"的意思。

吕怡然："我当时就站在酒店门口，真的是崩溃大哭。他怎么能这样？这话说得也太伤人了！什么恋爱？我不想谈了！"

"嗯，是的。"陶竹一边搭话，一边打开了电视。

吕怡然："你也觉得我不该在垃圾桶里找男朋友对吧？"

陶竹："随便你吧，你开心就好。"

吕怡然："渣男！我要和他分手！这种社会败类有什么好谈的？！我今天就跟他分手！"

"可以，你自己决定。"陶竹道，"他话都说成这样了，你还有必要委曲求全吗？"

吕怡然边上楼边自言自语："就是！垃圾东西，我骂死他！"

很快，楼上传来争执声。

陶竹摇了摇头，跟苏礼说："想吃汤圆了，出去买汤圆吧。"

苏礼笑道："过春节吃汤圆？"

"你又不是第一天认识我，"陶竹道，"再说了，你不也挺爱吃的吗？"

两个人出去买了几袋汤圆，等回到公寓的时候，客厅里的灯已经亮了。

苏礼换鞋，看着玄关处那个黑色的旅行箱，感觉事情不简单。果不其然，她一转身，吕怡然已经和她男朋友在阳台上你侬我侬了。

苏礼无语，这剧情还能有点儿新颖的发展吗？

苏礼没想到那边的男人径直走了过来，像要找二人算账。

留着络腮胡的男人站定，说："你们俩谁是陶竹？"

陶竹很强硬地说："我，怎么了？"

男人："就是你在怡怡面前诋毁我，说我是渣滓、垃圾，还骂我渣男？！"

苏礼皱眉，问道："她什么时候这么说了？"

那些话不都是吕怡然自己说的吗？陶竹不过是不想打击她，附和几句而已。

络腮胡男人看起来很凶，瞪着苏礼说道："跟你有什么关系？你凑什么热闹？"

苏礼："垃圾分类人人有责，环保部门没教你？"

陶竹看着一旁的吕怡然说道："吕怡然你神经病吧？！你自己把你男朋友骂得像狗屎一样，反过来跟他告状说我骂他？你有脑子吗？你不恋爱活不了哇？"

吕怡然："你骂了还不准我说？要不是你掺和，我们俩至于闹分手吗？！"

苏礼万万没想到这种戏码竟会真实地出现在自己身边。

陶竹一听吕怡然的话，被气乐了："我就实话跟你说吧，谁稀罕掺和你的感情啊？要不是看你是我的室友，我犯得着跟你站一边吗？

"你倒好，转头就对男朋友把我卖得干干净净，一下柔弱小白花，一下为爱走天下，你可真是江湖侠士还有两副面孔呢！你这么厉害要不要我给你颁个奖？

"我要早知道你是这样的人，当时你就是哭死我也不会管你一下！你俩锁死就是为民除害了，你就在这棵树上吊死吧！"

络腮胡男人气得爆粗口，大吼道："你怎么说话呢？"

"就这么说话啊！你们俩可真恩爱，背地里不知道把对方骂成什么样了，见面还能不硌硬，"陶竹冷笑，"要不是手被占着，我还真想给你俩鼓鼓掌呢。"

络腮胡男人上前想打人，被苏礼用汤圆袋子打得后退了好几步。

络腮胡男人更恼了，上前一挥巴掌就要打苏礼，结果手腕忽然被人抓住，膝盖也被踹了一脚，整个人直接跪到了地上。

"谁？！"络腮胡男人边说边往苏礼那边凑，想撞她。

程懿："你再动一下试试！"

吕怡然看向苏礼，不可思议地道："你还带外援？"

"她今天煮汤圆，所以叫男朋友来吃而已，"陶竹嘲讽道，"你带你男朋友过夜也没征求我们的意见哪。"

络腮胡男人满口粗话，挣扎得太阳穴处青筋暴起，结果抬头看了一眼，整个人愣住："程……程总？"

程懿："你认识我？"

吕怡然错愕地看向苏礼。

络腮胡男人瞬间变脸，乖得就像一只小鹌鹑："那个我……我不知道这是您认识的……不……不好意思，您别生气……"

程懿很快意识到什么，问："你是川程的员工？你叫什么？"

络腮胡男人回道："路……路关。"

程懿提起他的衣领，将他扔到门外："滚。"

楼道里传来落荒而逃的声音——路关甚至等不及电梯，直接从楼梯跑下去了。

陶竹给了吕怡然一个白眼，而后和苏礼旁若无人地坐在桌边。

程懿打开手机，像是在吩咐什么事情。

吕怡然石化般站在原地。方才的画面信息量太大，她没消化过来。

没一会儿，吕怡然的电话响起，虽然她没有开外放，但听筒那端的人声音之大，还是让客厅里的人都知道了通话内容。

"你知不知道那是我们公司的总裁？就这样你还让我去教训她们，你这女人脑子有病吧？！"

"你怎么跟个天煞孤星似的？我遇见你就没一件好事！什么都不会，整天就知道挑拨关系，你作不作？"

"现在我被公司辞退了，你满意了？真是谁跟你在一起谁倒霉，那瓶绿茶真该浇到你头上！你是长舌妇吧？！"

…………

那通电话像是男方单方面在进行发泄辱骂，40多分钟还没消停。

吕怡然早已哭得不成样子，吼道："你什么意思？路关，你敢跟我提分手？"

路关："我不揍你都算轻的了！以后别让我看见你，否则我非得把你那张多事的嘴给扇肿！"

苏礼和陶竹从房间里出来时，吕怡然已经哭得像个疯子了，满脸都是花了的眼线和睫毛膏。

这会儿她又看向陶竹，说："你们听到没？他居然那样跟我说话……"

她太痛苦了，太想寻求安慰了。

陶竹知道，所以对她温柔地笑了笑，然后亲切地说："活该。"

吕怡然僵住。

苏礼走到门口，程懿在外面等着她，帮她拿箱子。

苏礼按了电梯，陶竹则准备关门。

吕怡然从房间里冲了出来，说道："你们什么意思？丁兰走了，你们也要搬走？房租怎么办？"

陶竹说道："你自己交吧！看你挺能的，留着你那张颠倒黑白的嘴去挑拨中介和房东的关系吧，搞不好鹬蚌相争，最后房子还送你了呢。"

吕怡然赤着脚追出来，刚想说什么，电梯门关上了。

几个人走出电梯后，陶竹无语道："这人太能作了，本来就没钱，还把室友作没了，看她怎么付房租。"

苏礼指着她的箱子，问："你去哪儿？"

陶竹："回家啊，过年本来就应该回家，这个蠢货加快了我回去的步伐而已。"

苏礼点了点头，说道："那你回去吧，路上注意安全。"

"你们也注意安全。"陶竹回头，促狭地挑了挑眉。

直觉告诉她，这两个"安全"讲的并不是同一件事。

程懿的眉梢几不可察地挑了一下。

苏礼慌忙按住陶竹的肩膀，将她转了个身，说道："快走吧，拜拜。"

/第十二章/

汤圆馅儿

他们把行李搬进别墅的时候，苏礼恍惚了几秒。

她怎么就住到这儿来了？

没等她想明白，程懿已经关上了门，自然地问："饿了吗？"

苏礼回神，拿出汤圆闪进厨房："饿了，我先煮点儿汤圆。"

苏礼煮完汤圆后又分神想到了别的事，最后端出去一个大碗，直到拿出勺子舀了一个，也没感觉到不对。

程懿挑眉："我没有？"

苏礼回神，解释道："不是，煮了两人份的，刚刚走神儿忘记分开盛了。"

程懿："走什么神？"

苏礼感觉脸瞬间一热，赶紧将汤圆递到他嘴边，试图封住他的嘴。

男人瞅了她一眼，张嘴吞下汤圆。

苏礼自从进别墅后，思绪就一团乱。男人被烫得咳嗽了两声，她赶紧凑过去问："啊，我忘记吹凉了，很烫吗？"

程懿用了几秒将汤圆咽下，这才面不改色地道："还好。"

程懿的唇边还有汤圆馅儿，苏礼觉得自己可能确实是饿魔怔了，居然鬼使神差地伸出手指擦掉汤圆馅儿，然后舔了舔自己的指尖。

其实她一开始没觉得有什么，直到咬着指尖吮了一下，抬头对上男人深不可测的目光才惊觉不对。

她赶紧跑进厨房拿了个小碗，给自己盛了点儿汤圆，然后坐到沙发上，掩饰地说道："看会儿电视吧。"

她将电视机打开，声音传出，驱散了所有的暧昧气氛。

程懿也盛了些汤圆，坐到她身旁。

两个人看了会儿电视，苏礼又饿了，正在搜寻食材时听到程懿说："厨房有新运来的鹅肝，想不想吃？"

苏礼点了点头，说："我还要果酒和面包片。"

程懿应声："嗯。"

吃鹅肝配上少量的酒，口感会更好。

苏礼的酒量虽不是很好，但也不算差，而且她就算喝醉了，睡一觉便能醒酒，所以边看节目边喝，不知不觉就喝了3杯。

程懿劝她："再喝你就真要醉了。"

苏礼已经有点儿意识模糊了，说："那就醉嘛……一年一次，醉一醉也没事。"

"你确定？"男人望向她酡红的脸颊，"敢在我旁边喝醉，你就这么相信我？"

苏礼舌头打结地说："信……啊。"

程懿用舌尖抵住齿关，长睫覆下，投下暗影："我自己都不太信，怎么办？"

苏礼靠在他的肩上，迷迷糊糊地说道："一会儿……记得……叫我……洗澡。"

没等程懿叫，电视机的声音将苏礼吵醒了。她虽然醒了，但仍有些醉，摇摇晃晃地拿了睡衣进浴室。

程懿不放心地问："能洗吗？洗不了就算了。"

"不会……摔的。"她说。

男人叮嘱："别泡澡，有事随时喊我。"

苏礼答应得挺好，结果男人不过是接了通电话的工夫，浴室里就没了声音。

"苏礼？苏礼？"程懿敲了两下门，没得到回应，于是将手搭在门把手上，"苏礼？"

没听见她的回复，程懿径自将门打开，结果浴室里只有水汽。

程懿转到她的房间，看见她的被子隆起一块，这才放了心，关上了门。

程懿洗过澡，换好衣服，看了一会儿文件，回到卧室没开灯直接上了床，结果刚躺下就有只手横在了他的腰间。

男人的身体僵住，刚刚她的被子里的是……柴柴，而她在自己的房间里？！

黑暗里她的气息混着沐浴露的味道蹿入他的鼻腔。

半晌后，男人紧绷的身子放松下来。他旋即侧身，端详起躺在身边的人。

不知看了多久，他低声笑了，而后用指腹摩挲过她的脸颊，低头落下了个晚安吻。

他原本真的只是想亲一下就好，结果嘴唇相贴的那一刻，她的舌头带着葡萄酒的香气递进来，忽然打乱了他所有的思绪。他开始含吮噬咬，呼吸变得急促。

渐渐地，她感觉难受，无意识地喊着他的名字："程懿……"

"嗯，是不是难受？"男人低声问，"不怕，一会儿就舒服了。"

"嗯……"

他们唾液交换，忘我投入着。

苏礼感觉体温在升高，迷迷糊糊地想扯开衣服，却被人握住手腕。

男人低声说："你喝醉了，不行。"

她喝醉时意识并不清醒，他并不想以这样的方式对待她的第一次。酒精总是容易麻痹人的神经，万一她不愿意，醒来会后悔的。

她小声问："那你怎么办？"

他的声音哑得不成样子，但他还是说："一会儿就好了。"

事实证明有些时候外力的作用效果更好——他忍了一会儿还是决定下床冲个澡。

男人起身时，苏礼醒了。她悄悄将手探出被窝儿，即使开了地暖，也能感觉外面很冷，这时候他还洗冷水澡的话……

苏礼往上蹭了蹭，按响了床头的铃。

男人很快围着浴巾出来，问："怎么了？"

苏礼做了会儿心理建设，然后才抬起头说："我醒了。"

程懿顿了顿，问："是不是想喝水？"

苏礼清了清嗓子，再次说重点："我说我醒酒了。"

男人努力分析着她的潜台词："那你是想喝橙汁？"

"不是，我说我醒了，我醒酒了，"她忍不住戳破自己羞耻的防线，"你怎么没反应的？你是不是男人哪？"

男人大概反应了 3 秒，这才笑着欺身上前："哦，原来你是这个意思……"

当她的小腿被抬起，踩在他的肩膀上时，苏礼下意识地往床头缩了缩。男人垂眸，试探地问道："后悔了？"

"不是，你……我……这姿势……"她羞得语无伦次，想将腿合上却无法做到。

他仿佛哪里都是滚烫的，低声道："没后悔就行。"

苏礼天真地以为做一次就够了，但开了荤的男人哪里忍得住？两个人一直折腾到清晨，她困得一丝力气也无，男人才终于收场。

苏礼连动的力气都没有了，任凭男人在一旁开灯检查，最后听到他说："好像肿了……买点儿药帮你涂一下好不好？"

苏礼："有药吗？你准备了吗？"

程懿："可以叫人去买。"

苏礼："不要！"

她还要脸呢！

程懿："嗯，那你等我一下，我自己去买。"

10 分钟后男人回来，认真、仔细地帮她检查着身体。

苏礼等了半天见他没有接下来的动作，忍不住抬起头问："你开包装这么慢？"

程懿的唇贴了上来，堵住了她的嘴。

几分钟后，男人的唇终于离开。

苏礼平复着呼吸，听到他问："要上药了，上药之前要不再来一次？"

很显然，苏礼并没有拒绝这个提议的机会，因为这压根儿就不是提议。

最后，等上完药，苏礼觉得自己已经动不了了。

苏礼发了几分钟呆，困意袭来，正准备入睡时，听见男人喊她的名字："栗栗。"

她没什么精神地应道："嗯？"

"栗栗。"

"嗯？"

"我爱你。"他说。

苏礼觉得自己应该回应，但实在太困了，抵不住困意进入了梦乡。

可她还没睡几分钟，又听到他说："栗栗。"

清梦被扰，苏礼皱了一下眉，说："我知道你为什么现在说这个，你是不是知道我现在没力气不能打你？"她抬起手盖在眼睛上，"我可以，但我今天心情好，算了。"

还没等她酝酿第二次睡意，男人又开始了。

"栗栗。

"栗栗。

"栗栗。"

"干吗啊？"苏礼哭笑不得，"我真的困得要死。"

程懿："我真的很爱你。"

苏礼在男人再次开口前打断他："已阅，已阅，已阅。"说完她气鼓鼓地踢了下被子，"闭嘴，闭嘴，闭嘴。"

男人被骂了还挺高兴，胸腔的震动甚至传到了她这边。

苏礼的确挺生气，但可能是今晚气氛太好了，嘴角也忍不住翘起。

10点，苏礼醒了，睁眼的那一刻，酸软感席卷全身。

她慢慢把程懿的手从腰间拿开，但很快，男人又更用力地将她搂紧，问："干什么去？"

男人的声音懒洋洋的，但并不沙哑，听起来他并非刚醒。

"你早就醒了？"苏礼转过头去，"醒了你怎么不起来？你不是不睡回笼觉的吗？"

"赖一会儿床，"男人沉声道，手臂又收紧了些，"总觉得像在做梦。"

不说还好，男人一说到昨晚的事，她就气不打一处来："你做梦能做 5 个小时吗？"

她本意是说睡了 5 个小时，但话一说出口，又有了点儿别的意思。

程懿想到什么，食髓知味地笑了笑，愉悦地道："也是。"

也是你个头！

"陪我睡一会儿，上午没工作。"男人凑过来，亲了亲她的后颈。

苏礼咳嗽了几声，小声道："你抱得太紧了……我快喘不上气了。"

男人松开胳膊，她感觉自己获得了新鲜的氧气。

很奇怪，她平时在床上睡回笼觉从来睡不着，这次却例外，闻着房间里的沉木香，很快就陷入酣眠之中。

苏礼是下午 2 点才起床的。

他们吃过东西后，程懿在沙发上看报纸，苏礼到玄关处换好了鞋。

男人问道："要去哪里？"

苏礼回他："陶竹约我出去买东西，等会儿就回。"

"嗯，买完给我发消息，我去接你。"

如果不是早就和陶竹约好了，她今天肯定不会出门，因为才走两步就后悔了。

她刚走到门口，陶竹就在外面笑吟吟地看着她。

苏礼的姿势很别扭，仿佛腿不是腿，而是两条没有神经、不受掌控的竹竿。

陶竹摩挲着下巴，很快就明白了其中缘由，要笑不笑地看着她，随手拿出了手机。

苏礼走到她面前问："你在拍什么？"

陶竹："人类早期驯服双腿的珍贵录像。"

苏礼和陶竹买完东西后，苏礼一个人提着袋子回到了家。

男人问："买了什么？"

"就……过年的一些东西。"

"给我的？"

苏礼沉默了一会儿，小声道："给柴柴的。"

程懿挑眉："那送我的东西呢？"

"送你什么？"她说，"你都多大了还要礼物？"

"男人至死是少年，"程懿不疾不徐地道，"既然你没准备，那就我提？"

"行，你提，有求必应，"苏礼很阔气，"除了摘星星，这事我办不到。"

程懿："以后我们一起睡卧室吧。"

苏礼想到昨晚的情况，腿有些打战，小心翼翼地问："你想要哪颗星星？"

程懿沉默。

苏礼："程懿，平时你是禽兽，在床上你禽兽不如。"

半晌后，男人笑道："我又没说要做什么。放心，这几天你没好，我什么都不做。"

苏礼不信，问："什么都不干？那你要我和你一起睡干吗？"

"两个人一起暖和。"

"那你抱柴柴吧，它更暖和。"

话虽这么说，当男人晚上洗了澡，擦着头发走回房间时，就看到她趴在床上刷微博。

男人感觉胸口涌上一股很奇异的感觉，说不清却很温暖。

苏礼拍了拍床沿，说："柴柴。"

柴犬立刻迈着小短腿跑过来。

苏礼指了指旁边，说："最后一个抽屉，帮我拿包纸巾。"

柴柴在那边拱了好一会儿，最后叼出一盒避孕套，高高兴兴地递给了她。

苏礼一愣。

"你是我养的狗吗？"苏礼问，"你是程懿派来的奸细吧？！见他第一面你就摇尾巴，为他助攻了多少次？你以后改名叫程柴柴吧。"

柴柴摇着尾巴，屁颠屁颠地走了。

苏礼望着它的背影很是无语，转头看到程懿，问："你干吗站那儿？睡啊。"

男人快速将头发吹干，然后上了床，躺下后抓着她的手把玩。

苏礼警惕地看了他一会儿，生怕他图谋不轨，但男人闭着眼并没有做更多动作，也不知道是在陶醉什么。

苏礼："你是不揉点儿什么睡不着吗？"

程懿："那我昨晚是揉着什么睡着的？"

苏礼耳根一热，转过头终止对话："打扰了。"

过年后他们休息了一阵子，旅旅游、散散心，之后才逐渐恢复工作。

SL 的分店计划有条不紊地开展着，苏礼的精力一分为二，一部分被分给了 SL，另一部分则被分给了与那沓手稿相关的设计。

她已经想好了，陶竹说得对，既然有皓苏的资源，自己又是个设计师，将珠宝与晚礼服结合未尝不是个好想法。一方面这是程懿的母亲的遗愿，另一方面这也可以成为她的高级定制类成衣。

她不只想做快销类产品，也想做能用来收藏的珍品。倘若珠宝礼服的概念真能顺利打响，她想，她也不会接太多单子，一年只会做上两件礼服，在精不在多。

手稿的进度已经差不多了，她现在已经做好了 3 件礼服。

那天她正在 SL 查东西，突然被助理小声提醒："有个艺人好像来店里买衣服了，听说您在，想要约您……您最近不做定制款礼服对吗？那我回绝了？"

"嗯。"

最近她太忙，没空接别的邀约。

过了一会儿，苏礼抬头问："是哪个艺人？"

"纪宁。"

"纪宁？"苏礼站起身，"那我去，她在哪儿？"

纪宁是她很喜欢的艺人，听说对方也很喜欢她的衣服，被拍到好几次私服来自 SL，连带着很多纪宁的粉丝也变成她家衣服的死忠粉了。更何况纪宁的身材很好，正是她现在需要的。

进行一番沟通后，苏礼确认道："所以你只是想找我做一件礼服走红毯对吗？我这里刚好有一件，如果你感兴趣的话，可以去我的制衣室看看。"

她为纪宁选了那件黑钻的短裙，刚打开帘子，纪宁的经纪人就惊呼出声："天哪，怎么这么闪……"

由于钻石本身已经够华丽夺目，所以设计上苏礼选用了简约却不简单的板型，看似随意，穿的人要驾驭它却很有难度。

但纪宁穿着这条短裙很好看，黑色裙子衬得她的肤色越发白皙，还带上了几分灵动的优雅气质。

"我很少穿黑色的衣服，"纪宁笑道，"但这裙子实在太漂亮了。"

苏礼想了想，问道："你还有朋友一起走红毯吗？"

"有，她们也都很喜欢你。"纪宁眼睛一亮，"你还有别的裙子吗？"

最后，纪宁又带来了林洛桑和盛千夜这两位圈中挚友。苏礼根据她们的身材选好了礼服，她们穿出来的效果也让人惊艳。

晚会走红毯的环节，三个人一起从车上下来，热搜就立刻为她们让路，大家全在盛赞美人和仙女裙是如此搭配。

40分钟后，"珠宝礼服设计师"上了热搜。网友全网寻找，最后将目光锁定在了苏礼身上。

"这个设计师是家里有矿吗？她在衣服上这么玩儿？"

"之前听说过她和程懿的绯闻，是不是真的啊？"

"没听说她的家里多有钱哪，她做这些礼服需要的渠道、资源都不是轻松就能得来的吧？！"

"管他呢，我只知道礼服太美了。啊啊啊啊，我这辈子有机会穿这样的礼服吗？"

"没机会了。内部消息，这3件已经被拍卖会联系了，是上拍卖会的水准，普通人就看看吧！"

"买不到苏礼设计的礼服，我们可以买她设计的其他衣服，我明天就去SL。"

…………

苏礼看完大家的评价，从中提炼了一些干货，更有把握地投入完成程懿的母亲留下的那沓手稿作品的工作中。整个计划暗中进行，她没让程懿知道。

值得一提的是，红毯活动结束后，纪宁又联系到她，说不久后有个晚会表演，询问她是否还有合适的衣服。

一天晚上程懿给苏礼吹完头发后问："后天是不是要去拍卖会了？"

"嗯。"她低头把玩着指尖。

后天是拍卖她那3件礼服的日子。她受邀出席，还要在那边住一晚。

男人欲言又止，直到躺下后才出声："你还没去过M城吧？这次一个人过去，如果害怕的话我可以陪……"

"陪我？"她笑道，"不用了，我又不是小孩儿，参加拍卖会还让人陪，也太不像样了。"

男人抚了抚她脑后的长发，问："你真不害怕？"

她不知道程懿为什么会这么问，在黑暗中抬眼看着他，撇嘴道："不怕。你是不是对我有什么误解？除了被锁在木门里会触发我的幽闭恐惧症，其他的我没什么害怕的。"

话题说到这儿，她也没回避，继续道："幽闭恐惧症也是因为……我小时候被绑架过，就被人关在小木房里，那时候留下了点儿心理阴影。长大后慢慢好转了，只要不是密闭的木房子，我都没问题。"

男人的动作一滞。

"现在这样的环境很少，"她笑着安抚他，"所以你不用担心啦，有问题我会说的。"

过了一会儿，程懿道："家里隐瞒你的身份，和这件事有关？"

苏礼想了想，说道："嗯，也算有点儿关系。有了我之后，家里的生意慢慢有了起色，外人对我们家的态度也发生了变化，巴结的、奉承的、想分一杯羹的、无条件索取的……那次我被绑架，也是熟人因为贪婪而作案，虽然最后没有成功，但也引起了家里人的重视。后来我陆续遇到了一些事情，都是因为身份导致的。

"我的妈妈从小生活的环境很单纯，也有让人很羡慕的友情，所以她希望我的童年也是快乐的，接触到的人是真实的，而不是从小就习惯了虚假奉承。那样很单调，也很无趣。

"我6岁那年妈妈生了重病，把这一切看得更加透彻，唯一的心愿就是希望我健康、平安地长大，有一群纯粹、真心的朋友。为了完成妈妈的遗愿，家里人就这样把我藏了起来。我也像个普通女孩子一样，按部就班地读书。没有那么多名利的纷扰，对我来说其实是好事。"

她喜欢自由。

这样的成长节奏舒适，她可以做一切自己想做的事情。

程懿只是听着，没有说话，听完将她抱在怀里。

苏礼想，其实她已经很幸运了。母亲那时候没有受太久的病痛折磨，换个角度来说是好事。而因为母亲，父亲和哥哥对她一直很好。家庭对她而言一直是温暖与幸福的代名词，到现在也没变过。

房间里安静得只剩呼吸声，就在苏礼以为程懿睡着的时候，他问："以后都不公开了吗？"

"不会，当时只计划隐瞒到我18岁，"苏礼说，"18岁后还没公开是我的意思。那时候，我不想活在父亲的光环下，也想用别的方式证明自己的价值。"

家是她的退路，父亲一直说如果她撑不下去随时可以回家，她因此有了底气，可以放手一搏，尽情做自己喜欢的事。很庆幸，这条路她走通了。

"现在想做的事其实我完成得差不多了。"她眨着眼算起来，"个人品牌、综艺竞技、礼服，还有珠……"险些说漏嘴，她及时停住，"总之后面就看天意吧，顺其自然，时机到了，大家自然也就知道我的情况了。"

这种不在掌控内的东西，交给命运就好。

房间里又沉默了一会儿，苏礼感觉今晚的程懿好像有很多心事，或者说他想了很多事。是关于她的吗？因为她今晚说了太多过去的事？

苏礼怕他担心自己，正想换个话题，就听见他说："还记得你答应我做你男朋友那天说过什么话吗？"

苏礼眨了眨眼睛，怎么会不记得？她说"你得对我特别好特别好"。

哪怕那时候已经在心里回答过了，但这一刻，他仍然虔诚地允诺："嗯，我会做到。"

次日一早，她还在半梦半醒间，感觉到男人在自己的耳畔说了些什么，但还没来得及思考清楚，就被周公招入了梦境。

苏礼睡醒时已经9点了，家里除了她就剩阿姨。

"先生怕您当时没听清他的话，醒来没安全感，特意让我守在这儿，等您醒了告诉您。"

苏礼："程懿干吗去了？"

"先生去祈源寺了。"

祈源寺？

苏礼虽然有点儿奇怪，但因为刚睡醒，便没想那么多，觅食填肚子去了。

阿姨受男人嘱托，怕苏礼无聊，一直在正厅陪着她。

晚上 10 点多，男人总算回来，柴柴摇着尾巴去迎接他。

程懿径直走向苏礼，将一个平整的小东西塞进她的手心里。

"平安符？"苏礼打趣，"看不出来啊，你还信这个？"

"以前不信，"男人说，"但如果这样能保佑你，信一信也无妨。"

半晌后，她轻笑出声："知道了，我会一直将它带在身上的。"

明天就要出发去 M 城参加拍卖会了，苏礼收拾了东西，便上床睡觉了。

半夜时分，苏礼忽然感到一丝异样，睁眼那一刻，发现程懿已坐起身，蹙眉望着她。

苏礼一头雾水，迷迷糊糊地问道："怎么了？"

程懿："我梦到你结婚了。"

苏礼松了一口气："结婚不好吗？你是不婚主义者？"

程懿："不是跟我。"

苏礼："啊？"

男人眼底有些红，像是受了伤的小兽，低哑着嗓音问她："你有没有想过跟别人结婚？"

苏礼想也没想，张嘴就来："有，金城武。"

男人像是为了求证什么，变着法儿地折腾她。

苏礼只得赶紧补救："你别……我……我胡说的，我就看过一部他的电影……还是跳着看的……"

但是已经晚了，她因为自己的一时嘴快失去了接下来的睡眠时间。

清晨时他们折腾回柔软的床榻上，男人低头吻着她的鬓发，醋意全消，只余温柔之情。

苏礼后来是被饿醒的。

她起床拉开零食柜，惊起酣眠中的柴柴，男人的声音也从她身后传来："饿了？"

想到男人昨晚的种种恶行，苏礼有些咬牙切齿："体力耗费过多，不能饿吗？"

程懿想到昨晚的画面，心虚地道："想吃什么？我给你做。"

苏礼："骨汤小馄饨。"

程懿："好。"

很快，馄饨被煮好放到了她面前。

苏礼刚吃两口，就听见男人说道："昨晚我不是很清……"

苏礼及时打断他的话："你不会想说你睡着后就像喝了假酒，昨晚的行为不受自己控制吧？"

"不是，"程懿道，"昨晚我也不知道自己怎么了，不太理智。"

苏礼："你挺理智的，还让我发了誓呢。"

说到这里，二人的脑海里心照不宣地出现了某些画面，一时气氛有些暧昧，空气开始升温。

苏礼察觉不对，火速吃完馄饨，拎起包就往门外跑。

男人起身说道："我送你。"

"不用了，"苏礼笑了笑，"您昨晚又是做梦又是做……体力消耗太大，还是在家休息吧，免得晚上又做些容易让人不理智的梦。"

"不理智"三个字她咬得尤其用力。她瞪了程懿一眼，关上了门。

关好门后，苏礼一转身，就见陶竹站在她对面。

陶竹看到她立马举起手发誓："我刚刚什么也没听到。"

她没让程懿送，就是因为陶竹也打算去 M 城。

苏礼一听陶竹这话，立刻知道陶竹听完了全部对话，并且也脑补了什么画面。

苏礼："八卦精彩吗？"

"还行，"陶竹嘻嘻笑道，"所以你真生程懿的气了？"

"没，这有什么好生气的？"苏礼一边上车一边把话补充完整，"玩笑而已，情趣你懂不懂？"

陶竹轻嗤，腹诽：那你们可真会玩儿。

苏礼不知道的是，就在她离开后不到 10 分钟，川程紧急召开了视频会议。

不过这次视频会议的内容和从前不太一样，参与者需要拥有 3 年以上的感情经历，结婚者最佳，不论职位，只要满足条件者，即可拥有和总裁视频的权利。

会议在 20 分钟后正式开始，议题很简单——如果女朋友生气了，怎么哄会比较好？

陶竹这次之所以跟着苏礼一起来 M 城，是想来选模特儿。

她联系了模特儿公司，本来计划是下个月来。结果苏礼跟她一说自己的行程，她立刻决定计划提前，重新和模特儿公司约了时间。

下午，她们抵达 M 城，拍卖会在傍晚开始。

这次的拍品都不错，不断有人拍出高价，苏礼设计的礼服出场前，最高成交价是 900 万元，属于一只瓷瓶。

纪宁穿过的那条黑钻石鱼尾裙出现在屏幕上，起拍价 300 万元。

由于高级珠宝本身不会贬值，加上裙子被当红艺人穿过，热度和国民度都有，价格也就翻倍了。竞拍价超过 600 万元的时候，苏礼并不惊讶。价格飙到 1000 万元时，陶竹紧紧掐着苏礼的胳膊，搞得苏礼也紧张起来。

拍卖师又喊了两次，这才落锤："1000 万元 3 次，成交！"

本场竞拍最高价又被刷新了！

后来，苏礼剩下的两套礼服也拍出高价，被陶竹敲诈了一个星期的米其林餐厅的餐。

苏礼之所以打算在 M 城多住一天，除了时间问题，还因为纪宁提过的周年晚会就在这里举办。

苏礼听完纪宁选的歌曲及当天要走的风格后，最终借给她一套婚纱。

那是她在看电影时突然产生的灵感，以星云为主题，搭配上黄色与浅蓝色的钻石，从腰际散开，到尾摆时却又如同流星般消失。整套婚纱既保留了钻石的闪烁感，也留有云朵般的轻盈感，穿的人旋转时会散发出一片碎光，如同极光坠落。

当晚她和陶竹约好一起看晚会，但纪宁的出演顺序靠后，两个人又选了一天的模特儿，累得不知今夕是何夕，没一会儿就睡着了。

第二天起床后，苏礼先去洗漱。忽然被人晃了两下，吓得她差点儿把牙膏吞下去。

陶竹："我们昨晚不该睡觉的，错过了好多事。"

苏礼只知道纪宁唱的是情歌，却不知道纪宁是和纪时衍一起表演情歌对唱。那是他们婚后首次合体表演，曾坐拥CP榜半壁江山的"双击夫妇"光是合体就让观众心神荡漾，更别说女方还穿了婚纱。

当天热搜榜前十的词条里，有关这一话题的词条就占了3个："纪宁穿婚纱与纪时衍情歌对唱""星云婚纱""苏礼设计的婚纱"。

热搜里除了振臂高呼的粉丝，还有很多路人是纯欣赏婚纱的。

有人说："美就一个字，我说3780 5549次，谁给我买这套婚纱我立刻嫁给他。"

纪宁很快将婚纱归还，还发了条微博表示感谢和喜爱。

至于后续如何，苏礼一周前就安排好了。她昨晚睡觉的工夫，一切都被执行得明明白白。

"朋友们，震惊！纪宁表演完，这套婚纱被运回SL的总店了。啊啊啊啊，婚纱就放在橱窗里展览，而且说不卖，以后我每次逛SL都能近距离欣赏这件绝美婚纱了！"

"有没有人组团去偷婚纱？"

"看到这条微博我火速打车过去，门口的人已经排长队了，哈哈……我死之前能拍张和'小星云'的合影吗？"

"以前我最向往去S城，因为那边有各种活动。现在我想去C城，呜呜呜呜……我只能对着屏幕流口水了。"

"我决定了，今年暑假去C城。"

…………

后来，"苏礼带动 C 城旅游业发展"的话题还上了同城热搜，差点儿没把陶竹笑死。

苏礼的微博也涨了快百万粉丝，私信爆满，直接把手机给卡死了。

她本以为这是一次普通的热搜，不过是因为明星效应时间持续得久了一点儿，回到家后才知道这套衣服真正给她带来了什么结果。

苏礼被陶竹拖着在 M 城留了一个多星期，就为了一起选模特儿。那段时间她和陶竹一样累，就连跟程懿视频通话都是没说几分钟就困得睡着了。

终于，陶老板的选模特儿大业接近尾声，苏礼被放回了家。

苏礼到家就睡了，醒来时，身旁躺了个人。

她转过身，往程懿怀里钻了钻，熟悉的沉木香袭来。

男人抬手，用指腹捻着她的耳垂，问："不生我的气了？"

"嗯？"苏礼没明白，"什么？"

程懿："你不让我接送，电话也是很快就挂，说好只去两天，一个多星期才回来，有空转微博，没空回我的微信。"

他倒是都记得挺清楚的。

苏礼有些啼笑皆非，从他的怀里退出几分，伸手摸了摸他的下巴上的胡楂，说道："我哪……"

她的话还没说完，手机振了几下，是助理发来的消息。

"终于接到了一个直播！栗栗子下午有空吗？约个直播好不好？"

这个"终于"耐人寻味，但是工作在前，苏礼便将其忽视了，问："什么直播？"

"很短的，你介绍一下之前那套星云婚纱的设计灵感就可以，大约半个小时。"

苏礼说了声"好"，看了一眼时间，起来做准备。

这段时间的事，晚上再好好跟程懿解释吧，反正她今晚肯定是睡不着觉了。

苏礼简单地架起了直播设备，没过多久，直播就开始了。

一开场观众人数就很多。

她只是在微博上说了一声要开直播，至于为什么这么多观众……可能是平台那边宣传了，又或者是谁帮她转发了微博。苏礼没在意，开始和大家分享婚纱的设计灵感及思路，还有制作中遇到的一些问题。

很快，苏礼讲完了正题。因为大家都很热情，她便看着弹幕和大家互动，挑着回答一些问题。

就在她有一搭没一搭地回复问题时，门被敲了几下，苏见景走了过来。

看到她在直播，苏见景也比较安静，就在客厅陪柴柴玩儿。

柴柴最近太胖了，医生说必须减肥，苏礼在控制它的食量。结果苏见景一来就喂了它 2 个罐头、3 块饼干。

就在苏见景拿起第 3 个罐头时，苏礼拼命用手指叩桌子暗示——然而没用，苏见景甚至又拿出了一个骨头棒。

苏礼一下子没控制住，说："苏见景你别喂了，再喂狗就被你撑死了。"

弹幕停顿了两秒，紧接着观众纷纷刷起了问号。

苏礼看到程懿坐在一边，不知是在和谁讲话，又没控制住，继续道："程懿你怎么不拦着我哥？他喂这么多东西，狗不是随你姓吗？你担负点儿做爸爸的责任行不行？"

弹幕瞬间开始刷屏。

"程……程啥？"

"爸……爸爸？"

"短短两分钟，我好像明白了栗栗的家庭组成（并不简单）。"

…………

苏礼实在是被那堆零食冲昏了头，对着镜头说了声"抱歉我离开一下"便起了身。起身时不小心碰倒手机，她没发觉，所有注意力都集中在苏见景的手上。

她将罐头锁起来，并且给了苏见景狗绳，说："你今天必须带它跑 800 米来弥补你的罪孽。"

苏见景离开后，苏礼一转身，这才发现沙发上坐着的人。

她惊呼："爸？你怎么也来了？"

程懿见苏礼有话要说，便起身留给他们空间，自己则走到苏礼刚刚直播的桌前，将手机扶了起来。

男人的脸在画面中一闪而过。

没有主播仍有观众在讨论的直播间迎来了第二次弹幕刷屏。

"程总：'我露个面表示是真的，你们可以开始嗑了。'"

"哈哈哈——程懿厉害呀！"

"刚刚那声是在叫'爸'吗？两个人见家长了？我好感动，真是全世界最让人省心的 CP。"

…………

直播结束，苏礼在用餐时明白了苏家人来这儿的用意。

晚餐开始前，苏皓敛去了所有神色，握着苏礼的手同程懿道："栗栗是家里的宝贝，我不允许她在你这里受委屈，往后如果她哭着回家，我一定不对你手软。"

程懿点头，脸上尽是认真之色："我知道，您放心吧。"

苏皓："你们之前的事我也听说了，但她既然再次选择了你，我相信她自有她的道理。栗栗从小就很让人省心，做事有自己的原则，因此我一直尊重她的所有喜好，包括你。

"所以，你要用心喜欢她、照顾她、理解她、陪伴她，要做她的避风港，也要做她的保护伞，还要让她开心，给她安全感。如果你有一点没做到……"

"我都能做到。"男人说，"以前的事……是我错了，往后我会一直把她放在第一位，不敢忘。"

苏皓停了很久，叹了一口气，又说道："好，那我就把我的宝贝女儿交给你了。"

"爸，"苏礼有些哽咽，小声说，"我又不是以后都改姓程了，还会经常回家的。"

"知道了，"苏皓笑着掩去眼底的温热，给苏礼夹了块鸡翅，"吃饭吃饭，再不吃都凉了。"

苏见景突然开口："爸，我也爱吃鸡翅。"

苏皓扭头看向他。

苏见景又说："爸，我结婚的时候你也会这么感性吗？"

苏皓："那我烧高香感谢还有人愿意嫁给你，滚一边去，不乐意吃就去遛狗！"

苏见景苦笑着侧头跟苏礼说："我下辈子也想当女人，感觉我这家庭地位还不如狗呢。"

"别瞎说，"苏礼安慰他，"侮辱狗了。"

今晚苏皓的情绪不太好，苏礼便跟着他们一起回了家，打算就在苏家歇下。

她好不容易忙完这一天，刚洗完脸，就看到陶竹给她发的消息。

陶竹："今天的热搜可太热闹了，你快去看。"

起因是在今天直播前的半小时，苏礼发了条微博，紧接着就有人带关键词内涵她。

"某些设计师真是表面一个人设，背地里一个人设。没接触之前以为是低调又有内涵，结果知名媒体邀请了几次就被拒绝几次，说是没空，但转眼就开了某平台的直播。想走网红路线你直说啊，嫌采访没钱也可以直说，立什么脱俗的仙女人设？在我这儿人设崩完了。"

这条微博发出去没多久，立刻拥入不少人，纷纷问是不是苏礼。

那人一开始还否认，最后被粉丝逼得直接承认。

"我说的就是苏礼。那些私信内涵我的粉丝拜托你们搞清楚，这是我的个人小号，我爱说啥说啥。说要举报我的人也搞清楚，我不是什么人都采访的，懂吗？我只是看不惯她罢了。"

结果很快，那些拒绝了采访的大佬便"认领了罪名"。

程懿在直播结束后发了条微博。

"不是故意拒绝，那时候老婆在生气，我在北欧造了座宫殿想哄她开心。无意冒犯，敬请谅解。"

皓苏的官方微博也发了条微博，一看就知道是谁编辑的。

"并非故意，实在是宝贝女儿太争气，我们给她命名了小行星想哄她开心。无意冒犯，万望担待。"

就这样，加上直播的热度，"程懿老婆""皓苏千金"的词条很快接连跳上热搜，服务器因此瘫痪半个小时，"苏礼"两个字变成了当天的热门搜索词。

微博评论区一片混乱，大家各有各的话题。

"苏礼居然姓苏？不是，她姓的居然是那个'苏'？不是，她怎么就姓这个'苏'？不是，这么简单的事我咋就没发现？"

"我一直以为苏皓把小女儿瞒这么紧是因为小女儿太平庸拿不出手……"

"苏礼！苏礼你怎么投胎的你告诉我呀？！"

"在两个热搜词条间反复横跳满脸疑惑，看了好半天才知道，原来这两个词条说的是一个人哪！"

"我以为她是靠自己奋斗的小可怜，搞了半天是个开挂的人生赢家。"

"'礼义夫妇'是真的！"

"直播为什么拍到卧室就没了啊？我差这点儿流量吗？"

…………

最开始挑起争端的人火速删了微博，但还是抵挡不住舆论的压力，最后识趣地发了道歉声明。

后来，苏礼问过父亲才知道，原来他的确计划在几天前带她去观测行星。可惜她实在太忙，父亲连她的电话都打不通。

或许是这一天发生的事太多，又或许是没有男人熟悉的手臂当枕头，再或许是她开始认床了……苏礼半天都没睡着，只能又回到别墅，钻进程懿的被子里。

程懿也没睡着，就在黑暗中瞧着她，直到确认她的呼吸是真实的，这才将人抱进怀里，说："我以为你今天不回来了。"

"在那儿不习惯。"更何况她还有问题想问，"你今天那条微博……？"

他低声道："我那时候确实想接你回来去北欧。"

无奈她一直滞留 M 城，他也只能一等再等。

苏礼"噢"了一声，转念一想不对啊，自己是想问他谁是他老婆来着！

她侧身，手刚好随着姿势搭在他的腰上。程懿照例捻着她的手指，却好像在测量什么。

苏礼被困意打败，最重要的问题也不问了，眼睛一闭，直接会周公去了。

苏礼醒来时已是第二天下午。

程懿正在整理箱子，对她说："带你去看看宫殿。"

苏礼讶然："真的建好了？"

"没，不过有大概的方向了，"他说，"我们可以先去花园逛逛，你有什么想法也能随时提。"

他们出发前苏礼拿了小半袋糖炒板栗，坐飞机的时候无聊，就举起板栗放在脸颊边，对程懿说：“猜个 4 字词语。”

程懿望着她问：“什么？”

她笑着小声说：“举个‘栗’子。”

…………

飞机降落后，男人果然没有食言。

她本以为他说的就是个小宫殿，没想到像个小的游乐园，除了正殿没有建好，摩天轮和花园都已建完。

“其实那时候我没生气，”苏礼笑着说，“现在告诉你这个，你有没有后悔？”

“不会，做自己喜欢的事有什么后悔的？”程懿道，“只是我原本打算给你个惊喜，现在……”

“我已经感到很惊喜了，”她笑眯眯地道，“回去之后，我也有个惊喜要送你。”

“什么？”

她神秘兮兮地说道：“保密。”

苏礼说完笑着向前跑去，没跑两步就被人捉住了。

程懿双手揽住她的腰，将她举了起来。

苏礼有些茫然，眨了眨眼睛，说：“你……你干吗？”

男人挑了挑眉，低声回：“举个‘栗’子。”

他们回国后，苏礼第一时间将程懿带去了制衣室——这里有她要送他的惊喜。

3 楼的衣橱前，她缓缓拉开帘幕，嘴角慢慢扬起笑意。

程懿本以为她只是开玩笑，直到两件熟悉的礼服映入眼帘，蓦地僵住了。

他比任何人都熟悉这是什么。这是母亲留下的手稿上的作品，是他早已搁浅的计划，也是从幼时他就耿耿于怀的伤疤以及他以为再也无法圆满的遗憾。而在此刻，他的伤痛由她抚平。

礼服上的每一颗钻石都是手工缝制，每一缕珠线都由她耐心压平，细节处也兼顾得很好，能看出她为了贴合原稿所付出的心血。

烦琐的工艺、复杂的环节……他虽不了解，却一眼就能看出。

那个瞬间他的脑海里闪过许多念头，程懿启唇，却说不出一个完整的音节。最终他执起她的手，低眉哑声问："做了多久？很累吗？"

"没多久啦，"她笑，有读心术似的，"我知道你肯定想问我什么时候开始做的，是怎么知道的。"

她背过手，狡黠地卖了个关子："这是秘密，不告诉你。"

男人看着她，眼底情愫汹涌。

"怎么样？这肯定比你单独成立两个部门再选设计师做要好吧？"苏礼见他不说话，摸了摸鼻子，继续说道，"不过时间比较紧，我只来得及做两件，接下来的可以以后……"

她还没说完，就被人拥进怀里。

男人俯身，下巴抵在她的肩窝处，哑声道："谢谢。"

男人的气息是温热的，情感炽热而浓烈，透过环紧的手臂传递给了她。

苏礼眨了眨眼睛，这才笑着伸手环住他的腰，佯怒道："干吗说谢谢？再怎么讲我也是阿姨的……"

她突然找不到一个合适的定位，又或者是，即将脱口而出的内容不太对劲。

苏礼及时打住，轻咳了两声，决定结束这个话题："带我去看看祭拜阿姨的地方吧。"

虽然之前她已经去过，但毕竟不是和程懿一起去的，也没有正式做些什么。

苏礼将那两件礼服收进盒子里，换了衣服，随程懿一同去了墓园。

这次她的感受和上次截然不同，或许是因为陪他一起，她感觉肩上有了些莫名的责任感。

苏礼走进墓园，突然明白了程遇佳说的那些话——为什么说很多东西由不得他接受或拒绝，为什么他总是走得比任何人都快，为什么他不敢停下，为什么他会有那么深的执念。那么大一个家族，弱肉强食，代代相争，失败者无法拥有体面的生活，甚至会在旁人的干涉下连被承认的资格都没有。对年少的他来说，这无异于深入骨髓的屈辱。

不过好在此刻她身边的这个人已经足够强大，拿回了曾经被夺走的一切东西，少年时在深夜中打落牙齿和血吞的苦楚也都被时间锻造成力量。

她伸出手拉住他的手，男人不动声色地回握住她，牵得更紧。

墓是新修的，苏礼屏息，随着他一起走过去，然后在墓前虔诚地打开了礼服的盒盖。

安静片刻后，程懿轻声道："妈，这是你的儿媳妇。"

苏礼嘟囔："我还没答应你呢……"

程懿笑了。

天空中有鸟雀扑棱着翅膀飞过。

苏礼抿了抿唇，低头也笑了。

他们离开时已是下午，程懿一直牵着她的手没松开。

不知过了多久，他轻笑："这也算是见过家长了。"

苏礼"嘁"了一声，却难得没有反驳。

车又向前行驶了一段距离，男人忽然道："明天我们去祈源寺还愿吧。"

"还什么愿？"苏礼转过头，"你许了什么愿？"

程懿看了她一会儿，这才慢悠悠地说："和喜欢的人修成正果。"

那天晚上程懿只是抱着她，两个人安安静静地躺着，什么也没做。好几次苏礼以为程懿已经睡着，但是抬头又发现他还看着自己。最终她抵不住困意，迷迷瞪瞪地睡着了。

凌晨时分，男人在她的额头上落下了一个吻。

他这一生很少有庆幸的时刻，此刻却想，幸好她还在他身边，幸好未来让人充满期待。

幸好，幸好！

那两件礼服被放到了 SL 的分店展出，每天都有大批顾客慕名前来观看，惊艳于其中的设计和剪裁。

苏礼虽然没有在设计那栏落下自己的名字，但衣服被放在 SL 就是品质的保证，数十个明星团队展开了争夺，想要将礼服借去给自家艺人出席活动时撑场面。

争夺战持续了 1 个月，最终花落两个小花旦家。

两个人穿着礼服往红毯上一站，妆发到位，那天她们的状态也不错，一分钱不花，就有营销号将其推上热搜。

SL 也在此时官宣，属于苏礼的个人时装秀将在明年春天举办。

这是她的第一场秀，代表她的个人风格，也传达着品牌理念，不仅有成衣，也有礼服的高定款。

这消息一出，粉丝纷纷按捺不住了。

"不放购票通道的秀展都是耍流氓！"

"只求到时候能出视频版，栗栗的展肯定一票难求，去不起呀！让我们也看看吧，求求了，孩子太馋了。"

"我已经能想到衣服有多美了，顺便问一句，栗栗做高定的价格是怎样的啊？能约到吗？"

"楼上，哈哈哈哈，苏礼的高定现在一衣难求，名媛和大明星都约不到呢，更别说普通人了。"

确实如此，苏礼的工作邮箱每天都邀约爆满，但她一年接的高定单子就那么几件，注定供不应求。

她和陶竹那天去吃烤肉的时候，陶竹还在说这个话题："明年春天，鄙人能有幸拿到一张秀展的票吗？"

"可以吧，"苏礼温柔地说，"如果那时候我们还没绝交的话。"

陶竹："那我结婚你给不给我做婚纱？"

"做，"苏礼翻着烤肉，"独家为您定制，陶老板要什么样的我做什么样的。"

陶竹："那话说到这里，我和苏见景的事你同意不？不同意我就拒绝他了。"

"什么意思？"苏礼抬起头，"你们不是早就在一起了吗？"

"还没，"陶竹喝着汽水，"这不是还在暧昧期嘛。"

苏礼耸肩："你们俩的爱情当然你们俩自己决定，外人有什么发言权？"

苏礼想想又道："不过站在我的角度，我觉得也还不错，逢年过节我们可以一起出去逛街，吃饭也不怕没话聊。再说了，起码你比那种会刁难我的嫂子要好吧。"

陶竹摸了摸她的脸，笑眯眯地说道："你怎么知道我不会刁难你？"

苏礼皱眉，神色有些疑惑。

陶竹："到时候我就天天让你当我的奴隶，你要有一丁点儿的不满情绪，我就告状，说你不尊重长辈。"

苏礼听完这话却不恼，用手撑着脸为陶竹科普："你知不知道有句话叫'嫁鸡随鸡，嫁狗随狗'？你嫁给我哥的话，就要随他的地位。他在我家是最底层的存在，连我爸的宠物猪都不如。"

陶竹："那你呢？"

苏礼："我是最高层的存在。"

这还聊什么，结束！

两个人聊完这个话题，又聊了些别的事。

陶竹忽然问道："易柏今年毕业，听说他找了个女朋友，还挺漂亮的。"

"那就好，"苏礼把牛肋条在酱汁里滚了一圈，"大家各有归宿。"

陶竹继续道："单笛被公司辞退了，和贺博简的纠缠也结束了。贺博简好像傍上了一个富婆，出国留学了。"

"嗯，"苏礼说，"他出国前来找过我。"

"他说什么？"

"谁管他说什么呢，不就是那些话嘛，"苏礼说，"没听两句我就走了。"

那人死性不改，谎话连篇，什么都想要。他明明女朋友都谈了一堆了，还说最爱的永远是她，心里永远为她留有一席之地。

他到底还是为了他自己，舍不得曾在她身上耗费的时间，总想要捞点儿什么东西才能心满意足地离开。至于她怎样想，并不在贺博简考虑的范围内。他好像总在进行自我感动式表演。

"我总觉得他很矛盾，也不至于对你完全没感情，可是他想要的东西太多了……和那些东西比起来，你不过是随时可以让路的存在。"陶竹说，"后来的挽留也好，消极应对也好，一切都太模式化了，显得他一点儿也不珍惜。程懿就不一样了。"

苏礼本来在吃年糕，闻言问道："怎么不一样？"

陶竹："程懿的全世界随时可以为你让路。"

生活稳步前行，SL 的分店越开越多，在每个商圈都是颇受欢迎的存在。

属于程懿的母亲的那沓手稿作品也在完成中，程懿身上的重担与使命慢慢被卸下，男人肉眼可见地变得轻松了。

一切节奏都变得轻快不少，柴柴也在这样滋润的生活里被越养越胖。

第二年春，苏礼的时装秀如期与大家见面。

秀场模特儿由陶竹工作室全权包揽。

入场券确实被炒到了一票难求的地步，苏礼也顺应呼声，为时装秀开了直播。

前半场是成衣秀，后半场是高定秀。高定的礼服中，既有她为知名导演的电影所做的服装，也有女星出国征战红毯的战袍。

苏礼在时装秀结束时宣布，她的个人高定品牌将由皓苏与川程合作运营，以礼服为设计方向，搭配高级珠宝。

这消息一出，犹如一石激起千层浪，微博讨论热度居高不下。

"栗栗：'川程？皓苏？你们都很牛吗？还不是受我驱使，为我所用？'"

"商业鬼才栗栗子。"

"呜呜呜呜，没人夸这场时装秀的高定礼服吗？真的都太好看了！"

…………

SL官网邮箱也收到很多邀约。

更有业内人士预测，假以时日，SL将不再局限于一个单独的设计师品牌，将会成为品类更全的服装品牌。

苏礼却在这时忙中偷闲，和程懿跑去高中母校参观。

离她的秀场的不远处，就是她的高中母校，毕业后苏礼已经很久没来过这里。今天程懿恰巧来接她回家，路过时她说想进去看看。男人说了声"好"，便陪她一同走进了校园。

夕阳西下，操场上有男生在打球，还有欢声笑语在校园里回荡，到处都是青春的气息。

苏礼趴在双杠上笑着看向程懿。

男人挑眉："怎么了？"

苏礼："你说，会不会有这么一个世界，我先去招惹你，带着目的引诱你，看你上钩，又若无其事地拍拍手离开？"

程懿伸手理了理她的碎发，说："有可能。"

苏礼设想了一下剧情，说："那按你的性格，发现这事之后你肯定气得和我老死不相往来了。"

程懿："世界上那么多人，你能选到我、利用我，是我的福气。你利用完了，我还追你。"

苏礼被他气得直笑，用脚踢他："能不这样吗？"

男人也笑，宠溺地说道："那没办法，谁让我喜欢你呢？"

又过了一会儿，苏礼直起身说："嘿，你口袋里的那个东西你打算什么时候给我啊？你都开开关关好多次了，等得我都忍不住想自己拿出来了。"

程懿吞了吞口水，伸手将口袋里的绒面盒取了出来。

他没想到她会发现，本打算回去再说，但转念一想，好像现在说也合适。

她在他身边，还在笑，夕阳有温柔的光洒下，时间似乎放慢了。

男人垂眸，从盒中取出一枚戒指，说："早点儿说了也好，免得总担心你跑了。"

那枚戒指像玫瑰的形状，戒托处设计成了一片片的花瓣，花瓣簇拥着正中央的那枚钻石，像是众星捧月，昭示着他的承诺。

男人在夕阳下开口："你愿意成为程太太吗？永远为期，以后我绝不背叛，绝不敷衍，绝不怠慢。我的底线是你，原则是你，人生首位也是你。"

有哪里传来玫瑰的香气，混合着男人令人心安的气息。

他望着她，郑重地说道："做我的太太有很多好处，一时片刻说不完，如果你愿意的话……往后我慢慢讲给你听，好不好？"

苏礼在他的注视下偏了一下头，问："该我说了吗？"

程懿难得显出些紧张情绪。

苏礼眨了眨眼，说："我听人说，幸运的人用童年治愈一生，不幸的人用一生治愈童年。我不准你不幸福，所以……"她笑着，将手指穿进那枚小圆环里，眼里有光芒闪烁，"我陪你一生。"

男人望着她，笑意再也藏不住，指腹贴上她的眼尾，拭去那一点点湿润的痕迹，柔声道："很荣幸。"

画面回转到他初见她的那一刻。彼时的他还不知道，那是自己漫漫余生中想要的唯一。他竭力克制，努力收敛，爱意却无法控制地破土而出。他习惯于运筹帷幄，从未放下过攻防，但有朝一日竟也会心甘情愿地肆意沉沦，一步步像是命中注定。

男人将她的碎发别至耳后，低声问："饿不饿？我们回家。"

他曾以为自己有很多选择，但命运早已给了他答案。

命运说："除了爱你，我别无选择。"

/番 外/

恶作剧

某个午后，苏礼被陶竹叫出去吃烤肉。明明是两个女生的约会，苏见景非要死皮赖脸地跟着，美其名曰在家没有幸福感。

苏礼倒没什么，谁知道陶竹不乐意了。

苏见景点单时，苏礼笑着推了推陶竹的胳膊，说："你自己选的男朋友，怎么嫌弃成这样？"

"谁让他打扰我们约会了？很多话题有男人在根本没法说好不好？"陶竹看样子是攒了很多八卦新闻，打算跟苏礼聊个痛快的，想了想又道，"不行，我得让他长点儿记性。"

苏礼挑眉，问："怎么长？"

陶竹刷了两条视频，突然露出一丝邪恶的笑容，小声道："等会儿我拍一下你的腿，你就去弄调料。"

苏礼："干吗？"

陶竹："别问这么多，你去就行了。"

3分钟后，陶竹大概是准备完毕，环视了一圈，然后拍了拍苏礼的大腿。

苏礼起身，去调料台调好调料后不慌不忙地往回走。

一切似乎都没有变化，苏见景还坐在那里，陶竹旁边摆着碗筷，唯一不同的是多了个倒水的服务生。

苏礼走近时，陶竹突然捧着脸看向苏见景，嗲嗲地问："你给我买这么多包又在我家住，还带我来你老婆最爱吃的烤肉店吃烤肉，她知道了会不会打我呀？"说着，她娇弱地抖了抖，"哥哥，那你可要保护我呀！我手无缚鸡之力，是为了你才搬到这座城市的，你说你会离婚对我好的。"

邻桌的人投来鄙夷的目光，服务生更是吓得直接把水壶打翻，烤肉盘上刺啦地冒着烟。

"抱歉！抱歉！"服务生忙不迭地道歉，"我给您换……换个盘子。"

服务生转身要走，被苏见景一把拉住："你别听她乱……"

服务生被吓个半死，连忙鞠躬抢答，声音铿锵有力："那个，我……我什么都没听到！你老婆来了我也不会乱说的！"

脸色铁青的苏见景沉默了。

那顿烤肉苏见景吃得索然无味，再看对面的两个人，笑得花枝乱颤，连肉都夹不稳了。

陶竹的恶作剧大获全胜，最后以苏见景怒火中烧地将她拎回家而结束。

次日，苏礼和程懿在外吃饭时想起了这件事，忍不住跟他分享："你是不知道，昨天中午……"

男人抬头："嗯？"

苏礼望着程懿，忽然也想试一下。

恰逢这会儿服务生过来送餐，正站在程懿的身边，程懿便略过了方才那个问题，转而问她："这个牛排你要怎么吃？是淋酱还是……"

他的话还没说完，就被她打断："我要吃你老婆最喜欢的那种。"

她说这话时，头顶的音乐正处于转换的停顿空当，因此这句话被很多人听到了。

周围用餐的人很给面子，目光立刻聚焦过来，就连门口的人都往这儿看。

苏礼想着完了，好像玩儿脱了。

谁知道男人只是稍一停顿，旋即恢复那副气定神闲的模样，好似还笑了一下。

"我老婆？"他挑眉，语气很自然，"我老婆不是你？"

脸颊迅速烧红的苏礼不吭声了。

频频有视线投来，饭是没法再吃了，程懿拿起身后的外套，握住苏礼的手腕带着她往外走去。

为了不让自己太尴尬，苏礼只能一路走一路辩解："我真不是你老婆，我们没有证……"

两个人走出西餐厅后，男人似笑非笑地看着她。

苏礼眨了眨眼睛，问道："你干吗？"

"你不是说我们没证吗？"他将她压在车门上，温热的唇瓣在她的嘴角一触即离，"现在我们去民政局，领证。"

民政局

　　恶作剧发生的那天他们没能领成证，车只是在民政局门口一晃而过，然后停在了某家餐厅的门前。

　　苏礼还有些没回过神来，问："我们不是去领证吗？现在不是应该回去找户口本和身份证吗？来这儿做什么？"

　　"跟你开个玩笑，"男人笑着解开她的安全带，"既然是领证，当然不会这么草率。"

　　苏礼眨了眨眼，感觉耳垂被人捏了一下。

　　男人笑着倾身过来，低声道："不过我耐心不多，程太太，你尽快准备一下？"

　　晚餐时，听着头顶悠扬的旋律，看着正帮她抹黄油的男人，苏礼忽地冒出一句话："要不下周末吧。"

　　"嗯？"男人一下没理解这话的意思，"什么下周末？"

"下周末去领证，你觉得怎么样？"

男人愣了一下，旋即眉目舒展，在暖色系灯光下笑起来，说："我当然觉得好。"

能和你在一起，完成一件很久前就想做的事，当然很好，怎样都很好。只要是有关我们的未来的事。

两个人吃完晚餐后，男人提议："要不要去湖边散步？"

"可以啊，"她当然喜欢，"但你不是不爱散步嘛，今天怎么突然想去？"

"心情好，"他笑望着她，"因为下周末。"

因为你。

苏礼没有刻意数日子，只是中途回了趟家，拿好户口本，再妥帖地将其收到柜子里，便将这件事抛到了脑后。

可男人好像计着时在过一般，好不容易到了周五晚上，问："周六还是周日？"

苏礼反应了一会儿才想起他说的是领证的具体日子，回道："都可以，你想什么时……"

"那就明天吧，"他答得很快，甚至没等她把话说完，"早点儿拿到结婚证。"

她笑着逗他："这么急？"

"怎么能不急？"男人挑了挑眉，语调里有抹不去的笑意，"太太这么受欢迎，我当然想快点儿把她绑在我身边。"

周六一早，闹钟还没响，男人的洗漱声就把她从睡梦中唤醒了。

苏礼揉了揉眼睛，看着站在落地镜前换衣服的身影，奇怪他怎么不再睡一会儿："这么早，他们上班了吗？"

"嗯，"他颔首，声音笃定地说，"我查过了，这边的民政局8:30就上班。"

苏礼起床，简单化了个妆，换好了衣服，一转头就发现男人正撑在梳妆台上若有所思地盯着镜子。

她问："怎么了？"

男人眉心微蹙，问："要修眉吗？显得正式点儿。"

苏礼盯了他半响，忽地笑开，伸出手指亲昵地去蹭他的脸颊，轻声道："不用，已经很好看了。"

周六，民政局的人有点儿多。

拍照前，苏礼整理着头发问程懿："可以吗？会乱吗？这撮刘海儿要不要绕到耳后？"

"不用，"男人握住她的手亲了亲，"已经很漂亮了。"

1小时后，川程集团总裁程懿开通了许久却鲜少发动态的微博发了一张照片——崭新的结婚证上摆着两枚漂亮的婚戒，独一无二，熠熠生辉。

婚 礼

他们举行婚礼的时间最终定在了夏天。

苏礼将所有的精力都放在婚纱上，再抽不出多余的心思，余下那些事便全部由程懿安排。

她的婚纱是重工刺绣，还有很多精致繁复的小细节，全都是需要时间和心血去完成的。

婚礼的地点和酒店都是程懿定的。她本说找个婚礼团队一起安排了就好，但男人不同意，非要亲力亲为，说要给她最珍贵的纪念。

她洗完澡出来，就看见他坐在床头，手中捧着本不知是在讲什么的册子，看得十分认真。

她走近，发现册子里都是关于婚礼的一些布局和介绍。她之前粗略看过，觉得太过枯燥，没能坚持过第五页。

男人垂着眼，不知是在看册子还是睡着了，苏礼伸出手在他眼前晃了晃。

程懿很快抬起头问："怎么了？"

"没睡着？"她掀开被子躺了进去，指着册子问他，"不无聊吗？"

"还好，"他说道，"总比那些报表有意思。"

婚礼举行的地点选了一座风景漂亮但未经开发的小岛上。小岛仿佛隔开了浮躁而嘈杂的生活，还给了他们最纯粹的童话世界。

婚礼的前一天，苏礼迷迷糊糊要睡着时，手指忽然被人不轻不重地按了几下，男人缓缓摩挲着她的戒指，低声唤她："栗栗。"

苏礼勉强将眼睛睁开一条缝："嗯？"

"谢谢你愿意嫁给我，"他的声音感性而低沉，带了些愉悦的笑意，"我很高兴。"

她在黑暗中弯了弯嘴角，然后转过身慢慢地抱住他："我也是。"

苏礼记得，婚礼那天头顶天空湛蓝，空气清新，耳边有婉转的《婚礼进行曲》，台下是他们的朋友和亲人。

男人握着她的手，一贯从容又镇定的他此刻掌心却有汗。

他们在牧师的见证下宣读誓言，然后交换戒指。他将那枚指环套入她的无名指后轻轻转了两下，调整到合适的角度。

宣读誓言时，他在"永远爱护你的妻子，永不背叛"之后，又郑重地加上了一句："不欺骗，不隐瞒，不敷衍。"

后来程懿做到了他所说的，对她未曾欺骗，未曾隐瞒，也从不敷衍，只除了婚礼当晚在床上说"这是最后一次"。

蜜 月

　　他们的婚礼在夏天举行，度蜜月的时间苏礼选在了冬天。

　　程懿问她为什么，她说："人家度蜜月都是夏天，我们也是夏天，那多普通啊。要我就选冬天，一起看雪，冬天窝在小房间的壁炉旁看电影，也很浪漫哪。"

　　男人点头，自然是都听她的。

　　他们选了欧洲的一个小院子，在那里度过了属于他们的很特别的蜜月。

　　程懿关了手机，苏礼也断了和外界的所有联系。那里的一分一秒都是完全属于他们的，他们不会被外人打扰。

　　前一天晚上，她会选好第二天想吃的菜单，然后次日两个人一起出发，去超市采购食材。准备完食材后，他们就一起泡在厨房里，研究各种菜品和甜点。

　　那天苏礼先做了甜品，把小饼干脱模放进烤箱，调了温度和时间，去客厅里等程懿。

　　程懿的任务是做午饭，他过了一会儿才出来。

奶油浓汤泛着淡淡的香气，程懿递给苏礼一个勺子，示意她先尝尝。

苏礼拿了片面包片，忽然抬头望着程懿眨了眨眼睛。

程懿挑眉，问："想说什么？"

"没什么，就是你刚刚从厨房里走出来的时候，"她撑着脸颊，"蛮像个家庭煮夫的。"

男人身材高大，穿的是她织的白色毛衣，系着围裙，有一种可靠的居家气息。

程懿解下围裙搭在椅背上，声音里有淡淡的笑意："我不就是你的家庭煮夫？"

苏礼撇嘴，笑嘻嘻地说道："我应该也没有那么要求你吧？！"

他们吃完饭后没过多久，外面就下起了小雪。

窗台边有张摇椅，男人坐好，苏礼被圈在他的怀里一起看雪，身上盖着毛毯，壁炉里的火烧得噼啪响，气氛温馨又静谧。

"你说今天会下多久的雪？"她望向窗外，"前几天都是下一阵停一阵，还没来得及积雪就全融了。"

程懿的下巴抵在她的肩上，说话时气息洒在她的耳后："怎么，你想堆雪人？"

"本来没想的，"她"哒"了一声，"但听你这么一说，好像是有点儿想。"

可惜天公不作美，这场雪依旧下了不到半个小时就停了，之后又断断续续地下了一阵。她后来睡着了，但一觉醒来，窗外仍没有积雪。

苏礼转头看去，身旁已经没有人了，不知程懿去了哪里。

壁炉里的柴火被人新加过，烤得人身上暖暖的，她伸了个懒腰，毛毯滑落到地上。

苏礼俯身去捡毛毯，看到有人影在拐角处一闪而过。她起身，向那边慢慢靠近。

苏礼推开书房的门，发现空调挂机上摆着一个小小的雪人。雪人的身子像个葫芦，身上插着两根小小的树枝，头上是碧根果壳做的一顶小帽子，可爱到不行。

程懿站在一旁解释："雪下得太少，外面都找不到，幸好这里有一点儿，刚好够给你做个小雪人。大雪人我们只能回去堆了。"

苏礼惊讶了好一会儿，这才笑着看他，眼底有细碎的欣喜的光："你是哆啦A梦吗？"

程懿半倚着墙，笑道："没，只是恰好可以满足夫人的愿望。"

他们要离开的前一夜，下了很大的一场雪，皑皑白雪覆盖了整条街道，梧桐树一夜白头，长椅上有动物留下的脚印。

苏礼是醒来看到窗外一片白才知道下雪了的。

她四处看了看，程懿不在，看了一眼日期，12 月 21 日。

苏礼披上外衣，下床去寻人。她推开大门，看到的就是面前那个与她等高的雪人，雪人的脖子上围了条她带来的围巾。

苏礼双手插兜，忽地笑开，绕到雪人背后，看见了靠在一旁的树下的程懿。

他穿着好看的黑色风衣，衬得身段越发颀长，随意放在身侧的手有堆雪人过后被冻得通红的痕迹。

雪人的背上写着一行小字——"冬至快乐！"

情侣睡衣

结婚纪念日那天，苏礼和程懿叫上彼此的好友一起去了海岛度假。

苏礼被陶竹拖着到处拍照，总是很忙，程懿自然就跟陈夜淮他们待在一块儿。

晚上，泳池附近亮着半明半暗的灯，露台上有怡人的风，气温正好，男人们就坐在躺椅上喝酒、聊天儿。

陈夜淮进去洗了个澡，再出来时已经换好了睡袍。

"怎么突然换了衣服？"看清楚之后，霍为第一个大笑，"淮哥，你怎么回事？哈哈哈！"

程懿也嗤笑一声，扯了扯嘴角："穿的什么？跟唐老鸭似的。"

"这就是唐老鸭，没见识。"一贯只穿极简冷色调服装的陈夜淮此刻的状态竟异常放松，"一看你们就什么都不懂，这是新出的热门情侣款睡衣，我女朋友给我买的。"

顿了顿，陈夜淮复述了一遍，划重点："情侣睡衣。"

男人"一点儿也不羡慕"地收回目光，唇边仍是嘲讽的笑容，不咸不淡地丢出了一句："幼稚。"

　　次日，苏礼在岛上逛街时，在橱窗前数度徘徊，有些犹豫。

　　陶竹："你干吗呢？想买就买呗。"

　　"买当然要买，毕竟我的睡袍昨晚被你踩脏了，要买套新的。"苏礼摩挲着下巴，指着自己看中的那套睡衣，"但这件和旁边的那件是绑定销售的情侣款，我觉得程懿不会喜欢这种款式。到时候买回去只有我穿他不穿，我岂不是很没面子？"

　　苏礼正准备继续说点儿什么，身后忽然有声音传来："我穿。"

　　男人走到她身后，目光只在衣服上停留了一瞬，旋即稳稳落在了标牌的"情侣"二字上。

　　他状似不经意地说："不错，买吧。"

　　晚上，大堂经理送来了两套新的白色浴袍，苏礼顺手接过，刚准备换上，就被男人拦住了。

　　"不穿新买的睡袍吗？"他说，"我已经叫人洗好了。"

　　穿上睡袍之后，苏礼端着葡萄准备刷剧，又被男人委婉提醒："今晚天气不错，出去转转？"

　　外面热闹，是霍为在抱着吉他乱唱歌。苏礼正奇怪程懿不是喜欢安静嘛，就见他已经利索地换好自己的那套睡衣，拉着她的手走到了陈夜淮面前。

　　霍为拿着话筒，看到程懿咋咋呼呼地说："哥，你怎么换衣服了？"

　　陈夜淮没说话。

　　程懿看着他问："你怎么不问我？"

　　陈夜淮磨了磨牙，说道："你怎么换衣服了？"

　　"哦，"男人像才反应过来一般，修长的手指整了整衣领，状似随意地道，"老婆给我买的，情侣睡衣。"

　　苏礼无言，正要去捂他的嘴，被他拉住，两个人变成十指相扣。

　　男人笑道："老婆非要我穿，没办法。"

　　陈夜淮沉默。

　　所以之前是谁说幼稚来着？

/番 外/

恋爱综艺节目

婚后，苏礼和程懿受邀参加了《初吻日记》番外篇节目的录制。

这个综艺节目他们最开始就是以"装不熟"打开第一轮热度的。CP 粉早已习惯从两个人的避嫌行为中发现快乐：看似是满满的玻璃碴，其实全都是糖。

时隔许久，二人的关系也早已和之前不同，但粉丝之间还时常用 BE 开玩笑。

番外篇节目的录制是直播，他们很久没在媒体上露脸了，直播间一打开，热度便高涨起来。

等到程懿牵着苏礼走出房车，弹幕达到第一波高潮。

"刚刚程总是不是还在镜头面前炫耀了一下牵手？是我的错觉吗？"

"当时嗑'礼义夫妇'是因为他们长得好看，谁知道他们最后竟然真的结婚了呢？"

"楼上的出去别这么说话，这么炫耀容易挨揍。"

…………

今天《初吻日记》直播的内容是密室逃脱。

前面几关都是没有 NPC（非玩家角色）的，纯脑力游戏，但玩家过了第七关之后，慢慢就会有 NPC 不定时出现，目的是阻挠他们找到出去的路。

密室里的 NPC 多少有些恐怖。等到灯一关，再配上音乐，NPC 突然从角落里蹿出，胆小的人容易被吓得魂飞魄散。

好在苏礼发现 NPC 都是听指挥的，他们会戴耳麦，当导演说话时，他们的耳麦旁的红灯会闪烁两秒。

苏礼靠着这个发现，在第十关时精准地预判了 NPC 的位置。她戳了戳程懿道："衣柜后面有人。"

她来不及说更多话，声响已经传出。她只得猫着腰，藏到两个集装箱后面，打算等 NPC 过去后再去拿柜子上的钥匙。

装鬼的 NPC 一身白衣，径直在集装箱旁停下，然后看了两秒，藏到了苏礼旁边。

室内黑暗，苏礼完全没察觉旁边有人，只以为是什么响了一下。

洞悉一切的观众已经开始头皮发麻。

"NPC 就站在自己身边也太吓人了吧？！"

"转头看到一张煞白的脸，我要是栗栗得被吓个半死。"

…………

就在弹幕开始制造恐怖气氛时，忽然有什么在镜头里一闪而过，紧接着，NPC 的衣领被人拎起，程懿将他一把拽离了集装箱后面。

苏礼只听到脚步声，方才有些阴森的感觉消失不见了。

她小心地探出头，轻声问："怎么了？"

男人看着面前一脸呆滞的 NPC，眯了眯眼，沉声回："没事。"

程懿走到衣柜旁，去拿高处的钥匙，回头时又看到那个 NPC 转向集装箱，跃跃欲试。

像是察觉什么，NPC 愣了几秒，转过头和男人四目相对。

他们大概对视了 1 分钟，NPC 瑟缩了一下，而后躲到一边的角落，还用麻袋把自己的脸给蒙上了。

观众开始爆笑。

"那个不是套嘉宾的吗？这个 NPC 为什么给自己安排上了？哈哈哈！"

"人间罕见，NPC 被程总吓死了？"

"我翻译一下，刚刚程总和 NPC 的眼神对话如下。程总：'还敢吗？'NPC：

'不敢了，不敢了。'"

"NPC 遭遇人生滑铁卢！耻辱！丢脸！"

"NPC：'你见过我这么惨的 NPC 吗？'"

…………

这段视频很快被人搬上微博，评论区炸锅了。

"你以为我在乎这些情侣吗？我在昆仑山练了 10 年的剑，心已经跟我的剑一样冷了。我修炼的是大道无情诀，没有人能撼动我的心。"

"来人哪，把我杀了给'礼义夫妇'助助兴。"

"如果我有罪，法律会来制裁我，而不该让我看这些画面然后酸死在床上。"

…………

半个小时后，热评第一精准点明"真理"。

"其实有个姐妹说得对，谁遇上这种情况都会被吓死，但苏礼不会，为什么呢？因为她有老公啊。"

怀孕那件小事

婚后没过多久，有一天喝下午茶时，陶竹和苏礼说起了"人生大事"。

陶竹："对了，你打算什么时候要个小孩儿？"

一口奶茶呛在气管里，半天苏礼才顺过气来，道："这么快？"

陶竹："这还快？你跟程懿没商量过这事？"

"没，"苏礼摇头，"可能他不喜欢吧，我从没听他说起过孩子的事。"

陶竹："今晚回去你问问。"

苏礼顿了顿，小声道："这怎么问？"

"这很正常的好吧？"陶竹翻白眼，"很难想象你们结婚后居然没商量要小孩儿的问题，我这连婚都没订呢，连婴儿房里放几张床都想过了。"

苏礼撇嘴："话说回来，你跟苏见景到底是怎么厮混到一起的？"

陶竹立刻娇羞地摆了摆手，说："怎么能用厮混呢？我们就是为了聊你的近况出去见了几次面，结果我碰到两次咸猪手，他帮我解围，又送我回家，有时候还请我出去看看电影什么的，就……"

苏礼立刻洞悉一切，冷笑了两声，道："他可不是那么好的人，估计什么时候看上你了吧，才会主动约你出去。"

陶竹一脸花痴样，说道："那还挺浪漫的。"

苏礼沉默。人家说恋爱的女生都无限趋近于傻子，这下她信了。

下午茶结束后，苏礼回到家。

晚上苏礼洗过澡，靠在床头看书。

程懿正在不远处的书桌旁办公，时常有敲击键盘的声音传来。

苏礼看了一会儿书，想到陶竹的话，清了清嗓子，迂回地试探了一句："你是不是不喜欢小孩儿？"

程懿答得很快："嗯，太吵了。"

程懿发现她忽然沉默了，回头问道："怎么了？"

"没什么，"苏礼顺了顺头发，"陶竹今天问我要小孩儿的问题来着……"

"你说你生的？"程懿不假思索地说道，"那我喜欢。"

苏礼看着他，犹豫地问道："真话还是假话？"

"当然是真话，我说了，以后不会对你说谎。"程懿起身靠了过来，揉了揉她的耳垂，"我只是不喜欢跟我无关又影响到我的小孩儿。我们的孩子我当然喜欢，只要你愿意生。"

苏礼突然冒出一句："我要是不愿意呢？"

程懿纵容道："那就不生。"

她仰起头，与他闲聊："那川程怎么办？以后谁继承？"

程懿的眼里有温柔的光，他笑道："送给你哥吧。"

"那为了苏见景，我也是一定要生的。"她蜷了蜷脚趾，"我得争气，不能输，听说他要生三个。"

"生三个你太累了，最多两个就够了。"这么说着，程懿脱下外套，掀开被角躺到她旁边，动作一气呵成，毫不拖泥带水。

苏礼奇道："你弄完工作了吗？怎么上床睡觉了？"

程懿："不弄了。"

苏礼迟钝地眨了一下眼，偏过头问："为什么？"

程懿挑眉，语气坦然："不是要生小孩儿？"

苏礼被男人的坦率惊到了，那也不至于现在就开始吧？她启唇，张张合合好半晌，愣是没说出话来。

男人低笑着关了灯，将她从床头拉下，揽进自己的怀里。

苏礼开始心跳加速。

程懿轻笑，像是达到了作弄的目的，最后只是亲了亲她的额头，嘴角噙着笑道："开玩笑的，你还太小，再等等。"

他不是没想过生小孩儿的问题。只是她还太小，他有点儿舍不得，所以觉得还要再等等。

苏礼低头确认："你侮辱我？哪里小了？"

程懿："我说的不是这个。"

男人顿了顿，又道："不过你要想谈这个话题，也行。"

次日，程懿出门工作，陶竹到家来陪苏礼，却发现她有点儿不对劲，上半身一直不自然地扭动。

两个小时后，陶竹开口："你怎么了？"

没怎么，她胸疼。

年底，属于二人的年终旅行到来，苏礼这次将地点选在了国内一个山青水秀的地方。

风景秀丽的地方往往未被开发，故而山路多，车开不进去，他们只能徒步。

走了一会儿，苏礼感觉有些乏了，正好经过一个景点长廊，可供休息的座椅上却坐满了人。她撇了撇嘴，忽然发现不远处有一排空位，可还没来得及高兴，就被旁边的指示牌给泼了冷水。

座椅旁立着个方形的指示牌，上面明明白白地写着"老弱病残孕专座"几个大字。

怪不得那里没人坐。

她小声跟程懿抱怨："我想坐那里，但是不太行。"

男人瞧了一会儿，低声回她："我有个办法。"

苏礼："什么？"

程懿："你怀孕后就能坐了。"

苏礼语塞半晌，嘟囔道："那你怎么不说把我打残了呢？"

男人拉着她的手紧了紧，笑道："舍不得。"

当晚关灯后，男人从背后将她拥紧，气息灼热。

苏礼伸出手拍了拍他，害羞地道："你干吗？"

"我夫人说她想坐孕妇专座。"男人偏过头，细细密密地吮咬着她的耳垂，"我想了想，这是个好提议。"

/番 外/

怀 孕

　　事实证明，总裁不只忙工作认真，干起其他事来效率也很高。

　　他们发现苏礼怀孕是在某个午后。

　　那会儿恰逢过年，苏礼以为是自己最近吃太多，小腹才肉眼可见地隆起。直到有一天下午他们去拜访陶竹家，陶竹的父母外出还没回来，下午又容易生出困意，苏礼和陶竹便靠在沙发上小憩，程懿和苏见景则在阳台上谈着什么。

　　没一会儿，大门被打开，伴随着嗒嗒嗒的声响，一个庞然大物冲了过来。陶竹"啊"了一声，被砸得眼冒金星，捂着肚子咬牙切齿地道："奶块！你给我下去！"

　　奶块是陶竹家养的一只萨摩耶，天性好动，疯起来简直没边儿。

　　奶块当然不听陶竹的话。它刚散完步，又看到了很多客人，这会儿正兴奋，在沙发上左弹右跳，踩着陶竹的大腿蹦。

　　陶竹感觉自己的肉都要被踩掉了，往旁边一指苏礼，说："去，咬她。"

　　奶块配合地奔向苏礼。

正当苏礼思考着要不要起身躲避时，奶块猛地一个急刹车，趴在苏礼的肚子上，温柔地舔了舔她的手心。

陶竹满脸疑惑，指控奶块："你是叛徒吧？"

程懿和苏见景走了进来。

陶竹控诉道："这是什么狗？在我身上狂欢蹦迪，舔了我一身口水，跑到苏礼那儿就开始当乖乖崽，它以前不这样啊！"

陶竹的父亲笑道："可能是小苏合它的眼缘。"

陶竹"嗷"了一声，道："合眼缘的话它应该闹得更凶才对吧！"

程懿朝苏礼挑眉，却像是突然想到什么。

苏礼："怎么了？"

男人摇了摇头，道："没事。"

晚餐时，苏礼正要把筷子伸向辣子鸡，却被程懿拦住。

苏礼很敏感地问："干吗？你嫌我长胖了？"

"不是，"程懿道，"你怀孕了，太辣的东西不要吃。"

苏礼下意识地说道："我怎么就怀……"

话没说完，她也反应过来了。

陶竹呆了一会儿，欣喜道："对啊，人家不都说很多狗能发现主人怀孕嘛，因为孕期激素升高。奶块不踩你，是不是就因为发现你怀孕了？"

晚饭后苏礼去医院检查，结果当然是"中奖"了。

医生："恭喜，的确是怀孕了。"

紧接着，医生又交代了很多注意事项。

苏礼还有点儿云里雾里的，程懿的接受速度却比她快许多。驱车回家的路上，他肉眼可见地心情大好。

他们到家后，苏礼坐在沙发上消化了一会儿这个消息，程懿也给她留出了私人空间。

他的手机一直在响，大概是前阵子就安排好的工作。

苏礼待在客厅里，能听到书房里传出的声音。他接了很多通电话，始终有一个共同点。

"嗯，金源大厦的项目开始施工了，记得做母婴室，我老婆怀孕了。

"年底恐怕不行，我老婆刚被检查出怀孕。

"我夫人已经怀孕了，你结婚多久了？哦，忘了，你还没有女朋友。"

苏礼沉默。

他倒也不必向所有人告知。

入夜，苏礼有点儿失眠，问程懿："你喜欢男孩儿还是女孩儿？"

程懿："喜欢女孩儿，但是生男孩儿吧。"

苏礼："为什么？"

男人不假思索地说道："世界上臭男人太多了，怕她受骗。"

苏礼静默了3秒，缓缓转过头问："你是在说自己吗？"

男人低声为自己辩解："我是好男人。"

苏礼哼哼唧唧了半晌才道："勉强相信吧。"

其实她相信得并不勉强，因为接下来的一整个孕期，程懿对她关怀备至、照顾有加。她的一点点微小的情绪变化他都能察觉并处理，也极少让她产生消极的感受。

程懿曾经说她"还太小"，那时候她不明白，现在才彻底体会——原来她不论过多少个生日，在他心里始终是需要被疼爱的、长不大的小姑娘。

这是他给她的偏心，也是承诺。

胎 教

苏礼怀孕之后便不定时地琢磨着怎样进行胎教会更好。从绘画到音乐再到表演，基本上寓教于乐的项目她都进行了了解。做了一圈功课，她发现胎儿长到 16 周再开始进行胎教会更好。看时间还早，她便暂时搁置了计划，找了些别的事来做。

那天苏礼躺在沙发上，无意间打开了陶竹的推荐分享。没想到对陶竹推荐的这部韩剧越看越上头，她一口气看了 10 集，连午觉都没睡。

苏礼现在有些困了，但又实在想知道那个关键人物到底是谁，只能一边打着哈欠，一边选择播放下一集，嘴里也没闲着："奇怪了，韩剧的男演员怎么都拍得这么帅？"

她这本来就是一句随意的碎碎念，谁知道刚说完，旁边一直在忙工作的男人忽然就抬起了头。

程懿："谁？"

"什么谁？"苏礼愣了一下。

"你刚刚说谁帅？"

"没谁，就是一句……泛指，"她说，"感觉有些普通的男演员在韩剧里都能显得特别……"

"好看"两个字她还没说出口，程懿合上了电脑，起身，侧目看来："你不是要胎教？看什么剧？"

苏礼眨了眨眼，说道："胎教要孩子到 16 周开始做比较好，我这才 5 周。"

"提前总是没错的，"程懿的目光在客厅里扫了一圈，最后落到了某处，"书法怎么样？"

"现在？"苏礼看了一眼夕阳，感觉没人会在这时候练书法，"要不晚上吧。"

男人一贯听她的话，此时却没停住铺纸的动作，从容地道："下午 6 点，正适合练字。"

苏礼撇了撇嘴，跟过去，听到他轻声问："不关电视？"

苏礼还在往那边瞟："我可以边看边练，没怎么练过毛笔字，今天先适应一下握笔就……"

男人走上前，将她圈在怀里，边用身体挡住她的视线边说："我会，我教你。"

男人的手放在她的腰间，手掌的温度透过薄薄一层睡裙传递给她，在她的肌肤上撩起了点点星火，她不由得动了动。

男人误以为她还在看电视，半惩罚似的咬了一下她的耳垂，说："专心点儿。"

顿了顿，男人又补充了一句："错一笔，亲一下。"

苏礼："谁亲谁？"

"我亲你，"男人的呼吸喷洒在她的耳后，他似是低笑了一声，"不过你要想反过来也行。"

像是特意想要她写错，他居然直接要她练"程懿"的"懿"字，笔画复杂不说，笔法也很难。

苏礼想这人没安好心，不过也被激出了点儿征服欲。她专注地看他写完，记下后，再认真地一笔一笔书写。最后一笔落下时，她笑着回过头问："怎么样？没错吧？"

猝不及防间，她的唇被程懿吻了一下。

苏礼狐疑地问："我哪儿写错了吗？"

"没。"男人点了一下她的下巴，双手撑在她身后的桌子上，又低头亲了她一口，笑道，"学费。"

/番 外/
宝 宝

他们的第一个小宝贝如程懿所愿是个男孩儿，起名程煜苏。

次年，苏家添了新丁——苏见景的小孩儿出生。

产房外，苏见景曾没什么追求地说："我对小孩子没别的要求，人数上超过苏礼的就好。"

他是开玩笑，苏礼的肚子却当真了，很快她就怀上了二胎，还是龙凤胎。

最终，苏见景以两个男孩儿落败，只因苏礼这边多了个小公主。小公主随苏礼姓，名叫苏瑶初。

瑶初从小就长得漂亮，5岁后尤甚。

瑶初小学开学的那天，程懿有事不能送他们去学校，故而站在门口，一边替瑶初系扣子，一边认真地叮嘱："成年之前尽量不要谈恋爱，谈的话也要带回来让爸爸把关。

"在学校要保护好自己。

"如果谁敢随便乱牵你的手，告诉我，我去打断他的腿。"

就这样，程懿叮嘱了半个小时还没结束。

苏礼匆匆拉开门，说道："可以了，再不走要迟到了。"

两位当哥哥的小朋友就没这么娇气了，背着自己的书包，站在电梯口告别，俨然已有小大人的模样："爸爸，我们走了。"

程懿扫了两个人一眼，微微颔首，道："嗯，一路平安。"

想到方才妹妹受到的"高级待遇"，两个小朋友异口同声，带上有些期待的神色问："爸爸，你没别的话要说的吗？"

比如去了学校他们要好好学习、尊敬师长、照顾好自己什么的？

程懿思忖片刻，说道："照顾好妹妹。"

哥哥们沉默了。

带崽

想去海边玩儿是小瑶初一直以来心心念念的愿望。

正逢国庆，苏礼便满足了女儿的愿望，带上3个小家伙，和程懿一起自驾游，去了海边。

他们在海边碰上了裴寒舟一家，两家人自然就聚到了一起。小家伙们忙着尖叫嬉闹，苏礼也和林洛桑聊起了最近时尚圈的一些秘闻，两位男士负责提包与后勤工作。

次日"双击夫妇"一家也抵达，据说是看了林洛桑发的照片，然后被吸引来的。

3个家庭在一起，光是孩子就有7个，闹起来声音简直震耳欲聋，差点儿把房子拆了。

苏礼好不容易等小家伙们玩儿累了开始午睡才得以休息，在沙滩伞下打盹儿。

等她再醒来的时候，有几个小朋友已经起来了，其中包括裴寒舟家的小布蕾，还有纪时衍家的纪棠渊（小名小汤圆）。

小瑶初凑过去问小布蕾："你怎么也醒了啊？我看你好像是最后睡的。"

小布蕾正忙着吃东西，双颊被塞得鼓鼓的，还在旋风式吸入桌上的橘子瓣，没空回答。

纪棠渊认真地剥着橘子，闻言替她回复："她饿醒的。"

小布蕾好不容易解决完嘴里的食物，不住地点头："确实，早上只吃了3碗米粉和一杯豆浆。"

小布蕾说完，又抓起纪棠渊剥好的橘子塞进嘴里。

小瑶初不饿，就捧着脸看他们，半晌后才问小布蕾："不过为什么你不是自己动手，是他帮你剥？"

"因为我们定了娃娃亲，"小布蕾吃得投入，纪棠渊代为回答，"而且爸爸说男孩子要绅士。"

听到这儿，小瑶初"噢"了一声，旋即转向苏礼，奶声奶气地问："妈妈，我为什么没有定娃娃亲？"

苏礼怜爱地摸了摸她的小脑袋，回道："因为你爸不同意。"

一旁的"罪魁祸首"程懿偏开头，装作没听见。

小瑶初反应了一会儿，像是越想越气，叉着腰，忽然做了个伟大的决定："我不管！我也要！"

苏礼轻掐她略显婴儿肥的脸蛋儿，笑问："要什么？你从哪儿要？"

小瑶初不回答，一口气奔向海边，然后拽了个金发碧眼的小男生回来。

这男生跟小瑶初一样大，苏礼认得。

昨天小瑶初眼馋人家手上的棒棒糖，跟了人家一路，说要和人家做好朋友，结果骗到棒棒糖就跑了回来——真是个没心没肺的孩子。

小瑶初并不觉得有什么不妥，从桌上抓起一把糖塞进小男生的口袋里，然后问："你知道什么叫娃娃亲吗？"

小男生听不懂这么深奥的中文词汇，只是看着她。

"人家听不懂。"苏礼笑道。

但小瑶初一副"我不听我不听"的模样，取下自己脖子上的玉坠，塞进了金发碧眼的小男生的手心里，用小奶音问："那你就跟我定娃娃亲好吗？"

小瑶初说完，自己先点了点头。

小男生看到，跟着点了点头。

小瑶初喜笑颜开，狂奔到纪棠渊面前，拉着小男生白皙的手炫耀道："我也有娃娃亲啦！"

/番 外/

平行时空的另一种可能

01

"放弃一个不可能的人，是不是幸福的？"

字条被扔在桌面上，圆桌边围满了少男少女，安静片刻后，爆发了争执。

苏礼看向面前针锋相对的二人。

"幸福！既然两个人都不可能在一起了，去吃烤肉不香吗？打游戏不快乐吗？挥霍青春不爽吗？"

"胡扯，不可能幸福。"

"好，那你说，为什么不幸福？"

"我……"

"说不出来吧，因为不可能不幸福！人就不该在没必要的事情上浪费时……"

陶竹敲了两下桌面，制止道："差不多得了。苏礼的辩题，你们争得这么激动干吗？"

"这不是在模拟嘛，"寸头男生说，"这个辩题的结果已经很清楚了，谁拿到正方谁走运！对了苏礼，你是哪方？"

苏礼："反方。"

寸头男生坐下，认命般道："那你算是完了。"

大一，苏礼参加了辩论社，主要是看中了它的清闲。谁知道辩论社突然换了指导老师和社长，火了起来，留了一堆辩题。

这次的辩论赛在半个月后举办，地点是学校大礼堂，观众无数。

苏礼抽到的是反方——追逐一个不可能的人是幸福的。

这是一个她根本不知如何下手的辩题。

陶竹问她："你有没有不可能和他在一起的人？"

苏礼撑着脑袋，摇了摇头，道："你给我找一个？"

"得了吧，"陶竹说，"你当别人的不可能还差不多。"

"不玩儿了，不玩儿了，大家散了吧，"陶竹摆手，"毫无头绪！"

寸头男生对苏礼说："这不是明摆着的嘛，本来辩题就难，你又不擅长辩论，必然不可能赢的。也不知道去的人多不多，淘汰是什么制……？"

苏礼放下字条，说："我不可能输。"

苏礼本来还没觉得有什么，经寸头男生一提醒，想起来会有很多人围观。让她在那么多人面前表演被淘汰？她做不到。

陶竹看着她，惊讶地道："赢？你怎么赢？"

苏礼答得轻巧："找个不可能的人，体验一下追逐的幸福感不就行了？"

陶竹："说来简单，你上哪儿去找不可能的人？"

"全中国14亿人，我肯定能找到一个的。"苏礼拍拍她的肩膀，"先去吃饭吧，我饿了。"

她们吃完饭后散步回寝室，路过篮球场时，有震耳欲聋的欢呼声传来。

陶竹往里看，随口道："今天怎么回事？以前这里不是挺安静的吗？"

篮球场内有人跃起，投了个3分球，尖叫声再次响起。

陶竹了然地收回目光，说："哦，原来是他。"

苏礼侧过头问："谁？"

"程懿，大四的，受欢迎到什么程度呢？我这么跟你形容吧，"陶竹想了想说，"隔壁不是电影学院嘛，但只要他在我们学校一天，学校的女生就不会翻墙去那边看帅哥。"

有什么念头一闪而过，苏礼眨了眨眼睛，问："你觉得他怎么样？"

陶竹抄着手，目视前方："嗯，不太可能。"

她突然反应过来，看向苏礼问："是我理解的那个意思吗？"

苏礼挑了挑眉，没说话，转身进了旁边的便利店，买了一瓶可乐和一瓶水，又买了支马克笔，在上面涂涂写写。

陶竹："你真就这么决定了？要不要再想想？"

苏礼垂眸说道："我们学校还有比他更不可能的人吗？"

陶竹："没……"

"那不就得了？"苏礼盖上笔盖，"试试嘛，我又没说一定是他。"

苏礼到篮球场上时，正巧碰上中场休息。很多女生也在此刻冲过来，推着她往前走。

等她好不容易停下来，面前站了一排人，一个个都穿着球服。

她找不见程懿了——刚刚她没记清程懿的脸。

她越过人群问陶竹："哪个是程懿来着？"

人群恰巧在此时安静下来，苏礼的声音显得尤为清晰。

无数双眼睛齐刷刷地看向她，有个男生笑嘻嘻地提醒："程懿？在你面前的就是。"

苏礼转头看去，发现程懿脸上没什么表情，整个人显得生人勿近。

他的皮囊确实不错，不过现在的女生都喜欢这款男生吗？苏礼疑惑。

苏礼从身后拿出可乐递给他。

这个动作像是按下了激活码，人群再度沸腾。

"学长喝我的吧！"

"拿我这个，特别冰。"

"打球辛苦啦！"

…………

不知道的人还以为这是什么应援现场。

苏礼百无聊赖地晃了晃手中的东西。

程懿垂眸看去，揭掉了贴纸的、常温的可乐，和其他冰到滴水的瓶身格格不入。

方才那个男生望向苏礼，道："谁打完球喝可乐？多腻啊！"

苏礼倒是没想到这点，伸出另一只手，说："哦，那我这儿还有一瓶。"

她递过去的是一瓶常温矿泉水。

"就它了。"面前的人开了口，声音很低，惹得苏礼愣了愣。

见程懿拿走她的矿泉水，苏礼将那瓶可乐也递给他，说："这个你也拿着。"

程懿接过可乐，苏礼离开。

程懿回到休息区，黑皮肤的男生问："你今天怎么突然接水了？以前你不是从来不接的吗？"

程懿单手拧开瓶盖，仰头灌了半瓶水，说："今天忘带水了。"

那男生点了点头，说："也是，你不爱喝冰的东西，只有这个是常温的。"

很快，有人飞奔而来，不敢摇晃程懿，只敢摇晃那个男生，话却是对程懿说的："刚才给你送水的是艺术学院的女神学妹！啊啊啊，我说怎么这么漂亮，程懿你艳福不浅！"

刚赶来的郑向阳闻言轻蔑一笑，说道："放屁，我承认的艺术学院女神只有一个，苏礼你知道吗？

男生："我刚刚说的就是她。"

郑向阳："啊？"

后半场程懿没上，郑向阳却打得很猛，看起来像是把程懿当成了潜在情敌，连进球了都要多看程懿几眼。

程懿就坐在空球架下，眯眼看着前方，不知在想什么。

程懿看着被他喝得只剩一点儿的可乐，眉心微不可察地蹙起，一串字符在瓶身上显现，应该是人用马克笔写上去的。

程懿将瓶子转了一圈，眼神明明漫不经心，大脑却已经不受控制地复述了一遍上面的字母。

刚打完球的郑向阳心态又崩了，指着那个空瓶子，声嘶力竭地道："微信号，苏礼给你留微信号了！啊啊啊，她明明今早还和我说她没有微信号！"

与他一起打球的同伴："你傻啊，这种话都信？"

"我怎么不能信了？仙女不就是不食人间烟火的吗？"

…………

郑向阳被同伴拽下了台阶，但两个人一直吵吵嚷嚷的。

程懿垂眸看了一会儿，起身道："走了。"

郑向阳瞧着他的背影，突然道："总是一个人，他会觉得无聊吗？"

同伴耸了耸肩："也许吧，谁知道呢？"

苏礼回到寝室后，陶竹也知道了可乐瓶上的玄机。

陶竹宛如发现了新大陆，一拍大腿说道："可以啊你！在可乐瓶上做标记，他喝了可乐，标记就显露出来了……很会嘛，在哪儿学的？"

"韩剧里看的，女配角用这个方式表白。"苏礼摊开书，"当时看她挺幸福的样子，我就试了试。"

陶竹凑近问："怎么样？那你现在是什么感觉？"

苏礼摩挲着下巴，说："暂时没感觉。"

陶竹一愣。

"可能是刚开始，还没进入状态，"苏礼抽出一个本子，"到时候有什么感受我都会记下来，方便我展开论点。"

陶竹靠在床头，忍不住问："追逐到底能有什么幸福感？"

苏礼画着速写，随口答道："总会有的，不然《恶作剧之吻》怎么能拍3部？"

终于，连着送了5天水，苏礼有了第一个感受，回到寝室的第一时间就摊开了本子。

陶竹兴奋地问："感受是什么啊？"

苏礼："累。"

于是那个周末她给自己放了假，窝在寝室里刷剧、画画、吃零食。

周日傍晚，陶竹将她拖出了寝室。

陶竹："帮你打探好了，程懿今晚在图书馆看书，这是个绝佳的机会。"

苏礼咬着薯片，口齿不清地说："我学习呢。"

陶竹："比赛……大礼堂……很多观众。"

苏礼沉默几秒，站起身问："什么时候走？"

苏礼抱了两本书和一个速写板在图书馆2楼的自习室拐角处碰见了程懿。

陶竹碰了一下她的肩膀，问："话说回来，他加你的微信没有？"

苏礼笑道："加了还叫什么不可能的人？"

陶竹挑了个座位，看好戏般坐下。

苏礼走到程懿的座位旁,指了指他邻座放包的凳子,问:"请问这儿有人吗?"

程懿被打断思路,笔尖顿了顿,抬头看过来。

苏礼察觉程懿有片刻的停顿,战略性地后仰了一下。

她的无线耳机还连着陶竹的手机,此刻陶竹应景地为她播放了一首《凉凉》。

苏礼一愣。

很快,歌曲又光速切换,女声悲伤而绝望地吟唱着:"凌晨时分,你有没有不可能的人……"

就在苏礼准备回头时,程懿收回了目光,低沉的声音传来:"没。"

然后他将包提起,放到了另一边。

苏礼刚坐下,手机开始振动。

陶竹:"他没拒绝你?!"

陶竹:"好多女生在看你!她们好羡慕,哈哈哈,我要笑死了。"

陶竹:"你中彩票了。"

陶竹:"怎么样?有感觉没?兴奋?高兴?满足?幸福?"

苏礼轻咳了两声,将手机倒扣,画起了速写。什么感觉也没有,她还不如靠几张漂亮的服装速写提升自己的幸福感。

苏礼画了一会儿,下意识地抬头找橡皮擦,手伸出去的那一秒,和温热的指尖相触。

她蓦地怔住。

程懿也在此刻转头看向她。

苏礼感觉头皮发麻,这才发现自己的橡皮擦在右手边。她拿错了,那块橡皮擦是程懿的。

她赶紧收回手,道:"抱歉……我们的橡皮擦一样,我看错了。"

程懿条件反射般捻了捻手指,心思微妙。

苏礼拿起手机,看到陶竹发了近30条的"还没感觉?"。

苏礼开始打字,"真的没"三个字才输入,余光扫到什么,按下了删除键,然后重新编辑消息发送。

苏礼:"好像有了。"

苏礼发完微信后就放下了手机,也没多解释,只是趴在手臂上,嘴唇抵着手臂,往程懿那边看。

她悄声说："你的耳朵……好像红了。"

02

程懿的笔尖一顿，他瞧了她一眼，正巧对上她的目光。

程懿没说话，只是转身将窗户关上了。

苏礼耸了耸肩，像是什么都没发生般重新回到座位上，但心思活络，许多念头如雨后春笋般冒出。

即使程懿什么回复也没有，但苏礼在离开时依然心情愉悦地和他挥手道别。

苏礼从图书馆离开后，挽着陶竹，在公寓门口买了支冰激凌，边走边吃，步伐轻快。

陶竹晃着身子，八卦地问道："你是终于体会到幸福感了吗？"

"嗯……"苏礼仰了仰头，舔走嘴角的奶油，"有一点点吧。"

幸福感谈不上，但她终于找到了辩论赛的方向。这种无形的愉悦和成就感，是只有在人拥有时才能获取的。

陶竹又问："他的耳朵真红了？"

苏礼咬下一口脆皮，尾音略扬："嗯。"

"我看他坐的位置靠窗，也许只是晚上风大，吹红的呢？"陶竹说，"或者是，人家的耳朵本来就爱红。"

苏礼偏着头笑道："那也很有意思。"

陶竹："怎么说？"

"不知道，可能感觉他应该就是个没有感情的机器人吧。"苏礼说，"你不是知道吗？他没表情、没朋友、没对手，永恒的年级第一，哦，还没话说。"

但今天她突然发现，也许程懿有着任何人都没有看见过的一面，而这一面被自己看见了，怎么能没有意思？

陶竹踢着小石子儿，说："只要你感受到就行啦，无论什么感受都是好的，总比到时候上台没话讲要好。程懿看上去确实太禁欲了，就像个移动的冰雕。"

她们快走到寝室门口时，苏礼忽然问："你最近看的那个动漫叫什么来着？"

陶竹反应很大，火速捂住她的嘴，紧张地道："这个不是能大声讨论的话题！"

陶竹看着往来的人，挣扎了一会儿，小声道："回去我发资源给你，别让我念名字，羞耻！我不要面子的吗？"

"我不是那个意思。"苏礼跟着放低音量,"你别紧张,我就是想让你复述一下故事梗概。"

"我之前不是说过嘛,"陶竹道,"就是一个和男的因为身份原因,有很多束缚,但他还是违背身份,爱上了女主,边缘恋歌你懂吧?反正挺带感的。"

"所以啊,"苏礼拉着她往前走,"禁欲者破功,这样的反差本身就会引起人的兴趣。"

苏礼突然很好奇,程懿破功会是什么样?他也会有破功的时候吗?

这个问题一直持续到周五学校举行运动会的时候。

每个年级都有对应的赛前展示,大一最先,大四则排在最后。

展示完,苏礼回到班级方阵里。

正当苏礼百无聊赖地玩儿相机时,陶竹忽然拍了拍她的手,说:"我渴了,去买两瓶水吧。"

苏礼被陶竹拉下观众席,走下台阶后发现操场附近围满了人。

陶竹见此景象,感叹道:"大四的吧,真壮观。"

两个人步伐很快,到最后甚至小跑着赶过来。苏礼也不知她们怎么就引起了围观人群的注意,口哨儿声此起彼伏,还有"学妹看这儿啊"的打趣声。

热闹的环境里,苏礼忽然感觉到什么,回身笑道:"学长早上好。"

程懿站在队伍的最前方,不动声色地垂眸。

抽气声与起哄声此起彼伏,苏礼毫不在意地耸了耸肩,被陶竹拉去了便利店。

程懿旁边的体育委员问:"你真认识她啊?你们怎么认识的?"

程懿出了半秒神,掩去眼底的情绪,低声说道:"不认识。"

这是实话,他见了她那么多次,她一次都没开口介绍过自己,她到底叫什么名字?

苏礼陪陶竹买完东西,再回去时,人群已经散了,大四的展示也已经结束。

接下来即将开始的是接力赛。

很多项目和她们没关系。女生们三三两两地围在一起,讨论着各种话题。苏礼看了一会儿剧,吃了点儿零食。

突然获知今天还要测800米,众人顿时叫苦不迭。

"谁会在运动会的时候体测啊?"

"就是，参加了那么多项目，谁还有精力？"

"我来'大姨妈'了，跑不了！"

"跑不了的人缓测啊，下周末等通知。"班长不留情面地敲了敲活页本，"今天能测的人排好队，咱们一起下去。"

有人嘿嘿笑道："班长，能不能……？"

班长面无表情地道："这次不是我计时，大四那帮学长给你们计时，敢的话你就去贿赂他们。"

"算了吧。"那人立刻老实了。

苏礼按顺序领到了条码，又按顺序站上跑道。枪响之后，人群像一张网，立刻呈不规则图形散开。

苏礼不知道今天要体测，完全没准备，还得拉着自暴自弃的陶竹跑完全程，以免陶竹不及格。

陶竹誓死将她往后拽，气喘吁吁地道："我跑……跑不动了，分我也……不想要了……"

苏礼："还剩半圈。"

她们最后加速冲过终点，完全脱力，苏礼更是一瞬间有些恍惚，脑袋晕乎乎的。

忽然，她的面前出现一只手，这只手骨节分明，白皙修长。

苏礼抬起头，看到了程懿。

他背着光，递来一瓶水，说："就当还你了。"

苏礼接过水，半晌后才说出话："你怎么知道……我在这儿的？"

程懿："下来买水，偶然看到的。"

那时候她正巧快到终点，他明明什么都没想，最后却鬼使神差地买了两瓶水送过来。

苏礼道了谢。

程懿点头，转身准备离开。

这瓶水真是救急，苏礼感觉自己现在已经渴得嗓子冒烟了。

就在苏礼准备拧瓶盖时，陶竹调动全身力气，大声说道："什么？你拧不开？也是，刚跑完800米谁能拧开水瓶盖呢？！"

苏礼侧头，正要问陶竹在干什么，手上忽然一轻——程懿转过身，拿走了她的水瓶。而后他拧开瓶盖，将水瓶递到她的手上。

陶竹在一边憋笑。苏礼也明白了她的意图，抿着唇往下压了压笑意，但还是没忍住，不小心笑了出来。

她笑得肩膀一耸一耸的，程懿瞧了一会儿，这才开口道："你笑什么？"

"没什么。"苏礼轻咳了两声，笑得眉眼弯弯，"就是觉得，学长能来我挺开心的。"

运动会之后，二人的关系似是有所进展。当然，两个人要说在一起仍旧是不可能的，这点苏礼清楚。

陶竹入定般苦苦思索，最后为苏礼指明了前进的方向："总是重复做那些事当然会到倦怠期，你现在要找新话题了。只有找话题才有话题，有话题才有话聊，这是一种进阶的幸福。"

苏礼翻遍陶竹的书柜，最后选了一本封皮看不清的小说，认真研读后，踏上了去图书馆的路。

程懿最近好像在选修新课程，她打算从这点入手，询问一些专业方面的问题，一来显得自己比较好学，二来这么做比较切题。

她的辩题既然是"追逐不可能的人是幸福的"，这个"追逐"自然就是靠近他的生活，她也能顺便学学新知识，两全其美。

程懿在图书馆里已经有了固定座位，今天也难得没把书包放在右侧。苏礼在他的右侧坐下，趁他喝水的时候，勇敢地迈出了自己的第一步。

她指向那道金融题，说："你这个好像比标准答案简单一些。"

"嗯，"程懿应了一声，这才有些意外地看向她，"你不是艺术系的嘛，怎么还看这种题？"

"自己学着玩儿玩儿，"苏礼说，"有时候答案太绕了。"

程懿："哪里绕？"

5分钟后，听着他低沉而清晰的声音，苏礼才反应过来，他居然真的在给她讲解。

他没有明说，只问了三个字，最后却真的把所有的专业知识拆分开来，再碾碎了一点点教给她。

苏礼只出了一会儿神，很快就适应了他的节奏，开始接触新的知识。

程懿讲完两道题，第三道题讲至一半，苏礼的手机突然响了。

苏礼反应过来，说："我得去上专业课了，剩下的有机会再说啦。"

她走出去几步，想了想又折回身，侧头眨了眨眼睛，说道："如果无聊，你可以去找我，服装设计一班的苏礼。"

苏礼原以为这次也不会得到回复，没想到程懿却突然说："具体一点儿。"

苏礼："啊？"

程懿："什么苏？什么礼？今天下课我去找你。"

03

苏礼没有想到，他说要来找自己就真的来了。

那会儿礼堂的钟声刚刚敲响，距离她自我介绍完已经过去了4个多小时。她都把这事忘在脑后了，走出教室，却在台阶下看到了熟悉的身影。

9月已经过半，天气逐渐转凉，一场秋雨一场寒。

程懿穿着长款的棕色风衣，却丝毫没有被掩住身材，反而衬得他的身材越发颀长。

他低头看表，手中的书页被风吹得哗哗作响。他只是站在那里，便吸引了足够多的目光。

苏礼三两步跳下台阶，笑道："你真来了啊？"

"嗯，"他说，"不是还有半道题没讲完吗？"

"学长这么好为人师啊，"苏礼有些意外地挑了挑眉，"过来就是为了讲剩下的半道题？"

室外风大，把她的裙摆和长发吹起，苏礼一边用手抱书，一边还要整理长发。

程懿看着她将挡眼睛的碎发拨开，面上还出现有点儿困扰的神色，说道："进去说吧，风大。"

他们进了一旁的图书馆，苏礼瞧着程懿的脸，心猿意马地听他讲完剩下的半道题，这才支着脑袋偏头问他："就这样结束了吗？"

程懿定了定神，抬头看着她。

暧昧的气氛在这方小空间内肆意滋长，他过来等她，就为了给她讲剩下的半道题，傻子才信。

苏礼转着指间的笔，由着他看，半晌后揉了揉肚子，笑道："我饿了。"

程懿正在等的好像就是这句话，所以没什么犹豫，收起纸笔说道："一起去吃吧。你想吃什么？"

苏礼正要说话，口袋里的手机振了一下。

她接起电话："怎么了？"

陶竹："你怎么还没出来？安安妈妈说今天请我们吃火锅，我们在车上等你 20 分钟了，你那边什么时候结束？"

安安是她们的另一个室友，大家关系不错，安安的妈妈还会定期来寝室帮忙打扫卫生。

苏礼："安安妈妈来了？"

陶竹："是啊，说是好久不见过来看看。"

苏礼挂掉电话后有些犹疑，看向程懿思考着措辞。

"我听到了，"程懿倒没什么太大反应，语气仍是淡淡的，"你先去吧，下次再说。"

众所周知，"下次"等于星期八，"有机会"等于 25 点，"再说"等于 13 月。

再结合一下他的语气，苏礼明白，这顿饭算是泡汤了。

能进一步探索辩题的机会就这么流走，苏礼一整晚都没精打采的，吃完火锅回程时，情绪低落，看着窗外的雨发呆。

路上手机响了一下，她没搭理，回去后恹恹地洗了个澡，这才点开手机屏幕。

手机微信上显示有一条加好友提示，备注名是程懿。

苏礼愣了一下。

他怎么突然就加了她的微信？他知道她的微信号？

苏礼正要点通过，被陶竹伸手拦住，问："程懿吗？等会儿。"

苏礼："等什么？"

"等会儿再通过，吊他一会儿，让他有点儿危机感，"陶竹笑得神秘，"这样你给他留下的印象就会更深刻一些。"

苏礼："但是他发申请过来已经过去 3 个多小时了。"

陶竹："那再等 20 分钟！"

半个小时后，苏礼点了通过验证。

第二天是周末，程懿给她发了第一条消息。

程懿："明天有空吗？"

苏礼边刷牙边回微信。

苏礼："干吗？"

程懿："补昨天那顿饭。"

苏礼咬着牙刷，情不自禁地挑了挑眉，心想这人可真是太有意思了。他来找她说是讲剩下的半道题，约她出去又说是补之前没吃成的饭，好像总需要一些借口才能顺理成章地和她展开或继续某种话题，也由此掩盖平静表面下那些汹涌而克制的心思。

"你谈恋爱了？"安安看着镜子里的苏礼，匪夷所思地道，"最近老是莫名其妙地笑……"

苏礼回道："我只是单纯心情好。"

那颗众人眼中遥不可及的星星，好像被她发现了很多只有她能发现的秘密。

最后，他们将吃饭的时间约在了星期天。

下周要交专业课的作业，由于星期天有事，苏礼只能用今天一天的时间搞定。

苏礼在赶作业，陶竹在旁边跷着二郎腿问她："需要帮助吗？"

苏礼："什么帮助？"

陶竹嫌弃地道："难道你们一整天就吃一顿饭吗？肯定还有别的活动啊，比如逛街、看电影，要不要帮你买两张票？"

"看什么比较好呢？"苏礼没停笔，思忖道，"听说新上映的那部国漫很好看。"

"是啊，而且还热门，想看的话你得赶紧买票，不然买不到了。"陶竹刚说完，手机响了两声，"OK，帮你买好了。"

第二天苏礼临走时打开手机，看到了陶竹发来的取票码。她扫了两眼，背上包准备出门，几秒后反应过来什么，重新拿出手机确认。

3分钟后，她难以置信地道："你给我买的情侣座？"

"啊？是吗？"陶竹睡眼惺忪地坐起来看了一眼，"当时只有这票了，我就直接买了，不然你喝西北风去哇？"

陶竹凭借顽强的意志爬起来，抽出自己的手机醒神："多好的机会啊，人家求佛都求不到，你看群多少人觊觎程懿，给你买情侣套票你还不乐意？"

苏礼低头看陶竹展示的页面，一个叫"帅哥探索大队"的群里，有人发了几张程懿的偷拍照，一石激起千层浪，回应的全是"我可以"，这种想法又马上被人无情打碎——"这个帅哥在我们学校单身4年了，你们懂什么意思吧？不要想了，不可能的。"

苏礼知道陶竹想表达什么，但来回滑动这几张照片，思绪就不由得有些游离。

陶竹："你干吗呢？现在才发现他帅？"

苏礼偏了偏头，有些奇怪地道："不是，我总觉得……好像跟他在哪里见过。"

从第一次见面开始，他身上就带着一股莫名的熟悉感，她甚至觉得自己在某种程度上好像还有点儿了解他。

陶竹已经彻底醒了，举起手欣赏自己新做的指甲，顺便抽空胡言乱语："见过？哪儿？"她又自问自答，"平行时空吗？"

苏礼还没回答，陶竹已经陷入了自己的世界里，憧憬地道："你说平行时空里，我找到自己的白马王子了吗？"

苏礼思忖片刻，诚实地道："我看难。"

陶竹将一个枕头甩过来，没好气地道："滚出去看电影！"

他们碰头的地点在大楼的 F 口，从这儿上楼正好通到电影院。

苏礼从 C 口穿过，顺便取了电影票。她早到几分钟，正在想要不要在门内等他的时候，玻璃门外，程懿双手插兜地站在贩售机旁，不知道等了多久。

苏礼推开门，一路小跑至他跟前，说："还有一会儿才到中午，要做点儿别的事吗？"

没等程懿回答，苏礼晃了晃手里的票，说："要不要看电影？"

程懿的手指动了动，将原本准备好的两张电影票放进了口袋里，他点头道："嗯。"

电影刚开场，没耽误什么，苏礼在一片黑暗中摸索着。

工作人员笑着指了指旁边，说："您走这边，那边是逃生通道。"

"噢，"苏礼小声嘀咕，"情侣座是这么排的吗？"

程懿在黑暗中身形一顿，问："你买的情侣票？"

苏礼没想到他的听力这么好，咳嗽了一声说道："室友帮我买的，她说其他座没票了。虽然这个理由很扯，"她飞快地补充，"但确实是真的。"

程懿"嗯"了一声，不置可否的样子。

苏礼也没空确认他到底信不信这理由，小声说："看看你的座位号，我们没坐错吧？我还是第一次坐情侣座……"

"是对的。"程懿这么回答着，却因她的最后一句话而慢慢勾起了嘴角。

他们看完电影时，时间已将近下午 1 点，吃了午饭，又玩儿了些别的，晚上选了韩国料理，吃完之后才准备回学校。

夜晚的城区依旧热闹，快 10 点了还没有一点儿冷清的迹象。

"走一会儿吧，消消食。"苏礼说。

不远处有乐队在表演，往来的行人也很热闹。一个独行的漂亮姑娘被搭讪，姑娘拒绝的意思很明显，但那男人不放弃，跟了半条街。最后还是姑娘扯着身后的某个男生说这是自己的男朋友，搭讪的人才离开。

前方的剧情在拐角处出现转折，那个姑娘和男生往左拐，程懿他们却是直走。

苏礼忍不住往左后方瞧，小声道："也不知道他们是不是真的男女朋友关系。"

程懿看着她，沉声道："不管是不是真的，这种情况下，有男朋友总比没有好。"

夜晚总是危险的，尤其对女孩子来说。

他们刚讨论完，苏礼就遇上了一个过来搭讪的男孩儿。

不过这个男孩儿比较迂回，挠了挠后脑勺儿，欲言又止好多次，最后还是问了："你好，那个，请问你有男朋友了吗？"

两道声音同时响起。

程懿："她有。"

苏礼："没有。"

话音落下，苏礼侧过头，去看说她有男朋友的程懿。

程懿也看向她。

晚风吹拂，空气一时间有些凝滞。

那男孩儿茫然地看着苏礼，问："到底有没有哇？"

一丝念头浮现，苏礼笑了笑，澄清道："真的没有。"

那个男孩儿的眼睛瞬间亮起，他问道："那我可以要一下你的微信号吗？"

苏礼点开自己的微信二维码，还没开口，手机屏幕就被一双手罩住了。

程懿仍旧没有改口，看着那个男孩儿，声音里透出一些压迫感："都说有了。"

苏礼憋笑，摇头道："真的没有。"

男孩儿看苏礼被她旁边的男生拉到身后，一时间感觉非常无措，疑惑道："所以你到底有没有男朋友？！"

苏礼差点儿当场笑出声。

她在程懿身后，抿着唇将手机从他的臂弯中伸了出去，头一次如此主动地面对搭讪："没有，你加吧。"

于是接下来的一路，苏礼都感觉气氛不太对。某种念头越发强烈，她悄悄将手伸进口袋里，关了手机的静音。

叮叮咚咚的消息提示音一声接一声地响起，苏礼感觉程懿投过来的目光，过了一会儿，才慢吞吞地拿出手机。

微信里有一条新的好友申请，她没通过。发消息的是陶竹，苏礼点进去，跟她聊了一会儿。

程懿偏头，手机屏幕上映出她姣好的侧脸线条，也照出一张盈盈的笑颜。她看起来很开心，手指还不停输入着什么，程懿下意识地便觉得她应该是在和方才那人聊天儿。

就在苏礼准备让陶竹留门的时候，忽然被人叫了声名字。

程懿："苏礼。"

"啊？"苏礼抬头。

程懿微微蹙起眉头，低声问："当着我的面，你也可以和别的男生这么高兴地聊天儿吗？"

04

苏礼愣了一下，旋即无法控制地笑开。

程懿站在路边，嘴角动了动，问："笑什么？"

苏礼好不容易控制住自己的情绪，耸了耸肩，将手机递到他面前说："我没跟别的男生聊天儿，这是我的室友。等会儿回去应该门禁了，我想让她下来给我开门。"停顿一下后她又道，"我没加那个人。"

程懿的声音听不出情绪："回去加吗？"

"不加，我不加。"苏礼说。

程懿像是反应了一会儿，还是蹙起眉头说："不加你为什么给他号码？"

她为什么会给呢？她想，好像就是想看看他会不会生气，好像就是想看看这种没有情绪的人破功会是什么样子。苏礼只想到这里，更深层的原因还没体悟出来，思绪便被人打断。

程懿拦了辆出租车，将她塞进后座，说："你先回去，注意安全，到了之后给我发消息。"

苏礼仰头问："你呢？"

"我不住校。"程懿说，"和你的方向相反。"

苏礼"噢"了一声，打算绑安全带，但没过几秒，手又松开。

程懿站在那里没动，就那么看着她的方向。

苏礼探出头，满脸笑意地问："你生气啦？"

程懿看着她，半晌后才道："不知道。"

苏礼蒙了，奇怪地道："这种时候一般不都是否认回答嘛，类似于没生气或者不会。"

苏礼吹了吹刘海儿，想了想，对司机说："您稍等一下。"

司机像是见惯了小情侣在路上腻歪，透过后视镜慈爱地望了她一眼。

苏礼在屏幕上点了几下，抬头一看，幸好他还在。

"喏，给你看，我拒绝了。"

那条15分钟前的好友验证，已经被她干脆利落地拒绝了。

"嗯，"程懿面色稍缓，这才道，"不生气。"

你这人好真实啊。

苏礼收起手机，抬起头，像是发现了什么，问："你怎么总爱皱眉头？有什么烦心事吗？"

程懿下意识地蹙了蹙眉，问："有吗？"

苏礼："有。"

她伸出手，一手扶着他的肩膀，一手搭上他的额头，指尖微微向两边用力，展开他皱起的眉。

少女的指尖微凉，仿佛带着电流熨了一下他的肌肤，程懿怔住。

"别皱眉啦。"苏礼笑着说。

画面的最后一幕，是她朝他挥了挥手，说："我先走了，明天见。"

苏礼坐好，出租车绝尘而去。

程懿却像是被定住一般，望着车尾动也没动，许久后才回过神，伸手触了一下眉头。方才她留下的触感似乎还在，像烙印，留在眉头上，也印在心上。

后来的一周，两个人时常在图书馆遇到，程懿右侧放书包的椅子被苏礼占用。

很快，建校100周年的校庆到来，全校都陷入异常欢腾的氛围中，各大社团也准备起了活动,辩论社除外——大家都在攒力,为即将开展的辩论赛做准备。

周二,新校区的所有学生以班级为单位坐上大巴前往老校区,校庆活动在老校区举行。

学生大批拥入,用水、用电量疯狂增加,老校区不堪重负,在晚会开始前10分钟断了电。

操场上霎时陷入骚乱状态,有人吓个半死,有人欢呼不已,有人忙着发朋友圈。

苏礼属于第四类人——看大家在忙什么。

"真是人间百态大赏,"她感慨,看向陶竹,"下电视剧了吗?打发一下时间吧。"

她们俩看起了电视剧,但是再长的剧也有结束的那一刻,4个小时后,操场上的情况已经不能控制了。大家就像无头苍蝇,嗡嗡了几个小时后,还没得到妥善安置,那些新鲜感也全变成了质疑,一时间各种声音此起彼伏。

"学校什么意思?我们要在这儿干坐一晚上吗?"

"现在出发,回去也都凌晨了,明天还有课,拿命上课吗?"

"我想睡觉!"

"让我们熬夜也别干熬哇!黑漆漆的,我被虫子咬死了。"

"学校没有备用电机吗?搞什么呀,一个老师都没有,开会开了这么久?我要造反了!"

…………

校长姗姗来迟,走到台上跟同学们解释:"很抱歉同学们,这次晚会出了点儿事故,现在开车回去也不是很安全,加上明天还有校庆采访,所以委屈大家一下,今晚就住在这边吧。"

"新校区大一的同学们,学校还有上次夏令营留下的帐篷,大家可以自己选择住帐篷还是睡教室。等老师统计完毕,会为大家安排好的。"

操场上安静了片刻,其他年级的学生都还好说,有自己的宿舍,唯独大一新生,全都是住在新校区的。

苏礼身旁各种声音响起。

"睡这儿?!"

"我有个问题,能洗澡吗?"

"有地方睡就不错了,还洗澡,你想得美。"

大家虽然不满，但也知道只有这一种办法，唯一的好处就是明天不用上课，好像也不是很亏。

陶竹想去教室的桌子上趴着休息，但苏礼想住帐篷。

二人就此分开。

陶竹命比较好，分到了一张躺椅，迫不及待地开了闪光灯拍照，跟苏礼炫耀。

苏礼一开始也不错，分到的帐篷比较新，但一拉开帐篷，瞬间就后悔了——夏侯静涵也住这里。

之前军训时，夏侯静涵和苏礼住一个宿舍，每天都拖累全寝室的人迟到——因为她化妆要1个多小时，还得夹头发。她这样做的好处，就是在疲于奔命的女生中杀出了一条血路，让人一眼就能发现她的漂亮。也因此，夏侯静涵在军训时从不缺人献殷勤，甚至有男生抢着帮她排队买饭。

后来不知道是谁不嫌事大，非要做个什么艺术学院神颜投票，夏侯静涵一直稳居第一，结果就在投票截止前一天，苏礼的照片被人传上了论坛。最后的结果是苏礼逆袭，投票拿了第一，夏侯静涵屈居第二。夏侯静涵怒不可遏，笃定那些帖子都是苏礼自己发的，因此处处找碴儿，她们的梁子就此结下。

苏礼真的不在乎什么投票，也懒得跟夏侯静涵计较这些，好在军训后二人因专业不同极少碰上。

只是她没想到一遇见对方就要睡在一个帐篷里。

今晚更离谱儿，一个帐篷里住三个人，另一个人是夏侯静涵的室友，夏侯静涵正好在和室友吵架，吵了1个小时还没消停。

苏礼觉得自己今晚应该是犯了水逆，最好的办法就是离开这里。

她抱着学校发的枕头走出帐篷，给陶竹发消息。

苏礼："睡了吗？"

陶竹："准备睡，咋了？"

苏礼复述了一遍这里的情况。

陶竹在那边笑得前仰后合，最后小声发语音问她："那你怎么办？去哪儿？"

苏礼："还不清楚。"

陶竹在那边分享八卦消息："我听说程懿今晚没回宿舍，就在一教看监控呢。现在学校也就监控设备有电了，老师怕我们不安分，派了好几个学长值夜班。"

"真的假的？"苏礼问，"你知道他在几零几吗？"

陶竹："你真要去找他啊？我可先跟你说，听到我这边的哭声了吗？刚刚三个小姐妹组团去敲门，哭着回来的，据说手都敲裂了，那门也没开，程懿可正直了呢。"

苏礼走过草坪，不知不觉就到了一教。

她抬头一看，1107，监控室，程懿在的地方。

晚上天气冷，苏礼忘了拿外套，站在门口不由得打了个喷嚏。缓了一会儿，她才拿起手机，发现陶竹又发了条新的语音。

陶竹："我说苏礼，你人呢？回话！"

走廊很安静，那声"苏礼"便尤为清晰。

苏礼笑着按下录音键，回道："那说不定消息有误，程懿不在1107呢？"

她话音刚落又忍不住打了个喷嚏，面前的门打开了。

程懿垂眼瞧着她，问："感冒了？"

苏礼愣了半晌，有些讶异："你真在这儿啊？"

她讶异于陶竹的消息的准确性，看了半晌，还想说什么，结果又打了个喷嚏。

"外面不冷？进来说。"程懿伸手将她拉进教室，还是熟悉的语调，"你不是住帐篷嘛，来这儿干什么？"

"帐篷里空气质量太差了……"苏礼抬头，"等等，你怎么知道我住帐篷？"

程懿沉默片刻，然后状似泰然地揭过这个话题："不是有监控嘛，在教室里没看到你。"

苏礼点了点头，"噢"了一声，完全忽略了监控中会有多少人，而他又是怎么寻找她的。

她揉了揉肩膀，正想说点儿别的，程懿将外套披在了她的身上。

苏礼有些蒙，低下头看着自己身上的衣服，问："你不冷吗？"

"不冷。"程懿答。

"你今晚不睡吧？"苏礼满怀期待地跟过去，"我也不睡，跟她们挤一起环境太差了，要不今晚我陪你吧？"

程懿看着她一言不发。

"不是，今晚我陪你守夜，"苏礼意识到话中的歧义，及时更正，"这里这么多台电脑，我们可以看看电影什么的。"

反正总比她住帐篷里好。

这里说是监控室，其实就是电脑机房，只有最前方的那台电脑连了监控，方便管理。

她站在原地等程懿的回复，而他好半晌没说话。正在苏礼以为自己要被赶走时，忽然听到他问："你怎么不动？不爱坐这椅子？"

她这才发现程懿旁边还有张软椅，赶忙跟过去，心满意足地坐下。

她的手边正好有台笔记本电脑，应该是学校为应对突发情况准备的，里面有些学生下的小说和游戏。苏礼深入搜查，终于在一个叫"aaa"的文件夹里找到两个视频。直觉告诉她，这就是学生为了躲避老师下的电影。

苏礼打开视频，果然有音乐响起，只是视频显示的时间有点儿短。

她赶忙用手肘推程懿，说："快看快看，真有电影。"

程懿从她开始操作电脑就看着她，此刻表情有些复杂，张了张嘴，但最终还是收声。

苏礼没回头，错过了他晦暗难明的目光，甚至放松地敲起了扶手。

视频最开始，两个主角轻轻地碰了碰嘴唇。苏礼觉得没问题，这可能是部小清新的纯爱电影。

随后场景换到了电梯里，男女主角简短地聊了两句。

苏礼沉浸式观影："我怎么感觉剧情不太连贯？好突……"

下一秒她就说不出话了，画面里的两个人突然开始激情拥吻，并伴随一些不可描述的动作。这一刻，她终于明白自己大半夜打开的究竟是什么视频了。

苏礼手忙脚乱地想关掉视频，结果慌里慌张地将声音调大了。当娇喘的女声传出时，她恨不得找个地缝钻进去。

程懿伸手合上笔记本电脑，所有的声音和画面被切断。

苏礼僵硬地站在那里，背对着程懿，恨不得下一刻就宇宙大爆炸。

她缓缓转过头，说道："那个……要不我先走吧！"

程懿："你去哪儿？帐篷里不是很闷吗？"

苏礼鼓起莫大的勇气，转身面对他，用手搓了一下脸，说："但我觉得现在……有点儿尴尬。"

程懿看了她半晌，笑了。

苏礼极少见他笑，此刻觉得他笑起来挺好看的。

程懿挑了挑眉，道："你连视频都看了，现在觉得尴尬是不是太迟了？"

"那我当时也不知道是这个啊！"苏礼赶忙为自己辩解，"怎么也不写得明白点儿？我真以为是微电影什么的。"

程懿笑道："谁下载那种东西会标明白？等着被抓？嗯？"

苏礼一时失语，脱口而出道："你看起来挺有经验的样子。"

程懿定定地瞧着她。

苏礼没法子了，自暴自弃地道："我不是那个意思……算了，越描越黑，我先走了，你好好休……"

她跑出去两步，又被人拉住手腕拽了回来。

程懿："你就在这儿吧，很晚了，再出去不安全了。"

"在里面安全吗？"她怕自己被谋杀。

程懿一瞬间有些恍惚。

他低声道："也可能不安全。"

苏礼没听清，问："你说什么？"

没等他回复，她又突然想到什么，诧异地问："这里不会也有监控吧？"

程懿点头道："有。"

苏礼感觉有些窒息，问："那我们刚刚那个……不会被看到了吧？"

程懿挑眉："我们哪个？"

"就是那个，"她有些僵硬，"一起那个……"

他终于听不下去了，打开电脑搜了一会儿，说道："看电影吧。"

程懿选的影片是《怦然心动》。

有人住高楼，有人在深沟；

有人光万丈，有人一身锈；

世人千万种，浮云莫去求；

斯人若彩虹，遇上方知有。

苏礼看着看着电影，不知不觉抱着枕头就睡着了，其间还做了几个梦。她先是梦到自己撞上石窟，然后几个翻滚掉下草坪，停下之后还撞到了一棵树，好在最后又腾上云端，安安稳稳地睡着。

广播声响起，是在喊众人起床集合。苏礼睁开眼，发现自己正躺在两张椅子组成的"床"上，而程懿早就不知去向。

她迷迷糊糊地揉了揉眼睛，拉开门，正好听见对话声。

"听说程懿确实是在1107，那他怎么一整晚不开门？什么意思？门坏了？还是连只蚊子都舍不得放进去？"那女生刚说完，抬头就和苏礼撞上。

女生错愕地看看苏礼，又看看大门，再看看门牌，最后爆了声粗口，问："苏礼？你怎么在里面？"

陶竹也一脸好奇地看着苏礼。

苏礼按了按眉心，信口胡诌："我溜进来修电脑的，里面的电脑坏了。"

陶竹有点儿无语，揶揄道："你怎么不说你进去捉老鼠呢？"

兵荒马乱的一上午过去，校庆活动总算举办完了，只可惜从晚会变成了早会。

早会完毕后，学校提供了午餐。

正当苏礼吃得差不多时，某处忽然传出惊呼："天哪，老姜你敢信？我在程懿的裤子上发现了一根女人的头发！"

苏礼一口汤没咽下去，剧烈地咳嗽起来。

与此同时，那些断断续续的梦仿佛也连上线了——她昨晚不会是枕着程懿的肩膀，然后滑了几圈，最后在他的腿上睡着的吧？！

苏礼陷入沉思之中，脸上的表情很精彩。

陶竹欣赏着这份精彩，最终佩服地慨叹道："你比我想象的还要勇敢。"

苏礼：我不是，我没有，你听我解释啊！

可惜陶竹并没有听到她的解释。

校车在门口等待，大家需要及时返回新校区。

大家慌忙上了车后，苏礼就把这件事放下了。

校庆结束后没两天，据说学校为了弥补大家，同意了舞蹈社的舞会申请，周末将在钟楼大厅举办一场化装舞会。

苏礼刚得知这个消息没多久，就收到程懿的信息。

程懿："周末舞会你去不去？"

苏礼想了一会儿回消息。

苏礼："应该去，怎么了？"

5分钟后，程懿的消息传了过来。

程懿："舞伴，我预约了。"

这次的舞会不算正式，但规模还算可以。苏礼吃了点儿东西，就坐在休息室里等程懿。

他都说了要预约，她也得给他面子。哪怕很多人向她发出邀请，她始终没有同意。

程懿像是感知到什么，消息很快传来。

程懿："有点儿事耽误了，快到了，等我一会儿。"

苏礼："知道啦，是在等你。"

程懿："不要跟别人跳舞。"

苏礼看了这条消息一会儿，正想回复，突然被人拍了下肩膀。

原来是辩论社的社长过来问她辩论准备得怎么样了。

这种问题一抛出来，大厅的氧气立刻不太够用了。

苏礼感觉大脑缺氧，说："出去说吧。"

10分钟后程懿赶到，询问舞蹈社干事苏礼的去向，得到某个路人的回复："苏礼吗？她和辩论社社长出去跳舞了，草坪上呢。快到12点了，你怎么才来？不知道好机会都被别人抢走了吗？"

程懿蹙眉，加快脚步走向后门，在草坪上发现了熟悉的身影，这才松了一口气。

他走上前，将苏礼拉至角落，道："不是让你不要跟别人跳舞吗？"

苏礼皱眉。她什么时候跳舞了？刚刚她只是因为辩题太难，为了捋清思路走了两步。

她正要开口，12点的钟声敲响了。

灯光忽然全部熄灭，像是某种约定，但她怎么不知道？

不管了，刚才话还没说完，苏礼仰头，试图在黑暗中看清程懿："我没跳……"

她只来得及说这几个字，手腕忽然被人抓住，整个人被按在身后的墙上，有些灼热的气息袭来。

程懿低下头，吻住了她的唇。

05

唇上的触感在不断加深，有一瞬间，苏礼以为是梦境或幻觉，手腕下意识地挣扎，却被人更用力地按住。

他用右腿抵着她，肌肤的摩擦感透过布料传来。

苏礼感觉大脑一片空白。

黑暗不知持续了多久，或许只有1分钟，大厅和室外的灯光亮起，程懿也放开了她。

苏礼看着程懿，想说话，喉咙却像被什么堵住，半晌后，伸出手蹭了一下他的嘴角。

程懿垂眼看着她，下意识地攥了攥手指。

苏礼后知后觉地收回手，解释道："口……口红沾上去了……"

说完她自己也怔了怔，这是什么糟糕的发言？

好在陶竹的声音传来，打破了这难以言说的气氛。

陶竹在草坪上四处寻找："苏礼？苏礼人呢？！你们看到苏礼了吗？"

苏礼掩唇轻咳两声，这才从角落里走出去，大声道："我在这儿！"

"你怎么跑这儿来了？"陶竹也没真的想让她解释，抱怨了一句就转移了重点，"你知道今天是什么日子吧？赶紧走，车在外面等着了。"

就这样，苏礼还没来得及回身跟程懿说句再见，就被陶竹风风火火地拖出了舞会，坐上了车。

苏礼上车后还有点儿魂不守舍。

陶竹一巴掌拍下去，说："喂！你发什么呆？不会忘了今天是我的生日吧？"

"这哪里敢忘？"苏礼立刻谄媚地挽救这段友情，"礼物在我出门前已经放在你的枕头底下了。"

"这还差不多！"陶竹跷起了腿，"安安已经在包间里等着我们了，走吧，先去唱歌！"

陶竹是寿星，也是麦霸。唱完歌后，她们又玩儿了一会儿才回寝室。

苏礼洗完澡，强撑着揉了揉太阳穴，翻开搁在一边的本子。

陶竹："你不休息吗？"

"明天参加辩论赛，我得理一下思路。"苏礼说。

"对哟，明天就是辩论赛了，我怎么忘了？！"陶竹瞬间坐起来，"怎么样？你准备得还充分吗？"

"反正该准备的都准备了，"苏礼翻着本子，"刚才还和社长讨论了一下。"

陶竹打了个哈欠，说："说来我听听。"

"辩题是'追逐一个不可能的人是幸福的'，"苏礼以手支额，"所以要从幸福感的点切入，首先是成就感带来的幸福感，还有寄托以及精神力量，还有追逐中带来的自我提升。"

无数画面在苏礼的脑海里闪过，拼凑成程懿的脸。

停顿了一会儿，苏礼继续说："而且……既然是不可能的人，那就是由你自己掌握开始和结局，不需要和任何人报备，一切决定权在自己，没有心理负担。"

陶竹想了想，说："嗯，这么说也对。"

陶竹侧身剥了颗花生，边吃边说："看来实地调研还是有用的，和程懿在一起的这一个半月里，你学到的东西挺多啊！"

苏礼没说话。

陶竹仿佛看穿了她内心的想法，问她："话说回来，你们之间也是这样，决定权掌握在你自己手上，那辩论赛结束之后，你打算怎么办？"

苏礼的脑袋慢慢下滑，最后完全靠到手臂上。

她说："我也不知道。"

她觉得事情的发展有了太多不确定性。

陶竹凑过来问："我还没问呢，我去舞会找你的时候你到底在干吗？我刚才突然反应过来，你后面是不是还站着程懿啊？"

这个话题就很有灵性了。

苏礼看了陶竹一会儿，决定起身去厕所："没什么好说的，没事。"

最后她被陶竹堵在卫生间里，几番讨价还价后，被迫交代了实情。

陶竹听明白后瞬间捂住嘴，惊讶地道："他亲你了？！"

"你小点儿声！"苏礼踢了她一脚，"安安睡了吗？"

或许是不想表现得太没见过世面，陶竹整了整衣领，咳嗽两声，如同前辈一般开口道："不就是亲一下嘛，算什么？舞会 12 点的时候关灯，舞伴就是可以接吻的，这是常识。"

苏礼："哪里来的常识？"

她怎么不知道？

"就……大家心知肚明的啊。"说到这里，陶竹又露出八卦的笑容，"你感觉怎么样？"

苏礼心道：这是重点吗？

她懒得理陶竹，直接上床睡觉。

结果熄灯没过 10 分钟，她听到下铺的陶竹悠悠叹息道："为什么我过生日，跟帅哥接吻的却是你？"

第二天，辩论赛顺利结束。

第三天，苏礼离场后遇到辩论社社长，两个人聊了两句，走出礼堂时就看见了台阶下站着的人。

"看来有人在等你，"社长的语气有点儿八卦，他耸了耸肩，"先走了。"

苏礼将双手放在口袋里，就这么快步跳下台阶，站到程懿面前。

两个人四目相对的刹那，苏礼忽然反应过来什么，指了指身后的礼堂，问："你不会也是看完比赛出来的吧？"

程懿垂眸，颔首道："嗯，看完了。"

"过去说，"苏礼示意前方，"早上没吃东西，我好饿，去买点儿关东煮。"

苏礼挑选关东煮的时候，程懿就一言不发地站在她身后。

苏礼率先开口，声音带着笑意："那你应该看到我赢了啊，怎么不祝贺我？"想了想她又补充道，"毕竟是这么难赢的辩题。"

他的声音响起："我是你的那个'不可能'吗？"

她知道他是什么意思，关于这点，也从没想过瞒他，于是抿了抿唇，说："嗯。"

她回身去看程懿的表情，但并不能够看个明确——他眼底有情绪翻搅，面上却依旧沉着冷静。

或许是她想多了，面前这个被全票通过、校内外有名的"不可能的人"，应该不会在这么短的时间内被自己动摇。

"当时我也是没有办法，想到学长你有那么多追求者，应该是很有魅力的，"苏礼耸了耸肩，"肯定也很有被追逐的价值，所以就试了试。"

恰巧有人推门进来，程懿侧身避让，只留给她一张侧脸。

她仍旧是笑着的表情，嘴角弧度柔和，说出的话像是撒娇："所以很多话也是开玩笑的啦，学长应该不会当真吧？"

苏礼转回身，小丸子落到盒底的那一刻，听到了他沙哑的声音。

"当真了。"

苏礼一愣。

程懿垂眸，又重复了一遍："我当真了。"

苏礼的眼睑颤了颤，她问道："哪句？"

程懿："全都。"

头顶不知道播着谁的歌，旋律轻缓而悠扬。

苏礼付完款，程懿转身就往外走。她手里端着带汤的关东煮，费了好大力气才追上他。

苏礼跑了两步，对着他的背影有些气急败坏地道："一个吻给你当报酬还不够吗？！"

程懿似是想到那天的舞会，脚步顿了顿，旋即走得更快了。

苏礼委屈地道："那可是我的初吻。"

程懿停下了脚步。

苏礼沉默，心道：这人需要这么真实吗？

程懿站在原地，等苏礼慢吞吞地走过来，偏过头问："真的？"

"真的啊，还不信吗？"她试图阐明这件事对双方的利弊，"所以你又不是完全没好处……"

"不够。"他突然打断她的话，在她错愕的目光中开口，"这点儿好处不够。"

这还不够？

苏礼开始加码："我不用你对我负责。"

程懿的话像是自带回放功能，在苏礼耳边重复："我要是想对你负责呢？"

苏礼直到走到寝室楼下，还是没从刚才的震惊中回过神来。他什么意思？他们不是不可能在一起吗？

或许她的出神太过明显，有一双手在她面前晃了晃。

苏礼抬起头，疑惑地道："社长？你怎么在这儿？"

辩论社社长冲她点了点头，说："我等我女朋友下来。"

社长又道："不过话说回来，你刚刚跟程懿碰头聊了什么？怎么现在才回？"

"也没什么……"苏礼耸了耸肩，"就是当时拿他体验辩题的事，他好像知道了。"

"好像？"社长瞬间笑开，"他本来就知道。"

苏礼脑子里有一根弦断掉了。

她紧张地道："啊？"

"这个辩题当时就是他帮我选的，也知道你拿的是反方。"社长说，"我们认识啊！再说了，就在 1 个月之前，我还在篮球场上开玩笑地和他说过，有个人把他当成目标了。"

苏礼眨眼。

所以说，他从头到尾都知道？

"你不会以为他不知道吧？"社长笑，"怎么可能？"

苏礼和社长聊完，回到了寝室。

一刻钟后，陶竹知道了这个情报。

彼时的陶竹正在剥石榴，听完这事后反应了足足10分钟："所以……明明知道这是你的圈套，他还心甘情愿地往里跳？"说着她吹了声口哨儿，"噢，有点儿浪漫哪！"

"什么圈套？"苏礼说，"我这只是交换……"

陶竹抬手示意她打住，挑了挑眉，油腔滑调地更正："这是爱的陷阱。"

当晚，苏礼洗了澡，还没来得及擦干头发，又被陶竹一把拽了出去："操场上有活动，赶紧去报名，可以赚学分！"

苏礼直至填完报名表，才侧头问："这就是你说的活动？脱单活动？"

"不就写个名字和手机号嘛，你别写真名啊，"陶竹一把将她的报名表递出去，换来两张便利贴，"这个0.2学分可比听几个小时的讲座划算多了。"

苏礼撇了撇嘴，在便利贴上随意写下一行字："栗，175×××× 0312。"

身后的干事提醒道："填完之后将便利贴贴到前面的车子上。"

苏礼抬头，发现面前是一辆跑车道具，上面还写了些"驶向幸福终点"的肉麻语录。

她瑟缩了一下，伸手把便利贴贴在了车窗上。

"人家都贴在车身上，就你选副驾驶这边的车窗，"陶竹吐槽她，"你看这么大的地方，就你这一张。"

苏礼正欲反驳，她的便利贴忽然被人揭下。

程懿将便利贴折了两下，然后塞进口袋里，经过她们身边时说道："明天我也预约了，记得出来。"

直到他走过去几分钟，苏礼才转头看向陶竹，茫然道："刚才那是程懿吗？"

"是呢，"陶竹眨眼，"他还预约了你明天的时间，不要忘记啊。"

他来去匆匆，以至苏礼一直怀疑这是不是她臆想出来的，直到收到他发来的地址才有了真实感。

次日，苏礼按时抵达，看着面前如织的车流，陷入了沉思。

她就这么等了半个小时，猜测程懿会不会是在报复她吧，正准备回去，一转身就看见了程懿。

他今天穿了件白色的高领毛衣，随便往树下一站，就很好看。

苏礼顺了顺头发，问他："你到多久了？"

"很久，"他说，"你来之前我就到了。"

"我还以为你不来了呢。"她嘀咕。

"什么？"

"没什么，"苏礼踢了踢脚尖，"走吧。"

他们没走两步，前方拐角处好像出了交通事故，一辆银色车与一辆保时捷发生剐蹭，那辆银色车在保时捷车身上留下一枚鹅黄色的便利贴便扬长而去。

无来由地，苏礼忽然低头笑了。

程懿顺着她的目光看过去，问："你笑什么？"

"不知道，"苏礼耸了下肩，"就觉得好像蛮有意思的。"

走了几步，苏礼道："你怎么把地方定在这儿？这里也没什么餐馆之类的地方……不过前面是我的高中母校，"她说，"你感兴趣吗？"

"嗯，"程懿低声道，"我知道。"

"这你都知道？"苏礼侧头，"你还有什么事是不知道的吗？"

"不知道你的答案。"他的声音染上了几分期待之意，"昨天我的问题，答案是什么？"

苏礼的注意力被分散，她指着校门口惊喜地道："棉花糖！"

苏礼买了两支棉花糖，递给程懿一支。他没接，只是看着她。

"好啦，等会儿回答你，"苏礼抿了抿唇，"这样吧，如果你能比我先吃完棉花糖，我就按照你的意思做；如果我先，那你就按我的……"

她的话还没说完，程懿已经伸手接过棉花糖，确认道："说话算话？"

苏礼挑眉，语带骄傲地道："你不可能赢我的。"

程懿正要下口，余光瞥见她将棉花糖全部扯了下来，揉成一小团就要往嘴里塞。他侧过身，抓住她的手腕，咬走了那一团棉花糖，微甜的糖丝在唇齿间化开。

他刚刚好像抿到了她的指尖，嘴唇的温软触感仿佛还残存其上，苏礼的心跳开始加速。

程懿开口道："我赢了。"

"你这是作弊！"苏礼看向空空的手心，好一会儿才反应过来，"但你吃的是我的，我手上的没了，该算我赢吧？！"

说时迟那时快，程懿将自己手上的那支棉花糖塞进了她的手里，并道："现在你有了，没吃完。"

苏礼沉默。

程懿很执着："答案。"

"你不生气吗？"苏礼说，"如果你真的喜欢我的话，我是因为辩题才靠近你的，你不介意？"

程懿："不介意。"

如果没有辩题，说不定她都不会知道他是谁、在哪里，而舞会上的那个吻。他承认，有一部分原因是关灯做了催化剂，但另一部分原因，是他在吃醋。他不想看到她对别人笑，不想她和别的男生跳舞，不想她有丝毫会从他身边离开的可能。

"被你选中，我不生气。"顿了顿，程懿又重复，"所以你可以告诉我答案了吗？"

苏礼低下头，说道："等我吃完。"

他们穿过校门，走到操场上，双杠旁有小情侣在聊天儿，教学楼的石桌上，还有学生在补作业。

苏礼看着那一沓厚厚的作业簿，笑了笑，感觉今日的糖分摄入量好像够了。

她放下棉花糖，说："太甜了，我吃不了了。"

程懿的脚步一顿，她说吃完就给自己答案，现在她却不想再吃，是不是也就代表着这个不想给出的答案已经显而易见？

苏礼走出几步，发现程懿没有跟上，回头看见他还站在原地，于是催促道："走哇。"

程懿似是明白了她的潜台词，又挑起嘴角大步上前，将她的手反握在掌心里，与她手心相贴，十指相扣。

苏礼耸肩，往一旁看了看，咳嗽了一声，道："你想负责的话，我勉强就……可以同意吧。"

看在……我好像也喜欢你的分儿上。

不远处的音像店里还播着音乐，与此时的情景完全吻合。

答案是你身边，只要是你身边。

…………

每个梦都像任意门，往不同世界，

而你的故事，现在正是起点。

他们往不同世界，每一秒相遇，都是起点。

/后 记/
那些我很冒险的梦

我写这篇后记时，电脑里正好播放着歌曲《那些你很冒险的梦》。

我其实是个很胆小的人，做事也非常谨慎，怕出差错，就连喝饮料时都很少尝试新品，来来回回都是喝那几种。

我写文也是这样，有时候很小心，有时候又很胆大、很疯狂、很固执。

这本书属于后者，是一个对我来说有点儿冒险的疯狂决定。我有个习惯，写完每本书之后总是要自闭很久，没有再打开它的勇气，可只要再打开，看进去了，就会再次爱上书里的人物。

我惊讶地发现我竟然还是很喜欢程懿和栗栗的。哪怕写作的过程中痛苦大过快乐，哪怕有一段很难熬的时光，哪怕有几次觉得自己坚持不下去了，但现在回头看，他们就是我满怀热忱创造出来的人物。我也有过兴奋又热烈的时光，还是能从创作中获得最纯粹的快乐的。

后面的番外，每一个我都很喜欢，是真的喜欢。写的过程中我会打开对话框，打满感叹号和朋友分享我的心情。

这个男主角确实是我非常想尝试写的类型，尽管他和我之前写的人物都不一样。他不完美，有刺和棱角，尽管最后为爱软化；他危险、不可控，但对我而言，是迷人的。

每个作者写书写久了，会知道哪些东西是属于安全区内的，但判断不一定总是准确，也会主观地踏出舒适圈。程懿就在我的写作舒适圈之外，但让我有一些尝试新鲜事物的期待。

我曾多次踏出自己的舒适圈，也许读者并没有发现，而我每次在其中挣扎时总是痛苦又崩溃的，但遭受过瓦解，人总会变得更坚强。很多事不能只以结果来定义。

过几年我再看这本书会是什么感觉呢？我很好奇。

我始终相信人生没有无用的经历，也相信只要努力，就总有它对应的收获与回报。

听着窗外的风声和车鸣声，我突然感觉像回到了几个月前。

那时候的我脑子里闪过一个念头，我想写一个驯服的故事，一个彻彻底底、极端的驯服的故事。为目的不择手段、运筹帷幄的男人，最终放下一切，甘愿妥协，为爱束手就擒。

我写到这儿时，电脑里的音乐变成了《知足》。

我想也是，人总要学会知足。写一个自己喜欢的故事，写出自己喜欢的主角，能够遇到你们，我已经很幸运了。

倘若你也喜欢这个故事，喜欢我的程总和栗栗，倘若你也有那么一两秒被真切地触动过，那是我的荣幸。

感谢你看到这里。

承蒙喜欢，不胜荣幸。